# 경여년

## 오래된 신세계

**경여년 : 오래된 신세계 하-1**

Joy of Life by Maoni

# 경여년 : 오래된 신세계

## 어둠에 가려진 비밀

묘니(猫腻) 지음

경여년 각국 세력지도
북만
샹징
북제
서호
우두허
동이성
딴저우
창저우
딩저우
동산로
쟈오저우
샤저우
경국
징두
강북로
수저우
양저우
웨이저우
잉저우
항저우
강남로
남조국

## 경국

황제의 강한 통치 아래 가장 강한 세력을 갖고 있다. 지금의 황제가 태자일 당시,
경국은 북벌을 시작하여, 북위군을 상대로 한차례 처참히 패배했으나,
뒤 이은 북벌전쟁에서 첩보전을 통해 북위를 와해시켰다.

## 북제

북제의 전신은 북위로, 한 때 천하를 호령했다.
그러나 3차례에 이어진 경국의 북벌에 결국 북위는 패배하여 와해되었다.
그 후 북위는 여러 제후국으로 잘게 쪼개졌고, 잔씨가 북제를 건국하였다.

## 동이성

경국과 북제 사이의 많은 제후국가 중 동쪽 해변과 맞닿은 부분의 가장 큰 항구도시.
왕은 없고 성주만 있다. 경국이 북벌하던 그 당시 동이성 만은 시종일관 중립을 지키며
전쟁을 피할 수 있었다.

## 서호

서쪽 지방의 오랑캐.

## 북만

북쪽 지방의 오랑캐.

## 남조국

경국 남쪽 지방에 위치한 경국의 신하국.

# 등장인물

## 판씨 집안

**판시엔**(范闲, 범한) 계속되는 위협과 혼란 속에서 자신의 길을 찾아 나아간다.

**판지엔**(范建, 범건) 판시엔의 양아버지. 경국 황제의 충신.

**판뤄뤄**(范若若, 범약약) 판지엔과 정실 부인의 딸. 판시엔을 따른다.

**판스져**(范思辙, 범사철) 판지엔 둘째 부인의 아들. 막내로 철이 없어 보이나 장사에 탁월한 소질을 갖고 있다.

## 판시엔의 조력자

**우쥬**(五竹, 오죽) 판시엔의 어머니 예칭메이의 호위무사.

**왕치니엔**(王启年, 왕계년) 판시엔의 제1심복. 감사원 관원, 추적술의 달인.

**가오다**(高达, 고달) 판지엔이 관리하는 황실의 암중 세력으로 판시엔의 호위를 맡는다.

**양완리**(杨万里, 양만리)**, 스챤리**(史阐立, 사천립)**, 호우지창**(侯季常, 후계상)**, 청쟈린**(成佳林, 성가림)

춘시 4인방, 판시엔의 제자들.

**왕13랑**(王13郎, 왕13랑) 스구지엔의 마지막 제자. 본명은 왕시, 티에샹이라는 가명도 씀.

**하이탕둬둬**(海棠朵朵,해당타타) : 쿠허의 제자. 9품 고수.

**샤치페이**(夏栖飛, 하서비) : 본명은 밍칭쳥. 밍씨 집안 일곱째, 사생아.

## 황실

**경국 황제** 황제는 모든 것을 알고 있다. 경국 절대권력의 상징.

**장 공주**(李云睿, 이운예/리윈루이) 황실 배후에서 판시엔과 대립하며 각종 일을 꾸민다.

**태자**(李承乾, 이승건/리청치엔) 황제 셋째 아들. 황권을 물려받을 예정.

**2황자**(李承泽, 이승택/리청저) 황제 둘째 아들. 태자와 황권을 두고 경쟁하는 사이.

**대황자** 황제 첫째 아들. 황실 군대 금군(금위군) 통령.

**3황자**(李承平, 이승평/리청핑) 황제의 막내 아들.

**징왕 세자**(李弘成, 이홍성/리홍청)

황제 동생 징왕의 아들. 2황자 편이었지만, 이후 판시엔의 친구가 된다.

## 황실 태감

**큰 홍 태감** 황실 태감 중 가장 큰 권력을 갖고 있는 태감. 숨은 무공 실력자.

**작은 홍 태감**(洪竹, 홍죽/홍쥬) 큰 홍 태감의 눈에 띄어 홍씨 성을 받고 황실 태감이 된다.

**야오 태감, 다이 태감, 호우 태감** 황실의 주요 태감들.

## 감사원

**쳔핑핑**(陈萍萍, 진평평) 감사원 원장. 판시엔에게 감사원을 물려주려 한다.

**옌빙윈**(言冰云, 언빙운) 감사원 4처장. 판시엔의 책사 역할을 수행한다.

**그림자** 감사원 6처장. 감사원내 가장 강한 고수로 쳔핑핑의 심복, 판시엔을 돕는다.

**징거**(荊戈, 형과) : 5처 흑기병 부통령. 판시엔이 이름을 지어줬다.

## 예씨 집안

**예류윈**(葉流雲, 엽류운) 대종사. 예중의 숙부.

**예중**(葉重, 엽중) 2황자 장인어른. 전임 징두 수비 통령. 현 딩저우 군 통령.

**예링알**(葉靈兒, 엽령아) 예중의 딸, 2황자비

## 친씨 집안

**친예**(秦業, 진업) 친씨 집안 어르신.

**친헝**(秦恒, 진항) 친씨 집안 둘째 아들. 추밀원 정사.

## 옌징 군 세력

**왕즈쿤**(王志昆, 왕지곤) : 옌징 군 대도독

**스페이**(史飛, 사비) : 왕즈쿤의 심복, 전임 창저우 군 통령, 예중을 이어 징두 수비 통령이 된다.

## 북제

**북제 황제** 북제의 황제. 어린 나이에 황제에 올라 북제를 통솔 중이다.

**쿠허**(苦荷,고하) 4대 종사 중 하나, 북제의 국사.

**스리리**(司理理,사리리)  북제 황제의 여자.

**샹샨후**(上杉虎,상삼호) 북제의 대장군. 북제 군대 내의 영향력이 막강하다.

## 동이성

**스구지엔**(四顧劍, 사고검) : 대종사, 예칭메이의 친구.

**윈즈란**(雲之瀾, 운지란) : 북제의 대장군. 북제 군대 내의 영향력이 막강하다

## 서호(서만족)

**수비다**(速必達, 속필달) : 서호의 지배자 선우.

**후거**(胡歌, 호가) : 서호 좌현왕 수하 제1고수.

**좌현왕, 우현왕** : 서호 선우 아래, 양대 서호 지배 세력.

## 하 1권 : 어둠에 가려진 비밀

상 1권 : 시간을 넘어온 손님

상 2권 : 얽혀진 혼동의 권세

중 1권 : 양손에 놓여진 권력

중 2권 : 천하를 바라본 전쟁

하 1권 : 어둠에 가려진 비밀

하 2권 : 진실을 감당할 용기

# 제1장

## 숨겨진 패(牌)

'다그닥다그닥다그닥…….'

다시 한번 말발굽 소리가 들렸다. 이번에는 황궁 광장과 연결된 세 갈래 길 좌측에서 들려오고 있었다. 그들의 수는 친형의 기마병보다 훨씬 적어 보였지만, 그 살기만큼은 피칠갑을 한 친형 부대보다 적지 않았고, 어떤 빛도 반사되지 않을 것 같은 검은색 갑옷으로 전신을 무장하고 있었다.

흑기병.

죽었다고 생각한 아들이 돌아온 기쁨도 잠시, 친씨 어른의 눈에서 싸늘한 빛이 스쳤다. 친형도 빠르게 세 갈래 길 입구에서 황궁 광장으로 향하다 엄청난 살기를 느끼고 잠시 멈칫했다.

하지만 이내 안심했다.

기병의 수가 너무 적었기 때문이다. 고작 2백여 명.

흑기병의 우두머리 장수는 은색의 가면을 쓰고 긴 창을 쥐고 있었다.

그 순간, 아무런 전조도 없이, 흑기병이 사납게 친형의 기마병 3천을 향해 파고들었다!

2백으로 3천을?

검은색 관복을 입은 판시엔이, 검은색 관 위에 서서, 검은색 갑옷을 입은 흑기병의 습격을 담담히 지켜보고 있었다.

그리고 자신의 돌이킬 수 없는 도박이 시작되었다는 것을 깨달았다.

'휘휘휘휘휙!'

징거를 따르는 기마병 2백의 손에는 창이나 검이 아닌 철궁이 들려 있었다. 철궁은 무겁기 때문에 흑기병 외에는 말 위에서 철궁을 쓰는 이가 없었다. 하지만 흑기병은 그 자체로 타고난 암살 집단이자 돌격용 무기였다.

철궁 화살이 다 발사되자 흑기병은 익숙하게 철궁을 버리고 말 안장 아래에서 칼을 꺼내 다가오는 기마병들을 향해 휘둘렀다. 흑기병의 행동은 질서정연했기에, 바라보는 이로 하여금 참혹한 장면을 아름답다고 생각하게 만들었다.

친형의 부대도 정신, 체력면에서 큰 차이가 나지 않았지만, 정양문에서 참혹한 전투를 한차례 당한데다, 또 한번 생각지도 못한 기습을 당하다 보니 수적 우위에도 불구하고 기세 면에서 밀리고 있었다.

황궁 광장으로 향하던 기마병 부대의 진영이 흐트러지며, 대열 중간에 커다란 구멍이 생기고 있었다. 선혈이 사방으로 튀고, 철궁 화살이 박힌, 또는 목이 잘린 무수한 시체가 말에서 떨어졌다.

순식간에 친형과 친위병 3백 그리고 본대가 분리되었다.

흑기병의 대오가 갑자기 갈라졌다.

일무리의 흑기병이 말고삐를 당기며 오른쪽으로 방향을 틀었다. 그리고 뒤쪽에 있던 기마병 본대를 막아섰다. 그리고 남은 흑기병 백여 명은 친형이 있는 선봉대 후방을 따라붙어 마치 사냥감을 물어뜯듯 목을 칼로 내려치기 시작했다.

순식간이었다.

친형이 있던 선봉대에서 참혹하게 사상자가 나오기 시작했고, 예상치 못하게 대열 중간이 끊겨 버린 기마병들은 어쩔 줄 몰라 우왕좌왕했다. 황궁의 광장에는 수만의 반군이 있었지만 마침 그들도 진영을 교대하는 중이었기에, 순식간에 일어난 이 광경을 지켜만 볼 뿐 아무도 손을 쓰지 못하고 있었다.

하지만 백전 노장 친씨 영감과 예중은 중앙 군영에서 이 모습을 보며 침착하게 명을 내렸다. 시간이 급하긴 했지만 절대적인 수적 우위에 있는 반군이 흑기병 2백에 당할 상황은 아니었기 때문이다.

하지만 징거를 선두로 한 흑기병은 그 점을 전혀 개의치 않는 듯 보였다.

만이 넘는 군사들이 지켜보는 가운데, 엄청난 수의 반군이 점점 포위망을 좁혀오는 그 순간에도, 그들은 목숨을 돌보지 않고 용감하게, 심지어는 오만하게 친형의 선봉대를 따라붙었다.

친형의 선봉대는 잠시 당황했지만, 친형이 당황한 것은 아니었다. 그는 대오가 중간에 잘렸음에도 즉각 결단을 내려 첫 번째 정면 충돌을 명했다. 시간을 잠시 벌기만 하면, 뒤의 본대가 합류할 수 있다 생각했기 때문이다.

하지만 친형의 눈빛이 살짝 변했다.

정면 충돌을 했지만, 이는 전투가 아니라, 일방적인 도살에 가까웠다. 기세에서 밀린 친형의 선봉 기마병은 흑기병에 의해 도살되고 있었다. 순식간에 선봉대 기병은 백여 명밖에 남지 않았다.

친형은 전략을 수정해 나머지 기마병을 이끌고 광장 방향으로 내달렸다. 본대와 합류를 못해도, 광장에는 모두가 '그의 편'이었기 때문이다.

지금 필요한 건 속도, 최대한의 속도였다!

하지만 문제는 흑기병이 더 빠르고, 더 사납다는 것이었다. 만이 넘는 적진 한가운데로 뛰어들고 있었지만, 속도를 줄이지도, 기세를 낮추지도 않았다. 친형이 살짝 뒤를 돌아봤을 때, 흑기병 대장은 그로부터 겨우 말 세 마리 정도의 거리에 와 있었다.

하지만 친형은 여전히 당황하지 않았다. 그가 볼 때 이미 흑기병의 습격은 실패한 작전이었다. 흑기병이 아무리 뛰어나도, 만의 군사를 이길 수는 없었다. 그리고 이미 먼발치에서 지원병들이 달려오고 있었다.

그때, 반군 중앙 군영에서 위풍당당한 외침이 들려왔다.

"발사!"

'휘휘휘휘휙……!'

무정한 명령이었다. 수없는 화살이 아군 적군을 가리지 않고 말을 타고 있는 병사 모두에게 날아가 박혔다. 양측의 기마병들은 순식간에 날아온 화살 공격에 낙마하고, 바닥에서 뒹굴고, 화살이 몸에 박혀 신음소리를 내고 있었지만, 어느 측이 더 많은 피해를 봤는지는 아무도 알 수 없었다.

친씨 가문의 선봉대도, 흑기병도, 치명적 재난 수준의 손해를 입고 있었다. 태자가 고개를 돌려 도무지 믿을 수 없다는 표정으로 친씨 어른을 바라보았다.

'설마 아들의 목숨도 개의치 않겠다?'

친씨 어른은 잔인한 사람이었다. 판시엔이 친씨 가문의 대를 끊어 버리겠다고 한 말이 그의 머릿속에 가득 차 있었다. 자신이 아들을 죽이면 죽였지, 판시엔이 세운 계획에 죽임을 당하도록 내버려 둘 수가 없었다.

그리고 친씨 어른은, 아들을 믿었다.

'어떻게든 살아라. 넌 쉽게 죽을 수 없어!'

'이이이힝!'

물론 친형은 화살 공격에 죽지 않았다. 하지만 그가 타고 있던 말은 화살에 잔뜩 맞아 본능적인 비명을 지른 후, 주인을 땅바닥에 세차게 내동댕이쳤다. 친형은 지면에 강하게 부딪혀서 굴렀으며, 갑옷과 투구가 바닥과 마찰하며 무수한 작은 불꽃을 만들어 냈다.

하지만 친형은 여전히 당황하지 않았다.

그는 아버지를 잘 알고 있었다. 그래서 발사 명령이 떨어질 때부터 이 순간을 예상하고 있었다.

화살 공격 명령은 딱 한 번뿐이었다. 친씨 어른은 무정했지만, 무모하지는 않았다. 한 번의 공격으로 상당한 수의 기마병들이 정리되었기에 더 이상 아군의 피해는 필요 없다 판단했다. 물론 흑기병 쪽 생존자가 조금은 더 많아 보였지만, 그들도 전투마를 잃고, 적든 크든 부상을 입은 듯 보였다. 물론 흑기병들은 죽음을 불사하고 다시 칼을 집어 들었지만, 그 기세는 많이 떨어져 있었다.

친형도 자리에서 일어났다.

흑기병 부통령 징거도 어깨에 화살이 꽂힌 상태로 피를 흘리고 있었다. 그리고 그의 준마도 앞발에 힘이 풀려 바닥에 고꾸라진 상태였다. 하지만 그의 결연한 눈빛은 친형의 일거수일투족을 노려보고 있었다. 그리고 화살 공격이 멈추자 그는 말의 안장을 박차고 날아올라 맹렬한 기세로 친헝에게 달려들었다!

친헝이 막 일어난 순간 뒤에서 살기를 느끼고, 본능적으로 몸을 회전시키며 징거의 칼을 피했다.

'펑!'

징거의 모든 정신과 기백을 담은 창의 일격이, 허공을 갈라 광장의 푸른 돌바닥에 꽂혔고, 석판은 산산조각이 나 무수한 파편이 사방으로 튀었다. 그리고 징거는 창과 함께 바닥에 무릎을 꿇었다.

친헝은 비웃는 얼굴로 검을 쥐고 징거에게 다가가 그의 목을 그으려 했다.

친헝의 검과 징거의 목은 세 촌(寸, 일 촌은 약 3.3cm) 거리.

'쿵!'

그 순간 황성의 정중앙에 있는 정문이 드디어 열렸다!

이를 바라보던 반군들은 믿기지 않는다는 표정을 지었다. 흑기병의 습격은 실패했고, 흑기 부통령 징거는 곧 목이 날아갈 상황이었고, 황궁의 정문이 열렸다. 이 모든 상황을 차분하게 지켜보던 태자도 정신이 번쩍 들었다. 그리고 옆에 있는 친씨 어른과 예중을 보며 외쳤다.

"전력으로 공격!"

판시엔은 검은색 관 위에 서서 광장에서 벌어지고 있는 일련의 사건들을 바라보고 있었다. 그는 발끝으로 가볍게 관을 두드리고 있었는데, 왜냐하면 아직 관 안에 숨겨 둔 저격총을 사용할지 결정하지 못했기 때문이다.

하지만 사실 그의 시선은 흑기병의 습격이 시작될 때부터 딩저우군 군영을 주시하고 있었다. 그리고 조금이라도 미세한 변화가 일어나길 바라고 있었다.

2황자를 호위하고 있던 예씨 가문의 장군 하나가 2황자와 몇 마디 상의했다. 그리고는 몇몇 장군들과 함께 2황자를 떠나 딩저우 군본대로 향했다.

판시엔은 재빨리 시선을 태자가 있는 중앙 군영으로 돌렸다. 태자는 전투가 시작된 이래 처음으로 기쁨의 눈빛을 내비치고 있었지만, 예중의 얼굴은 평온해 보였다. 그리고 공디엔은 고개를 숙인 채 한 걸음 뒤로 더 물러갔다.

판시엔의 시선이 다시 황궁 광장으로 향했다. 이제 친씨 가문의 군대와 예씨 가문 딩저우 군대의 진영 교대가 거의 마무리되고 있었다.

그는 북위 천자의 검을 등에 단단히 메고, 양손으로 3처에서 개발한 갈고리 밧줄 손잡이를 쥔 채, 수성용 강노 발사대를 향해 말했다.

"준비."

그리고 마지막으로 관을 발끝으로 툭 치며 속으로 생각했다.

'오늘은 널 쓸 일이 없을 것 같네.'

장면의 변화가, 갑자기 일어났다.

첫 번째 장면은 은색의 가면을 쓴, 곧 죽게 될 운명의 징거.

징거는 뒤를 돌아보지 않고 고개를 숙였다. 그가 그 짧은 찰나 과감한 움직임을 보일 수 있었던 것은 수없는 예행 연습 덕택이었다. 그는 오래전부터 이 장면을 그려 왔다.

'좌라락.'

검이 은색 가면을 스치며 짧고 강렬한 불꽃을 일으켰다.

불꽃이 채 가시기도 전, 징거는 창 끝에서 손바닥만큼 떨어진 곳을 잡아 창을 뽑은 후, 그 반동으로 곧장 친헝의 아래턱을 찔렀다. 창

끝은 친형의 아래턱에서 곧장 뇌로 향했고, 선혈이 뿜어지는 가운데 그의 몸이 뻣뻣해졌다가 곧바로 축 처졌다.

징거가 창을 꽉 움켜쥐고 창을 친형의 머리에서 뽑지도 않은 채 그의 시체를 들어올렸다.

그리고 그 순간 친형의 검이 스친 은색의 가면이 쪼개지며 미끄러지듯이 바닥에 떨어졌다.

수려한 얼굴이었다. 하지만 왼쪽 귀 상단부터 오른쪽 귀 하단 방향으로 날카로운 것에 길게 베인 듯한 상처가 있었다. 심지어 일부분은 뼈가 드러나서 피가 흐르고 있었다. 친형의 검 끝은 가면이 막아주었지만, 그 검의 진기 때문에 오래된 상처 일부가 벌어진 것이다. 친형의 목에서 떨어지는 피가 창대를 따라 징거의 손을 타고 내려가 바닥을 흠뻑 적시고 있었다.

'옛날에 너의 형이 그 공격으로 나의 얼굴을 이 모양으로 만들었지. 그때부터 내가 너희 가문의 그 살생 필살기를 연구했다. 그러니 너무 억울해하지 말아라.'

징거는 친형의 시신을 높이 들고 친씨 어른을 향해 소리쳤다.

"내가 징거다! 친예! 네가 우리 집안을 멸했으니, 내가 오늘 되갚아 주마!"

쟈오저우성 밖에서 징거는 처음으로 판시엔에게 과거를 털어놓았고, 그때 판시엔이 복수의 기회를 찾아 주겠다고 했었다. 징거는 당시 믿지 않았다. 하지만 오늘, 그 약속은 현실이 되어 있었다. 무한한 쾌감이 밀려오며 징거는 웃기 시작했다. 하지만 그 모습이 유쾌해 보이지는 않았다. 벌어진 상처에서 흐르는 피가, 원인을 알 수 없는 눈물과 함께, 비 오듯 흘러내리고 있었기 때문이다.

친예는 심장이 찢어지는 고통을 느끼며, 괴물 흑기병의 창에 꿰어 있는 마지막 남은 아들을 바라보기만 했다.

두 번째 장면은 안에서부터 열린 황궁 정문 앞.

문이 열리자 태자의 공격 명령에 따라 안으로 달려가던 병사들의 머리가 땅으로 떨어지며 선혈을 분출하고 있었다. 대황자가, 말 그대로 칼로 피의 길을 열며 위풍당당하게 문에서 나왔다.

황성 문이 열리는 순간, 반군의 누구도 예상치 못하게 안으로부터의 돌격이 시작되었다.

대황자는 2백여 명의 금군을 이끌고 빠르게 적진으로 돌진했다. 순식간에 은색의 강은 거침없이 흘러 성문 앞 20장까지 전진했다. 뒤에 있던 반군들은 마치 메뚜기 떼가 습격하듯 대황자가 이끄는 금군을 에워싸기 시작했지만, 대황자는 생사에 전혀 개의치 않는 듯, 공중에 큰 호를 그리듯 대도를 휘두르며 빠르게 우측 전방을 향해 나아갔다.

순식간에 여러 명의 반군 장수들이 베어졌고, 그들의 피가 대황자의 은색 갑옷과 투구를 적셨다. 그리고 그가 휘두르는 장도는 이미 짙은 핏빛이 되어 버렸다.

금군이 목숨을 걸고 돌격해서 뚫은 길에는 붉은 혈선이 그려졌고, 그 선은 장엄하고 아름다웠다. 그리고 대황자의 눈은 반군 중앙 군영을 향해 있었다.

가는 길에 얼마나 많은 방해와 공격을 받을지 모르고, 또 영원히 태자 앞까지 갈 수 없을 수도 있었지만, 그는 돌격을 멈출 생각이 없었다. 판시엔의 모든 계획을 알 수는 없었지만, 자신이 그의 계획을 사명으로 받아들인 이상, 그는 그것을 끝까지 관철해야만 했다.

'휙!'

화살 하나가 날아오자 대황자는 그것을 대도로 쪼개 버렸다. 그 찰나의 멈칫거림 때문에 어디선가 날아온 창 공격에 살짝 부상을 입었다. 하지만 대황자는 뒤로 물러나지도, 속도를 줄이지도 않았다. 오직 중앙 군영을 향해 쉼 없이 돌격했다.

아직 갈 길이 멀었지만, 그 기세만은 곧 태자 앞에 닿을 듯 보였다.

"전하를 위해 길을 열어라!"

황궁 광장을 바라보던 판시엔의 시야에 대황자가 들어오자마자, 그는 처음으로 대황자 대신 금군에게 명령을 내렸다. 금군은 대황자가 돌파해 나가고 있는 길의 저항을 조금이라도 줄여보려 화살을 그 앞으로 비처럼 쏟아냈다. 그들은 사력을 다해 활시위를 계속 당겼다. 팔에 통증이 있는지, 손가락에 피가 나는지도 모르고 있었다.

성벽 위의 공격이 대황자를 지원하는 틈을 타, 반군들은 황성 성벽을 사다리로 기어오르고 있었다. 그들 몇 명은 거의 성벽 위로 올라온 상태였다.

대황자가 빠져나온 황성의 문 안으로도 반군들이 들어오기 시작했다.

'휘이익……펑!'

수성용 강노가 다시 발사되기 시작했다. 하지만 이전과 달리 강노는 예첨중차나 사다리를 실은 수레를 목표물로 하지 않았다. 그 화살은 대황자가 뚫고 나가고 있는 앞쪽 방향으로 떨어졌다.

대황자는 강노 화살을 보며 황성이 함락되기까지 얼마 남지 않았음을 직감했다. 하지만 그는 뒤를 돌아보지 않고 적의 심장만을 바라보며 돌격했다. 그와 그가 이끄는 금군은 은색 물결이 되어 영원히 다다르지 못할 것 같은 적의 중앙 군영으로 달려가고 있었다.

판시엔은 장렬한 광경을 보며 호흡을 가다듬었다. 그리고 체내의 패도 진기를 운용하기 시작했다. 눈에 핏줄이 더 많아졌다. 약물의 작용이 이미 몸이 견딜 수 있는 최대치에 온 것 같았다. 하지만 그는 침착하게 갈고리 밧줄을 두 손으로 꼭 쥐며, 마지막 수성용 강노가 발사되는 소리를 기다리고 있었다.

세 번째 장면은 반군 중앙 군영 안.

친씨 어른은 마지막 남은 아들의 시체를 보자 갑자기 자신이 더 늙은 것 같았다. 심지어 마지막 죽음의 숨결이 느껴지는 것만 같았다. 그리고 옆에 있는 친씨 가문 심복 장군에게 조용히 명을 내렸다.

"마지막 발악이니 가볍게 봐서는 안 돼. 태자 전하를 뒤쪽에 있는 군영으로 모셔라."

친씨 가문 심복 장군 몇이 태자를 모시고 뒤로 물러가고, 친씨 어른 곁에는 여덟 명의 친씨 가문 친위병 장군들이 남았다. 호위 숫자가 상당히 줄었지만, 9품 고수인 친씨 어른은 자신의 안전에는 개의치 않는 듯 보였다.

판시엔은 그것에 신경을 썼다.

그리고 수성용 강노 화살도 바닥을 보이고 있었다. 금군의 화살도 성글게 날아가기 시작했다. 황성을 포기하고 금군의 상당한 손실을 감수하며 펼친 대황자의 돌격은, 여전히 중앙 군영까지 뚫고 들어가지 못한 상태였다.

처음이자 마지막 반격이었지만, 대황자의 기세는 대단했지만, 사실 기마병 2백으로 3만 군대의 적진을 뚫을 수 있다는 생각은 전술이 아니라 망상이었다.

이제 황궁은 곧 함락되고, 징거와 흑기병 그리고 대황자와 금군이 포위되는 것은 시간 문제였다.

'휘이익…….'

마지막 수성용 강노 화살이 발사되었다. 마지막이라서 그런지 화살이 날아가는 소리는 이전과 달리 구슬픈 소리를 냈다. 그리고 그 화살의 궤적은 전혀 다르게 날아가고 있었다. 화살은 동력을 잃을 때까지 먼 거리를 날아간 후, 반군 중앙 군영 바로 앞에서 육중한 소리를 내며 땅에 박혔다. 하지만 그 소리에 위력이 느껴지지는 않았다.

'퉁.'

사정거리가 길었기에, 화살이 떨어질 때에도 아무런 위력이 없었다. 마치 낡은 구리나 철조각이 바닥에 떨어진 듯, 소리만 컸을 뿐 누구 하나 다치게 하지도 못했다.

바로 이때, 황성 위아래의 사람들이 놀랄 만한 광경이 눈앞에서 펼쳐졌다.

체조 같기도 했고, 묘기 같기도 했다.

검은색 그림자가 황성 성벽 위에서부터 날아 황궁 광장으로 내려오고 있었다. 정확히 말하면 강노 화살이 그린 궤적을 그대로 따르며 공기를 찢을 듯한 속도로 날아서 아래로 내려오고 있었다. 더 정확히 말하면, 강노 화살 뒤에 달린 밧줄을 따라 미끄러져 내려오고 있었다.

"줄을 잘라라!"

누군가 외치고, 누군가 칼을 휘둘렀지만, 판시엔의 몸은 이미 반군의 한 가운데, 중앙 군영 앞 공중에 와 있었다.

친씨 어른의 몸이 떨리기 시작했다. 아들이 죽었을 때도 유지하던 침착함이, 강인한 정신력이 살짝 흔들리기 시작했다.

'번쩍!'

그리고 그의 눈가에서 섬광이 번쩍했다.

하지만 그 칼의 섬광은 강노 화살에 달린 밧줄을 자르기 위함이 아니었다.

'철컹철컹…….'

공디엔의 갑옷과 투구가 심하게 요동치고 있었다. 그가 일격을 준비하기 위해 체내에서 폭발시킨 진기로 그의 수염과 머리칼마저 흔들리고 있었다. 이 일격에, 8품 고수인 그의 모든 진기가 담겨 있었다.

그는 두 손으로 직도를 움켜쥐고 친씨 어른의 목을 내리쳤다!

친씨 어른의 눈동자에 분노와 함께 믿을 수 없다는 생각이 스쳤다. 그는 공디엔이 휘두른 직도의 칼날이 그의 목을 가르기 직전에 가까스로 칼날을 맨손으로 잡았다.

'뚝뚝…….'

친씨 어른의 손아귀에서 선혈이 떨어졌다.

예상치 못한 일격에 친씨 어른의 얼굴이 창백해지고 있었지만, 8품과 9품의 실력 차이는 극복할 수 없었다. 공디엔의 일격은 훌륭했지만, 그는 더 이상 칼을 쥐고 있기 힘들어 보였다.

'휘익.'

바람이 불었다. 무섭고 사나운 바람이 불었다. 마치 딩저우의 황량한 모래바람이 징두 황궁 광장까지 불어온 것 같았다.

예중이 공격에 나섰다.

그는 장검으로 친씨 어른과 자신 사이에 있던 장수의 몸을 꿰뚫어, 친씨 어른의 허리로 찔러 넣었다!

"푸."

친씨 어른이 피를 내뿜었다. 그는 왜 이런 일이 벌어지는지 이해할 수 없었지만, 그는 허리 쪽에 끔찍한 상처가 생겼지만, 말라 죽은 대나무 같은 손으로, 검을 쥐고 있는 예중의 손을 움켜쥐었다.

예중은 고개를 숙였다. 차분하게 체내 진기를 운용하니 곧바로 진기가 거대한 물결처럼 용솟음 쳤다. 예중은 허리를 살짝 굽히고, 무겁게 발을 들어 큰 보폭으로 앞으로 한걸음 나아가며, 검을 더욱 찔러 넣었다.

친씨 어른이 무거운 신음 소리를 내자, 그의 늙은 몸에서 거대한 힘이 폭발적으로 뿜어져 나왔다. 그리고 공디엔의 장도를 잡고 있는 왼손 팔꿈치를 살짝 들어올려 그대로 공디엔의 흉부를 가격했다!

"풉!"

공디엔이 피를 안개처럼 뿜어냈다. 하지만 그도 물러서지 않고 몸을 띄우며 장도의 칼날을 온 힘을 다해 친씨 어른의 목으로 가까이 가져갔다. 예중은 이것이 마지막 기회라고 생각했다. 그는 검을 버린 후 작은 아버지로부터 전수 받은 산수권법을 이용해 자신의 왼손을 철판처럼 단단하게 만들었다. 그리고 친씨 어른의 가슴과 복부에 육중하게 타격을 가했다.

예씨 집안은 검을 놓았을 때 더욱 강력한 힘을 발휘했다!

이때, 판시엔이 타고 내려온 밧줄이 끊겼지만, 그의 발은 바닥에 닿지도 않은 채, 반군 병사 한 명의 투구를 밟아 추진력을 얻은 후, 연기처럼 가볍게 중앙 군영 안으로 돌진했다.

판시엔이 살짝 몸을 웅크리며 회전을 하고 몸을 펼치니, 한 손에는 북위 천자의 검을, 다른 한 손에는 검은 비수를 들고 있었다. 장검과 비수가 친씨 가문 장수 여덟의 머리를 스쳐갔다.

'스스스스스스스슥.'

다섯의 목이 떨어지고, 셋은 가슴에 상처를 입고 뒤로 물러났다. 판시엔은 다시 검은 새가 숲을 향해 몸을 던지듯, 아직 살아 있는 세 장수에게 달려들었다. 순식간에 그들의 목을 벤 후, 판시엔은 어느새 친씨 어른 앞에 나타났다.

그리고 손에 들고 있던 장검을 돌려 친씨 어른의 복부에 찔러 넣었다.

피의 꽃이 피어나고, 장검은 친씨 어른과 물아일체가 되었다. 판시엔은 고개를 숙이고 검 자루를 양손으로 잡은 채, 그대로 앞으로 밀고 나갔다. 예중과 공디엔도 같이 힘을 주어 앞으로 밀었고, 그렇게 네 사람은 엉킨 채로 앞으로 빠르게 전진했다. 바닥에 엄청난 먼지가 일며 시간이 거꾸로 흐르듯, 친씨 어른의 눈에 주변이 거꾸로 스쳐 갔다.

쿵!

벽에 부딪힌 친씨 어른의 백발은 헝클어져 있었지만, 그는 여전히 살아 있었고, 눈에서는 엄청난 살기가 번뜩였다.

"으으으으으악!"

그가 갑자기 사자처럼 포효하자, 그의 온몸이 맹수처럼 떨리기 시작했다. 예중의 주먹은 친씨 어른의 오른손과 대항하고 있었고, 공디엔의 칼은 친씨 어른의 왼 손바닥과 대치하고 있었다. 판시엔은 엉거주춤한 자세로 양손이 바들바들 떨리는 가운데, 피가 가득 묻은 검을 친씨 어른의 복부에 찔러 넣은 채 버티고 있었다.

그때, 판시엔의 눈이 번쩍 뜨였다.

갑자기 벽 뒤에서 칼 같은 것이 나와 친씨 어른의 마지막 급소를 정확히 찔렀기 때문이다.

"컥."

친씨 어른의 입에서 피가 뿜어져 나왔다.

그리고 그의 몸은 나무 벽을 타고 무기력하게 미끄러져 내렸다.

침묵. 죽음 같은 침묵.

순간일 수도, 어쩌면 영원일 수도.

3년일 수도, 30년일 수도.

판시엔이 날카로운 검을 천천히 뽑아내자 참혹하고 애처로운 소리가 났다. 예중은 철판처럼 단단하게 만들었던 손에 힘을 풀었고, 공디엔도 다시 한번 피를 토한 후 칼을 거두었다.

친씨 영감은 두 눈을 부릅뜬 채 피에 절어 있었다.

경국 군대의 최고 원로 장군이, 드디어 죽었다. 경국 개국 이래 가장 치밀했고, 가장 준비 기간이 길었던 암중 계획에, 죽음을 맞이했다.

판시엔은 공디엔을 바라보았다.

그리고 예중에게 시선을 옮겼다.

마주치는 눈빛에 불꽃이 일지는 않았지만, 깨달음이 담긴 시선은 무언가 공허해 보였다.

판시엔의 도박이 성공한 것이다.

그가 도박을 한 것은 정말 '도박'이었다. 그는 예씨 집안의 배신을 확신하지 않았고, 아직도 내막을 정확히 알지는 못했다. 그의 결심의 시작은 태후의 작은 발을 잡았을 때, 딴저우 할머니가 했던 말이 머릿속을 스쳐가던 순간이었다.

'황제를 믿어라.'

그렇다. 판시엔이 아는 황제는 아무런 준비 없이 싸움을 하는 사람이 아니었다. 심지가 굳었고, 생각이 비범했고, 약점이 없었다. 그래서 사지에 몰려서도 '무언가'의 '반전'을 기다렸다.

하지만 반전은 일어나지 않았다.

그때, 예씨 집안 딩저우 군대의 갑작스러운, 이상하리만큼 적극적인 움직임이 보였다.

그리고 황제의 '계획'은, 그가 기다리던 '반전'은, 반군 외부가 아닌 내부에 있다는 생각이 스쳐 지나갔다.

그래서 도박을 해보기로 했다.

그리고 황성 문이 열리는 순간, 기쁨을 감추지 못한 태자 옆에서 침착한 눈빛을 보였던 예중을 보고 결의를 다졌다. 그리고 현공 사당 사건을 비롯한 황제의 예씨 집안에 대한 과한 의심과 수상한 일들이 재빠르게 머릿속을 훑고 지나갔다.

판시엔은 예중의 눈빛을 '잠시' 보았지만, 그 순간 십여 년간의 과거를 꿰뚫어 본 느낌이었다. 그래서 검은 관을 떠나는 순간, 자신의 마지막 패인 저격총을 쓰지 않기로 결정한 순간, 어쩌면 이 황당한 도박이 성공할지도 모른다고 생각했던 것이다.

한 달 전, 검은 밤 대동산 아래에서 예류윈이 판시엔에게 검을 날려 공격했다. 검의 기세에 내상은 입었지만, 판시엔은 죽지 않았다. 몇 년 전, 수저우 포월루에서 예류윈은 삿갓을 쓰고 나타나 검으로 건물 절반을 날려버렸다. 그때도 판시엔이 내상은 입었지만, 죽지 않았다.

대종사 예류윈. 그의 능력이면 판시엔을 언제든 죽일 수 있었다.

판시엔은 그와 두 번이나 충돌했지만, 죽지 않고 살아남았다.

현공 사당 사건에서 수상한 불이 났고 예중은 판시엔과 같이 '그림자'를 쫓았지만, 결국 아무런 공을 세우지 못하고 징두 수비 통령에서 해임되고 딩저우로 쫓겨났다. 그 사건으로 예중의 제자 공디엔도 황실 호위 통령과 금군 부통령의 지위에서 해임되고 하옥되었다.

2년 전, 판시엔이 북제 샹징에서 2황자와 예링알의 혼사 소식을 듣고 너무 이상하다 생각했었다. 황제가 너무나 명확하게 예중에게 사임을 압박하고 있었기 때문이다.

현공 사당 사건 직후 판시엔은 쳔핑핑과 이 문제에 대해 논의한 적이 있었다. 여전히 여러 의혹들이 남았지만, 어떠한 확실한 단서도 없었기에 단지 황제와 대종사 간의 권력 다툼 정도로만 생각했었다.

지금 이 순간 이 모든 것이 하나로 맞춰지고 있었다.

황제의 예씨 집안에 대한 과도한 의심과 압박은, 일부러 자신의 약점을 드러내기 위한 의도된 행동이었다. 대종사 예류윈이 황제와 같이 있는 한 어느 누구도 황제를 공격하기 힘들 터. 일부러 그들과 거리를 두는 것처럼 보이게 함으로써, 천하에 숨어 있는 적들에게 용기를 북돋아주고 결국 이빨을 드러내게 만든 것이다.

'8년 전!'

판시엔은 처음 예류윈을 보았을 때가 떠올랐다. 우쥬의 비행을 처음 보던 날. 딴저우의 절벽.

우쥬는 어디에 있는가?

우쥬는 판시엔이 있는 곳에 있었다.

누가 우쥬의 행방을 알 수 있는가?

판시엔의 진짜 신분을 알 수 있는 사람만이 알 수 있었다.

쳔핑핑, 판지엔 그리고 경국 황제.

예류윈은 우쥬를 우연히 찾은 것이 아니었다. 황제가 알려준 것이다. 어쩌면 황제가 예류윈에게 딴저우로 가, 기구한 신세인 자신의 사생아를 한번 보고 와 달라 부탁한 것일 수도 있었다.

'언제부터 시작된 거지?'

예류윈이 군산회에서 떠받들여지는 인물임을 생각할 때, 이는 아주 오래전, 군산회가 만들어진 시초까지 거슬러 올라갈 수도 있었다. 그때부터, 경국에서 가장 오래되고 무서운 이중 첩자가 만들어진 것이다.

그에 비하면 옌뤄하이와 위엔홍다오는 아무것도 아니었다.

판시엔은 예중으로부터 시선을 거두었다.

그는 미친 도박이 성공해서 기쁘기보다, 황제에 대한 두려움이 밀려왔다.

그는 다시 천천히 예중을 보고 마른 침을 삼키며 떨리는 목소리로 물었다.

"폐하께서는……아직 살아 계시나요?"

"폐하께서는 아직 살아 계신가?"

판시엔이 떨리는 목소리로 물을 때, 마치 약속이나 한 듯 예중도 판시엔에게 같은 질문을 했다. 판시엔이 과거의 조각을 맞추고 있을 때, 예중도 적지 않게 놀라고 있었다. 그의 계획에 판시엔이 내려와 자신을 돕는 것은 없었기 때문이다.

'설마 폐하께서 판시엔에게 이 계획을 말씀하셨단 말인가?'

두 사람은 상대방의 질문을 듣고 한편으로 놀라고 다른 한편으로는 어떤 것을 깨달았다. 황제가 가장 신임하는 두 사람 모두 아직 황제의 생사를 모르고 있다는 사실이었다. 정신이 번쩍 든 판시엔이 재빨리 물었다.

"장 공주는 어디 있나요?"

"태평별원."

그게 둘의 마지막 대화였다. 그리고 둘은 마치 환상에서 깨어난 듯, 그제서야 뒤쪽에서 서로 싸우고 죽이는 비명 소리가 귀에 들렸다. 그렇다. 아직 전투 중이었다. 공디엔은 재빨리 친씨 어른의 시신을 들쳐 메고 광장 방향으로 사라졌다.

예씨 집안 딩저우 군의 고위 장수들이 먼발치에서 친씨 어른의 시신을 보자 서로 눈빛을 교환했다. 징두로 들어오기 직전 공디엔과 예중에게서 받은 비밀 명령을 실행할 때였기 때문이다. 하지만 문제는 이 비밀을 모르고 있는 딩저우 병사들의 칼과 창 끝을 어떻게 빨리 친씨 가문 병사들에게 돌리는가였다.

하지만 그들은 순간적으로 천재적인 판단을 했다.

그들은 재빨리 군영으로 돌아가 2황자의 측근 몇을 군영 밖으로 몰아내고, 2황자를 둘러싸 그의 입을 막은 후, 크게 소리쳤다.

"2황자 전하의 명이다! 태자가 황제를 암살했다. 그러니 경국을 위해 모두 일어나라!"

제일 경악한 이는 당연히 2황자였다. 무언가 이상하게 돌아가고 있었지만, 줄곧 공손하던 장인어른 심복들이 왜 갑자기 이런 황당한 행동을 하는지 알 수가 없었다.

'황성 문이 열렸으니, 이 기회에 태자를 제거해 버리고 나를 황위에 올리려는 건가?'

2황자의 눈에 잠시 기쁨의 기색이 스쳐갔으나, 이내 펼쳐진 장면에서 뭔가 크게 잘못되었음을 알게 되었다. 딩저우 장군들이 자신의 심복들을 위협해 결박하고 있었기 때문이다.

이 상황을 알 리 없는 딩저우 군병들은 황당무계한 군령을 받고 각자 다른 생각을 하고 있었다. 일부는 정말 태자가 황제를 죽였다는 사실이 마침내 드러났고, 2황자가 자신의 결정을 반성하며 부황을 위해 복수를 한다 생각했다. 하지만 대다수는 2황자의 첫 생각과 같이 2황자가 이번 기회에 태자를 공격해서 황권을 노리는 것이라 생각했다.

사실 이유는 중요하지 않았다.

그들은 군인이었고, 군령은 내려졌다.

'친씨 가문 군대를 공격하라.'

그들은 창칼의 끝을 친씨 가문 군대로 돌렸다.

물론 갑작스러운 배신과 반격에 제대로 된 실력이 발휘될 수는 없었다. 하지만 그 수가 많다 한들, 수장이 죽은 친씨 가문의 군대는 이미 오합지졸로 전락한 상태였다. 친씨 어른, 친형은 이미 죽었고, 남은 장군 몇몇도 태자를 호위하여 최후방으로 빠진 상태였다.

대황자는 격전을 치르느라 판시엔과 예중 그리고 공디엔이 싸우는 장면을 보지 못했고, 친씨 어른이 죽은 사실조차 모르고 있었다. 그래서 죽여도 죽여도 끝이 없는 적을 보며 자신의 죽음을 직감하고 있었다. 하지만 그의 내면 깊은 곳에서조차 후회는 단 한 점도 없었다. 경국의 황자로서 당연한 일을 했기 때문이었다.

'다그닥다그닥.'

어디선가 우레와 같은 말발굽 소리가 들려왔다.

딩저우 군대.

대황자와 옆에 합류한 흑기병 부통령은 말없이 서로를 바라보고, 각자 장도와 창을 굳게 움켜쥐었다. 둘은 지칠 대로 지쳐 있었지만, 어떻게든 적의 장수 하나라도 더 죽이고자 했다.

그런데 딩저우 장군과 그 뒤를 따르는 군사들은 시선을 다른 곳에 둔 채 그들을……스치고 지나갔다!

"죽여라!"

"죽여라!"

친씨 가문 군대와 진영을 교대 중이던 예씨 집안 군대 곳곳에서 '죽여라'라는 함성이 울려 퍼졌다. 그리고 딩저우 군대를 중심으로 한 정예병들이 앞으로 치고 나가며 예리한 낫처럼 친씨 가문 병사들을 베어 나가기 시작했다. 그리고 그들은 삽시간에 황성 성벽 아래에 당도해 성벽에 걸쳐진 사다리조차 벼처럼 베었다.

사다리에 걸치고 있던 병사들이 벼 이삭처럼 우르르 바닥에 흩뿌려졌다. 많은 사람들이 바닥으로 추락했고, 피를 뿌리며 내장을 쏟았다.

예씨 가문 기마병들은 속도를 줄이지 않고 곧장 열려 있는 황성의 정문으로 돌진했다. 그리고 정면의 금군과 싸우느라 전혀 상황을 모르고 있던 친씨 가문의 병사들은, 아무것도 모른 채 뒤에서 몰려드는 공격에 머리가 잘려 나갔다.

그 시각 광장 중앙의 상황도 크게 다르지 않았다.

진영 교대가 거의 마무리된 상황이었기에 예씨 집안 군대는 친씨 가문 군대보다 훨씬 유리한 위치를 점유하고 있었다. 사실 공격이 시작되는 순간, 이미 승패의 저울은 딩저우 군을 중심으로 한 예씨 집안 쪽으로 기울어진 듯 보였다.

이 순간 가장 당황한 사람은 대황자 그리고 그 옆에 지칠 대로 지쳐 있는 금군 선봉대와 흑기병이었다. 방금 전까지 목숨을 걸고 격전을 치르던 무리가 갑자기 방관자가 되어 버린 것이다.

대황자는 재빨리 머리를 굴리기 시작했다.

'둘째가 이번에 태자를 제거하고 황위에 오르려는 것인가? 그런데 왜 금군은 공격하지 않는 것이지?'

이때, 금군 하나가 급하게 말을 몰고 대황자 옆으로 와 귓속말로 소식을 전했다. 앞서 반군 중앙 군영에서 발생한 일에 대한 소식이었다. 대황자는 재빨리 주변 정세를 다시 파악하기 위해 시선을 옮겼다.

주변에서 빠르게 진격하는 딩저우 군, 계속 패해 후퇴를 거듭하는 친씨 가문 군대, 그리고 저 멀리 최후방에 있는 용 깃발.

대황자의 눈이 다시 반짝이기 시작했다.

'판시엔의 도박이 이것이었나?'

그 이후로도 급박한 군령이 여기저기로 전달되고 있었다. 대황자는 징거와 함께 재빨리 선봉대를 이끌고 황성으로 방향을 틀었다. 그리고 궁방처 근처에서 일부 금군과 합류하여 천천히 황성을 압박해 나갔다.

광장은 이미 생지옥으로 변해 있었다. 기세에서 이미 승리의 추는 예씨 집안 군대로 기울어져 있는 듯 보였지만, 친씨 집안의 군대도 천하 제일의 경국 군대였다. 그리고 기본적으로 수적 우세가 있었다. 황성 광장 곳곳에서 전투가 일었고, 전투가 있는 곳마다 사람이 죽고 참담한 비명 소리가 났다.

하지만 먼발치에서 먼지에 가려져 잘 보이지 않는 황색 용 깃발은 점점 황성과 멀어지고 있었다. 태자를 호위하던 친씨 집안 장군 몇몇이 최종적으로 후퇴를 결정해 자신들이 통제하고 있는 성문사 관아 쪽으로 물러갔다. 용 깃발이 사라지자 딩저우 군은 일제히 함성을 내지르며 그들을 추격했다.

징두성 곳곳에서 쫓고 쫓기는 상황이 연출되고, 곳곳에서 산발적인 전투가 일었다. 화살이 어지럽게 날아다녔고, 칼과 창이 수없이 부딪히고 있었다. 말그대로 징두 전체가 진동하고 있었다.

그리고 딩저우 군의 기마병 부대는 친씨 가문의 주요 장수들을 제거한 후, 부대를 나누어 징두성의 9개 성문을 향해 나아갔다.

태자는 그 시각 황궁 광장 내 진영에서 이탈해 징두 성문 하나로 말을 몰고 있었다. 하지만 그의 곁에 용 깃발은 없었다. 다행히 친씨 가문의 심복 장군 몇몇이 재빨리 남은 병사들을 수습해 피로 얼룩진 활로를 열어준 덕분이었다. 하지만 사실 그는 퇴각하고 싶지 않았다.

'이대로 퇴각하면……천하에서 나를 받아 줄 곳이 있을까?'

얼마 전까지 황위에 등극한 후 예씨 가문 군대를 어떻게 2황자에게서 빼앗아 와야 하는지 생각하던 그였다. 굳세게 버티며 자신과 대치했던 문관들을 대범하게 사면해 줄 생각을 하던 그였다.

'예씨 가문이 배반을 하다니!'

모후와 태후는 아직 성벽 위에 있었고, 친씨 가문의 사령관 친씨 어른은 죽었다.

'고모는 이 상황을 알고 있을까?'

태자는 가슴 한구석이 너무 아파 말 위에 똑바로 앉아 있기도 힘들었다. 옆에 있는 반군 장수 하나가 눈물을 머금고 말했다.

"전하, 성 밖으로 나가 병사를 다시 모으셔야 합니다. 샤오산 요충지에는 아직 친씨 가문의 군사들이 남아 있습니다. 그리고 북쪽의 옌 대도독과 합류하기만 한다면, 아직 승산이 있습니다."

일리는 있었다. 다만 태자는 옌 대도독이 살아 있다 생각하지 않았다. 판시엔이 징두로 살아 돌아왔기 때문이었다.

'잠깐, 예씨 가문이 배반을……설마 예류윈도……!'

말이 달리는 대로 몸을 맡기고 있는 그의 마음속에 형용할 수 없는 감정이 파도처럼 밀려오고 있었다.

황성 성벽 아래에는 또 다른 반군 주모자 한 명이 복잡한 눈빛으로 자신의 장인을 바라보고 있었다. 2황자의 눈에는 원망, 독기, 절망, 어쩌면 슬픔도 담겨 있었다. 예중은 자신의 사위를 바라보며 차분히 말을 이었다.

"만약 살고 싶으면, 딩저우 군 장수가 처음에 한 말을 잘 기억하게."

2황자는 장인의 말을 재빠르게 이해했다. 딩저우 군 장수가 처음 군령을 내릴 때 명분은, 2황자가 부황의 복수를 하기 위해 반성하며 반격을 한 것이다. 문제는 '사실'이 그렇지 않다는 것을, 2황자 자신이 가장 잘 알고 있다는 것이었다.

그래서 그는 자신에게 살 기회가 있다고 믿지 않았다.

그리고 가장 화가 나는 상대는 그 누구도 아닌 자기 자신이었다. 가장 치밀한 계획을 짜고 있다고 생각했던 스스로가, 마지막엔 결국 가장 멍청한 사람이었다는 것이 드러났기 때문이다. 2황자는 최대한 분노를 억누르고 억지 웃음을 지으며 입을 열었다.

"장인어른도 착실한 개였군요……하지만 정말 부황이 돌아가셨으면 어쩌시려고……."

예중은 아무런 대꾸 없이 천천히 말머리를 돌렸다. 하지만 그의 얼굴에는 슬픔과 침울함이 가득했다. 2황자는 그 모습을 보며 참지 못하고 소리쳤다.

"이런 개 같은 사기꾼들!"

'퍽!'

이때, 황성 성벽 위에서 무언가 무거운 물건이 떨어지며, 황궁의 푸른 돌바닥을 매섭게 때렸다.

떨어진 것은 물건이 아니었다. 그건 사람이었다.

아름답고 화려한 복장을 하고 있던 사람은, 온몸이 산산조각 나고 사방에 선혈을 흩뿌리며 즉사했다.

황후!

그녀는 용 깃발이 사라지는 모습을 물끄러미 바라보다, 결국 몸을 던진 것이다.

2황자는 바보처럼 멍하니 서서 황후의 시신을 바라보았다. 그가 갑자기 머리부터 발끝까지 떨기 시작했다. 온몸에 한기가 든 것처럼, 계속해서 부들부들 떨었다. 그리고 본능적으로 고개를 들고 자신의 생모인 슈 귀비의 안전을 확인한 후, 온몸에 힘이 빠지며 바닥에 털썩 주저앉았다.

옆에 있던 딩저우 군 병사가 재빨리 그를 부축했다. 그를 보호하기 위해서가 아니었다. 그가 문제를 일으킬까 걱정되었기 때문이다.

장더칭은 정양문을 통과해 징두성 밖으로 내달리는 용 깃발을 든 친씨 가문 부대를 보며 두려움에 떨고 있었다. 그리고 장더칭은 침울하게 한숨을 내쉬고서, 작열하는 햇빛 아래에서 금빛을 반짝이고 있는 정양문을 마지막으로 잠깐 바라보았다. 그런 후 그는 재빨리 자신의 심복 몇을 이끌고 친씨 가문 부대를 따라 징두성 밖으로 도망쳤다.

그 뒤를 공디엔이 직접 이끄는 딩저우 부대가 황룡처럼 뒤따랐다.
그 시각 태자는 용 깃발을 유인용으로 쓰며 친씨 가문 장수 몇의 호위를 받으며 동화문 아래에 도착했다. 태자는 제정신이 아니었지만, 최대한 침착하게 생각하려 애썼다.
'옌 대도독이 죽었더라도 고모가 살아 있다면, 그리고 정말……부황께서 돌아가셨다면? 어떻게든 재기할 수 있지 않을까?'
태자는 다시 한번 눈빛을 번뜩였지만, 눈앞의 성문이 닫히는 모습을 보자 남은 모든 전의가 사라지는 것같이 느껴졌다. 동화문 양측 돌계단에는 성문사 관병들이 활을 들고, 다가오는 태자와 그를 호위하는 장수 몇을 조준하고 있었다.
그리고 그 중앙에는 흰옷을 입은 젊은이가 하나 있었다.
태자에게도 익숙한 얼굴.
'옌빙윈이 어떻게 여기에 있는 거지?'
옌빙윈은 그림자에게 구출된 후 두 시진 정도 잠적을 했다. 그래서 그 이후의 일들을 직접 지휘하지는 못했지만 감사원 비밀 가옥에서 민감하게 정세를 파악하고 있었다. 그리고 그는 예씨 집안의 배반 소식을 듣자마자 타고한 감각으로 장더칭 아래에 있는 각 성문의 통령들에게 모두 비밀 서신을 보냈다.
장더칭은 배반했지만, 기본적으로 13성문사는 황제 심복들의 조직이었기 때문이다. 그리고 모반을 일으킨 자가 패색이 짙어졌다는 소식은 그의 제안에 더욱 힘을 실어줄 것이었다.
결과적으로 되돌아올 수 없는 강을 건넌 장더칭이 직접 통제하는 정양문을 제외한 여덟 개 성문 통령들은 모두 옌빙윈의 제안을 받아들였다. 어찌 보면 그들도 정세를 보며 현명한 판단을 한 것이었다.
"죽여라!"
이 명령은 태자가 내린 것이 아니었다. 심지어 그가 허락한 것도 아니었다. 포위를 뚫고 밖으로 나갈 생각뿐이었던 친씨 가문 장수들은 스스로 곧장 전투 태세에 들어갔다. 하지만 그들의 용맹함은 오래가지 못했다. 뒤에서 우레와 같은 말발굽 소리가 들려왔기 때문이다. 그리고 정예 기마병 사이로 깃발 하나가 높게 펄럭이고 있었다.

'예(葉).'

예중이 친히 병사들을 몰고 이곳으로 온 것이었다. 하지만 자신의 정보력이 가장 빠르다고 생각했던 그의 눈에 이상한 광경이 펼쳐지고 있었다. 이미 동화문이 굳게 닫혀 있었기 때문이었다.

"투항한다."

태자가 예중을 보자 마치 해탈한 눈빛으로 입을 열었다. 그리고 모두가 싸움을 멈추었다. 태자는 속으로 목숨 걸고 싸우다 보면 동화문을 뚫고 나갈 수도 있다 생각했다. 하지만 태자는 이미 지치고, 피곤하고, 싫증나고, 절망했다.

태자는 말머리를 돌려 예중을 바라보며 천천히 말했다.

"예 장군, 본궁은 떠나지 않겠네."

"태자 전하, 영명하십니다."

"다만 조건이 하나 있네."

"말씀하십시오."

"판시엔을 만나게 해주게."

예중이 한동안 침묵하고 있다가 천천히 입을 열었다.

"죄송하지만, 판 공작이 어디 있는지 저도 모릅니다."

리청치엔의 눈에 걱정이 스쳤다.

'너무 늦었나?'

물론 예중은 거짓말을 한 것이었다. 확신할 수는 없었지만, 그는 판시엔이 어디 있을지 짐작할 수 있었다. 그와 나눈 마지막 대화를 똑똑히 기억하고 있었기 때문이다. 하지만 판시엔과 대화를 나누지 않은 태자도 이미 그의 위치를 짐작하고 있었다. 왜냐하면 태자의 관심이 온통 그곳, 그리고 그곳에 있는 사람에게 가 있었기 때문이다.

두 사람의 짐작대로, 판시엔은 그 시각 태평별원 근처에 있었다.

검은색 관복을 입은 판시엔은 류징허 강변 언덕에 서서, 맞은편에 자리 잡은 아름다운 황실 별원을 바라보고 있었다. 사실 그가 여기 있다는 것은 그렇게 예상하기 어려운 문제가 아니었다.

그곳에, 이 모든 일의 진정한 주모자 장 공주, 그리고 판시엔이 가장 신경 쓰는 부인 린완알과 형님 큰보배가 있었기 때문이다. 다만, 장 공주가 마지막 장소로 왜 태평별원을 선택한 것인지, 완알과 큰보배를 어떻게 구해낼 것인지에 대해서는 확신이 없었다. 심지어 완알은 장 공주의 친딸이었지만, 판시엔은 전혀 안심할 수 없었다.

판시엔은 여전히 밖에서 담벼락을 바라보며 고민하고 있었다. 고수는 생각보다 없었지만 담벼락 구조가 매우 교묘하게 설계되어 있었기 때문이다. 밖에서 안을 들여다볼 수 있는 방법이 전혀 없었다. 다시 말해, 마지막 패로 가져온 저격총을 쓸 수가 없었다.

'어머니가 이곳을 설계할 때, 설마 저격총까지 염두에 둔 건가?'

판시엔은 결연한 표정을 지으며 어쨌든 방법은 있다 생각했다. 왜냐하면 어머니도 결국 이곳에서 죽지 않았던가. 그리고 잠시 생각하다 결심을 하고 천천히 발걸음을 옮겼다. 사실 그가 이곳을 뚫고 들어가는 것은 쉬웠지만, 문제는 장 공주가 완알과 큰보배를 인질로 삼고 있었기에 계속 고민했던 것이었다.

판시엔은 아무렇지 않은 듯, 천천히 정문으로 걸어갔다. 담벼락 위와 숲 뒤에서 순식간에 여러 호위들이 나타나 그를 둘러쌌다. 판시엔은 전혀 당황하지 않고, 오히려 차분한 눈빛으로 천천히 흘러가는 류징허 강물을 보며 입을 열었다.

"장 공주를 보고 싶은데."

호위들은 지금 상황을 이해할 수가 없었다.

'판시엔은 황성에 갇혀 있어야 하는 게 아닌가? 여길 어떻게 나타난 거지?'

그때 대나무 숲에서 시원한 바람이 불어왔다. 그리고 호위 몇몇이 판시엔을 향해 돌진했다. 판시엔은 살짝 미간을 찌푸리고 몸을 뒤로 빼더니, 빠른 속도로 주먹을 날려 호위의 얼굴을 가격했다. 깔끔하고 빠른 주먹질에, 이가 부러진 호위 하나가 피를 뿜으며 땅에 쓰러졌다.

'좀 조용히 들어가자…….'

사실 이 순간 판시엔을 막을 수 있는 실력자는 아무도 없었다. 그들은 모두 대동산에 빨려 들어가 나오지 못하고 있거나, 그곳에서 황제와 함께 묻혀 버렸기 때문이다. 그럼에도 판시엔이 문을 두드린 이유는 완알과 큰보배의 안전 때문이었다.

하지만 웬일인지 호위들도 더 이상 공격을 하지 않고 길을 비켜주었다.

태평별원 안에서 우아하고 그윽한 거문고 소리가 들려왔기 때문이다. 그것은 명령이었지만, 호위들은 그 뜻을 이해하기 힘들었다.

'공주가 왜 갑자기? 이때가 판시엔을 죽일 수 있는 마지막 기회가 아닌가?'

판시엔은 고개를 숙이고 흘러가는 강물을 바라보며 조용히 거문고 소리를 들었다. 마치 그 소리에서 연주하고 있는 사람의 마음을 읽어내려는 것처럼.

잠시 뒤, 그는 성큼성큼 앞으로 가 나무문을 '벌컥' 열고 안으로 들어갔다. 별원 안 작은 호숫가 정자 근처에서 거문고를 연주하고 있는 여자가 보였다. 그는 공손히 허리를 숙이며 말했다.

"전하를 뵙습니다."

거문고 연주가 멈췄다. 하지만 곱고 가는 손가락은 여전히 거문고 줄을 가볍게 누르고 있었다. 고개를 숙이고 있는 리윈루이는 시선을 거문고 7현에만 집중한 채 움직이지 않았다.

잠시 후, 그녀의 손가락이 현의 오른쪽 끝으로 미끄러지더니, 그녀는 이전보다 더 부드럽고 우아한 소리로 연주하기 시작했다.

그녀는 정자가 아니라 그 옆 꽃나무 아래에 있었다. 나뭇가지마다 활짝 펴 있는 이름 모를 꽃들의 잎이, 시원한 가을 바람을 맞아 비 오듯 떨어졌다. 장 공주의 넓은 소매에 마치 꽃잎으로 수를 놓는 것처럼 보였다.

장 공주는 화려하게 화장을 하지 않았지만, 그래서 오히려 그녀가 가진 자연스러운 아름다움이 돋보였다. 윤이 나는 검은 머리카락을 비단 끈으로 단정하게 묶은 것도 그 자연스러움을 돋보이게 만들었다.

판시엔은 한참 거문고 연주를 듣다 '불쑥' 말했다.

"옌샤오이가 죽었어요."

거문고 현이 튕기며 날카로운 소리가 났다.

"친헝도 죽었어요."

거문고 현이 가볍게 눌리며 그윽한 소리가 났다.

"친예도 죽었어요."

리윈루이는 여전히 고개를 들지 않았다. 거문고 연주가 느려지며 소리가 조금 애달파지기는 했지만, 그렇다고 지나치게 구슬프지는 않았다.

오히려 담백했다.

갑자기, 연주 소리가 빨라졌다. 그리고 소리도 커졌다.

자신 있는 사람만이 낼 수 있는 정확한 소리음이었다.

"저는 음률에 대해서는 문외한이에요. 아무리 세심하게 연주하셔도 쇠귀에 경 읽기예요."

장 공주는 쇠귀에 경 읽기의 뜻을 몰랐다. 그리고 그녀는 누군가를 위해 연주를 하고 있지 않았다. 마치 그녀는 자신이 본래 연주를 하고 있었는데 판시엔이 '불쑥' 찾아왔다는 듯, 말없이 연주를 계속 이어갔다.

"예중이 배반했어요."

'팅!'

세 번째 현이 끊어져 버렸다.

장 공주가 고개를 천천히 들고 판시엔을 바라봤다.

"네가 왔을 때 좋은 소식을 들은 적이 없어."

"좋은 소식도 있어요. 아직 제가 살아 있잖아요."

"하지만 네가 여기 온 건, 여전히 나에게 바라는 게 있어서겠지?"

"제가 여기 왔으니, 징두에서 무슨 일이 있었는지 짐작하시겠지요?"

이 두 말에 모든 것이 담겨있었다. 지금 상황은 둘이 서로가 서로의 약점을 잡고 있었다. 장 공주는 린완알과 큰보배를 인질로 잡고 있었고, 판시엔은 징두에서 뒤집힐 수 없는 유리한 고지에 올라 있었다.

"제가 간청드립니다."

판시엔이 진지하게 말했다.

"그만하시죠."

그녀는 고개를 들어 판시엔을 바라봤다. 눈빛은 담담해 보였지만, 깊이를 알 수 없는 원망이 담겨 있는 듯 보였다. 사실 그 원망은 판시엔을 향하기보다 그녀 자신을 향하고 있었다.

"그만해? 네가 그 말을 할 자격이 있을까?"

장 공주가 자조 섞인 미소를 짓자, 그녀의 어깨 위로 꽃잎이 하나 떨어졌다.

"예중이 배신했다……의외네. 하지만 네가 지금 여기 왔는데, 내가 걱정할 건 뭐지? 난 너를 한번도 두려워한 적이 없어."

"완알, 큰보배……."

"넌 강한 척하지만, 일격에도 무너질 아이야."

리윈루이는 온화한 미소를 지으며 말을 이었다.

"넌 아끼는 사람이 너무 많아. 온통 약점투성이지. 내가 그중 하나만 잡고 있어도, 넌 함부로 움직이지 못해. 아니라면 네가 지금 여기 있을까?"

"인정하죠. 완알이 안전할 수 있다면 제 목숨도 기꺼이 내놓죠."

장 공주의 눈이 번뜩였다. 하지만 판시엔은 그녀를 쳐다보지도 않고, 호수 물결을 따라 떠다니는 꽃잎들을 바라보며 담담히 말을 이었다.

"하지만……목숨을 내놓는 거와 위협을 당하는 건 엄연히 다르죠. 완알의 병을 치료하는데 제 목숨이 필요하다면 기꺼이 내놓죠. 하지만 제가 죽어도 완알의 안전을 확보할 수 없다면, 그건 다른 이야기 아닌가요?"

그가 고개를 돌려 장 공주의 눈을 보며 말을 이었다.

"저에게 그런 위협은 통하지 않아요. 제가 여기 온 것은 대화를 통해 잘 수습할 수 있다 생각했기 때문이에요."

장 공주는 실소가 터지며 고개를 저었다.

"리씨 집안 남자들은 모두 염치가 없어. 잔인하고 악랄한 짓은 내가 한 것이고, 너는 피해자로 둔갑해 사람들의 위로를 받고 싶은 거야?"

그녀는 판시엔을 바라보며 가소롭다는 표정을 지었다.

"네가 생각해도 너무 후안무치한 것 같지 않아?"

그녀가 잠시 판시엔의 얼굴을 바라보다 자조 섞인 미소를 지으며 다시 말했다.

"어쩜 네 아버지와 똑 닮았어."

그녀가 말한 그의 아버지는, 황제 폐하.

"제가 저지른 악행을 숨기려 한다면 염치가 없는 것이지만, 지금은 제가 장모님을 핍박할 방법도 없어요. 이 점은 완알도 이해할 거예요."

판시엔은 침착하게 이 말을 했지만, 속은 조급해서 열불이 날 지경이었다. 아내가 위험한 상황에 있는데, 그가 그녀를 위해 아무것도 해줄 수 없었기 때문이다.

"안쯔야, 하나만 물어보자. 작년에 내가 너와 관계를 회복하려 했을 때, 왜 거절했어?"

"이유는 간단해요. 첫째, 장모님은 쉽게 물러설 사람이 아니죠. 둘째, 폐하께서 그렇게 놔두지 않으셨을 거예요."

"참, 오해는 하지 마. 지금 나와 손을 잡자는 이야기는 아니야. 난 이 세상에 더는 미련이 없어."

장 공주는 엄숙하고 진지하게 말을 이었다.

"황제 오라버니는 천하에서 제일 강한 사람이야. 내가 큰 실수를 저질렀어. 난 오라버니가 대동산에서 천제를 지내는 게 예류윈을 끌어들여 죽이기 위함이라 생각했는데……."

"예중이 움직였으니, 예류윈도 움직였겠죠."

"하지만 황제 오라버니가 살았을까?"

리윈루이는 차가운 눈빛이라기보다는 담담한 눈빛으로 말을 이었다.

"예류윈이 황제 편을 들었다 해도, 홍 태감과 예류윈, 쿠허와 스구지엔 결국 2대 2야. 난 황제 오라버니의 능력을 믿어. 그래서 그가 죽으면서 두 대종사를 저승길 동반자로 끌고 갔을 거라 생각해. 그게 황제 오라버니가 가진 지혜와 강대함에 어울리니까…….”

그녀는 더욱 담담히 말했다.

“대종사가 모두 죽으면? 그리고 황제 오라버니도 같이 죽으면? 결과적으로 경국에 그리 나쁘지 않아. 천하 제일의 군사력을 가진 경국은, 대종사만 없었다면 이미 천하 통일을 이루었겠지. 너나 황제 오라버니가 오해를 한 게 있어. 나도……경국 사람이야.”

그녀의 얼굴에서 옅은 미소가 퍼졌다.

“넌 지금 용의에 누구를 앉힐지 고민하고 있겠지? 네가 살아 돌아와서 태자가 그 의자에 앉지 못하게 된 건 아쉽지만……그건 사소한 실패일 뿐이야. 황제 오라버니는 죽었지만, 4대 종사의 호위를 받으며 저승을 가는 것이고, 그게 누구든, 어쨌든 그의 아들에게 천하를 물려주는 거잖아?”

‘진짜 미친 여자야……이런 큰일을 벌이면서도, 누가 살고 누가 죽을지도 생각하지 않았다니…….’

“그럼 장모님은요?”

“나?”

장 공주는 한심하다는 듯 말을 이었다.

“땅을 덮고 있는 흙과, 하늘을 비추는 별 중 넌 뭐가 되고 싶은데? 사람이 살면서 자신이 가진 빛을 발할 수 있다면, 그걸로 족한 거야. 사람들이 뭐라 떠들든, 역사책에 뭐라 기록되든 상관없어. 항상 체면을 따지던 황제 오라버니도 결국 내 도움이 필요했잖아?”

판시엔은 고개를 저으며 물었다.

“도대체……왜 이러시는 거예요?”

“황제 오라버니가……날 저버렸으니까……그리고 난 남자들이 오랜 시간 장악해 왔던 역사를, 여자도 바꿀 수 있다는 걸 보여주고 싶었으니까……."

그녀가 천천히 일어나자, 그녀의 몸 위에 있던 꽃잎들이 하늘하늘 땅에 떨어졌다. 그녀는 태평별원의 풍경을 훑어보며 나지막이 말했다.

"어렸을 때, 난 여길 무척 좋아했어. 하지만 오라버니는 내가 여길 오지 못하게 했지. 그리고 당시 이곳의 주인은 정말 제멋대로였는데……."

그녀는 판시엔을 향해 몸을 돌리며 요염한 목소리로 물었다.

"내가 네 어머니를 이긴 것 같아?"

"전혀. 제 어머니는 사람들을 웃게 했지만, 장모님은 천하를 울게 했지요. 그리고 제가 어머니의 초상화를 봤는데, 장모님보다 미인이시던데요?"

판시엔은 웃으며 말을 이었다.

"모두가 예칭메이를 사랑하고 그리워하는 이유가 있겠지요."

판시엔은 비꼬아 말했지만, 사실 더 이상 장 공주와 입씨름을 하고 싶지 않았다. 그녀가 처음 계획을 세웠을 때부터, 자신의 죽음도 개의치 않는, 변태 같은 미친 계획을 세웠다고 생각이 들었기 때문이다. 그래서 그는 그녀를 자극하면서 어떻게든 완알과 큰보배를 구할 방법을 찾고 싶다는 생각뿐이었다.

물론 아주 큰 의문이 마음을 짓누르고 있었지만.

'황제는 정말 죽었을까?'

# 제2장

## 제왕의 규칙, 왕도(王道)

"폐하……!"

여기서 정지.

공중에 떠 있던 장검은 스구지엔의 손가락이 가리키는 방향을 따라 반원을 그리며 황제의 등을 찌르려 했다.

그리고 예류윈은 황제 옆에서 백옥처럼 하얀 손을 뻗었다.

그 순간 하얀 손이, 장검을 잡았다!

살기를 품은 검과 처음 접촉한 것은 예류윈의 소매.

삼베를 엮어 만든 넓은 소매가 아주 부드럽게, 마치 대동산 산허리를 감싸고 있는 구름처럼, 검을 휘감았다. 찢긴 소매 천 조각이 나

비처럼 하늘 위로 날아갔고, 살기를 내뿜고 날아오던 검은 소매와 부드럽게 엉켜 힘을 잃었다.

예류원은 당황했다.

스구지엔의 검이 너무 빨라, 예상보다 일찍 자신의 진짜 정체를 드러냈기 때문이다. 그래서 스구지엔을 죽일 기회가 없을 수도 있다는 생각에 불안해하고 있었다.

예류원이 황제 앞에서 태양처럼 양손을 펼쳐 동그란 원을 만들어 다가오는 검을 막았을 때, 스구지엔의 몸이 떨리기 시작했다. 마치 그의 몸에 전류가 흐르는 것처럼 강렬하게 진동했다.

그의 검은, 예류원의 양 손바닥 사이에서 멈춰 서 있었다.

그의 몸이 진동하자, 그의 검도 검의가 뿜어져 나오며 하늘로 치솟았다.

'웅웅!'

검이 미친 듯이 떨기 시작하더니 공중에서 다시 광채를 발하기 시작했다.

이때 대동산에 내리던 비는 폭포처럼 쏟아지고 있었다. 하지만 시간을 쪼개서 보면, 세차게 내리던 빗물이 느려진 시간의 흐름에 옥구슬처럼 천천히 땅에 떨어지고 있었다.

투명한 옥구슬 같은 빗물 뒤로, 천지를 찢어버릴 듯한 기세로, 십여 장의 거리를 번개처럼 다가와, 스구지엔이 자신의 평범한 검의 자루를 잡았다.

그리고 찔렀다!

옥구슬 같은 빗방울 하나가 천천히 내려와 스구지엔의 삼베옷에 부딪혀 부서지는 순간, 예류원의 눈이 번쩍 뜨였다.

'흡!'

흘러가는 구름이 태양을 휘감아 진기를 흡수하듯, 그는 원을 그리고 있던 양손을 하나로 합쳐 합장했다.

'펑!'

텅 비어 있던 공중에서 단단한 금속이 부딪히는 것 같은 소리가 들리고, 마치 양 손바닥으로 칼의 양 단면을 잡은 듯 스구지엔의 검이 멈추었다.

대종사들에게는 전략이랄 게 없다. 황제는 전략을 이용해 예류원의 정체를 숨겼지만, 스구지엔은 검 하나로 전략을 부수고 있었다. 예류원도 황제를 보호해야 하기 때문에 검을 피할 수 없었고, 단지 막아설 수밖에 없었다.

그래서 상황은 스구지엔에게 '약간' 유리했다.

대종사의 싸움에선, '우연'한 생각의 전환으로 천지를 바꿀 수 있고, '약간'의 치우침만으로 대세를 바꿀 수 있다.

"으아악!"

스구지엔이 처량하면서도 우렁찬 목소리로 소리쳤다.

빠른 속도로 검에 그의 검기가 흡수되었고, 검의 온도가 급격하게 상승하기 시작했다. 이미 검 자루에 감겨 있던 밧줄은 모든 수분이 증발해 마른 볏집처럼 보였다.

'치치치치치…….'

소름 끼치는 금속 마찰음이 울려 퍼졌다.

그리고 예류원의 양손에 갇혀 있던 검이 움직였다.

1촌(寸).

검이 더 움직이지는 않았지만, 예류원 손의 피부가 찢어지기 시작했다!

백옥처럼 하얀 손이, 마치 피부병을 앓고 있는 환자처럼 생기를 잃고 잔혹하게 갈라졌다!

하지만 예류원은 침착하게, 아무런 감정도 드러내지 않은 채, 한

마디를 외쳤다.
"윈(雲, 운)!"
쩍쩍 갈라지던 양손의 피부가 이전의 부드러운 모습으로 다시 변하기 시작했다. 바다보다도 깊고, 호수보다도 잔잔하며, 여자의 눈동자보다도 부드럽고 순수한 모습으로.
하늘 위 뭉게뭉게 피어나는 구름처럼 그의 손이 검을 감싸자, 하늘을 찌를 듯한 살기를 내뿜던 검이 순식간에 온화해지고 조용해졌다.
'우르르……쾅!'
'번쩍!'
번개가 치자 삿갓 아래 스구지엔의 얼굴이 드러났다. 그의 두 눈동자는 야수와 같은 야만스러운 광기로 가득했다. 다시 한번 그는 처량하게 비명을 질렀다. 그리고 누구도 막을 수 없을 것 같은 살기와 난폭한 기운이, 다시 한번 검에 실리기 시작했다.
스구지엔 일생 중 가장 강력하게 찌른 검이었다. 그의 생명, 정신, 신념이 모두 응축된 검이었다. 포악한 기세가 천지의 기운을 역행시키는 듯 보였다. 이번에는 누구도 막을 수 없을 것 같은 기세였다.
그게 설사 예류윈이라고 하더라도.
국면(局面).
실(實)과 세(勢)를 넘어서는 또 하나의 변수. 어떤 상황에서는 하나의 국면이 모든 것을 압도해 버리는 순간이 온다.
예류윈은 국면의 전환이 필요했다.
대동산 정상에는 쿠허와 홍 태감, 예류윈과 스구지엔이 정면 충돌하고 있었고, 우쥬는 옆에서 불구경하듯 그 모습을 지켜보고 있었다. 이때, 예류윈이 국면을 전환시킬 수 있는 방법은 세 가지.
자신의 생명을 위해 가장 간단한 선택은 도망가는 것이었다. 하지만 그가 도망간다면 황제는 죽은 목숨이었다. 다른 방법은 우쥬가 도와주는 방법인데, 우쥬는 예상과 달리 미동도 하지 않고 있었다.

그렇다면 이 상황을 어떻게 타개해야 할까.

놀랍게도, 예류원이 선택한 것은 한 손을 치우는 것이었다. 검을 막고 있던 양손 중 하나가 갑자기 산 정상에 있는 바람의 한 부분을 스치며 휘감더니 곧장 스구지엔의 얼굴을 향했다.

흩어질 산(散), 손 수(手), 산수권법!

그는 산수권법을 이용해 흐르는 구름 같은 기운을 스구지엔에게 쏘았다!

만약 스구지엔이 이 산수를 무시한다면, 장검은 예류원의 가슴을 찌르고, 검에 농축된 검의와 살기가 그의 오장육부를 조각내 버릴 것이다. 하지만 만약 스구지엔이 이 산수를 피하려고 한다면, 집중력이 흩어져서 검에 불어 넣고 있는 진기에 약간의 빈틈이 생길 것이다.

예류원의 선택은 지혜로웠고 심지어 아름다웠다.

자신의 죽음을 각오하고 스구지엔에게 중상을 입힐 모험을 한 것이다. 왜냐하면 그는 스구지엔이 이미 극한의 상황에 이르렀다는 걸 알고 있었기 때문이다.

또, 예류원은 죽을 수 있었지만, 스구지엔은 중상을 입어서는 안 됐다. 그의 목표는 예류원이 아니라 경국 황제였기 때문이다.

그리고 산 정상에는 아직 우쥬가 있었다.

그래서 구름 같은 진기를 쏘아 보낸 예류원은, 스구지엔 검의 기세가 변하기를 기다렸다.

하지만.

스구지엔 검의 기세는 변하지 않았다.

대신 그는 검을 잡은 왼손의 집게손가락을 살짝 비스듬히 펼쳤다. 스구지엔은 가장 기본적인 방법으로 검을 잡고 있었는데, 엄지손가락과 다른 네 손가락으로 둥글게 말아 잡고 있었다. 정확히 말하면, 스구지엔은 검 자루를 접촉해서 잡고 있지는 않았고, 검 자루와 그의 손은 약간의 공간을 두고 있었는데, 그 안은 텅 비어져 있는 것처럼 보였지만 그에게서 나오는 진기로 가득 채워져 있었다.

그는 진기를 아주 조금 떼어 내, 그 진기로 공검(空劍)을 만들어, 자신의 진정한 목표인 경국 황제에게 날려보냈다!

아주 미세한 진기였지만, 경국 황제를 죽이기엔 충분해 보였다.

그리고 그 공격을 막으려면, 예류윈의 산수 공격도 변화가 불가피했다.

예류윈이 공격을 거두지 않으면, 예류윈도 스구지엔도 중상을 입겠지만, 경국 황제는 죽을 것이다.

반격에 또 반격.

스구지엔은 진정한 백치가 아니었다.

하지만.

이 짧은 사이, 스구지엔의 얼굴이 일그러지기 시작했다.

예류윈의 산수 공격은 여전히 그의 얼굴을 향해 다가오고 있었다. 마치 그는 황제로 향하는 공검은 신경도 쓰지 않는 것처럼 보였다.

1초도 안되는 그 사이, 스구지엔의 얼굴이 더욱 일그러지기 시작했다.

눈물을 흘리는 용이 새겨진 옅은 황색 용포를 향해 나아가던 공검이 순식간에 사라져버렸다.

그의 눈앞에 놀라운 이야기가 펼쳐지고 있었다.

이야기는, 사실 그 1초가 시작되는 순간부터 이미 벌어지고 있었다.

스구지엔이 날린 검이 황제의 등을 찌르려 할 때, 예류윈이 그것을 막아내려는 찰나, 황제는 탄식을 하며 홍 태감의 노쇠한 손을 놓았다. 마치 자신 때문에 늙은 홍 태감이 인생의 마지막 싸움을 온전히 즐기지 못하는 걸 원치 않는다는 듯이.

그때, 쿠허의 손바닥은 홍 태감의 가슴에 있었다. 하지만 쿠허의 공격은 마치 산허리에 부는 맑은 바람처럼 부드러웠기에, 주위에 큰 혼란 같은 것은 일어나지 않았다.

홍 태감은 가만히 쿠허의 얼굴을 바라보았다.

'빠직!'

묵직한 소리와 함께 홍 태감의 가슴뼈가 부서졌다!

천일도, 하늘의 도리를 통달한 쿠허의 손에 함축한 천지의 위력이 발산되자, 홍 태감의 가슴뼈가 부드러운 두부처럼 무너지며 짓이겨지고 있었다.

홍 태감의 눈, 코, 입 등 오관에서 모두 붉은 피가 뿜어져 나왔다. 하지만 그는 자신의 생명의 불씨가 꺼져가는 와중에도, 그 눈빛에서만은 살기과 비웃음이 뿜어져 나왔다. 그리고 그 순간 일종의 '공허함'이 쿠허의 손바닥에 전해졌다. 쿠허는 믿을 수 없다는 표정으로 자신을 비웃는 홍 태감을 바라보았다.

홍 태감은 쿠허의 공격을 '막지 않았다'!

홍 태감의 가슴뼈가 부서지는 순간, 그의 오관에서 선혈이 뿜어져 나오는 그 순간, 그의 몸에서 발산되던 패도 진기가 순식간에 사라진 것이다. 너무 갑작스럽게 사라져 어디로 갔는지 찾을 수도 없었다. 그리고 이건 불가능했다. 대종사라 해도 사람이지 신이 아니었다. 스구지엔이든 예류윈이든 또는 쿠허 자신이든, 발산하던 체내의 진기를 이렇게 갑자기 모두 방출해 버린다면, 몸이 찢겨 사망할 것이었다.

갑자기 그는 낯선 위험을 감지했다.

죽음의 냄새.

오랜 삶의 여정을 겪어온 고행자 쿠허도 처음으로 맡는 냄새.

그때, 이미 쿠허의 손은 홍 태감의 가슴을 통해 몸 안으로 파고든 후 등을 뚫고 나오고 있었다. 홍 태감은 이미 죽은 것이나 다름없었다. 대종사라 해도 심장이 이렇게 산산조각 나고도 살 수 있는 사람은 없었다. 굽은 그의 몸은, 쿠허가 처음 산에 올라왔을 때 느낀 위풍당당했던 모습과 달리, 그야말로 평범한 노인의 몸이 되어 있었다.

하지만 홍 태감은 아직 죽지 않은 듯 보였다. 심장은 산산조각 나고 숨은 끊어졌지만, 그의 몸의 경맥에서는 신비한 진기가 세상을 향해 힘껏 발산되고 있었다. 그리고 그 진기는 주변 자연으로 흡수되어 들어가 다시 그의 경맥으로 들어왔으며, 마치 어떤 신비한 규율에 따라, 죽은 몸의 경맥을 교량으로 삼아, 진기가 발산되고 다시 흡수하고 있는 듯 보였다.

쿠허가 뚫고 들어간, 그의 가슴 안에 있는 쿠허의 팔까지 포함해서.

쿠허의 눈빛이 번뜩였다.

깨달은 것이 아니었다. 그냥 저절로 알 수 있었다. 자신이 계략에 빠졌고, 지금 이 순간 대동산 자체가 잘 짜여진 바둑판 같았다.

국면(局面).

홍 태감은 대종사가 아니었다.

홍 태감이 발산한 진기는 자신의 것이 아니었기에, 그의 몸을 해하는 경지까지 끌어올려진 난폭하고 거친 패도 진기를, 그렇게 자연스럽게 발산할 수 있었던 것이다.

홍 태감은 이미 누구를 위해 대신 죽을 생각으로 이곳에 왔던 것이다.

쿠허는 홍 태감이 함정이라는 사실을 알게 된 후 즉각적이고 신속하게 반응했다. 그의 눈은 밝은 달처럼 밝게 빛났고 외로운 별처럼 깨끗했다. 그는 깊이 숨을 들이켰다. 마치 대동산 정상의 모든 공기를 빨아들일 기세였다.

늙은 그의 가슴이 높이 부풀어 올랐다. 동시에 그의 체내에 있는 부드러운 천일도 무상(無想)의 진기가 흡수되기 시작했다. 그리고 숨을 내쉬며 가볍게 홍 태감의 시신에서 손을 빼내, 빠르게 그리고 가볍게 그곳에서 벗어났다.

그리고 진기를 운용했다.

늙은 홍 태감의 노쇠한 몸이 피 안개로 변했다.

쿠허 대사가 왼손 집게 손가락으로 공중에 반원을 그리며 왼손을 아래로 내렸다.

빗방울이 멈춘 듯, 대동산 정상에서 비바람에 의해 흩날리던 옅은 기운들이 순식간에 쿠허의 몸에 흡수되었다. 물론 그 기운은 미미했지만, 마지막 순간을 대비하기 위해서는 나뭇가지 하나, 물방울 하나까지도 이용해야 했다.

술법, 바다 멀리 법사들이 수행하던 술법.

그는 몇 년 전 우쥬와 싸울 때에도 이 술법만은 사용하지 않았다.

하지만 지금은 망설임이 없었다.

홍 태감의 시신이 피 안개로 변하는 순간, 안개 속에서 옥처럼 맑고 하얀 손이 불쑥 튀어나왔기 때문이다.

'예류윈.'

그는 곁의 스구지엔과 예류윈의 상황까지 돌볼 겨를이 없었지만 지극히 상식적인 판단이었다. 그리고 그는 예류윈의 공격이 두렵지 않았다. 천일도의 무상 진기, 술법을 이용해 끌어 모은 천지의 원기가 이미 3만 6천 개의 모공을 통해 자신의 경맥 안에 스며들어 있었기 때문이다.

쿠허는 가장 충만한 상태, 그리고 최고의 상태에 있었다.

상대방이 홍 태감의 죽음을 대가로 만들려고 했던 조금의 허점을, 그는 완벽하게, 심지어 지나치게 아름답게 메워 버렸다.

'톡.'

피안개를 뚫고 나온 하얀 손이 집게 손가락을 세우더니, 쿠허 눈앞의 빗방울을 건드린 후 그의 미간을 살짝 찍었다. 마치 쿠허의 미간에 붉은 반점을 찍듯이.

그 손가락이 건드린 빗방울을 중심으로 주변에 아름다운 물결이 일었다.

쿠허의 미간에는 붉은 반점이 아니라 밝은 빛이 발산되었다.

쿠허는 무상 진기와 천지의 원기를 미간으로 응축시켜 아름다운 손가락을 막고 있었다.

아름다운 손가락은 쿠허의 진기에 저항하지 않았다. 오히려 온화하고 부드러운 방식으로 쿠허의 체내에 진기를 주입하고 있었다!

난폭한 기운도, 살기도 없었다. 단지, 인간 세상에서 가장 정정당당한 규칙만 있는 것 같았다.

제왕의 규칙, 왕도(王道).

아름다운 손가락은 쿠허의 미간에서 내려와 명치를 찔렀다.

'웅.'

가벼운 동작이었지만, 용이 뚫고 들어오는 무거움이 느껴졌다.

쿠허가 오른손을 들어 상대방의 가슴을 공격하려 했을 때, 두 번째 손가락이 나와 쿠허의 손바닥을 살짝 건드려 막았다. 손가락 하나에 제왕의 존엄이 담겨 있었다. 하지만 모든 것의 진행은 대자연의 흐름처럼 자연스러웠다.

그리고 세 번째 손가락이 나왔다.

습격하려는 의도가 없는 정정당당함이 보였다. 그리고 그 손가락은 싸우려 하지도 않았고, 부수려 하지도 않았다.

'우르르……쾅!'

하늘에서 다시 한번 천둥 번개가 쳤다.

'휘이익.'

쿠허의 몸이 마치 끈이 잘린 연처럼 힘없이 멀리 날아갔다. 그는 대동산 돌계단 옆에 있는 큰 나무 아래까지 날아갔고, 그는 겨우 그곳에서 가부좌를 틀고 앉아 한숨을 쉬었다. 쿠허는 이미 자신이 틀렸다는 것을 알았다.

처음부터 틀린 거였다.

홍 태감의 정체를 알았을 때 쿠허는 자신을 가장 충만한 상태로 만들었다. 그 순간 쿠허는 인간 세상 가장 높은 곳에 있는 우뚝 솟은 나무와 같았고, 드넓고 잔잔한 맑은 가을 호수와 같았다.

그때, 상대방의 세 번째 손가락과 함께, 상대방의 체내에 있는 진기 절반이 쿠허의 체내로 주입되었던 것이다. 물이 지나치게 많으면 호수의 제방이 무너지고, 자신보다 더 큰 나무에 짓눌리면 아무리 단단한 나무라도 부러지는 법이다. 대종사는 신의 경지에 근접했다고 할 수 있지만, 신은 아니었고 어쨌거나 약점을 가진 인간이었다.

그 약점은 바로, 자신의 육체였다.

체내의 경맥도 한계가 있었고, 육체가 감당하는 능력에도 한계가 있었다.

세 번째 손가락을 통해 주입된 진기로 말미암아 쿠허는 자신의 육체의 한계를 넘어서게 되었고, 체내의 경맥과 육체는 돌이킬 수 없는 상처를 입게 되었다.

나무 아래서 가부좌를 틀고 있는 쿠허의 몸과 피부는 팽창되고 있었다. 그리고 한 가지 도무지 풀리지 않는 의문에 사로잡혀 있었다.

'어떻게 그렇게 짧은 시간에, 이처럼 많은 진기를 분출할 수 있는 것인가?'

하지만 모든 건……이미 끝난 상태였다.

홍 태감이 피 안개로 변했을 때, 스구지엔이 허공에서 쥐고 있던 공검(空劍)이 무력하게 사라졌다. 스구지엔은 이 한 수로 국면을 변화시키려 했지만, 자신과 예류윈이 중상을 당하더라도 황제를 죽이려 했지만, 이 모든 것은 물거품이 되어 버렸다.

예류윈의 산수가 이미 스구지엔의 얼굴을 덮치고 있었다.

"으아아아악!"

스구지엔이 날카로운 외침과 함께 진기를 최대치로 끌어올려, 검으로 예류윈의 복부를 찔렀다. 스구지엔은 화가 났지만, 미칠 것 같았지만, 살아남아야 한다 생각했다.

그 생각이 스구지엔의 검의 기세에 약점을 드러나게 했다.

스구지엔은 살아남았다. 하지만 그의 얼굴 반쪽의 뼈가 산수를 맞아 으스러졌다.

예류윈도 살아남았다. 하지만 그의 복부에 검이 한 치 정도 들어가 있었다.

하지만 예류윈은 멈추지 않았다. 그는 왼손으로 스구지엔의 검을 움켜쥐고, 오른손으로 스구지엔의 어깨를 내리쳤다. 스구지엔도 멈추지 않았다. 예류윈의 공격에도 아무런 고통을 느끼지 않는 모습이었다.

스구지엔의 검이 다시 예류윈의 복부에 한 치 정도 더 들어갔다.

그때, 홍 태감의 피 안개가 사방으로 흩어지고 있었다.

그때, 옅은 황색의 용포가 피 안개 뒤에서 나타났다.

그리고 스구지엔에게 일격을 날렸다.

화려함도, 기교도 없었다.

정정당당함, 광명정대함만 있을 뿐.

'펑!'

스구지엔은 강력한 진기의 충격을 느끼며, 오른팔이 그대로 찢겨 절단된 채, 뒤로 멀찌감치 날아가 경국 사당의 나무문을 부숴 버렸고, 그 뒤로도 한참 동안 부딪히는 모든 것을 다 부숴 버렸다.

'댕!'

묵직한 종소리가 들렸다.

스구지엔이 마지막에 사원의 가장 깊은 곳에 있는 큰 종과 부딪히며 사방에 종소리를 울렸다. 황색의 그림자를 본 그의 눈에는 복잡한 심경이 드러났으며, 큰 나무 아래에서 쿠허는 실의에 빠진 표정으로 이 모든 광경을 지켜보고 있었다.

"푸!"

종소리에 어떤 자극을 받은 것인지, 쿠허의 체내에서 무언가 폭발하는 듯했다. 쿠허는 미친 듯이 팽창하는 몸을 서둘러 진정시키려 했지만, 붉은 피가 그의 눈과 귀에서 뿜어져 나오고 있었다. 쿠허의 몸 뒤에 있던 나무가 쓰러져 산산조각이 났고, 그 주위에 있던 푸른 돌바닥이 부서져 떨어지는 빗물에 쓸려 내려갔다.

'댕, 댕, 댕…….'

종소리가 대동산 정상에 울려 퍼졌다.

해변에서 불어온 해풍은 다가온 속도만큼 빨리 지나갔다. 하늘에 구멍이 뚫린 듯, 미친 듯이 퍼붓던 빗방울도 바람이 사라지자 잦아들었다. 하늘 위에 먹구름이 흩어지며 푸른 하늘이 다시 모습을 드러냈고, 밝은 햇살이 황색 그림자를 비추자 모두의 시선이 그에게로 향했다.

창백한 얼굴의 황제는 손과 발이 떨리고 있었다. 패도 진기 절반을 쿠허에게 주입시키고, 남은 진기를 쥐어짜 왕도(王道)의 일격을 휘두른 탓에 피로가 극에 달한 상태였다. 천하에서 가장 위대한 군주인 그는, 비에 흠뻑 젖은 용포를 입고 머리는 산발이 되어 힘없이 축 처져 있었다.

그의 일생에서, 이렇게 궁지에 몰렸던 적은 없었다.

그의 일생에서, 이렇게 위대했던 적은 없었다.

천자(天子)의 위엄.

세 차례 북벌을 단행해 북위를 붕괴시키고 천하 지도를 바꾼 명장이자, 제왕의 지혜를 가지고 철저히 계산하고 때를 기다릴 줄 아는 천하 최고의 음모가 그리고 경국의 황제.

그리고 대종사!

황제가 줄곧 숨겨왔던 마지막 패.

그리고 쿠허와 스구지엔을 한번에 정리하기 위해 황제와 홍 태감은 치밀하게 계획된 무대 위에서 장장 20여 년 동안 연기를 해 왔던 것이다. 그 사명을 완수한 홍 태감은, 이미 피 안개가 되어 폭우에 씻기고 바람에 날아가 버렸다.

모든 사람이 졌다.

경국 황제의 20년 연극에 속아, 모두가 패배했다.

종소리가 잦아들었다.

그리고 이 광경을 본 모든 사람들은 너무 놀라 말을 하지 못했다. 대부분의 사람들은 경국 황제가 숨겨진 대종사라는 사실에 경악을 금치 못했지만, 쿠허는 그보다 그것을 아무도 눈치채지 못했다는 사실에 더 놀라고 있었다.

하지만 단 한 사람, 우쥬는 가만히 서서 모든 광경을 냉정하게 지켜보았다. 물론 그도 여러 복잡한 생각을 하고 있었다.

제일 처음 든 생각은 쳔핑핑의 말.

'쳔핑핑이 현공 사당에서 나에게 보여준다고 한 것이 황제가 대종사로 변하는 연극이었나? 그런데 왜 그는 나에게 이 연극을 보여주려 한 거지?'

우쥬가 가볍게 한 발자국 앞으로 움직였다.

모두가 경악했다.

'이 순간에 저 맹인이……?'

하지만 우쥬는 더 이상 움직이지 않고 황제를 바라만 보았다. 대신 진짜 움직임은, 오히려 경묘 사당 깊숙한 곳에서 일어났다. 황제가 눈을 가늘게 뜨고 그곳을 바라보았다. 하지만 이미 뭔가 알고 있었다는 듯 씁쓸한 미소만 짓고 있었다.

스구지엔이 쓰러져 있던 곳에서 젊은이 하나가 나왔다. 온몸이 피투성이였지만 두려워하는 기색은 없었고, 연신 마른 기침을 하고 있었지만 의연하고 침착한 표정이었다.

왕13랑.

그는 중상을 입은 스승을 등에 업고, 황색의 천을 찢어 그를 단단히 동여맸다. 그리고 나뭇가지 하나를 지팡이 삼아 사당 문을 나온 후 정상에 있는 모든 사람들 앞에 섰다. 제자의 등에 업힌 스구지엔의 가슴에는 왕도의 권법에 의해 생긴 커다란 구멍이 뚫려 있었고, 그곳에서 뿜어져 나오는 시뻘건 피가 연신 제자의 몸을 적시고 있었다.

왕13랑은 살기등등한 눈빛으로 용포를 입은 중년 남자를 노려봤다.

그 눈빛의 의미는 간단했다.

'스승님을 업고 내려갈 테니, 막지 마시오.'

그 눈빛에 답한 이는 황제가 아니라 중상을 입고 이 광경을 지켜보던 예류원이었다.

“대단한 젊은이구만.”

가부좌를 틀고 앉아 있던 쿠허도 하이탕이 떠올랐는지 미소를 지으며 나지막이 말했다.

“인재는 여전히 나오고, 하늘의 도는 바뀐다. 이것이야말로 변하지 않는 진리이지.”

경국 황제는 말없이 은은한 미소를 지으며 한 발자국 옆으로 움직여 왕13랑에게 길을 열어 주었다. 스구지엔은 힘겹게 눈을 뜨고 경국 황제를 바라보며 포악하게 말했다.

“내 제자가 어떤가?”

“스승님, 말을 아끼시지요.”

왕13랑은 이 말과 함께 황제에게 다가가 그 옆에 떨어진 무언가를 집었다. 그 모습이 마치 황제의 존재는 전혀 개의치 않는 듯 자연스러웠다. 그리고 그는 한 손에 지팡이, 한 손에 스승의 잘린 팔을 들고 대동산 돌계단을 내려갔다.

“으아아아아아악!”

스구지엔의 광기 섞인 울음소리가 오랫동안 산골짜기에 울려 퍼졌다.

황제가 왕13랑을 죽이지 않은 것은 인재를 아끼는 마음 때문이 아니었다. 그와 판시엔의 관계를 알았기 때문이다. 스구지엔의 광기 섞인 울음소리도 황제가 이 부분을 알고 실수를 하지 않았기 때문이었다.

하지만 스구지엔은 경국 황제가 자신의 제자에게 길을 양보한 진짜 이유는 모르고 있었다. 그것은 우쥬가 한 발자국 앞으로 움직였기 때문이었다.

스구지엔이 떠나자, 쿠허도 떠났다.

쿠허가 떠나자, 우쥬가 내딛었던 발을 거둬들였다.
황제는 온화한 눈빛으로 우쥬를 보며 말했다.
"우 대인, 나에게 해명할 게 있는 듯한데."
황제는 우쥬를 '우 대인', 자신을 '나'라 칭하고 있었다.
우쥬는 고개를 살짝 숙이고 생각한 후 입을 열었다.
"하기 싫어서."
이를 지켜보던 조정의 대신들은 경악했지만, 판시엔이 이 장면을 보았다면 다른 의미로 그들보다 더 경악했을 것이다. 우쥬 삼촌이 감정 표현을 했기 때문이다.
"도련님은 너의 안전을 지키라 했다."
우쥬는 고개를 들어 황제를 '바라보며' 말을 이었다.
"그리고 지금 넌 안전하다."
우쥬는 판시엔을 처음으로 '도련님'이라 불렀다.
황제는 화를 내지 않고 침착하게 말했다.
"우 대인, 나와 함께 징두로 가세."
"몇 가지 일이 기억났지만, 누구인지는 몰랐다. 지금 보니 그 사람이 너였다."
'그 사람'은 패도 진기 〈무명공결〉 하권을 연마했던 사람이었다. 그리고 그는 몸을 살짝 틀어 예류윈에게 '안녕'이라 말하고 무심하게 돌계단을 따라 산 아래로 내려갔다.
경국 황제에게는, 마지막 인사도 없었다.
황제는 몸을 돌려 절벽 앞에 서서 가볍게 부는 바닷바람을 느꼈다. 오랜 계획이 성공했고, 이제 천하 통일의 큰 포부를 이룰 수 있었지만, 그의 얼굴에는 기쁜 기색보다는 외로움과 쓸쓸함이 짙게 배어 있었다.
"만세!"

갑자기 산이 떠내려갈 듯한 우렁찬 만세 소리가 울려 퍼졌다. 살아남은 대신들은 찰나에 벌어진 대종사들의 싸움을 이해할 수 없었지만, 한 가지만은 확실히 알 수 있었다.

승리자는 경국 황제.

그들은 주체할 수 없는 기쁨에 눈물 범벅이 되어 땅에 엎드려 있었지만, 황제는 조금도 동요하지 않고 침착하게 명을 내리기 시작했다.

"쳔핑핑에게 움직이라 일러라."

야오 태감이 재빨리 대답했다.

"네."

"옌징에 밀서를 보내 메이즈리가 섭정케 하고, 군을 일으켜 송나라를 압박하라."

"네."

"스페이(史飛, 사비) 장군에게 창저우 정북군을 접수하라 명해라."

"네."

"쉐칭 총독에게 유능한 관리 몇을 뤄저우로 보내라 명해라. 그리고 그에게……짐은 호우용즈(侯咏志, 후영지) 저택에서 기다린다 전해라."

"네. 알겠습니다."

마지막 명령에, 야오 태감은 소름이 끼쳤다. 호우용즈는 동산로의 총독이었다. 군대가 대동산을 포위하는데 호우 총독이 몰랐을 리 없었다. 다시 말해, 호우 총독은 장 공주와 결탁해 반란을 도왔다는 의미였다.

황제는 급한 명령을 내린 후, 예류윈에게 가서 공손하게 허리를 굽히며 말했다.

"류원 어르신, 고생했습니다."

오늘 황제가 허리를 굽혀 인사한 이는 둘. 그중 한 사람은 이미 피안개가 되어 이 세상에 흔적도 남아 있지 않았다.

'쿵!'

모래와 자갈이 진동하더니, 마치 조물주가 망치로 내려친 것처럼, 대동산 정상 중간에 3척 정도 높이의 원형 구멍이 생겼다. 대종사들의 진기가 땅속에 침투하면서 결국 지형까지 변하게 한 것이다. 하지만 황제는 큰 구덩이에는 눈길도 주지 않은 채, 하늘 위에서 춤을 추는 흰 비둘기의 모습만 바라보았다.

침착하고 자신감에 찬 얼굴이었다.

사실 그는 이 순간 징두로 빨리 돌아가야 했다. 징두 상황을 빨리 수습해 안정과 발전을 유지해야 했다. 하지만 그는 이 점은 별로 염두에 두고 있지 않은 듯 보였다. 오랜 시간에 걸쳐 세운 계획이었고, 그 첫 번째 목표는 당연히 천하 통일을 막는 두 늙은 괴물을 정리하는 것이었지만, 그것으로 끝낼 생각은 없었다.

여전히 침착하고 자신감에 찬 얼굴이었다.

대동산 사건은 외부와 내부에 잠재해 있는 모든 장애물을 해치울 기회였다. 황제는 자신이 죽었다는 소문을 퍼트려 조정 안에 있는 불순분자들을 가려 제거할 생각이었던 것이다. 그래서 쳔핑핑에게 대동산 정상의 상황을 예중과 판시엔에게 전달되지 못하게 하라 명을 내렸다.

그리고 쳔핑핑은 모든 감사원의 힘을 동원해 소식이 전해지지 못하도록 동산로를 최대한 봉쇄한 것이다. 대신 장 공주가 자유롭게 미쳐 날뛸 수 있도록 황제가 죽었다는 소식만 징두로 전했다.

하지만 이렇게 모든 상황을 예측하고 계산한 황제도 한 가지는 몰랐다. 그것은 바로 자신의 어머니 태후의 생각. 황제는 그녀가 황실의 존속과 경국의 영토 확장을 위해 어떤 이의 희생도 아까워하지 않는다는 것을 모르고 있었다.

황제는 천천히 산 아래로 발걸음을 옮기며 가능하면 반란군의 수장을 생포하라 명했다. 그가 생각하기에 '검은 옷을 입은 이'는 아직 죽이기 아까운 인물이었기 때문이다.

왕치니엔은 미친 듯이 내리는 비에 고개를 숙인 채 깊은 숲을 따라 산 아래로 도망치고 있었다. 쿠허가 홍 태감의 가슴에 손바닥을 대기도 전에, 그는 몰래 정상을 빠져나왔다. 그는 산 정상에서 무슨 일이 일어나고 있는지 알 수 없었지만, 자신과 같은 사람이 알아서 좋을 게 없다는 것은 알고 있었다.

그가 볼 때, 황제는 죽을 운명이었다. 대종사 세 명의 공격에 누가 살아남을 수 있겠는가? 그는 황제의 죽음을 확신했을 때, 바로 도망가야겠다고 결심했다. 그의 생각은 아주 단순했다. 이 소식을 빨리 징두에 알리는 것이었다.

'댕…….'

산 중턱쯤 왔을 때 정상에서 어렴풋이 종소리가 들렸다. 약간 놀라긴 했지만 발걸음을 멈추지는 않았다. 잠시 뒤, 뒤에서 인기척이 들리자 재빨리 숲에 몸을 숨겼다. 피범벅이 된 두 사람이 돌계단을 내려오고 있었다.

'왕13랑……그리고 스구지엔?!'

너무 놀라 토끼 눈을 한 왕치니엔은 소리가 새어 나가지 않게 두 손으로 자신의 입을 꽉 틀어막았다.

'도대체 무슨 일이 일어난 거지? 스구지엔을 누가 저렇게……?!'

'휙!'

왕치니엔이 놀란 가슴을 진정시킬 새도 없이 눈앞에 무언가 날아가듯 지나갔다. 그 모습에 그는 하마터면 피를 토할 뻔했다.

'쿠허?! 누가 쿠허 대사를 저렇게……!!!'

왕치니엔은 너무 놀라 산 정상을 바라보고 있었지만, 두려움에 발걸음은 산 아래로 도망치고 있었다.

'설마 폐하께서 이기신 건가……?'

산 아래로 내려오고서, 교전을 하고 있는 전장을 빠져나갈 틈을 엿보고 있는 동안, 그는 자신의 두 눈으로 산 정상 위에서의 진상을 확인할 수 있었다.

황제가 살아 있다. 대종사들이 패배했고, 반란은 실패했다.

그때, 그는 자발적으로, 본능적으로 판단했다.

'징두로 가야 해.'

그는 황제의 대열을 따라가지 않았다. 최대한 빨리 징두로 가 판시엔에게 진상을 알리기로 결심했다. 판시엔이 황제가 죽었다는 잘못된 정보를 듣고, 돌이킬 수 없는 실수를 저지를까 걱정되었기 때문이다.

죽을 힘을 다해, 가장 빠른 속도로 이동했다.

감사원보다도 빨리, 장 공주의 시선보다도 빨리 진원에 도착했다.

그는, 천하에서 가장 먼저 대동산의 진실을 전하러 온 사람이었다.

하지만 그는, 진실을 전할 수 없었다.

쳔핑핑이 그의 손발을 묶고, 입에 재갈을 물려버렸기 때문이다!

절름발이 노인은 한숨을 쉬며 자신의 늙은 종에게 중얼거렸다.

"한 사람을 죽이기가, 이렇게 어려운 일이야."

왕치니엔이 산 정상을 빠져나갈 준비를 하고 있을 때, 이미 도망치고 있던 사람이 있었다.

황실 비밀 호위 수장, 가오다.

'살아남아야 해.'

그는 스구지엔과 쿠허의 모습을 보지는 못했지만 산기슭에서 그 진실을 알 수 있었다. 두려움과 공포가 순식간에 몰려들었다. 그리고 더 이상 황제 곁으로 돌아갈 수 없다는 것을 깨달았다. 감사원 관리는 황제의 신하였지만, 황실 호위는 폐하의 종이었다. 최후의 순간에도 황제를 지켜야 하는 호위.

그래서 그는 계속 도망쳤다. 판시엔을 믿었지만, 그에게 돌아갈 수는 없었다. 판시엔이 자신 때문에 곤란해지는 것을 원치 않았기 때문이다. 그는 황제와 황궁을 피해 아주 먼 곳에서 조용히 남은 생을 보내려 했다.

그렇게 판시엔의 두 심복은 각자 자신만의 길을 선택했다. 하지만 많은 사람이 주의를 기울이지 않았고, 정확히 말해 아무도 이 점을 알아채지 못했다.

그 둘이 도망치고 있을 때, 반란군과 동이성의 자객들도 각자의 살길을 찾아 고민하고 있었다. 스구지엔의 처참한 모습을 본 후 동이성 자객들의 선택은 명확했다.

'도망간다!'

반란군들은 우왕좌왕했지만 아직 다른 주(州) 군대가 당도하지 않았기에 시간은 있었다. 많은 이들이 도망가는 것을 선택했지만, 생각보다 많은 병사들은 투항을 선택했다. 산 정상에서 하나의 명이 내려왔기 때문이다.

"짐이 너희 죄를 사하노라."

믿든 믿지 않든, 많은 이들이 황제가 내린 명의 달콤한 유혹에 빠졌다. 앞으로 조금씩, 아무도 눈치채지 못하게, 숙청이 일어날 수 있다는 생각은 하지도 못한 채.

각자의 인생에서는 절체절명의 위기와 결정의 순간이었지만, 사실 황제는 반란군이나 동이성 자객들에게는 관심이 없었다. 유일하게 관심 있는 사람은 반란군의 수장 '검은 옷을 입은 장군'이었다.

황제의 명령대로 각지에서 모여든 주 군대는 반란군보다 검은 옷을 입은 장군을 쫓는 데 주력하고 있었다. 그리고 결국 3백여 명의 군사들이 검은 옷을 입은 장군의 길목을 막는 데 성공했다. 그리고 점점 더 많은 군사들이 그곳으로 몰려들고 있었다.

검은 옷을 입은 장군 곁에는 친위병 둘 밖에 없었다.

그리고 그의 뒤에 중상을 입은 쿠허 국사가 있었다!

그는 쿠허를 자신의 말에 태워, 그를 자신의 등과 말에 밧줄로 단단히 묶었다. 그리고 친위병이 건네 주는 천에 싸인 긴 물건을 받아 들었다. 검은색 긴 창.

그가 창을 쥐자 잔잔한 호수 같았던 그의 눈이 강렬한 전의로 일렁이기 시작했고, 그의 몸에서 엄청난 살기를 내뿜기 시작했다.

전쟁의 신.

그는 3백 명의 병사들을 뚫고 나갔다. 천둥과 같은 기세에 아무도 그를 막을 수 없었다. 마치 샹징성 비오는 날, 션중을 죽인 그날처럼.

"친위병 두 명은 죽었지만, 그는 쿠허와 함께 도망쳤습니다."

황제 앞에서 무릎을 꿇은 주 군대 장군이 떨리는 목소리로 보고했다. 겁에 질린 그의 모습을 보며 황제는 은은한 미소를 지으며 온화하게 말했다.

"짐에게 그리 쉽게 잡힌다면, 어찌 천하의 샹샨후라 하겠는가?"

황제가 대동산 아래를 정리하는 데 채 하루가 걸리지 않았다. 그리고 미리 대기하고 있던 주 군대와 감사원의 힘으로 동산로의 소식은 철저히 봉쇄되었다. 그리고 북제와 동이성은 동시에 입을 다물어

버렸다. 거리상 북제 황제가 소식을 알았을 때에는 상황을 돌이키기 너무 늦어 있었고, 스구지엔은 장 공주에게 소식을 전할 생각도 하지 않았다. 그녀가 실패를 하더라도, 징두에는 반란이 일어나는 게 동이성에 유리했기 때문이다.

황제의 마차는 밤새 서북 방향으로 달려 뤄저우에 도착했고, 동이 트기 전 새벽에 동산로 총독부로 쳐들어갔다. 그리고 뤄저우는 전부 봉쇄되었다.

동산로 총독 호우융즈는 황제 앞에 무릎을 꿇고 엎드려 있었다. 잔뜩 겁에 질려 안색이 잿빛으로 변해 있었지만, 그는 연신 바닥에 머리를 조아릴 뿐 아무런 변명을 하지 않았다.

그는 죽을 운명이라는 것을 알고 있었기 때문이다. 장 공주의 계획에 참여하고, 그 계획의 실패를 안 순간, 그가 치러야 할 대가가 무엇인지도 잘 알고 있었다.

뤄저우는 죽음의 도시가 되었다. 무언가 일이 벌어지고 있었지만, 총독부 안에서 무슨 일이 벌어지고 있는지는 아무도 몰랐다. 장 공주의 밀정들은 이상한 낌새라도 전달하려 했지만, 그들의 시도는 모두 감사원 밀정과 자객에 의해 좌절되고 말았다.

그렇게 며칠이 흘렀다. 황제는 실망하지도, 급하지도 않았다. 단지 조용히 동산로 총독부에서 시간만 계산하고 있었다. 누이 장 공주에게 충분한 시간을 주었는가만 계산하고 있었다. 그리고 다시 며칠이 지나 조정에서 급히 발송한 비밀 서신이 각 로 총독부에 도착했다. 대동산의 진상을 확인하는 내용이었다.

황제는 동산로 총독부에서 자신의 죽음에 대해 지방 총독들이 어떻게 대처하는지 지켜보았다. 다음 날, 또 조정에서 서신이 전달되었다. 각 총독부에서 상주문을 올려 지금의 조정에 모두 대치하였다는 서신. 강남로와 강북로는 진상을 알고 올린 상주문이었지만,

나머지 로의 총독들은 황제에 대한 충성심으로 올린 상주문이었다.

"짐이, 천하를 다스리는 중책을 맡긴 일곱 중, 여섯은 짐을 실망시키지 않았네. 오직 네 놈만……."

다음 날, 황제는 주 군대와 대신, 태감들을 이끌고 뤄저우를 떠났다. 호우용즈에게는 사약이 내려졌고, 그의 자식 셋은 참수를 당했다. 그리고 총 서른네 명에 달하는 총독부 관원과 동산로 관원들은 모두 교살형에 처해졌다.

황제는 천천히 징두를 향해 이동하고 있었다.

어느 날, 황제는 신양성이 보이자 문득 무슨 생각이 든 듯 천천히 입을 열었다.

"징두의 윈루이에게 알려라."

야오 태감이 급히 종이와 붓을 꺼내 들었다.

"짐이 돌아왔다 적어 보내라."

명을 내린 후 황제는 말고삐를 당겨 대열 앞으로 나가, 신양을 재빨리 지나치고 징두를 향해 내달렸다.

거문고 줄이 끊어지고, 꽃나무 꽃잎이 사방에 흩어졌다.

장 공주는 태평별원 호숫가에서 방금 받은 서신을 멍하니 바라보고 있었다. 그녀의 멀지 않은 곳에는 판시엔이 앉아 있었다. 그리고 처음에 그녀는 이 서신이 가짜일 거라 생각했다.

서신은 한 문장이었지만, 그녀가 이 한 줄을 읽는데 아주 오랜 시간이 필요했다.

경악에 가까운 놀라움. 실망, 체념 그리고 분노. 결국에는 실성한 사람처럼 자조 섞인 웃음소리를 내다, 이윽고 호수에 빠진 돌맹이처럼 감정이 가라앉으며 침착함을 회복해갔다.

'짐이 돌아왔다.'

갑자기 눈물 두 줄기가 장 공주의 눈가를 타고 떨어졌다.

'마지막 말도 직접 쓰기 싫었던 건가?'

리원루이가 팔을 힘없이 내려뜨리자, 손가락 사이에 끼어 있던 서신이 가을바람을 타고 날아가 태평별원 중앙에 있는 호수에 떨어졌다. 물에 젖은 종이는, 순식간에 수면 아래로 잠겼다. 서신이 바람을 타고 하늘하늘 날아갈 때, 판시엔도 그 문장을 읽을 수 있었고, 그 역시 놀라움을 금치 못했다. 황제가 살아 있다는 건, 장 공주가 철저하게 패배했다는 의미였다. 판시엔은 주먹을 꽉 쥐고 일어났다. 소식이 기뻐서가 아니라 리원루이가 미친 행동을 할까 걱정되었기 때문이다.

리원루이가 가볍게 손을 흔들자 호수 주변으로 무수히 많은 고수들이 쏟아져 나왔다. 판시엔은 두렵지 않았지만, 리원루이의 다음 말에는 무척이나 놀랐다.

"너희들은 이제 가. 더는 필요가 없어."

판시엔보다 더 놀란 사람들은 장 공주의 심복 고수들이었다.

"이름과 신분을 숨기고, 남은 삶을 편안하게 보내. 복수같이 쓸데없는 일 하지 말고……."

"전하!"

심복들은 통곡했으나, 리원루이는 말없이 손을 저었다.

"전하!"

부하들은 떠나지 않았고 주변에는 울음소리로 가득했다. 장 공주의 미간 주름이 깊어지며 짜증난다는 듯 거칠게 손을 내저었다. 심복의 우두머리는 상황을 인지했고, 큰절을 올리고 의연하게 몸을 일으켜 떠났다. 한 사람이 떠나자, 이어서 모두 떠났다.

둘만 남은 순간, 그녀는 옅은 미소와 더없이 맑고 깨끗한 눈을 하고 판시엔에게 말을 건넸다.

"황제 오라버니가 살아계신다는 걸 알았는데도 별로 기뻐하지 않네?"

"너무 많은 사람이 죽었어요."

"친씨 집안은 왜 모반에 참여했을까?"

'이 질문은 뭐지? 왜 갑자기 친씨 집안?'

장 공주는 살짝 비웃는 눈빛으로 그를 바라보다, 호수로 눈을 돌려 잠긴 종이를 바라봤다. 태평별원 호수는 아주 맑고 얕아 바닥이 보였는데, 퉁퉁 불은 만두피 같은 흰색 종이에 붉은색 잉어들이 몰려들어 물보라가 생겼다.

"사실 우리는 별 볼 일 없는 걸 두고 싸우는 저 물고기들과 다르지 않아. 내가 이번에 분노하고 실망했다고 생각했는데……황제 오라버니가 살아 있다는 소식에 기뻐한 것도 사실이야."

그때 판시엔이 평생 잊지 못할 놀라운 장면이 펼쳐졌다.

그녀는 갑자기 황제에게 마지막 인사라도 하듯, 넓은 소매의 양팔을 벌린 후, 아래로 공손히 모아 인사를 했다. 마치 연극이 끝난 후 관객들에게 마지막 인사를 하는 것처럼.

연기자는 장 공주 그리고……독이 묻은 비수!

판시엔은 황급히 바닥에 쓰러지는 그녀의 몸을 받치고 상처 주변에 있는 경맥들을 막았다. 검은색 비수는 그녀의 넓은 소매에 가려져 있어 그가 처음에 눈치채지 못했고, 이미 너무 깊이 박혀 있어 겉으로는 손잡이밖에 보이지 않았다.

'너무 늦었다.'

장 공주는 고통스러워하는 모습도 없이 차분했다. 다만 점점 의식을 잃어가고 있었다. 판시엔은 재빨리 천일도 무상 심법을 그녀에게 주입했다. 약간은 정신을 차린 듯한 장 공주는 판시엔을 노려보며 나지막이 입을 열었다.

"천천히 고통과 죽음의 맛을 느껴보고 싶어. 그런데 왜 방해하는 거야?"

판시엔은 그녀의 말에 개의치 않는 듯 재빨리 환약을 꺼내 그녀의 입에 넣었다. 그녀를 살릴 수는 없겠지만 당분간은 의식을 유지하게 할 것이었다. 샤오은이 그랬던 것처럼.

"완알은 어디 있어? 큰보배는?"

판시엔의 목소리는 다급하게 떨리고 있었다.

"어디 있어?!"

그녀는 옅은 미소를 지으며 자신의 배에 꽂혀 있는 비수를 보며 말했다.

"잔재주를 피우려 하지 마. 그건 변변치 않은 놈들이나 하는 짓이야."

판시엔은 순간 소름이 돋았다. 그 비수가 자기가 만든 것인지 알아차렸기 때문이다. 판시엔은 페이지에에게 받은 비수와 같은 방식으로 세 자루를 만들었는데, 하나는 자신의 장화 속에, 다른 하나는 3황자에게 그리고 나머지 하나는 큰보배에게 있었다.

"큰보배에게 나를 찌르라고 한 거지?"

리윈루이가 기침을 하자 입에서 피가 뿜어져 나왔다.

"몇 년 동안 큰보배에게 잘해 주었던 게 나를 죽이기 위해서였니? 그래서 큰보배에게 린공을 죽인 사람이 나라고 세뇌했어? 큰보배는 리윈루이라는 사람을 증오하고 있더라고……."

리윈루이는 미소를 지으며 말을 이었다.

"잔재주를 너무 부리면, 조금도 대범해질 수 없어."

판시엔은 자신의 마지막 수를 이렇게 쉽게 간파한 장 공주에게 약간은 두려움을 느끼며 간절한 목소리로 말했다.

"알려줘. 제발 알려줘. 완알과 큰보배는 어디 있어?"

리윈루이는 질문에 대답은 하지 않고 판시엔을 살짝 잡아당겨 그의 어깨에 기댔다. 그녀의 양쪽 태양혈 근처는 독소 때문에 이미 푸르게 변하고 있었다.

"친씨 집안이 반란을 왜 일으켰을까? 궁금하면, 쳔핑핑에게 가서 물어봐."

리윈루이는 죽음을 앞둔 순간까지도 난초향과 감미롭고 따스한 숨결로 판시엔의 귀를 간지럽히고 있었다.

"난 죽지만, 황제 오라버니에게 가장 강한 적을 남겨준 거지. 원래 이곳을 태워 버리려고 했는데, 다시 생각해보니 너에게 남겨주는 게 좋을 듯해. 네 어머니가 살았고, 네가 이곳에서 알았으면 하는 것도 있고……그러니 날 실망시키지 마."

리윈루이는 살짝 웃으며 마지막 말을 던졌다.

"큰보배 같은 바보를 이용할 정도로 후안무치한 사람은 천하에 황제……그리고 너밖에 없지……그래서 난 너에게 걸었어."

그리고 리윈루이는 고개를 살짝 뒤로 돌려 꽃나무 아래 땅을 바라보았다.

판시엔도 재빨리 몸을 돌려 그곳을 바라보니 꽃나무 아래, 끊긴 거문고 뒤에, 옆의 땅과 다른 모양의 흙이 보였다. 그가 장 공주를 바닥에 내려 놓고 황급히 그곳으로 가서 살짝 흙을 걷어내니, 깊은 구덩이 안에 완알과 큰보배가 손이 묶이고 재갈이 물린 채로 갇혀 있었다.

완알은 판시엔을 보자마자 판시엔의 몸을 훑고 다친 데가 없다는 걸 확인한 후 눈물을 흘렸고, 큰보배는 잠시 어리둥절한 표정을 짓고 있다 판시엔을 알아보고는 장난기 가득한 표정을 지었다.

밧줄을 끊고 재갈을 제거하니, 완알은 장 공주 옆으로 가 통곡하기 시작했다. 판시엔도 그녀를 따라가려 했는데 큰보배가 그의 옷소매를 잡았다. 다시는 그를 놓지 않겠다는 듯이.

리윈루이는 마지막 순간에 딸의 목숨을 이용해 판시엔을 위협하지 않았다. 완알은 복잡한 눈빛으로 눈물을 흘리며 어머니의 손을 잡았다. 장 공주의 입가에 자조하는 미소가 걸렸다. 그 미소는 경멸의 미소로 바뀌어 갔다.

"남자들이란……."

그녀는 그렇게 얼굴에 푸른 독의 꽃을 피우며 세상을 떠났다.

판시엔은 그녀의 마지막 말들이 무슨 의미인지 몰랐지만, 그의 마음속에는 이미 독을 품은 꽃이 자라기 시작했다.

완알은 식어 가는 어머니의 시신을 몸에 안은 채 통곡하고 있었고, 큰보배는 어리둥절해하며 속으로 생각했다.

'누이는 공주가 잠든 게 슬픈 건가?'

그렇다. 장 공주의 얼굴은 여전히 아름다웠다.

그래서 마치 누군가가 와서 입을 맞춰 깨워주기를 기다리는, 잠든 공주의 모습 같았다.

징두 안은 여전히 혼란스러웠다. 아군 적군을 떠나 서로 쫓고 쫓기며 내키는 대로 약탈을 하고 있었던 것이다. 곳곳에서 여자의 비명 소리가 울렸고 이따금 불꽃이 공중으로 치솟았다. 그래서 공디엔은 병력을 이끌고 성 밖으로 나가 적들을 추격하기보다 징두 안의 질서를 정돈하는 데 힘을 쏟았다.

징두로 돌아온 판시엔은 황궁으로 가지도, 예중을 보러 가지도 않았다. 오랫동안 떠나 있었던 자신의 집, 판씨 저택으로 향했다. 아버지와 징왕의 안전에 대해 물어본 후, 텅즈징을 불러 몇 가지 지시를 내렸다. 텅즈징은 진지한 표정으로 비장하게 고개를 끄덕였다. 그리고 다른 이들의 시선을 끌지 않도록 조심하며, 징두 밖 28리 언덕 방향으로 급히 달려갔다.

판시엔은 그가 문을 나가는 모습을 보고서야 한숨을 돌렸다.

'징두의 혼란을 틈타 경여당 지배인들을 빼내야 해.'

그때, 한 무리의 기마병들이 판씨 저택에 도착했다.

딩저우 군.

"공작 대인, 예중 장군이 보고할 일이 있다 합니다."

'뭐지? 또 다른 변수가 생겼나?'

판시엔은 마음이 조금 급해지며 더 이상 묻지 않고 기마병 부대와 함께 동화문 방향으로 달렸다. 가는 길에 예중의 부하에게 설명을 들으니 태자가 그곳에 포위되어 있다 하였다.

'태자? 그는 왜 성 밖으로 나가지 않은 거지?'

병사들에게 둘러싸여 있는 태자의 표정은 무척이나 담담했다. 약간 초췌한 모습이었지만 당황하거나 겁에 질려 있지는 않았다. 오히려 판시엔을 보자 안심한 듯 한숨을 쉬었다.

"왔는가?"

판시엔은 가볍게 고개를 숙여 예를 올린 후, 예중에게 먼저 다가가 몇 마디 말을 했다. 예중은 얼굴색이 밝아지며 눈을 반짝였다. 자신이 시간을 끌며 태자에게 기회를 준 게 옳았다는 생각이 들었기 때문이다.

황제가 살아 있다면, 태자의 처분은 황제가 해야 한다.

예중의 딩저우 기마병이 검은색 마차를 호위하며 황궁을 향해 달렸다. 그 안에는 판시엔과 태자 리청치엔이 타고 있었지만 둘은 오랫동안 입을 열지 않았다. 그 침묵을 먼저 깬 것은 의외로 판시엔이었다.

"제가 응했지만, 태자가 제시한 건 본래 어려운 일이에요. 그러니 제가 못한다 하더라도 속였다고 생각은 마세요."

"왜 그렇지?"

"우선 일반 병사들은, 비록 그들이 총알받이라 하더라도, 어쨌든 반역에 참여한 거니 목숨을 장담할 수 없어요."

태자는 총알받이의 뜻을 몰랐지만 계속 들었다.

"더구나 대신들과 장군들은……더 힘들지 않을까요?"

"난 그들이 살기를 바라는 건 아니네. 그들 가족은 연루시키지 말아 달라 한 거야. 연좌제로 죽이기 시작하면 수만 명이 죽을 수도 있어."

"그러나 그건 제가 결정을 할 수가 없어요. 제가 응했으니 어쨌든 최선을 다해보겠지만……."

"자네가 왜 결정을 할 수 없다는 건가? 자네가 지금 경국을 관리하고 있고, 두 대학사의 지지도 받고 있고……만약 셋째가 황위에 오른다 해도, 자네는 그의 스승이니 누가 자네 말을 거역하겠나?"

판시엔은 천천히 고개를 돌려 태자의 눈을 바라보며 말했다.

"폐하께서 살아 계세요."

판시엔의 옷깃을 잡고 있던 태자의 두 팔이 힘없이 무릎 위로 떨어졌다.

판시엔은 다시 한번 천천히 말을 이었다.

"그녀는 죽었어요."

한참을 말없이 넋 놓고 있던 태자가 고개를 떨구며 무릎 사이로 얼굴을 파묻었다. 그리고 그의 양쪽 어깨가 떨리기 시작하며 아주 작은 소리가 새어 나왔다.

태자는 울고 있었다.

마차가 황궁에 도착하자 상처를 싸맨 대황자가 직접 마차를 동궁 문 앞까지 호위했다. 이전까지 동궁은 경국 황위를 계승할 사람이 머무는 곳이었지만, 이제는 태자의 감옥이 될 것이었고, 이후에는 태자의 무덤으로 바뀔 수도 있었다.

판시엔은 마지막으로 태자에게 나지막이 말했다.

"전하에게 단 하루의 시간밖에 없어요."

'무슨 말이지?'

"모레면 폐하께서 징두로 돌아오실 거예요."

판시엔은 담담하게 황태자를 바라보며 말을 이었다.

"이전에도 동궁에 불이 난 적 있으니, 한번 더 불이 나도 아무도 의심하지 않을 거예요."

"지금 동궁에 불이 난 틈을 타 나를 빼내, 아무도 모르는 곳으로 보내주겠다는 건가?"

태자는 복잡한 심경이 담긴 눈으로 판시엔을 향해 말을 이었다.

"자네가 왜 갑자기 선한 사람인 척하는 건가? 음……어쨌든 고맙네."

"저에게 고마워하실 필요 없어요."

"정말 알다가도 모를 사람이군……."

"저를 모르셔도 좋지만, 살고 싶으시면 오늘 밤 동궁에 불을 지르세요."

말을 마친 판시엔은 태자에게 인사도 없이 몸을 돌려 동궁을 떠났다.

그날 밤 동궁에 불이 나지 않았다. 함광전에서 동궁 방향을 지켜보던 판시엔은 씁쓸히 웃으며 고개를 저었다.

'이것으로 태자는 끝났구나…….'

사실 태자는 모든 힘을 잃었기에 판시엔은 그의 생사가 중요하지 않았다. 하지만 판시엔은 정말 태자가 온화한 사람이라 생각하고 있었다. 그리고 그의 처지가 가련하게 보였다. 태자도 장기짝의 하나

일 뿐이었기 때문이다.

판시엔은 다시 함광전 안으로 시선을 돌려 자신을 노려보는 태후의 목에 침을 하나 꽂았다. 그리고 태후가 곯아떨어지자 침대 아래로 들어가 비밀 서랍을 찾아 열었다. 이전에 검은 상자 열쇠를 찾았던 그 장소.

복제된 열쇠, 흰 천은 그대로였지만, 서신은 보이지 않았다.

판시엔은 다시 잘 정리한 뒤 일어나 태후의 목에 있는 침을 뽑았다. 얼마 후 태후가 깨어나자마자 판시엔은 온화한 목소리로 말했다.

"폐하께서 모레 도착하신답니다. 놀랍지 않으세요? 이제는 본인이 얼마나 잘못을 저지른지 아시겠어요?"

판시엔의 말에 태후는 놀란 표정을 짓다가 이내 기쁨의 기색을 내비쳤다.

"기뻐하기에는 일러요."

판시엔은 태후의 주름 가득한 손을 토닥이며 다정히 말했다.

"저는 태후를, 폐하께서 태후를 보실 때까지만 살려 드릴 생각이에요. 그러니 조금이라도 존엄한 죽음을 맞이하고 싶으시면, 이제 말해 보시죠. 지금은 말하실 수 있잖아요."

판시엔이 잠시 뜸을 들이고 말을 이었다.

"그 서신은 누가 쓴 거예요? 무슨 내용이죠? 그리고……친씨 어르신이 20년 전 일과 무슨 관련이 있죠?"

태후는 절망했지만, 판시엔이 듣고 싶어하는 질문의 답을 해주지는 않았다. 그저 입술을 떨며 괴로워하다가 눈을 질끈 감아버릴 뿐이었다. 판시엔은 예상하고 있었기에 화가 나진 않았지만, 약간 실망한 표정으로 태후의 팔에 진기를 불어넣었다. 그녀의 체내에 있는 환약의 약효가 빨리 퍼지게 하기 위함이었다. 태후는 얼마 없던 생기마저 점점 빠져나가기 시작했다. 더 이상 말할 힘도 남지 않았고,

마치 죽음을 앞둔 치매 노인처럼 보였다.

그리고 판시엔은 일부러 밖에까지 들리도록 큰 소리로 효심과 미안함을 담은 말을 태후에게 했다. 그런 뒤 슬픈 표정으로 나와 밖에 물렸던 궁녀와 어멈들을 향해 고개를 끄덕였다.

그렇게 함광전에서도, 동궁에서도, 아무 일도 일어나지 않았다.

•

불이 환하게 켜진 황궁 정문 앞에서 판시엔은 누군가 허겁지겁 달려오는 모습을 지켜보다 공손히 인사를 드렸다. 그리고 그에게 앞으로 태후가 이틀을 버티지 못할 것 같다고 알려 주었다. 하지만 상대방은 태후보다 더 궁금한 사람이 있었다.

"황제 형님께서……살아 계신다고?"

"제가 태평별원에 있을 때, 폐하께서 장 공주에게 서신을 보내신 걸 봤어요."

"형님은 진짜……그녀는 어떻게 되었나?"

"돌아가셨어요. 시신은 어떻게 해야 할지 몰라 일단 제 집 후원에 두었는데, 제가 보기에 징왕 전하가……."

징왕은 슬픈 표정을 지으며 무기력하게 말했다.

"자네가 알아서 해."

판시엔은 더 대꾸하지 않고 징왕을 보내주었다. 장 공주의 장례는 징두가 정리되고 태상사 정경이 알아서 할 일이었기 때문이다. 징왕이 들어간 후 판시엔은 조용한 밤 황성 앞의 광장을 바라보았다. 아직까지 푸른 돌바닥이 깨진 흔적과 씻기지 않은 핏자국이 남아 있었다. 판시엔은 전생, 이번 생을 포함해 처음으로 전쟁을 겪은 것이다.

'전쟁이 없는 세상이 좋은 거야. 평화가 깨지면 안 돼. 하이탕과 한 약속을 꼭 지켜야 해.'

속으로 다짐하던 그가 밤하늘을 바라보며 생각했다.

'지금쯤이면 경여당은 불타 폐허가 되었겠지?'

다그닥다그닥.

그때, 다급한 말발굽 소리가 들리기 시작했다. 실눈을 뜨고 바라보던 판시엔의 가슴이 철렁했다. 그는 왕치니엔 조직원 중 하나로, 경여당 지배인들이 징두 밖으로 나갈 때까지의 호위를 맡은 이였다. 그가 급하게 달려온다는 것은, 분명 문제가 생겼다는 의미였다.

"예상치 못한 일이 생겼습니다."

"빨리 말해."

"불도 순조롭게 붙었고, 지배인들도 피난민들 속에 껴서 성 밖으로 나가는 데 문제는 없었는데……그곳에 감시자가 있었습니다. 다만 어느 쪽인지가 확인이 안 됩니다."

'황제가 그곳까지?'

"내가 이 와중에도 너에게 20명을 붙여 줬는데, 이 문제도 제대로 해결 못하는 거야?"

"훈련이 되어 있었습니다. 그중 세 명이 도망갔습니다. 그들을 추적하고 있으며, 십여 구의 시체를 발견했습니다……그런데 제가 온 것은 다름이 아니라……."

"뭐야?"

"그중 한 명이 말을 남겼는데, '집안에서 기다리는 사람이 있다'는 모호한 말만……."

판시엔은 눈빛을 번뜩이며 더 이상 말을 하지 않고 곧장 판씨 저택으로 향했다. 그리고 도착해서 아버지의 서재로 향했다. 다급한 판시엔과 달리 아버지 판지엔은 안도의 눈빛으로, 하지만 약간은 질책하는 눈빛으로 자신의 아들을 바라보았다.

"아버지가 보낸 사람이에요?"

"왜 이렇게 일을 조잡하게 처리하는 것이냐? 그런 억지 계획으로 폐하의 눈을 속일 수 있을 거라 생각한 것이냐?"

판지엔은 질책하고 있었지만, 판시엔은 안심했다.

"아버지, 감사합니다."

"살인은 쉽다. 어려운 건 그 이후의 처리지."

판 상서는 질책하듯 말을 이었다.

"네가 현장에 놓아둔 십여 구의 시체로는 아무도 속일 수 없다. 그리고 경여당을 감시하던 황실 사람들이 죽은 것은 어떻게 설명할 것이냐?"

판 상서는 잠시 고민하다 천천히 말을 이었다.

"우선 텅즈징을 시켜 지배인 네 명만 데리고 떠나라 했다. 경여당에 몇이라도 살아 있어야 폐하께서 납득하실 거다. 알겠느냐?"

"네."

"경여당 지배인들에게 떠나라 설득한 것은 장 공주로 하자. 그리고 네가 놓아둔 십여 구의 시체들은 장 공주의 심복들이고. 그녀가 내고의 기술을 빼내기 위해 그런 시도를 했고, 황실의 감시자들이 죽은 것은 그녀의 심복들과 싸우다 죽은 것으로."

아버지의 계획에 판시엔은 진심으로 탄복했다.

"안쯔야, 아비는 네가 정말 무슨 생각으로 이런 짓을 하는지 모르겠다. 너도, 나도, 경국 사람임을 잊어서는 안 돼……그러니 어떤 경우라도 경국의 이익에 해를 끼치면 안 된다는 뜻이다."

판지엔은 한숨을 푹 쉬었다.

"아니다, 내가 너에게 할 말이 아니구나. 어쨌든 내고는 너의 어머니 것이었으니……난 이미 늙어서 아무 힘도 없단다. 폐하께서 징두에 오시면 사직을 청할 생각이다."

'아버지가 사직을? 호부 조사 사건에서도 굳건히 버티시던 아버지가?!'

"이유가 뭔가요?"

판 상서는 질문에 대답은 해주지 않고 미소를 지으며 화제를 바꿨다.

"황궁 상황은 어떠하냐?"

"태후는 병세가 위중하고, 태자는 동궁에 갇혀 있어요. 대황자가 부상은 입었지만 아직 지키고 있으니 별 문제는 없을 거예요."

판지엔이 고개를 끄덕이며 말했다.

"이런 위험한 상황에서 네가 징두를 지켜냈구나. 이번 네 행동은, 아비의 예상을 뛰어넘었어."

"제 행동이 문제가 아니라 이 모든 게 폐하의 계획이었다는 게……."

"폐하의 의도를 어찌 우리 같은 신하들이 함부로 예측할 수 있겠느냐……하기야 예씨 집안이 폐하의 숨겨둔 패였다는 건 참……."

판시엔은 아버지에게 조심스럽게 그리고 나지막이 물었다.

"아버지, 친예가……폐하를 배반한 이유가 뭔가요?"

판지엔은 깊이 생각하지 않고 담담히 대답했다.

"네가 산골짜기 습격을 당했을 때……징두 피의 달, 황후 아버지의 목을 벤 사람이 나였다고 말해줬었지……하지만 그때 내가 모든 걸 완전하게 베지 않았는지도 모르겠구나."

예상은 하고 있었지만, 판시엔의 심장이 떨리기 시작했다.

"당시 나는 폐하와 함께 서호와 전투를 하고 있었고, 예중이 딩저우에서 그 후방을 맡았었다. 쳔핑핑은 옌징에서 북제와 관련한 시급한 상황을 처리하고 있었고……."

판지엔은 눈을 천천히 감으며 당시 상황을 떠올리며 말을 이었다.

"친예는 징두에 있었지. 그가 추밀원 정사를 맡고 있는 상황에서 태평별원 사건이 일어났으니, 어떤 의미에서는 그가 그 사건에 참여했다 해도 이상할 것은 없지."

'이상할 건 없지. 이상한 건, 왜 그런 친예를 황제는 '징두 피의 달'에 처리하지 않았지?'

판지엔은 의심이 가득한 아들의 눈을 보며 말을 이었다.

"문제는 증거가 없다는 것이야. 태후도, 친예도 그 사건을 방임했다는 것 외에는……."

이 말은 쳔핑핑도 판시엔에게 했던 말이었다. 하지만 순간 쳔핑핑이 자신에게 한 말이 전부가 아닐 수 있다는 생각이 들었다. 흑기 부통령 징거가 떠올랐기 때문이다.

'징거가 친예의 큰아들을 죽였는데 쳔핑핑이 그를 흑기병으로 거두었다……쳔핑핑은 어쩌면 처음부터 친씨 집안을……그리고 친씨 집안을 놔두는 황제를……! 그래서 산골짜기 습격 사건에서 나를 죽이려는 친씨 집안에 협조를? 나와 거리를 두는 것처럼 황제에게 보이려고? 그리고 나를 안전하게 한 후, 혼자 황제에 맞서려고?!'

판시엔은 온몸에 소름이 돋는 게 느껴졌다. 하지만 순간 진실을 마주하더라도 어떻게 할 도리가 없다는 생각이 들자 재빨리 태연하게 말을 받았다.

"과거 친씨 집안이 정말 그 일에 참여했다면, 이번에 마땅한 대가를 받은 셈이네요."

그리고 두 사람은 동시에 입을 다물었다.

잠시 후, 판시엔은 몸을 일으켜 인사를 드리고 나왔다.

하지만 그는 밖에 나와서도 침묵했다.

그는 밤하늘을 올려다보며, 오늘은 정말 쳔핑핑이 보고 싶다 생각했다.

# 제3장

## 화려한 고독

그 시각 쳔핑핑은 황제가 징두로 오는 움직임을 돕고 있었기 때문에 징두에 없었다. 대신 다른 누군가가 판씨 저택을 찾았다. 판시엔은 그를 보자마자 의아한 듯 물었다.

"공 대인, 무슨 일로……?"

"담박 공작 대인, 부탁드릴 일이 있습니다."

판시엔은 모처럼 휴식을 하려는 찰나 찾아온 그에게 짜증이 났지만 최대한 내색하지 않고 물었다.

"무슨 일인가요?"

공디엔은 난처한 표정을 지으며 쉽게 입을 열지 못했다.

판시엔은 그를 노려봤다.

잠시 뒤, 공디엔은 마른 침을 삼키며 어렵게 입을 열었다.

"2황자 저택으로 좀 가주시면……예중 대인이 아가씨를 예씨 저택으로 모시라 했는데, 아가씨는 절대 가지 않겠다고……."

'이런 젠장! 그런 일까지 내가 해야 해?'

판시엔은 순간 저도 모르게 짜증이 났지만 이내 예링알의 처지가 떠올라 화를 가라앉혔다. 이번 일로 가장 힘든 사람은 아마 완알과 그의 절친 예링알일 것이다. 완알은 당연히 친모 장 공주 때문일 것이고, 예링알은 아버지 예중이 처음부터 황제의 숨겨진 패로서 자신의 남편 2황자와 척을 질 계획을 세우고 있었다는 사실, 그것을 그녀에게 숨겼다는 사실에 분노하고 있을 것이기 때문이다.

공디엔은 판시엔의 안색을 살피며 더욱 난처해했지만 판시엔은 오히려 침착하게 물었다.

"2황자는 지금 저택에 있어요?"

"네……."

"대동산에서 폐하께서 직접 저에게 그를 죽이지 말라 했으니…… 괜찮을 거예요."

판시엔은 말을 하면서, 그때 황제 말의 의미가 결국 이번에 공을 세운 예씨 집안의 체면을 세워주겠다는 것임을 깨달았다. 그리고 달갑지는 않았지만, 자신을 사부로 부르는 예링알을 생각하며 2황자 저택으로 마차를 출발시켰다.

판시엔에게 2황자 저택은 처음이었는데, 이미 오래전 왕으로 봉해진 2황자의 집치고는 화려하지 않고 고즈넉하게 아름다웠다. 하지만 그는 주위를 크게 돌아보지도 않고, 침실 안에서 희미한 등불이 새어 나오는 것을 확인한 후 바로 그곳으로 들어갔다.

방 안에는 눈가에 아직 눈물이 맺혀 있는 예링알 혼자 있었다.

"공디엔이 예씨 저택으로 데려가려 하는 것은 좋은 뜻으로 하는 거야. 며칠 기다려 상황이 잠잠해지고 다시 여기로 돌아오는 건 어떨까?"

예링알이 화들짝 놀라 고개를 들었다. 그녀는 슬픔에 빠져 누가 들어오는 소리도 못 들었었는데, 다행히 눈앞에 있는 이가 사부임을 알고 조금은 안심하다, 다시 고개를 숙여 울기 시작했다. 판시엔은 그녀가 우는 모습이 처음이었기에 어떻게 대처해야 할지 몰랐다. 잠시 후, 그녀가 고개를 들고 생기 없는 눈으로 말했다.

"황궁에서 나랏일을 처리해야 할 분이 여긴 왜 오신 거예요?"

"널 설득하러 왔지."

"스승님, 저에게 여기를 떠나라 설득하지 마세요. 청저가 어떤 사람이든 전 그의 부인이에요. 아버지는 저를 가문의 사람으로 봐 주지 않으신 거니까, 저는 남편을 따라 저승으로 가서 부부가 될래요. 그이가 그곳에 가서도 황제가 될 꿈을 꾸진 않겠죠……."

"폐하께서 나에게 둘째는 죽이지 말라 명하셨어."

예링알은 잠시 기쁨의 눈빛을 반짝이다 이내 다시 침울한 표정으로 말했다.

"그러한들 무슨 차이가 있을까요? 이런 상황에서 폐하께서 그에게 살길을 열어준다 한들, 그가 얼굴을 들고 살아갈 수 있을까요?"

예링알은 상심 가득한 눈으로 판시엔을 바라보았다.

"그는 저택으로 돌아온 후 한마디도 하지 않고 있어요."

2황자는 서재에서 의자 위에 쪼그려 앉아 포도를 먹고 있었다. 이 모습을 판시엔은 이전에도 여러 번 보았지만, 오늘 그의 모습은 이전과 달랐다. 머리도 헝클어져 산발이 되어 있었고, 준수한 얼굴에는 어두운 기색이 역력했으며, 입꼬리는 비웃는 듯 살짝 올라가 있었다. 누가 봐도 '무너져 내린 사람'의 모습이었다.

"전하가 죽으면 슈 귀비와 왕비는 누가 돌보나요?"

"내가 살 수 있을 것 같아?"

판시엔은 다시 한번 대동산에서 황제가 남긴 말을 전해주었다. 하지만 2황자는 기뻐하지 않고 자조 섞인 미소를 지으며 말했다.

"여기 갇혀 개처럼 살라고?"

판시엔은 아무런 대꾸도 하지 못했다.

"이렇게 된 이상 링알에게 짐이나 될 뿐……또 파렴치한 장인 어르신께 누를 끼칠 수도 없지 않나?"

2황자는 어깨를 으쓱하며 말을 이었다.

"그리고 이렇게 살아 무슨 의미가 있어?"

"드디어 황제가 되고자 하는 포부는 버리셨나 보네요."

순간, 2황자는 포도알을 입에 가져가다가 갑자기 동작을 멈추었다.

그리고 달콤한 미소를 지으며 판시엔을 바라봤다.

"네 말이 맞았어. 그 마음을 접었어야 해. 난 그동안 고모와 장인 어른이 나를 도와주고 있다 생각했는데……결국 도와주려 한 사람은 너였어……."

2황자는 갑자기 큰 소리로 웃기 시작했다.

동시에 그의 눈가에는 눈물이 주르륵 흘렀다.

"난 뭐였지? 난 자질도 있고, 많은 사람들이 도와주니, 황위를 차지할 수 있을 거라 믿었지. 그런데 결국……부황의 계획에 놀아나고 있었던 거야. 난 아무 힘도 없고, 아무것도 할 수 없어. 마치 어린 아이처럼 그저 멍하니 지켜보는 것 말고는 할 수 있는 게 없어……."

2황자는 판시엔을 빤히 쳐다보며 손가락으로 자신을 가리켰다.

"난 뭐지?"

눈물과 콧물로 범벅이 된 그가 크게 웃으며 소리쳤다.
"난 웃음거리야!"
"푸!"
웃음소리가 아니었다. 2황자가 갑자기 검붉은 피를 토했다!
검붉은 피가 손에 쥐고 있던 자색 포도에 뿌려졌고, 등불이 비추는 땅 위로 자색 포도에서 검붉은 피가 떨어졌다. 그리고 2황자의 아래턱에도 검붉은 피가 흘러내리고 있었다. 2황자는 재빨리 손을 들어 자신에게 다가오려는 판시엔을 막으며 말했다.
"독약을 먹었지. 그리고 이미 늦었어. 넌 분명 아주 대단한 사람이야. 하지만……내 죽음을 막을 수는 없어."
고개를 푹 숙인 2황자가 피 묻은 손으로 품에서 서신 하나를 꺼내 책상에 올려놓았다.
"걱정 마. 유서를 써 두었으니 누구도 널 의심하지 않을 거야."
"푸!"
2황자가 다시 한번 피를 토했다. 하지만 그는 피가 묻은 포도알을 떼어 버리고, 깨끗한 포도알을 다시 하나 먹었다. 달콤한 과즙이 담긴 포도알이 그의 입안에서 뭉개졌다.
"푸!"
이번에는 피를 토하는 소리가 아니었다. 2황자가 포도 씨를 세차게 내뱉었다. 바닥에 떨어진 포도씨에는 검붉은 피가 묻어 있었다.
"난 웃음거리로 살고 싶지 않아."
2황자의 차가운 눈빛에서 체념하는 기색이 보였다. 그리고 몇 번 피를 더 토한 후 힘겹게 고개를 들어 판시엔을 보며 말했다.
"난 그동안 청치엔이 형제 중에 가장 겁이 많고 유약하다 생각했지. 그런데 죽을 때가 되니 내가 가장 겁이 많고 유약한 것 같네. 내가 죽는 건, 살아서 어머니와 링알을 볼 용기가 없어서……링알을 잘 보살펴 줘. 어머니도……물론 어머니는 냉궁에서 여생을 보내겠지만……부탁해.”

마치 어떤 무언가가 가슴을 뚫고 나오려는 듯, 2황자의 가슴이 격렬하게 들썩이기 시작했다.

“푸……!”

2황자가 입을 쩍 벌리고 검붉은 피를 잔뜩 토했다.

그리고 더 이상 숨을 쉬지 않았다.

2황자는 의자에 쪼그려 앉은 채 죽었다.

‘쿵!’

2황자의 몸이 의자에서 떨어졌다. 하지만 그의 두 눈은, 여전히 감기 싫은 듯, 차갑게 세상을 노려보고 있었다.

판시엔은 마음이 착잡해졌다. 2황자가 자신 앞에서 자살했기 때문도, 2황자의 말이 폐부를 찔러서도 아니었다. 2황자가 마지막에 부탁을 했기 때문이었다.

‘왜 나에게 거절할 기회를 안 주는 거야?’

판시엔은 눈을 부릅뜨며 이를 빠득빠득 갈았다.

‘죽을 거면 그냥 죽을 것이지, 왜 산 사람인 나를 이렇게 힘들게 해!’

판시엔은 눈을 천천히 감으며 마음을 진정시킨 후, 2황자의 시신 옆으로 가 책상에 있는 유서를 품에 넣고 죽음의 냄새가 가득한 방을 빠져나왔다. 그리고 다시 예링알이 있는 저택의 침실로 향했다. 아직까지 서재에서 무슨 일이 일어났는지 모르는 눈치였다.

그는 한숨을 쉬고 그녀의 뒤로 걸어가 머리를 내리쳤다. 예링알은 영문도 모른 채 기절해 버렸다. 그리고 그녀를 들쳐업고 나오며 공디엔을 보고 잠시 고민하다, 기절한 예링알과 함께 유서를 건네주고 몇 마디 말을 건넸다.

"왕비가 깨어나기 전에 손발을 묶은 뒤, 이 모든 소식을 전하세요. 소식을 들은 후에는 먹는 것도 거부할 수 있으니 미음 같은 거라도……억지로 입에 처넣으세요."

"하지만 아가씨의 성격이 불 같아서, 오래 묶어 둘 수가……."

"불은 금방 꺼집니다. 저나 2황자 같은 얼음보다 나을 거예요."

판시엔은 마지막으로 중얼거리듯 말했다.

"일이 좀 안정되면, 제가 다시 설득해 볼게요."

판시엔은 밤을 꼬박 새고 황궁으로 향했다. 그리고 황궁 성벽에서서 대황자와 함께 세 개의 검은 관을 바라보고 있었다. 고작 하루 전만 해도 이 관에 자신들이 들어갈 각오를 했었다. 물론 지금 두 개의 관에는 장 공주 그리고 2황자가 들어가 있었다.

대황자는 예법에 맞지 않다 생각했지만, 지금으로서는 다른 도리가 없었다. 황족의 시신을 황궁 밖에 방치할 수도 없었기 때문이다. 대황자는 가슴이 찢어질 듯했지만 그저 말없이 몸을 돌려 황궁 안으로 들어갔다.

판시엔은 중압감과 끊임없이 들려오는 가족의 사망 소식에 버티기 힘들어 보이는 대황자의 뒷모습을 보며 고개를 저었다. 하지만 그 순간 자신도 버티기 힘들다는 생각이 들었다. 그리고 시신이 들어 있지 않은 나머지 관에서 '검은 상자'를 꺼내 집으로 향했다.

그는 저택에 도착하자마자 류씨와 함께 있는 완알에게도 가지 않고 바로 침실로 가 옷도 벗지 않은 채 침대에 대자로 누웠다. 하지만 너무 피곤해서 그런지 잠이 오지 않았다. 그래서 벌떡 일어나 찬 수건으로 얼굴을 닦고 다시 방문을 열고 밖으로 향했다. 그리고 문을 나서기 전 침대 밑의 검은 상자를 힐끔 쳐다보았다.

'아직 헤어질 때가 되지 않았나봐.'

판시엔은 다시 황궁으로 향했다. 그는 바로 어서방으로 가 두 대학사에게 돌아가 쉬라고 청한 후 홀로 멍하니 앉아 있었다. 이미 각로에서 올라온 상주문들은 두 대학사가 대부분 처리한 상태였다.

'내가 저기 앉는다면 어떤 감정이 들까?'

판시엔은 이내 강하게 고개를 저었다.

'피곤하긴 한가 보네. 별 쓸데없는 생각이 다 드는 걸 보니.'

판시엔은 방금 전 나간 두 대학사의 몰골을 생각하며 황제의 업무가 얼마나 고단한지 다시 한번 떠올렸다. 확실히 이 세상엔 여자, 남자 그리고 황제가 있는데, 진정한 황제는……사람일 수 없었다.

"3황자 전하 납시오!"

점차 소년의 모습으로 변해가는 3황자 리쳥핑이 늙은 어멈과 태감 몇을 이끌고 어서방에 들어왔다. 판시엔은 그들을 물린 후 3황자의 손을 잡고 상주문이 쌓여 있는 책상 앞으로 갔다.

3황자가 약간은 두려운 듯 입을 열었다.

"스승님……듣자 하니 부황께서……."

"신묘가 폐하의 옥체를 보호해 주니, 간악한 무리들이 해치지 못하는 거지요."

"오."

"아마도 앞으로 폐하께서는 전하를 어서방에 들여 옆에서 정무를 듣게 하실 거예요. 그러니 전하는 미리 이곳을 잘 알아 두면 좋겠죠? 그리고 앞으로 전하 앞에서 여러 말을 하는 사람이 없을 거예요. 그러니……."

판시엔이 잠시 멈칫하다 다시 천천히, 하지만 단호하게 말을 이었다.

"그래서 내가 몇 가지 당부할 게 있어."

판시엔은 갑자기 호칭과 말투를 바꾸었다.

"우선, 대황자는 앞으로 국경을 지키는 임무를 맡을 거야. 대황자는 곧고 강직한 성격을 가지고 있고, 절대로 형제의 우애를 먼저 상하게 할 사람이 아니니, 의심하지 말고 믿어도 돼."

3황자는 갑자기 스승이 왜 이런 말을 하는지 몰라 듣고만 있었다.

"난 당분간 크고 넓은 천하를 두루 돌아다닐 생각이니, 나 역시 의심할 필요가 없어. 물론 나는……절대 의심해선 안 돼."

3황자는 알 수 없는 두려움에 손을 떨고 있었다. 판시엔은 그 모습을 보며 온화한 미소로 농담을 건넸다.

"물론, 신하의 입장에서 할 말은 아니지만."

3황자는 웃지 않았다.

그래서 판시엔도 다시 진지하게 말을 이었다.

"난 네가 지금 내 말을 꼭 기억했으면 해. 나도 이십 년밖에 살지 않았지만, 이제 서로의 마음을 추측하고 의심하는 데 싫증이 났어. 그러니까 네가 앞으로 성인이 되어서도 내 말을 여전히 믿을지 모르겠지만, 난 네가 그때도 내 말을 꼭 기억은 해줬으면 좋겠어."

3황자는 스승의 얼굴을 멍하니 바라보다, 저도 모르게 고개를 끄덕였다.

다음 날, 안정을 찾아가는 징두로 말 세 필이 들어왔다. 그리고 황제가 살아 돌아온다는 사실이 만천하에 공식적으로 알려졌다. 불안에 떨던 징두 백성들도 기쁨을 감추지 못하고 있었다.

'그렇게 많은 시련을 겪어 놓고도 뭐가 저리 좋을까?'

판시엔은 고개를 저으며 3황자, 대황자 그리고 일부 충신들과 함께 정양문 십 리 밖에 나와 있었다. 그곳에는 이미 수천 명의 사람들이 빼곡하게 무릎을 꿇고 있었고, 심지어 관도에 다 있을 수가 없어 일부는 양옆의 논두렁에 무릎을 꿇고 엎드려 있었다.

천천히 다가오던 황제의 가마가 관도에 정지했다.

황제가 대동산 사건 이후 처음으로 징두 주변의 땅을 밟았다.

"만세!"

천지가 떠나갈 듯한 만세소리를 들으며 멀리 징두를 바라보던 황제가, 고개를 돌려 대학사 둘을 번갈아 바라봤다. 그리고 갑옷을 입은 대황자, 기쁨과 긴장 그리고 불안이 섞인 복잡한 눈빛을 한 3황자에게 시선을 옮긴 후, 마지막으로 판시엔의 준수한 얼굴을 바라봤다.

황제는, 피로가 짙게 드리운 사생아의 얼굴을 바라보며 미간을 살짝 찌푸렸다. 그가 가볍지 않은 내상을 입었음을 알았기 때문이다. 판시엔은 어떻게 반응해야 할지 몰라 엎드려 고개만 숙인 채 자신 앞으로 다가오는 황제의 발만 바라보았다. 그의 앞으로 온 황제는 의외로 그가 아닌 옆에 있는 두 대학사를 부축해 일으켜 세웠다.

"슈우, 고생했네."

그리고 대황자와 쳥핑을 일으킨 후 어린 아들의 머리를 쓰다듬어 주었다.

그것이 끝이었다. 황제는 몸을 돌려 다시 가마로 향했다. 모든 사람의 눈이 휘둥그레졌다.

'이게 끝이야? 이번에 가장 큰 공을 세운…….'

그때, 황제는 뜬금없이 말했다.

"일어나거라. 짐이 부축이라도 하길 기다리는 것이냐."

옆에 엎드려 있는 대신들을 향해 말한 것인지, 허공에 대고 말한 것인지 알 수 없는 말이었다. 그리고 황제는 말을 이었다.

"안쯔, 어가에 타거라."

대신들은 눈을 다시 한번 휘둥그렇게 떴다.

'황제의 가마에……?'

그리고 눈치 없는 몇몇은 3황자를 힐끔 보았다.

'무슨 상황이지……?'

난처해진 판시엔은 입안이 바짝바짝 말라갔지만 어명을 거역할 수는 없는 터. 조용히 황제를 따라 높디 높은 어가에 올라탔다.

"앉거라."

황제는 이 말을 끝으로 고개를 숙이고 각 로에서 올라온 상주문을 읽다가, 고개도 들지 않은 채 뜬금없이 입을 열었다.

"3년, 짐의 경국에는 3년이라는 시간이 필요하다."

판시엔은 말뜻을 이해하고 바로 쓴웃음을 지었다. 반란의 상황을 정리하기 위해서는 1년 정도면 되겠지만, 3년이라는 시간이 필요한 이유는 황제가 이미 천하 통일을 위한 대규모 전쟁을 준비하고 있었기 때문이다. 황제는 여전히 고개를 들지 않고 심드렁하게 말했다.

"너는 일을 마쳤으니 훌훌 털고 떠나고 싶겠지만, 아직 대업이 끝나지 않았고, 네 나이가 젊은데 급히 떠날 필요가 있겠느냐."

"전쟁은 소신이 잘하지 못합니다. 그러니 안분지족하며 조정을 위해 은전이나 벌어들이고 싶습니다."

황제가 고개를 들었다.

"사직할 생각은 꿈도 꾸지 말아라. 여론이 걱정된다면, 짐이 네가 가진 권력을 줄여 주면 된다."

모순.

황제는 경국과 조정의 안정을 생각해서 한 말이지만, 판시엔은 절대 받아들일 수 없는 말이었다. 판시엔이 이후에도 경국 조정에 남아 있는다면? 당연히 권력은 포기할 수 없었다. 하지만 이 말을 뱉을 수도, 황제와 흥정을 할 수도 없었다. 그것은 황제도 마찬가지였다.

황제가 화제를 돌렸다. 그동안의 징두 상황에 대해 구체적으로 물었고, 황제는 판시엔의 예상과 달리 장 공주와 둘째의 죽음에 대해서 어떠한 동요도 보이지 않았다. 다만, 태후의 병세를 언급했을 때 황제는 나지막이 입을 열었다.

"태후는 얼마나 남았느냐?"

"태의원에서 봤는데……기력이 약해지신 상태에서 너무 큰일을 당하셔서 충격으로……."

"태의원? 그런 쓸모 없는 곳……네가 황궁에 있었는데 설마 자세한 상황을 모른다는 것이냐?"

"사람의 힘으로는 더 이상……하늘의 뜻에 맡겨야 할 듯 보입니다."

어가가 황궁 정문에 도착해 판시엔이 내리자 대황자가 그의 곁으로 와 최대한 낮은 목소리로 물었다.

"왜 어가에서 내려왔나?"

"그럼 어가를 타고 궁을 들어가라고요?"

판시엔의 반응에 대황자가 미간을 살짝 찌푸렸다.

"사실 어가 안이 너무 추웠어요."

대황자는 아무 말 없이 웃으며 그의 어깨를 토닥였다. 대황자는 어가에서 판시엔이 나눈 대화의 내용을 물은 것이지만, 판시엔이 말해주지 않을 것 같아 보여 그저 웃은 것이다.

두 '형제'는 어색하게 웃고 있었다.

둘 다 황제가 지금 무슨 생각을 하고 있는지, 각자 추측하고 있을 뿐이었다.

사실 황제는 아무것도 생각하지 않고 있었다. 그의 얼굴에 초췌한 기운만 감돌 뿐. 하지만 어가가 함광전에 이르자 그는 언제 그랬냐는 듯이, 강인하고 위엄 있는 모습으로 어가에서 내려 함광전 안으로 들어갔다.

짙게 주름이 패인 태후의 얼굴은, 오랜 시간 비바람을 맞아 침식

된 황궁의 모습과 닮아 있었다. 황제는 겁에 질려 바닥에 엎드려 있는 태의와 몇 마디 나눈 후 침대 옆으로 가서 손가락을 태후의 손목에 가져다 대었다.

판시엔을 비롯한 3형제는 비단 장막 뒤에서 긴장하며 그 모습을 보고 있었다.

황제는 태후의 손목에서 손을 거두고 생각에 잠겼다. 그의 얼굴에는 어쩔 수 없다는 체념의 기색이 역력했다. 잠시 후, 그는 손가락을 가볍게 태후의 미간에 대고 진기를 불어다 넣어 주기 시작했다.

'윙.'

서늘한 가을바람에 쏟아져 내리는 따스한 햇볕 같은 기세가 모두의 마음에 전해졌다.

하지만 판시엔의 손은 이미 부르르 떨리고 있었다.

그의 체내에 있던 진기가, 마치 그동안 몰랐던 가족이라도 만난 것처럼 요동치기 시작했다.

'패도 진기! 무명공결 하권……내가 조금도 진전을 이루지 못한 그것!'

판시엔은 바로 느낄 수 있었다. 자신의 패도 진기가 산을 쪼갤 수 있는 도끼 같은 것이라면, 지금 느끼는 기운은 천신(天神)이 휘두르는 천검(天劍) 같았다. 순수하고 심오했지만, 평범하고 평화로웠고, 무엇보다 정정당당했다.

같은 성질의 기운이었지만, 경지가 몇 단계 높았다.

판시엔은 격한 감격을 느꼈다. 다만, 그 감격에는 조금의 두려움도 섞여 있었다.

황제가 장막을 걷고 나와 모두를 바라보며 말했다.

"태후가 피곤하니 너희들은 궁 밖에서 기다리고 있거라."

그리고 판시엔에게 시선을 두며 나지막이 말을 이었다.

"너는 동궁에 가서 짐을 기다리거라. 잠시 뒤 다시 이야기하자."

다시 함광전은 조용해졌다. 황제는 태후의 침대 옆에 앉아 한참 동안 생각에 잠겨 있다가, 그녀의 손을 잡으며 온화한 목소리로 천천히 입을 열었다.

"어머니, 아들이 많은 이야기도 해드리고, 많은 영광도 함께 누리게 해드리고 싶었는데……."

황제는 지금 이 순간이 마지막임을 직감하고 있었다.

"어머니, 아들이 어머니를 실망시키진 않았습니다. 쿠허와 스구지엔이 죽었으니, 이제 이 천하는 경국의 천하가……."

황제는 어린아이처럼 태후의 귓가에 바짝 붙어 그동안 발생한 일들을 모두 말했다. 그 모습이 마치 시험에서 만점 받은 아이가 엄마에게 달려가 자랑하는 것처럼 보였다.

하지만 점점 태후의 임종이 다가오자, 황제의 안색은 어둡게 변하고 있었다.

황제는 잠시 고민하다 결심을 한 듯 다시 입을 열었다.

"어머니, 20년 전에는 아들이 어머니의 말씀을 따랐습니다. 하지만 지금은 제 마음속 말을 들으려 합니다. 안쯔는……괜찮은 아이입니다."

무기력한 태후의 몸이, 나무토막처럼 딱딱하게 굳어 가기 시작했다.

태후는 갑자기 두 눈을 번쩍 떴다.

그녀는 목구멍에서 '허! 허!' 소리를 내며 말을 하려 애썼지만, 이미 성대에 힘이 빠져 아무 말도 밖으로 나오지는 못했다. 한마디도 내뱉지 못했다. 그녀의 눈동자에만 끝도 없는 후회와 원망, 그리고 용납할 수 없다는 뜻이 담겨 있었다.

동궁에 들어온 판시엔은 조용히 혼잣말을 내뱉었다.

"뭘 다시 이야기하자는 거야?"

그리고 조용히 생각했다.

'그림자에게 당하고 진기가 폭발했을 때 홍 공공이 진맥을 했었는데……그때 이미 알고 있었겠구만…….'

"부황께서 무사히 돌아오셨는데, 자네는 전혀 기뻐하는 기색이 없구만."

리청치엔은 여유롭게 차를 마시며 온화한 미소로 말했다. 그 모습이 마치 이 세상에서 마지막 여유를 즐기고 있는 듯 보였다. 판시엔은 그의 눈을 보며 대답했다.

"폐하께서 잠시 뒤에 오실 거예요."

"사람은 누구나 죽는 법이지. 어머니도, 고모도……."

리청치엔은 찻잔을 천천히 내려놓으며 말했다.

"부황께서도 언젠가는……순서의 문제일 뿐이야."

"둘째도 죽었어요……."

리청치엔이 고개를 숙였다.

잠시 후, 그는 복잡한 표정을 지으며 말했다.

"내가 둘째 형님과 오래 싸웠는데……죽음까지도 선후를 다툴 거라고는 생각하지 못했는데……."

리청치엔은 다시 판시엔을 바라보며 미소와 함께 말했다.

"우리가 먼저 가서 자넬 기다리겠네."

"저 대신 좋은 자리 맡아주세요."

리청치엔이 호탕하게 손을 내저으며 응대했다.

"살아 있을 때나 어울리는 거지, 죽음은 고독한 일이야. 자네 자리는 스스로 쟁취하게."

'live together, die alone?'

'댕, 댕, 댕…….'

그 순간 종소리가 울렸다. 태후가 '고독하게' 떠난 것이다. 태자는 자신의 순서가 곧 다가오고 있음을 느끼며, 약간 창백해진 얼굴을 하고 떨리는 목소리로 말했다.

"배웅해 줄 필요는 없네."

"편안한 여행 되세요."

그때, 황제가 많은 사람에게 둘러싸여 동궁 안으로 들어왔다.

리청치엔은 일어서서 부황을 맞이하지도 않았지만, 그렇다고 지금의 왁자지껄한 분위기가 싫지도 않은 듯 보였다. 그가 판시엔의 제안을 거절한 이유는, 낯선 곳에서 평생 숨어 살기 싫었기 때문이다. 그리고 그가 2황자처럼 자살하지 않은 이유는, 부황에게 하고 싶은 말이 많이 남아 있었기 때문이다.

태자 리청치엔은 부황의 눈을 똑바로 쳐다보며 물었다.

"이 장면이 역사책에서는 어떻게 기록될까요?"

"역사는 항상 승리자에 의해 쓰여진다. 설마 짐이 너에게 미안해해야 한다 생각하는 것이냐?"

"당연히 아니지요. 모후의 세력이 약했지만, 여전히 저를 태자로 세워 주시고, 그 자리에 그렇게 오랫동안 있게 해 주셨으니 감사할 따름입니다."

태자는 노골적으로 비꼬는 말투로 대답했다.

"어디서 그런 나약한 말투를."

"나약하다? 그건 아버지께서 절 그렇게 만드신 것이죠. 아버지께서 너무 눈부시게 빛을 발하시니, 누가 그것을 빼앗아 갈 수 있겠습니까?"

태자는 눈을 감으며 고집스럽게 말을 이었다.

"제가 줄곧 고민한 문제가 하나 있습니다. 지금 보니 아버지께서는 권력을 후대에 물려줄 생각이 없으셨는데, 왜 저를 태자로 삼으신 겁니까?"

"청치엔, 정말 실망스럽구나. 짐은 지금까지 널 단련시키기 위해 노력했는데, 어찌하다 이 지경이 되었느냐……."

"저는 칼이 아니에요. 그리고 너무 많이 갈면 부러지는 법입니다."

"칼을 너무 많이 갈면 부러질 수도 있지만, 갈지 않으면 절대 날카로워질 수가 없다. 사실 2년 동안 너는 많이 성장했지. 나이를 먹어 그런 것인지, 원루이가 너를 가르쳐서 그런 것인지 모르겠지만, 조정과 백성 모두 네가 태자가 될 자질이 있음을 인정했고, 짐도 무척이나 만족했었다."

청치엔은 '원루이' 이름을 듣자, 입가를 실룩하더니 용감히, 자조하듯 말했다.

"부황께서 고모에게 정사(政事)를 배우게 해 주셔서 많은 도움이 되었습니다."

황제는 화를 내지 않고 조용히 말을 이어갔다.

"짐이 원루이를 통해 네게 알려주고 싶었던 것은, 정사가 아니라 권모술수와 세상을 바라보는 눈이었다. 만일 네가 계속 배웠으면 좋아졌을 텐데……짐이 늙을 무렵이면, 너도 많은 것을 경험했을 것이고, 그랬다면 짐도 안심을 하고 네게 천하를 물려줄 수 있었을 것이다."

리청치엔의 기분이 묘했다. 황제의 말의 내용 때문이 아니라, 부황과 이렇게 앉아서 허심탄회하게 이야기를 나눈 적이 처음이었기 때문이다.

"몇 가지만 빼면 반란군을 제법 잘 통솔했더구나. 천하 권력을 다투는 일에 온정을 가져서는, 무엇도 두려워해서는 안 된다. 허종웨이가 항명을 했을 때, 곤장을 쳐서 꾸짖었어야 하고, 즉위식에서 대신들이 반발했을 때, 주저하지 말고 칼을 휘둘렀어야 했다. 네 앞길을 막는 사람은, 누구든지 다 죽여야 하는 것이다. 이 점이 네가 안쯔보다 부족한 면이지."

황제는 담담히 이어 말했다.

"만약 윈루이가 직접 일을 처리했다면, 너와 네 어미에게 묻지도 않고 다 죽였을 것이야. 그럼 피바람은 불었겠지만, 징두는 빠르게 안정되어 갔을 것이다. 그리고 안쯔가 계획을 세워 움직일 시간도 없었겠지."

"아버지, 제가 대신들을 죽이지 않은 이유를 아십니까?"

리청치엔은 씁쓸한 미소로 말을 이었다.

"아버지께서 저를 폐위한다 하셨을 때, 원로 대신들이 그것을 반대하고 저를 지지해 주었습니다……제가 비록 강인한 사람은 아닐지 몰라도, 은혜를 기억하고 보답하는 사람입니다."

"그때, 너를 지지한 사람이 또 있다."

"판시엔 말인가요?"

"안쯔는 좋은 아이다. 매정해 보이지만, 가끔 너처럼 너그러운 모습을 보이기도 한다."

"저는 그보다 못합니다."

리청치엔은 탄식하며 단호하게 말했다. 그리고 잠시 생각한 후 자리에서 일어나, 황제에게 공손히 예를 올리며 말을 이었다.

"아버지, 아들은 항상 아버지를 원망했습니다. 이제라도 아버지의 가르침을 들으니 마음이 한결 편해졌습니다. 다만, 소자가 세상을 떠나기 전에 마지막 당부를 드리자면……집안사람들이 너무 많이 죽었습니다. 아버지께서 앞으로 조금 더 너그럽고 인자해지셨으면 좋겠습니다."

'세상을 떠나기 전 마지막 당부.'

황제는 복잡한 눈빛으로 아들을 바라보며 말했다.

"짐이 그렇게 하마."

황제의 이 말은 앞으로 너그러움과 인자함을 지니겠다는 것인지, 아들이 세상을 떠나는 것을 인정하겠다는 것인지 알 수 없었다.

'휙.'

초가을 밤바람이 황성 북쪽에서 불어와 복도와 정원, 호수를 따라 지나가니, 슬픔의 기색이 더욱 짙어졌다.

"살거라. 짐이……없던 일로 해 주마."

리청치엔의 눈가에 슬픔이 스쳐갔다. 그는 아버지가 어떤 사람인지 잘 알고 있었기 때문이다. 모반을 일으킨 아들을 어떻게 할지 너무나도 잘 알고 있었기 때문이다.

"지금 그 말씀이 무슨 의미가 있을까요?"

"역사에 어떻게 기록될지를 묻지 않았느냐."

"역사? 저는 모반을 일으킨 아들이자 불효자로 기록되겠지요. 사람을 죽이고, 외부 적과 결탁해 나라를 어지럽힌……아버지는 눈이 부시도록 아름다운 군주이시니, 아무것도 잘못한 게 없으시겠지요. 잘못은 모두 다른 사람들이 저지르는 거니까……."

리청치엔은 마치 토해 내듯, 뼈에 사무친 말들을 뱉기 시작했다.

"하지만 한 가지 잊고 계신 게 있어요. 역사를 어떻게 왜곡하든, 사람들은 경력 7년에 얼마나 많은 사람들이 죽었는지, 또 리씨 집안에 누가누가 죽었는지 기억하고 있을 것입니다."

리청치엔은 한숨을 쉬며 처음으로 평등하게, 아니 자신이 절대 이길 수 없는 아버지를 바라보며 말했다.

"아버지께서는 역사에 천년에 한 번 나오는 제왕으로 기록되겠지만, 그 곁에는 아무도 없을 것입니다."

황제는 차갑게 아들을 바라본 후, 동궁 문 앞으로 발걸음을 옮겼다. 그가 아무 말도 하지는 않았지만, 그가 아들을 바라보는 표정은 어찌 신이 인간 세상의 고독이나 즐거움에 연연하겠냐고 말하는 것 같았다.

황제는 천천히 발걸음을 옮기며 소매에서 종이 한 장을 꺼내 읽었다.

둘째의 유서.

급하게 쓴 듯 보였지만, 종이를 뚫을 듯한 강인한 서체에서 뼈에 사무친 울분이 느껴졌다. 그리고 마지막은 다음과 같이 끝을 맺었다.

'환(鰥), 과(寡), 고(孤), 독(獨).'

환(鰥)은 아내 없이 늙어 가는 홀아비, 과(寡)는 천하의 주인이지만 마음을 털어놓을 사람 하나 옆에 없는 군주, 고(孤)는 어머니를 잃은 고아, 독(獨)은……늙어서 의지할 자식 없는 독거 노인!

황제의 손가락이 살짝 떨렸다. 곧이어 바스락 소리가 들리며 종이가 흰색 눈처럼 변해 그의 손가락 사이로 흩뿌려졌다. 갈수록 머리카락이 하얗게 세어가는 중년 남자의 눈가는 촉촉해졌지만, 꼿꼿하게 세운 그의 몸은 여전히 굳건해 보였다.

동궁 문이 다시 닫혔다. 안에서 무슨 일이 발생했는지 아무도 몰랐지만, 폐위된 리청치엔이 삶의 마지막 순간을 저 차가운 궁전에서 맞이하게 될 것이라는 건 모두가 알 수 있었다.

황제는 모두를 물린 후 판시엔만 남게 했다. 그리고 아무 말 없이 밤길을 걸어, 아무도 찾지 않는 작은 목조 전각 앞에 이르렀다. 하지만 오늘은 초상화를 보러 가지 않았다. 황제는 다시 몸을 돌려 잡초가 무성한 좁은 길을 따라 아무도 없는 곳으로 발걸음을 옮겼다.

그리고 한참 동안 황제는 밤하늘만 쳐다보았다.

"궁으로 돌아가자."

"네."

"몸이 불편하면, 앞으로 짐에게 묻거라."

판시엔은 화들짝 놀랐지만, 대꾸를 하기 위해 고개를 들었을 때 황제는 이미 몸을 돌려 어서방으로 향하고 있었다. 어서방에 도착하자 야오 태감이 황제의 귓가에 대고 몇 마디를 건넸고, 황제는 손을 휘휘 저으며 판시엔에게 말했다.

"오늘은 돌아가 쉬고, 내일 다시 입궁하거라."

"네."

'달그락달그락…….'

판시엔이 어서방 문을 나설 때쯤 너무나 익숙한 소리가 조용한 황궁에 울려 퍼졌다. 바퀴위자가 황궁 돌바닥을 굴러가는 소리.

"오셨어요?"

쳔핑핑이 마침내 징두로, 황궁으로, 황제의 곁으로 돌아온 것이었다. 황제가 고독할 때, 곁에 있어 줄 사람이 필요할 때, 가장 충성스러운 신하이자 황제의 마음을 가장 이해해주는 친구 또는 가장 가까운 전우 쳔핑핑이 돌아왔다.

황제는 그를 보며 나지막이 입을 열었다.

"짐이 아무래도……아들들에게 너무 모질게 대한 것 같네."

이날 밤 용의에 앉은 황제와 바퀴의자에 앉은 쳔핑핑이 무슨 대화를 나눴는지는 오랜 시간 뒤에도 수수께끼로 남았다. 하지만 두 사람이 치밀하게 계획했던 일이 끝나자, 사람들은 황제가 천하 통일이라는 대업을 달성하기 위한 기반을 다지고 있었다는 것을 깨닫게 되었다.

그리고 역사에 따라 증명된 쳔핑핑의 황제에 대한 충심을 다시 한번 확인하게 해 주었다.

모든 사람이 두 사람 간의 대화를 궁금해했지만, 판시엔은 집으로 빨리 돌아가 쉬고 싶은 마음밖에 없었다. 그는 마차의 장막을 걷어 적막하고 불안한 징두의 밤거리를 바라보며 생각에 잠기고 있었다.

'황제의 절대적인 신임을 얻었으니, 이번에는 내가 승리한 건가……그럼 앞으로 또 싸울 필요가 있을까?'

판시엔이 쳔핑핑에게 인사를 할 때, 쳔핑핑은 말을 하지 않았지만 눈빛으로 판시엔에게 축하와 기쁨을 전했다. 그 장면을 떠올리자 갑자기 마음이 급해졌다.

'잠깐, 쳔핑핑이 징두로 왔다는 건……스스도 왔겠네? 그럼 나의…….'

기쁨도 잠시, 판시엔은 이내 다시 마음이 무거워졌다. 그리고 그 이유가 며칠 동안 너무 많은 죽음을 보아서인지, 친모를 잃은 완알을 어떻게 위로해 주어야 할지 몰라서인지 몰랐다.

마차가 판씨 저택에 도착하자, 판시엔은 은은한 등불이 비쳐오는 동쪽 행랑채로 발걸음을 옮겼다. 판 상서의 주름진 얼굴에 기쁨이 가득했고, 류씨는 판시엔에게 눈길도 주지 않은 채, 그녀의 시선은 품에 안은 갓난아기에게 고정되어 있었다.

판시엔도 두 사람과 아이에게 눈길도 주지 않은 채 옆에 있는 침대를 바라보았다. 완알이 누워 있는 스스의 손을 잡고 작은 목소리로 대화를 나누고 있었다. 판시엔은 어른들에게 인사도 하지 않고 곧장 침대 옆으로 다가갔다.

"출산한 지 얼마 되지도 않았는데, 밤늦도록 잠을 못 자서 어떻게 하지?"

"도련님, 낮에 하루 종일 자서 잠이 안 와요."

스스는 습관적으로 판시엔을 아직도 도련님이라 부르고 있었다. 그때 류씨가 침대 곁으로 다가오자 완알이 살며시 웃으며 판시엔에게 눈치를 주었다.

"딸이야."

그제서야 자신이 뭘 잘못했는지 깨달은 판시엔은 아주 조심히 아이를 품에 안고 포대기에 싸여 있는 '딸'의 얼굴을 바라보았다.

사실 이 순간 그 장면을 보던 모든 사람들은 긴장하고 있었다. 판상서의 눈빛은 불안에 흔들렸고, 류씨는 판시엔이 떨어뜨리는 아이를 언제든지 받을 수 있도록 손을 뻗어 아래를 받치고 있었다. 이 세상에서 남자가 갓난 아기를 안는 경우는 거의 없었기 때문이다.

하지만 판시엔은 '의외'로 아기를 능숙하게 안았고, 완알은 이 모습에 살짝 웃음을 터트렸다. 아이를 안은 판시엔이 스스에게 눈길도 주지 않고 무심하게 말했다.

"고생 많았어. 내가 방에 들어와 곧장 아이에게 가지 않은 건, 딸이라서 그런 게 아니라, 나에게는 아이보다 네가 더 중요하기 때문이야."

스스는 마음이 따뜻해졌지만, 2년 동안 노력하고도 아이를 가지지 못한 완알을 생각하며 마음이 시큰해졌다. 판시엔이 이런 여자들의 마음을 어떻게 이해하겠는가. 그가 딸아이를 보는 눈빛이 기쁨에 반짝이기 시작했다.

포대기를 통해 전해져 오는 작고 가녀린 몸의 온기를 느끼며, 딸아이의 이마에 잡히는 주름, 오물대는 입술을 보니 저도 모르게 심장이 녹아내리고 있었다.

'정말 이 아이가 내 딸이라고? 그럼 분명 예쁠 거야. 근데 성질은……좀 더럽겠지?'

순간 그의 머릿속에 자신이 당장 죽어도 이 세상에 자신의 무언가가 남겨진다는 생각이 들었다. 이어 완알이 아이를 넘겨 받았고, 애정 가득한 진심 어린 눈빛으로 딸을 바라보았다. 이 세상의 규범에서 이 아이는 '완알의 딸'이었다.

이 모습을 흐뭇하게 바라보던 판 상서는 아들을 서재로 부를까 하다 피곤할 것 같아 그만 두었다. 하지만 오히려 판시엔이 먼저 기뻐하며 물었다.

"아버지, 제가 이름 부탁드렸잖아요. 뭐라고 할까요?"

"이름은 급하지 않으니 일단 아명으로 부르자."

"판샤오화(范小花, 범소화). 아명은 벌써 지어 놨죠."

완알과 스스의 얼굴이 살짝 일그러졌다.

'이런 대가문에서 그런 통속적인 이름을?'

하지만 판 상서는 아무 말 없이 미소를 지으며 류씨를 데리고 나갔다. 판시엔은 정중하게 예를 올린 후, 다시 앉아 불만스럽게 말했다.

"내 딸 이름도 황실에서 지어 주길 기다려야 한다고?"

"상공 이름도 황실에서 지어 준 거예요. 늦어도 모레, 상공보고 입궁하라 해서 내려 주실 거예요. 그리고 아마 늙은 어멈과 유모도 상공에게 고르게 할 테고."

"황실에서 유모를 보내 주든지 말든지……아이는 직접 키워야 해."

완알, 스스 그리고 옆에 아이를 안고 있던 유모 모두 이해할 수 없다는 표정을 지었다. 하지만 판시엔은 전혀 개의치 않고 스스에게 물었다.

"젖이 나와?"

스스는 살짝 부끄러워하며 고개를 끄덕였다.

"그럼 됐네. 아이는 직접 키워야지."

'모유 수유가 얼마나 중요한데……아이의 심리 발달에 얼마나 큰 영향을 끼치는지 알아?'

"얼른 자. 이전에 딴저우에 있을 때에도 네가 나보다 잠이 많았잖아."

스스는 무슨 말을 하려다 다시 입을 다물었다.

"징두에서 몇 년 지내더니 물이 많이 들었네. 내가 어렸을 때부터 아들이든 딸이든 똑같다고 했지. 국가 법률이나 관습은 모르겠지만 내 집안 법은 그래."

이 말을 끝으로 판시엔은 완알의 손을 잡고 자신의 침실로 돌아와 침대에 앉으며 완알에게 부드럽게 말했다.

"나도 이 세상 규범을 알아. 스스가 낳았지만 자기의 딸이고, 우리의 아이이지. 하지만 스스가 아이의 친모잖아. 어떻게 아이를 안지 못하게 할 수 있겠어?"

"그건 이해해. 하지만 나도……아이를 가지고 싶어. 이번에 오라버니들의 끝을 보니 나도 어떻게 될지……그래서 더더욱 아이를 가지고 싶어."

"아이는 당연히 낳아야지. 샤오화에게 동생도 필요하잖아."

완알은 어색하게 웃을 뿐 아무 말도 하지 않았다.

"그런데 아이를 낳으려면 여러 단계가 필요해. 그 첫 번째 단계는……."

판시엔이 음흉한 눈빛을 지었다. 물론 완알의 기분을 풀어 주기 위한 농담이었다. 며칠 동안 얼마나 많은 사람이 죽었는데, 아무리 판시엔이라도 그럴 마음이 들지는 않았다. 대신 그는 재빨리 일어나 따뜻한 물을 가져와 침대 앞에 앉아 완알의 양말을 벗겼다.

완알이 화들짝 놀라 발을 빼려 하자 판시엔이 부드럽게 말했다.

"발 씻겨 줄게. 며칠 동안 힘들었잖아."

판시엔은 아내의 맨발을 대야에 넣고 따뜻한 물을 끼얹으며 가볍게 안마했다. 남편의 머리를 바라보던 완알은 발에서부터 전해져 오는 따스함에 코끝이 시큰해지며 저도 모르게 눈물이 '뚝' 떨어졌다.

판시엔은 완알이 울고 있다는 것을 알고 있었지만 일부러 모른 체 했다. 그리고 말을 하기보다, 발과 함께 그녀의 마음 속에 있는 슬픔도 씻겨 주려 했다.

물소리가 점점 잦아들었다. 잠든 것이다.

잠든 이는 완알이 아니라 판시엔이었다. 피로도가 극에 달한 판시엔은 완알의 맨발을 손에 쥔 채 그녀의 무릎에 기대 잠이 들어 버렸다. 편안하게 잠든 어린아이처럼. 그 모습을 보며 완알이 판시엔의 얼굴을 부드럽게 쓰다듬으며 말했다.

"상공, 난 상공만 있으면 힘들지 않아."

오랜만에 편안한 잠을 잔 판시엔은 아침에 일어나서야 자신이 아버지가 되었다는 사실이 실감나기 시작했다. 그래서 오랜만에 기쁜 마음으로 완알, 스스와 함께 제비죽으로 아침을 먹은 후, 아버지에게 문안 인사를 드리고 곧장 황궁으로 향했다. 징두 거리는 아직도 스산했지만, 점점 안정을 찾아가는 모습에 판시엔의 마음도 조금은 안정되었다.

어서방에서 본 황제는 홑옷 차림으로 상주문을 읽고 있었는데, 마치 어제 아무 일도 없었다는 듯 보기 드문 미소를 짓고 있었다. 판시엔은 의아해하며 그 모습을 바라봤다.

'나야 딸 때문이라지만, 황제는 뭐지?'

"오늘은 조정 회의도 없는데 어찌 이리 일찍 입궁한 것이냐?"

"반란군이 잠복해 있어 아직 곳곳이 불안합니다."

"딸이 태어났는데도 바쁘게 일하려는 이유가 무엇이냐?"

"일을 마치면 집에 가서 안아줄 생각입니다."

"아이가 태어났는데도 이리 신경을 쓰지 않으면, 아비라 할 수 있겠느냐?"

'그건 폐하께서 하실 말씀이 아니실 텐데…….'

황제가 판시엔의 생각이라도 읽은 듯 잠시 안색이 어두워졌지만, 이내 다시 온화한 미소로 말을 이었다.

"오늘은 이만 돌아가고……내일 천이와 아이를 데리고 입궁하거라."

"네."

판시엔은 그제서야 황제의 마음을 알아차렸다. 황제는 '손녀'가 보고 싶은 것이었다. 오늘 그가 손녀를 데리고 오지 않은 것에 대한 불만의 표시였던 것이다. 판시엔은 공손히 예를 올리고 어서방을 나와 앞에 있던 야오 태감에게 황실 태감, 궁녀 그리고 호위들의 처분에 대해서 물었다. 동궁에 대해서도 묻고 싶었지만 고민 끝에 묻지 않았다.

야오 태감과 헤어진 판시엔은 넋이 나간 듯 한참 동안 멍한 표정을 지었다.

'오늘 해가 서쪽에서 떴나?'

놀라웠다. 그의 예상과 달리 대부분의 사람들이 황궁에서 쫓겨나기는 했지만 목숨을 부지했던 것이다.

'관용? 아니면 후세를 위해 덕을 쌓는다? 다른 이도 아니고……경국 황제가?'

판시엔은 도무지 이해가 되지 않는 듯, 고개를 절레절레 흔들며 황궁을 나왔다.

다음 날.

판시엔은 완알과 딸아이를 데리고 입궁했다.

황제는 판시엔 앞에서 처음으로 어른의 인자한 모습을 보였다. 황제는 손녀를 안고 오랜 시간 바라보며 진심으로 기뻐했다. 다만, 황제가 손가락으로 살며시 딸아이의 눈썹을 쓰다듬었을 때, 판시엔은 놀라서 기절할 뻔했다. 그 손가락 끝의 힘을 알고 있었기 때문이다.

다행히 아무 일도 없었다.

황제는 판시엔의 딸을 무척이나 좋아했다. 특히 아이의 눈매를 마음에 들어 했다. 그런데 갑자기 황제가 판시엔에게 아이를 넘겨주고 각 궁에 인사드리라 한 후 완알을 자리에 남게 했다. 판시엔은 어리둥절했지만, 명을 받들어 후궁으로 향했다.

아이를 안은 닝 재인은 황실 유모를 보내주겠다고 했지만 판시엔은 결단코 거절했다. 닝 재인, 옆에 있던 이 귀빈 모두 이해할 수 없다는 표정을 지었다. 3황자만이 무슨 상황인지 모르고 와서 고집스럽게 갓난 아이를 안고 '누이'라 부르며, 아이가 아이를 안고 '헤헤' 거렸다. 판시엔은 고개를 저었다.

'인간아 인간아, 누이가 아니고 조카.'

판시엔은 자리에 오래 머물지 않고 어서방으로 돌아왔다. 그리고 완알의 충혈된 눈을 보고 재빨리 집으로 돌아가겠다고 청하였다. 그리고 황궁 밖으로 나왔다. 돌아오는 마차 안에서 판시엔은 완알에게 황제와의 대화 내용을 묻지 않았지만, 그녀의 어머니 그리고 두 오빠의 죽음에 관한 내용이었을 것이라 짐작하며 조용히 손을 꼭 잡아 주었다.

이후 한 달 동안 황제의 강력한 통제 아래 조정 6부 3원 3사의 기능이 점차 회복되었고, 주변에 흩어져 있던 반란군 패잔병들도 철저히 진압되었다. 조정 일은 두 대학사가 잘 처리하였고, 군대 일은 예중을 중심으로 한 추밀원에서 알아서 잘 처리했다. 옌빙윈이 가끔씩 와서 감사원 일을 보고 했지만, 판시엔은 당분간 골치 아픈 문제는 생각하고 싶지 않았기에 건성으로 듣기만 했다.

그러던 중, 강남에서 날아온 하나의 소식에 약간 마음이 움직였다.

밍칭다가 죽었다.

밍씨 집안의 가주 밍칭다가, 징두에서 장 공주가 패했다는 소식을 듣고 스스로 목을 매 죽었다는 서신을 샤치페이가 보내온 것이다. 어쩌면 그가 자신이 준 하얀색 비단 천을 이용했을지도 모른다는 생각이 지나갔다.

태후의 죽음이 징두에 공식적으로 전해졌고, 징두 전체가 하얗게 물들었다. 관례에 따라 한 달 동안 술집이 문을 닫고 모든 유흥이 중지되었다.

그런 것들이 무심하게 지나갔고, 판시엔도 그렇게 한 달 동안 두문불출하며 지냈다.

"폐하께서 한 달 동안 쉬라 허락하셨다지만, 감사원에도 한번 가지 않으니……도대체 무엇 때문에 그렇게 숨으려는 것이냐?"

판시엔은 아버지에게 자신의 속마음을 들킬까 조심하며 태연하게 대답했다.

"숨을 수 있을 때 숨어야죠. 저도 좀 쉬어야 하지 않을까요?"

판지엔은 아들에게 더 묻지 않고 고개만 저었다. 사실 판시엔은 쳔핑핑을 만나는 게 두려웠기 때문에 숨어 있었다. 쳔핑핑이 두려운 것이 아니라, 왠지 그를 만나면 새로운 진실을 마주하게 될 것 같았기 때문이었다.

판시엔이 그렇게 한가로운 나날을 보내는 동안 징두의 가을색은 더욱 짙어졌고, 날씨는 더욱 추워졌다. 하지만 징두와 조정은 안정을 찾아갔고, 황궁 안도 더욱 평온해졌다.

그런던 어느 날, 성지가 내려왔다.

태자의 공식적인 폐위.

태자가 이미 죽었을 것이라 판시엔은 생각하고 있었지만, 어쨌든 이 성지는 태자를 위한 것이 아니라 그 이후의 조치를 위함이었다.

"내일 입궁해야 할 것 같아."

완알이 조금은 걱정스럽게 물었다.

"왜?"

"큰일 아니야. 그냥 어떤 문제에 대해 승낙 받을 게 있어서."

모반과 관련된 징두 관리들은 3천여 명 되었지만, 그들의 심복과 부하 그리고 가족들까지 하면 이번에 황실에서 잡아들인 인원은 대략 4천여 명이었다. 감사원 감옥과 형부, 대리사 감옥이 가득차, 결국 태학과 서학당까지 비워서 그들을 가두어 놓고 있었다. 경국 법률에 따르면 삼족을 멸해야 하고, 아무리 못해도 집안에 서너 명은 참수될 운명이었다. 하지만 판시엔은 태자의 부탁도 있었지만, 그 스스로도 최소한 여자와 아이는 살리고 싶다는 생각이 있었던 것이다.

다음 날 이른 아침, 오랜만에 관복을 정돈한 판시엔이 하얀 천 하나를 품에 넣었다. 딸아이 판샤오화가 태어난 지 한 달 되었을 때의 발도장이 찍힌 천이었다. 황제의 마음을 움직이기 위한 그만의 필살기였다. 그가 입궁을 하기 위해 밖을 나서니 너무나도 익숙한, 순백색 옷을 입은 사람이 보였다.

"안 간다니까."

"원장 대인의 명이에요. 그러니 전들 어떻게 하나요? 입궁하실 수 있으면 감사원에도 올 수 있는 것 아닌가요? 제발 원장 대인이 입궁해서 폐하께 성지를 내려 달라 요청하는 상황은 만들지 말아 주세요."

판시엔은 옌빙윈의 말은 귓등으로도 듣지 않고, 대신 귀에 대고 오늘 입궁하는 일에 대해 말해주었다.

"네? 그 사람들은 무고한 사람들이 아니에요. 대인의 마음이 언제부터 그렇게 물러진 거예요?"

"너도 션 아가씨와 아이를 낳으면……내 마음을 알게 될 거야."

"오늘은 무슨 일이냐?"

황제의 말투에서 은근슬쩍 불쾌한 기색이 느껴졌다. 황제가 신하에게 한 달 휴가를 준 것은 준 것이고, 신하가 한 달 동안 입궁하지 않은 것은 또 다른 일이었다. 판시엔은 마른 침을 삼키고 작은 목소리로 오늘 입궁한 이유를 간절히 말했다. 다만, 리청치엔의 이름은 언급하지 않았고, '관용'과 '자비'에 대해서만 호소했다.

승리자는 항상 관용을 베풀어야 하는 법.

그리고 황제는 가족들을 잃은 후 갈수록 너그럽고 인자해졌다.

하지만 판시엔의 예상과 달리 황제의 안색이 점점 어두워졌다. 그럼에도 판시엔은 용기 있게 자신의 주장을 굽히지 않았다. 그래서 오늘 어서방은 살기가 뿜어져 나오고 있었다. 야오 태감을 비롯한 태감들은 안에서 들려오는 고함 소리에 깜짝 놀라 얼굴이 창백하게 질려 있었다.

'쨍그랑!'

찻잔이 바닥에 부딪혀 깨지는 소리와 함께 판시엔이 머리를 조아리며 사정하는 소리, 그리고 황제가 호되게 꾸짖는 소리가 들렸고, 심지어 두 사람이 말다툼하는 소리까지 들려왔다. 야오 태감은 판 대인이 정말 간이 크다 생각하고 있었다.

'어쩌지……두 대학사에게 이것을 알려야 하나?'

그때, 어서방 문이 열리더니 판시엔이 빠른 걸음으로 나왔다.

화가 치밀어 올라 붉게 상기된 판시엔의 얼굴에는 불만이 가득했다. 그리고 고개를 숙여 인사하는 태감들을 본체만체하며 양 소매를 있는 힘껏 털고 곧장 황궁 밖으로 나가버렸다.

판시엔이 입궁한 후 며칠 동안 황궁에서는 아무런 소식이 들리지 않았지만, 그렇다고 판시엔을 질책하는 말도 나오지 않았다. 그렇게 며칠이 지난 후, 드디어 황궁에서 반역자들을 처리하는 방안이 정해졌다. 집에서 그것을 받아본 판시엔은 넋이 나간 채로 허공만 바라보았다.

'진짜? 황제가……진짜?'

방안은, 판시엔의 의견대로 정해졌다. 사실 그 자신도 이렇게 자신의 의견이 받아질 것이라 생각하지 못하고 있었다. 역사적으로 어느 제왕도 반역으로 권력을 탐했던 이들에게 동정을 보인 적은 없었다는 것을 누구보다 잘 알고 있는 그였다.

1천여 명이 참수되었지만, 연루된 부인과 아이들에게는 가벼운 처벌만 내려졌다. 마지막에 투항한 반란군의 고위 장군들은 참수되었지만, 사병들에게는 사형수 신분으로 국경 지방에 가서 싸움으로써 속죄하라는 명이 떨어졌다.

판시엔은 한편으로는 마음이 놓였지만, 다른 한편으로는 의심이 짙어졌다.

'왜 이런 조치를? 나의 간언 때문이었다면, 왜 그날 어서방에서 그렇게 화를 냈던 거지?'

판시엔의 의심과 달리 두 대학사는 황제의 이번 결정을 입에 침이 마르도록 칭찬했다. 그리고 너그럽고 인자한 군주가 만세에 길이 남을 나라의 근간을 만든다고 황제를 칭송했다.

그리고 이번 일로 판시엔의 명성이 다시 징두에서 빛을 발하기 시작했다. 이 모든 것의 시작은 판시엔이 어서방에서 황제와 '다툰' 일이었기 때문이다.

판시엔의 마음이 불편해졌다. 사실 그가 그날 어서방에서 용기 내서 황제와 다툰 것은, 황제의 분노를 자극해 징두를 떠날 기회로 삼을 생각이었다. 그런데 이런 결과를 예상하지도 못했으며, 오히려 황제가 그의 속셈을 간파하고 파격적인 조치를 내려, 판시엔이 사직하고 싶어도 할 수 없게 만들어 버린 꼴이 되었다.

판시엔이 사납게 책상을 치며 일어났다.

"젠장! 이렇게 된 마당에 내가 절름발이를 만나러 가는 걸 두려워할 이유가 어디 있어?"

눈을 감고 고이 자고 있던 판샤오화가 큰 소리에 놀라 울기 시작했다. 옆에 있던 완알과 스스가 깜짝 놀라 재빨리 아이를 안아 달랬다.

징두 반란 후 처음으로 감사원 제사가 감사원을 방문했다. 감사원의 모든 관리가 허리를 굽히고 공손히 그를 맞이했다. 그들은 모두 진심으로 판시엔을 미래의 원장 대인으로 생각하고 있는 듯 보였다.

천핑핑은 자리에 없었지만, 그는 당장 진원으로 가지 않고 옌빙윈을 불러 궁금한 몇 가지를 물었다. 옌빙윈이 고개를 저으며 대답했다.

"왕 대인에 대한 소식은 아직 없어요……홍챵청의 수하들 몇은 돌아왔지만, 그는 아직 실종 상태예요. 그리고……가오다를 비롯한 호위 일곱은 아마 그날 대동산에서 스구지엔에게……죽은 것 같아요."

판시엔은 갑자기 한시도 이곳에 머물고 싶지 않다는 생각이 들었다. 그리고 곧장 마차에 올라 진원으로 향했다.

진원은 진원이었지만, 진원이 아니었다.

천하에 둘도 없을 정도로 화려했던 진원의 모습은 온데간데없이 사라진 상태였다. 담장과 벽은 모두 무너져 있었고, 물고기가 놀던 연못은 모두 말라버렸으며, 싱그럽던 버드나무도 모조리 쓰러져 있었다. 곳곳이 불타고 그을린 흔적으로 가득 차, 마치 전쟁터를 보는 것 같았다. 그리고 복원을 위해 수천 명의 인부와 장인들이 바쁘게 움직이는 모습만 보였다.

"수리가 끝나려면 최소 석 달은 걸릴 텐데, 굳이 여기 있는 이유가 뭔가요?"

판시엔이 들어오는 걸 본 쳔핑핑이 활짝 웃었다. 주름진 얼굴에 국화꽃같이 자글자글하고 기괴한 주름이 생겼다. 판시엔은 맘에 들지 않는다는 표정으로 옆에 앉아 말없이 차를 한 모금 마셨다.

밖의 공사 소리가 멈추자, 폐허가 된 진원이 쥐 죽은 듯 조용해졌다.

"징두보다, 폐허가 된 진원이 나아."

판시엔이 입을 열기도 전에 쳔핑핑은 재빨리 말을 이었다.

"여기 미녀가 많다는 걸, 너도 알고 있지?"

판시엔이 고개를 끄덕였다.

"그녀들이 여기 편안히 있을 수 있는 건, 그녀들이 더 이상 이곳에 머물고 싶지 않으면 언제든지 떠날 수 있기 때문이지. 느슨하게 풀어주는 것이야 말로 그들을 잡아 두는 가장 좋은 방법이야. 그리고 그것이 가족의 안정을 유지하는 가장 좋은 방법이기도 하단다."

판시엔은 쳔핑핑이 이런 논리로 그날 밤 황제를 설득했고, 그래서 황제가 요즘 조금은 너그러워졌을 거라 짐작했다.

"다만, 내가 그녀들을 언제든지 보내줄 수 있는 건, 세상에 불행한 삶을 살아가는 미녀들이 많다는 걸 알기 때문이지."

쳔핑핑이 판시엔의 눈을 보고 미소를 지으며 말을 이었다.

"하지만 폐하께서 널 놓아주지 못하는 것은……아들이 몇 되지 않고, 심지어……그중 둘을 이미 잃으셨잖니……."

절름발이 늙은이는 비웃는 듯한 눈빛으로 판시엔을 바라보았다.

"폐하께 그렇게 대들면, 폐하께서 널 징두에서 쫓아내실 거라 생각한 거냐? 진짜?"

천핑핑은 한심하다는 표정을 지으며 고개를 저었다.

"그날 폐하께서 화내신 건 네가 부탁한 내용 때문이 아니라, 네가 도망칠 생각만 해서 그런 거야."

"폐하께서 제 생각을 읽으셨다면, 굳이 관용을 베풀 필요는 없으셨잖아요."

"관용과 명성이라는 족쇄로, 네 발목을 묶으신 거지. 설마 너……왜 폐하께서 본인을 낮추면서까지 네 명성을 높였는지, 그 이유를 생각해 보지 않은 건 아니지?"

판시엔의 몸이 살짝 떨리다, 다시 뻣뻣하게 굳었다.

'설마…….'

천핑핑은 임시 저택 건물 유리창으로 밖을 보며 부드럽게 말했다.

"사람들이 죽었지만, 황제가 이제라도 깨달았으니, 내가 오랜 시간 쏟아 부은 노력도 헛되지 않은 셈이야."

"네? 설마……그럼 셋째는 어떻게 해요?"

"셋째는……아직 나이가 어리잖니. 당장 태자로 세울 수도 없고……그런데 만약 폐하께서 몸이 안 좋아져서 갑자기 변고가 생긴다면? 지금은 널 선택하는 게 가장 좋은 선택인 거지."

판시엔은 몸을 부르르 떨며 목소리가 점점 높아졌다.

"전 '판'씨예요!"

"목소리가 크다고 해결되는 게 아니야. 네 성씨야 황제의 말 한마디로 바뀌는 거고……."

판시엔은 온몸에 힘이 쭉 빠졌다. 최근 황제의 너그럽고 인자한 태도에 이런 생각까지 들어 있음은, 정말 생각지도 못했기 때문이다. 천핑핑은 그 모습을 보며 웃는 얼굴로 안심시키며 말을 이었다.

"하지만 오랜 시간 뒤의 일이야. 그리고 폐하께서는 아마 셋째가 장성한 후에 너를 이기길 원하실 거야. 그렇게 되면 오늘 이야기도 자연스럽게 없던 일이 되겠지. 아는 사람이라 해 봐야 너, 나밖에 없으니……그나저나 한 달 동안이나 입궁하지 않은 이유가 뭐냐?"

"그냥 무서워요……."

판시엔은 솔직히 말했지만, 말하면서도 그 두려움의 근원은 알 수 없었다. 쳔핑핑은 도무지 이해가 되지 않는다는 표정으로 말했다.

"뭐가 무섭다는 거야? 네가 여러 차례 죽음을 무릅쓴 대가로 폐하의 신임을 얻었는데, 그것을 당당하게 누리면 되지, 도대체 뭐가 무섭다는 거야?"

이 순간, 판시엔의 머릿속에 억눌러 왔던 여러 생각들이 들기 시작했다.

'황제가 대종사……그럼 내가 함광전에 가서 열쇠를 훔쳤을 때 이미 황제가 알고 있었을 텐데……그 서랍 안에 있던 편지는 황제가 가져간 것인가? 그런데 왜 이야기를 하지 않는 거지?'

'아니야 어차피 복사해서 가져다 뒀는데……그렇다고 상자를 내가 아무렇게나 사용한 것도 아니고……내가 너무 예민한 거야.'

그가 생각의 나래를 펼치고 있는 와중 쳔핑핑의 목소리가 갑작스럽게 날아들었다.

"황궁은 그렇다 치고, 나를 보러 오지 않은 건 뭐냐? 내가 무섭다는 이야기는 하지도 말거라."

판시엔은 잠시 멈칫했지만, 진원을 올 때 이미 각오한 일이기에 거침없이 질문을 던졌다.

"옌샤오이 친위병들이 어떻게 대동산으로 간 거예요? 그것을 감사원이 몰랐을 리 없는데 보고는 왜 안 올라왔죠? 동산로 관리들의 수상쩍은 행동은 또 뭐예요? 그리고 징두 상황이 왜 이렇게 위험한 지경까지 간 거예요? 원장 대인은 그때 뭐 하셨어요? 징두로 왜 돌아오지 않으셨어요?"

"그 모두 천하 사람들을 속이기 위한 폐하와 나의 계획이었다."

쳔핑핑은 침착하게, 하지만 차가운 눈빛으로 말을 이었다.

"약한 척하지 않았으면, 그 사람들이 움직였을까?"

판시엔도 침착하게, 하지만 날카롭게 말을 받았다.

"최소한 저는 속이지 말았어야죠. 대인은 미리 알고 계셨고, 이 상황을 더 좋게 만들 능력도 가지고 계시니까, 상황이 이 지경까지 가게 안 하실 수도 있었잖아요?"

판시엔은 쳔핑핑의 노쇠한 얼굴을 보면서 작은 목소리로 말을 이었다.

"폐하께서 원장 대인을 신뢰한다는 것이, 제가 그만큼 원장 대인을 신뢰할 수 있다는 말은 아니잖아요."

판시엔은 결심한 듯, 직설적으로, 차갑게 말을 뱉었다.

"폐하의 계획이라지만, 실행은 대인이 하신 거잖아요. 그런데 대인 때문에 경국이 직면한 위험은 열 배, 아니 백 배는 커졌었어요. 징두에 내란만 막았어도, 이렇게 많은 사람들이 죽지는 않았을 것이고……."

"사람이 개새끼들을 쫓아내려면 어떻게 해야겠느냐?"

한참 침묵하고 있던 쳔핑핑이 천천히 입을 열었다.

"개새끼들을 몰아 내려면 전부 일시에 때려죽여야 하는 거야. 내가 그런 것은, 폐하의 마음이 일순간 약해질까 걱정했기 때문이야……이렇게 설명하면 이해가 되겠느냐?"

"아니요, 이해할 수 없어요!"

판시엔은 단호하게 말했지만, 이내 평정심을 찾으려 노력하며, 쳔핑핑에게 다가가 그의 마른 손을 잡으며 나지막이 말했다.

"설령 이치상 이해가 된다 하더라도, 폐하의 마음은 편치 않을 것이고……나중에 문제가 될 소지가 분명히 있어요."

"무슨 문제가 있다는 것이냐? 이건 폐하가 정하신 계획이고, 난 그 집행자일 뿐이었어."

쳔핑핑은 이 말과 함께, 아주 자연스럽게, 판시엔의 손에서 자신의 손을 뺐다.

"판시엔, 너도 너무 고민할 필요 없다. 세상에 그리 복잡한 일은 없어."

"복잡한 일이 없다구요?"

판시엔의 목소리가 다시 커지기 시작했다.

"그럼 한번 말해 보시죠. 현공 사당에서 그림자를 자객으로 위장해 보낸 이유가 뭡니까? 그리고 친씨 어르신 등에 있던 치명적인 상처는 뭔가요?"

"시체를 보았느냐?"

판시엔은 고개를 끄덕이며 말했다.

"당시 경황이 없어 바로 조사는 못했지만, 친씨 어르신을 죽인 마지막 일격은 제가 아니었어요……그림자였겠지요. 물론 이제 원장 대인이 제가 눈치챈 것을 아셨으니, 이제 그 상처를 아무도 볼 수 없겠지만……."

"그림자를 현공 사당 사건에서 자객으로 보낸 건 내가 맞다. 넌 알지만 그림자는 두 개의 신분을 가지고 있지. 그리고 그건 너와 나만 알지, 폐하도 모르신다. 네가 이걸로 당장 폐하에게 달려가 날 고발한다 해도 할 수 없지."

"대인이 이런 식인데, 제가 고발 못할 이유라도 있나요?"

"근데 고발해서 뭘 하게?"

"그럼 친씨 집안이 폐하를 배신한 이유는 뭐예요?"

사실 이 질문이 오늘의 핵심이었다. 그동안 가져왔던 여러 심증들 그리고 결정적으로 장 공주가 죽기전에 자신에게 했던 마지막 말, 쳔핑핑에게 가서 물어보라 했던 그 말.

"반역에 이유는 필요하지 않아."

"그럼 원장 대인이 그림자를 시켜 친예를 죽인 이유가 뭔가요? 혹시 제가 뭘 알아낼까봐?"

쳔핑핑은 한참 동안 말을 하지 않다, 귀찮다는 듯이 손을 내젓고 물러가라는 뜻을 보였다. 판시엔은 분노에 찬 눈빛으로 차갑게 그를 노려보다, 어쩔 수 없다는 표정으로, 간곡한 어투로 말했다.

"원장 대인, 제가 그 일에 연루되는 게 싫어서 떼어 놓으시려 하는 거 알아요. 하지만, 그게 얼마나 큰일인데……이제 본인 생각도 좀 하세요."

"너나 네 자신 생각 좀 하거라."

판시엔은 일어서서 쳔핑핑의 어두운 얼굴을 보며 다시 한번 간곡하게 부탁했다.

"어쨌든 제 '아버지'나 제 어머니를 위해 마음 쓰신 건 알겠지만, 제발 본인 생각 좀 하세요."

쳔핑핑은 웃으며 말했다.

"어차피 난 얼마 살지 못해."

판시엔은 가슴이 저며왔지만, 최대한 담담히 말했다.

"'그 사람'을 상대할 수 있는 사람은 없어요."

쳔핑핑은 침묵했다.

판시엔은 그 모습을 보며 고개를 젓고서 발걸음을 돌리다 문득 말했다.

"상자는 저에게 있어요."

쳔핑핑은 그 말에 갑자기 고개를 들었지만, 이내 판시엔이 나가는 모습을 바라만 볼 뿐 아무 말도 하지 않았다.

'상자가 네 손에 있다한들 어쩌겠느냐……난 널 이 일에 끼울 생

각이 없다.'

한참이 지난 후, 평상복을 입은 중년 남자가 판시엔이 떠난 그 방으로 들어와 쳔핑핑 옆에 앉았다. 판시엔이 앉았던 그 의자였다.

"폐하와 싸워서 이길 사람은 없어."

중년 남성은 온화한 목소리로 말을 이었다.

"그건, 나와 안쯔의 생각이 같네."

호부 상서 판지엔.

쳔핑핑은 두 눈을 감고 담담히 말했다.

"상자가 그 애의 손에 있다는 걸 자네도 알고 있었나?"

"그 애가 침대 밑에 뒀는데, 어찌 몰랐겠나. 귀엽지 않은가?"

"자네는 입이 가벼운데……."

"그 정도는 아니네."

판지엔이 부드럽게 말했다.

"폐하께서 내 집에 밀정을 둘 심어 놓으셨는데, 하나는 안쯔가 발견했고, 다른 하나는 내가 일찍이 죽였네. 폐하께서도 그리 신경 쓰시지 않은 듯 보이고."

"신경 쓰지 않으신다고? 그런데 왜 스구지엔의 검에 자네가 키운 황실 비밀 호위들이 모두 죽게 놔두셨겠나. 자네도 참 답답해. 자네가 모든 힘을 쏟아 부어 양성한 호위들을 폐하께서 일순간에 죽여 버리지 않았나. 그런데도 자네는……."

"그래, 난 이제 아무 힘이 없네. 그래서 관직에서 물러나 고향으로 돌아가려고 하는 거야."

판지엔은 씁쓸한 웃음을 지으며 말을 이었다.

"근데, 그러는 자네는 나보다 뭐가 그리 잘난 것이야? 자네도 이번 사달에 감사원 관원 수천 명을 잃지 않았나. 폐하께서는 인원 보충을 명분으로 감사원을 변화시켜 버리실 텐데, 그럼 자네도 나처럼 퇴직하는 거 말고 다른 방법이 있는가?"

"감사원이야 판시엔이 아직 살아 있으니 폐하께서 쉽게 건드리지 못하실 거고, 그보다……난 늙은 여우 린뤄푸가 걱정이 되네. 오랜 시간 참고 인내하다, 이번에 숨겨왔던 사람들을 모두 드러나게 했는데 결과가……그는 아마 우저우에서 피를 토하고 있을 거야."

"그러게 말이야. 내부의 걱정거리가 사라지고, 외부의 적도 없어지면, 우리 세 늙은이의 팔도 잘린다고 봐야지……확실히 폐하는 천하 제일의 군주이자 맹장이야."

"그래. 오래전에 우리가 따르기 시작했을 때처럼, 예나 지금이나, 앞으로도 천하에서 가장 강한 분이실 거네."

"자네는 알겠지만, 내가 징왕 저택에 조용히 있었던 것은 징두 상황을 크게 걱정할 필요 없다고 생각했기 때문이야. 예씨 집안이 다른 생각을 가지고 있다는 것을 눈치챘기 때문이지. 다만……폐하께서 대종사일 줄이야……."

"난, 폐하께서 그런 줄 짐작은 했지만……예류윈이 갑자기 폐하 편에 설 줄은 몰랐네."

"우리 둘 다, 폐하의 한쪽 면만 알고 있었구만. 만약에……."

판 상서는 말을 하려다 멈췄다. 하지만 쳔핑핑은 그 의미를 알고 있었다.

"만약은 없어. 그 일이 있은 후로, 우리 둘 다 서로를 믿지 않으려 하지 않았나……."

"이전에 안쯔가 말한 적이 있어. 나와 자네가 서로를 믿는다면 일을 하기가 더욱 수월할 거라고……안쯔가 확실히 남달랐어."

"아가씨와 폐하의 자손이야. 당연히 평범하지 않지."

"자네는 폐하가 대종사라는 사실을 언제 눈치챘나?"

"북벌에서 폐하께서 중상을 입으셨을 때."

"그게 뭔가? 그때 우리 모두 폐하께서 중상을 입어 무공을 잃었다고 생각하지 않았나?"

"그 부상에서 수상한 점이 있었네. 전신이 뻣뻣하게 굳는 것은, 절대 외상에 의해 일어나지 않아. 난 당시 닝 재인과 함께 폐하를 보좌했으니 폐하의 경맥에 문제가 생겼다는 것을 알고 있었지. 경맥이 다 끊어진 것 같았어……다만, 경맥이 다 끊어지면, 사람이 죽는 것 아닌가? 그래서 내가 당시 얼마나 울었는지 모르네. 하지만, 폐하께서 갑자기 살아나시더군. 자넨 그게 가능하다 생각하나?"

천핑핑이 판지엔을 보며 웃었다.

"사실 그 뒤로 한번 더 그런 경우를 봤지. 자네 아들 말이야. 그림자에게 당한 후 판시엔도 그렇게 되었지. 물론 그 뒤에 〈천일도〉를 통해 진기를 회복했지만……그런데 폐하는 그런 것도 없지 않았나. 그런데 어떻게 살아났단 말인가."

천핑핑은 담담히 설명을 이어갔다.

"폐하께서는 줄곧 숨기고 계셨지. 하지만 아주 사소한 일을 계기로 다시 그 일이 생각났네. 페이지에가 딴저우를 다녀와서 하는 말이, 판시엔이 패도 진기 수련을 하는데, 그 수련법은 엄청난 후유증을 초래할 수 있다고 하더군. 그때, 난 바로 온몸이 뻣뻣하게 굳어버렸던 폐하의 모습이 떠올랐네. 폐하도 패도 진기를 수련한 게 아닐까 의심이 들기 시작했지. 그래서 현공 사당에서 폐하의 '마지막 패'를 보려 했던 거야."

천핑핑은 조금은 원망하는 듯한 눈빛으로 판지엔을 보며 말을 이었다.

"물론 그때 자네가 판시엔에게 공을 세워 주기 위해, 그를 시켜 폐하를 보호하라고 하면서 일이 뒤틀어져 버렸지만……어쨌든 내가 알았지만 자네에게 말하지 못한 이유를, 자네는 이해하리라 생각하네."

판지엔은 조용히 듣고 있다, 갑자기 자리에서 일어나며 말했다.

"난 딴저우로 가서 노년을 보낼 생각이니, 시간 날 때 한번 들르게나."

쳔핑핑이 탁자 앞에 놓인 방울을 흔드니 늙은 종이 들어왔다.

"내가 배웅해 주겠네."

두 사람은 말없이 진원 정문까지 와서, 서로를 바라보며 공손히 예를 올렸다. 판지엔이 떠나기 전 쳔핑핑이 마지막으로 입을 열었다.

"난 이제 당시의 진상을 알았네."

판지엔은 한참 동안 말없이 생각하다 불쑥 물었다.

"자네는 그때 날 의심했으면서, 어째서 우쥬에게 그 애를 데리고 딴저우로 가라 했는가?"

"당시 난 자네가 이미 대가를 치렀다는 걸 알았고, 그래서 자네의 진심을 계속 보고 싶었거든."

판지엔은 조롱과 상처가 담긴 미소를 짓더니, 아무 말 없이 손을 저었다. 그리고 몸을 돌려 마차에 몸을 실었다. 떠나는 판지엔의 뒷모습을 물끄러미 바라보던 쳔핑핑이 손가락으로 바퀴의자의 팔걸이를 가볍게 두드렸다.

"잘 가시게나, 잘 가시게……."

늙은 종이 뒤에서 나지막이 말을 건넸다.

"담박 공작이 연루되지는 않을 겁니다."

"난 벌써 현공 사당, 산골짜기 습격 두 가지 사건으로 안쯔를 위험하게 만들었어. 두 번이나 그와 나의 관계를 끊은 거지……설령 폐하께서 뭔가 찾아내신다 해도……안쯔까지 엮지는 못하실 거네."

쳔핑핑은 이 말을 하며 처음으로 좌절감을 느꼈다. 그가 지금 대면하고 있는 적은, 의심할 여지없이 천하에서 가장 강했으며, 어떠한 약점도 찾을 수 없었기 때문이다.

판시엔은 깨달았고, 판지엔은 떠났고, 천핑핑은 절망했다.

지금 천하에서 가장 큰 문제는, 이렇게 해결된 것처럼 보였다.

하지만 세 사람 다 마음속으로는 알고 있었다. 끓는 기름에 뚜껑을 덮어 식힐 수 있다 해도, 작은 불씨 하나가 모든 것을 태워버릴 수 있음을. 그때, 그 한가운데 있는 사람들은, 누구보다도 고통스럽게 울부짖을 것임을.

징두가 점점 안정화되어갈 때, 북제 샹징과 동이성의 하늘 위에는 암담한 먹구름이 드리우고 있었다.

샹징성 밖 푸른 산. 천일도 문파의 근거지.

푸른 산 정상 검은색 건물 안에는 고귀한 신분의 사람들로 인산인해를 이루고 있었지만, 그 분위기는 온통 암담하고 침울했다. 정오 무렵 북제 황제가 침통한 표정으로 산을 올랐다. 그는 용포도 입지 않고, 가마도 타고 있지 않았으며, 그의 옆에는 랑타오, 허다오런 둘밖에 없었다.

북제의 수호신이자, 북제의 국사 쿠허가 세상을 떠나려 하고 있었다.

샹샨후의 등에 업혀 북제로 돌아온 후, 쿠허는 가부좌를 틀고 앉아 쌀 한 톨도 먹지 않았다. 얼굴은 지극히 평온했지만, 살점들은 갈라지고 터지기 시작해, 이미 몸 안의 혈관과 근육까지 드러내고 있었다.

말 그대로 살아 있는 상태로 몸이 해체되고 있었다. 그 공포스러운 모습을, 크고 부드러운 두루마기 하나가 감춰 주고 있을 뿐이었다.

새벽부터 샹징성에서 끊임없이 사람들이 찾아왔고, 쿠허에게 마지막으로 예를 올렸다. 제자들은 반대했지만, 쿠허는 마지막까지 북제 대신들에게 당부의 말을 남김으로써, 황제의 안정적인 통치 기반을 마련해 주려고 노력하고 있었다.

천일도 둘째 제자인 무펑이 스승의 귓가에 대고 나지막이 말했다.

"폐하와 태후께서 도착하셨습니다. 들어오라 할까요?"

쿠허가 천천히 고개를 저었다. 목 부분의 갈라진 피부가 옷깃에 쓸리면서 찢어지는 듯한 극심한 고통이 느껴졌다.

북제 황제는 문밖에서 기다리다, 안에서 나오는 추밀원 정사를 마주쳤다. 그는 추밀원 정사의 붉게 충혈된 두 눈을 보자, 가슴이 철렁하며 곧장 안으로 들어가려 했다. 하지만 랑타오가 황제의 옷깃을 잡았다. 황제가 고개를 돌려 그를 차갑게 노려보았다. 황제는 무공이 없었지만, 그 눈빛만은 제왕의 위엄이 담겨 있었다.

그때, 안에서 담담한 쿠허의 목소리가 들려왔다.

"이제 모시고 오너라."

건물 안에는 쿠허와 그의 제자 몇 그리고 황제와 태후.

쿠허는 말라비틀어진 고목처럼, 가부좌를 틀고 앉아 있었다.

"작은 할아버지."

황제는 비통한 표정으로 예를 올렸고, 태후는 쿠허 옆에서 고개를 숙인 채 말없이 눈물만 흘렸다.

"천하에 죽지 않는 사람은 없어요. 저는 오래 살았으니 그동안 하늘의 은혜를 많이 받은 사람이에요. 사람은 누구나 죽습니다. 경국에 있는 '그 사람'도 예외는 아니지요."

쿠허는 젊은 북제 황제의 얼굴을 바라보며 담담히 말했다.

"두려우신 겁니까?"

북제 황제는 어찌 대답해야 할지 몰랐다. 실제로 두려웠기 때문이다.

“두려움은 정상적인 감정입니다.”

쿠허는 담담히 말을 이었다.

“그가 손가락으로 저를 살짝 눌렀을 때, 저도 두려움을 느꼈습니다. 하지만 그가 가장 두려운 점은, 참고 인내할 줄 안다는 것입니다. 그는 목표를 이루기 위해 수십 년을 참고 견뎠고, 결국 조금의 실수도 없이 목표를 이루었지요. 정말이지 그는……신(神)입니다.”

“그럼 설마……경국에 맞설 방법이 없다는 겁니까?”

떨리는 목소리로 질문을 한 사람은 북제 황제가 아니라 랑타오였다.

“무공, 지력 그리고 권력. 이 세 가지에서 모두 최고 경지에 오른 사람을 이기는 것은 불가능하다.”

쿠허는 조용히 눈을 감으며 말을 이었다.

“최소한 외부의 공격으로 그를 무너뜨릴 수는 없어.”

“짐은……신묘에 가서……제사를 지내고 싶습니다.”

신묘.

이 두 글자가 황제의 입에서 나오는 순간, 쿠허는 눈을 번쩍 떴고, 방 안의 공기가 무겁게 가라앉았다.

“신묘?”

쿠허는 복잡한 눈빛으로 말을 이었다.

“저는 신묘가 어디 있는지 알고 있지요. 허나, 알려드릴 수 없습니다.”

그리고 다시 눈을 감으며 나지막이 말했다.

“신묘는……세상을 바라보는 눈 같은 것입니다. 그것은 지금까지 세상일에 간섭하지 않았고, 앞으로도 하지 않을 것입니다……신묘가 정말 모든 것을 해결해 주리라 생각하십니까? 그런 희망은 버리십시오."

쿠허의 목소리에서 조금은 자조의 기색이 비쳤다.

"폐하, 저는 이번에 대동산을 가기 전, 스구지엔과 충분히 준비했다 생각했습니다. 저희가 생각한 경국 황제의 마지막 패가 무엇인지 아십니까? 바로 신묘였습니다."

사람들은 경악했다.

'경국 황제가 신묘와 연락을 할 수 있단 말인가?!'

"허나, 아니었습니다. 신묘가 세상일에 관여하지 않는다는 규칙을 깨는 것은 두렵지만, 신(神)에 근접한 경국 황제도 그럴 능력은 없었습니다."

쿠허는 짧게 탄식하며 말을 이었다.

"세상에 신선(神仙)이나 구세주 같은 것은 없습니다. 대종사의 경지에 오르면, 신묘가 사실은 모두가 생각하는 그런 것이 아니라는 걸 깨닫게 됩니다. 신묘는, 세상에 나타나지 않는 존재로, 죽은 사물과 다름없습니다."

북제 황제는 다급했고, 여전히 신묘에 대한 집착을 버리기 힘들었다.

"그럼 어찌해야 합니까?"

"내부에서 무너지도록 해야 합니다. 경국이 군대를 움직이려면 최소한 3년의 시간이 필요합니다. 폐하께서는 그 시간을 최대한 늦추셔야 합니다."

쿠허의 말을 되뇌던 황제의 몸이 떨리기 시작했다.

"국사님의 말씀은……판시엔을 염두에 두고 하시는 겁니까?"

황제는 고개를 저으며 침착하게 반대 의견을 말했다.

"그는 경국 황제의 마음을 바꾸지 못합니다. 경국 황제가 그를 누구보다 신임하고 있고, 그는 어쨌든 경국 황제의 사생아입니다."

"예씨 집안 여주인의 후손이기도 하지요."

쿠허는 진지하게 말을 이었다.

"하지만 판시엔에게 희망을 걸기에는, 북제가 2년 동안 아무것도 하지 않았습니다."

"짐이 당장 움직이겠습니다. 우선 그의 동생 판스져부터 시작하겠습니다."

쿠허는 고개를 가볍게 끄덕이며 둘째 제자를 향해 말했다.

"무펑, 내가 죽으면 당장 산을 내려가 경국으로 가거라. 너의 얼굴을 아는 이는 없으니, 경국에 가서 다른 것은 일체 말고 쳔핑핑의 병을 치료하거라."

사람들은 놀람을 넘어 경악했다. 쳔핑핑은 북제인에게 경악을 넘어 두려움의 대상이었기 때문이다. 쿠허는 단호한 눈빛으로 제자를 바라보며 다시 한번 강조했다.

"쳔핑핑이 병이나 노환으로 죽게 놔두면 안 된다!"

이것이 쿠허가 죽기 전에 둔, 마지막 수였다.

그리고 쿠허는 이 세상에 더는 미련이 남지 않은 듯, 두 눈을 편안히 감았다. 그러자 태후가 다급한 목소리로, 마지막 슬픔과 두려움을 억지로 숨기며 물었다.

"천일도 문파는 어떻게 합니까?"

"천일도는 하이탕에게 넘기세요."

누구도 의외라 생각하지 않았다. 다만 모두가 의외인 것은 하이탕이 이 자리에 없다는 것, 그리고 그녀가 어디에 있는지 아무도 모른다는 것이었다. 쿠허는 눈도 뜨지 않고 조용히 제자들에게 일렀다.

"허나, 하이탕은 3년 동안 돌아오지 않을 테니, 그동안 문파 일은 랑타오가 대신 맡고, 여기 문파의 청산(青山)은……막내 사매에게 맡기거라."

이것이 쿠허의 마지막 말이었다.

모두가 마지막 명에 놀라고 있었는데, 천일도의 막내 사매는 판시엔의 동생, 판뤄뤄였기 때문이다. 하지만 그에 대한 설명은 더 이상 들을 수 없었다. 속세에 대한 당부를 마친 쿠허는 그 이후로 입을 닫고 한마디도 하지 않았기 때문이다.

감고 있는 쿠허의 눈앞에 수많은 일들이 스쳐 지나가다, 수십 년 전 장면에서 멈췄다.

끝이 보이지 않는 눈 덮인 대지.

시체를 파먹는 독수리와 쓰러진 부하들.

그리고 인육을 먹고 있는 샤오은과 자신.

'인육은 먹을 만한 게 아니었지…….'

산을 끼고 서 있는 거대한, 검고 푸른 신묘.

신묘 안에서 살기를 띠고 공격해 온 장님.

신묘 안에서 뛰어나온 꼬마 아가씨.

'신묘도 보았는데, 무슨 미련이 있으랴…….'

그렇게 대종사 쿠허는 추억에 빠진 채, 세상을 떠났다.

북제보다 더 북쪽, 얼음으로 덮인 초원 위.

짐승 가죽으로 만든 옷을 입은 여자가 부족 사람들과 인사를 했다. 붉게 상기된 여자의 얼굴에는 웃음이 가득했지만, 눈빛에는 옅은 슬픔과 실의가 드리워져 있었다.

수년 동안의 폭설로 북쪽 오랑캐는 여기서 더 살아갈 수 없게 되었다. 그래서 높은 산맥을 돌고 험한 길을 뚫어 따뜻한 남쪽으로 이동하기로 결정했다. 많은 부족 사람들이 경국 서북쪽에 위치한 초원으로 이동했고, 수많은 목숨을 잃은 후에야 겨우 먼 친척에게 갈 수 있었다.

물론 이 경우는 좋은 경우였다. 나이가 너무 많거나 너무 어린 부족 사람들은, 그럴 힘도 없이 눈과 얼음뿐인 북쪽 황야에서 여전히 살아가고 있었다. 사냥감은 적었지만, 어떻게든 근근이 버티고 있었다. 그러던 중, 얼마 전 길을 잃은 카알나 부족 여자 하나가 이곳에 왔고, 그들과 함께 사냥을 하는 일을 돕게 되었다.

사람들은 그 여자를 모두 좋아했다.

한 걸음에 세 번이나 좌우로 흔들거리는 그녀의 걸음걸이가 비효율적으로 보였지만, 그녀는 워낙 부지런하고 능력이 좋아 사냥도 잘했고, 성격 또한 소탈하고 시원시원했기 때문이다. 그리고 송즈시엔링(松芝仙令, 송지선령)이라는 그녀의 이름이, 마치 어떤 꽃이 활짝 피어 있다는 의미를 가진 것 같아, 사람들은 그녀와 어울린다 생각하며 더욱 좋아했다.

한 움큼 봄의 따스함, 한여름 밤의 꿈, 한 줄기 가을바람이 한바탕 지나가고, 징두는 다시 차가운 겨울을 맞이했다. 티엔허다다오 대로를 지나가는 검은색 마차 안에서, 판시엔은 옷깃을 세우고 연신 입김을 손에 불며 투덜댔다.

"이번 겨울은 너무 빠른 거 아니야?"

판시엔은 방금 징왕 저택에서 나오는 길이었다.

징왕의 병세가 상당히 위중했다.

리훙쳥은 징두에 없고, 로우쟈 군주는 너무 어렸기에 판시엔이 자식 노릇도 대신하며 손수 치료를 할 수밖에 없었다. 하지만, 판시엔은 징왕의 병이 이른 겨울 추위 때문이 아님을 알고 있었다. 태후가 죽고, 장 공주가 죽고, 징왕 집안의 친지들이 이번 사건으로 절반이나 죽었다. 그래서 징왕도, 한평생 농부처럼 살던 징왕도 결국 쓰러지고 만 것이다.

판시엔은 징왕 저택을 나와 곧바로 포월루로 향했다. 감사원 보고서를 봤지만, 자신의 정보망을 이용해 심복의 입으로 직접 듣고 싶은 소식이 있었기 때문이다.

그 첫 번째는 북제 관련 소식. 쿠허가 두 달 전 사망했다. 하지만 북제는 특별한 움직임 없이 조용했다. 그리고 그 죽음을 숨기려고 하지도 않았다. 오히려 대대적인 장례를 치렀고, 수십만 명에 달하는 관리들과 백성들이 통곡했다.

하지만 판시엔이 확인하고 싶었던 북제 소식은, 쿠허가 아니라 하이탕에 관한 것이었다. 그녀가 소리소문 없이 사라졌다. 그녀가 어디로 갔는지 천일도 문파 사람들도 모른다 했다.

그리고 쿠허의 죽음은 판시엔에게 당연한 결과였다. 오히려, 검의 성인(聖人)이라 불리우던 스구지엔이 죽지 않은 것이 의아했다. 그는 당장 죽어도 이상하지 않을 정도로 위독한 상태였음에도, 마지막 목숨줄을 놓고 있지 않는다 했다.

죽음을 앞둔 스구지엔은 검려 안에 숨어 있었다. 물론, 판시엔도 그가 마지막까지 버티는 이유는 충분히 짐작할 수 있었다. 그가 죽으면, 검려와 동이성 성주(城主)집안과의 문제가 수면 위로 드러날 것이었기 때문이다.

그리고 경국 황제에게 스구지엔의 생사는 단지 시간의 문제일 뿐이었다. 황제는 그보다 그가 죽은 후 누가 동이성을 책임질 것인지에 관심이 있었다. 스구지엔이 죽으면 어차피 동이성은 먹음직한 고깃덩어리에 불과하게 될 것이고, 황제는 그 고깃덩어리를 가져올 사람으로 누굴 보낼지만 고민하고 있었던 것이다.

판시엔은 한참 동안 이 문제를 고민하다, 화제를 돌려 앞에 있는 스챤리에게 내고 상황과 제자들의 근황을 물었다.

내고는 예씨 지배인들의 도움으로 높은 생산성을 유지하고 있었고, 실제로 예전 예씨 집안이 이끌던 때의 영광을 되찾아가고 있었다. 그리고 스챤리를 제외한 제자 셋도 판시엔의 후광에 힘입어 상황은 더욱 좋아지고 있었다.

"폐하께서 젊은이들을 중용하기 시작했어. 지금이 기회지. 양완리를 비롯한 세 명에게 모두 서신을 보내, 내년 봄에는 징두로 올 준비를 미리 하라고 전해."

"그들의 경력이 너무 짧아서……그리고 그들이 스승님의 제자라는 것은 만천하가 알고 있는 사실이고……그들이 너무 앞서 나가면, 사람들이 비방하지 않을까요?"

"대신과 관리 수백 명이 죽었어. 지금은 그런 것들을 따질 수 없지. 심지어 허종웨이를 봐. 그가 무슨 경력이 있어? 심지어 그놈은 호우지챵보다 늦게 조정에 들어왔는데, 이미 어서방에 들어가 조정 일을 논하고 있잖아."

허종웨이. 판시엔의 뇌리에 박혀 있는 이름.

판시엔은 뜻하지 않게 모반 사건에서 '그놈'의 덕을 톡톡히 봤다. 사실 대세를 역전시킬 결정적인 시간을 벌었다고 할 수도 있었다. 그리고 그 사건에서 허종웨이가 태자에 맞선 그 '기개'와 모반의 진압 과정에서 세운 공으로 인해, 그의 입지는 불화살처럼 빠르게 상승했다.

도찰원 좌도어사 겸 문하중서성 대학사.

이건 허 어사가 훗날 연로한 슈 대학사의 자리를 대신하게 될 것이라는 의미였고, 그에게 누구보다도 화려한 미래가 있다는 뜻이었다. 그리고 이제서야 비로소 사람들은 그가 태자, 2황자, 장 공주 중 누구의 사람도 아니었음을 알게 되었다.

그는 황제의 사람이었다.

하지만 판시엔은 허종웨이가 너무나 싫었다.

그처럼 권력욕이 강한 사람, 다른 사람의 힘을 얻어 위로 올라가려는 사람을, 판시엔은 싫어했다. 그리고 무엇보다 과거에 허종웨이가 뤄뤄에게 추파를 던지던 모습이 너무 싫었다.

판시엔은 고개를 저으며 앞에 있는 상운을 바라보고 싱긋 웃었다.

"진원에서 노래를 부르던 사람이 네 동생이었어?"

"원장 대인이 좋아하셔서 다행이에요."

지금 판시엔의 주변에는 사람들이 몰려들고 있었다. 한여름 밤의 그 한순간으로 모든 것이 변하고 있었던 것이다. 하지만 그럴수록 판시엔은 불안해졌다.

'이런 사람들을 두고 내가 그냥 떠날 수 있을까? 이런 게 책임감이라는 건가…….'

그리고 판시엔의 마음속은 더없이 공허해졌다.

이 와중에 누군가는 떠나버렸기 때문이다.

판시엔은 작은 저택 앞에 서 있었다. 그의 얼굴은 어두웠고, 눈에는 실망의 기색이 역력했다. 저택 안의 우물과 돌 탁자, 휘장, 넝쿨, 그 모든 것이 그대로였지만, 사람은 보이지 않았다.

왕치니엔이 떠났다.

쳔핑핑의 입을 통해 그가 살아있다는 사실을 전해 들었고, 그가 대동산에서 위험에 처한 황제를 두고 혼자서 살아 도망쳤다는 사실만으로도 대역죄였기 때문에, 판시엔은 그의 마음을 충분히 이해할 수 있었다.

하지만 판시엔의 안색은 갈수록 어두워졌다.

그를 대신하여 수운마오가 있지만, 수운마오의 능력이 뛰어나지만, 수운마오의 충심을 의심하지 않지만, 수운마오는 왕치니엔보다……재미가 없다.

만담 수준이 그보다 한참 못 미쳤다.

'그래, 왕치니엔은 위험 가득했던 이전의 삶보다, 한가롭게 지내는 지금의 삶을 더 좋아할지도 몰라.'

판시엔은 진심으로 왕치니엔과 그 가족들의 평안을 기도하고 자신의 옆에 묵묵히 서 있는 무평알을 바라보며 말했다.

"넌 왜 또 죽상이야?"

무평알은 말이 없었다.

판시엔은 마음을 정리했다 생각했지만, 자신의 말에 대답 없는 무평알을 보며, 충성심은 누구에게도 비할 데 없는 그를 보며, 다시 한 번 왕치니엔이 떠올랐다.

무평알도 왕치니엔보다 재미가 없다.

영원히 익숙해지지 못할 것 같았고, 이 공허함은 어떤 것으로도 채워지지 못할 듯 느껴졌다.

2개월 동안 미뤄졌던 하사품이 마침내 내려졌다.

예중은 정정당당히 친씨 어른을 대신하여 추밀원 정사를 맡게 되었고, 징두 수비군 통령은 샤오진화(蕭金華, 소금화)에게 맡겨졌는데, 그가 바로 태자의 반란군이 마지막에 징두를 벗어나려 할 때 옌빙윈과 함께 그들을 막은 전임 동화문 통령이었다.

반면, 그의 상사였던 전임 13성문사 통령 장더칭은 반란군 중에서 가장 무거운 처벌을 받았다. 능지처참 그리고 멸문지화.

대황자는 금군 통령을 유지했지만, 별다른 작위가 내려지지는 않았다. 그는 이미 화친 '왕'이었기에, 더 내려질 작위가 없었기 때문이다. 공디엔은 다시 황궁으로 돌아와 황실 호위 관련한 사무직을 맡기 시작했다. 시작은 그러했지만, 그가 조만간 다시 중용될 것은 명확해 보였다.

모반과 관련한 상벌에서 가장 시끄러웠던 것은 단연 판시엔이었다.

황제가 그에게 '왕'의 작위를 내리려 했기 때문이다.

'왕?'

판시엔뿐 아니라 두 대학사 그리고 모든 대신들은 황당하다 못해 기겁했다. 유사 이래 황실의 핏줄 외에 '왕'에 봉해진 사람은 없었다. 법률에도 예법에도 관습에도, 그 무엇에도 맞지 않는 것이었다. 아무리 그가 황제의 사생아라 하더라도, 그의 성(姓)은 '리'가 아니라 '판'이었다.

다행히 두 대학사의 기개에 힘입어 그 일은 유야무야되었다.

다만, 그보다 더 황당한 일이 벌어졌다.

'판시엔의 딸 판샤오화에게 판슈닝(范淑寧, 범숙녕)이라는 이름을 하사하고, 군주(郡主)로 봉한다.'

군주(郡主)?

장 공주의 딸인 완알이 군주이고, 징왕의 딸인 로우쟈가 군주이다. 장 공주는 황제의 여동생이고, 징왕은 황제의 남동생이다. 그런데 판시엔은? 그는 엄밀히 말해 경국의 일개 대신일 뿐이다. 심지어 판샤오화는 판시엔 정실 부인이 낳지도 않았다.

'이런 황당한 일이?'

판시엔은 누구보다 황당해했다. 다만, 그 이유가 남들과 조금 달랐을 뿐이다.

'이렇게 촌스러운 이름을 내려준다고?'

그리고 다른 이들은 잘 모르는 사실이었지만, 판시엔을 가장 곤혹스럽게 한 상벌이 하나 있었다.

"짐이 자오저우 수군 쉬마오차이에게 고향으로 돌아가 쉬라 명했다. 이미 취엔저우로 돌아갔을 것이다."

쉬마오차이는 이번 모반 사건에서 판시엔을 도와 징두로 오게 한 큰 공을 세운 인물이었지만, 황제에게 그것보다 더 중요한 것이 있었다. 쉬마오차이가 충성하는 상대는 경국 조정이 아니라 판시엔이라는 것. 황제는 그의 처분에 대해 이유를 설명하지는 않았지만, 판시엔은 충분히 짐작할 수 있었다. 그리고 그를 죽이지 않고 고향으로 내려 보냈다는 것은, 이미 황제가 판시엔의 체면을 충분히 생각해 주었다는 것도 알고 있었다.

다만, 곤혹스러울 뿐이었다. 곤혹스러운 것은, 쉬마오차이가 살았기 때문이 아니라, 황제가 판시엔에게 너무 너그럽게 대했기 때문이다. 만약 태자나 2황자의 심복이 그랬다면, 그 심복은 절대 살아남지 못했을 것이다.

음력 정월 초하루.

시간은, 하늘에서 내리는 눈처럼, 인간 세상의 모든 것을 가려준다.

판시엔은 어느 때보다 존귀한 신분으로 황실에서 식사를 하느라 판씨 집안의 제사도 참석하지 못했다. 그리고 이틀 후 온 가족을 데리고 징두 교외로 향했다. 그가 향한 곳은 판씨 장원이 아니라, 흥겨운 설날 분위기와 어울리지 않는 묘지였다.

태자, 2황자, 황후, 장 공주 모두 이곳에 묻혀 있었다. 그들이 이곳 황실의 능원에 묻힐 수 있었다는 사실만으로도 황제가 너그러워졌다는 것을 모두가 알 수 있었다.

판시엔은 판샤오화를 안고서 무덤 안 사람들에게 보여주었다. 그리고 그는 무엇보다 장 공주의 무덤을 보고 진심으로 기도했다.

'장모님께서 덕을 내리셔서, 샤오화가 당신 같은 미치광이 변태가 되지 않게 해 주세요.'

순간, 판시엔은 인기척을 느끼며 고개를 휙 돌렸다.

"여긴 웬일이세요?"

대황자가 그의 눈을 차갑게 쳐다보며 대답했다.

"내 형제들이 묻혀 있네."

무덤 속에 있는 사람들의 신분은 매우 '특별'했기에, 이곳을 찾아오는 것은, 특히 황실의 핏줄로서 여기 오는 것은 민감한 일이었다. 그래서 판시엔은 걱정스러운 눈빛으로 다시 물었다.

"폐하께서 그렇게 좋아하지 않으실 텐데요……."

대황자는 잠시 침묵하다 나지막이 대답했다.

"부황도……오셨네."

판시엔은 화들짝 놀라 벌떡 일어나 주변을 살폈다.

겨울 숲의 처량한 풍경 사이로 어렴풋하게 사람의 형체가 보였다. 옅은 황색 옷을 입은 중년 남자가 그곳에 서서 네 개의 무덤을 바라보고 있었다.

그렇게, 고독하게 바라보고 있었다.

# 제4장

## 외환(外患)

하늘에 습기를 가득 머금은 솜 같은 구름이 떠 있었다.

'뚝뚝.'

물방울이 떨어지기 시작하더니, 어느새 언제든 폭우로 변해버릴 기세로 빗물이 쏟아져 내렸다.

송스런. 징두 제1의 소송대리인 그리고 가장 '비싼 입'.

이제는 귀밑머리가 하얗게 세었고, 눈매에서는 더 이상 예전과 같은 멋스러운 모습을 찾아볼 수 없었다. 그런 그가 무슨 생각을 하는지, 차분히 하늘만 바라보고 있었다.

"송 대인, 이번 일에 문제는 없는 것이죠?"

"대인, 염려 놓으세요."

송스런이 '대인'으로 부른 이는 1처 처장 무티에. 판시엔이 궈바오쿤을 때린 송사에서 만난 연이 강남을 거쳐 이제는 징두에서 송스런을 '송 대인'으로 불리게 만든 것이다.

송스런은 밍씨 집안 유산 문제와 관련한 소송으로 인생의 정점을 찍었지만 징두로 돌아온 후, 당시 아직 폐위되기 전 태자에게 미움을 사게 되었고, 결국 그는 굶어 죽을 지경에 몰리게 되었다. 당시 별다른 방법이 없던 판시엔은 그에게 암암리에 돈을 보내주는 정도였지만, 모반 사건이 일어난 다음 해인 경력 8년에 판시엔은 그에게 집을 마련해주는 것은 물론 감사원 내 관직까지 맡게 해 주었다.

감사원 8처 집률사(執律司) 수장. 감사원을 대변하는 소송대리인.

그런데 감사원이 소송을?

황제가 판시엔에게 담박 공작 작위를 내리는 대신 감사원의 직접 심문 권한을 박탈했었다. 판시엔도 황제가 자신의 권력을 견제하기 위해 감사원의 권한을 축소시키려는 의도를 알아차렸기에 적당한 수준에서 이를 받아들였었다. 그리고 그 권한은 형부와 대리사에서 나누어 가졌다.

감사원이 비리 관원을 잡아들이지만, 심문과 처벌은 형부와 대리사가 한다? 이는 고양이에게 생선을 맡기는 일이었기에 판시엔의 심사가 편할 리 없었다. 그래서 그는 감사원 내에 소송을 전문으로 하는 조직을 만들고 그 수장을 송스런에게 맡긴 것이었다. 직접 심문과 처분은 불가능하지만, 소송을 통해 원래 가졌던 기능을 '실질적'으로 회복하려는 시도였다. 마치 전생의 검찰처럼.

물론 그보다 더 큰 문제는 황제의 명을 받아 허종웨이가 도찰원 어사 신분으로 감사원을 감시하고 있다는 것이었지만, 그마저도 지금 판시엔의 명성과 권력으로서는 큰 문제가 아니었다. 판시엔의 권력 그리고 송스런의 비싼 입이 만나, 1년여 동안 8처 집률사는 소송에서 단 한 번도 패한 적이 없었다.

송스런은 무티에의 질문에 답을 하고는 고개를 돌려 자신의 수하인 집률사 관원에게 물었다.

"사건 관련 내용은 모두 준비되었나?"

"네."

대답한 이는 쳔보우챵. 강남 소송에서 밍씨 집안이 선임했던 소송대리인. 그 또한 감사원 집률사의 관원으로 '대인'이 되어있었다. 무티에는 송스런의 어깨를 토닥이며 응원의 뜻을 전했고, 그는 쳔보우챵과 함께 차분하고 또 안정적인 걸음걸이로 형부 관아로 들어갔다. 들어가는 길에 쳔보우챵이 송스런에게 나지막이 물었다.

"제사 대인이 오늘은 왜 구경을 안 오셨을까요?"

"폐하께서 다른 곳으로 파견하셨다고 들었네. 나도 어딘지는 모르네."

징두에서 경국의 서쪽 끝으로 가려면, 창산을 돌아 수많은 강을 건너고 또 십여 일을 가야했다. 그곳은 빈곤한 지역이지만 특이한 자연 경관을 지닌 곳이었는데, 그곳이 바로 경국 7로 중 가장 서쪽에 위치한 서량로(西凉路)였다. 이 지역은 수백 년 동안 중원(中原)의 지배자들과 서쪽의 이민족들이 반복적으로 쟁탈전을 치르고 있는 곳이었다.

이곳은 북위가 붕괴한 후에는 여러 제후국들이 암암리에 세력을 일으키려 하는 근거지였는데, 결국 여러 해 동안 무수한 사람들이 죽은 후에야 경국은 이 지역을 통제할 수 있게 되었으며, 그 후로 여러 개의 성을 만들어 백성을 이주시켰다.

하지만 새로 조성된 지역이다 보니 논밭을 제외하고는 산업이나 상업이 발달하지 않았다. 보이는 것이라고는 논과 밭, 끝도 없이 펼쳐진 지평선 그리고 시선 끝에 갑자기 솟아 있는 흙언덕과 황량한 광야가 전부였다. 그리고 서쪽 끝이기에 경국에서 해가 가장 늦게 뜨는 지역이었고, 매일마다 석양은 붉은 피처럼 황량한 대지 위와 뜬금없이 우뚝 솟은 성 하나를 비추었다.

경국 서쪽 변방 지역 군사 요충지 딩저우(定州, 정주)성.

황량한 대지 위의 성이었지만, 경국 군사 요충지였기 때문에 징두에서 딩저우로 가는 관도(官道)는 정비가 잘 되어 있었다. 그 도로 위를 일련의 마차 행렬이, 눈에 보이지만 도무지 닿을 수 없을 듯한 딩저우 성문을 향해 끝없는 광야를 질주하고 있었다.

판시엔이 서호로 온 공식적인 명분은 딩저우 군대를 격려하기 위함이었지만, 사실 황제로부터 별도의 밀지를 받고 온 것이었다. 2년 동안 서만족들이 흥분제를 먹었는지 진정제를 먹었는지, 너무나 침착하고 교활하게 그리고 조직적으로 딩저우성을 침략하고 있었기 때문이다.

물론 경국이 통제할 수 없는 국면은 아니었지만, 황제와 판시엔은 서호의 '갑작스러운' 변화의 이면에 어떤 문제점이 있음을 이미 발견한 상태였다. 하지만 공식적으로 확인하기 전까지는 추측일 뿐. 그래서 최대한 조용히 왔고, 따라서 이번에 데려온 사람도 모두 감사원 관원들 즉 왕치니엔 조직의 무펑알과 2처, 6처 관원 몇 뿐이었다.

판시엔 일행은 해가 뜨기 전에 마지막 역참을 출발하여 동틀 때쯤에는 이미 딩저우 성문에 도착해 있었다. 판시엔의 지금 신분은 서량로 흠차였지만 어떤 이유로 그 신분을 밝힐 수는 없었기에, 그는 조용히 성문 앞에서 상인들과 함께 줄을 서서 기다리고 있었다. 그리고 판시엔은 사적으로 누군가 먼저 만나야 할 사람이 있었다.

판시엔이 눈짓을 보내자 무평알이 준비한 문서를 성문 앞 관원에게 건넸다. 통관문서, 통행증 그리고 차(茶) 매매계약서. 오늘 판시엔의 위장 신분은 차 매매상이었던 것이다.

관원은 의심스러운 눈빛으로 판시엔 일행을 바라보았다.

문제가 있는 것이 아니라, 너무 깨끗했다.

깨끗한 것은 좋지만, 너무 깨끗한 것은 의심이 된다.

왕치니엔이 그의 곁에 있었다면 이런 실수는 안 했을 것이었다. 노련한 그는 적당한 선을 지켰을 것이기 때문이다. 하지만 어쨌든 관원도 문서에 문제가 없는 한 잡아 둘 수도 없었기에 판시엔 일행을 통과시켜 주었다. 다만, 그는 판시엔이 들어가자마자 부하 하나를 불러 조용히 몇 마디 분부를 내렸다.

반나절 정도 딩저우를 구경한 판시엔은 딩저우성 정문 성벽을 바라보며 무평알에게 물었다.

"소식이 왔어?"

"소식은 받았을 텐데, 저희가 이틀 일찍 도착하는 바람에……상대방이 아직 성에 도착하지 않았을 수도……."

"어쩔 수 없었잖아. 내가 징두를 떠났다는 소식은 이미 퍼졌을 것이고, 홍청은 분명 그 소식을 들었겠지. 그리고 딩저우 군 본영과 서량로 총독 관아에 서호의 첩자가 없다고 확신할 수도 없고……일단 기다려 보자고."

마차 뒤 흙 담벼락의 그림자가 점점 길어질 무렵, 판시엔의 부하 하나가 노래를 흥얼거리며 돌아왔다. 손에는 길거리에서 파는 서호 특산품이 들려져 있는 것으로 보아, 최대한 조심하며 돌아다닌 듯 보였다. 그가 마차 안으로 무심하게 특산품을 '휙' 던져 놓고는 재빨리 마차 뒤로 와서 몇 마디 나지막이 건넸다. 판시엔은 웃는 얼굴로 무평알을 바라보며 말했다.

"그쪽이 우리보다 몸이 더 달았는데?"

얼마 후 판시엔과 무펑알은 약속된 장소인 어느 이름 없는 양고기 식당에 도착했다. 식당은 서호 부족 특유의 토방(土房)처럼 꾸며져 있었고, 네 개의 돗자리 위에 작은 탁자가 하나씩 놓여 있었으며, 그 사이에는 얇은 천으로 된 가림막이 쳐져 있었다.

판시엔이 가장 안쪽 자리 돗자리에서 술을 두 사발정도 마셨을 때쯤, 얇은 장막 사이로 희미한 사람의 그림자가 보였다. 판시엔이 눈짓을 하자 옆 돗자리에 있던 무펑알이 그 사람과 몇 마디 나누었고, 이어 무펑알은 장막을 살짝 걷어 올린 후 상대방의 신분을 확인했다는 의사 표시를 했다. 그리고 그 중년 남성은 판시엔의 자리로 들어왔다.

"정정당당한 서호 좌현왕(左賢王)의 제1고수가 변장은 왜 하셨을까?"

중년 남성은 미간을 살짝 찌푸리며 판시엔을 힐끔 쳐다본 후, 젊은이가 배짱이 좋다는 생각과 함께 말했다.

"그래. 내가 바로 후거(胡歌, 호가)요. 저 사람 말로는 당신이 우두머리라던데……."

"제가 알고 싶은 건 간단해요."

"일단 공주의 안위부터 확인해 주시게."

판시엔은 웃으며 품 안에서 옥결 하나를 꺼내 건네주었다. 후거는 옥결을 건네받고 깊은 생각에 빠진 듯 살짝 미간을 찌푸렸다. 사실 판시엔이 아니라 후거가 먼저 만나자는 제안을 해 왔었다. 그 모든 것은 대황자의 첩이자 서호 공주 신분인 마쉬쉬부터 시작되었다.

대황자가 마쉬쉬를 포로로 잡게 된 것은, 마쉬쉬가 공주로 있던 부족이 경국에 투항하려다 서호 지배자에게 들켜 부족 전체가 몰살당하다시피 했는데, 그중 살아남은 몇몇이 서호 다른 부족이나 경국에 투항했기 때문이다. 오랜 친구였던 마쉬쉬와 후거는 각자 경국과 서호 좌현왕에게 투항하며 생이별을 하게 되었고, 그 뒤로 후거는 온갖 방법을 다 동원해서 마쉬쉬를 찾았던 것이다.

"부족을 위해 복수하고 싶소. 다만, 나도 서호의 한 사람이니 모든 것을 말해 줄 수는 없소. 그리고 경국인들은……교활하고 음험하다 들었소."

"날 믿을 필요는 없지만 내가 당신을 도울 수 있다는 것은 중요하지. 지금 서호 내에서 좌현왕의 지위가 그저 그렇다고……대신 내가 원하는 건, 내년 봄에 계획된 서호의 딩저우 공격을 좀 막아 달라는 거야. 막지 못하면? 정보라도 넘겨줘."

"좌현왕의 말도 안 통하는 상황에서, 나라고 별수 있겠소?"

"그건 당신 문제. 내가 살짝 조언해 주면, 천하 사람 중에 금은보화와 비싼 비단을 좋아하지 않는 사람은 없다는 거. 뇌물이 필요하면, 내가 충분히 줄게."

판시엔은 미소를 띠며 말을 이었다.

"사실 나와의 거래 방식은 간단해. 당신도 부족을 다시 재건하려면 돈이 많이 필요하잖아. 그럼 하나만 묻지. 돈을 벌고 싶어?"

"금은을 싫어하는 사람이 있소? 다만 당신 말을 그렇게 선불리 믿기가……서호인들은 초원에서 자라서 직설적이긴 해도, 그렇다고 바보는 아니오."

"내고에서 생산한 좋은 칼을 제공해 주지. 돈을 벌기에는 충분할 정도겠지만, 너무 많이는 안되고. 그 칼로 경국인들의 목을 자르게 둘 수는 없잖아?"

'내고? 이놈은 뭔데 돈을 벌게 해 준다, 경국 황실의 생산품을 밀수해 준다는 허풍을 치지?'

후거는 의심 가득한 눈빛으로 차가운 목소리로 물었다.

"당신은 도대체 누구요?"
"난 판시엔이라고 해."

'쿵.'
후거가 너무 놀라 저도 모르게 물러서는 바람에 그의 등이 토방 벽에 부딪히며, 무거운 소리와 함께 흙먼지가 날려 술과 음식 위로 떨어졌다. 그리고 그는 재빨리 곡도(曲刀, 휘어진 칼)를 꺼내 판시엔을 향해 겨누었다.
'이 새끼가 감사원 제사……서호에 씻을 수 없는 손해를 끼친 쳔핑핑 그 새끼의 후계자라고? 함정이었어……어떻게 벗어나지?'
"그러지 마시고……맞아. 난 감사원 제사야. 하지만 괜찮은 장사꾼에 더 가깝다고 할 수 있지. 내 손에 내고도 있고. 그러니 너무 두려워할 필요 없어."
"두려운 게 아니오. 다만, 당신 같은 사람이 왜 나를 만나는 것이오? 그리고 호위도 없이 이렇게 오다니……간이 크구만."
"여긴 경국 서량로 딩저우성이야. 간이 크다면, 내가 아니라 당신이지."
"당신 머리에 얼마나 많은 돈이 걸렸는지 알고 있소? 이게 당신을 죽이기 위한 함정이란 생각은 못했나 보지?"
"이 주변에 네 부하들이 있는 것은 이미 알아. 그런데 내가 함정 따위를 무서워할까? 지금 당신이 좌현왕 제1고수라고 해도, 날 죽일 수 있을까? 명성은 자자하던데, 간은 콩알만 하구만."
판시엔은 몸을 천천히 일으키며 말을 이었다.
"당신이 무슨 생각을 하는지 난 관심 없고. 난 이미 조건을 말했으니, '그 사람'의 이름을 들어야겠어."
'그 사람'을 찾는 것이, 판시엔이 서호에 온 진짜 이유였다. 황제와 판시엔은 서호의 전략과 전술의 변화에 분명 외부 요인이 작용했을 거라 생각했지만, 감사원마저 그 사람의 존재에 대한 단서조차 찾지 못하고 있었기 때문이다.

판시엔의 강경한 태도에 후거는 약간 당황했지만, 이내 마숴숴를 떠올리고 최대한 침착하려 노력하며 말했다.

"내가 만나본 적은 없소. 하지만 분명히 '그 사람'은 있소."

후거는 곡도를 천천히 내려놓으며 말을 이었다.

"좌현왕도 직접 보지는 못했소. 다만, 왕께서 한번 술에 취해 이름을 언급하긴 했소……송즈시엔링이라고……."

"송즈시엔링? 서호 부족의 언어인가?"

"아니오. 북쪽 부족의 언어요. 내가 조사한 바로는, 북방에 있던 부족을 따라 이곳 초원(草原)으로 넘어온 사람 중 하나요."

"북쪽 부족들이 아직도 초원으로 넘어오나?"

"벌써 4년째요. 둘째 해에 가장 많이 넘어왔고, 최근 2년 동안은 노인이나 부녀자, 아이들이 주로 넘어왔소. 그리고 송즈시엔링이 북쪽 사람이면 분명 높은 신분의 사람일 거요. 그러니 서호 왕들에게도 영향을 끼칠 수 있는 것이겠지."

"그러니까 당신 말은, 북쪽 부족 사람들이 이미 초원에 자리를 잡았다? 그래서 왕장(王帳, 직역하면 왕의 천막으로, 초원에서 생활하며 아직 국가를 이루지 못한 서호의 '황실 또는 황궁' 개념. 왕장의 군주는 '선우'라 불리우며, 좌우로 현왕이 한 명씩 있음)으로부터도 인정을 받았다?"

"그렇소. 왕장뿐 아니라 두 분의 현왕(賢王)들도 지지하고 있소."

판시엔은 고개를 끄덕일 뿐 별다른 대꾸는 하지 않았다. 왜냐하면 오늘 그가 이루고자 하는 목표는 이미 달성했기 때문이다.

'송즈시엔링. 북쪽에서 서호 초원으로 넘어온 사람. 좋아, 시작해

보자고.'

판시엔은 만족한 표정으로 이후 접선 방식과 구체적인 이익 교환을 간단히 논의했다. 판시엔은 정보와 결탁에 대한 대가로 금은보화와 비단, 차, 도자기 등을 초원으로 운반해 주기로 약속했다. 담판이 끝나자 후거는 술이 수염을 타고 내려 옷깃을 적실 때까지 쭉 들이켰다. 판시엔도 살짝 웃으며 술잔을 받쳐 들고 오늘 거래를 끝낼 준비를 했다.

그때, 밖에서 들릴 듯 말 듯한 휘파람 소리가 들렸다.

판시엔이 술을 마시지 않고 잔을 내려놓자, 후거는 의심의 눈초리로 그를 바라보았다. 하지만 판시엔은 오히려 걱정스러운 눈빛으로 그를 바라보며 물었다.

"당신이 여기 데려온 수하들은 다 믿을 수 있는 건가?"

"우리 쪽은 문제없소."

후거는 말을 하며 무의식적으로 급히 떠날 채비를 하였다. 이곳은 경국 딩저우였고, 서호와 경국이 대치 중인 상황에서 서호 좌현왕 제1고수가 딩저우에 잠입했다는 것이 알려지면, 자신의 목숨을 보존하기 힘들 것이기 때문이다.

"아직 길 밖이야. 여길 포위하려면 시간이 좀 더 걸릴 거야. 뒷문으로 나가. 내가 시간을 끌어줄게."

'이 자가 왜 날 이렇게까지 챙기지?'

후거는 의심을 모두 거둘 수는 없었지만, 우선 판시엔의 말대로 뒷문으로 향했다.

"배웅은 안 할게. 조심히 가고, 또 보자고."

판시엔의 말이 끝났을 때, 후거는 이미 양고기 식당 밖의 서호 상인들 속으로 섞여 들어갔다. 무평알은 그 모습을 보며 나지막이 말했다.

"괜찮을 겁니다. 저들은 이리저리 숨어드는 게 이미 습관처럼 굳어졌어요. 부족민이 수년간 도살을 당했으니……어떻게 알았는지 딩저우 관아에서 생각보다 일찍 움직이긴 했는데, 그래도 후거를 잡을 수는 없을 겁니다."

먼발치에 숨어서 경계하던 감사원 밀정 하나가 황급히 들어오며 말했다.

"서만 정벌군 장군 하나가 곧 도착합니다."

밀정 보고의 의미는, 판시엔이 지금 일어나야 한다는 것이었다. 하지만 판시엔은 고개를 저으며 담담하게 말했다.

"상대방이 선을 지키면, 우리가 먼저 공격하지 마. 후거가 도망갈 시간을 벌어야 해. 그리고 후거가 여기 있었다고 의심될 만한 행동이나 말은 절대 하면 안 돼."

무평알과 밀정은 고개를 끄덕인 후 재빨리 나가 명을 전했다.

'다그닥다그닥.'

얼마 지나지 않아 말발굽소리가 들리기 시작하자, 판시엔은 자리에서 일어나 식당 밖으로 나갔다. 2백여 명은 되어 보이는 딩저우 군이 식당을 포위하고서 긴 창을 겨누고 있었다. 그들 뒤로 딩저우 상인과 백성들이 호기심 어린 눈빛으로 판시엔을 구경하고 있었다.

'저 상인은 무슨 잘못을 저질렀기에 이 많은 군인들이 온 거지?'

판시엔이 주변을 훑어보니 낯선 땅 딩저우에서 낯익은 얼굴 몇이 보였다. 그는 아침에 성문을 지키던 군인 몇이 섞여 있음을 보자마자 무엇이 잘못되었는지 눈치채고 무평알을 힐끔 쳐다보았다. 하지만 그 순간 판시엔 일행의 정체를 오해하고 있는 딩저우 장군의 외침이 들려왔다.

"저 첩자를 체포하라!"

무평알이 재빨리 장군에게 달려들었고 장군은 그리 어렵지 않게 그의 공격을 막아냈지만, 문제는 그 모습을 본 6처 자객들이 움직이며 결국 장군이 제압당해 버렸다. 무평알은 단도를 장군의 목에 대며 크게 외쳤다.

"죽음이 두렵지 않으면, 오너라!"

'아이 참. 피곤하게 되었네. 나중에 조정에는 뭐라고 해명하지?'

이 순간 가장 곤란한 사람은 판시엔이었다. 그는 어쩔 수 없이 앞으로 걸어 나와 온화한 목소리로 말했다.

"저희는 첩자가 아니라 상인입니다. 장군 어르신, 수하들이 좀 거칠어, 놀라게 해드려 죄송합니다."

"네놈들이 도망갈 수 있을 것 같으냐?!"

"도망가지 않습니다. 그저 상인일 뿐입니다."

"그래? 그럼 소속이 어디야?"

"링난 숑씨 가문입니다."

"그럼 관아로 가서 조사를 해보지."

장군은 이를 바득바득 갈며 부하들에게 크게 명했다.

"모두 체포하고, 불응하는 자는 모두 죽여라!"

하지만 판시엔은 예상과 달리 잠시 생각한 후 고개를 끄덕이며 침착하게 말했다.

"저희는 법을 준수하는 선량한 상인입니다. 그러니 저희도 가서 명확히 해명하고 싶습니다."

'이놈들의 꿍꿍이가 뭐지? 매질이 두렵지 않다는 것인가?'

장군은 조금은 의아했지만 어쨌든 나쁠 건 없다는 생각에 판시엔을 향해 소리쳤다.

"이 자의 양손을 묶어라."

판시엔은 반항하지 않았다. 딩저우 군 병사 하나가 그의 손을 꽁꽁 묶더니, 그의 어깨를 사납게 내리쳤다. 판시엔은 여전히 반항하지 않았다. 그래서 감사원 관원들도 모두 순순히 체포당했다. 그리고 기세등등해진 병사들은 몰래몰래 감사원 관원들에게 손찌검을 했다. 판시엔은 살짝 화가 났지만 최대한 참으며 조용히 말했다.

"사람을 때리지는 맙시다."

'뭐야, 이놈은 왜 이렇게 당당한 거지?'

"무슨 말이 그리 많아?"

"저와 같이 온 상인들도 이미 잡아들이셨겠지요? 허나 장군, 고문은 가하지 말아 주십시오. 제가 장군과 수하들을 살려드리지 않았습니까?"

"뭐 이런……!"

소리를 지르려던 장군이 저도 모르게 말을 멈췄다. 당당해도 너무 당당했기 때문이다. 그래서 일단 부하들이 하는 손찌검을 멈추라 지시했다. 그리고 어차피 이들을 관아가 아닌 대장군 저택으로 데려가 고문을 할 생각이었기에, 그곳에서 암암리에 손을 쓰는 것이 더 현명하다 판단했다.

'이렇게 당당한 거 보니 무슨 배경이라도 있나 본데……네가 중요하고 배경 있는 첩자일수록 내 공이 커지겠지. 대장군께서도 큰 공을 세울 기회가 될 테니 분명 좋아하실 거야. 일단 참자.'

딩저우 대장군 저택.

상석에 앉은 대장군이 이를 갈며 크게 소리쳤다.

"무얼 머뭇거리는가! 저놈들 다리부터 부러뜨리고 시작해라. 곤장 30대를 쳐라!"

딩저우 군 병사들이 일제히 소리치며 고문을 가할 준비를 했다. 대장군은 그 모습을 보며 조용히 혼잣말로 욕을 퍼부었다.

"대장군 앞에서 무릎을 꿇지 않아? 링난 숑씨? 다리가 부러지고도 그 소리가 나오나 보자."

그때 줄곧 고개를 숙이고 있던 판시엔이 고개를 들어 수염을 길게 기른 서만 정벌군 대장군 리홍쳥의 얼굴을 바라보았다.

'저 새끼가 저렇게 못생겼었나? 수염은 왜 기른 거야?'

"못 때리실 건데."

"이런 개새……푸!"

대장군은 손에 든 술잔을 탁자에 세게 내려놓으며 손가락질을 하며 욕을 해대려는 찰나, 자기도 모르게 입에 있는 술을 내뿜었다.

'저 놈이 왜 여기……?'

그때, 판시엔 일행을 잡아온 장군은 대장군이 뿜어낸 술을 온몸으로 받아내며 멍하니 대장군을 바라보았다.

'왜 갑자기 대장군께서 나에게 술을……아까 저놈들에게 잠시 붙잡혀 대장군의 체면을 깎은 일로 이렇게까지……?'

리홍쳥은 마치 정지 화면처럼 상인으로 분장한 판시엔을 뚫어지게 쳐다보았고, 판시엔은 그를 보며 미세하게 고개를 가로저었다. 리홍쳥은 그제서야 자리에 앉아 목소리를 두어 번 가다듬고 다시 엄중하게 지시했다.

"이 사건을 여기서 마무리해라. 그리고 총독 관아에서 여기로 사람을 보내면……모두 죽을 각오로 막아라!"

대부분의 병사들은 명을 받들어 밖으로 나갔지만, 판시엔을 잡아온 장군과 몇몇 측근들은 주저하며 조심스럽게 물었다.

"장군, 심문은 안 하십니까?"

"심문은 무슨! 때릴 수도 없는데, 무슨 심문을 한단 말이야?!"

'때릴 수 없다고? 이건 뭐지?'

장군은 감히 대꾸하지 않았지만, 무언으로 저항의 의미를 분명히 하는 듯 보였다. 그제서야 판시엔은 웃으며 물었다.

“저기 네 명은 안 나가는 걸 보니, 심복인가 보죠?”

리홍청은 자리에서 펄쩍 뛰어내려 판시엔에게 걸어가며 궁시렁거렸다.

“심복이 아니면 내 옆에 어떻게 서 있겠나?”

“그럼 됐어요.”

판시엔이 손목에 살짝 힘을 주자, 두 손을 묶고 있던 밧줄이 힘없이 끊어지며 바닥에 떨어졌다. 이 모습을 본 리홍청의 심복들은 순간 눈이 휘둥그레졌다.

‘뭐지? 어디서 저런 고수가……?’

“부하들이 너무 사납던데요?”

“헛소리 좀 그만 해.”

리홍청은 판시엔의 어깨를 ‘툭’ 치며 말을 이었다.

“이 자식이 어떻게 여기 온 거야? 하여튼 어디가나 말썽은…….”

“아파요. 아까 장군 부하에게도 한 대 맞았어요.”

리홍청은 투덜거리는 판시엔을 보고 살짝 웃더니, 갑자기 그를 덥석 끌어안았다.

“징두에서 온 소식에는 자네가 열흘 후에나 도착한다고 되어 있었는데……왜 이렇게 일찍 온 거야? 좋은 일이라도 생겼어?”

‘세자가 대장군이 되더니 왜 갑자기 건달처럼 변했지? 그리고 몸에서 나는 이 시큼한 악취는 뭐야? 목욕도 안 하나?’

판시엔은 몸서리를 치며 리홍청을 떼어낸 후 대답했다.

“좋은 일은 무슨……나쁜 일이 한가득이에요. 다 말할 수는 없고, 어쨌든 이번에 저 한번 도와주셔야 해요.”

두 사람은 주위 사람들을 잊어버린 듯 편하게 이야기하고 있었지만, 그 대화를 듣는 심복들의 심장은 당장이라도 튀어나갈 듯 뛰고 있었다.

'실수한 건가? 조정의 밀정을 체포한 건가? 대장군을 세자라 부르는 건 혹시 저 사람이……감사원……?!'

"장군……저놈……형제들을 풀어줘야 할까요?"

"이런 멍청한 새끼들! 아직도 안 풀어줬어?"

판시엔은 자신의 수하들의 상황은 전혀 개의치 않는 듯 진지하게 말을 했다.

"제가 여기 있다는 소식을 막아주세요. 오늘 이곳으로 체포된 첩자가 누구냐고 묻거든, 그냥 대장군이 직접 심문한다고만 둘러대시고……."

판시엔의 말을 듣던 리홍청은 재빨리 알아듣고 심복들에게 판시엔의 부탁에 따라 명을 내렸다. 리홍청의 명이 끝나자 판시엔은 다시 나지막이 말을 했다.

"사흘 후, 감옥에서 사형수를 골라……나머지 일은 감사원 관원들이 도울 겁니다."

"그건 저들이 할 일이고, 자네는 나랑 잠시 이야기나 하세."

이 말과 함께 리홍청은 호탕하게 판시엔의 어깨에 팔을 두르고 뒤쪽에 있는 후원으로 향했다. 두 사람이 시야에서 사라지자 그제서야 판시엔을 잡아온 장군이 무평알을 보며 부드럽게 물었다.

"혹시 저분이……판 제사……?"

장군의 목소리가 갈수록 작아졌다. 무평알은 말없이 고개를 끄덕였다. 그리고 장군은 저도 모르게 마른침을 삼켰다.

'내가 도대체 무슨 짓을 한 거지…….'

대장군 리홍청 저택은 원래 예중의 예씨 집안 저택이었으나, 모반 이후 예중과 공디엔이 징두에 머물게 되면서 리홍청이 사저겸 개인 집무실로 쓰게 되었다. 저택은 크고 화려했지만 분위기는 딩저우같이 싸늘하고 황량했다. 판시엔은 후원에 있는 의자에 앉아 분위기에 적응한 뒤 천천히 입을 열었다.

"심복들도 단속해 주세요. 제가 여기 온 것을 누구도 알면 안 돼요."

"뭘 그리 걱정하는 것인가?"

"사실 제가 초원에 첩자를 심어 뒀고, 일정보다 일찍 온 건 그를 비밀리에 만나기 위함이었는데, 이것이 알려지면 이리저리 해명하기 번거로워서……."

"알았네 알았어. 그건 사형수를 데려와 외부인들이 의심 못하게 제대로 처리하지."

"그리고 하나 더 부탁할 게 있는데……몇 가지 물품들이 서호로 가는 감사원 비밀 경로를 하나 만들 생각인데, 세자 부하 병사들이 그곳을 조사하다가 몰수하는 일이 없었으면 해요."

"도대체 무슨 생각인가? 난 사실 조정이나 쳔 원장의 계획은 관심 없네. 다만, 자네에게 일러주고 싶은 건, 서만족은 근본부터 우리와 달라. 흉악스럽고 변덕스럽지……자네가 호랑이 새끼를 키우고 있는 건 아닌지 걱정되네."

판시엔은 리홍청의 진심 어린 걱정에 내심 감동했지만, 겉으로는 내색하지 않고 고개를 끄덕이며 안심시키듯 말했다.

"걱정마세요. 저도 다 생각이 있어요."

이 말과 함께 판시엔은 술잔을 들었고, 리홍청이 화답하여 웃으며 기분 좋게 술을 들이켰다. 판시엔은 다시 잔에 술을 따르며 나지막이 물었다.

"3년 동안 징두는 왜 한 번도 안 온 거예요?"

리홍청은 술잔을 만지작거리며 한참을 침묵하다 천천히 입을 열었다.

"가면 또 뭐하겠나?"

본래 리홍쳥은 2황자 사람이었다. 판시엔은 그의 말뜻을 재빨리 알아채고 다시 안심시키듯 말했다.

"지나간 일이잖아요. 폐하께서 세자를 의심했다면, 지금까지 딩저우 군을 맡기셨겠어요?"

"말이 좋아 대장군이지, 예씨 가문과 비교하면 내가 가진 군 통제력은 아무것도 아니야. 자네가 보았듯이, 내 심복이라 해야 고작 넷이네. 심지어 자네를 잡아온 장군은, 물론 믿을만 하지만, 예씨 가문 출신이야."

"하지만 폐하께서도 세자 혼자 이렇게 고생하는 걸 계속 보고만 있지는 않으실 거예요. 너무 걱정 마세요. 그리고 저도 이렇게 왔잖아요?"

리홍쳥은 대답 없이 고개를 절레절레 흔들었다. 판시엔은 그를 보며 재빨리 가벼운 화제로 말을 돌렸다.

"근데 목욕은 하는 거예요?"

"하긴 하지……보름 전인가, 한달 전인가……."

"어쩐지……아니 대장군 신분에 목욕도 못할 형편이에요?"

"자네도 여기서 생활하다 보면 나같이 될 걸? 황량한 초원이나 사막에서 서만족이랑 싸우는데 목욕은 무슨……그리고 주위에는 모두 창칼을 든 거친 사내놈들인데, 그런 것에 신경 쓰겠나?"

"애첩들은 신경 쓸 텐데요?"

리홍쳥은 웃으며 답했다.

"여기 애첩은 없어. 하인 몇만 두고 있지."

판시엔은 고개를 번쩍 들고 자신의 귀를 의심했다.

'천하의 리홍쳥이? 류징허 기방을 주름잡던 그 리홍쳥이?!'

리홍쳥은 자조적인 웃음을 짓고 술잔을 가볍게 두드리며 말했다.

"뤄뤄가 싫어한다기에……."

판시엔은 '뤄뤄' 이름을 듣자 순간 리홍쳥에게 미안한 마음이 들었지만, 리홍쳥은 되려 손을 휘휘 저으며 재빨리 화제를 돌렸다.

"지금 생각해보니, 자네가 내 생명을 살렸어. 2년 전에 내가 징두에 계속 남아 있었으면, 나도 아마 둘째와 함께 땅에 묻혔겠지?"

"믿으실지 모르겠지만, 저도 2황자의 죽음이 안타까워요. 하지만 세상에는 어쩔 수 없는 일들이 너무 많아요."

"내 하나만 묻겠네. 자네는 처음부터 황자 간의 싸움이 비참한 결과로 끝날 것이라 생각했는데, 그 근거가 뭐였나?"

"어려서부터 할머니께서 저를 품에 안고 해주시던 말씀 때문인 것 같아요. 폐하는 무적불패다, 폐하를 믿어야 한다……그게 습관이 되었고, 그 사실을 무의식적으로 받아들인 것이죠. 그런데 알고 보니 폐하는……정말 무적이셨어요."

리홍쳥은 말없이 고개만 저었다. 판시엔은 재빨리 그리고 간절하게 말했다.

"그러니 징두로 돌아가요. 둘째 무덤에도 가고. 그리고 징왕이……갈수록 몸이 안 좋아지세요. 그리고 뤄뤄도 내년 설에는 돌아온다고……."

홍쳥은 뤄뤄 이름은 들은 체도 안하고 말했다.

"자네가 아버지를 돌봐 드렸다고 들었네. 고마워."

"우리 사이에 고맙기는 무슨……그나저나 예링알도 딩저우에서 마음을 식히고 있다 들었는데, 어찌 코빼기도 볼 수 없나요?"

"링알이 어디 가만히 계시는 성격이던가? 지금은 칭저우(青州, 청주)에 가 계시다네."

"칭저우요? 경국 서쪽 변방에 접해 있는 칭저우? 아니 그곳은 너무 위험하잖아요. 서호가 언제 쳐들어올지도 모르고."

칭저우는 경국에서 가장 서쪽에 있는 변방으로, 대황자가 획득하여 가장 최근에 경국 영토가 된 곳이었다.

"난들 방법이 있겠나? 말을 들어 처먹으셔야지. 딩저우 군 본대에는 예씨 집안 출신 장수들도 많아. 그들도 설득 못하는데, 내 말이 먹히겠나?"

"정말 엉망진창이네요……됐어요. 어차피 제가 곧 칭저우로 가야 하니, 오는 길에 납치라도 해서 데리고 오죠, 뭐."

"칭저우? 미친 건가? 자네가 거기서 문제가 생기면, 폐하께서 딩저우 군을 자네와 같이 묻어버릴 텐데?!"

"칭저우가 최전방이긴 하지만, 딩저우 군이 후방에 있는데 뭐가 또 그렇게까지……."

"됐네. 내가 보고 있는 한 그곳에 갈 생각은 하지도 마."

"그냥 몇 가지 조사하러 가는 거예요."

"뭘 조사한단 말인가? 좋아. 성지가 있으면 봐주지. 없으면 더 언급할 것도 없네."

"제가 그게 있으면, 지금 이 짓을 하고 있겠어요?! 그리고 전 서량로 흠차로 온 것이라, 세자가 막고 싶어도 못 막아요."

리홍청은 고집스러운 판시엔을 보며 이를 악물었지만, 최대한 침착하게 말했다.

"지금 서쪽 변방은 과거와 달라. 심지어 딩저우성에도 서호의 첩자가 있어. 이번에 자네가 나에게 잡혀온 것도 그런 것 아닌가. 자네가 위장한다고 그들의 눈을 속일 수 있을 것 같나?"

"최근 2년 동안 확실히 첩자가 많아졌더군요. 원래 서만족들은 경국인들과 생긴 게 달라 첩자를 들여보내기 쉽지 않았었는데…… 그래서 제가 여기 온 가장 중요한 임무가, 우리 정보를 팔아 넘기는 '그 사람'을 알아내기 위한 거예요. 이 일을 꼬박 4개월이나 준비했다구요.”

“자네 뜻은 알겠지만……자네에게 혹시라도 문제가 생기면? 황제는? 딩저우 군은? 그리고 나는?”

“전 지금 상인 신분으로 왔고, 서호인들도 상인은 죽이지 않아요.”

리홍청은 탄식을 한번 한 후 물었다.

“감사원이 왜 서량로 일에 그리 신경을 쓰는 건가?”

“감사원도 그렇지만 제 개인적인 이유도 있어요. 내년이 오기 전에 서쪽 정세를 먼저 안정시켜야 하니까요.”

“내년?”

“스구지엔이 내년 봄까지밖에 버티지 못할 것 같아요.”

“그 늙은이의 죽음이 서쪽 정세와 무슨 상관이 있나?”

“스구지엔이 죽으면 폐하께서 저를 동이성으로 파견하실 텐데……그때는 여기 문제를 돌볼 여유가 없어요.”

“그게 또 무슨 말인가? 자네는 왜 동이성으로 가고, 그게 또 서쪽 변방과 무슨 관련이 있다는 거야?”

“천하 사람들에게 제가 서량로와 동이성의 문제를 해결할 수 있다는 것을 증명하는 거죠.”

“그리고는?”

“마지막으로 폐하께 제 능력을 증명해 보이는 거예요.”

“왜?”

“만약에 폐하께서 천하 통일을 고집하신다면……꼭 싸울 필요가 없다는 것을 보여드리는 거예요. 설령 무력이 동원되더라도, 최소한의 출혈로도 이룰 수 있다는 것을…….”

판시엔의 말소리는 갈수록 작아졌고, 리홍청은 어처구니가 없다는 듯 그냥 묵묵히 듣고만 있었다. 심지어 그는 자신이 판시엔의 말뜻을 오해한 것은 아닌가 자신을 의심하기도 했다.

리홍청이 갑자기 자리에서 벌떡 일어나 서성대기 시작했다.

한참 후, 리홍청은 걸음을 멈추고 판시엔을 빤히 쳐다보며 황당하다는 듯 웃으며 물었다.

"자네……바보야? 군대 없이 천하를 통일한다고? 그런 유치한 생각은 어디서 나온 건가?"

리홍청이 갑자기 흥분하며 목소리를 높여 몸을 떨며 말을 이었다.

"사람들이 치켜세워 주니, 자네가 성인(聖人)이라도 된 것 같은가? 정말 미친 거야?! 그것을 폐하께 증명하겠다고? 도대체 무슨 생각을 하는 거야?!"

리홍청은 다시 숨을 한번 고르고서 침착하지만 단호하게 말했다.

"아니야. 자네 생각은 황당한 게 아니야. 그냥 불가능한 거야."

고개를 숙여 리홍청의 말을 듣고 있던 판시엔이 불쑥 고개를 들며 고집스러운 말투로 되받아쳤다.

"왜 해보지도 않고 불가능하다고 생각하는 거예요? 이게 가능하다면, 만 명, 십만 명 아니 몇 천만 명의 목숨을 살릴 수 있는데, 왜 안된다고만 하는 거예요?!"

"좋아, 좋네……아주 좋아."

리홍청은 고개를 끄덕이며 비꼬는 말투로 말했다.

"그런 생각을 할 수 있지. 허나, 영원히 이룰 수 없을 뿐이야. 내가 충고 하나 하지. 폐하께 자네 생각을 말하지는 말게. 미쳤다고 생각하실 테니……."

"저는 원래 미친놈이에요."

"정말 이해가 안돼. 2년 동안 자네는 감사원 권력이 줄어드는 것을 감내하며 조정을 안정시켰어. 내고를 다시 정상화시키면서 국고를 채웠고……이 모든 게 폐하를 대신해 큰 전쟁을 치르기 위한 만반의 준비를 한 것과 다름없어. 그런데 이제 와서, 전쟁을 하려는 폐하의 마음을 접겠다? 자네가 말해봐. 폐하께서 미치신 건가, 자네가 미친 건가? 대체 왜 이러는 거야? 2년 동안 자네에게 무슨 문제라도 있었던 거야?!"

리홍청은 고개를 저으며 단호하게 말을 이었다.

"천하태평? 그런 것은 단 한 번도 있은 적이 없었어!"

"최소한 제가 살아 있는 동안만이라도 천하가 태평했으면 좋겠어요. 그게 저의 바람이에요."

판시엔은 이 말을 끝으로 침묵하다, 다시 진지하게 입을 열었다.

"2년 전 징두에서, 둘째가 피를 토하고 죽는 걸 지켜봤어요. 장 공주는 자결했고, 모반에 가담한 수많은 사람들……심지어 금군, 감사원 관원들도 폐하의 천하 통일이란 목표 때문에 죽었어요. 그래서 그때 저의 이상(理想)을 정했어요. 웃긴가요?"

"나도 여기서 죽은 사람을 수없이 봤어. 자네보다 더 많았을 거네. 허나 뭐가 달라졌나? 역사란 항상 그런 것이야. 자네의 그런 이상(理想)은 그냥 웃긴 거야, 알겠나?"

"웃겨도, 이상(理想)은 여전히 이상(理想)이에요. 사람에게 이상이 없다면, 짐승과 다를 바가 없어요."

"자네의 그 이상을 지지해줄 사람은 없어……쳔 원장과 판 상서를 포함해도……."

"하지만 저는 행함으로써 폐하를 설득해 보려는 거예요."

"폐하는……설득을 당하는 존재가 아니야."

"해보지도 않고 어떻게 아나요?"

"폐하의 천하 통일 방식은 안 좋은 것인가?"

"천하를 공격하기는 쉬워도, 천하를 다스리는 건 어렵죠."

판시엔은 일어서며 침착하게 말을 이었다.

"전 벌써 두 아이의 아버지예요. 딸 샤오화, 아들 량(良, 량). 이 둘에게 보여줄 세상이 서호와 동해의 아름다움이었으면 좋겠어요. 선혈이 낭자한 광경이 아니라."

"허나, 수십 년의 피와 무기로, 만년의 태평성대를 이룰 수 있는 거 아닌가?"

"제가 만년까지는 보지 못하겠네요. 그래서 전 지금의 아내, 자식 그리고 제 주위 친구들만 바라보려구요. 그리고 전 성인(聖人)이 될 생각은 없어요. 짐승이 되고 싶지 않을 뿐."

이 말과 함께 판시엔은 자리를 떠나기 위해 일어났다. 리홍쳥은 그 모습을 보며 재빨리 물었다.

"그런데 자네, 왜 이런 이야기를 나한테 한 거지?"

판시엔은 뒤도 돌아보지 않고 웃으며 대답했다.

"우린 친구잖아요. 제 생각을 친구에게까지 숨기고 싶지 않았어요."

갑자기, 판시엔의 가슴이 저며왔다.

꽃무늬 두건을 쓴 '친구'가 생각났기 때문이다.

며칠 후, 담박 공작 판시엔이 서량로 흠차 신분으로 딩저우성을 공식적으로 방문했고, 서량로 총독과 대장군 리홍쳥이 성 밖까지 나와 판시엔을 맞이했다. 그리고 사흘 동안 성대한 연회가 열렸다. 연회가 끝난 날, 대장군 리홍쳥이 양고기 식당 간첩 사건을 심문했고, 강남 상인이 서호와 결탁해 소금과 철기를 밀무역했다는 사실을 밝혀낸 후, 간첩 열네 명을 참수했다는 소식이 퍼졌다.

그리고 판시엔은 떠났다. 서량로 총독과 대신들이 모두 흠차 대인을 배웅한 후 휴식을 취하고 있는 그때, 판시엔이 징두로 돌아가지 않고, 상인으로 변장해 칭저우로 가고 있다는 사실을 아는 사람은 거의 없었다.

판시엔은 마차 안에서 손에 들고 있는 칼을 바라보고 있었다. 평범한 칼이었지만 재질로 보나 공예 수준으로 보나 서만족이 만들 수는 없는 것이었다. 문제는 이 칼이 5개월 전 칭저우에서 벌어진 경국과 서호의 전투에서 얻어진 전리품이라는 것. 그리고 이 칼은 북제의 북해 근처 어느 공방에서 만들어진 칼이라는 것.

'퍽!'

판시엔은 순간적인 분노를 참지 못하고 칼을 두 동강 내버렸다.

딩저우에서 칭저우로 가는 길에 아무 일도 벌어지지 않았지만, 전투의 흔적이 남아 있는 곳마다 판시엔은 그 흔적을 살펴 정보를 수집했고, 그렇게 가다서다를 반복한 엿새째 마침내 칭저우 성에 도착하게 되었다.

칭저우는 판시엔이 생각했던 것과 너무나도 달랐다. 서쪽 변방 지역인 칭저우는 경계가 삼엄하고 황폐할 것이라 생각했는데, 칭저우에 들어서자마자 가장 많이 볼 수 있는 것은 의외로, 상인이었다. 지금의 판시엔과 같은 상인들. 위험을 마다 않고 초원으로 달려들어가는 용감한 상인들. 그래서 칭저우는 피냄새가 진동하지 않고, 그저 유난히 시끌벅적했다.

경국의 소금, 철, 양식을 적인 서호에게 파는 것은 엄격히 금지되어 있지만, 보석, 향수, 독주와 같은 사치품은 경국의 안전에 위협이 될 것이 없었기에 자유롭게 거래되고 있었다. 경국 상인들은 대신 서만족의 왕공 귀족들이 가지고 있는 보석의 원석, 좋은 말 그리고 융단 등을 사왔다.

그럼에도 불구하고 칭저우는 여전히 변방 지역이었기에 칭저우 성문 앞 검사는 꼼꼼했고, 판시엔은 현재 평범한 상인 신분이었기에 기나긴 대기줄에 서서 하염없이 자신의 순서를 기다리고 있었다.

그때, 칭저우 성문이 갑자기 열렸다.

'다그닥다그닥.'

그리고 다급해 보이지만, 질서정연한 한 무리의 말발굽 소리가 멀리서 들리기 시작했다. 판시엔은 옆에 있는 상인들과 함께 실눈을 뜨고 호기심 어린 눈빛으로 그들을 바라보았다. 어떤 부대가 어젯밤 초원으로 '토끼 사냥'을 나갔다 복귀하는 것 같았다. '토끼 사냥'은 변방에서 쓰는 전투 은어로, 갑작스러운 공격, 전생의 언어로는 게릴라전을 뜻했다.

순간, 판시엔은 황급히 고개를 숙이며 시선을 피했다. 기마병 선두에 있는 장수를 보았기 때문이다. 정확히 말하면, 그 장수의 눈빛에서 나오는 광채를 봤기 때문이다.

'이게 뭐야? 데자뷰도 아니고.'

예링알.

그녀의 투구와 갑옷에는 피가 묻어 있었고, 타고 있는 말도 피로에 지쳐보였지만, 그녀의 눈빛만은 5년 전 판시엔이 처음 징두 성문 앞에서 보았던 그때와 달라진 것이 없는 듯 보였다. 징두에서 모반이 있은 후, 황제는 예씨 가문의 공을 치하하며, 예링알이 2황자의 왕비였음에도 불구하고, 특별 성지를 내려 그녀의 왕비 신분을 없애 주고 재가(再嫁)할 수 있도록 윤허하였다. 하지만 그녀는 편안한 삶 대신 고집스럽게 칭저우로 왔고, 지금은 마치 서만족을 하나라도 죽이지 않으면 칭저우 성에 돌아오지 않겠다는 기세로 매일을 보내고 있었던 것이다.

판시엔은 왜 그녀가 지금까지 재가를 하지 않고, 왜 온몸에 갑옷을 두르고 있는지에 대해 누구보다 잘 알고 있었다. 초원에서 칼과 검을 휘두르는 동안만은 그 불쾌한 기억을 떨쳐버릴 수 있기 때문이다. 하지만 추밀원 정사 예중의 딸이 최전방에서 적과 정면으로 맞서 교전하는 일은, 아마 역사에서 등장한 적이 없는 일일 것이다.

예링알이 칭저우 성에 들어가고 한참이 지난 후에야 판시엔 일행은 칭저우로 들어갈 수 있었다. 짐은 모두 칭저우 관아에 검사를 위해 맡겨야 했고, 그날 밤 그들은 여럿이 자는 간이 침대에서 잠을 자야 했다. 꼬리꼬리한 발 냄새가 가득하고, 한밤의 추위가 뼛속까지 스며드는 방. 무평알은 판시엔 옆에 누워 밤새도록 죽을죄를 지었다고 사죄를 했지만, 판시엔은 그저 웃기만 할 뿐 별다른 말을 하지는 않았다.

밤이 깊어지자 창문에서 미세한 움직임 소리가 몇 차례 들려왔다. 판시엔의 눈이 번뜩였다. 4처 밀정 중 하나가 조용히 방으로 들어오자 판시엔은 나지막한 목소리로 물었다.

"이런 칼이 몇 개나 있었어?"

"대인께 드린 한 자루뿐이었습니다. 원래는 세 자루였다는데, 제가 한 자루 가져온 후 다음 날 나머지 두 자루는 사라져 버렸습니다."

"그렇다면……."

"딩저우 군에서 가져간 것은 아닙니다. 이 정도 전리품은 창고에 쌓아둘 뿐, 아무도 관심을 가지지 않습니다. 누군가 훔쳐간 것이……."

"네가 그날 지킨 것 아니야?"

"그렇긴 한데……정말 그날 밤 아무 일도 없었는데……아무래도 9품 정도의 고수가 아니라면……."

4처 관원의 말소리는 점점 작아지고 있었다. 스스로도 이 칭저우 같은 오지에 9품 고수가 나타날리 없다 생각했기 때문이다. 하지만 판시엔은 담담하게 마지막 질문을 했다.

"근데 넌 왜 이 칼에 주목했지?"

관원은 무릎을 꿇고 품에서 어떤 증표를 꺼내 보여주며 대답했다.

"대인, 전 왕치니엔 조직원입니다."

판시엔이 증표를 부드럽게 매만지며 고개를 끄덕였다.

"몇 년 전부터 전 내고에 있다가 올해 초 칭저우로 자리를 옮겼습니다. 이 칼은 내고 병(丙) 공장에서 생산되는 종류인데, 여기서 나타나니 제가 보자마자 이상하다 생각했습니다. 내고에서는 이 칼을 아직 군에 보낸 적이 없어서……."

"알았어. 송즈시엔링이라는 자에 대한 조사는?"

"아직 실마리도……."

"괜찮아. 2처에 조사를 맡겼으니, 넌 칭저우에 남아 소식이 오는 대로 초원으로 사람을 보내 나에게 알려줘."

"대인이 직접 초원에 들어가신다구요?"

"그럼 누가 들어가나? 어쨌든 이번은 잘했어. 이번 일이 끝나면 징두로 와 날 좀 도와줘."

"발탁해 주셔서 감사합니다. 2년 동안 왕 대인을 보지 못했는데, 대인의 가족들은 잘 지내는지도 궁금하고……."

판시엔은 말없이 웃었지만, 가슴은 다시 찢어질 듯 아파왔다.

# 제5장

## 초원에서 만난 '친구'

이틀 후 새벽, 판시엔 일행을 포함한 상인 한 무리는 별다른 호위 없이 칭저우 성문을 나섰다. 양측은 교전 중이었기에 호위가 있는 것이 더욱 위험했기 때문이다. 판시엔이 성문을 나갈 때쯤 여느 날처럼 한밤중 '토끼 사냥'을 나갔던 경국 기마병들이 칭저우로 복귀하고 있었다.

어느 누구도 상인 행렬을 주목하지 않았지만, 예링알의 시선은 자석에 이끌리듯 누군가에게로 향했다. 무명옷을 입고 있는 평범한 상인. 뒷모습만 보았지만, 그녀는 스승을 몰라볼 수 없었다. 하지만 그녀는 '스승님'이라고 불러 인사하지 않고 그저 관아로 돌아갔다. 그가 칭저우를 온 목적이 그녀를 보기 위함이 아니라 생각했기 때문이다. 대신 그녀는 관아로 돌아오자마자 명을 내렸다.

"딩저우 대장군께서 며칠 전 가을 습격 명령을 내렸다 하던데……우리도 움직여야 하지 않겠나?"

명을 들은 장수는 의아한 표정으로 생각했다.

'아가씨께서 갈수록 지독해지시네……밤새 습격을 하고도 피곤하지 않으신가?'

"딩저우 대장군 명령에 칭저우 군은 포함되어 있지 않습니다."

"그럼 내가 명을 내리겠네. 올해는 상인들이 많이 왔던데, 서만족들이 미쳐 날뛰기라도 하면 어찌하겠나?"

'그들은 상인들의 물품을 기다리고 있을 텐데, 미쳐 날뛸 이유가 있을까요……?'

장군의 반응은 상식적이었다. 왜냐하면 예링알의 진짜 의도를 몰랐기 때문이다. 그녀는 판시엔이 초원으로 향했기 때문에, 그에게 알리지 않고 조용히 그를 보호해 주고 싶었다. 최소한 서만족들의 주의를 자기에게 돌려주려고 했다.

예링알과 또 다른 의미에서 판시엔을 지원하기로 한 딩저우 대장군 리홍쳥. 그의 저택에는 다양한 신분으로 위장한 감사원 관원들이 모여들었다. 그들의 우두머리는 중년이었고, 흰머리가 나지는 않았지만 눈빛은 피로에 절어 있었다. 그가 리홍쳥에게 예를 올린 후 입을 열었다.

"딩저우 안의 첩자들을 철저히 제거하기 위해서는, 갑작스럽고도 강력한 수단을 쓰셔야 합니다."

"헌데, 자네는 여기 있을 사람이 아니지 않나, 덩즈위에?"

왕치니엔 대신 북제 샹징에 머물고 있던 북제 경국 밀정의 수장 덩즈위에.

"이번 일을 마친 후에도 저는 북제로 돌아가지 않을 계획입니다."

판시엔이 덩즈위에를 딩저우로 부른 이유는, 이번 서호 관련 일을 처리하기 위해 북제 관련 정보가 필요할 수도 있다 생각했기 때문이다. 물론 이를 모르는 리훙청은 의아했지만, 더 이상 그에 대한 언급은 하지 않고 이후의 일을 논의하기 시작했다.

"그럼 딩저우 군이 어떻게 협조하면 되겠는가?"

"덩즈위에가 딩저우로 들어간 지 사흘이 지났네."

판시엔은 눈을 반쯤 감으며 혼잣말을 했다.

"좀 서둘러야겠어. 딩저우에서의 움직임과 시간을 맞춰야 해."

옆에서 듣고 있던 무펑알이 걱정스러운 표정으로 입을 열었다.

"대인, 상인들의 움직임이 너무 느립니다. 길에서 부락을 거칠 때마다 멈춰서 장사를 하기 때문에……서호의 왕장까지 얼마나 더 걸릴 지……."

사실 판시엔의 계획에 따르면 어제 상인의 행렬에서 빠져나왔어야 했다. 어제 한 갈림길에서 후거가 보낸 측근과 접선을 하고, 이후에는 그들의 인도에 따라 지름길을 통해 왕장에 도착할 계획이었던 것이다.

하지만, 마중 나온 사람이 없었다.

처음엔 판시엔이 오해를 했지만, 그날 밤 후거의 측근이 숙소에 몰래 잠입해 사과의 뜻과 함께 해명을 했다. 예상치 못하게 칭저우 군이 또 다른 습격을 해 왔고, 좌현왕 수하의 제1고수로서 후거가 그곳에 지원을 가게 되었던 것이다.

예링알이 판시엔을 돕겠다고 한 행동이, 결국 판시엔의 계획에 차질을 끼친 것이다.

이를 알 리 없는 판시엔의 미간 주름이 깊어졌다.

"송즈시엔링이 문제인데……딩저우 안의 서호 첩자들을 일망타진한다 해도, 그자를 찾지 못하면 근본적인 해결이 안 돼."

판시엔은 송즈시엔링이 자신이 추측한 사람이 맞다면, 근본적인 방법과 수단을 바꿔야 한다고 생각하고 있었다. 그리고 그자를 떠올리자, 갑자기 분노가 치솟았다.

이후, 판시엔 일행은 십여 일 동안 상인들과 함께 초원 먼 곳을 향해 나아갔다. 아름다운 가을 풀들, 방목하고 있는 소떼와 양떼, 그리고 가끔씩 지나가는 흰 구름을 마주칠 때면, 저도 모르게 경국을 넘어 별천지로 향하는 기분마저 들었다.

판시엔은 가는 길마다 마주치는 서만족들의 태도를 주의 깊게 살폈는데, 대부분의 사람들은 원한이 가득한 눈빛이었지만, 부족에서 높은 지위에 있는 사람들은 상인들에게 제법 우호적이었다. 그들은 날이 갈수록 상업과 교역의 중요성을 알아갔기 때문이다.

그렇게 더 며칠을 움직이고 나서야, 판시엔 일행은 드디어 왕장에 도착할 수 있었다. 우뚝 솟은 구산(孤山, 고산) 아래로 월아해(月牙海)호수가 있었고, 그 옆으로 작은 사막 그리고 풀이 파릇파릇하게 난 초원지대가 넓게 펼쳐져 있었다. 그 초원에는 무수히 많은 소와 양이 풀을 뜯고 있었고, 서만족 소녀들은 호수 가장자리에서 옹기그릇을 씻으며 중원에서 온 손님을 맞이할 준비를 하고 있었다.

판시엔이 말에서 내리자, 호족 소녀들은 상인 일행을 데리고 마련된 천막으로 인도했고, 잠시 후 왕이 직접 연회를 열 거라는 설명도 덧붙였다. 판시엔은 그들이 준비한 간식을 조금 먹고 허기만 채운 후 천막 밖으로 나와 주위 경관을 바라보았다.

그때, 왕장 쪽에서 한 젊은이가 걸어나오다 판시엔을 보고서 말을 걸었다.

"안녕하세요."

판시엔은 힐끔 그를 보았는데 서호 사람 같아 보이지 않았다.

"상인 행렬에서 못 봤는데……혹시 중원 사람인가요?"

"지난 번에 왔는데, 물건을 다 못 팔아서 이곳에 좀 더 머물고 있는 중이오."

'왕장에서 걸어나왔으면서, 상인이라고?'

판시엔은 그가 수상했지만 겉으로 내색은 하지 않고 자연스럽게 말했다.

"그렇군요. 전 이번이 처음이에요. 초원의 경치가 정말 끝내주네요."

"계속 보면 질릴 거요."

"그래요? 근데……서만족은 모두 야만인이라 하던데……여기 있는 동안 무섭지는 않았나요?"

판시엔은 이 말을 시작으로 태연하게 여러 질문들을 건네며 유용한 정보를 많이 습득했다. 젊은이의 성은 웨이(魏, 위) 이름은 우쳥(無成, 무성). 그는 십여 명의 사람들과 함께 이곳에 장기간 머물고 있다 했으며, 그의 말에 따르면 최근 2년 동안 왕장에 많은 변화가 있었다고 했다.

"그럼 웨이 형도 물건을 다 판 후로는 중원으로 돌아갈 거지요? 그럼 우리 상단이 돌아갈 때 합류하세요. 그게 더 안전하지 않을까요?"

웨이우쳥은 곤란한 표정을 지으며 억지로 대답했다.

"그러지요. 다만 제가 결정할 수 있는 사항이 아니니……부족 내 어르신께 물어보리다."

"왕이 상인들을 대접하기 위해 저녁 연회를 연다던데, 웨이 형도 오시지요?"

웨이우쳥은 한참을 주저하다 해명하듯 대답했다.

"저녁 연회는 당신들을 대접하기 위한 것이라 들었소. 그러니 난……참석하지 않을 것 같소."

"상인은 무슨……."

판시엔은 양젖으로 만든 술을 한 모금 하고, 옆에 있는 무평알에게 말을 이었다.

"1년은 여기 있은 듯 보이고, 그의 동료가 십여 명 정도……."

"우리가 찾고 있는 사람일까요?"

"그 사람은 아닌데……거의 다 온 것 같아."

그때, 통역으로 보이는 서호 사람 하나가 천막으로 들어와 공손히 예를 올리며 그들을 저녁 연회 장소로 인도했다. 초대를 받은 상인들은 모두 선우(單于, 서만족의 지배자, 경국과 북제의 황제에 대응함)에게 바칠 선물을 품에 넣어두고 있었고, 무평알도 몇 가지 물건을 준비했다.

왕장 앞에는 왕의 깃발이 위풍당당하게 펄럭이고 있었다.

'저 안에 초원의 주인이 있다는 거지?'

경국 군대는 여러 해에 걸쳐 셀 수 없이 초원의 주인과 싸웠지만, 단 한 번도 왕의 깃발을 빼앗을 수 없었다. 왜냐하면 서호 왕장은 경국의 황궁과 같은 개념이었지만, 언제든 옮길 수 있었기 때문이다. 그래서 신비로운 느낌까지 들었다.

왕장 안은 천막이라기보다 독특한 양식으로 꾸며진 궁전 같았다. 높이 솟은 천막의 천장에는 기이한 그림이 그려져 있었는데, 붓이 지나간 자리마다 구름 속에서 기이한 빛이 뿜어져 나오고 있었다. 초원의 주인인 서호의 선우는 왕장의 가장 안쪽에 있는 군주 자리에 앉아 있었고, 판시엔은 말단 상인 신분이었기에 무평알과 함께 입구와 가장 가까운 위치에 서게 되었다. 그래서 선우는 대략 서른 정도 되어 보였지만, 거리가 너무 멀어 얼굴을 자세히 볼 수는 없었다. 그리고 그 옆으로 대략 예닐곱 명 되는 서만족의 고수들이 그를 지키고 있었다.

'진짜 고수는 서너 명, 후거의 실력을 뛰어넘을 수도 있겠어.'

연회가 시작되었고, 안타깝게도 연회석상에서는 유용한 정보가 많이 나오지 않았지만, 양고기는 비교적 맛있었고, 특히 술을 따라주는 서만족 하녀들은 건강미가 넘쳐 흘렀기에 판시엔은 매우 만족했다.

선우는 연회에서 말을 세 마디밖에 안 했는데, 온화한 말투였지만 그 안에서 엄청난 위압감을 느낄 수 있었다. 판시엔도 서만족 선우에 대해서는 정보가 별로 없었는데, 그것은 아마도 유목을 하고 지속적으로 왕장을 옮겨 다니는 서만족들의 특성 때문일 것이었다. 또 다른 이유는 현재 선우의 아버지가 죽은 후 선우보다 그 아래의 좌현왕과 우현왕의 명성이 높아졌고, 실제로 서만족 사이에서도 두 명의 현왕 중 하나를 선우로 올려야 한다는 소문까지 돌았기에, 모두들 현재의 선우에 그렇게 관심을 가지지 않았기 때문이다.

다만, 그런 선우가 2년 전부터 갑자기 초원의 장악력을 강화시키며, 두 현왕의 세력까지 크게 약화시켜 버렸다. 특히, 힘으로 다수의 의견을 억압하고 북쪽 설원에서 온 오랑캐 북만의 형제들을 받아들였고, 만 명이 넘는 북만 정예병을 친위대로 편입시켜 단시간에 실력을 증강시킨 것은 가히 놀랄 만한 사건이었다.

연회가 파하고, 판시엔과 무펑알도 다른 상인들처럼 술에 취해 왕장 하인들의 부축을 받아 숙소 천막으로 돌아왔다. 잠시 누워있던 판시엔은 주위가 조용해지자 눈을 번쩍 떴고, 환약을 하나 먹은 후에 잠시 진기를 운용해 술기운을 해독시킨 후, 천막을 나와 어둠의 엄호를 받으며 구산 정상으로 올라갔다. 그곳에서 툭 튀어나온 암석을 찾아 그 뒤에 몸을 숨기고는, 품에서 작은 통을 꺼내 잡아당겨 길게 늘인 후 오른쪽 눈 위에 가져다 대었다.

망원경.

판시엔이 직접 설계해서 내고에서 생산한 신제품. 아직 시판되지는 않았지만, 이번에 그가 처음으로 사용하는 것이었다. 그는 망원경으로 서호 왕장 주변을 살폈다.

얼마나 지났을까. 드디어 수상한 움직임이 나타났다.

선우가 자신의 거처에서 나와 왕장 근처 조그마한 천막 안으로 들어갔다. 선우는 작은 천막에 들어간 후 꽤 오랜 시간이 지났는데도 나오고 있지 않았다.

판시엔의 심장이 뛰기 시작했다.

또 얼마나 지났을까. 선우는 깃털로 장식된 얇은 옷을 입고 천막을 나와, 살짝 몸을 굽혀 작은 천막의 주인에게 작별 인사를 했다. 그는 마치 그곳을 떠나고 싶어 하지 않는 듯 보였다.

판시엔의 입가에 자조적인 냉소가 퍼졌다.

사나흘 동안 상인들은 서호 왕장과 귀인들 그리고 고관대작들에게 물건을 팔려고 정신이 없었다. 무평알도 위장한 신분을 들키지 않기 위해 샤저우 상인들과 함께 물건을 팔았고, 판시엔도 잠시 구색을 맞추긴 했지만 대부분의 시간은 호수 근처를 산책하고, 웨이우청과 대화하는 데 썼다. 그리고 매일 밤, 아무도 모르게 구산에 올라 망원경으로 왕장을 감시했다.

선우가 자신의 천막에서 나와 작은 천막으로 가는 일이 매일 벌어지지는 않았다. 하지만 그 정도면 매우 잦은 행동이었다. 무평알이 조사해 온 바로는, 왕장 뒤에 있는 작은 천막들은 선우의 여인들이라 했다. 경국의 황궁으로 치면 후궁인 셈이었다. 판시엔은 짐작은 하고 있었지만, 그 보고를 듣고 다시 한번 알 수 없는 냉소를 지었다.

선우가 유독 그 작은 천막에 자주 가는 것은 확실히 이상했다. 그리고 선우는 그 작은 천막의 주인 '여인'에게 너무나 공손히 대했다.

상인들은 장사가 끝나자, 무심하게 서호 왕장을 떠났다. 판시엔도 무심히 떠났다. 하지만 웨이우칭에게 작별 선물로 시를 하나 남겨 주었다.

*칙륵가(敕勒歌, 북조 유민족 칙륵족의 민요 중 하나)*
*음산 기슭에서 칙륵천이 흘러가고,*
*하늘은 거대한 천장과 같아 온 들판을 다 덮었네.*
*하늘은 푸르디 푸르고 들판은 아득히 망망한데,*
*바람이 불어 풀이 누우니 소와 양이 나타나네.*

서만족들은 음산과 칙륵천이 어디 있는지 몰랐지만, 이 노래는 발이 달린 듯 빠르게 퍼져나갔다. 선우도 이 노래를 듣게 되었지만, 웨이우칭이 중원 상인에게 선물 받았다는 걸 알고 더 이상 관심을 갖지 않았다.

3일이 지난 후, 무심하던 선우가, 불같이 화를 냈다.

시 때문이 아니었다. 여인 하나가 사라져 버렸기 때문이었다. 다만, 선우는 '다시 돌아오겠으니 걱정 말라'는 여인의 서신을 발견한 후, 친위병을 이끌고 상인들을 추격할 생각을 접었다.

상인들이 서호 왕장을 떠나고 칭저우 방향으로 3일 이동했을 무렵. 그들이 도착한 곳은 드넓은 사막과 푸른 초원이 끝없이 펼쳐져 있는 곳.

서만족 복장을 한 여인이, 풀숲 사이에서 나와 준수하게 생긴 젊은 남자를 바라보았다.

젊은 남자는 웃는 얼굴로, 하지만 실망감 가득한 눈빛으로 그녀를 바라보았다.

"얼굴이 많이 탔네?"

그녀는 말이 없었다.

"내가 이틀 기다렸는데, 아니지 네가……여기서 날 2년 기다린 건가?"

하이탕 둬둬. 그녀는 여전히 말이 없었다.

"해명할 건 없어?"

판시엔의 가슴이 저며왔다.

"예를 들어, 네가 왜 여기 있는지, 내고에서 생산되는 칼과 동일한 칼이 왜 여기 있는지, 선우 수비다(速必達, 속필달)와의 관계라던지……."

"네가 여기 있다는 건, 이미 다 알고 있다는 의미 아니야?"

"내가 조사한 거와 네가 직접 이야기하는 거는 다르지……알겠지만, 난 누가 날 속이는 걸 가장 싫어해."

"미안해."

짧은 말이었지만, 양심의 가책이 짙게 묻어난 말이었다. 그래서 판시엔은 더 이상 대꾸하지 않고 그녀의 이어지는 말을 기다렸다.

"좀 걸을까?"

판시엔은 한참 후 대답했다.

"그래."

두 사람은 긴 풀을 헤치며 아무도 없는 초원 먼 곳까지 걸어갔다. 가을 해는 하늘 높이 떠 있고, 이름 모를 곤충들이 풀숲을 뛰어다녔다. 두 사람은 하늘과 맞닿은 푸르고, 또 누르스름한 색이 깔린 지평선을 한참 바라보며, 하늘이 끝나는 지점을 향해 느릿느릿 발걸음을 옮겼다.

그렇게 아무 말 없이, 하늘이 끝나는 지점까지 걸었다.

가을바람이 하이탕의 상기된 뺨을 스치고 지나가자 그녀가 먼저 입을 열었다.

"2년 전, 스승님이 임종 직전에 나에게 임무를 줬어."

"무슨 임무?"

"서호 선우를 도와 초원을 통일해 국가를 만들어라."

하이탕은 판시엔을 힐끔 쳐다보고 다시 말을 이었다.

"경국의 천하 통일을 늦추려는 거지. 너도 알다시피 서만족이 호전적이긴 해도 많은 부락으로 나누어져 있어서 응집력이 없잖아. 선우 왕장의 지배를 받고 있다 해도, 사실 모래알 같은 것이지."

"경국을 막기 위해 초원에 국가를 건설한다? 서만족이 정말로 강성해지면, 천하에 어떤 영향을 끼칠지 생각하고 하는 짓이야? 지금 네가 하는 짓은, 늑대 무리에게 갑옷과 투구를 씌워주는 거야. 그리고 그건 천일도의 원칙과 위배될 수도 있는 엄청난 파장을 불러일으킬 것이고……."

"스승님이 중상을 입고 돌아오셨을 때, 나도 정말 놀랐어. 경국 황제의 힘이 그 정도일 줄이야……경국 군대가 천하를 짓밟을 거라는 건 기정사실이 되었어. 그러니 북제 입장에서 어찌 칼 아래 고깃덩어리가 될 수 있겠어. 어떻게든 경국의 발걸음을 늦출 생각을 하는 거지. 그리고 초원에서 국가를 건설하는 일은 하루아침에 이뤄지는 게 아니야. 스승님도 최소한 20년은 보고 세우신 계획이고……."

"아이고……그런데 어떻게 서호 사람들을 설득한 거야? 경계심 많은 그들이 북제 사람들을 받아들이다니……난 수비다를 잠시밖에 보지 못 했지만, 만만한 사람이 아니던데."

"웨이우청을 말하는 거지?"

판시엔이 고개를 끄덕이자 하이탕은 담담하게 설명을 이었다.

"북제 사람만 있는 게 아니야. 동이성 사람도 있고……경국 사람도 있어."

'경국 사람?'

판시엔은 놀란 표정을 지었지만, 하이탕은 여전히 담담했다.

"선우가 비싼 비용을 치러 초빙한 능력자들이지. 사실 그들도 나의 존재는 몰라. 내가 하는 일은 선우가 바다같이 넓은 마음을 가진 왕이 되도록 설득하는 것뿐이야. 그에게 천하의 지혜로운 자들을 받아들이라고 한 거지."

판시엔은 떨떠름하게 말을 이었다.

"하지만 너도 이걸 알아야 해. 수비다는 짧은 시간에 좌현왕 우현왕을 모두 찍어 누르고 초원을 평정했어. 만만한 사람이 아니야."

"질투네."

하이탕은 살짝 웃었고, 예고도 없이 판시엔의 어깨에 자신의 머리를 기대며 말을 이었다.

"나의 원래 이름은 송즈시엔링. 카알나 부족에서 사라졌던 왕녀의 신분으로 왔지. 그래서 선우가 날 대접해 준 것뿐이야. 최소한 내 뒤에 있는 부족의 힘을 중시한 거지."

"카알나? 북제 성녀가 갑자기 북만 부족의 성녀로 변한 거네? 근데……신분이 탄로날 걱정은 하지 않는 거야?"

"무슨 신분?"

"천일도 제자 신분."

"넌 카알나 부족에 대해 어떻게 알고 있어?"

"내가 들은 건……북만족을 지배한 부족이었는데, 몇 십 년 전 북위 쟌칭펑 장군에 의해 전멸당했고, 그 뒤로 북만은 지도자가 없는 상태로……."

"네가 예전에 나에게 나이를 물었었지?"

'갑자기 나이?'

"그렇긴 했지……난 하이탕이 연상이라 해도 상관없어. 물론 사오십 대라 하면 좀……."

"하하. 그게 아니라, 내가 대답을 해 주지 않은 건, 나도 내 나이를 몰랐기 때문이야."

"뭐라고?"

"사실 전멸당할 당시 카알나 부족 왕녀는 나의 어머니야. 나도 2년 전에 안 사실이야. 난 올해, 열아홉 살."

'뭐? 열아홉? 그럼 내가 춘약을 썼을 때……넌 고작 열넷? 아이고 머리야…….'

판시엔은 당황했지만, 순간 정신이 번쩍 들었다.

'잠깐, 뭐라고? 하이탕이 카알나 부족 왕녀? 북만의 선우??!!!!'

"야, 너, 지금, 네가……카알나 부족의 왕녀?"

"확실히 네가 나보다 침착하네. 난 2년 전 스승님이 내 진짜 신분을 말씀하셨을 때, 너보다 훨씬 격렬하게 반응했었거든."

"그럼 너의 부모님은……?"

"모두 돌아가셨다고……."

'쟌칭펑이 카알나 부족을 멸하게 했고, 쿠허와 쟌칭펑은 한 가족……그럼 쿠허가 일부러 카알나 부족을 전멸시키고 하이탕을 고아처럼 속이며 제자로 받아들였다? 이런……!'

판시엔은 강한 의혹이 들었지만, 어쩌면 부모를 잃은 하이탕에게, 쿠허를 스승으로 모셨던 하이탕에게 할 적절한 말은 아니라 생각하며 입 밖에 내지는 않았다.

"스승님이 임종 전에 말씀해 주신 거야. 그리고 나보고 선택하라고……."

"넌 쿠허의 제안을 받아들였고, 그래서 여기로 온 거겠네."

하이탕은 말없이 고개를 끄덕였다.

"근데 네가 부모님의 복수를 하려면, 북제에 복수를 해야지, 왜 경국을 겨누는 거야?"

"복수? 난 그런 거 할 생각은 없어. 그리고 난 기억도 나지 않고."

하이탕은 판시엔을 물끄러미 바라보며 말을 이었다.

"나도 너와 마찬가지야. 복수라는 건, 끝이 없어. 사실 난 스승님의 제안을 받고, 처음에는 호기심에 가 본 거야. 나와 뿌리를 같이 하는 사람들이 어떻게 생활하는지 보러……안쯔, 오랑캐라 불리는 사람들도, 똑같은 사람이야. 그들도 삶을 영위할 권리가 있는 거야. 그리고 난 여전히 북제 사람이야. 북제에 화를 입힐 생각은 없어. 내가 여기 온 것은, 우리와 똑같은 '사람'들에게 안정적인 나라를 가질 수 있도록 해주고 싶었을 뿐이야. 초원의 평화를 위해서……."

"평화?"

판시엔은 냉랭하게 말을 이었다.

"초원의 평화가 천하를 위협할 수 있어. 그게 네가 말하는 평화야?"

"내가 수비다를 제어할 수 있어."

"유치해. 군주의 야심은, 아무도 제어할 수 없어."

"그러면 내가 어떻게 해야 할까? 경국이 서만족을 죽이는 걸, 경국이 북제를 짓밟는 걸 지켜보기만 해? 넌 생명에 귀천이 있다고 생각해?"

"귀천이 있지. 적어도 나에겐 나와 친한 사람들의 생명이 더 중요해."

판시엔은 조금도 양보하지 않고 말을 이었다.

"그리고 넌 서만족과 북제 사람의 생명만 말하는데, 경국 백성들은? 이건 도무지 해결할 수 없는 문제야. 최소한 우리 대(代)에서는……네가 서만족을 위해 싸우면? 난 너와 등을 질 수밖에 없어."

판시엔은 답답한 듯 간절하게 말했다.

"너 지금 쿠허에게 이용당하는 거야. 너야 서만족의 생명을 말하고 평화를 말하지만, 쿠허는 북제를 위해, 경국이 북제를 칠 것을 대비해, 서만족이 국가를 이루어 경국을 신경 쓰게 만들고 싶은 것뿐이야. 그리고 우리는 성인(聖人)이 아니야. 절대 천하 백성들을 평등한 위치에 놓고 볼 수 없어. 너의 스승도 서만 사람, 경국 사람보다 북제 사람을 우선시 하는 것이고……."

"내가 그런 사람 아닌 거, 네가 잘 알잖아? 난 스승님이 제시한, 내가 선택 가능한 여러 길 중, 초원을 선택한 것뿐이야. 그게 북제의 입장과 맞아떨어졌던 것이고."

"그럼 나는? 나와의 관계는?"

"지금 네가 바라는 게, 나보고 경국의 입장에서 생각해 달라는 거야? 그건 너무 황당하지 않아?"

"황당? 몇 년 전에 감사원 제사인 나와 북제 성녀인 네가 맺은 협의는 황당하지 않고? 참나, 하기야 평화? 개나 줘 버리라지. 몰라. 뭐, 내가 지금 이 세상에 있는 것 자체가 황당하니……."

평화. 전쟁 없는 천하.

판시엔과 하이탕이 같이 밭을 갈고, 술을 마시고, 한담을 나누며 약속한 것.

유치하지만 아름다운 목표.

판시엔은 조금은 흥분하며 말했다.

"아무도 내가 무슨 생각을 하는지 모르지만, 넌, 너만은 알잖아. 내가 너와의 약속을 지키기 위해 얼마나 많은 위험을 무릅쓰고, 얼마나 많은 손해를 보고, 또 북제를 얼마나 많이 도왔는지……그리고 내가 향후에 매국노라는 비난 받을 감수를 하고서도, 왜 이렇게 많은 일을 해왔는지, 넌……너는 알잖아. 그런데 넌 도망갔어. 아무런 소식도 없이……그런데 그동안 여기 초원에서 내 등에 칼을 꽂을 생각을 하고 있었다고?"

판시엔의 한마디 한마디가 하이탕의 심장을 칼로 찌르는 느낌이었다. 그녀는 마치 그 고통을 실제로 느끼는지 얼굴이 창백하게 질려 나지막이 말했다.

"이 일에……네가 연루될지 몰랐어……."

판시엔은 한숨을 쉬며 대답했다.

"그리고 너희 그 황제 폐하는 지금 내가 경국 황제에 반기를 들게 하고 싶나 본데, 2년 전 징두 모반 때 뒤에서 장 공주를 지원하고, 심지어 나를 죽이고 대황자를 황위에 올리려 한 건 잊었나 보지? 너희 황제에게 말 좀 전해 줘. 내가 그 두 가지 사건 만으로도, 평생 잊지 못할 교훈을 돌려드리겠다고."

하이탕도 한숨을 쉬며 말했다.

"너무 그러지 마. 네가 경국 사람으로, 북제와 동이성 입장을 생각하고 있다는 걸 누가 믿겠어? 그러니 폐하께서 널 불신하는 건 지극히 정상적인 거야……."

판시엔은 탄식을 했다. 하이탕의 진심은 믿었지만, 현재 천하의 상황이 둘의 관계를 복잡하게 만들고 있다 생각했기 때문이다.

판시엔은 하이탕을 꽉 끌어안았다.

참매 한 마리가 노을이 펼쳐진 하늘을 날며, 초원 위 두 젊은 남녀를 바라보고 있었다. 호수 위의 물오리들은 그 참매가 무서웠는지 재빨리 수초 속으로 몸을 숨겼다.

하이탕은 복잡한 생각과 감정들로 머리가 아팠고, 그래서 그저 그의 품에 안겨 있었다.

한참이 지난 후, 판시엔이 그녀의 귓가에 대고 불쑥 말했다.

"나랑 사흘만 같이 있어."

호수에서 약 10리 정도 떨어진 초원.

서호의 선우 수비다 친위병 수백이 위풍당당한 모습으로 먼 곳을 주시하고 있었다.

'휘익.'

참매 한 마리가 하강하기 시작했다. 수비다의 눈빛이 번뜩였다.

참매는 보고란 것을 할 수 없었지만, 그녀가 그렇게 멀지 않은 곳에 있음을 알려주었다. 수비다는 근심스러운 얼굴로 그녀를 떠올리며 잠시 감상에 젖었다.

그 여인은 아름답지 않았다. 하지만 선우는 그녀를 어떤 여인보다, 어떤 사람보다도 중시했다. 그녀는 만여 명의 정예 기마병을 데리고 와 자신에게 충성을 약속했고, 자신에게 치국의 도를 가르쳐주었고, 초원에 새로운 기상을 불어넣었다.

가장 중요한 건, 선우는 그녀와 있을 때 가장 편안했다. 그녀와 마주 앉기만 해도, 그저 바라보고만 있어도 행복했다. 훗날 자신이 천하를 휩쓸 때, 그녀가 옆에 있다면, 이 세상이 훨씬 아름다워질 것이라 생각했다.

그래서 그녀가 서신을 남겼지만, 최대한 참으려 노력했지만, 그는 끓어오르는 혈기를 참지 못해 기마병 수백을 데리고 흔적을 쫓았다.

선우의 눈치를 살피던 장수 하나가 소리쳤다.

"전력질주해서 죽여라!"

수비다는 잠시 침묵했다. 그리고 침착하게 명령했다.

"쫓기만 하고, 저들을 방해하지 말아라."

선우의 표정은 여전히 침착했지만, 그는 저도 모르게 채찍을 꽉 움켜쥐었다.

'송즈시엔링이 저들과 떨어지기만 하면, 그녀의 안전만 확보되면, 죽인다!'

그는 다음 참매의 신호를 기다리고 있었다.

판시엔과 하이탕은 초원을 느긋하게 걸었다. 그러다 어느 부락에서 말 두 필을 사서 마음껏 달렸고, 어느 호수에서 물고기를 가득 잡아 구워 먹기도 했다. 사흘째 되는 마지막 밤에는 어느 큰 부락에 들어가 서호 사람들과 함께 모닥불을 둘러싸고 소고기와 양고기를 안주로 양젖 술을 마셨다.

사흘. 하이탕은 이 사흘의 의미를 알고 있었다. 사흘 후면, 두 사람은 영원히 불구대천의 적이 될지도 모를 일이었다. 하이탕이 사흘을 함께 있어준 것은, 어쩌면 그동안 마음의 짐을 털어내기 위함일지도 모를 일이었다. 그래서 판시엔에게 질문을 하지 않았다. 왜 사흘인지.

마지막날 밤, 하이탕이 품에서 물건 두 개를 꺼내며 입을 열었다.

"아이들에게 줘."

하나는 루비로 엮은 팔찌, 하나는 서호 아이들이 가지고 노는 장난감 칼.

"샤오화는 팔찌를 좋아할 텐데, 량이는 아직 어려서……어쨌든 신경 써줘서 고마워."

"부인이 아이를 낳지 못해 마음 고생했다 들었는데, 결국 판량(范良, 범량)을 낳았으니, 소원은 이뤘네. 네가 고생을 많이 했겠지만……."

힘들게 임신한 완알이 3개월 전에 드디어 아이를 낳았다. 판시엔은 약을 개발하느라 고생은 했지만, 사실 페이지에 스승이 사전에 연구한 방향대로 실행한 것뿐이었다.

"근데 왜 이름이 량이야?"

이 질문을 시작으로 그 후로도 하이탕은 마치 이 밤이 마지막인 듯 쉴 새 없이 질문을 던졌고, 어느새 부락 사람들은 하나 둘 잠을 청하러 돌아갔다. 그렇게 모닥불 옆의 두 사람은 밤새도록, 아쉬운 밤을 보내고 있었다.

한참이 지난 후, 하이탕은 판시엔의 어깨에 머리를 기댄 채 나지막이 입을 열었다.

"곧 날이 밝아올 거야."

"날이 밝고, 네가 떠나면, 네가 다정하다 말한 서호의 선우가 날 잡게 토막을 내러 달려올 걸?"

"그 일은 내가 처리할게. 걱정 마."

"그럴 필요 없어. 너도 강하고, 선우도 강하지만……내가 더 강해."

판시엔이 하이탕을 바라보며 차분하게 말을 이었다.

"난 쿠허가, 선우가 그리고 네가 2년간 준비해 온 것을 무너뜨릴 거야. 내가 너에게 사흘 동안 같이 있어 달라 부탁한 건, 널 평생 내 곁에 두기 위함이었어."

'타닥.'

칠흑 같은 어둠 속에서 모닥불이 튀었다.

하이탕이 판시엔의 어깨에 기대고 있던 머리를 떼며 나지막이 물었다.

"도대체 뭘 한 거야?"

"아무 것도 안 했어. 난 널 사흘 동안 붙잡아 둔 것뿐."

하이탕은 등골이 서늘해지며 재빨리 떠날 준비를 했다.

"지금 돌아간다 해도 늦었어."

"넌 정말……갈수록 무정해지는 구나……하기야 네가 이용 못할 사람이 어디 있겠어…….”

그녀는 분노하지 않았지만, 그 모습이 쓸쓸해 보였다.

“난 무정한 사람이 아니야.”

판시엔은 이 말과 함께 하이탕에게 달려들었다!

그가 몸 안의 패도 진기를 극한까지 끌어올리자 회오리 바람이 허공을 휘감고 지나갔다. 하이탕이 눈을 번뜩였다. 그리고 재빨리 양손을 주머니에서 꺼내 반원 모양을 그렸다. 회오리 바람이 순식간에 사라져 버렸다.

‘훅.’

판시엔은 다시 주먹을 휘둘렀고, 주먹 주위에 무거운 바람이 일었다. 하이탕의 몸이 살짝 흔들렸지만, 이내 침착하게 집게 손가락 하나를 펴, 마치 검처럼 그의 울대를 공격했다. 마치 손가락으로 하늘에 떠 있는 초승달을 떨어뜨리려는 것처럼.

초승달을 품은 바다라는 뜻을 가진 호수, 월아해. 호수에 달빛이 그윽하게 비치고 있었다. 아직 해가 뜨지도 않은 시각, 대부분의 사람들은 여전히 깊은 잠에 빠져 있었고, 일찍 일어난 하녀들만이 왕공 귀족들이 세수할 물을 길으러 호수로 향하고 있었다.

하녀 하나가 몸이 굽은 벙어리 남자 종에게 떡을 하나 건넸다. 그는 4개월 전, 왕장의 장수 하나가 초원에서 데려온 사람이었다. 벙어리였지만 힘이 장사여서 거친 일을 시키는데 최적이었기 때문이다.

벙어리 종이 떡을 받아 들고 씨익 웃었다. 그리고 고맙다고 말하는 듯 목에서 ‘컥컥’ 소리를 냈다. 그 모습을 바라보던 하녀들은 재밌다는 듯이 ‘하하호호’ 웃었다. 종은 다시 한번 미소를 지으며 호수 뒤쪽 풀숲으로 갔다. 그는 매일 아침 그곳에서 양의 똥을 주웠고, 왕장 사람들에게는 너무나도 익숙한 풍경이었다.

하지만 오늘 벙어리 종은 양 똥을 치우지 않았다. 앞으로도 그럴 것이었다. 그는 품에서 쇠막대기를 하나 꺼내 흙에 찔러 넣고, 오른 손바닥으로 눌러 쇠막대기가 보이지 않을 때까지 깊숙이 박아 넣었다. 그리고 오늘 한 행동에 대해서 되짚어 보았다.

'실수는 없었어.'

그리고 그는 굽은 몸으로, 먼 곳을 향해 천천히 걸었다.

그런 몸으로 언제 중원에 도착할 수 있을지 몰랐지만.

호수는 여전히 조용했다. 하지만 벙어리 종이 떠났다는 사실을 눈치 챈 사람은 아무도 없었다. 그리고 너무나 조용해서 마치 죽음의 적막이 드리워진 것처럼 느껴졌다.

웨이우청은 온 몸에 힘이 풀린 채, 치아를 연신 부딪힐 정도로 저도 모르게 몸을 떨고 있었다.

'나만 살아남은 건가? 그 그림자는 뭐였지?'

일지도월(一指挑月, 손가락 하나로 달을 떨어뜨리다).

하이탕의 손끝은 가늘고 섬세했다. 그리고 평범했다. 하지만 천지간의 빛을 담아 찰나의 순간에 거친 패도 진기의 광풍과 살기를 깨뜨리고 판시엔의 울대 앞으로 다가갔다. 하이탕이 살짝 고개를 젖히는 동작에 판시엔의 주먹은 그녀의 어깨를 스치고 지나갔고, 그녀의 뒤에 있는 초원에서 '펑' 소리와 함께 풀과 흙이 날아다녔다. 하지만 그 찰나에 판시엔은 왼손으로 비수를 꺼내 잡고 하이탕의 손가락 끝을 살짝 튕겨내려 했다.

두 사람의 무공 경지로 볼 때, 어느 누구라도 상대방의 몸에 살짝 공격을 가하게 되면, 중상으로 연결될 수도 있었다. 그래서 판시엔도 과할 정도로 담담하게 손가락을 튕겨 내려고만 한 것이다.

그럼 비수는 무엇인가?

그건 하이탕이 판시엔의 아들에게 준, 장난감 칼이었다.

하이탕은 살짝 인상을 찌푸렸지만, 여전히 칼은 신경 쓰지도 않는다는 듯 손가락을 판시엔의 목으로 향하게 했다. 판시엔도 인상을 찌푸렸다. 그래서 판시엔은 칼을 거두고, 하지만 하이탕의 손가락은 신경 쓰지도 않는다는 듯, 손바닥으로 하이탕의 가슴을 공격했다. 하이탕은 어쩔 수 없다는 듯 손가락을 거두었지만, 가슴은 방어할 생각도 하지 않은 채 판시엔의 팔을 붙잡았다.

복잡한 동작처럼 보였지만, 옆에서 보기에는 아주 우스꽝스러웠다.

왜냐하면 둘 다 공격을 할 의도가 없어 보였기 때문이다. 다시 말하면, 둘 다 상대방이 '진짜' 공격을 하지 못할 것이라 생각하고 있었다.

그럼 둘은 왜 공격을 하는 것인가?

결국 짧은 네 합의 '겨룸'을 끝내고 하이탕은 공격을 멈추고 판시엔의 팔을 붙잡았지만, 판시엔은 하이탕의 가슴으로 향한 공격을 멈추지 않았다!

판시엔의 손바닥 공격은 부드러웠고, 미묘했고 심지어 따뜻했다.

따뜻했다? 그 공격은 어떠한 위협도 없었으며, 아무런 진기가 실려 있지 않았다.

그는 하이탕 가슴을 '조몰락조몰락'거렸다.

하이탕은 심란했다.

판시엔의 의도가 먹혔다.

그는 그녀의 정신이 아주 잠시 흐트러진 틈을 이용해, 다른 손에 쥐고 있던 침 하나를 그녀의 귀밑 혈자리에 찔러 넣었다. 그는 그녀를 중원으로 데려갈 생각이었던 것이다. 더 이상 쿠허의 덫에 빠져 마음고생 하지 않도록 하기 위함이었다.

그래서 생각한 것이다.

납치.

침이 하이탕의 귀밑에서 파르르 떨었다. 판시엔은 그녀를 완전히 제압하기 위해 침을 통해 진기를 그녀의 몸에 주입시켰다. 하지만 순간 판시엔이 인상을 쓰며 침을 잡고 있던 손을 떼었고, 날카로운 소리와 함께 침이 산산조각 났다. 하이탕이 천일도 진기를 운용해서 침을 부숴버린 것이었다.

'푭.'

하이탕은 창백한 얼굴로 피를 토했다.

"안쯔, 난 이미 내상을 입었으니, 날 이제 내버려둬도 되지 않을까?"

한참의 침묵이 흐른 후, 판시엔이 암담한 목소리로 물었다.

"죽더라도……나와 같이 가지 않겠다?"

하이탕은 원망스러운 눈빛으로 판시엔에게 대답했다.

"넌 날 못 죽이잖아. 나도 널 못 죽이고……."

또 한참의 침묵이 흐른 후, 판시엔이 조용히 말했다.

"쿠허의 계획일 뿐인데, 왜 이렇게 강경한 거야? 왜 그의 말만 듣고, 그의 계획에만 따르는 건데?"

"내가 이곳을 떠나면, 그건 너의 말을 듣고, 너의 계획에 따르는 거 아니야?"

판시엔은 순간 머리를 망치로 얻어맞은 듯 멍해졌다. 그런 그를 보며 하이탕은 담담하게 말을 이었다.

"초원이 혼란에 빠져서는 안 돼. 그래서 난 여기 남을 거야. 네가 사흘 동안 무엇을 했는지 몰라도, 난 초원이 혼란에 빠지지 않게 만들 거야."

"들불처럼 퍼지면, 아무도 혼란을 막을 수 없어. 그리고 좌현왕이……죽었을 거야."

하이탕이 적지 않게 놀란 눈치로 다급히 물었다. 수많은 고수와 삼엄한 경계를 뚫고 좌현왕을 죽일 수 있는 사람도 몇 안 되지만, 무엇보다 그가 죽으면 초원 일대에 혼란이 오는 걸 막을 수 없을 것 같다 생각했기 때문이다.

"그를 어떻게 죽일 수 있었던 거지?"

'다그닥다그닥.'

그때, 멀리서부터 희미하게 말발굽 소리가 들리기 시작했다. 시간이 별로 남아 있지 않다 생각한 판시엔은 다급하게, 하지만 진지한 목소리로 말했다.

"사흘 전에, 왕13랑이 상인들과 함께 초원에 들어 왔어. 난 그의 실력과 기백을 믿어. 쿠허든 북제 황제든, 나를 신임하지 않은 것은 큰 실수야. 결과가 어떠할지 몰라도, 난 이 일들을 주도적으로 처리할 힘을 기를 거야. 그러니 하이탕, 나랑 같이 돌아가자."

하이탕은 대답하지 않았다.

말발굽 소리가 점점 커지고 있었다. 판시엔은 고개를 가로 젓고, 여명이 밝아오는 밤하늘을 향해 휘파람을 불었다. 그리고 그녀가 준 장난감 칼을 품에 넣으며 진중하게 말했다.

"잘 지내. 그리고 다시는 날 이렇게 오래 기다리게 하지 않았으면 좋겠어."

이 말과 함께 그는 풀숲으로 '휘리릭' 날아갔다. 그가 날아간 방향에서는 말을 타고 온 십여 명의 장정들이 보였고, 판시엔은 곧 그들이 몰고 온 먼지와 하나가 되어 작은 점처럼 보였다. 그 모습을 보며 판시엔이 어떤 계획을 세워놓고 있음을 알았지만, 이미 선우가 기마병을 이끌고 이곳을 포위하기 시작했다면 설령 도망친다 하더라도, 그들의 추격을 어떻게 따돌릴 수 있을지 걱정되었다.

하이탕이 잠시 생각에 빠져 있는 동안, 이미 판시엔 일행은 요란한 흙먼지를 일으키며 멀어지고 있었다. 그리고 얼마 지나지 않아 또 다른 한 무리의 기마병들이 그녀를 스쳐갔고, 후방에서 달려오던 준마 하나가 그녀의 옆에 멈추었다.

'팍.'

멈춘 말에 타고 있던 이가 습관처럼 자연스럽게 몸을 일으키더니, 말에서 멋지게 뛰어내렸다. 하지만 그는 분노와 원망이 섞인 복잡한 눈빛으로 입가에 피를 흘리는 그녀를 한참 동안 바라만 보았다.

초원의 지배자, 선우 수비다.

"다쳤소?"

하이탕은 살짝 미소를 띠며 고개를 끄덕였다.

"판시엔인가?"

"네."

수비다는 분노했다.

그리고 가장 거칠고 직접적인 방법으로 그 분노를 표출하려 했다.

수비다는 다시 말 위로 펄쩍 뛰어올랐다.

"내가 저놈을 잡아다가, 당신 대신 화풀이를 해주겠네."

"어젯밤에 왕장이 습격당하고, 좌현왕도 자객에게 당했을 수 있어요……."

하이탕의 말에 선우의 눈빛에 순간 낙담의 기색이 비쳤지만, 그는 이내 말의 배를 발로 차며 박차를 가해 풀숲 아래 방향으로 내달렸다. 그는 왕장을 습격하고 좌현왕을 살해할 수 있을 정도로 능력을 가진 사람이라도, 이 드넓은 초원에서 자신의 친위 기마병들의 추격을 피할 수 있는 사람은 없다고 생각했다.

하이탕은 뒤에서 복잡한 심경으로 이 장면을 지켜보았다. 새벽빛이 밝아오며, 아침 햇살이 초원 동쪽 지평선에 걸쳐 가을 들판의 모든 것을 비추기 시작했다. 십여 필의 야생마가 앞서 달리고, 그 뒤로 3리 떨어진 곳에서 수백 필의 수비다 친위 기마병들이 뒤따르고 있었다.

하지만 순간 이상한 일이 벌어졌다.

어디서 숨어 있었는지 모르겠지만, 앞서 도망가던 야생마 십여 필 주위로 말들이 늘어나기 시작하더니, 약 백여 필의 말이 십여 필의 야생마를 호위하며 같이 달리기 시작했다.

수비다도 이 광경을 보며 흠칫 놀랐지만, 그 수가 백이든 이백이든, 자신이 지배하는 초원에서는 아무도 자신의 손을 벗어날 수 없다 생각했다.

그래서 이를 악물고 빨리, 더 빨리 내달렸다.

수비다의 판단은 지극히 정상적이었다. 야생마가 아무리 빨라도 전투마를 이길 수는 없으며, 추격이 벌어지는 곳은 그와 그의 친위병들이 가장 익숙한 초원이었기 때문이다.

하지만 문제는, 따라갈 수가 없었다.

반나절이 지나고, 하루가 지나고. 초원의 위풍당당한 기마병들은, 야생마를 탄 경국인들을 따라갈 수가 없었다. 심지어 거리를 좁히는 것조차 하지 못했다.

결과는 지극히 정상적이었다.

야생마를 탄 무리는, 경국인이 아니라, 흑기병이었기 때문이다.

북벌에 참패한 황제를 구하기 위해 천리 길을 단 6일 만에 주파한 그들.

천핑핑과 함께 적진에 달려들어 샤오은을 체포한 후, 전광석화처럼 도망쳐 나왔던 그들.

타고난 살인 기계, 흑기병.

판시엔은 말 위에서 징거와 함께 초원의 가을바람을 거칠게 맞고 있었다. 선우는 멀리서 그들을 보며 이를 갈고 있었다. 하지만 문제는 더 갈수록 왕장과 더 멀어진다는 것이었다. 송즈시엔링의 말에 따르면 좌현왕이 죽었을 수도 있는데, 그렇다면 그 의심은 우현왕이나 선우 자신에게 쏠릴 터였다.

좌현왕의 죽음이 무서운 것이 아니라, 초원의 혼란이 두려웠다. 그렇다면 그는 한시라도 빨리 왕장에 돌아가 상황을 전달하고 왕장 내부를 단속해야 했다. 피비린내 나는 내홍이 일어나기 전에 빨리 막아야 했다.

다만, 초원에서 저들을 살려 보내 줘야 한다는 사실이 내키지가 않았다.

'어떻게 이런 굴욕이……!'

선우가 입술을 깨물었다. 그리고 최대한 평정심을 유지하려 노력하며, 하지만 싸늘한 목소리로 명령했다.

"돌아간다."

"저들이 걸려들지 않은 듯 보입니다."

징거는 먼지를 뒤집어쓴 제사 대인을 보며 말했다.

"추격을 멈춘 듯 보입니다."

판시엔은 '퉷'하고 입 안의 모래알을 내뱉으며 말했다.

"어쩔 수 없지. 그래도 저자에게 강한 인상은 남겼을 거야. 이제 초원에서 벌어지는 전투라 해도, 경국 군대와 맞붙을 때 섣불리 공격하지는 못하겠지."

"딩저우 본대가 홍산(紅山, 홍산)입구에서 십여 일이나 매복하고 있었는데, 그들의 실망이 클 듯 보입니다."

"초원의 주인 선우잖아. 함정에 쉽게 빠지지 않겠지. 가자고."

선우가 물러났지만, 흑기병들은 여전히 경계하며 빠른 속도로 칭저우를 향해 달렸다. 며칠 뒤 홍산 동쪽에 이르렀는데, 판시엔은 그곳의 지형을 보며 정말 습격을 하기에 적절한 지형이라 생각했다. 그리고 흙과 돌이 수만 년 동안의 풍화 작용을 거치며 깎이고 잘려 나가, 이름처럼 온 산이 붉은 색을 띠고 있었다.

마치 어서방에서 황제의 붓이 찍는 붉은색 먹처럼.

판시엔 일행은 홍산을 지나, 양(羊)의 내장처럼 구불구불한 길을 거쳐 드디어 칭저우 성으로 가는 마지막 관문에 들어섰다. 그곳에서 판시엔은 징거가 건네주는 가죽 주머니에 담긴 물로 목을 축인 후 쉰 목소리로 말했다.

"젠장. 이쪽 일 끝내고 징두로 가면 두 달은 몸져눕겠구만."

그때, 매복해 있던 딩저우 서만 정벌군 본대가 피곤에 절은 모습으로 나타났다.

"내가 충고하지 않았나. 수비다가 어떤 인물인데, 자네가 놓은 함정에 빠지겠나."

"그래도 6일이나 그를 끌고 다녔잖아요."

"북제 놈들을 죽이는데, 그렇게 조심할 필요가 있는 거야? 그리고 서만족들에게는 손을 썼어?"

"아니요. 발을 썼어요."

판시엔은 확실히 지쳐 보였다.

리홍청은 매우 불만스러운 표정으로 다시 말했다.

"우리는 여기서 7일을 기다렸는데 아무것도 얻을 수 없었어. 무려 내 수하에 있는 8천여 명의 병사가 말이야. 감사원은 어떻게 보상할 건가?"

"뭐 그런 걸 가지고……그것보다 딩저우 쪽은 어떻게 되었어요?"

"난 여기 오느라 직접 보지는 못했지만, 들려오는 보고에 따르면 문제는 없을 거네. 북제가 딩저우에 심어 놓은 첩자들은 모두 처리 된 것 같아."

판시엔은 말없이 고개를 끄덕였지만 흡족한 표정이었다. 이로써 쿠허가 죽기 직전 세웠던 계획, 북제 황제와 하이탕이 2년간 준비한 계획은, 모두 물거품이 될 것이기 때문이었다.

나흘 후, 근 만에 달하는 딩저우 군대가 초원에서 철수해 칭저우 성으로 돌아갔다. 판시엔과 리홍청이 칭저우 군부 관아에 들어서자, 한 여인이 급하게 문을 열고 들어와 버럭 화부터 냈다.

"본인이 신이라도 되는 줄 아나 보죠? 몇 명만 데리고 초원을 들어가다니……서만족들에게 잡아 먹히기라도 하면 어쩌려고 했어요?!"

예링알은 화가 치밀어 올라 울음이 터질 뻔했다. 그녀는 판시엔의 안전이 걱정되어 화를 낸 것이지만, 사실 이유가 하나 더 있었다. 판시엔이 칭저우까지 와서 자기에게 아무런 소식도 전하지 않았기 때문이다.

"서만족이 아니라……지금 네가 날 잡아 먹겠는걸? 그리고……."

판시엔은 당혹스러운 듯 말을 이었다.

"지금 나랑 홍칭은, 지금……."

판시엔은 정말 당황하고 있었다. 그와 홍칭은 먼지를 가득 뒤집어쓴 탓에, 그들이 관아에 들어오자마자 목욕을 하려고 나무통에 물을 받아 몸을 담그려는 순간, 그녀가 들어왔기 때문이다. 그제서야 예링알은 두 남자의 나체가 자신의 눈앞에 있는 것을 알아챘지만, 어려서부터 군에서 생활한 그녀는 아무렇지 않은 듯 침을 '퉤' 뱉고 문을 '쾅' 닫고 나가버렸다.

다음 날, 홍칭은 징두에 상황을 보고하기 위해 서둘러 딩저우로 향했고, 판시엔은 칭저우에 며칠 더 남아있기로 했다. 예링알을 보기 위해서가 아니라, 누군가를 기다리는 것이었다.

며칠이 지난 후, 소와 양을 잃고 초원에서 살 수 없게 된 어느 외로운 유목민이 칭저우로 돌아오자 판시엔의 마음이 절반 정도 편해졌다. 하지만 판시엔 외에 어느 누구도 그 유목민이 반년 동안 몸이 굽은 벙어리인 척한 것을 알지는 못했다.

'그림자는 돌아왔고……근데 왕13랑은 왜 소식이 없지…….'

또 며칠이 지난 후, 드디어 판시엔은 기다리던 소식을 듣게 되었다. 정확히 말하자면, 왕13랑의 귀환을 칭저우의 모든 사람들이 알게 되었다. 그림자가 조용히 돌아온 것과 달리, 왕13랑의 귀환은 너무나도 소란스러웠다.

뜨거운 태양 아래에서, 피칠갑이 된 이가, 당당히 걸어 칭저우 성을 들어왔다.

성문을 지키던 병사들이 긴 창을 들고 그를 에워쌌지만, 피칠갑이 된 이가 뿜어내는 살기에 압도되어 바들바들 떨고만 있었다. 그는 모피로 안감을 댄 서만족의 옷을 입고 있었는데, 옷에 서른 개가 넘는 구멍이 뚫려 있었고, 그 구멍에서 배어 나온 피가 전신에 달라붙어 있었던 것이다. 그리고 이미 곪기 시작한 상처에 파리와 모기들이 꼬여 들고 있어, 유난히 더 처참해 보였다.

"판시엔에게 알려. 그가 부탁한 일을 처리했다고."

잠시 후 판시엔은 서둘러 성문으로 나가 피칠갑이 된 자를 부축했다. 이번 초원의 계획에서 판시엔은 하이탕을 유인하는 것, 그림자는 선우를 돕고 있는 자들을 제거하는 것을 맡았는데, 사실 가장 위험한 임무는 왕13랑의 것이었다.

좌현왕 암살.

판시엔은 왕13랑이 어떻게 그를 암살할 수 있었는지는 몰랐지만, 그가 처리했다고 했으니 좌현왕은 죽었다고 확신하며 아무것도 묻지 않았다. 그의 치료가 우선이었기 때문이다.

왕13랑은 판시엔을 보자마자 혼절했고, 판시엔은 재빨리 그를 칭저우 군부 관아로 데리고 갔다. 관아에 있던 예링알은 그 모습을 보자마자 경악했다.

'이 사람은 뭐지? 칼을 몇 번이나 맞은 거야? 이러고도 사람이 살 수 있다고?'

판시엔은 그녀를 보고 설명할 겨를도 없이 방으로 들어가, 왕13랑을 침대에 눕히고 이런 저런 약부터 먹였다. 그리고 옷을 벗겨 물수건으로 잘 닦은 후 상처들을 꿰매기 시작했다.

서른여덟 개의 상처. 모두 칼에 베인 상처였고, 상반신 앞쪽으로 집중되어 있었다.

'무식한 새끼……또 정면 돌파했구만. 생긴 거랑 너무 달라.'

판시엔은 상처를 보며 안쓰러운 마음도 들었지만, 왕13랑이 좌현왕을 암살한 장면이 머리에 그려지는 것 같았다. 그리고 마음 한편에는 고마운 마음도 들었다. 사실 그는 스구지엔이 경국 황제에게 당한 후에도 왕13랑이 자신을 도와줄 것이라 기대하진 않았다. 그래서 왕13랑에게 도움을 구하는 서신을 보내고 답신을 받지 못했을 때에도 실망하지는 않았었다. 다만, 왕13랑은 답신을 하지 않고, 일언반구도 하지 않고, 다시 징두로 와 판시엔을 찾았을 뿐이다.

'약속이라는 게 이렇게 중요한 것인가? 이놈은 자신의 생명보다 나와의 약속을 중요시한 거야……?'

어느새 판시엔을 따라 들어와 말없이 두 남자를 바라보고 있던 예링알은 또 다른 의미로 감동하고 있었다.

'좀……잘생겼는데? 감사원에 이렇게 잘생긴 관원이 있었나?'

그녀는 따뜻한 물수건으로 왕13랑 몸에 묻은 피를 닦아주기 시작했는데, 그가 고통스러워 할 때마다 그 고통이 전해지는 것 같았다.

그녀는 인상을 찌푸리며 판시엔에게 물었다.

"스승님이 도대체 뭘 시킨 거예요? 그리고 이분은 감사원에서 무슨 일을 하시길래 이렇게 위험한 임무를……."

"감사원 소속이 아니야."

예링알은 말없이 다시 한번 판시엔을 바라보며 다음 말을 기다리고 있었다.

"이름은 왕13랑이고, 동이성 사람이야."

"예? 이 사람이 왕13랑이에요?"

판시엔은 깜짝 놀라며 물었다.

"네가 어떻게 알아?"

"이 사람은 군에서 제법 유명해요. 대동산에서 엄청난 공을 세웠다고……물론 군 사람들은 모두 이 사람이 감사원 관원이라 알고 있지만, 만약 군에 들어오면 시대의 명장이 될 거라고……."

왕13랑은 그렇게 침대에서 며칠을 보냈고, 다행히 왕13랑의 회복 속도는 빨랐다. 그가 깨어난 날 판시엔은 처음으로 그에게 질문을 했다.

"넌 이제 동이성의 미래야. 그런데 이렇게 목숨까지 걸고 날 도운 이유가 뭐야? 설마 날 돕기로 한 약속, 그거 하나 때문이야?"

왕13랑은 바로 대답하지 않았다. 잠시 무엇을 생각하는 듯하더니 어렵게 입을 열었다.

"스승님께서 더는 버티실 수 없을 것 같아요……."

판시엔은 이 소식이 전혀 놀랍지 않았다. 오히려 스구지엔이 지금까지 버틴 것이 더 놀라운 일이었다. 하지만 그는 왕13랑의 말 속에 담긴 숨겨진 의미를 눈치챌 수 있었다. 스구지엔이 죽으면, 동이성의 미래는 말 그대로 불투명해지기 때문이다. 그리고 이번에 왕13랑이 자신을 도운 것은 자신과의 약속 외에도, 스구지엔의 의도가 있었다는 것을 알 수 있었다.

"스승님이 돌아가시기 전에, 대인을 한번 보고 싶다 하시네요."

"폐하께서 허락을 하실지 모르겠네."

"심각하게 생각하실 필요 없어요. 내년 봄에 검려를 개방해서, 대인뿐 아니라 다른 여러 손님들도 모두 맞이하시는 거니까."

"여러 손님?"

"네. 북제에서도 온다고 하더군요."

판시엔은 실소가 터졌다. 스구지엔의 의도를 알아차릴 수 있었기 때문이다. 자신이 죽고 나면 동이성은 어쩔 수 없이 어느 국가에 의존할 수밖에 없는데, 검려의 개방은 표면적으로는 손님을 맞이하는 의식이었지만, 사실상 천하의 양대 세력 중 누가 더 동이성에게 성의를 보이는지 알아보기 위한 행동이었다.

"무슨 말인지 알겠어. 하지만 자네 스승이 너무 많은 요구를 하면, 나도 돕지 못할 거야. 그리고 아직 시간이 있으니 그건 다음에 다시 이야기하자고. 일단 충분히 쉬면서 몸이나 회복해."

판시엔은 이 말과 함께 방을 나가려다, 왕13랑의 시선이 창밖으로 향하고 있음을 알고 그의 시선을 따라가 보았다. 정원에 한 여인이 외로운 가을 나무를 바라보며 앉아 있었다.

"저 아가씨는 참……외로워 보이네요."

"저 아가씨 이름은 예링알이고, 내 제자야. 그리고 네가 혼절해 있는 동안, 링알이 널 돌봐 줬으니, 기회 되면 고맙다고 인사나 해."

왕13랑은 판시엔의 설명에 고개를 끄덕였지만, 여전히 말없이 한 폭의 풍경화를 보듯 한동안 예링알을 바라보고만 있었다.

조용한, 그래서 오히려 쓸쓸하기까지 한 칭저우 군부 관아와 달리, 초원에서는 좌현왕의 사망으로 일대 혼란이 일고 있었다. 좌현왕의 죽음에 가장 의심을 받은 이는 당연히 선우 수비다와 우현왕이었다. 이에 선우는 재빨리 죽은 좌현왕의 아들을 새로운 좌현왕으로 봉했고, 좌현왕의 부족에 위로의 말과 함께 조만간 만족스러운 답을 주겠다고 약속했다.

만족스러운 답은, 당연히 범인의 머리를 가져다주는 것. 문제는 범인이 누구인지, 심지어 어느 부락의 사람인지도 모른다는 것. 그리고 선우를 돕던 중원에서 온 사람들이 모두 죽었다는 것.

그래서 초원의 혼란은 쉽게 사그라들지 않았고, 언제든 전쟁이 터져도 이상하지 않은 분위기였다. 하지만 판시엔이 계획한 것은 이것에 그치지 않았고, 사실상 혼란은 아직 일어나지도 않은 것이었다. 판시엔과 후거의 협의에는, 내년 봄부터 후거가 선우 수비다에 협조하기로 되어 있었다. 이전 같으면 선우는 후거의 제의를 거절할 수도 있었겠지만, 그리고 그 의도를 의심했을 수도 있었지만, 지금은 자신을 도울 사람과 세력이 시급한 선우였다.

하지만 선우는 후거가 암암리에 판시엔 그리고 경국 감사원의 지원을 받고 있는 것을 알 수가 없었다. 그런 상황에서 후거의 세력이 커지면? 선우 수비다는 정말로 골치가 아플 것이고, 그제서야 초원은 '진정한 혼란기'에 빠질 것이었다.

판시엔이 만족스러운 표정으로 자신이 세운 계획을 되짚어보고 있을 때, 감사원 관원이 아닌 누군가가 자연스럽게 그의 방에 들어와 예를 올린 후 보고서를 하나 놓고 갔다. 그는 다름 아닌 포월루의 사람이었다.

판시엔이 산골짜기 습격 사건과 대동산 사건을 겪으며 제일 신경 쓴 것 중에 하나가 자신만의 정보망 구축이었다. 그리고 그것을 위해 각지에 퍼져 있는 포월루를 활용했다. 그 정보 수집의 수준은 감사원에 비할 바가 아니었지만, 그래도 판시엔에게는 매우 소중한 정보들이었다. 왜냐하면 감사원의 정보는 언제든 황제의 말 한마디로 없어질 수 있었지만, 포월루는 황제도 막을 수 없는 정보망이었기 때문이다.

하지만 지금 그는 포월루에서 보낸 그 소중한 보고서를 보고 미간을 찌푸리며 탄식하고 있었다.

"정말 알다가도 모를 일이구만."

황제가 대황자에게 측비를 두라고 명했는데, 대황자가 고집스럽게 반대하고 있다는 내용이었다. 사실 황제의 의도는 노골적이어서 삼척동자도 추측할 수 있었다. 향후 천하 통일을 위한 북벌에서 선봉장을 맡을 황자는 대황자밖에 없는데, 대황자의 현재 부인이 북제의 공주임이 거슬렸던 것이다. 다만, 많은 사람들은 왜 이렇게 대황자가 고집을 피우는지 이해가 되지 않았다. 물론 판시엔은 다른 이유로 짜증이 났다.

'이것도 나보고 해결하라 그럴 거 아니야. 북제 공주를 데려온 사람이 난데, 이제는 둘을 파혼시키라고? 그나저나 측비로 누구를 정한 거지? 이 복잡한 혼사에 누구도 자기 딸을 보내지 않으려 할 텐데……뤄뤄는 아니겠지?!'

왕13랑은 9품 고수라는 명성에 걸맞게 그 회복 속도도 매우 빨랐다. 그래서 한 달이 되지 않았는데도 바퀴의자에 앉아 정원을 돌아다닐 수 있을 정도였다. 이에 판시엔도 안심하며 하인 몇을 붙여 시중을 들게 하고 6처 자객 몇에게 그의 호위를 맡길 뿐이었다.

하지만 그가 깨어난 후, 칭저우 군부 관아에는 이상한 분위기가 흐르기 시작했다. 쌀쌀하기 그지없는 가을 정원에, 이따금씩 봄바람 같은 따스한 바람이 불기 시작한 것이다.

왕13랑이 바퀴의자에 앉아 정원을 돌아다닐 때면 어김없이 그와 멀지 않은 곳에 한 아가씨가 앉아 있었다. 아가씨는 다소곳이 앉아 수를 놓거나, 멍청한 거위처럼 쓸쓸하게 풍경을 감상하고 있었다. 그리고 왕13랑도 그 아가씨를 보면, 또 멍청한 거위처럼 풍경을 감상하기 시작했다.

더 이상한 것은, 한 젊은이와 한 아가씨가 정면으로 만나도 인사만 나눌 뿐, 아무런 대화도 나누지 않았다는 것이다. 그저 멍하니, 바보처럼, 멀뚱멀뚱 쳐다볼 뿐이었다.

하루가 멀다 하고 '토끼 사냥'을 나가던 예링알은 더 이상 부하들을 괴롭히지 않았다. 오히려 조용히 군부 관아에 앉아, 심지어 모든 부하들을 내쫓고 하녀 몇만 남겨두었다.

판시엔은 어이없게, 하지만 미소를 지으며 이 광경을 매일같이 지켜봤다. 그렇지만 마음 한편에는 걱정이 가득했다. 황제가 예씨 집안의 공로를 인정해 예링알에게 재혼을 할 수 있는 은혜를 베풀었지만, 문제는 왕13랑의 신분. 동이성 사람임은 둘째 치더라도, 스구지엔의 마지막 제자. 그리고 또 하나의 걱정은 예링알의 마음은 확신할 수 있었지만, 왕13랑의 마음은 도무지 알 수가 없다는 점이었다.

판시엔은 어떻게 예링알의 마음을 확신할 수 있었을까? 간단했다.

예링알이……수를 놓고 있었기 때문이다!

'이 소식이 징두에 알려지면, 완알이 알게 되면……웃다 지쳐서 쓰러져 버리겠지?'

판시엔은 미소를 지으며 돌계단을 내려가, 주변은 신경도 쓰지 않은 채 서로에게 푹 빠져 있는 두 사람에게 걸어갔다. 그리고 아무 말 없이 두 남녀 중간에 섰다. 왕13랑은 의아한 표정으로 판시엔을 바라봤고, 예링알의 수놓는 손은 점점 느려졌다.

"왕비 마마, 칭저우의 경치가 아름다워 매일 정원에 나와서 수를 놓으시는 겁니까?"

왕. 비!

예링알은 두 글자에 얼굴이 하얗게 질려 판시엔을 흘겨봤다.

"13랑아, 이분은 예씨 집안의 아가씨이자 경국의 왕비 신분이신데, 둘이 이러고 있으면 내가 황실에는 뭐라고 말을 해야 할까?"

왕13랑은 한숨을 한번 쉰 후, 담담하게 말했다.

"제가 군부에서 나갈게요."

예링알은 고개를 번쩍 들고 원망 가득한 눈빛으로 판시엔을 쏘아봤다.

판시엔은 손을 잽싸게 뻗어 자수 천을 빼앗아 왕13랑 옆으로 가 다시 말했다.

"난 네가 속을까 걱정되어서 그런 거야. 이 존귀하신 왕비께서, 다른 평범한 여인들과 달리 수놓는 것을 즐기시는 분이 아니거든."

왕13랑은 순간 무슨 뜻인지 몰랐지만, 이내 판시엔의 의도를 이해하고 실소가 터졌다. 판시엔도 그제서야 큰 소리로 웃으며 말했다.

"남녀가 좋아하는 것은 하늘의 이치이니 어찌 막겠어. 다만, 좀 신중히 생각하라고."

예링알은 결국 참지 못하고 자리에서 일어났다. 온몸을 부들부들 떨며 분노의 찬 눈빛으로 판시엔을 쳐다봤지만, 부끄러워 아무 말도 하지 못한 채 눈물까지 그렁그렁 맺혔다. 판시엔은 그 모습을 보며 여전히 재밌다는 듯이 미소를 지으며 13랑의 귓가에 대고 말했다.

"연애를 하려면 제대로 해. 아무 말이라도 하던가. 둘 다 멍청하게 쳐다보지만 말고."

그리고 무슨 대단한 일이라도 한 듯 의기양양하게 정원을 떠났다.

판시엔이 떠난 후 예링알은 부끄러운 얼굴을 하고 고개도 들지 못하고 있었다. 왕13랑은 그 모습을 보며 살짝 긴장하고 있었지만, 부드러운 목소리로 먼저 입을 열었다.

"전 왕시라고 하고, 이전에는 티에샹이라는 이름을 쓰기도 했어요. 왕13랑은 판 대인이 붙여준 이름이구요. 동이성 검려 13제자로서, 왕비께서 세심하게 보살펴 주신 것에 대해 진심으로 감사드립니다."

예링알은 두근거리는 가슴을 애써 진정시키며 나지막이 대답했다.

"괜찮아요……고마워하실 것 없어요……왕 대인……."

'정말 이곳을 떠나려고 그러는 건가? 정말?'

순간 살짝 민망하기도 하고, 조금은 이유를 알 수 없는 화가 나기도 해, 예링알은 수줍은 표정을 거두며 '예링알처럼' 말을 이었다.

"할 말 있으면 해요. 갑자기 자기 소개가 뭐람. 판 대인에게 가식적으로 행동하는 법이라도 배운 거예요?"

왕13랑은 적잖이 당황하며 조용히 말했다.

"아니 그게……판 대인이 무슨 말이라도 하라 그래서……."

예링알은 순간 왕13랑보다 더 당황했다. 자신의 모습 때문인지, 순진한 왕13랑의 모습 때문인지는 몰랐지만. 그때, 갑자기 가을바람이 불어와 두 사람의 뺨을 스쳤다.

싸늘한 가을이었지만, 따뜻한 봄바람처럼 부드러운 바람이었다.

그날 이후로도 두 사람 사이는 판시엔의 의도대로 급속히 가까워지지는 않았다. 마주칠 때마다 두어 마디 말은 하는 것 같아 보였지만, 그렇다고 '연애'를 하는 남녀 같지는 않았다. 물론, 판시엔이 이런 것에 신경 쓸 여유는 없었다. 다만, 징두로 돌아갈 때 왕13랑은 데려가지 않기로 결정했다.

첫째, 아직 그의 상처가 완전히 낫지 않았고, 둘째, 스구지엔에게 원한이 있는 그림자와 스구지엔의 제자인 왕13랑을 마주치게 하고 싶지 않았기 때문이다. 하지만 무엇보다, 예링알이 설을 쇠기 위해 징두로 가려면 아직 시간이 좀 남았는데, 그동안만이라도 두 사람이 오붓하게 보낼 시간을 주고 싶었기 때문이다.

경력 9년 음력 11월 15일.

서량로에서의 임무를 마친 판시엔 일행은 딩저우를 거쳐 징두로 향하는 길에 올랐다. 딩저우에 도착할 때쯤에는 서량로 총독과 딩저우 군대 대장군 리홍쳥이 나와 그를 배웅해 주었다. 판시엔은 총독과는 의미 없는 몇 마디 말을 나눴고, 홍쳥에게는 의미심장한 눈빛으로 바라보며 한마디 말만 했다.

"징두에서 기다리고 있을게요."

그리고 그는 다시 징두를 향해 길을 떠났고, 얼마 지나지 않아 서량로에 처음 올 때 들렀던 역참에 도착했다. 역참의 관원은 너무나도 공손히 대접을 했고, 판시엔은 웃으며 손짓을 해 그를 물리고선 옆에 있는 덩즈위에에게 말을 시작했다.

"즈위에, 네가 서량로에 남아 줘."

"분부대로 하겠습니다."

판시엔은 잠시 머뭇거리다 다시 입을 열었다.

"금군 통령이 바뀐다네."

덩즈위에는 순간 영문을 몰라 놀랐다.

'대황자 전하에게 무슨 일이 생겼나?'

판시엔은 그의 표정을 보고 징두 감사원에서 보낸 보고서를 보여 주었다. 그곳에는 금군 통령을 대황자에서 공디엔으로 바꾸고, 공디엔은 이로써 예전처럼 금군 통령과 황실 호위 통령을 겸직하게 된다고 써 있었다. 다만, 대황자가 이후에 어디로 발령이 나는지는 적혀 있지 않았다. 덩즈위에는 그 부분이 가장 궁금했지만, 정작 판시엔의 눈길을 끈 대목은 그것이 아니었다.

'샤오진화(蕭金華, 소금화)가 징두 수비군 통령에서 물러나 남조 변방군 부대도독에 임명되었음. 북방 정벌군 임시 대도독 스페이(史飛, 사비)가 징두 수비군 신임 통령으로 임명됨. 스페이의 직속 상사인 옌징 군대 대도독 왕즈쿤(王志昆, 왕지곤)은 이번 인사 이동에서 제외됨.'

샤오진화의 인사 이동은 특이점이 없었다. 그는 원래 13성문사에서 동화문을 맡은 장군이었는데, 황제가 동화문에서 태자를 붙잡아 둔 그의 공로를 인정해 징두 수비 통령으로 임명했지만, 그렇다고 그 중요한 자리를 샤오진화 같은 인물에게 오래 맡겨둘 수는 없었던 것이다.

하지만 북방 정벌군 관련 인사 이동은 좀 특이했다. 옌샤오이가 반란에 참여했기에 북방 정벌군에 대대적인 숙청이 있었고, 그 막중한 임무를 스페이가 해냈는데, 스페이를 정식 대도독으로 임명하는 대신 그를 징두로 불러들인 것이다. 정북 대도독 자리는 북제와의 최전선을 지키는 막중한 자리인데, 그럼 그 자리는 누가 맡게 되는 것인가.

판시엔의 눈에는 너무나 자명했다. 대, 황, 자.

'대황자가 정북 대도독으로 임명되고 출병하는 날이 곧 현재 왕비가 폐위되는 날이 되겠구만.'

판시엔이 다시 덩즈위에를 바라보며 물었다.

"넌 샹징에 오래 있었으니, 북제 사람들이 스페이 장군을 어떻게 생각하는지 알고 있겠지?"

"스페이 장군이 옌징 본영 왕즈쿤 밑에 있을 때에는 이름이 알려지지 않았었고, 임시 정북 대도독을 맡으면서 점차 사람들에게 알려지기 시작했는데, 지난 2년간 창저우에서 큰 전투가 일어나지는 않았지만, 세간의 평에 따르면 부드러운 사람이라고 합니다."

"부드러운 사람?"

판시엔은 동의하지 않는다는 표정으로 말을 이었다.

"정북 대도독 자리가 어떤 자리인데, 황제가 '부드러운' 사람을 그 자리에 임명했을까? 그리고 당시는 옌샤오이가 모반을 일으켜서 정북군이 한창 혼란스러울 때였는데?"

판시엔은 대황자에 대한 내용은 이미 짐작하고 있었기에 놀라지 않았지만, 사실 이 점이 가장 이해가 되지 않았던 것이다. 황제가 이름 없던 스페이를 임시 정북 대도독에 앉혔다는 의미는 명확했다.

스페이는 대단한 사람.

'그런 스페이가 징두 수비 통령으로? 태자도 2황자도 친씨 집안도……장 공주도 없는 이 상황에서……이건 징두의 누구를 경계하기 위한 조치이지?'

판시엔은 순간 하나의 생각이 머리를 스치며 온몸에 소름이 끼쳤다.

'설마 나를 견제하기 위해?'

판시엔은 이내 고개를 저으며 자신이 너무 예민했다 생각하고는 앞에 있는 덩즈위에에게 차분히 말했다.

"서량로 일은 아주 중요하니 당분간 여기에 집중해 줘. 지금 4처의 처장을 겸하고 있다는 건 알지만, 나머지 관할 구역은 옌빙윈에게 맡겨 두고, 넌 서량로에 신경 써."

"네. 그런데 송즈시엔링은 어떻게……?"

판시엔은 한참을 생각했지만 결국 아무 명도 내리지 않았다.

그래서 덩즈위에도 더 이상 물어보지 않았다.

수십 일 뒤, 서량로 흠차 대인 판시엔의 마차가 징두 외곽에 도착했고 그곳에서 감사원 마차로 갈아탔다. 그리고 천천히 익숙한 바깥 풍경을 바라보며 징두 성문으로 향했다.

'휙.'

싸늘한 바람이 불며 회색 그림자 하나가 판시엔의 마차를 스치고 지나갔다. 호위를 하던 6처 자객들은 순간 긴장했지만, 그 존재가 말을 탄 젊은 아가씨인 것을 확인하고 의아한 듯 바라봤다. 판시엔도 눈살을 찌푸리며 그 장면을 바라봤다. 그리고 옆에 있는 무평알에게 말했다.

"어떤 집안의 아가씨인지 몰라도 행실이 가관이네."

"왕씨 집안 아가씨입니다."

"왕씨?"

"옌징 대도독 왕즈쿤 대인의 따님입니다. 대도독의 직속 부하 스페이 장군을 숙부라 부르며 따르고, 예중 대인의 따님 예씨 아가씨의 풍모를 흠모하여……."

"예링알을 본받고 싶어 한다고? 내 제자가 당돌하긴 하지만, 저렇게 무례하게 백성들 사이로 질주해 가지는 않아. 안하무인 같으니라고……."

판시엔은 말을 하다가 갑자기 이상한 느낌이 들었다.

'잠깐만……근데 왕즈쿤의 딸이 왜 징두에 있지? 설마…….'

"입궁 전에 대황자 저택으로 먼저 가자."

# 제6장

## 내환(內患)

대황자 저택 문 앞에서 나는 소란을 보며, 판시엔은 자신의 예상이 맞았다고 생각했다. 황제가 대황자에게 측비를 두게하는 이유는? 현재 부인인 북제 공주를 폐위하기 위해서. 그렇다면 새로운 측비는? 황제의 신임을 받는 집안의 딸. 그런 면에서 왕즈쿤의 딸은 손색이 없었다. 다만, 문제는 그 아가씨가 너무 무례하고 버릇없다는 것이었다.

'황제 아버지는 자신의 며느리를 고르는 일인데, 대의만 보고 행실은 전혀 고려하지 않는 건가? 황제에게 혼인은 인척 관계를 통해 사람들을 통제하는 수단에 불과한 것일까?'

판시엔은 마차를 대황자 저택 문에서 제법 떨어진 곳에 세웠지만, 왕씨 집안 아가씨의 목소리가 너무 커서 듣고 싶지 않아도 무슨 상황인지 모두 파악이 되었다.

아직 정식 성지가 내려온 것은 아니었지만, 최소한 대황자 집안과 왕씨 집안에는 암암리에 통지가 갔을 것이었고, 그래서 왕즈쿤의 심복 스페이가 자연스럽게 연회 자리를 만들어 대황자와 왕씨 아가씨를 만나게 했던 것이다. 다만 문제는, 대황자가 그 자리에서 왕씨 아가씨를 보자마자 무슨 귀신이라도 본 듯 도망쳐버린 것이었다. 이에 곱게만 자란 왕씨 아가씨는 자신이 측비로 들어가는 것도 억울한데, 엄청난 치욕과 굴욕을 당했다는 생각이 들어 이 난리를 피우고 있는 것이었다.

물론 사정이 어떠하든 대낮에 이렇게 막무가내로 저택 앞에서 소란을 피우는 것은 정말 무례한 짓이었고, 스페이도 사람을 보내 왕씨 아가씨를 말리려고 한 듯 보였지만, 사실상 말리지는 못하고 옆에서 애걸복걸 사정만 하고 있었다.

그래서 왕씨 아가씨의 목소리는 갈수록 커지고, 주위의 사람들은 갈수록 난처해지고 있었다.

판시엔은 그 모습을 보고 고개를 가로 저으며 명했다.

"저택으로 들어가자."

검은색 감사원 마차 두 대가 화친왕 저택 앞으로 다가갔다. 그곳에는 약 사십여 명의 사람들이 있었는데, 모두 왕씨 집안에서 파견한 장군과 집사 그리고 하인들이었고, 그들은 두 대의 검은색 마차가 다가오자 순간 입을 다물고 경계심 가득한 눈빛으로 마차를 바라보았다. 하지만 왕씨 아가씨는 마차를 전혀 개의치 않는다는 듯, 화친왕 저택 앞 돌사자상을 밟고 올라서서 집 안을 향해 삿대질까지 해가며 큰 소리로 고래고래 욕을 늘어놓고 있었다.

"어느 집안 아가씨이기에 거리에서 이렇게 소란인가? 예의 없게."

조용했지만, 점잖은 목소리였지만, 아가씨의 행실과 함께 집안의 가정교육까지 질타하는 엄중한 말이었다. 그제서야 왕씨 아가씨는 마차 두 대를 번갈아 노려보다 애써 화를 삼키며 물었다.

"그러는 대인은 어느 집안 분이신데요?"

판시엔은 이 질문에 대답을 하지는 않았다. 대신 천천히 마차에서 내려 화친왕 저택 대문 앞까지 걸어갔다. 그리고 대문 앞에 이르자 고개를 돌려 아직도 고래고래 소리를 지르고 있는 아가씨를 말없이 바라보았다. 그녀는 판시엔의 시선이 못마땅하다는 듯 날카롭게 쏘아댔다.

"뭘 봐? 눈 안 깔아?!"

주위가 쥐 죽은 듯 조용해졌다.

집안 아가씨의 눈치가 없다고, 집안 집사와 하인까지 눈치가 없지는 않았기 때문이다. 그들은 이미 마차의 표식, 대황자 저택 앞에서 가정 교육을 논하는 배포, 그리고 준수한 얼굴로 '대인'이 누구인지 알고 있었는데, 아가씨가 내뱉은 말에 어찌해야 할지 몰라 당황하고 있었던 것이다. 눈치를 살피던 늙은 집사 하나가 앞으로 나가 연신 머리를 조아리며 사과를 했고, 심상치 않은 분위기에 왕씨 집안 소속 장군들의 얼굴은 잿빛으로 변해갔다. 판시엔은 화를 내지 않고 침착하게 늙은 집사에게 물었다.

"자네들은 어느 집안 사람들인가?"

"저는 왕씨 집안 집사입니다. 아가씨가 옌징에서 생활을 하다 징두에 온 지 얼마 되지 않아, 징두의 예법과 격식에 익숙하지 않아서 발생한 일입니다. 대인께서 부디 넓은 마음으로 이해해 주십시오."

아가씨는 여전히 눈치가 없었다.

"이건 또 뭐야? 사과는 왜 하는 거야?"

판시엔은 아가씨의 말은 들은 체도 하지 않고 태연하게 집사를 향해 말했다.

"옌징? 왕씨 집안? 왕 대도독의 집안을 말하는 건가?"

다시 멀리서 날카로운 외침 소리가 들렸다.

"네놈이 뭔데 우리 집안을 입에 올려? 우리 집안을 알아?"

판시엔은 여전히 그녀를 무시하며 늙은 집사와 옆에 있는 왕씨 집안 사람들에게 말했다.

"빨리 아가씨를 설득해서 데리고 가게. 성지도 내려오지 않았는데, 이곳에서 무슨 소란인가."

집사와 하인, 그리고 장군들은 연신 고개를 끄덕이며 알겠다고 대답했지만, 서로 눈치만 살필 뿐 아무도 움직이지는 않았다. 사실 말릴 수 있었으면, 이 상황까지 오지도 않았을 것이다.

판시엔은 한숨을 깊게 쉬며 왕씨 집안 사람들을 한번 훑어봤는데, 조아리던 늙은 집사의 얼굴에 채찍 자국이 보였다. 상처는 깊지 않았지만, 조금씩 피가 나오고 있었다. 판시엔이 천천히 얼굴을 들어보니, 아가씨의 손에 채찍이 들려 있었다.

'휙!'

그리고 그 채찍이 그의 얼굴로 다가오고 있었다!

자신을 무시하는 태도에 분노가 머리끝까지 치밀어 오른 왕씨 아가씨가 참지 못하고 판시엔을 향해 채찍을 휘두른 것이다.

'스스스슥.'

전광석화 같은 속도로 6처 자객이 달려나가 채찍을 네 등분으로 잘랐고, 순식간에 감사원 관원 예닐곱 명이 왕씨 아가씨를 포위했다.

"에휴."

판시엔은 드디어 왕씨 아가씨에게 침착하게, 하지만 약간은 거들먹거리듯 말했다.

"계속 욕하고 싶으면 해. 내일 왕즈쿤이나 찾아가야겠어. 딸 교육을 어떤 식으로 시키면 저 따위 행동을 하는지 궁금하네. 아니지, 스페이가 징두에 있지. 스페이를 찾아가야겠구만. 널 조카같이 생각한다던데, 숙부가 조카 교육할 시간이 없으면 내가 대신 교육해 준다고 말해야겠네."

"뭐라고? 어떤 새끼가 아버지와 숙부 존함을 함부로 입에 올려?! 그리고 뭐? 누가 누굴 교육해?!"

판시엔은 그녀를 바라보고 냉소를 띠며 말했다.

"내가 야생마 같은 예링알도 길들였는데, 조랑말 같은 너 따위를 교육시키지 못할까?"

이 말을 끝으로 판시엔은 대문 앞 돌계단을 올라가 세차게 문을 두드리며 소리를 질렀다.

"구경 잘 했어요? 그럼 이제 문 열어 줘요!"

'끼익.'

나무문이 살짝 열리며 한 사람이 겨우 들어갈 만한 틈이 생겼다. 마치 판시엔은 들어와도 되지만, 저 괴수 같은 왕씨 아가씨는 못 들어온다고 말을 하듯. 하지만 의외로 판시엔은 들어가지 않고 고개를 돌려 물었다.

"너는 대황자 전하를 좋아하는 건가?"

아가씨는 대황자 저택의 문이 자연스럽게 열리는 모습에 상대방의 신분이 만만치 않음을 눈치챘지만, 대황자에게도 욕을 하는 그녀가 판시엔이 눈에 들어올 리 없었기에, 여전히 당당하게 말했다.

"그래, 좋아한다. 근데 어쩌라고?"

"어쩌라는 건 아니지만, 이건 알아야 해. 이 혼사는 내가 된다 말해도 안 될 수 있지만, 내가 안 된다 말하면, 그냥 안 되는 거야…… 욕을 반나절은 한 것 같던데, 목 안 말라? 들어와서 차 한잔 할래?"

이 말에 가장 당황한 이는 왕씨 아가씨였다. 하지만 일이 이 지경에 이르렀으니, 그녀는 이를 악물고, 집사들의 만류를 뿌리치고 당당하게 저택으로 따라 들어갔다. 그리고 다시 문이 닫혔다. 판시엔은 약간은 의외라는 표정을 지으며 그녀에게 말했다.

"황실에서 성지도 내려오지 않았는데, 왕 대도독과 스 통령의 입장은 생각도 안 하는 거야? '효(孝)'에 대해 생각하지 않는 건가? 오늘 무엇을 잘못했는지는 알아?"

그녀는 갑작스러운 훈계에 당황했는지, 이제서야 상황파악이 되었는지 몰라도, 입을 삐죽거리더니 이내 두 눈이 빨갛게 충혈되어 크게 소리 내 울기 시작하였다. 그리고 잠시 후 흐느끼며 말했다.

"화친왕 어르신이……저에게……부끄러움도 모른다고 험담했단 말이에요……."

"부끄러움? 그 뜻은 알고 하는 이야기야?"

왕씨 아가씨는 아랫입술을 깨물고 판시엔을 노려봤지만, 판시엔은 전혀 개의치 않고 말을 이었다.

"설령 그렇다고 한들, 화친왕 저택에서 난동을 피워도 되는 거야?"

"그건……그래도 너무 억울했어요……절 한 번 보시고, 대화도 하지 않으셨는데, 갑자기 부끄러움도 모른다고……연회 자리에서도 너무 화가 나고 억울했지만, 한마디도 못했다구요……."

판시엔이 말없이 그녀를 계속 노려보자, 그녀는 저도 모르게 목소리가 점점 작아졌다. 그리고 어떤 기세에 눌린 듯, 방금 전의 당당했던 모습은 온데간데없이 사라지고 두려움 가득한 눈으로 잔뜩 주눅이 들었다.

'내가 무슨 생각으로 여길 따라 들어왔지?'

판시엔은 그제서야 차분한 목소리로, 하지만 단호하게 그녀의 잘못을 하나하나 질책했다. 성문 앞에서 백성들은 안중에도 두지 않은 채 말을 몰고 들어온 일, 화친왕 저택 앞에서 난동을 피운 일 그리고 나이 든 집사의 얼굴을 채찍으로 때린 일 등등.

"이제 뭘 잘못했는지 알겠어?"

아가씨는 판시엔의 말의 의미를 이해했지만, 왠지 처음 본 사람이 자신을 이렇게 신랄하게 질책하는 모습에 자기도 모르게 화가 났다. 고집스러운 성격의 그녀는 순간 화를 참지 못하고 다시 소리를 질렀다.

"대인은 예링알의 스승이지 제 스승은 아니잖아요?!"

"예링알 말이 나왔으니 한마디 하지. 예링알은 말괄량이이긴 하지만, 절대 힘없고 불쌍한 사람들을 향해 함부로 행동하지 않아. 그래서 모두 그녀를 좋아하지. 그녀가 성문으로 말을 타고 달려왔을 때 백성들이 기꺼이 길을 비켜주는 건, 예씨 집안의 배경 때문이 아니라, 그녀의 평소 성품 때문인 거야. 네가 정말 예링알을 본받고 싶으면, 너의 그 행실부터 고쳐!"

판시엔은 잠시 숨을 고르고 다시 침착하게 말을 이었다.

"왕에게 시집을 가는 건 쉬운 일이 아니야. 아가씨의 그런 나쁜 행실부터 고치지 않으면 절대 할 수 없는 일이야."

"사실 저도 바꾸고 싶은데……그게 잘……."

사실 왕씨 아가씨의 행실은 그녀만의 문제가 아니었다. 많은 고관대작들의 자녀들이 제멋대로 행동하는 것은 징두에서 자주 볼 수 있는 일이었다. 당장 판시엔을 만나기 전 판스져부터.

"강산은 바뀌기 쉬워도 본성을 바꾸기는 어렵다 했어. 하지만……나를 스승으로 섬기면 내가 고쳐주지."

아가씨는 너무 갑작스러운 제안에 당황했지만, 판시엔은 이 말을 끝으로 몸을 돌려 뒷짐을 지고 저택 안으로 들어갔다. 그 모습을 잠시 바라보던 그녀는 다시 한번 이를 악물고 재빨리 달려가 판시엔 뒤를 따라갔다. 판시엔은 뒤도 돌아보지 않고 말했다.

"내 제자가 되려면, 회초리 맞을 각오를 해야 해. 3황자도 그랬어."

아가씨는 순간 '욱' 했지만 입을 '꾹' 다물었다.

"채찍으로 때린 집사에게 사과를 하고, 성에 들어올 때 넘어진 백성들을 찾아 치료를 해 준 후 사과해."

"……네."

"만약 사과는 하되, 다시 앙갚음을 하면, 알지?"

"……네."

"내일 판씨 저택으로 와. 회초리는 열 대만 때릴 테니, 그것으로 이번 잘못은 없던 것으로 하자."

아가씨는 갑자기 고개를 들어 판시엔의 뒷모습을 바라보았다. 하지만 긍정도 부정도 하지 못하고 다시 조용히 그의 뒤를 따라갔다.

"자네, 파렴치하다는 단어도 모르나?!"

대황자가 판시엔에게 삿대질까지 하면서 떨리는 목소리로 소리쳤다. 하지만 판시엔은 가볍게 그 손가락을 한쪽으로 치우며 대꾸했다.

"전하야 말로 파렴치하다 생각하지 않으세요?"

사실 대황자는 판시엔이 서량로에서 돌아오면 자신을 위해 좋은 방법을 생각해줄 거라 기대하고 있었는데, 오늘 그가 왕씨 아가씨를 데리고 들어온 것도 모자라 왕비와 같이 있게 한 행동에 기가 막힐 지경이었다. 사실 그는 그녀가 저택 앞에서 난동을 피운 것에 속으로 웃고 있었는데, 그렇다면 여론뿐 아니라 판시엔도 자신의 편에서 줄 것이라 생각했기 때문이다.

“내가 뭐가 파렴치하다는 건가?!”

“그럼 묻지요. 전하의 집안일에 왜 저를 끼우시는 거예요? 전하가 이렇게 막무가내로 거절해 버리면, 전하가 폐하와 옌징 군부 장군들의 눈 밖에 나도 괜찮다는 거예요?”

누구보다 서로를 믿고 의지하는 둘이었지만, 이 순간만큼은 어색한 분위기 속에서 두 사람 모두 입을 다물었다. 잠시 후 대황자가 다소 누그러진 목소리로 조용히 말했다.

“왕씨 아가씨를 제자로 받아들인 건 또 무슨 의미인가?”

“제가 먼저 묻죠. 왕통알(王瞳兒, 왕동아)은 왕즈쿤 대도독이 애지중지하는 딸이에요. 그런데 왜 전하는 그녀를 부끄러움도 모르는 자라 욕하신 거예요? 안 그랬으면, 오늘 일도 없었을 거잖아요.”

“무슨 말인가. 내가 그럴 사람인가? 난 그런 적이 없네.”

“역시 그런 거군요, 참나……황실에서 일부러 꾸몄나 봅니다.”

판시엔도 조금은 차분해진 목소리로 말을 이었다.

“전하, 어쨌든 지금 상황에서 왕 대도독의 딸에게 함부로 해서는 안 돼요. 그리고 대동산 사건 이후 황제와 조정이 북제를 바라보는 시선이 완전히 달라진 걸 아시잖아요. 왕비를 바라보는 시선이 이전과 달라졌단 말입니다.”

대황자는 침울한 표정으로 고개를 끄덕이며 판시엔의 말을 계속 들었다.

“그러니 황제가 성지를 내리면, 조정 문무대신들이 모두 지지할 것이고, 왕비도 결국 폐위될 거예요.”

“문무대신들이 모두 지지할 거라고? 에휴……허나, 왕씨 아가씨의 평판도 좋지만은 않던데, 좋은 방법이 없을까?”

“전하, 냉정하게 생각하셔야 해요. 지금 전하의 위치는, 황자 중에 유일하게 군대를 이끌고 북벌을 나설 수 있는 사람이에요. 이 상황에서 폐하께서 전하에게 측비를 들이라 명하면, 왕씨 아가씨가 아니더라도, 어느 누구라도 전하의 측비가 되려 할 것이고, 그럼 결국 결과는 매한가지예요. 제가 징두로 오는 길에 신중하게 생각했는데, 이 일은 저나 전하나 막을 수 없어요. 전하는 혼사를 없던 일로 하고, 동시에 폐하를 만족시키고 싶어하시는 것 같은데……그런 방법은 없어요."

"자네 말은……내가 측비를 들여야 한다는 건가?"

"그렇지 않으면, 상황이 더 어려워져요. 폐하께서 정말로 진노하시면, 어떤 이유에서든 직접 왕비를 폐위하실걸요? 그러니 전하가 지금 측비를 들이시면, 최소한 시간이라도 벌 수 있겠죠."

판시엔은 안타까운 눈빛으로 대황자를 바라보며 타이르듯 말했다.

"첩을 들이는 일이 드문 일도 아니잖아요. 왕비는 사리를 분간할 줄 아는 사람이니, 이 일을 이해해 주실 거라 믿어요."

"그렇지만……."

"저도 왕씨 아가씨의 성격이 제멋대로라는 걸 알고 있어요. 그렇기 때문에 제가 제자로 받아들인 겁니다."

"자네가 할 수 있겠는가?"

"전하의 왕비에 대한 마음은 이해하지만, 냉정하게 생각하셔야 해요. 전하의 기반은 군에 있는데, 왕씨 아가씨는 왕즈쿤 장군의 딸이에요. 무슨 말인지 아시잖아요."

"자네의 생각이 부황과 같을 거라 생각지 못했네……."

"그건 제 생각이 아니라 모두의 생각이에요. 제가 볼 때, 전하가 측비를 들이는 것을 피할 수 없다면, 왕비가 폐하에 의해 직접 폐위되는 걸 보고 싶지 않으시다면, 왕통알이 가장 좋은 선택입니다."

판시엔은 허리를 곧게 펴며 말을 이었다.

"제 말의 뜻은, 최소한 그녀가 전하를 좋아하기 때문에 가장 좋은 선택이라는 거예요."

"도대체 뭘 근거로 그녀가 나를 좋아한다고 단정 짓는 것인가? 그리고 그녀가 들어와서 집안이 시끄러워지면, 자네가 책임질 건가?"

"절 믿으세요. 제 눈을 믿어 보세요. 어차피 전하 같은 남자들은 여자의 마음을 이해할 수 없으니, 굳이 알려고도 하지 않는 편이 낫겠네요."

대황자가 실눈을 뜨며 판시엔에게 나지막이 물었다.

"자네가 그녀를 제자로 둔 게……나 때문만은 아니지?"

판시엔은 난처한 듯 코를 비비며 나지막이 말했다.

"아시잖아요. 저도 군대에서 친씨 집안같이 절 증오하는 세력이, 두 번 다시 나오길 바라지 않아요……."

"예링알도 자네의 제자고……이제 왕즈쿤의 딸까지……."

"그건 마치 제가 제자들을 통해 뭔가를 하려고 한다는 듯 들려 기분이 좋지는 않네요. 하지만……군부와 관계를 잘 가져 나쁠 건 없잖아요?"

"자넨 군부와의 관계가 필요하겠지만, 난 필요 없는데……."

"전하도 최소한 폐하와의 좋은 관계는 필요하지 않으실까요?"

이 말을 끝으로 둘은 잠시 침묵에 빠졌다. 대황자는 더 이상 이 주제로 논의하고 싶지 않은 듯 화제를 경국 서쪽 변방 상황으로 돌렸다.

"서호에 무슨 일이 있었던 것인가? 왜 2년 만에 갑자기 그렇게 실력이 좋아진 거야?"

"며칠 후 공식 보고서가 나오면 알게 되실 거예요."

"알았네. 급한 일은 아니니……그나저나 홍쳥은 많이 성장한 것 같이 보이더군. 다만, 서만족들은 만만히 볼 인간들이 아니니 항상

주의하라고 자네가 한번 더 일러주게."

"근데 경국은 항상 표면적으로는 승리한 것같이 보여도, 서만족을 근본적으로 통제하지 못하는 건가요?"

"초원은 너무 넓어. 유목을 하는 그들을 통제하기가 근본적으로 쉽지 않아. 20여 년 전에 부황께서도 못 하신 일을, 누가 할 수 있겠나?"

판시엔은 그 일을 잊을 수 없었다. 그때, 태평별원 사건이 발생했기 때문이다. 하지만 대황자는 판시엔의 미세한 감정 변화를 읽어내지 못하고 계속 말을 이었다.

"물론 그때 많이 아쉬웠지. 당시에는 거의 서호 왕장을 장악하기 직전이었는데, 만약 3일 정도만 부황께서 그곳에 더 계셨다면, 어쩌면 그들을 전멸시켰을 수도……."

"회군을 한 이유는 간단했죠. 제 어머니 사망 소식 때문에……."

그제서야 대황자는 움찔하며 더 이상 말을 잇지 못했다. 그래서 다시 재빨리 화제를 돌렸다.

"근데, 왕비는 정말 괜찮을까?"

"당연하죠. 왕비가 왕씨 아가씨 같은 어린아이 하나 못 다루겠어요?"

그때 왕비가 왕씨 아가씨와 함께 방으로 들어왔고, 왕비가 판시엔을 향해 살짝 미소를 짓자 그는 마음을 놓으며 재빨리 자리에서 일어났다.

"저 이제 가 볼게요."

"그런데 스……승님……어디로……."

판시엔이 대답은 않고 인상을 한번 쓰자, 왕통알은 저도 모르게 고개를 숙이며 조용히 그의 뒤를 따랐다. 두 사람이 대황자 저택의 문을 열고 나오자, 아무도 감히 말은 못했지만 너무나도 당황스러운 장면에 어리둥절해했다. 왕통알이 얌전한 하얀색 토끼처럼 변했기 때문이다. 왕씨 집안의 집사는 감사의 표시로 공손하게 판시엔에게 예를 올렸고, 판시엔은 고개를 살짝 숙여 답례한 후 마차에 올랐다. 마차에서 지금까지 참고 있던 무펑알이 재빨리 물었다.

"대인, 무슨 일이 있었던 겁니까? 저 아가씨가……."

"쉽던데? 이제 말을 안 들으면 엉덩이라도 때려야지. 이제 빨리 입궁하자. 내가 엉덩이를 맞기 전에."

반 시진이 지났지만, 어서방에서는 아무런 움직임이 없었다. 황제가 신하를 어서방으로 부르면 보통 일각(一刻, 15분)을 넘기지 않는데, 물론 판시엔은 예외. 그래서 야오 태감도 조용히 밖에서 기다릴 뿐이었다.

'이런 영예를 누릴 수 있는 사람은, 천하에서 판 대인밖에 없지.'

물론, 어서방 내부의 상황은 야오 태감이 생각한 것처럼 화목하지 않았다. 판시엔은 태연하게 자신은 '신하'이기에 대황자의 혼사에 끼어들지 않겠다고 '연극'했고, 황제는 대노하여 판시엔의 태상사 정경(황실의 대소사를 해결하는 관직의 장) 신분과 황실의 체면까지 들먹이며 그런 그를 욕했다.

결국 황제는 화를 가라앉혔지만, 여전히 웃지 않는 얼굴로 그에게 대황자 혼사는 신경 쓰지 말라 일렀다. 하지만 판시엔이 속으로 웃고 있는 그때, 황제가 말한 어떤 단어가 그의 귀에 꽂혔다.

"혼사 말이 나왔으니, 옌빙윈도 혼사를 치렀고……그런데, 초상전장 같은 유치한 일은 짐에게 언제 털어놓을 것이냐."

'초상전장?!'

최근 2년간 황제는 판시엔에게 항상 이런 식이었다. 그의 대부분을 좋아했고, 항상 그의 공로를 치하해 주었지만, 가끔씩 그에게, 어쩌면 그가 잊을까를 두려워하는 것처럼, 천둥 같은 몽둥이를 내려 주었던 것이다.

허종웨이, 샤치페이를 통한 북제와의 밀수, 쉬마오차이 관련 처리, 왕13랑과의 관계. 이 모든 것이 치명적이지는 않았지만, 황제가 판시엔에게 경각심을 심어주는 몽둥이 같은 것이었다. 물론 판시엔이 몽둥이를 대처하는 무기는 그의 뻔뻔함.

다만, 초상전장은 그리 쉬운 문제가 아니었다. 그 안에는 수백만 냥의 북제 황제 돈이 숨겨져 있었기 때문이다.

물론 이에 대해 설명은 했었다. 옌빙윈의 계획대로 북제 션씨 집안의 숨겨둔 돈이었다고. 그리고 심지어 옌빙윈과 션씨 아가씨가 3개월 전 공식 혼사를 치렀기 때문에, 어쩌면 그마저도 황제의 통제하에 있다고 생각할 수 있었다.

'그런데 왜 다시 초상전장?'

판시엔은 등에 두 줄기의 식은땀이 흘러내렸지만 여전히 침착한 얼굴로 태연하게 물었다.

"폐하, 어떤 것을 물으시는지요."

황제는 여전히 고집스러운 눈빛으로 판시엔을 바라보았다.

"소신, 사실 그 돈은 션씨 집안의 숨겨놓은 돈이 아니라……저의 것이었습니다."

이 말은 절묘했다. 일반적으로 대신들은 자신이 착복하거나 숨긴 돈에 대해서 황제에게 솔직히 말하지 못할 것이다. 하지만 황제는 착복이 문제가 아니라 자신을 속이는 일에 가장 분노한다는 사실을 잘 아는 판시엔은 그 심리를 교묘하게 이용한 것이었다.

황제의 얼굴에 불편한 기색이 스쳐가자, 판시엔은 속으로 내심 기뻐했다. 판시엔의 예상대로 황제는 불편한 얼굴로, 하지만 화는 내지 않고 물었다.

"역시 그런 것이었군. 우 대인이 그 돈을 언제 너에게 주었느냐?"

"소신이 처음 강남으로 갈 때 우쥬 삼촌이 저에게 주었습니다."

"우 대인도 참……어린 아이에게 그렇게 큰 돈을 맡겨 무엇을 하려고……."

판시엔의 마음이 훨씬 편해졌다.

"원래 네 어미가 너에게 남긴 것이니……그리고 짐에게 수백만 냥이 뭐 대수겠는가……허나, 어미가 남긴 유산이니, 함부로 쓰지 말아라."

"네, 폐하."

"그런데, 우 대인은 지금 어디 있느냐?"

"소신도 잘 모르겠습니다. 2년 동안 소신도 만난 적이 없습니다."

"예류윈 어른도 아니고, 무슨 술래잡기라도 하는 건가……."

황제는 이 말과 함께 손을 '휘휘' 저으며 판시엔에게 물러가라 했고, 판시엔은 기다렸다는 듯이 재빨리 예를 올리며 어서방을 나왔다.

판시엔에게 초상전장, 불타 죽은 자로 처리되어 있는 경여당 지배인 몇, 검은 상자 그리고 우쥬 삼촌은 황제를, 어쩌면 천하를 대적하는 자신만의 가장 비밀스러운 패였다. 가끔씩 황제가 그것을 몽둥이로 때리려고 했지만, 아직 그 단단한 껍질은 깨지지 않고 있었다. 그리고 판시엔은 자신의 몸 속에 이 세상에 속하지 않는 영혼이 있었다.

그래서 그는 미래의 어떠한 일도 자신있었다. 다만, 그도 자신의 패 중 검은 상자와 우쥬 삼촌이 어디로 갔는지는 알 수 없을 뿐. 판시엔은 태극전 앞의 광활한 광장을 바라보고 2년 전 사건을 떠올리며 속으로 생각했다.

'그래, 큰 풍파는 이미 지나갔지……상자가 없어도 괜찮아. 우쥬 삼촌……보고 싶긴 하지만, 삼촌도 이제 스스로가 누구인지를 찾아

나섰으니, 내가 그것을 진심으로 지지하고 축복해 줘야 하지 않을까?'

동복객잔, 담박서점, 포월루.

분야는 다르지만 징두에서 가장 장사가 잘 되는 곳. 그리고 모두 판시엔과 관련이 있는 장사였다. 그리고 지금 그의 명성과 지위를 생각하면, 앞으로도 장사가 가장 잘 될 곳들이었다.

담박서점 건너편, 눈에 띄지 않는 의관(醫官, 진료를 보는 곳으로 현재의 병원).

아직 문을 열지 않은 의관에는 방금 구입해 놓은 약재들이 아무렇게나 쌓여 있었다. 홑옷의 단출한 차림의 아가씨가 방 안에서 약재를 정리하고 개업 준비를 하느라 정신이 없었다.

쿠허의 마지막 제자, 판씨 집안 아가씨, 판뤄뤄.

만약 판시엔이 뤄뤄가 이미 징두에 있다는 것을 알았다면, 대황자 저택을 가지도, 입궁을 하지도 않고 제일 먼저 이곳을 들렀을 것이다. 물론 3개월 전 뤄뤄의 편지를 받고, 완알에게 부탁해 직접 위치를 선정한 의관이었지만, 그런 그도 동생이 이렇게 빨리 징두에 들어올지 몰랐던 것이다. 그리고 그녀가 징두에 오자마자 저택에 짐만 두고 의관으로 달려갈지는 생각도 못했다. 그래서 궁을 나와 마차에서 텅즈징의 보고를 듣자마자 마차를 의관으로 향하게 했다.

그가 의관이 있는 동촨루 거리에 도착했을 때, 이미 수많은 구경꾼들이 몰려들어 판씨 집안의 아가씨를 보기 위해 목을 빼고 기다리고 있었다. 북제에 가기 전부터 징두에서 인재라는 명성이 자자했던 판뤄뤄였기 때문이다.

마차 안에서 무펑알이 판시엔에게 물었다.

"제가 나가서 모두 쫓아내겠습니다."

판시엔이 미간을 찌푸리며 명을 내리지 않자, 눈치 빠른 텅즈징이 다시 물었다.

"제가 나가서 사람들을 물리겠습니다."

그제서야 판시엔은 만족한 듯 고개를 끄덕였고, 텅즈징은 하인 몇을 대동해 밖으로 나가 공손하게 사람들에게 길을 터달라 부탁했다. 마차가 의관 앞에 다다르자, 판시엔은 설레는 마음을 누르며 재빨리 안으로 들어갔다.

"아직 문을 열지 않았어요. 급한 병이 아니시면, 이틀 후에 다시 오시겠어요?"

뤄뤄가 문소리를 듣고 약재에 파묻혀 고개도 들지 않고 말했다. 그러자 판시엔은 태연하게 대꾸했다.

"진짜 병이 있으면 여길 왔을까. 설마 나의 의술이 너보다 못하다 생각하는 건 아니지?"

그제서야 뤄뤄는 익숙한, 하지만 너무 오랜만에 듣는 오빠의 목소리를 듣고, 천천히 일어나 몸을 돌려 기쁨의 미소와 함께 말했다.

"오라버니, 왔어?"

판시엔은 몇 발짝 앞으로 가 흐뭇한 미소와 함께 여동생의 머리를 쓰다듬으며 말했다.

"생각보다 일찍 왔네?"

"오라버니도 생각보다 일찍 왔네?"

"하하. 여전하네. 북제에서 천리 길을 왔는데, 집에서 좀 쉬지 뭐하러 여길 나왔어? 개업 준비는 완알이 대신 신경 쓰고 있으니, 넌 개업한 후 진료만 보면 돼."

"집에 갔었는데, 하녀와 집사들도 바뀐 것 같고, 무엇을 해야 할지도 모르겠고……그냥 말 한마디 못하고 침실에 잠시 앉아 있다, 차라리 여기 와서 준비라도 하자는 생각에 나온 거야. 완알 언니는 잘 있는 거지? 스스도?"

판지엔이 사직하고 딴저우로 내려가면서 징두 판씨 저택의 하인들과 집사들도 대부분 데려갔기에, 뤄뤄에게는 매우 낯선 풍경일 수밖에 없었던 것이다. 판시엔은 뤄뤄의 말에 미안한 말투로 말했다.

"오늘 완알은 스스와 함께 징두 외곽 판씨 장원에 갔어……하필 네가 돌아온 날 제대로 응대도 못했네."

"괜찮아. 내가 사흘 앞당겨 도착한 건데, 그걸 누가 알 수 있었겠어?"

"그건 몰랐지만, 내가 지금 확실히 알고 있는 게 하나 있지. 너 지금 배고프지?"

다음 날, 완알과 스스가 돌아오고 징두의 판씨 저택은 오랜만에 시끌벅적 화기애애한 분위기로 즐거웠지만, 그 분위기는 오래갈 수 없었다. 뤄뤄가 오랜만에 돌아왔는데, 의관이 이틀 후면 문을 열어야 하는 상황에서 인사를 드려야 할 사람들이 너무 많았기 때문이다.

첫 번째는 징왕 저택. 판씨 자손들에게 삼촌과 같은 징왕이었지만, 뤄뤄는 홍쳥과의 일 때문에 처음엔 약간 어색했다. 그래도 호탕한 징왕의 성격 덕에 금세 분위기는 부드러워졌다. 당황한 사람은 오히려 판시엔이었다. 뤄뤄와 홍쳥의 혼사는 언급되지 않았지만, 로우쟈의 혼사가 화두가 되었기 때문이다. 징왕 입장에서는 홍쳥이 현재 서량로에 있으니, 우선 로우쟈라도 시집을 보내야 했던 것이다. 그래서 판시엔은 황급히 빠져나와 다음 목적지로 향했다.

두 번째는 진원. 이곳에서도 판시엔은 당황했다. 원래 판시엔은 그곳에 가자마자 서만족 문제, 감사원 내부 문제 등을 보고하려 했는데, 쳔핑핑이 강하게 손을 저으며 그의 입을 막았기 때문이다.

판지엔이 사직을 하고 딴저우에 내려간 지 벌써 2년. 그리고 그 이후 쳔핑핑도 감사원의 모든 권력을 내려놓고 진원에만 있었는데, 사실 판시엔은 아직도 이 상황을 적응하기 힘들었다. 왜냐하면 이 세상에 온 후로 항상 그의 뒤에는 우쥬 삼촌, 쳔핑핑 그리고 판지엔이 서 있었기 때문이다.

특히 쳔핑핑은 그의 뒤에서 그가 해결하지 못하는 것들을 암암리에 해결해 주었는데, 쳔핑핑이 침묵에 빠지자 판시엔은 알지 못하는 불안감도 느끼기 시작했던 것이다.

지금의 쳔핑핑은 날이 갈수록 노쇠해졌고, 눈가의 주름살은 더욱 깊어져, 더 이상 권력을 가지고 천하를 지배하던 암흑 군주가 아닌, 마을 어귀 평상에 앉아 있는 보통 영감처럼 보였다. 판시엔은 슬픈 눈빛을 하고 뤄뤄에게 쳔핑핑을 진맥해 보라 시킨 후, 그냥 그 모습을 물끄러미 바라보다 몇 마디 한담만 나누고 자리에서 일어섰다. 그리고 징두로 돌아가는 마차 안에서 뤄뤄에게 물었다.

"몇 년 더 사실 수 있을까?"

"오래전에 이미 다리의 경맥이 끊겼고, 2년 전에는 또 독에 중독되었고……사실 언제 돌아가셔도 이상하진 않은데……그래도 오늘 진맥해 보니, 2년 동안 상당히 관리가 잘 되신 것 같아. 내 생각보다는 훨씬 건강하시던데?"

판시엔은 품에서 종이 몇 장을 꺼내 건네며 의심스러운 목소리로 물었다.

"그렇지? 진원에서 약방문 하나를 발견해서 몰래 가지고 있었는데……태의원에서 발행한 것은 아니고, 누가 한 건지는 모르겠지만……확실히 원장 대인의 몸에 도움이 된 것 같아. 한번 봐 볼래?"

뤄뤄는 약방문을 자세히 들여다보았는데, 심장이 떨려오며 저도 모르게 되물었다.

"이게 진원에 있었다고?"

판시엔은 태연하게 대답했다.

"응. 왜?"

"오라버니, 이건……너무 눈에 익어. 그리고……나의 수준 이상이야. 정확하고, 군더더기도 없고……."

"그렇구나……청산에서 널 가르쳤다던 무평을 혹시……2년 동안 본 적 있니?"

뤄뤄는 고개를 저었지만 그 표정은 너무나도 근심스러웠다.

"걱정 마. 내가 네 스승을 어떻게 하겠어? 고맙다는 말을 해도 모자란 판에……그게 아니라, 왜 천일도 문파인 그가 경국에 왔고……왜 하필 북제 사람들이 무서워하고 증오하는 천 원장을……."

징두 서쪽 연꽃 연못 거리. 징두 빈민촌의 눈에 띄지 않는 목조 건물 2층으로 검은색 복면을 쓴 사람이 조심스럽게 올라갔다. 그곳에서는 어떤 이가 먼 길을 떠나려는 듯 침대 옆에서 짐을 챙기고 있었는데, 순간 목에서 한기가 느껴지며 온몸의 털이 곤두섰다.

무평. 쿠허의 둘째 제자. 북제에서 의술이 가장 뛰어난 인물.

그는 스승의 유언에 따라 경국으로 넘어와 온갖 방법을 다 생각해서 천핑핑에게 접근했다. 그리고 자신의 절묘한 의술로 그의 믿음을 얻었고, 그 믿음을 이용하여 자신의 신분을 교묘히 숨겼다. 지금 그의 목에 차가운 검은색 비수가 다가와 있었다.

그는 고개를 돌리지도, 움직이지도 않았다. 대신 손에 쥐고 있던 조그만 주머니를 뒤에 있는 자객을 향해 뿌렸다.

독약 분말!

그는 무공에 대해서는 아는 바가 없었지만, 평생 의술을 연구한 의사였지만, 의술과 독술은 한끝 차이. 하지만 자객은 전혀 당황해하지 않고 손에 들고 있던 조그만 침으로 무평의 목 뒤 혈자리를 찔렸다.

'뭐지? 자객이 아닌가?'

무펑은 점점 마비되어 가는 자신의 몸 상태를 느끼며, 다시 한번 배낭에서 자기로 된 병을 꺼내 바닥으로 던져 깨뜨리며 독무를 뿌렸다.

자객은 재빨리 천 하나로 손쉽게 그 독무를 감싸버렸다. 자객은 무펑의 손과 발이 마비된 것을 확인한 후, 조심스럽게 독약 분말이 묻은 복면과 모자, 그리고 독무를 감싼 천을 불에 태웠다. 그리고 품에서 해독제를 하나 꺼내 먹었다.

"의술은 내가 당신보다 못할지 몰라도, 독약은 내가 한 수 위지. 무펑 선생, 왜 당신이 경국에 와서 2년 동안 있었는지, 이제 말해야 할 때가 된 것 같은데?"

무펑은 그제서야 상대방의 신분을 알아채고 판시엔을 바라보며 입을 열었다.

"판 대인, 난 의사일 뿐인데, 이렇게까지 할 필요가 있나?"

"난 그냥 당신이 2년 동안 왜 경국에 숨어 있었는지 궁금할 뿐이야."

"왜냐고? 쳔 원장의 몸이 점점 좋아진 걸 알 텐데."

"내가 그게 궁금한 거야. 쳔 원장이 잘 사는 걸 알면, 북제 사람들이 섭섭해할 텐데……."

판시엔은 미소를 지으며 무펑의 눈을 보고 물었다.

"쿠허의 뜻이지?"

무펑은 침묵으로 대답을 대신했다.

"감사원 7처가 어떤 곳인지 알지?"

무펑은 천하에서 가장 악독한 감옥인 7처를 모를 리 없었다.

"판 대인, 경국에서는 손님을 이렇게 대접하나? 내가 자네 여동생에게 의술을 전수했고, 경국에 와서는 쳔 원장의 몸을 좋게 만든 것뿐인데, 그것 때문에 날 고문한다? 너무하다 생각하지 않나?"

판시엔은 바로 대답을 하지 못했다. 무펑의 말에 거짓이 없음을 알았기 때문이다. 감사원 조사 보고서에도 무펑이 경국에 와서 한 일이라고는 쳔 원장의 치료밖에 없다고 명시되어 있었다.

하지만 너무 기괴했다.

'쿠허의 유언이 두 개였던 것인데, 하나는 하이탕에게 서호를 지원하라 한 것, 하나는 무펑에게 쳔핑핑을 치료하라 한 것……하이탕이 한 일은 직접적이진 않았지만, 훗날 분명 경국에 위협이 될 수 있는 것이었고, 그렇다면 무펑에게 시킨 일은……쿠허 그 대머리 새끼가 사람의 생명을 아껴서 그런 일을 할 리는 없는데……쳔핑핑의 건강이 왜 북제에 도움이 되는 거지?'

사실 판시엔은 스스로 잘 이해가 되지 않았기에, 오늘 직접 와서 손을 쓴 것이었다. 하지만 무펑의 말을 듣고도 여전히 이해가 되지 않았다.

"지금 떠나려 한 건가?"

"내 제자 뤄뤄가 징두에 왔는데, 내가 더 있을 필요가 있겠나?"

"내가 당신의 존재에 대해서는 몇 개월 전부터 알고 있었는데, 당신이 청산에서 내려온 적이 거의 없어 당신의 신분을 확인 못한 것뿐이야. 뤄뤄를 봐서 죽이진 않을게. 허나, 당신의 의도를 파악하기 전까지 놓아줄 수는 없겠네."

"오! 역시 그런 거였군. 쿠허의 둘째 제자라."

쳔핑핑은 바퀴위자에 앉아 재밌다는 듯이 웃으며 말을 이었다.

"이 일을 네가 어떻게 처리하든 난 상관 안해. 하지만 유명한 의사일 뿐이잖나. 이 일에 그렇게 신경 쓸 필요가 있을까?"

쳔핑핑은 미소를 지으며 고개를 숙인 채 심각한 표정을 하고 있는 판시엔을 바라보며 웃었다.

"어쨌든 2년 동안 나에게 독약을 먹이진 않았잖아?"

"하지만 쿠허가 그렇게 간단한 인물이 아닌데……왜 무펑에게 그런 걸 시킨 건지……."

쳔핑핑은 여전히 미소 띤 얼굴로 바퀴의자 뒤에 있던 늙은 종을 물린 뒤 나지막이 말했다.

"쿠허가 그렇게 한 건, 당연히 좋은 마음에서 한 게 아니겠지."

그는 하늘을 바라보고 탄식을 하며 혼잣말을 했다.

"이놈의 까까머리야. 죽을 거면 조용히 죽지, 뭐 이렇게 머리를 썼나?"

그리고 다시 한번 판시엔을 보며 말했다.

"너도 이미 알고 있겠지. 다만, 그 사실을 받아들이기 싫을 뿐……서호가 강성해지면 경국의 외환(外患)이 되는 거고, 내가 살아 있으면 경국의 내환(內患)이 되는 거겠지……."

판시엔은 추위에 굳은 몸과 서늘한 마음을 최대한 가다듬으며 쳔핑핑 곁으로 와, 그의 나이들어 초췌해진 두 손을 꼭 잡고 부드럽게 만지며 간곡하게 말했다.

"대인, 2년 동안 아무것도 안 하셨잖아요. 폐하께서도 대인에게 어쨌든 남아 있는 정(情)이 있고……그러니 제발……경국을 생각해서든, 황실의 면을 생각해서든, 아니면 대인 평생의 명성을 생각해서든……제발 그 생각을 버리세요."

"모든 정(情)은 갈수록 엷어지는 법이야……정이라는 것은, 내 휘어 버린 등처럼 오래되고 늙으면 쉽게 말라가는 것이지. 그래서 누구나 늙고 싶어하는 거란다."

"폐하의 대인에 대한 정은, 다른 신하들에 대한 것과 다르잖아요."

"그렇지. 그 점에서 난 폐하의 은혜에 감사할 뿐이란다. 2년 전 사건에서 너도 수상한 점을 눈치챘지만……그리고 나도, 네 말을 듣고 그 생각을 버렸는데……허나, 폐하께서는 계속 스스로 불편해하시는 것 같네."

천핑핑은 여전히 미소를 지으며 말을 이었다.

"대동산 사건에서 난 아무도 모르는 기대를 하고 있었지. 잘 숨겼다고 생각했는데, 역시 대단한 장 공주는 그것을 어렴풋이 눈치챈 듯하더군. 모두가 징두 모반 사건에서 나를 경계했지만, 그녀만은 날 걱정하지 않았지. 왜냐하면……아주 큰 그림으로 보면, 그녀와 나의 목표는 매우 비슷했기 때문이야. 그래도 어떻게 잘 넘어 갔는데, 쿠허가 죽으면서까지 자신의 제자를 시켜 나의 수명을 연장시켜 주다니……."

판시엔은 대동산 사건 직후부터 천핑핑의 생각을 짐작은 하고 있었지만, 직접 그의 입에서 들으니 너무 놀라 말문이 막혔다.

"난 정말 폐하께서 살아 돌아오실 줄 몰랐어. 웨이저우 저택에서 그 소식을 듣고 난 정말이지……폐하께 감탄했네. 한 사람을 죽이기가, 이렇게 힘든 거였나? 하하. 그 상황에서도 그분은 나에게 한쪽 면만 보여주신 거였어. 하마터면 나도 그 계략에 넘어갈 뻔했지."

천핑핑은 급히 말을 이었다.

"물론 난, 장 공주처럼 성급하게 계략에 뛰어들지 않았지. 어쩌면 난 처음부터……폐하께서 그렇게 쉽게 죽을 거라 생각하지 않았던 것 같아."

"이왕 뛰어들지 않은 거……그리고 증거도 없으니, 폐하께서도 대인을 의심하지는 않으실 거예요."

"폐하가 어떤 분이신가. 조사를 하지 않았다 해서, 의심하지 않는 건 아니지. 중요한 건, 내가 살 날이 며칠 남지 않았다는 것이야……

폐하께서는 그동안 나의 공로를 인정해 주시고, 나와의 정을 생각하셔서, 은혜롭게도 내가 자연사(自然死)할 기회를 주신 것뿐이네."

쳔핑핑은 잠시 멈칫한 후 다시 말을 이었다.

"내가 늙고 병들어 죽으면, 폐하께서 의심을 하든 안 하든, 모두 흙 밑에 묻힐 일 아닌가. 내가 그렇게 죽으면, 폐하께서 수일 정도 슬퍼하신 후, 다시 마음을 내려놓으시고 영광을 누리시는 것, 그게 최선 아니겠나?"

쳔핑핑은 다소 엄숙하게 말했다.

"이것은 폐하의 은총이고, 그분이 나를 위해 선택하신 귀착점이지. 그래서 난 2년 전 너의 말을 듣고, 모든 일에서 손을 떼고 늙어 죽을 날만 기다리는 거야."

쳔핑핑은 말을 하다 갑자기 저도 모르게 웃음이 터졌다.

"하지만 문제는, 내가 더 오래 살게 되었다는 것이야. 내가 오래 살면 살수록, 폐하의 마음이 불편해지지 않을까? 하하. 그러니 쿠허가 죽기 직전까지도 이런 재미없는 계획을 세운 거겠지……."

쳔핑핑의 웃음이 자조로 바뀌었다.

"난 원래 스스로, 일찍 죽어 마땅한 사람으로 생각했는데……죽을 때가 되니, 나도 죽음이 무섭긴 하네……."

"폐하께서는 쿠허의 생각대로 움직이지 않으실 거예요. 2년 동안 정말 많이 부드러워지셨고, 설령 한때 대인을 의심하셨다 해도, 대인이 2년 동안 아무것도 하지 않으면서 스스로를 증명했기 때문에, 폐하께서도 이전과 같으실 리 없어요."

"그래 그래, 맞다. 이미 폐하께서는 나에게 최대한의 은덕을 베풀어 주시고 계시지. 그리고 내가 몇 년 더 산다고 뭐가 달라지겠나? 아무리 그래도 폐하께서 나보다 먼저 돌아가시지는 않을 테니."

쳔핑핑의 이 말에, 판시엔은 긴장된 마음을 놓았다.

그리고 옆에 보이는, 추운 겨울에도 고집스럽게 피어 있는, 이름 모를 작고 노란 꽃을 꺾었다. 그 작고 노란 꽃을, 싸늘한 겨울바람에 외롭게 흔들리고 있는, 이미 하얗게 새어버린 천핑핑의 귀밑머리 밑으로, 가볍게 눌러 꽂아 넣었다.

천핑핑은 '허허' 웃었다.

판시엔도 '하하' 웃었다.

그리고 예를 올리고 진원을 떠났다.

그가 떠날 때까지, 천핑핑은 '그 사건'에서 왜 자신이 황제를 의심하게 되었는지 판시엔에게 말해주지 않았다. 그리고 판시엔도 묻지 않았다. 하지만 판시엔은 지금의 황제가 천핑핑의 죽음에 대해 충분히 인내심을 가질 거라 믿고 있었다.

그래서 마음이 홀가분했다.

그때, 진원에서, 여느 때처럼 노랫가락이 흘러나왔다. 유난히 처량하지만 계속 높은음을 유지하는 노랫소리가, 마치 고집스럽게 타락하지 않겠다고 외치는 듯, 마치 판시엔이 꺾은 노란 겨울 꽃같이, 아니면 마치 이 진원에 사는 늙은 사람처럼 느껴졌다.

판시엔이 떠나자 진원에 사는 늙은 사람이 자신의 바퀴의자를 밀고 있는 늙은 종에게 조용히 말을 건넸다.

"쿠허가 너무 오래 살았어. 그리고 너무 많은 걸 알고 있었고……하지만 판시엔의 말에 따르면 폐하의 성격이 부드러워져서 조용히 내가 죽을 때까지 기다리실 것 같긴 하네만……."

천핑핑이 고개를 돌려 미소를 지으며 물었다.

"자네가 한번 말해보게. 내가 죽는 날, 판시엔 요놈이 나의 시체를 안고 울 때, 내가 자기를 속였다거나, 아니면 이용했다고 날 원망하지는 않겠지?"

# 제7장

## '허' 대학사

살을 에는 듯한 차가운 바람 속에서 판시엔은 연신 발만 동동 구르고 있었다.

'겨울이면 해가 늦게 뜨는데, 왜 조정의 회의 시간은 변경이 안 되는 거야?'

그의 옆에도 많은 문무 대신들이 같은 처지에 있었지만, 판시엔 주변에는 아무도 없어 유난히 더 추워 보였다. 그때, 후 대학사가 그의 옆으로 살며시 다가와 웃으며 말했다.

"판 대인이 여기 있으니, 감히 누구도 말을 걸지 못하는구만."

"대학사를 뵙습니다."

대답한 이는 판시엔이 아니었다. 그와 후 대학사가 의아한 듯 옆을 힐끗 봤다.

"공작 대인을 뵙습니다."

두 사람에게 예를 올린 이는 허종웨이. 판시엔이 가장 싫어하는 허종웨이.

그는 비굴하지도 거만하지 않았고, 매우 진중한 자세로 두 사람에게 예를 올렸다. 그는 판시엔을 제외하고 현재 경국에서 소위 '가장 잘나가는' 젊은 대신이었다. 판시엔은 그를 매우 싫어했지만, 역설적이게도 그의 진급에 결정적인 공을 세운 사람이 판시엔이었다.

징두 모반 사건 이후, 판시엔의 권력이 너무 커졌고, 심지어 문하중서성의 두 대학사와도 너무 친밀한 관계였기에, 의심이 많고 권력의 균형을 가장 중요시하는 황제는 그의 대항마 또는 균형추가 필요했다. 황제가 선택한 이는 허종웨이였고, 선택된 그는 하늘을 날 듯 승진하여, 이미 문하중서성에서 국사를 논의할 수 있는 위치에 서게 된 것이다. 판시엔은 그가 싫었지만, 그래서 그가 하는 인사는 받지도 않았지만, 황제의 의도를 알기에, 그것을 피할 수 없다는 것을 알기에, 조정의 평화를 위해 이 사실을 받아들일 수밖에 없었다.

오늘도 조정의 회의는 평소와 같이 진행되었고, 의례적으로 어서방에서 황제, 대황자, 3황자, 판시엔 그리고 몇몇 주요 대신들과의 회의도 별일 없이 마무리되었다. 그리고 판시엔은 자신의 저택으로 돌아가는 마차에 올랐다.

마차에서 기다리던 텅즈징은 오늘따라 판시엔의 눈빛이 반짝이고, 입꼬리가 초승달처럼 올라가 있는 것을 발견하였다. 누가 봐도 너무나 기분 좋은 미소였지만, 오랜 시간 판시엔의 시중을 든 텅즈징은 감히 아무 말도 하지 못했다.

마차가 판씨 저택에 도착하고, 판시엔은 여전히 온화하고 다정다

감한 미소를 만면에 띠고 있었다. 하인들과 하녀들은 덩달아 기분이 좋았고, 셋째 집사는 판시엔의 뒤를 졸졸 따라가며 텅즈징에게 미소를 지으며 물었다.

"왕씨 아가씨가 오늘 도련님을 정식 스승님으로 모시러 오셨는데, 도련님 표정을 보니 기분이 좋으신가 봅니다. 저희가 뭐 더 준비해야 할 거라도 있을까요?"

텅즈징은 고개도 돌리지 않고 심각하게 말했다.

"왕씨 아가씨는 오늘……죽었어."

"네?"

"오늘 도련님 기분이 최악이야. 내가 본 이래로……가장 최악."

"아아아악!"

집안 하인 중 판시엔을 가장 잘 이해하는 텅즈징의 예상대로, 판시엔이 만면에 미소를 띠고 서재로 들어간 지 얼마 안 되어서, 난폭하고 제멋대로인 왕씨 아가씨가 울면서 서재를 뛰쳐나왔고, 그 뒤로 징두 수비 통령 스페이가 씩씩거리며 따라 나왔다.

'어떻게 이렇게까지……판 대인이 내 체면은 생각지도 않은 건가!'

그 모습을 멍하게 지켜보던 셋째 집사의 표정을 보고 텅즈징은 고개를 가로 저으며 말했다.

"더 이상 나에게 묻지 말게. 도대체 궁에서 무슨 일이 벌어진 거야?"

좋은 소식을 기다리던 판씨 집안 여주인도 기괴한 소리에 놀라 서재로 달려 나왔고, 그제서야 판시엔이 왕씨 아가씨에게 한바탕 훈계를 하고 회초리까지 들었다는 사실을 알게 되었다. 판시엔은 그들을 데리고 다시 다른 서재로 들어가며 침착하게 말했다.

"아무 일도 아니야. 내가 대황자 저택을 들어가면서 미리 말했던 내용이고, 왕통알이 당시 했던 행동에 대해 책임을 진 것뿐이야. 그리고 삼강오륜은 항상 지켜야 하는 법이지."

완알은 걱정스러운 눈빛을 하고 말했다.

"삼강오륜? 아무리 그래도 그렇지, 스페이 장군 앞에서 그렇게까지……."

"그 말은 자기 외삼촌이 나에게 하신 말이야."

"자기 아버지이기도 하잖아……도대체 무슨 말씀을 하셨길래……."

"삼강오륜을 이야기하시면서, 뤄뤄 혼처를 다시 정하셨다던데?"

옆에 조용히 듣고 있던 로우쟈 군주의 눈빛이 반짝이자 판시엔은 냉소를 띠며 말했다.

"이번엔 너의 오빠가 아니야……허종웨이 그 새끼야."

순간 판씨 저택의 서재에는 무거운 침묵이 흘렀다.

"그게 어떻게 가능해……?"

완알의 혼잣말이 침묵을 깨자, 로우쟈 군주가 얼굴을 붉히며 말했다.

"허종웨이 그 사람은……인성이 별로라고 하던데……."

판시엔은 조소하며 대꾸했다.

"폐하께서는 그렇게 생각하지 않으시나봐. 폐하의 눈에 그는, 재능도 있고, 충성심도 있고, 지금의 지위도 높으니……뤄뤄의 남편 자격이 있다고……참나."

완알이 최대한 평정심을 찾으며 조심스럽게 말했다.

"폐하께서 자기를 불러 사적으로 이야기하셨다는 것은, 어쩌면 자기가 반대할지 알고 계셨기 때문에 한번 떠본 것일 수도 있어. 그렇다면 자기가 폐하와 그렇게 맞서지 않는 편이 좋을 것 같은데……자기가 반대하면 할수록, 폐하께서는 오기로라도 그 혼사를 밀어부

치지 않을까?"

"내가 화나는 건, 폐하께서 이렇게 멍청한 생각을 하실지 몰랐다는 거야. 이 혼사가 진행되면, 나와 허종웨이의 사이가 좋아질 것이라 생각한 거야? 조정에 무슨 봄바람이라도 불지 알고?"

판시엔은 실눈을 뜨고 차가운 눈빛을 뿜으며 말을 이었다.

"됐어. 상관없어. 난 허종웨이는 어차피 신경 쓰지 않아. 만약에 그놈이 진짜 이 혼사를 덥썩 받아가려 하면, 내가 그를 단칼에 죽여버리면 돼."

"뤄뤄가 요즘 의관에 주로 있는데, 뤄뤄에게 집으로 오라 해서 한 이틀만이라도 바깥 출입을 자제하라고 할까?"

"아니야. 뤄뤄에게 의관은 중요하니까, 이 일에 동생이 신경 쓰게 할 필요 없어. 허종웨이가 폐하를 등에 업고 뤄뤄에게 접근하려 하는 건데, 그러면 이 문제는 내가 해결하면 돼."

분위기가 심상치 않자 로우쟈 군주는 말없이 예를 올리고 집으로 돌아가겠다고 고했다. 그녀는 이 사실을 빨리 아버지인 징왕에게 알려 방법을 찾아야겠다 생각한 것이다. 그녀가 돌아가자 완알은 판시엔의 눈치를 살피며 재빨리 말했다.

"자기도 참 사악해. 이 문제를 일부러 로우쟈 앞에서 말한 것은, 빨리 가서 징왕 삼촌에게 알리라고 종용한 거지?"

"징왕이 한참 동안 입궁을 안 했는데, 이 일로 입궁하게 된다면 내가 두 형제의 화목을 위해 힘쓴 것이니, 폐하께서 나에게 고마워해야 하는 것 아닌가?"

"폐하께서는 이 혼사를 통해 자기와 허종웨이가 잘 지내길 바라신 것 같은데, 그게 자기의 역린을 건드릴 줄을 생각하지 못하신 거겠지……."

"난 천자(天子)도 아니고 용(龍)도 아니고, 내가 무슨 역린이 있어? 그리고 내가 뤄뤄와 홍쳥의 혼사에서도 쿠허까지 동원하면서 사달을 냈는데, 그 일을 겪고도 아직 나를 통제할 수 있다고 생각하시는 건지……폐하께서는 이 혼사를 좋게 보시는 것 같지만, 내가 죽기살기로 덤비면 그분도 결국 성지를 거둘 수밖에 없을 거야. 다만, 성지에 항거했다는 죄는 엄청 큰 건데, 그것을 핑계로 또 나에게서 어떤 권력을 빼앗아 가실지 모르겠네."

사실 판시엔이 이번에는 황제의 뜻을 오해했다. 황제는 '진심으로' 순수한 마음에 이 혼사를 정한 것이었다. 홍쳥은 판시엔의 반대로 가망성이 없다고 생각했기 때문이다. 황제 입장에서는 판시엔도 허종웨이도 모두 '충신'이었으니, 이 두 집안이 혼인하는 것은 시대에 남을 아름다운 이야기였던 것이다.

그래서 판시엔이 분노하는 이유를 이해할 수 없었다.

사실 이 부분은 황제뿐 아니라 대부분의 문무 대신들도 비슷했다. 심지어 후 대학사는 판시엔을 직접 찾아와 이 혼인을 허락하라고 권고까지 했다. 하지만 판시엔은 모두의 예상과 달리 아무 일도 하지 않았다. 허락을 하지도 않았지만, 입궁해서 황제와 싸우지도, 허종웨이를 때리지도 않았다. 다만, 2년 동안 입궁을 하지 않았던 징왕이 입궁을 해 황제와 큰 소리로 싸웠다는 소식이 들렸는데, 태감의 말에 따르면 그날 어서방 내에서 도자기가 깨지는 소리까지 났다고 했다.

'3년 동안 기다린 내 아들 홍쳥은 뭐가 되는 거야!'

한동안 황제와 징왕의 힘싸움이 이어지자, 판시엔도, 심지어는 당사자인 허종웨이도 아무런 입장을 표명하지 않았다. 그렇게 사건이 해결되지 않은 채 시간은 흘러갔다.

차가운 겨울 서풍과 민가 난로의 온기가 뒤섞인 어느 겨울 날, 칭저우에 있던 왕13랑과 예링알이 설을 쇠기 위해 마침내 징두로 돌아왔다. 예링알은 2황자 저택에도 예씨 집안에도 가기 싫었기에, 당분간 판씨 저택에서 완알과 함께 지내기로 했다.

예중의 마음이 편하지 않았지만, 판시엔이 직접 추밀원에 가서 사정을 이야기하자, 그도 결국 판시엔의 어깨를 툭툭치며 고개를 끄덕일 뿐, 별다른 말을 하지는 않았다. 대신 판시엔에게 뤄뤄의 혼사에 대해 조정의 안정을 위해 너무 강경하게 반대하지 말라는 뜻만 넌지시 전했다.

판시엔은 별다른 대꾸를 하지 않고 추밀원을 나와 마차에 올라 담박서점에서 그리 멀지 않은 술집으로 향했다. 그곳에서 혼자 간단한 안주와 함께 말없이 술을 마시기 시작했다. 그 술집 건너편에는 유간의관(有間醫官)이 있었는데, 이름은 판시엔이 지은 것이고 편액은 슈 대학사가 쓴 것이었다.

그는 조용히 그곳만 바라보고 있었다.

유간의관은 징두에서 매우 호평을 받고 있었다. 뤄뤄의 의술이 뛰어나기도 했지만, 비용도 저렴하고 환자의 귀천도 따지지 않았기에 징두의 백성들은 매우 좋아했다. 그래서 항상 의관 밖은 줄을 서 있는 사람들로 장사진이었는데, 이날 또한 겨울 찬바람에도 불구하고 많은 사람들이 번호표를 들고 줄을 서 있었다.

혼사의 성지가 아직 내려지지도 않았지만, 허종웨이는 공무(公務)를 마치고 저택으로 돌아가기 전 항상 이곳에 와서 뤄뤄에게 인사를 하고 갔다. 그것도 매우 예의 바른 자세로. 오늘도 어김없었고, 판시엔은 냉소를 띠며 그 모습을 바라보고 있었다.

'다그닥다그닥.'

어디선가 황급한 말발굽 소리가 들려왔다. 판시엔은 그 소리에 마치 기다리고 있었다는 듯 조용히 술잔을 내려놓으며 소리가 나는 곳으로 고개를 돌렸다.

'그렇지. 그도 설을 쇠러 왔겠지.'

징왕 세자 리홍청은 징두로 오자마자 자신의 저택도 들르지 않고 이곳에 왔다. 심지어 갑옷과 투구도 벗지 않은 상태였다. 그는 말에서 내려 허종웨이에게 담담하게 인사를 했고, 뤄뤄는 의관에서 달려 나와 복잡한 표정의 눈빛으로 그에게 인사를 했다.

판시엔은 이 모습을 자세히 보고 있었는데, 둘이 무슨 말을 나누는지는 몰랐지만, 홍청이 몇 마디 더 건네자 뤄뤄와 다투는 것 같은 분위기였다.

'아, 저 새끼가 또 무슨 말을 했길래 뤄뤄를 화나게 한 거야. 지금 저러면 안되는데.'

그때, 허종웨이가 몇 마디 옆에서 거드는 것 같았지만, 리홍청은 그를 본 체도 하지 않은 채, 판씨 집안의 하인들에게 의관 문을 닫게 하였다. 그리고 뤄뤄를 약간 화난 눈빛으로 바라보고는, 야만적으로, 조금은 도리에 어긋나게, 그녀를 낚아채듯 '휙' 잡아서 자신의 말 위에 태웠다!

'다그닥다그닥.'

다시 한번 거친 말발굽 소리가 들리기 시작했다.

그렇게 리홍청은, 징두에 돌아오자마자, 거칠게 뤄뤄를 '납치해' 판씨 저택으로 돌아가 버렸다. 의관 앞에 줄을 서 있던 백성들은 이 광경을 보며 어리둥절해했으며, 그 모습을 바라보던 판시엔도 입을 벌린 채로 그저 물끄러미 바라보기만 했다.

'징두에서 시나 쓰던 샌님이 딩저우에 3년 있더니……거친 패왕이 되어버렸네!'

물론 가장 당황한 사람은 허종웨이.

의관의 문이 닫히고, 사람들은 점점 흩어졌지만, 그는 그저 의관 문 앞에 서서 넋이 나간 듯, 너무나 처량하게 멀어져가는 두 사람의 그림자만 쳐다보고 있었다. 판시엔은 이 모습을 흐뭇하게 바라보며 뒤에 있는 무평알에게 명을 내렸다.

"허종웨이에게 여기 와서 술이나 한잔 하라 일러."

잠시 후, 허종웨이는 판시엔의 맞은 편에 앉았다. 이렇게 둘이 사석에서 만난 것이 언제인지 기억도 안 날 정도였다. 판시엔은 술잔을 잡고 천천히 돌리며 허종웨이에게 가벼운 목소리로 말을 툭 던졌다.

"드시게."

허종웨이는 판시엔이 이 자리를 마련한 이유는 몰랐지만, 우선 개의치 않고 허겁지겁 음식을 먹기 시작했다. 판시엔은 그 모습마저 보기 싫었지만, 최대한 내색은 하지 않고 말했다.

"허 대인이 최근에 이렇게 의관을 보살펴 주시니, 뤄뤄의 오빠로서 감사하다는 말을 먼저 해야겠네."

"공작 대인, 무슨 그런 말씀을……."

"허나, 대인도 방금 전 장면을 똑똑히 봤으니, 징왕 집안의 태도가 무엇인지는 충분히 알 거라 생각이 되네."

"역시 공작 대인의 수단이 좋으십니다."

"그건 내가 한 일이 아니네."

판시엔은 이 말과 함께 허종웨이의 눈을 똑바로 보며 말투를 바꿔 단호하게 경고했다.

"그동안 기회가 없어 말을 못했는데, 지금 내가 똑똑히 말할 테니 잘 들어. 이 일은 가능성이 없어. 그러니 포기해."

허종웨이는 한숨을 한번 쉬었으나, 여전히 예의 바르게 대답했다.

"공작 대인, 그건 종웨이가 알아서……."

판시엔은 그의 말을 끊으며 말했다.

"난 의견이 없어. 허나, 징왕 저택은 의견이 많아."

"허나, 일전에 징왕 세자 전하와 판씨 아가씨의 혼사를 공작 대인께서 막으시지 않으셨나요?"

"한 번 막았으니, 두 번도 막을 수 있지. 폐하께서 너에게 뭐라 말씀하셨는지 모르겠지만, 이게 가능하다 생각하는 건 헛된 망상이야."

이 말은 사실 대역무도했지만, 그는 전혀 개의치 않는 듯 말을 이었다.

"내가 널 싫어하는 건 너도 잘 알 거야. 그리고 네가 날 한 번 더 짜증나게 하는 건 넘어갈 수 있어. 하지만, 이건 꼭 기억해. 만약에 네가 선을 넘으면? 내가 친히 칼을 들고 너를 찾아 간다, 알겠어?"

판시엔은 이 말과 함께 자리에서 일어나며 다시 한번 주지시켰다.

"넌 살인을 입으로 하고, 난 살인을 내 손으로 하지. 잘 생각해. 만약에 내가 널 죽이면? 폐하께서 그 이유 때문에 나를 죽이실 수 있을까?"

허종웨이는 저도 모르게 한숨이 나왔고 얼굴이 시뻘겋게 달아올랐지만, 감히 아무런 말도 하지 못했다. 그의 말이 모두 사실이었기 때문이다. 특히 마지막 말.

판시엔은 황제의 아들이었고, 그것은 신하인 자신이 죽음으로도 얻을 수 없는 것이었기 때문이다.

"의관에 다시는 오지 마."

판시엔의 이 말에 결국 허종웨이는 자리에서 일어나 최대한 분노를 억누르며 침착하게 대꾸했다.

"공작 대인의 뜻은 잘 알겠습니다. 제가 내일 입궁해서 폐하의 면전에서 직접 이 혼사를 미뤄달라 청하겠습니다."

"공식 성지도 안 내려왔는데, 뭘 미룬다는 거야? 아직도 날 속일 수 있다 생각해? 넌 내일 들어가 폐하 앞에서 한바탕 울면서 읍소를 하겠지. 그러면 폐하께서는 내가 널 또 괴롭히는지 아실 거고. 내가 요즘 누굴 괴롭힌다 소문이 나면 상대방이 유명해지던데. 이번 일로 더 유명해지고 싶어?"

"공작 대인이 하고 싶은 말이 도대체 뭔가요? 이것도 안 된다, 저것도 안 된다……저를 정말 핍박해 죽여야 마음이 편하신 건가요?"

"허 대인의 지금 명성이 하늘을 찌르고, 폐하와 대학사 두 분이 이 혼사를 지지하시는데, 일개 감사원 제사 따위가 허 대인을 어떻게 핍박할 수 있겠습니까?"

"공작 대인, 좀 알려 주세요. 제가 대인에게 도대체 무슨 잘못을 저지른 겁니까?"

"난 네가 싫어. 그게 너의 잘못이야."

"공작 대인, 저도 폐하의 신하이지만, 대인도 폐하의 신하 아니십니까? 폐하의 성지에 이렇게 반항하다, 폐하께서 대인의 권력을 모두 빼앗을 것은 걱정하지 않으시는 겁니까? 대인도 조심하시는 게 좋을 겁니다."

허종웨이가 작정하고 한 말이었지만, 판시엔은 화를 내지 않고 오히려 얼굴에 미소를 띠며 대꾸했다.

"3년 전, 포월루 밖의 한 찻집에서, 2황자도 너와 똑같은 말을 했지. 하지만 기억해. 2황자는 지금 어두운 땅속에 묻혀 있고, 난 아직 이렇게 밖에 있다는 걸."

판시엔은 이 말과 함께 술집을 나왔다.

'내가 할 말은 다 해줬고, 네가 알아듣느냐는 너의 문제지.'

판시엔이 집에 도착하니 놀랍게도 리홍청이 집에 있지는 않았다.

'그렇게 거칠게 행동해 놓고, 부끄러워하는 거야?'

판시엔의 모습을 보고 완알이 눈치 있게 자리를 피해 줬고, 판시엔은 예링알에게 왕13랑의 소재도 묻지 않은 채 뤄뤄를 데리고 서재로 들어갔다. 그는 동생과 마주 앉지도 않고 나지막이 물었다.
"홍쳥은 내가 때리기라도 할까 봐 도망간 건가?"
뤄뤄는 백주대낮에 거리 한복판에서 젊은 남자와 함께 말을 탄 일이 조금은 부끄러운 듯 상기된 표정으로 말했다.
"집에 일이 있다고……잠깐, 그 자리에 오라버니도 있었어?"
"예링알이 돌아왔으니 홍쳥도 돌아올 거라 생각해서 기다리고 있었지."
"세자도 참, 갑자기 그런 소동을……의관에 아직 환자들이 많이 기다리고 있는데."
"세상의 모든 환자를 네가 치료할 수는 없네요."
"근데 오라버니……난 아직 시집가기 싫어."
"좋아, 그럼 가지 마. 넌 잘 알겠지만, 이 오빠가 온화해 보여도 성격이 좀 안 좋잖아? 난 허종웨이가 싫어. 그래서 사실 네가 시집가겠다고 하면, 내가 그놈을 죽도록 패버리려고 했어."
뤄뤄는 오빠의 말을 듣고 입술을 삐죽 내밀었다.
'어렸을 때에는 사랑이니, 연애의 자유니 말하더니……이제보니 오라버니도…….'
사실 두 번째 삶을 사는 판시엔에게 뤄뤄는 여동생이라기보다 딸 같았다. 이러한 사정을 알 리 없는 뤄뤄는, 판시엔의 생각보다 자신의 행동거지가 조금은 걱정되기 시작했다.
"오라버니, 근데 내가 너무 무례하게 행동하는 건가?"
"무슨 그런 바보 같은 소리야? 내가 어렸을 때부터 너에게 가르쳤듯이, '너'가 가장 중요해. 충효(忠孝)도 물론 중요하지. 하지만 너의 행복보다 중요하지는 않아."
"하지만 그건 너무 이기적인 생각 아닐까? 왜냐하면 나의 행동 하나로 집안이 시끄러워지고, 징두 전체에 소동이……."

"그런 생각할 필요 없어. 난 네가 이 세상 사람들과 다른 생각을 하는 사람이 되었으면 좋겠어. 그리고 이기적? 나의 행복을 가장 먼저 생각하는 게 이기적인 것일까?"

'이 세상 사람들과 다른? 그럼 어떤 세상?'

그렇게 시간이 흘렀고, 허종웨이는 판시엔의 말을 듣지 않고 의관을 몇 번 찾아갔으나, 의관 앞을 당당히 지키고 있는 리홍청과 그의 친위병에게 쫓겨났다. 그리고 황제는 이 상황을 지켜보며 판시엔을 불러 호통을 치기도 했지만, 판시엔과 징왕의 압력에 못 이겨 결국 공식적인 성지를 내리지는 못했다. 사실 황제도 3년 동안이나 딩저우에서 고생한 홍청의 면을 봐서라도 억지로 이 일을 진행시키기는 어렵다고 생각했던 것이다.

할 말을 다 한 판시엔은 그 후 며칠간 뤄뤄의 혼사에 대해서는 잊은 듯, 감사원에 머물면서 옌빙윈과 함께 동이성 관련 일을 계획했다. 그리고 역시 일의 체계적인 계획을 짜는 일에 옌빙윈 같은 사람은 없다 생각하며, 그를 북제에서 구출한 일을 맡은 자기가 역시 운이 좋다 생각했다.

징두에 첫눈이 내리던 날, 판시엔은 마차 옆에 서 있던 왕13랑에게 말했다.

"이미 말했듯이, 동이성 성주(城主) 집안에 어느 정도 압력을 넣을 수는 있겠지만, 근본적으로 검려와 성주(城主) 집안과의 갈등에 내가 많이 간섭하기는 좀 그래."

며칠 전 판시엔은 왕13랑과 함께 입궁을 했고, 그때 황제가 둘을 믿고 판시엔에게 동이성과 관련된 일의 전권을 주었다. 그리고 오늘은 만족스러운 대답을 들은 왕13랑이 스승의 인생 마지막 여정을 지키기 위해 동이성으로 떠나는 날이었다. 그래서 판시엔이 일부러 배웅하는 것이었는데, 왕13랑은 그의 말을 듣고도 별로 실망하지 않은 듯 온화한 미소와 함께 작별 인사를 했다.

"검려에서 기다릴게요. 그리고……빨리 오세요."

판시엔은 크게 한번 웃었다.

"고마워. 다만……앞으로는 너에게 고마워할 일이 없었으면 좋겠네."

왕13랑은 순간 무슨 의미인지 몰라 어리둥절했지만, 이내 서호 관련 일을 뜻한다는 것을 알고 미소를 지었다. 하지만 더 말하지 않고 마차를 타고 눈보라 속으로 사라졌다. 판시엔은 그 모습을 한참 동안 바라보다 마차에 올라 머리와 옷에 쌓인 눈을 털어내며 옆에 있는 사람에게 말했다.

"사람이 떠났으니, 우리도 이제 돌아가야 하지 않을까?"

"제가 뭐 그를 배웅하러 온 것도 아닌데……."

"배웅하러 안 왔으면, 눈 구경하러 왔니?"

"스승님, 전 진짜 그런 생각 아니었어요."

예링알은 발끈하며 말했지만, 판시엔은 미소를 지으며 더 이상 놀리지는 않았다. 대신 진지하게 말을 건넸다.

"내년에 스구지엔이 죽을 텐데, 동이성은 지금 두 파로 나뉘어져 있어. 13랑이 아무리 검려의 마지막 제자라지만, 그가 존재를 드러낸 지 오래 되지 않아, 검려 내에서도 인맥이 별로 많지 않아……내가 걱정하는 건, 결국 마지막에 한번 큰 싸움이 나지 않을까……."

예링알은 판시엔의 말에 황급히 말을 붙였다.

"스승님이 좀 도와주면 안 돼요? 그가 감사원을 위해 많은 도움을 주었잖아요."

"그건 말할 필요도 없어. 나를 위해 도움을 줬으니, 내가 당연히 갚아 줘야지. 다만……."

판시엔은 음흉한 미소와 함께 예링알을 바라보며 말했다.

"문제는 그가 동이성에……제법 오래 있을 것 같은데……넌 이 문제를 고민해야 하지 않을까?"

"제가 그 문제를 왜 고민해요?"

예링알은 '휙' 돌아앉으며 쌀쌀맞게 대꾸했다. 판시엔은 그 모습을 보며 웃음을 참기 힘들었지만, 더 이상 놀리지 않기로 하고 화제를 바꾸며 말했다.

"참, 왕씨 아가씨가 너의 팬이라던데, 그녀를 본 적 있어?"

예링알은 '팬'이라는 말의 뜻은 몰랐지만 상황상 대충 이해를 하고 대답했다.

"여러 해 전에 본 적은 있는데, 그때는 일곱 살쯤 이었나? 그런데 그렇게 성격이 고약하게 컸을 줄이야……."

"그래서 내가 몇 대 때려줬지. 그런 사람들은 역시 때……."

"지금 저를 말하시는 거예요?"

판시엔은 다시 한번 웃음을 참았지만, 예링알의 차가운 눈빛을 보고는 더이상 놀리지 않고 태연하게 장막을 걷어 하염없이 쏟아지는 눈만 바라보았다.

겨울이 지났고, 또 봄이 왔다. 당연한 소리이지만, 중요한 세상의 이치이다. 경국에는 따스한 봄 햇살이 하얀 눈들을 날려보내자 풋풋하고 푸르른 풀과 함께 아름다운 꽃들이 피기 시작했다. 따뜻한 봄날, 징두 변방 중 가장 중요한 요지인 옌징은 유난히 귀한 손님의 행렬을 맞이하고 있었다.

옌징은 매우 크고 번화한 성이었고, 동이성의 통제 하에 있는 열몇 개의 작은 제후국들과 국경을 접하고 있었는데, 그중 특히 송나라와 가까이 있었다. 옌징은 경국 유사 이래 가장 큰 성이었는데, 조정에서는 이 땅에 매우 심혈을 기울여 군사적으로나 정무적으로나 인적 물적 재원을 대량으로 투입하고 있었다.

그 이유는 너무나 자명했다. 옌징에서 동쪽으로 가면 동이성, 북쪽으로 가면 창저우를 넘어 북제. 따라서 경국이 천하 통일을 한다면, 이곳이 대군(大軍) 공세의 발원지이자 모든 전선의 본영이 되기 때문이었다. 그래서 옌징에 임관한 문관들조차 다른 지역에 비해 반(半)품 정도 품계가 높았고, 조정의 6부 관아 모두 옌징에 지부가 있을 정도였다.

현재 옌징성의 무관 수령은 왕즈쿤 대도독으로, 줄곧 황제의 신임을 받아왔고, 특히 경력 7년 징두 모반에 옌징 군대 산하 창저우 군 대도독 옌샤오이가 참여해 큰 혼란이 일어났을 때, 왕즈쿤이 심복 스페이 장군과 함께 군을 안정시키는 데 큰 역할을 했기 때문에, 그 이후로는 군대 내에서 더욱 중요한 인물로 인식되고 있었다.

옌징의 문관 수령 또한 경국에서 중요한 인물이었는데, 성은 메이(梅, 매) 이름은 즈리(執禮, 집례)로, 6년 전 징두 관아 부윤을 맡다 삼시 눌러났으나, 그 이후로 승진을 계속하여 지금은 정2품의 옌징 관아 주지사를 맡고 있었다.

오늘 왕즈쿤, 메이즈리는 옌징 성문 밖에서 귀한 손님 일행을 맞이할 준비를 하고 있었다. 이 두 사람이 모두 나오는 것은 매우 이례적인 일이었지만, 주위에 있는 관리 누구도 오늘만은 의아해하지 않았다. 일행이 누군인지 익히 알고 있을 뿐더러, 그 행렬에 왕즈쿤 대도독의 딸까지 있다 들었기 때문이다.

관현악 소리와 함께 한차례 재미없는 의식이 지나간 후, 판시엔은 공손히 두 대인에게 인사를 드렸다. 왕즈쿤은 판시엔의 신분도 신분이지만, 그가 딸의 스승이기도 했기에 더없이 공손하게 답례를 했고, 메이즈리는 익숙한 얼굴로 판시엔을 맞이해 주었다.

"어르신들은 잘 계신가?"

"아버지는 딴저우에서 편히 계시고, 류씨 국공 어르신도 건강하세요."

메이즈리는 징두 부윤을 맡을 당시 판시엔과 궈바오쿤의 싸움에 휘말려 그 자리에서 내려오게 되었지만, 기본적으로 충심이 있는 대신이었고, 부윤을 맡았던 당시에도 당파에 휘둘리지 않고 행동하였기에 상당히 평판이 좋은 인물이었다. 심지어 그는 류씨 아버지의 제자였으니, 판시엔에 대한 감정이 나쁘지 않았다.

"처음엔 징두에서 뵈었는데, 지금은 옌징에 계시다니, 동에 번쩍 서에 번쩍 하시네요."

"징두 부윤이 어디 사람이 맡을 관직인가. 난 차라리 이곳이 편하네."

메이즈리의 재치 있는 말에 노인과 젊은이 두 사람이 동시에 크게 웃었다.

"맞는 말씀이긴 한데, 지금 징두 부윤 순징슈 대인이 들으시면 좀 곤란하실 듯……하하."

이 말에 메이즈리가 곤란해하자 옆에서 보고 있던 왕즈쿤이 크게 웃었다.

'역시 소문 대로 만만치 않은 젊은이야.'

그날 밤. 옌징에서는 성대한 연회가 열렸지만, 판시엔이 이번에 옌징을 온 이유는 일이 있어서가 아니라 동이성을 가는데 그저 거쳐 가는 것이었기에, 판시엔 일행의 휴식을 고려해 연회가 그렇게 오래 진행되지 않았다. 그리고 하룻밤이었기에 판시엔은 왕즈쿤 대도독 집에 하루 신세를 지기로 되어 있었는데, 연회가 끝나고 둘은 저택으로 돌아와 서재에서 가벼운 대화를 나누었다.

"이번에 딸 일로 공작 대인에게 많은 신세를 졌네."

"그게 무슨 신세인가요."

이번에 왕통알을 여기로 데리고 온 것은 그녀가 지금 징두에서 평판이 좋지 않았기에, 우선 고향으로 돌려보낸 후 공식적인 성지가 내려지고 징두 분위기가 잠잠해지면 다시 그녀를 징두로 데리고 오는 게 낫다고 판단했기 때문이다. 판시엔의 세심한 배려였는데, 왕즈쿤은 그 뜻을 알아차렸던 것이다.

다만, 정작 판시엔은 다른 것이 궁금했는데.

"그런데……이번에 동이성으로 가는 북제 사절단 대표는 누구라 하던가요?"

"아직 나도 소식을 못 받았네. 하지만 정상적이라면, 장닝 후작이 아닐까?"

이번 동이성 사절단은 동이성 입장에서 보면, 장래에 누구에게 의탁할까 결정하는 자리였고, 그렇다면 북제나 경국 모두 어느 정도 '성의'를 보일 수밖에 없었다. 그런데 경국에서 판시엔이 가기로 했으니, 북제도 그만한 인물이 와야 할 텐데, 확실히 장닝 후작은 태후의 친형제이고, 현재 북제에서 내고 무역 관련 모든 것을 관장하고 있으니, 나름 타당한 추론이었다.

또 그는 판시엔과 '술친구'이기도 했다.

"장닝 후작은 제가 잘 알죠. 술은 참 잘 마시는데……일을 처리하는 건……북제 황제가 믿을 수 있으려나? 일 처리 부분은 차라리 아들인 웨이화가 나을 텐데요."

"웨이화가 북제 금의위 진무사의 지휘사이지만, 자네도 알다시피 진무사가 경국의 감사원과는 권세에서 차이가 크고, 실제로 그의 권한도 그에 미치지 못하니 급이 좀……."

"누가 파견되든, 결국은 국력에 의해 결정되는 것이니, 더 이상 생각하지 말죠."

"그래도 판 대인이 가니 필히 이길 거라 생각하네."

판시엔이 생각해도 경국이 질 수는 없었다. 하지만 문제는 조건이었다. 우선 스구지엔의 경국 황제에 대한 분노를 헤아릴 수 없었고, 그리고 그가 머리를 써 마지막 순간까지 북제와 경국을 경쟁시키며 조금이라도 이익을 더 챙겨가려 하고 있었지만, 경국 황제의 생각은 완전히 달랐다.

경국 황제는 조금도 양보할 생각이 없었다. 그럴 이유가 없었기 때문이다. 조건이 마음에 들지 않으면, 직접 창과 칼을 들고 동이성을 쳐들어가 짓밟아 버리면 될 일이었다.

스구지엔이 없는 동이성은, 이빨 빠진 호랑이일 뿐. 그래서 판시엔은 스구지엔이 무리한 조건을 내걸면 어떻게 하나 걱정했던 것이다.

다음 날 새벽, 판시엔 일행은 일찌감치 옌징성을 떠나 동이성을 향해 출발했다. 그런데 마차가 얼마 가지 않은 곳에서 이름 모를 상인 하나가 너무도 자연스럽게 판시엔의 마차에 올라탔다.

"수고했어."

올라탄 이는 포월루의 주인, 스챤리. 그는 현재 각지 포월루를 통제하며, 사실상 판시엔의 '사설 정보망'을 책임지고 있었다. 그가 재빨리 판시엔에게 동이성에서 수집한 정보들을 전달했다. 판시엔은 그의 말을 다 듣고 이해가 안된다는 듯 고개를 저으며 말했다.

"음……왕13랑의 말이 맞나 보네. 동이성 내에 분쟁이 있다……근데 성주(城主) 집안은 무슨 배짱으로 지금 경국과 나를 대항하겠다는 거지? 물론 북제가 그들을 지지하고 있겠지. 하지만 북제가 뭔데? 결국 실력이 모든 것을 결정하는 거 아니야? 동이성이 아무리 부자라지만, 북제가 아무리 영토가 크다지만, 결국 마지막을 결정짓는 것은 힘인데."

"아무래도 스구지엔이 마지막에 폐하께 당한 것을 생각하면, 동이성 입장에서는 경국에 굴복하는 것이 치욕적으로 다가오는 것 같습니다."

"그래도 관건은 스구지엔의 태도야. 스구지엔이 정말 백치라면 싸우겠지만, 그렇다면 왕13랑을 통해 그동안 나에게 보여준 성의가 말이 안 돼. 그러니 결국 나를 압박해서 앞으로 동이성을 더욱 생각해 달라고 하는 것 정도가 가장 유효한 방법일 뿐이야."

"그것 외에도 문제가 하나 더 있는데, 스구지엔이 죽은 후 검려는 누가 맡을 것이냐입니다. 이건 동이성이 어느 나라에 귀속되는가와는 또 다른 문제입니다. 스구지엔이 왕13랑을 가장 아낀다지만, 엄연히 수석 제자는 윈즈란인데, 스구지엔이 죽으면 윈즈란이 왕13랑에게 검려를 순순히 넘길까요?"

"순순히 안 넘기면, 오래 전에 스구지엔이 한 것처럼 모두 죽여?"

판시엔은 웃고 있었지만, 그가 언급한 사건은 공포스러운 일이었다. 스구지엔은 가족 모두를 몰살하며 검려를 열고, 동이성을 장악했기 때문이다. 그때 살아남은 이는 그의 동생 '그림자'밖에 없었고, 천핑핑이 겨우 그를 거두어 들인 것이다. 스챤리는 조금은 불안한 눈빛으로 조용히 물었다.

"스승님, 이번에 폐하께서 주신 마지막 협상 조건은 무엇입니까?"

"동이성의 경국 귀속, 동이성 군대 해산, 동이성 통제 하의 제후국 국경 개방, 경국 군대의 동이성 주둔 그리고 동이성 왕공 귀족의 징두 거주."

스챤리는 크게 한번 찬 공기를 들이 마셨다.

'조건이 너무 가혹한데…….'

"기한은 논의될 수 있을 것 같은데, 조건 자체 변경은 힘들어. 왕공 귀족이 징두에 사는 것은, 명분상 그렇게 하고 옌징쯤에 저택을 지어서 살게 하면, 폐하께서 암암리에 인정해 주실 거고."

"그렇지만 그런 조건이라면……그들이 차라리 죽는 한이 있어도 필사의 항전을 하지 않을까요?"

"됐어. 그건 중요한 게 아니고……지금 고민해야 할 것은, 동이성이 경국에 넘어가는 걸 북제가 두 눈을 뜨고 멀뚱멀뚱 쳐다보고 있지는 않을 텐데, 그들이 어떤 수를 쓸 것이냐는 거야."

둘이 대화를 하는 동안 마차 행렬은 남동쪽으로 굽이굽이 이어져 있는 작은 산기슭을 타고 송나라 방향으로 향했다. 셋째 날에 이르러서 그의 행렬은 보이지 않는 국경선을 넘어 송나라에 들어가게 되었다. 작은 제후국은 면적이 크지 않아 경국의 한 주(州)에도 못 미쳤지만, 그 역사만은 아주 길었다. '왕'이 있긴 했지만 모두 동이성에서 통제하고 있었고, 관원들과 병사들도 모두 동이성의 성주 집안과 검려에서 파견한 사람들이었다.

송나라는 판시엔 일행을 극진히 대접하길 원했지만, 판시엔은 모두 거절하고 자신이 가장 익숙한 곳으로 향했다. 그곳은 바로 포월루 송나라 지점. 그는 이곳에서 하루 쉬고 동이성으로 들어갈 생각이었는데, 뜻하지 않게 짐을 풀기도 전에 이미 한 무리의 손님이 와 있다는 말을 전해 들었다. 판시엔이 이곳에 도착하기 전날, 북제에서 출발한 사절단도 이곳에 도착한 것이었다. 판시엔은 그들이 누구인지 궁금하던 차에 재빨리 나갔는데, 사절단 대표의 얼굴을 보자마자 환하게 웃으며 인사했다.

"웨이화 대인, 대인이 올지는 생각도 못했네요."

웨이화는 어쩔 수 없다는 듯이 정중히 답례를 올렸다.

"판 대인을 뵙습니다."

잠시 후, 천하의 가장 큰 밀정 조직의 우두머리 둘이 어색한 모습으로 술잔을 기울이고 있었다. 먼저 입을 연 사람은 판시엔.

"북제 사절단은 어제 왔다면서, 오늘 제가 도착하자마자 이렇게 술자리를 만드니, 제가 숨 돌릴 틈도 안 주시네요."

"판 대인이 올 거라 예상은 했지만, 직접 눈으로 확인하지 않고 어떻게 안심할 수 있겠습니까? 그리고 대인과 저는 어느 정도 믿음이 있다 생각했는데, 작년 서호에서 감사원이 처리한 일은 저에게 일언반구도 없이 너무 지나치게 하신 건 아닌지."

판시엔은 눈을 치켜 뜨며 싸늘한 어투로 말했다.

"너희들이 서만족과 결탁하여 경국 백성들을 죽인 일을 처리하는데, 내가 왜 너희들에게 알려줘야 하지?"

웨이화는 판시엔을 괜히 건드렸다 생각하며 재빨리 화제를 전환했다.

"지나간 일은 지나간 일이니……이번에 검려를 개방하는 행사에 참여하는 일에서, 판 대인은 무슨 생각을 가지고 계신 건지요?"

"무슨 이런 바보 같은 질문이 있지? 난 경국의 담박 공작인데, 당연히 경국의 이익을 꾀하겠지. 굳이 물을 필요가 있을까?"

"어떤 분이 저에게 대신 물어보라 하셔서……당시 샹징 술집에서의 협의가 아직 유효한가요?"

판시엔은 조소를 띠며 반문했다.

"협의가 있었나?"

"공작 대인은 그럼, 파기하시겠다는 뜻인가요?"

판시엔이 여기까지 듣고는 자리에서 일어서며 말했다.

"첫째, 협의 같은 건 없었고, 둘째, 지금 네가 이 말을 나에게 할 자격이 된다 생각해?"

판시엔은 숨을 고른 후 단호하게 말을 이었다.

"동이성은 큰 고기지. 능력있는 자가 그것을 가지는 것이고, 난 양보하지 않을 거야."

"저희 북제도 양보할 수 없습니다."

"스구지엔이 북제도 초청했으니 오는 것은 당연하지만, 너 하나를 보내지는 않았을 텐데……진정한 사절단 대표가 누구인지 궁금하네."

웨이화는 이 질문에 대답은 하지 않고, 다시 웃는 얼굴로 판시엔에게 진정하라 말하며 술을 한잔 권했고, 이후로 둘은 민감한 문제는 거론하지 않고 한담을 나누며 술잔을 기울였다.

물론 오래가지 못하고 각자의 거처로 돌아갔지만.

포월루에는 양국의 사절단을 합쳐 약 5백 명의 일행들이 있었고, 그들 사이에 냉랭한 기운이 흘렀다. 제일 긴장한 사람들은 송나라의 왕공 귀족과 대신들이었는데, 다행히 그들의 바람대로 그 긴장된 분위기는 다음 날 아침 바로 해소되었다. 웨이화가 이끄는 북제 사절단이 먼저 동이성으로 떠났기 때문이다. 그리고 판시엔의 경국 사절단도 그날 오후 송나라를 떠났다.

판시엔은 근본적으로 동이성에서 벌어질 일에 대해 걱정은 하지 않았다. 그리고 북제 사절단이 바로 앞에 있었기 때문에, 굳이 속도를 내 그들을 앞질러 갈 이유도 없었다. 자신이 일찍 도착해봤자, 결국 북제가 도착해야 담판이 시작될 것이었다. 그래서 춘곤증을 거부하지 않으며, 편안하게 마차에서 잠이나 자며 지냈다.

나흘째 되는 날. 판시엔은 뭔가 이상한 느낌을 받았다.

"이거 너무 느린 거 아니야? 북제 사절단은 앞에 있어?"

스챤리는 스승의 명에 따라 마차에서 내려 전방 감시를 맡은 왕치니엔 조직원에게 이유를 묻고 돌아와 판시엔에게 보고했다.

"북제 사절단은 앞에 있는데, 그들의 속도가 너무 느리답니다. 웨이화 대인이 동이성에서 패배를 맛보기 싫어 시간을 조금이라도 늦추는 게 아닐까요?"

판시엔은 스챠리의 농담이 맘에 들지 않았다. 그리고 순간 어떤 생각이 머릿속을 스치자 눈을 번뜩이며 물었다.

"북제 샹징에서 발생한 소식이 지금 이 마차에 전해지려면 시간이 얼마나 걸릴까?"

"적어도 8일 정도 걸립니다."

"그럼, 만약 5일 전에 어떤 이가 샹징을 떠나 동이성으로 향하고 있다 해도, 내가 지금 알 방법이 없네?"

"아마도……."

"그녀가 만약 샹징을 떠나 동이성으로 향했다면, 이틀이면 동이성에 들어갔을 수도 있는데……."

'이런 재미없는 놀이를 벌였다는 거지? 웨이화 이놈, 나의 행렬을 일부러 늦추면서, 북제 누군가가 스구지엔과 독대할 시간을 번다?'

"근데 하이탕 아가씨가 동이성에 먼저 간들, 뭘 할 수 있나요?"

판시엔은 스챠리의 질문에 대답 대신, 감사원 관원들을 불러 조용히 명을 내렸다. 부하 관원들은 너무 놀라 말을 하지 못했지만, 어느 누구도 그의 명에 반대를 할 수는 없었다.

# 제8장

## 동이성

봄기운이 만연한 동이성 근처에는 버들개지가 마치 눈처럼 날리고 있었다. 그곳에는 외지에서 온 것처럼 보이는 두 명의 삿갓 쓴 이가 마차 옆에 서서 이 아름다운 광경을 감상하고 있었다.

"버들개지가 날리는 풍경은 일 년에 이틀 정도나 볼 수 있는데, 저야 어렸을 때 많이 봤지만, 역시 도련님은 운이 좋군요. 여기 오는 마차 안에서는 계속 잠만 주무시더니."

젊은이는 삿갓을 살짝 올리고 지나다니는 행상들을 바라보다, 다시 멀리 흐릿하게 보이는 성을 보며 미소를 지었다.

도련님이라 불리우는 젊은이는 판시엔. 그가 왜 사절단에서 벗어나 이곳에 있는지 몰라도, 천하에서 9품 고수가 가장 많은 동이성에서 단독으로 행동하는 것은 상당히 위험해 보였다.

물론 판시엔은 자신의 안전을 전혀 걱정하지 않았다. 그 스스로도 9품 고수였지만, 옆에 동행하는 이가 그림자였기 때문이다. 그림자는 한 명이지만, 실제로는 6처 자객 절반을 대동한 것과 다름없는 효과였다.

"어렸을 때 이곳을 떠난 후로 한 번도 오지 않은 거야?"

"그를 죽일 수도 없는데 뭐 하러 오겠나."

"너의 그 백치 형님도 곧 죽을 거야. 그러니 나중에 황천(黃泉)에서나 가족들끼리 모여 왜 그랬는지 물어봐."

"그는 내 손에 죽어야 한다."

판시엔은 대꾸하지 않았지만 속으로는 걱정이 앞섰다.

'이 인간을 데리고 동이성을 들어가는 게 맞을까?'

둘이 동이성으로 점점 더 가까이 갈수록, 점점 더 많은 상점들과 행상들이 보였다. 매우 번잡해 보였지만, 판시엔은 다소 실망스러운 표정으로 말했다.

"상업이 발달하긴 했는데, 사실 버들개지만 날릴 뿐 웅장한 느낌은 별로 없어 실망스럽네."

판시엔은 정말 실망하고 있었다. 그는 동이성이 단일 성으로는 천하에서 제일 큰 성이라 들었는데, 이 성이 실제로는 성벽도 없이 무수한 상점들로만 이루어져 있다는 것을 몰랐기 때문이다.

"동이성은 늦게 도시화가 되었는데, 사실 처음부터 성벽을 지을 생각도 하지 않았다."

"그래서 방어가 너무 취약해진 것 아닌가?"

"처음부터 동이성은 상인들이 활동하는 곳이었기에, 그들은 외적을 물리친다는 생각도 없었다. 그리고 사실 성벽의 유무는 동이성의 안전에 미치는 영향이 크지 않다."

판시엔은 이 말뜻을 바로 알아들었다. 실제로 동이성의 안전은 검 하나로 지키고 있었기 때문이다. 더 정확히 말하면, 사람 자체가 한 자루의 검인, 스구지엔에 의지해서.

'결국 스구지엔은 자신이 죽으면서 벌어질 동이성 성벽의 틈을 메꾸려고 하는 거구만.'

동이성 경계 안으로 들어가니 더욱더 사람들이 많아졌고, 판시엔의 눈에 어디서도 볼 수 없는 동이성만의 독특한 풍경이 들어왔다. 다양한 모양의 건물들이 뒤엉켜져 있었고, 그 사이로 수많은 사람들이 북적거렸다. 천하의 모든 상품들이 이곳에 있는 듯 보였고, 거리에는 다양한 억양의 목소리들이 곳곳에서 울려 퍼지고 있었다. 그리고 심지어 바다 건너온 서양 사람들도 심심찮게 보였다.

'이곳에 와서 지갑을 열지 않는 사람들이 있을까?'

"신기하지 않나? 서양인들은 동이성만 믿고 거래하기 때문에, 경국에서는 그들을 잘 볼 수 없겠지만, 이곳에서는 익숙한 풍경이다."

'내가 유학생들을 얼마나 많이 봤는데, 저들이 신기할까…….'

"그런데 왜 서양인들은 경국을 불신하지? 경국도 취엔저우 항을 포함한 3대 항구가 있는데, 동이성의 지위를 왜 뺏지 못하는 거지?"

"그건 나도 정확히 모르지만, 내가 듣기로 20년 전에는 제법 거래를 했는데, 취엔저우 수군이 해체되는 것을 본 후, 서양인들이 너무 놀라 경국과 거래하기를 꺼리기 시작했다고 한다."

판시엔은 이에 대해 더 묻지 않았다. 거리의 모습을 보면 볼수록 그 이유를 알 수 있었기 때문이다. 동이성의 특이한 점 중 하나는, 치안을 관리하는 성주(城主) 집안 사람 몇을 제외하고는 관원으로 보이는 사람이 거의 없다는 것이었다.

'이 세상에도 시장 논리가 지배하는 곳이 있었구만.'

경국의 강남도 상업이 발달한 곳이긴 했지만, 무역이 발달했다고 볼 수는 없었다. 강남의 상업은 내고 상품의 생산에 많이 의존하고 있다보니, 조정에서 가격을 정하고 통제했기 때문이다. 이러한 방식은 상품 공급과 가격 변동의 안정성을 꾀할 수 있지만, 왕성한 거래에는 걸림돌로 작용할 수 있다.

물론 밍씨 집안이나 링난 숑씨, 취엔저우의 순씨 집안이 있지만, 사실 이들은 황실 독과점 상업의 대리인일 뿐이었다. 다시 말해, 동이성의 상업은 대등한 관계에서 이루어졌고, 경국의 강남처럼 그들의 뒤에 있는 황실의 권력을 신경 쓸 필요가 없었다. 그리고 상업을 증진시키는 것은 이익을 도모하는 마음이지, 황권을 쟁취하고자 하는 마음이 아니다.

이 모든 것이 동이성 상업의 근간이었다.

'경국 황제가 자신이 통제하는 영토에 자신이 통제할 수 없는 상인이 있다는 것을 어떻게 받아들이겠는가?! 동이성이 경국에 귀속되는 일이 좋은 걸까? 그 뒤에도 이 도시가 지금의 활력을 유지할 수 있을까?'

"다 봤나?"

그림자의 목소리에 판시엔은 겨우 혼자만의 사색에서 벗어났다. 판시엔이 고개를 끄덕이자 그림자가 오른쪽으로 가서 이름 없는 골목으로 사라졌고, 판시엔도 관광의 기쁨에서 벗어나 검은색 비수처럼, 이젠 어둠을 향해 나아가야 할 시간이라는 것을 깨달았다.

아직 밤의 어둠이 완전히 내려앉은 저녁이 오기 전, 노을이 성주(城主) 저택의 높은 처마를 비추고 있었지만, 그 집의 하인들은 어둠이 무서운 듯 일찌감치 불을 켜기 시작했다.

스구지엔이 죽으면 곧 동이성에 어둠의 시간이 찾아올 터, 그중에서도 가장 암담한 사람은 동이성의 성주(城主)였다. 사실상 동이성의 주인은 스구지엔이었고, 그는 단순한 행정을 보는 사람에 불과했기 때문이다. 다른 말로 하면, 동이성이 다른 나라에 귀속되면, 그는 필요가 없는 존재였다. 그는 암담한 얼굴을 하고 마주보고 있는 검객을 향해 말했다.

"윈 대인, 불길한 말이지만, 검성(劍聖, 검의 성인, 스구지엔을 일컫는 말) 대인이 얼마 못 가실 것 같은데, 검려의 수석 제자로서 동이성을 위해 어떤 방법을 강구해 주셔야 합니다."

"스승님도 생각이 있으실 테니, 성주 대인이 너무 걱정하지 않으셔도 될 겁니다."

"전 제 자신을 위해서가 아니더라도, 동이성 백성들을 걱정할 수밖에 없습니다. 동이성이 남경에 넘어가면, 저는 아마 징두에 가서 생활하게 되겠지요. 제 스스로의 안위는 큰 문제가 없을 텐데……하지만 동이성이 지금에 오기까지 모두가 고생했는데, 꼭 그 원수 같은 남경 황제에게 넘겨줘야 하겠습니까……?"

'백성을 들먹일 것까지야……어차피 당신이 징두에 가서 인질처럼 살기 싫어서 그런 거면서.'

사실 성주보다 동이성의 미래에 대해 더 걱정하고 있는 이는 윈즈란이었다. 그야말로 9품 상의 고수였기 때문에 동이성이 경국에 귀속된다 해도, 자유롭게, 경국 백성의 환영을 받으며 여생을 살 수 있었다. 하지만 그가 어려서부터 자란 곳, 그의 영혼의 고향인 이곳을 스승을 죽인 원수의 손에 넘겨주기는 죽기보다 싫었다.

그래서 그는, 물론 동이성이 현재처럼 양국의 세력 밖에 독립적으로 있는 것이 가장 좋은 미래라 생각했지만, 만약 그럴 수 없다면 북제와 손을 잡는 것이 낫다고 생각했다. 그리고 지금 그는 북제의 매우 중요한 인물이 검려에서 스승과 대화를 나누고 있다는 것을 알고 있었고, 그곳에 일말의 희망이라도 걸고 있었다. 그는 결연한 표정으로 대답했다.

"경국에 투항하지 않을 겁니다."

윈즈란의 시원한 대답에 성주는 화색을 띠었지만, 이내 다시 걱정스러운 얼굴로 물었다.

"하지만……검성 대인의 진짜 뜻이 그러한가요? 이미 그분을 뵌 지 2년이 넘었습니다."

윈즈란은 이 말에 대답을 하지 않았다. 사실 그도 스승의 속마음을 알지 못했기 때문이다. 대신 그는 다시 결연한 표정을 지으며 말했다.

"스승님께서도 일생 동안 심혈을 기울여 이루신 것을, 이런 식으로 원수에게 넘겨주는 걸 원치 않으실 겁니다."

"하지만, 듣자 하니 검성 대인의 마지막 제자가 남경에……."

윈즈란은 살짝 얼굴이 굳었지만 태연하게 대답했다.

"왕13랑은 나의 사제고, 그가 하는 일은 모두 스승님의 생각이십니다."

"그래서 걱정이라는 겁니다. 그를 남경에 보낸 것이 검성 대인의 생각이라니……."

'사제야……정말 난 너에게 아무 감정이 없단다. 설령 스승님께서 검려를 너에게 물려준다 하더라도 난 기꺼이 받아들일 거야. 하지만 동이성을 경국에 넘기는 것은…….'

성주 저택의 불빛이 살짝 어두워졌다 다시 밝아졌다.

윈즈란은 잠시 침묵하다 다시 단호하게 말했다.

"성주, 걱정마십시오. 13랑 그쪽도 제가 다 계획이 있습니다."

그렇다. 윈즈란은 계획이 있었다. 지금 가장 중요한 것은 북제의 그 중요한 인물과 스승의 담판이었고, 그것을 누구라도 방해하게 놔

둘 수는 없었다. 그것이 설령 사제라 하더라도.

그래서 그는 검려 근처와 왕13랑이 머무는 저택 주변에 이미 많은 고수들을 배치해 두었다. 성주는 이 계획을 알지 못했지만, 윈즈란의 시원하고 명확한 대답에 안심이 되는 듯 술잔을 들며 말했다.

"그렇다면 정말 다행이군요. 이번에 정말 예상을 깨고 판 대인이 직접 오지만 않으면 좋으련만……."

"안타깝지만, 판 대인은 이미 이곳으로 오고 있다 합니다. 허나, 만약 그가 감히 혼자 사제를 찾아간다면, 저는 그를 영원히 그곳에 잠들게 할 겁니다."

판시엔은 이미 동이성에 왔다. 단지 동이성의 누구도 그 사실을 알지 못했을 뿐이다. 그가 온 첫날 밤, 그는 동이성 외곽의 작은 저택에 도착했다. 그리고 저택 정원에 있는 푸른 깃발을 보며 기쁨의 미소를 지었다.

물론 무모하게 정문을 두드리고 들어가지는 않았다. 그는 조심스럽게 저택 주위를 돌아본 후, 매화꽃이 핀 정원 뒤쪽으로 돌아가 왕13랑을 만날 준비를 했다. 그리고 후문을 향해 발걸음 소리를 죽여 걸어갔다.

문에서 다섯 보 정도 떨어진 곳에서 판시엔이 갑자기 발걸음을 멈췄다. 개 짖는 소리가 들리지 않았기 때문이다.

'왕13랑이 나에게 개를 키우니, 들어올 때 조심하라 그랬는데…….'

한 마리의 개는 없어질 수 있지만, 매화나무 가지는 하나만 꺾여 떨어지지 않는다.

판시엔은 멀지 않은 곳에서 살며시 떨어지는 나뭇가지 하나를 보며 살짝 손가락을 구부렸다.

'매복.'

번쩍!

봄바람이 불 듯 검기가 번쩍하며 나뭇가지 하나가 꺾여 떨어지자, 순간 사방에서 살기를 띤 검기가 스며들기 시작했다.

'고수.'

판시엔은 머릿속이 복잡하게 돌아갔다.

'왕13랑은 왜 나에게 알리지 않았지?'

하지만 이것저것 생각할 여유가 없었다.

확실한 건, 천하에서 9품 고수는 동이성에 제일 많이 있다.

왕13랑과 나눈 대화 덕에, 이미 죽어버렸을 지도 모르는 개 한 마리 덕에, 꺾인 매화나무 가지 덕에 판시엔은 가장 위험한 순간에서 발걸음을 멈췄다.

그리고 그 포위망 밖으로 한 발짝 내디뎠다.

'펑!'

예상치 못한 그 한 발짝에, 매복해 있던 고수 하나가, 검기에 실수로 나뭇가지 하나를 꺾은 그 고수가, 검의 기세를 주체하지 못하고 모습을 나타냈다.

하지만 이내 모습을 감췄다.

판시엔은 온몸의 솜털이 곤두서는 느낌을 받았다.

'다섯. 앞에 있는 놈은 9품, 주위에 네 명은 9품 이상.'

하지만 판시엔은 한 발 이후에 다시 움직이지 않았다.

다섯 자루의 검이 움직이지 않았기 때문이다.

정면 싸움이 아니었다.

매복. 9품 고수의 매복 공격.

그들은 판시엔의 목숨줄을 끊어 놓을 단 한 번의, 가장 치명적인 순간을 기다리고 있었던 것이다. 그들은 격노한 독사처럼 긴 몸을 살짝 뒤로 젖혀, 사냥감을 노려보며 치명타를 입힐 준비를 하고 있었다.

'스스스스스.'

바람이 검기를 스쳐가는 소리가 스산하게 들렸다. 아무것도 없는 빈 공간이었지만, 검기로 뭉친 다섯 가닥의 선들이 그곳을 지나가고 있었다. 누구라도 그 구역으로 들어가기만 하면, 강렬한 검에 의해 수많은 고깃덩어리로 잘릴 것이다.

만약에 누군가 이 장면을 봤다면, 교외의 한가로운 정원이라 생각했을 것이다. 어쩌면 하나의 정지 화면처럼 보였을 것이다. 하지만 이 상황에서 판시엔은 그들의 빈틈없는 살기에, 무한의 압박감을 느끼고 있었다. 그 압박이 임계점에 이르자, 식은땀이 몸 밖으로 나와 콧대와 등을 타고 흘러내리기 시작했다.

땀방울 하나가, 그의 속눈썹을 타고 내려와, 그의 눈을 깜빡이게 했다.

여전히 고수 다섯은 움직이지 않았다.

판시엔이 곧 움직일 수밖에 없을 거라 생각했기 때문이다.

사실 판시엔은 자신이 한 발짝을 포위선 밖으로 내딛으면서, 도망갈 틈은 만들어 냈음을 알고 있었다.

하지만 문제는 왕13랑이었다.

'왕13랑이 왜 나에게 알리지 않았지? 아니지 왜 알리지 못했지? 푸른 깃발은 여기 있는데, 안에 있긴 한 것인가? 당했나?'

하지만 더 큰 문제는 포위한 자객들이 자신의 생각보다 훨씬 뛰어나다는 것이었다. 그래서 정지된 상태로 쉽사리 움직이지 못하고 고민에 빠져 있었다.

'휙!'

땀방울 하나가 그의 눈에 들어갔을 때, 그는 저택 안으로 들어가려는 생각을 버린 듯, 더 이상 압박을 견디지 못한다는 듯, 순식간에 체내의 진기를 폭발시켜 밖으로 뿜어내며, 맹렬하게 '후방'으로 돌진하였다!

'펑!'

큰 소리와 함께 사방에 먼지가 날렸고, 그 먼지 사이로 판시엔은 한 줄기 바람처럼 뒤로 향했다.

물론 판시엔이 진기를 뿜어내는 찰나, 자객들도 재빠르게 반응했다. 검의 섬광이 판시엔의 눈앞에 번쩍였고, 검세는 그의 목을 겨누며 판시엔을 쫓았다.

사고검법!

판시엔의 퇴각 속도는 매우 빨랐기 때문에 자객들의 반응 속도가 아무리 빨랐더라도 그를 따라잡을 수는 없었다. 하지만 검은 가능했다. 갑자기 어디선가 나타난 검 한 자루가 판시엔이 왼쪽 종아리 쪽으로 날아오고 있었다.

판시엔은 속도를 줄일 수가 없었다. 만약에 줄인다면, 앞에서 쫓아오는 검, 종아리로 날아오는 검을 떠나서라도, 결국 자객들에게 다시 둘러싸일 것이고, 그렇다면 다시 도망칠 수 있는 기회를 잡을 수가 없었기 때문이다.

하지만 하나의 문제가 더 있었다. 그가 도망치는 길 정면에 커다란 매화나무가 서 있었던 것이다. 매화꽃도 하나 피지 않은 늙은 매화나무. 늙고 초췌한 나뭇가지들만 뻗어 있는 고목마저 그를 포위하고 있었던 것이다.

판시엔은 속도를 줄일 수도 없었고, 줄이지도 않았다. 다만 다리를 살짝 구부려 왼쪽 종아리로 날아오는 검의 끝을 살짝 밟았다. 그리고 그 충격으로 몸을 공중에서 반 바퀴 비틀더니 자신의 정면에 있던 매화나무의 줄기에 등으로 부딪혔다!

그 짧은 충돌의 순간, 이미 9품 자객 둘은 그 나무 뒤로 돌아가 그를 포위할 준비를 했고, 그의 눈은 앞에서 다가오는 나머지 자객들의 눈빛과 살기 띤 섬광을 마주하고 있었다.

판시엔의 몸은 늙은 매화나무를 강하게 들이받았고, 판시엔의 등에 눌려 뒤로 휘어진 매화나무 앞뒤로 네 자루의 검이 판시엔의 몸을 향해 날아왔다.

하지만 늙은 매화나무는 이 모든 것을 바꾸었다.

국면(局面) 전환.

매화나무의 줄기는 완만히 변형되고, 뒤쪽의 나무껍질은 이미 지척에 있는 두 개의 검에 의해 부서지기 시작했지만……부러지지 않았고, 깨지지 않았고, 여전히 판시엔의 등을 받아내고는 있었지만, 마치 판시엔을 더 이상 원하지 않는다는 듯 보였다.

자객들의 눈이 동시에 번뜩였다.

나무가 부러질 정도로 휘었지만, 부러지지는 않았다.

그리고 판시엔을, 튕겨냈다!

'슝!'

판시엔은 흩날리는 먼지와 부러진 나뭇가지들로 엉망이 된 하늘을 날아, 마치 한 마리의 회룡이 된 듯, 전광석화와 같은 속도로 달려온 방향으로 돌아가, 앞에서 다가오는 자객 둘과 저택의 나무문을 차례로 거칠게 부숴 버리고 저택 안으로 돌진했다!

그렇다면 어떻게 강력한 패도 진기를 뿜은 판시엔의 몸이 매화나무와 충돌하고도 나무를 부러뜨리지 않을 수 있었는가. 그것은 천하에서 사나운 패도진기와 부드러운 천일도 진기를 동시에 수행한 판시엔만이 할 수 있는 진기 운용이었고, 이미 산골짜기 습격 사건과 황궁 습격에서 그가 보여준 그만의 독특한 진기 운용 방식이었다. 그는 나무에 부딪히는 찰나 순간적으로 진기를 거둠으로써 나무와 충돌하는 힘을 최대한 줄인 것이다.

그래서 9품 자객들조차 이런 상황을 예상하지도, 대비하지도 않았고, 실제 눈으로 보고서도 믿을 수 없다는 표정이었다.

판시엔이 저택 안 방으로 튀어 들어가니 침대에는 얼굴이 누렇게 뜨고 눈이 퀭한 왕13랑이 가부좌를 틀고 앉아 있었다.

'독에 중독되었군.'

판시엔은 바람처럼 침대 옆으로 달려가 왕13랑의 목에 검을 겨누고 있는 여자를 제압했다.

'사형들의 매복을 뚫고 들어왔다고?!'

여자는 너무 놀라 아무런 반응을 하지 못했고, 눈만 멀뚱멀뚱 뜬 채로 판시엔의 손가락이 자신의 급소를 찌르는 모습을 바라보기만 했다. 그리고 바로 '윽' 소리와 함께 침대에 쓰러져 혼수상태에 빠졌다.

왕13랑의 눈이 번뜩이며 고통스러운 기색이 얼굴에 스쳐갔다. 하지만 판시엔은 이 순간 그가 중독된 독이 무엇인지, 그것을 어떻게 치료할 것인지 생각할 시간이 없었다. 9품 고수들이 곧 들이닥칠 것이기 때문이었다.

'삐걱.'

침대가 부서지려는 찰나, 판시엔은 왕13랑을 잡고, 도대체 무슨 생각인지, 그가 들어온 방향을 향해 다시 튀어 나가기 시작했다!

사실 이 생각은 매우 이상했는데, 그를 쫓던 자객들도 그가 들어온 반대 방향으로 도망칠 것이라 생각했지, 들어온 그 방향으로 나올 것이라 생각하지 못했다. 그래서 한 명을 제외한 나머지 셋은 판시엔의 퇴로를 미리 막아서기 위해, 이미 몸을 날려 앞쪽으로 날아가고 있었다.

하지만 그들의 몸이 공중에 떠 있을 때, 놀랄 만한 광경을 목도할 수밖에 없었다. 판시엔이 지면에서 그가 부수고 들어갔던 문을 통과해 다시 매화나무 정원 밖으로 나오고 있었기 때문이다.

하지만 자객들은 명색이 9품 고수.

그들은 놀랐지만 당황하지 않고, 마치 하늘에 떠 있는 밝은 달을 밟고 방향을 틀듯 공중에서 몸을 비틀어, 판시엔이 뛰쳐나가는 방향으로 검을 내질렀다. 다만, 판시엔의 등에 그들의 사제인 왕13랑이 업혀있었기에 최대한 조심하며 판시엔의 뒷통수를 겨누고 쫓아갔다.

후문 쪽에 남아 있던 한 명의 고수도 상당히 놀랐지만, 정면에 있는 그를 보며 더 놀란 것은 판시엔이었다.

'실력도 있는데, 매복 공격의 치밀함도 대단하구만. 그래도 한 명이야. 일단 저놈을 뚫고 나가자.'

하지만 판시엔은 방향을 틀 수 없었다. 자신의 뒤로 엄청난 살기를 띤 검 세 자루의 검기가 느껴지고 있었기 때문이다. 그래서 그는, 푸른 옷을 입은 정면에 있는 자객의 눈을 사납게 쳐다보며 죽기살기로 그를 향해 돌진했다. 판시엔이 한 발 한 발 앞으로 디딜수록 엄청난 먼지가 날렸으며, 그 먼지는 순식간에 판시엔의 몸 주위를 감싸버렸다.

판시엔의 뒤에서 쫓아오던 검객들은 먼지 때문에 판시엔의 형체가 흐릿하게 보이기 시작했지만, 당황하거나 검세가 흐트러지지는 않았다. 사제의 몸을 피해 정확히 판시엔의 뒷통수를 향해 검을 겨누며 빠른 속도로 판시엔을 쫓았다.

그때, 공중에 있던 자객 한 명이 미간을 찌푸렸다.

자객의 몸을 비추던 밝은 달.

달에 비친 자신의 신체와 검.

그리고 그림자.

'왜 그림자가 네 개지?'

'슥, 슥, 슥.'

땅에서는 판시엔의 왼손에 쥔 비수의 검은 선이 그려지던 그때, 달빛이 비추는 먼지가 자욱한 매화나무 정원의 공중에서 세 번의 섬광이 번쩍였다. 그리고 판시엔이 지나간 그 자리에 판시엔 대신 세 명의 자객들이 공중에서 떨어졌다.

'퍽, 퍽, 퍽,'

자욱한 먼지가 가라앉고, 검려 네 명의 자객들이 일어나 주위를 살폈다. 두 명은 부상을 입었고, 두 명은 다행히 공격을 피했지만 무슨 일이 벌어진지는 모르는 듯 어리둥절한 표정으로 동료들을 바라보았다.

"무슨 일이지?"

판시엔을 정면에서 막고 있던 자객은 검려의 셋째 제자, 공중에서 나머지 둘과 함께 판시엔의 뒤를 쫓던 자객은 검려의 넷째 제자. 그들은 윈즈란을 제외하고 검려에서 가장 실력이 좋은 둘이었다. 셋째 제자는 갑작스러운 판시엔의 출현에 놀라기는 했지만, 판시엔의 목적이 돌파였기 때문에 적절히 그의 비수를 피하며 부상을 입지는 않았다. 물론 그보다 더 놀란 것이 있었다.

'이렇게 나를 쉽게 돌파해 가다니……판시엔이 사고검법의 헛점이 어디인지 정확히 알고 있었단 말인가!'

그보다 더 놀란 이는 땅에 떨어진 넷째 제자였다. 그는 갑자기 나타난 정체 모를 어떤 이의 검에 찔려 제법 큰 부상을 입어 피를 흘리고 있었다.

'윈즈란 사형이 나타났을 리는 없고……도대체 어떤 놈이 이렇게

정통한 사고검법을 깔끔하게 쓸 수 있는 거지!'

각양각색의 건물들이 겹겹이 만들어 내고 있는 그림자로 인해 잘 눈에 띄지 않는 어느 상점 안. 상점 안에는 달빛마저 거의 들어오지 않는 가운데, 간간이 바닷바람만이 불어와 피비린내를 중화시키고 있었다.

상점의 뒷문이 소리 없이 열리고, 두 겹으로 포개진 그림자가 바닷바람을 따라 들어오고 있었다. 그 상점은 글과 그림을 파는 서화(書畵)점. 실제로는 감사원의 동이성 내 비밀 가옥. 서화점 주인은 오늘 하루 종일 긴장하며 누군가를 기다리고 있었는데, 이렇게 늦은 시간에 부상자가 이곳에 올 거라고는 생각도 못하고 있었다.

판시엔은 침대 위에 왕13랑을 올려 놓고, 그의 안색과 입술 그리고 입안의 설태를 살펴본 후 마지막으로 진맥과 함께 심장 박동 소리를 들어보았다. 이미 그는 처음 봤을 때보다 상태가 악화되어 눈도 뜨지 못하고 혼절해 있었다.

'왕13랑을 이 모양으로 만들다니……과연 무서운 독이군.'

판시엔은 침착하게 품에서 환약을 두 개 꺼내 칼로 잘게 부순 후, 따뜻한 물에 타서 그의 입에 넣었다. 그리고 그의 가슴에 손을 대고 부드러운 천일도 진기를 운용하여 그에게 진기를 전달해 주어 환약의 기운이 그의 몸속에서 퍼지길 기다리고 있었다.

왕13랑이 중독된 독은 매우 강했지만, 판시엔은 크게 걱정하지 않았다. 페이지에가 떠나고 샤오은이 죽은 이 순간에, 적어도 독술에 있어서는 판시엔이 가히 천하에서 최고라 불릴만 했기에 스스로의 실력에 자신이 있었기 때문이다. 그리고 무엇보다 서른 번 검에 찔리고도 살아난 왕13랑이기에 그의 의지와 생명력을 믿었다.

얼마 지나지 않아, 왕13랑이 드디어 눈을 떴다. 말없이 주위를 살피던 그의 눈이 번뜩였다. 그리고 옆에서 상처를 치료해 준 판시엔에게 고맙다는 인사도 하지 않고, 차가운 목소리로 문을 지키고 있는 중년 남성을 향해 말했다.

"당신의 정체가 뭐야?!"

왕13랑은 이 남자를 칭저우에서 처음 봤다. 자신이 좌현왕을 암살하고 돌아왔을 때, 판시엔 곁에 잠시 있었던 사람이다. 상당한 고수라고 생각했지만, 판시엔이 특별히 인사를 시켜주지 않아, 그저 감사원 소속의 자객 정도로 생각했었다.

감사원 관원이기에, 오늘 그가 판시엔을 지키러 갑자기 나타난 것은 이상하지 않았다. 하지만 이상한 것은, 그가 도무지 납득할 수 없는 것은, 그가 경계할 수밖에 없는 것은, 그 중년 남성이 사고검법을 사용했다는 것이었다. 판시엔의 등에 업혀 저택을 빠져나올 때, 왕13랑이 뒤에서 엄청난 살기를 느끼고 뒤를 돌아보았을 때, 자신의 사형이 누군가에 의해 당하는 장면을 목도했다. 사형이 당한 것도 의외였지만, 누군가가 사고검법으로 사형을 공격했다는 것이 더 의외였던 것이다.

'검려 13제자들에게만 전수되는 사고검법. 내가 모르는 사형은 없는데. 도대체 이 사람은 뭐지?'

판시엔은 이 냉랭한 분위기에 개의치 않는 듯, 왕13랑이 흘린 식은땀을 손가락으로 찍어 자신의 코에 가져가 냄새를 맡았다. 그리고 이내 미간 주름이 깊어 졌다.

"이 독은 확실히 사나워. 문제는 이 독에 정확히 맞는 약을 내가 가지고 있지 않다는 것이야. 너의 생명을 빼앗아 갈 수는 없겠지만, 아무리 너라도 최소한 며칠은 쉬면서 체내의 진기로 자연스럽게 치료되길 기다릴 수밖에 없어. 그러니 일단 푹 쉬면서 몸을 회복하고, 궁금한 건 그 뒤에 물어보는 게 좋지 않을까?"

판시엔은 이 말과 함께 그의 목 뒤에서 작은 침 하나를 빼냈고, 왕13랑은 달갑지 않았지만 무거워지는 눈꺼풀을 이기지 못하고 그대로 침대에 기절했다. 판시엔은 고개를 저으며 문을 열고 나와 정원 처마 밑 그늘에 앉아 나지막이 말했다.

"아까 와 줘서 고마워. 너 아니었으면 진짜 죽었을지도 몰라."

"난 6처 처장이기 이전에, '그림자'다."

판시엔은 이 말의 뜻을 바로 알아들었다. 그는 감사원 관원이기 전에, 쳔핑핑을 그림자처럼 따라다니며 보호하는 '그림자'였다. 쳔핑핑이 판시엔을 보호하라 했기 때문에, 지금 그에게 가장 중요한 임무는 판시엔을 '그림자'처럼 따라다니며 그를 보호하는 일이었던 것이다.

판시엔은 그의 마음이 너무 고마웠지만, 이내 그 마음은 차가운 냉기로 채워져 버렸다.

'윈즈란이 사제에게까지 손을 쓴다고? 도대체 무엇을 위해서 자신의 동생 같은 사람마저…….'

판시엔은 한숨을 쉬며 옆에 있는 그림자에게 물었다.

"그런데 왜 아까 그 자객들을 죽이지는 않은 거지?"

"네 명의 9품이었다. 그리고 실력이 상당했다. 아무리 나라고 해도 그들을 모두 죽일 수 없다. 그래서 기습으로 한 명을 공격하고, 그것을 통해 나머지 사람들의 마음을 흔들어 놓은 것이다. 넷째는 중상을 입었겠지만, 나머지는……확실히 그 백치 같은 형이 제자들을 잘 키워 놓은 것 같다."

"음……왕13랑이 너의 존재를 눈치 챘는데, 그는 내 친구이니 큰 문제는 아니겠지만……관건은 스구지엔이 언제 너의 진짜 신분을 알아차리느냐인데……오늘 자객들이 죽지는 않았으니 그들도 분명 눈치를……."

"스구지엔은 이미 알고 있을지 모른다."

사실 판시엔이 말은 못했지만 지금 가장 큰 걱정은, 그림자의 신분을 스구지엔이 아는 것보다 황제가 아는 것이었다. 현공 사당 사건에서 황제가 언급하긴 했지만 당시에는 증거가 없는 이상 황제가 확인할 수는 없다 생각했다. 하지만 대동산 사건을 통해 황제의 대종사 신분이 탄로난 지금에 와서 생각하면, 그의 실력으로 현공 사당의 자객이 '그림자'였다는 것을 이미 알고 있을 수도.

물론, 아직도 증거는 없었다. 다만, 이번에 만약 그림자의 신분이 공식화되어 버린다면, 문제는 매우 복잡해질 수밖에 없었다. 어떤 이유에서든 현공 사당에서 황제를 암살할 뻔했고, 황제와 원수지간인 스구지엔의 동생이 감사원의 6처 처장이고.

그렇다면 가장 문제가 되는 이는 바로, 쳔핑핑. 생각이 여기까지 미치자 판시엔은 자기가 너무 예민하다 생각하여 생각을 떨치려 노력하며 다시 긍정적인 말투로 가볍게 말했다.

"일이 생각보다 쉽게 풀릴 수도 있어. 내일 스구지엔을 만날 것이니, 그와 이야기가 잘 되면 이 모든 것이 잠잠해질 거야."

다음 날 아침. 판시엔은 왕13랑에게 미음을 먹이며 창백한 얼굴을 하고 있는 그에게 물었다.

"우리는 친구야?"

왕13랑은 잠시 생각한 후, 말없이 고개를 끄덕였다.

"그럼, 친구로서 부탁할게. 어제 저녁의 모든 것에 대해서 나에게 묻지 말아줘."

왕13랑은 다시 한번 생각했지만, 이윽고 말없이 또 한번 고개를 끄덕였다. 판시엔은 그를 보고 만족스러운 표정으로 태연하게 말했다.

"그럼 내가 좀 물어볼게."

왕13랑은 살짝 미간을 찌푸렸지만 크게 반응하지 않고 말없이 죽을 먹었다.

"어제 나 진짜 죽을뻔 했어. 윈즈란이 그렇게 나올지, 넌 진짜 몰랐던 거야?"

왕13랑의 얼굴이 암담하게 변하면서, 고통스러운 눈빛이 스쳐갔다. 한참 지난 후, 왕13랑은 쉰 목소리로 조용히 말했다.

"3일 전, 윈 사형과 술을 마셨어요. 동이성의 미래에 대한 내용이었는데, 사실 윈 사형의 말에도 일리가 있다 생각했기에 별다른 대꾸는 하지 못했죠."

"하지만 너의 계획은 스승 스구지엔이 직접 지시한 건데, 어떻게 그가 거역할 마음을 품는 거지?"

"사실 저도, 스승님의 명만 없다면, 윈 사형처럼 검 하나로 경국 군대 전체를 상대할지언정 이렇게 하기는……사형들에게 미움을 사기도 싫고……."

"배신자가 된 기분이 별로야?"

"그래도 스승님께서 동이성의 미래와 백성들을 고려하셨을 거라 믿고는 있죠. 다만, 그 술자리에 윈 사형과 저 둘밖에 없었고, 사형을 많이 보지는 못했지만 그래도 큰형처럼 따랐는데……."

"그래서 윈즈란이 너에게 술을 한잔 줬고, 넌 받아 마셨다. 이렇게 된 거구만."

"하지만 사형은 소인배가 아니에요. 사형이 저에게 독을 쓴 건, 분명 동이성을 위한……."

"너도 참……순진해. 이 세상은, 네가 죽이지 않으면, 네가 죽임을 당하는 세상이야. 너의 이런 성격으로 검려를 지켜내려고 하는 건, 정말 망상에 불과해."

"사형은 절 죽이려 한 것이 아니라, 저의 주변에 있는 경국 사람을 죽이려 한 거예요."

"그건 인정하지. 내가 독을 조사해 봤는데, 잠시 동안 너의 경맥을 상하게 해 마비는 시키지만, 치명적이지는 않더라고. 그리고 나도 윈즈란의 생각은 이미 파악했어. 지금 북제의 누군가가 스구지엔과 독대를 하고 있는 것 같은데, 그것을 아무도 방해하지 못하게 하려는 거겠지. 다만, 그 북제 인물이 누구냐는 건데……."

"그건 저도 몰라요. 그건 큰 사형이 직접 계획한 일이고, 전 독에 중독되어 갇혀 있는 바람에……."

"음……어쨌든 내가 스구지엔을 봐야 하는데, 무슨 좋은 방법이 없을까?"

"저도 열흘 동안 스승님을 뵌 적이 없어서……."

"젠장. 할 수 없지. 정면 돌파할 수밖에. 설마 검려 앞에서 날 죽여 버릴까. 그리고 너희 둘째 사형은 최소한 이 일에 중립적이라 하던데, 아무리 윈즈란이라고 하더라도."

"어제 사형들의 매복 공격에 죽을 뻔했는데, 오늘 또 가서 죽음을 자초하겠다구요?"

"설령 오늘 검려 안으로 들어가지는 못하더라도, 최소한……북제에서 온 그 거물은 봐야겠어."

창백한 얼굴을 한 젊은이가 마차에서 힘들게 내려, 멀리 있는 검려 본채를 바라보며 복잡한 표정으로 천천히 발걸음을 옮겼다. 그곳을 지키고 있던 검려의 제자들은 그를 보며 놀랐지만, 무의식적으로 검을 뽑아 그를 향해 겨누었다.

"사숙(師叔, 같은 스승을 둔 손제자가 스승의 제자를 칭하는 호칭), 아무도 검려에 들이지 말라는 윈 사숙의 명이 있었습니다."

왕13랑은 깊은 숨을 한번 들이마셨지만, 여전히 검려를 향한 발걸음을 멈추지 않았다. 그리고 자신에게 검을 겨누는 무리의 우두머리에게 다가가 공손히 예를 올리며 말했다.

“둘째 사형, 스승님을 만나 뵙고 싶습니다.”

검려 둘째 제자는 애틋한 하지만 안쓰러운 표정으로 그를 보며 나지막이 입을 열었다.

“사제, 돌아가게.”

검려 앞에서 한바탕 소동이 일고 있을 때, 검려 뒤쪽에 있는 아늑한 집 밖으로 한 사람의 그림자가 나타났다. 이 집은 검려에서 귀한 손님을 대접하기 위해 만든 숙소인데, 이번에 온 ‘귀한 손님’은 이미 검려 안에 들어가 있었기 때문에 집의 방어가 그렇게 삼엄하지는 않았고, 다가온 그림자는 쉽게 그곳을 들어갔다.

몇몇 호위들의 눈을 피해 집의 정원에 이른 판시엔은, 은은한 향을 맡으며 복잡한 눈빛으로 침실 안으로 들어갔다. 그리고 그곳에서 거울을 보고 있는 여인 하나를 보고 저도 모르게 미소를 지었다. 그는 소리도 없이 그녀의 뒤로 가 귓가에 대고 속삭였다.

“리리, 남자가 그립지 않았어?”

그녀는 고개를 ‘획’ 돌려 그를 보았지만 너무 놀라 아무런 말도 내뱉지 못했다.

‘판시엔?!’

“정말 널 아끼나봐. 이런 큰일에도 너를 데리고 오다니……설마 그 짧은 시간에 네가 바람이라도 필까 걱정하는 건가?”

스리리는 여전히 아무 말도 못하고 있었다.

“지금 나와 함께 일을 저질러 너의 그 황제를 걱정시켜보는 건 어때?”

판시엔은 이 말과 함께 그녀의 손을 잡고 일어나 침실의 장막 뒤로 가 몸을 숨겼다.

시간이 얼마나 흘렀을까. 정말 길었는지, 어쩌면 아주 짧았는지도 모른다. 그때, 집 밖에서 다급한 발소리가 들려오고 젊은 남자 하나가 많은 사람의 호위를 받으며 방 안으로 들어왔다. 이 남자는 눈썹이 쌍검처럼 날카롭고 눈은 바다처럼 깊었는데, 허리에 황색 띠를 두르고 위풍당당하게 걷는 모습이 매우 자연스러웠다.

"리리는?"

"폐하, 종이 들어왔을 때부터 없었습니다. 아마 정원을 거닐고 있으신가 봅니다."

하인으로 가장한 태감 하나가 보고했지만, 젊은 남자는 대꾸도 하지 않고 침대에 앉아 습관처럼 신발을 벗었다. 판시엔은 장막 뒤에서 몸을 숨긴 채 이 모습을 바라보며 냉소를 지었다.

'발이 저렇게 큰데……여자라고?'

그렇다. 북제 황제가 직접 검려 개방 의식에 참여했다.

물론 이번 개방 의식은 스구지엔 생전의 마지막 의식이었고, 이번 의식에서 동이성이 귀속할 국가가 정해질 것이었지만, 그렇다고 일국의 황제가 오리라고는 아무도 예상하지 못했다.

물론 판시엔은 예외였다.

'북제가 사활을 걸었구만.'

검려 산 뒤쪽의 집은 매우 조용했지만, 북제의 고수들이 얼마나 포진되어 있는지는 알 수 없었다. 물론 그들도 그들이 지켜야 할 황제의 몇 발자국 옆에 판시엔이 있는지 상상도 할 수 없었다.

판시엔의 실력이라면, 지금 황제를 제압하거나 심지어 죽일 수도 있었지만, 문제는 그러한 방식은 아무런 문제도 해결해 주지 않는다는 것이었다.

그때, 방 밖에서 발걸음 소리가 하나 들려오자 판시엔의 미간 주름이 깊어졌다.

'고수다. 랑타오? 허다오런?'

판시엔은 순간 오늘 자신의 계획이 너무 충동적이었다는 생각이 들었다.

'저자가 방으로 들어오면, 스리리의 호흡은 눈치 챌 텐데…….'

판시엔은 고개를 돌려 스리리의 눈을 보고 눈빛으로 뭔가를 말하였다. 스리리는 조금은 원망스러운 눈빛으로 그를 바라보았지만, 판시엔은 눈을 한번 깜빡이고, 미소를 짓다가 다시 한번 간절한 표정을 지으며 무언으로 부탁했다.

이때 북제 황제는 조용히 눈을 감고 무엇을 깊이 생각하고 있었고, 고수는 문밖에 서서 무엇인가 보고할 것이 있다고 고하고 있었다. 판시엔은 다시 한번 스리리에게 눈치를 주었다.

"휴."

조용한 방안에서 짧은 한숨 소리가 들리자, 북제 황제는 눈을 번쩍 뜨며 뒤쪽의 장막 방향으로 고개를 돌렸다. 그 순간 고수는 여전히 문밖에서 대기하고 있었다.

스리리가 치마를 살짝 들고 장막 뒤에서 상기된 얼굴로 걸어 나왔다.

"네가 거기 있었네. 그런데 왜 태감이 네가 정원에 있다고 했을 때, 아무런 기척도 내지 않았지?"

"폐하를 놀라게 해 드리려고 했지요."

"그 뒤에서 짐에게 말 못 할 이상한 짓을 한 건 아니고?"

"폐하, 전 지금 뒷간에 있었는데……설마 저의 그런 모습을 아무에게나 보여주고 싶으신 건가요?"

이 말은 절묘했다. 북제 황제는 갑자기 웃음이 터졌고, 판시엔은 자신의 뒤편에 있는 변기통을 보며 속으로 감탄했다.

'역시 전직 밀정다워.'

하지만 판시엔을 더 감탄하게 한 것은 다음 장면이었다. 황제가 웃으며 일어나더니 스리리에게 다가가 그녀의 손을 잡고 너무나도 사랑스럽게 그의 입술을 그녀의 붉은 입술에 포개였다. 그 키스는 너무나도 정렬적이었고 강렬했다. 스리리는 숨을 헐떡거리기 시작했고, 그 장면을 바라보던 판시엔은 자신의 심장 박동 소리를 문밖에 있는 고수에게 들키지 않기 위해 최대한 노력하였다.

'이번 생에서 이런 장면을 보게 될 줄이야…….'

하지만 다행히도, 또는 안타깝게도 밖에서 고수의 목소리가 이 모든 분위기를 깨버렸다. 황제도 그의 목소리를 듣자 헛기침을 두 번 하고 표정을 수습한 후, 스리리의 귓가에 대고 몇 마디를 건네고 다소 화가 난 표정으로 문을 열고 나갔다.

황제가 나가자 판시엔은 기괴한 미소를 지으며 장막 안에서 나왔다.

"뭘 그렇게 웃어요?"

"이 장면을 보고 웃지도 못한다고?"

"판 대인, 여긴 도대체 왜 오셨어요? 설마 저와 폐하의 이 장면을 보러 오신 건 아니시겠죠?"

스리리는 이 말을 하면서 저도 모르게 얼굴을 살짝 붉혔다.

"원래는 너와 황제가 무슨 말을 하는지 보려 한 건데, 갑자기 이런 장면을……그리고 또 랑타오 대인이 와서 모든 것을 망쳐버렸네. 결국 저녁까지 기다려야 하는 건가?"

"저녁이요? 여기서 저녁까지 있을 거라구요?"

"안 될 건 또 뭐야? 난 이런 장면은 정말 평생 보지 못 했어. 내가 만약 이 이야기를 글로 쓴다면 아마 〈석두기〉보다 잘 팔릴걸?"

"설마 완알 군주와 이런 것도 안 해 본 거예요?"

판시엔은 결국 웃음이 터져버렸다.

"중요한 건, 이건 레즈비언의 그런 것이라는 거지. 진짜 나도 이런 건 처음 봤네."

"레이스? 그게 뭐예요?"

"난 정말 궁금했어. 여자끼리는 도대체……어떻게 할까? 황제의 표정을 보니 확실히 너의 그 몸에 엄청난 관심을 가지던데, 그건 태어날 때부터 그런 건가? 정말 궁금하네."

스리리는 판시엔의 말에 얼굴이 하얗게 질렸다. 그건 확실히 자신과 황제의 행동이 들킨 것 때문은 아니었다.

'판 대인이 어떻게 그 비밀을…….'

판시엔은 그녀의 반응에 개의치 않고 말을 이었다.

"정말……영원한 비밀은 없는 건가? 너희 셋은 날 속이면서 정말 그 비밀이 탄로날까 걱정하지 않은 거야? 그걸 이용해서 너희들을 협박할 것도?"

스리리는 너무 놀라 도대체 어떻게 반응을 해야 할지 몰랐다.

"진정해. 뭘 그렇게 두려워해. 사실 이게 너와 무슨 상관이야? 다만, 궁금한 게 하나 있는데, 북제 황제와 '그렇게' 친한 관계인데, 왜 아까 랑타오가 왔을 때 내가 있다고 폭로하지 않은 거지?"

"제가 대인을 알잖아요. 제가 그렇게 하면 대인이 나쁜 마음을 먹을 것이고, 그땐 랑타오 대인이 손을 쓰기에 늦을 수도 있다 걱정한 것뿐이에요."

판시엔은 고개를 저으며 음흉한 미소로 말했다.

"너 스스로도 거짓말인 거 알지? 됐어. 이유가 어떻든, 고마워."

"고마워할 필요는 없어요. 제가 북제로 이송될 때 저와 폐하의 목숨을 먼저 살려준 게 대인이시니……하지만 대인이 폐하를 해하시는 건 제가 먼저 용서 못 해요."

"설령 내가 황제를 해한다 해도, 넌 날 막을 힘이 없잖아……아니야, 그만하자. 어쨌든 고마워."

"제가 대인과 맺은 약속은, 설령 아무도 모른다 해도 지킬 거예요. 대인이 저의 복수를 해줬으니, 저도 대인을 최대한 도울게요."

스리리는 이 말과 함께 일어나 크게 한번 예를 올렸다. 스리리의 할아버지는 원래 황권을 계승할 유력한 친왕이었는데, 갑작스러운 암살을 당한 후 온 집안이 쫓기는 신세가 되었다. 암살에서 결정적 역할을 한 것은, 할아버지의 심복 하나가 배반을 한 것이었는데, 그 배반자는 후환이 무서워 결국 스리리의 부모를 포함한 일가족 모두를 죽였던 것이다. 그래서 스리리와 동생은 북제로 도망갔던 것이고, 그녀의 기구한 운명은 그때부터 시작되었다.

그 배반한 자가, 판시엔의 손에 죽은, 친씨 어른이었다!

판시엔은 그 출발점이 무엇이든 친씨 어른 친예를 죽였고, 스리리는 그것에 대한 보답을 할 생각으로 판시엔을 도운 것이다.

단, 북제 황제를 해치지 않는다는 전제하에서.

"폐하께서 저에게 정말 잘해주세요. 하지만 대인의 일도 돕고 싶어요."

"북제 황제는 날 죽이려고 여러 번 시도했어. 그런데 난 원한이 있으면 꼭 갚아주는 사람이야. 그리고 난 결국 경국인인데, 경국 출신인 네가 북제 황제와 손을 잡는 것을 축하해 줄 수만은 없어."

"부모님이 돌아가신 후로, 스스로 경국 사람이라 생각해 본 적이 없어요. 전 그저……가련한 여자일 뿐이에요."

"그래 맞아. 이 일에서 날 더 도우라고는 하지 않을게. 다만, 이틀 동안 북제 황제와 검려와의 담판이 어떻게 진행되었는지만 알려줘."

스리리는 입술이 올라가 살짝 웃으며 말했다.

“대인이 믿으실지 모르겠지만, 스구지엔이 이 정도일 줄은 몰랐어요. 폐하께서 직접 두 번이나 내려가셨는데, 그 대종사라는 분은 폐하를 아직까지 만나주지도 않았어요.”

이 순간 집 밖 검려 뒤쪽 산 정상. 얼마나 많은 북제 고수들이 숨어 있을지 모를 그곳에, 랑타오가 북제 황제 옆에서 절벽 아래쪽 검려 본채를 분노 가득한 눈빛으로 응시하고 있었다.

“왕13랑이 기어코 검려에 들어가려는 건, 판시엔의 말을 스구지엔에게 전하겠다는 의도가 분명해 보입니다. 윈즈란의 제자들이 밖에서 그를 막았지만, 문제는 아무도 이런 백주대낮에 왕13랑을 죽일 수 없다는 것입니다.”

북제 황제는 전혀 다른 화제를 꺼냈다.

“짐이 볼 때 그 사람은 확실히……판시엔이었네.”

랑타오는 침묵에 휩싸였다. 그리고 한참 후 조심스럽게 말했다.

“둬둬가 어떻게 생각할지 모르겠습니다.”

“아가씨 스승님도 짐의 위치에 있다면, 그를 죽였을 거네.”

이때, 태감 하나가 조심스럽게 두 사람 뒤로 와 나지막이 보고했다.

“리리 귀비에게는 말을 전했고, 이미 방 안은 비어있습니다. 그리고 허다오런과 몇몇 고수들에게 적절한 곳에 매복하라 지시했습니다. 명만 내려주시면 바로 실행에 옮길 수 있습니다.”

랑타오는 천천히 눈을 감고 생각하다, 눈을 번쩍 뜨며 말했다.

“소신이 직접 가겠습니다.”

잠시 후, 스리리는 다른 태감의 안내를 받아 황제의 뒤로 와 약간은 의아한 눈빛으로 그의 뒷모습을 바라보았다. 황제는 천천히 몸을 돌려, 미소를 지으며 그가 가장 좋아하는 '여자'를 바라보았다.

"넌 아직도 짐에게 이야기할 것이 없느냐?"

리리는 황제의 눈빛에 많은 것을 깨달았지만 내색을 하지 않고 태연하게 대답했다.

"리리는 폐하께 잘못한 일이 없습니다."

"어떻게 하면 네가 폐하에게 사과를 하겠느냐. 설마 그가 정말 짐을 죽여야 네가 나에게 잘못을 고하겠느냐."

황제는 리리의 대답을 기다리지 않고 이어 말했다.

"됐다. 안타깝지만 그는 곧 죽을 것이다."

리리는 이 말을 듣자마자 다소 당황하며 황급히 말했다.

"폐하, 제가 만약 폐하라면, 판시엔을 놔두겠습니다. 만약 정말 그를 잡으면, 아니 정말 그를 죽이려 하면, 그가 죽기 전에 어떤 '경천동지할 비밀'을 폭로할지 모릅니다."

북제 황제는 리리의 말을 이해하지 못했다.

'경천동지할 비밀? 이건 무슨 말이지?'

'휙!'

그때, 한 줄기 맹렬한 산바람 때문에 바닥의 흙먼지가 크게 일었다. 그와 동시에 검은 그림자 하나가, 마치 바람이 거대한 바위를 때리듯이, 하지만 그 기세를 막을 수 없다는 듯이, 북제 황제의 연약한 몸에 거세게 부딪혔다!

황제는 동공이 수축되었지만, 이미 그 짧은 순간 이 그림자가 누구인지 눈치 챘는데, 다만 이 상황이 어떻게 벌어질 수 있는지 이해가 안되었다.

'랑타오 대인까지 갔는데……어떻게 판시엔이 여기에?'

황제는 무공 수준이 낮았지만, 일국의 황제답게 전혀 당황하지 않고, 크게 기합을 한번 넣으며 허리춤에서 검을 꺼내 다가오는 그림자를 향해 휘둘렀다!

'챙!'

검은색 비수와 황제의 검이 부딪혔지만, 비수는 너무나 쉽게 검을 치워냈고, 검은 그림자는 너무나 편안하게 북제 황제의 품에 안겼다!

두 사람은 그렇게 끌어안고서, 바람처럼, 바위처럼, 절벽 아래로 떨어졌다!

"푸!"

판시엔은 공중으로 피를 뿜었고, 피는 분수처럼 흩어져 북제 황제의 얼굴과 옷을 적셨다.

이번에 판시엔이 매복 공격에서 탈출할 수 있었던 것은 실력 때문이 아니었다. 그는 태감이 방 안으로 스리리를 데리러 왔을 때, 뭔가 수상하다 생각하고 재빨리 움직였다. 그는 황제가 어떻게 방 안에 사람이 있다고 알아챘는지 몰랐지만, 그런 생각을 할 여유도 없이 황급히 밖으로 튀어나왔던 것이다.

다행히 그때 랑타오는 숙소로 돌아오는 길이었는데, 만약 그가 밖에 매복하고 있었다면 판시엔이 도망갈 기회는 없었을 것이다. 그는 집 밖으로 나오자마자 랑타오를 발견하고 일합을 겨뤘고, 판시엔은 그 공격에 사선으로 날아갔지만, 랑타오도 그의 패도 진기 공격을 받았기에 잠시 멈칫할 수밖에 없었던 것이다.

본래 판시엔은 재빨리 산 아래로 내려가려 했으나, 그곳에서는 이미 허다오런을 포함한 고수 여럿의 살기를 느낄 수 있었고, 그래서 어쩔 수 없이 산 위로 튀어 올라가기로 결정했다.

물론 이런 선택을 북제의 고수들은 상상할 수 없었다. 산 위에는 절벽이었고, 산이 별로 높지 않아 떨어져도 죽지는 않겠지만, 절벽 밑에는 검려 둘째 제자를 포함하여 윈즈란이 배치해 놓은 여러 명의 고수들이 있었기 때문이다. 다시 말해, 퇴로가 없었기에, 그곳을 굳이 지키지 않은 것이었다.

하지만 판시엔은 어쩔 수 없는 선택의 과정에서, 눈앞에 북제 황제의 모습이 보였고, 그는 순간 머릿속에 어떤 생각이 스치며 본능적으로 그를 안고 절벽을 뛰어내려 버린 것이다.

물론 판시엔이 동반 자살을 한 것은 아니었다. 그리고 황제를 이용해 자신이 살려고 한 것도 아니었다. 그는 황제를 품에 안고 최대한 보호하며, 떨어지는 동안 나무와 풀들을 이용해 속도를 줄이고, 마지막 순간에 진기를 운용하며 충격을 줄였다. 물론 그럼에도 피를 토할 정도의 내상을 입을 수밖에 없었지만.

북제 고수들의 매복은 피했지만, 판시엔이 정신을 차렸을 때에는 더욱 공포스러운 장면이 눈앞에 펼쳐져 있었다. 북제 황제는 안전했지만 자신이 내뿜은 피로 범벅이 되어 처참한 모습으로 자신의 품에 안겨 있었고, 두 사람의 주위에는 검려의 고수들이 검을 들고 동그랗게 진을 치고 있었다. 그리고 산 정상에서 재빨리 내려온 랑타오를 비롯한 고수들도 그들 뒤에서 자신의 움직임만 주시하며 노려보고 있었다.

잠시의 침묵이 흘렀고, 침묵 속에 무한의 긴장이 감돌았다.

판시엔은 한 손으로 북제 황제를 잡아 손가락을 급소에 얹었고, 다른 한 손으로는 검은색 비수를 잡고 천천히 자리에서 일어났다.

'대동산 사건 이후에 이렇게 많은 고수들이 한자리에 모이는 건 처음이겠구만.'

판시엔을 둘러싼 고수들의 출신과 신분은 달랐지만, 목표는 동일했다. 판시엔을 잡는 것 또는 죽이는 것. 다만, 그들은 지금 그의 손가락 하나에 북제 황제가 죽을 수 있는 상황이라는 것도 알고 있었기에 감히 누구도 움직일 수 없었을 뿐이었다.

이때, 누군가 탄식을 하며 입을 열었다.

"이렇게 많은 고수들 앞에서 북제 황제를 제압하다니, 역시…… 남경의 판시엔이구만."

스구지엔의 둘째 제자. 그는 누구 편에도 서지 않은 중립을 유지하고 있었기에, 이렇게 편안하게 하고 싶은 말을 할 수 있었다. 판시엔은 기침을 두 번 했고, 입에서 흘러나오는 피를 소매로 닦으며 쉰 목소리로 말했다.

"모두들 여기 계셨구나……좋은 기회이니 이제 다같이 이야기 한번 하실까요?"

"판시엔, 자네는 정말 담이 커. 이렇게 검려 앞에서 대놓고 짐에게 무례하게 굴어도 되는 건가?"

"폐하께서 저를 죽이고 싶어하셨는데, 이 정도는 해도 되지 않을까요?"

판시엔은 다시 한번 소매로 입가의 피를 닦으며 말했다.

"저도 이런 비겁한 일은 하고 싶지 않았지만, 폐하께서 운이 좋은 건지 나쁜 건지, 저를 너무 빨리 발견해 버려서, 어쩔 수 없이 이런 짓이라도 해야겠네요."

그는 이 말과 함께 음흉한 미소로 주위를 둘러보며 목소리를 좀 더 높여 외쳤다.

"너무 뻔한 말이지만, 그를 살리고 싶으면, 날 몰아붙이지 마!"

그는 다시 한번 단호하게 소리를 질렀다.

"나를 미치게 하지 말라고!"

침묵이 흘렀다.

얼마나 지났을까, 뒤에서 무리들을 제치며 다가오는 한 사람이 있었다. 그리고 그는 판시엔에게 가볍게 예를 올리며 침착하게 말했다.

"판 대인, 자네가 여기서 무엇을 하든 난 상관없네. 설령 북제 황제를 해할 수 있다 해도, 이곳은 검려인데 내가 자네를 순순히 놔줄 것 같은가?"

이때, 랑타오도 앞으로 나와 가볍게 예를 올리며 말했다.

"판 대인, 난 정말 자네의 실력과 용기를 인정하네. 하지만 이렇게 많은 고수들에게 포위되었는데, 아무리 자네라도 어떻게 도망갈 수 있겠는가. 그리고 난……자네가 절대 폐하와 함께 도망가게 놔두지 않을 거네."

판시엔은 목에서 올라오는 피를 최대한 참으며 사납게 외쳤다.

"그렇겠지. 내가 너희들을 모두 쓰러트릴 수는 없지. 하지만 만약 너희들이 날 놓아주지 않으면……기억해. 두 사람의 무덤이 필요할 거야. 그리고 난 일국의 황제와 같이 묻힐 테니, 최소한 역사에 화려한 기록으로 남겠지."

이 모습을 지켜보던 북제 황제는 조롱하듯 입을 열었다.

"판시엔, 이 불쌍한 이들을 괜히 겁박하지 말게. 자네가 감히 나에게 손가락 '하나' 까닥할 수 있단 말인가."

판시엔이 고개를 돌리니, 북제 황제가 자신을 바라보는 조롱 섞인 눈빛이 보였다. 판시엔은 저도 모르게 그 눈빛에 분노하여, 자조 섞인 미소를 한번 짓고서, 비수를 쥐고 있던 손의 손가락 '두 개'를 펴서 황제의 턱을 받쳐 올리며 멸시하듯 말했다.

"귀여운 놈, 턱이 매끈하네?"

판시엔의 행동에 주위에서 웅성거리기 시작했고, 북제 황제는 당황스러운 눈빛을 했지만, 아무도 말을 할 수는 없었다.

"너에게 손가락 하나 까딱 못 한다고? 그럼 두 개는 괜찮아?"

"잠깐! 스승님을 걸고 맹세하네. 자네가 폐하를 놔주면, 우리들은 절대 자네를 막지 않겠네."

참지 못하고 소리를 지른 사람은 랑타오. 그가 한 발짝 앞으로 내딛자 엄청난 기세에 거센 바람이 일었지만, 그는 최대한 참으며 침착하게 판시엔에게 제안했다. 당연히 그 '맹세'는 판시엔이 도망갈 최고의 기회를 주는 셈이었다.

"네가 날 안 막는다. 그럼 검려 사람들은?"

랑타오는 고개를 돌려 윈즈란을 매섭게 바라봤다. 윈즈란은 잠시 생각하다 어쩔 수 없다는 듯 가벼운 목소리로 말했다.

"검려의 제자들도 막지 않겠네……허나, 네가 검려에서 반 리(里) 정도 도망갔을 때부터는 추격하여 널 죽일 것이다."

판시엔은 그에게 냉소를 한번 날리고, 고개를 돌려 랑타오에게 말했다.

"들었지? 난 추격당해 죽고 싶지 않아."

랑타오는 마침내 폭발했다.

"너 이 새끼, 도대체 하고 싶은 게 뭐야?!"

판시엔은 잠시 생각하는 듯하더니, 그렇게 멀지 않은 검려의 본채를 한번 보고, 다시 마치 사람들에게 잊혀진 듯한 왕13랑의 눈을 한번 보고, 침착하게 말했다.

"피곤하긴 하네. 좀 앉고 싶기도 하고……좋아. 그럼 협의가 된 거야. 내가 사람을 놓아주면, 반 리까지는 나를 막지 않는다. 맞아?"

랑타오와 윈즈란은 동시에 고개를 끄덕였다.

그리고 판시엔은 천천히 북제 황제를 잡고 있던 손을 놓았다. 하지만 황제는 바로 물러가지 않고, 마치 판시엔이 수상하다는 듯 그의 눈을 보며 나지막이 입을 열었다.

"자네는 정말 담이 커."

"대단한데? 제가 뭘 하려고 하는지 예측했다구요?"

"자네가 짐을 순순히 놓아주지 않을 거란 걸 알아. 다만 궁금한 게 있네. 이 상황에서 자네는 내상도 입었는데, 이 많은 고수들의 공격을 막아낼 자신이 있단 말인가?"

"그렇지요. 제가 폐하를 놓아주진 않겠지요. 하지만 피곤한 건 사실이에요. 그래서 앉을 곳을 좀 찾고 있는 거죠."

두 사람의 목소리는 크지 않아 다른 사람들이 들을 순 없었지만, 황제는 확실히 수상쩍다 생각하며 다시 입을 열려고 한 순간, 그는 더 이상 기회를 주지 않고 독사처럼 그의 혈맥을 엄지로 눌러 입을 막았다.

'웅웅웅웅웅.'

그 찰나, 버드나무 가지를 지팡이처럼 집고 있던 왕13랑의 얼굴이 하얗게 질리며 극렬히 몸을 떨기 시작했다. 왕13랑은 아직 완전히 해독되지 않은 상태였지만, 자신이 끌어 모을 수 있는 진기를 최대치로 운용해 그 기세를 발산하고 있었고, 그로 인해 심지어 땅까지 흔들리고 있었다.

점점 더 땅의 움직임이 커지고, 그가 지탱하고 있던 버드나무 가지도 점점 더 심하게 떨리기 시작했고, 불과 세 호흡 만에 버드나무 가지가 반으로 잘렸다!

그는 심호흡을 한번 하고 반으로 잘린 버드나무 가지를 마치 검처럼 이용해, 그 가지에 모든 진기를 담아 판시엔 주위를 둘러싸고 있던 이들을 향해 날아올랐다!

순간, 일대에 큰 소란이 일었다.

검려의 제자들은 쉽게 반응하지 못했는데, 왕13랑의 기세를 볼 때 자신들이 사력을 다하지 않는다면 그의 상대가 되기 힘들다고 생각했기 때문이다. 그리고 이 상황에서 사숙을 대항해도 되는지에 대한 판단도 서지 않았다.

하지만 그중 두 명만은 전혀 당황하지 않았다. 윈즈란과 랑타오.

그들은 왕13랑의 행동을 전혀 개의치 않는 듯 판시엔의 일거수일투족을 주시하다, 그가 북제 황제를 다시 제압하고 공중으로 튀어 오르자 재빨리 그를 향해 돌진했다.

두 사람이 판시엔의 몸 근처에 다다랐을 때, 왕13랑의 버드나무 가지도 그들 옆으로 다가와 있었다. 하지만 그의 버드나무 가지는 윈즈란과 랑타오를 공격하기 위함이 아니었다. 판시엔은 약속이나 한 듯, 버드나무 가지를 밟고 공중에서 다시 한번 공중으로 튀어 오르더니, 그 반동을 이용하여 검려의 본채 방향으로 전광석화처럼 날아갔다!

랑타오는 재빨리 손을 뻗었지만, 잡은 것은 판시엔 옷의 끝자락이었고, 그의 손목에 걸려 있던 곡도는 허공을 갈랐다.

윈즈란도 재빨리 허리춤에서 검을 뽑아 판시엔에게 휘둘렀지만, 판시엔 오른 어깨 뒤쪽을 살짝 스쳐 얕은 상처에 핏방울 하나만 흘러내리게 할 수 있었다.

'펑!'

검려의 본채 대문은 판시엔의 몸과 충돌하며 산산조각이 났고, 판시엔은 여전히 속도를 줄이지 않고 북제 황제를 잡은 채 바람처럼 본채 안으로 돌진했다.

'휙.휙.'

그리고 눈 깜빡할 사이, 랑타오와 윈즈란도 한줄기 빛처럼 그의 뒤를 쫓아가고 있었다.

'구해야 한다!'

'막아야 한다!'

대종사를 제외하고 가장 강한 9품 고수 두 명이 전력을 다해 판시엔을 쫓아갔다. 랑타오는 황제를 구해야 했고, 윈즈란은 판시엔이 스구지엔과 만나게 해서는 안 되었다. 둘의 목적은 달랐지만 해야 할 일은 같았다. 그리고 지금 그것은 '반드시' 해야 할 일이었다.

판시엔의 한 손에는 검은색 비수가, 다른 한 손에는 북제 황제가 있었지만, 뒤에서 밀려드는 한기와 살기를 막을 방법이 없었다. 두 명의 9품 고수가 공중을 가르며 쫓아오는 소리는 파동이 되어 판시엔의 숨을 막히게 했지만, 근본적으로 그들을 대처할 여유도 방법도 없었다.

'펑!'

그래서 자신의 고유한 비행 궤적을 유지하며, 본채 내부의 첫 번째 나무문을 맨몸으로 그저 뚫고 나갔다. 하지만 얼마 가지 않아 또 문이 나타났다.

'도대체 문이 몇 개야?'

두 번째 문.

그때, 정말 기괴한 일이 벌어졌다.

판시엔의 몸이 그 문에서 한 척(尺) 거리에 접근했을 때, 판시엔의 등에서 곡도와 검이 세 척 정도 떨어져 있을 때.

'삐걱.'

문이 열렸다!

'펑! 펑!'

판시엔과 북제 황제가 문 안으로 들어가자마자 문이 세차게 닫혔고, 윈즈란과 랑타오는 닫힌 문에 세차게 충돌해 버렸다!

큰 소리에 천지가 울리는 듯했고, 문밖에서 사방으로 흙과 먼지들이 휘날렸지만, 건초와 나무로 만들어진 문은 멀쩡하게, 너무나도 간단하게 9품 고수 둘을 막아버렸다!

판시엔은 순간적으로 뒤를 돌아 의아한 표정으로 문을 바라봤다.

'이게 뭐지? 누가 이 문을 연 거지? 그리고 어떻게 이 문이……둘을 막았다고?!'

# 제9장

## 북제의 비밀

본채 밖에는 이미 한차례 소동이 지나간 후 모두의 시선이 본채에 쏠려 있었다. 왕13랑도 이미 버드나무 가지를 버린 채, 친구의 안위를 걱정하며 부서진 본채 대문을 바라보고 있었다.

그때, 이어진 다음 장면에 모두가 놀라움을 금치 못했다. 기세등등하게 들어간 천하 제일 9품 고수 둘이, 너무나도 처량한 모습으로 밖으로 튕겨 나오고 있었기 때문이다.

랑타오는 손목에 걸린 두 개의 곡도를 가슴에 대고 어떤 힘으로부터 저항하는 자세를 취했는데, 그것이 잘 되지 않는 듯 이미 전신이 떨리고 있었다. 그리고 마지막에 혼신의 힘을 다해 곡도를 휘둘렀는데, 잘 보이지 않는 희미한 물체가 두 동강이 났지만, 그와 동시에 그의 입에서 피가 뿜어져 나왔다.

윈즈란은 고개를 숙이고 한쪽 무릎을 살짝 올린 자세로, 양 손으로 눈썹 근처에 검을 평행하게 들고 있었는데, 마치 그 힘에 감히 저항하지는 못하는 듯, 마치 공손하게 그 힘을 받아들이는 듯, 하지만 빠른 속도로 뒤로 튕겨 나오고 있었다.

랑타오가 자른 것은, 작은 나뭇가지 하나.

윈즈란의 검에 붙어 있던 것은 작은 나뭇잎 하나.

나뭇가지 하나와 나뭇잎 하나가 천하의 9품 고수 둘을 몰아낸 것이다!

마지막 문 앞에서 윈즈란이 푸른 나뭇잎을 보았을 때, 그는 이미 직감하고 저항을 포기했다. 하지만 랑타오는 나뭇가지를 보았을 때, 몸 속에 일어나는 전의를 참지 못하고 억지로 맞섰다.

그 결과의 차이는 엄청났다.

한 사람은 피를 토했고, 한 사람은 튕겨 나왔을 뿐 아무런 상처도 입지 않았다. 물론, 스구지엔이 랑타오에게는 작은 나뭇가지로, 윈즈란에게는 작은 나뭇잎으로 대항한 것도 차이가 있었다. 어쨌든 팔은 안으로 굽는 법.

이 모습을 넋을 놓고 지켜보던 검려 밖의 제자들이 갑자기 일제히 무릎을 꿇고 본채를 향해 머리를 조아리기 시작했다. 왕13랑도, 윈즈란도 예외는 아니었다. 허다오런은 부상당한 랑타오를 부축하며 사납게 본채를 바라보았지만, 그를 포함한 북제 고수 누구도 그곳에 다시 달려갈 용기를 내지는 못했다.

'경국 황제의 일격을 받아 곧 죽을 몸이라던 스구지엔의 위력이 이렇게나 강한 것인가!'

검려 본채 내 두 번째 문 안.

판시엔은 문밖이 잠잠해진 것을 느낀 후, 바닥에 주저 앉아 있는 북제 황제 곁으로 가 그를 부축해서 세 번째 문으로 다가갔다. 그들이 세 걸음 걸었을 때, 이 문도 두 번째 문처럼 조용히 열렸다. 다만, 이번에는 문을 연 사람이 그 안에서 얼굴을 내밀었다. 그는 눈이 맑은 아이였는데, 아이는 둘의 차림새를 한번 훑어보더니 가볍게 웃으며 물었다.

"두 분 중, 누가 판씨이고 누가 잔씨죠?"

"짐이 북제 황제네."

먼저 대답한 이는 황제였는데, 그는 다리 쪽에 상처를 입어 힘들어 보였지만 황제의 습관처럼 '먼저' 대답했다. 판시엔은 약간은 웃기다는 듯 입을 열었다.

"그럼 내가 판씨겠네."

아이는 재밌다는 듯이 '하하' 웃고는 세 번째 문을 완전히 연 후 두 사람에게 공손하게 예를 올리며 말했다.

"두 분, 저를 따라오시겠어요? 방은 안에 준비되어 있습니다."

아이의 말을 듣고 판시엔의 부축을 받으며 따라가던 북제 황제는 저도 모르게 냉소를 지었다.

'짐이 여기 온 지 며칠째인데, 만나주지도 않더니……판시엔이 오니 이렇게 대접한다?!'

둘이 아이의 안내를 받아 도착한 곳은 침실. 하지만 스구지엔은 보이지 않았고, 아이는 그곳에 이르자 다시 공손하게 예를 올린 후 물러갔다. 이어서 하녀 하나가 뜨거운 물과 먹을 것을 챙겨왔지만, 한참이 지난 후에도 스구지엔은 나타나지 않았다.

주인이 없는 집의 침실에, 어색하게 둘만 남았다.

판시엔은 창가로 가서 창문을 열고 밖을 내다봤는데, 검의 무덤이라 불리는 움푹 패인 구덩이에 수많은 검들이 널부러져 있었다. 북제 황제는 침대에 걸터앉아 그의 뒷모습을 보며 냉랭하게 말을 건넸다.

"판시엔, 지금은 자네와 나 둘뿐이니, 할 말 있으면 하게."

"제가 확신하는 데, 이곳에서 나누는 대화를 스구지엔은 분명 들을 수 있을 거예요……뭐 상관없죠. 기왕 말하라 하니 하나만 물어보죠. 제가 리리의 방 안에 숨어 있는 것을 어떻게 아셨어요?"

"그리 말하니 짐도 궁금하네. 자네는 어떻게 짐이 그것을 알고 널 죽이라 명했는지 알아 챘나?"

판시엔은 황제의 반문에 어깨를 살짝 들어올리며 말했다.

"됐어요. 그 문제는 서로 그만 이야기하죠. 사실 전 지금 폐하께 화가 났는데, 왜 갑자기 그렇게 멍청하고 유치하게 변한 거예요?"

그는 몸을 돌려 황제의 눈을 똑바로 쳐다보며 말을 이었다.

"날 죽이면, 천하가 어떤 대가를 치르게 될지 생각 못한 거예요?"

그는 이 말과 함께 황제 옆으로 와 침대에 걸터앉으며 말투를 바꿔, 그의 귓가에 대고 속삭이듯 말했다.

"넌 이제 나이가 좀 들었지만, 내가 보기엔 아직 어린 황제일 뿐이야."

매우 무례했다.

아무리 타국의 신하라지만, 일국의 황제를 '너'라 부르고 존칭을 쓰지 않는 것은 이 사회에서는 용납될 수 없는 일이었다. 물론 황제를 인질로 삼기도 한 판시엔이 못할 일이 무엇이겠는가. 하지만 이상한 것은 황제가 이러한 판시엔의 태도에 화를 내지도, 심지어 기분 나쁜 기색도 표하지 않은 것이다.

"동이성에서 널 죽이면, 최소한 동이성이 경국에 투항하지는 못하겠지. 그리고 너의 죽음에 관해서는……기본적으로 짐은 관심이 없다. 설령 네가 죽지 않는다 해도, 너의 그 황제가 북제와 전쟁을 하지 않을까? 다시 말해, 너의 생사와 상관없이 천하의 전쟁은 막을 수 없다. 하지만 네가 죽으면, 최소한 동이성은 짐의 북제와 손을 잡을 텐데, 이 좋은 일을 짐이 못 할 이유가 있을까?"

판시엔은 이 말을 듣고 저도 모르게 우쥬 삼촌을 떠올리며, 안쓰러운 눈빛으로 황제를 바라보며 대답했다.

"경국 폐하께서는 신분이 너무 높아 직접 손을 쓰지 않고 군대를 일으켜 나의 복수를 해 주시겠지만……내가 너에게 하나 보장하지. 만약 네가 날 진짜 죽이면, 쿠허가 없는 북제는 경국 군대가 도착하기도 전에 피바다가 될 거야."

판시엔은 이 말과 함께, 북제 황제의 이마를 '톡' 쳤다!

물론 이 공격은 생사를 건 전투는 아니었지만, 최소한 황제에게 일종의 굴욕을 주기에는 충분한 공격이었다. 황제는 너무 놀라 판시엔을 바라보다 무의식적으로 손을 올려 이마를 만졌는데, 점점 눈에서 노기가 차오르며 결국 참지 못하고 무거운 목소리로 포효하듯 말했다.

"네가 감히……감히 짐에게 손을 대?!"

"몇 년 동안 너와 내가 호흡을 잘 맞췄다고 생각했는데, 갑자기 네가 날 죽일 생각을 하다니……그래서 네 잘못을 일깨워준 것뿐이야."

이 말과 함께 판시엔은 어깨를 으쓱 했는데, 다시 눈을 감고 잠시 생각한 후 진지하게 말을 이었다.

"널 처음 만났을 때 난 네가 좋은 군주가 될 수 있을 거라 생각했는데, 최근 2년 동안 하는 걸 보니, 너무 급해. 너무 급하게 이득을 취하려고 해……세상이 이렇게 아름답고 여유로운데, 넌 그렇게 급하니……그건 안 좋아, 정말 좋지 않아."

"짐의 행동을, 왜 너에게 해명해야 하지?"

"넌 누구에게도 해명할 필요 없지만, 대신 나에게는 해야 해. 당연한 거 아니야? 내가 너에게 그렇게 많은 이득을 줬고, 내가 벌어 준 돈이 얼만데, 넌 이런 투자자에게 당연히 보고를 해야지, 죽일 생각이나 하고 있고."

"짐에게 도움을 준 건 인정하지. 그런데……."

"그런데 또 뭐?"

"넌 경국 황제의 사생아다."

북제 황제는 이 말과 함께 습관적인 동작처럼 일어나 두 손을 뒤로 젖히며 뒷짐을 지었다. 평소에는 매우 멋있고 위엄 있는 동작이었지만……오늘은 비틀거리며 쓰러졌다. 오늘 발목을 다친 것을 잊었던 것이다. 판시엔은 웃음을 최대한 참으며 그를 다시 부축해 침대에 앉혔다. 황제는 민망한 듯 재빨리 하려던 말을 이었다.

"넌 경국인이고, 경국 황제의 아들이다. 그렇기에 짐이 너와 어떤 협의를 했든, 모후와 조정의 대신들이 너에게 희망을 걸 수는 없다."

북제 황제의 말은 간단했지만, 사실 모든 것을 설명하는 말이었다.

다시 한번 판시엔은 일어나 창가로 가서 구덩이 안에 쌓여 있는 무수한 검들을 바라보았다. 그는 이 수많은 검들이 대표하는 것이 무엇인지 알고 있었다. 그것은 스구지엔의 검법과 실력을 의미했고, 천하 백성들의 마음속 검려의 지위를 의미했고, 수많은 검객의 죽음과 피가 끓는 전기적인 일들을 의미했다.

어떠한 명성과 지위라도, 그것이 안정적으로 존재하기 위해서는, 모두 검과 피의 세례가 필요한 것이었다.

'결국은 이 사회에서도 평화는 불가능한 것인가…….'

판시엔은 조금은 암담한 표정으로, 하지만 이전보다 침착하게 입을 열었다.

"나도 네가 계속 잘못된 판단을 하는 이유를 알지. 결국 우리 경국이 너에게 주는 압박이 심하기 때문이겠지. 폐하께서 몇 년 동안 대규모 징집을 하지 않았다 하지만, 어쨌든 한걸음 한걸음 천하 통일을 위한 전쟁을 위해 나아가고 계신 건 사실이니까. 그리고 그분은 정정당당하게 너희들을 정복할 수 있다는 자신감도 가지고 있고."

판시엔은 자조적인 웃음을 지으며 말을 이었다.

"그래서 쿠허도 죽기 전에 너와 하이탕에게 희망을 걸며 서호로 보내고 무평을 보내고……하지만 너희들은 용서받지 못 할 엄청난 잘못을 저질렀지."

"무슨 잘못?"

"너희들은 모두, 나의 분노를 과소평가했어."

판시엔은 고개를 돌려 황제를 바라보며 한 자 한 자 똑똑히 말했다.

"쿠허가 죽기 전에 두 가지 수를 둔 건, 모두 마지막엔 나에게 희망을 건 것이고, 나에게 너희들을 지키라 한 것인데, 너는 날 두 번이나 죽이려 했으니, 네가 성공했든 안 했든, 이 사실을 쿠허가 알면 화가 나서 무덤에서 튀어나올 지도 몰라."

"너에게 희망을 걸었다?"

북제 황제는 언뜻 이해가 되지 않았지만, 판시엔은 더 설명하지 않고 자신의 할 말을 이었다.

"난 나의 생각대로 모든 것을 통제할 수 있지. 만약 통제되지 않으면? 그냥 내려놓고 물러서면 되는 것이고. 하지만 넌, 그렇게 못하니……너는 나의 말을 듣는 게 최선이야."

황제는 무의식적으로 반발했다.

"짐이 왜 너의 말을 들어야 하지?"

"네가 잘못된 판단을 너무 많이 하니까. 오늘 날 죽이려 할 때에도, 넌 스리리의 목숨을 지키기 위해 태감에게 명을 전달하게 했지. 하지만 만약에 네가 그것을 하지 않고 랑타오를 시켜 날 죽이려 했으면? 난 이미 여기 없었을 거야. 일국의 군주가 그렇게 마음이 약해서야. 여자라 그런가……."

마지막 말은 판시엔이 의도적으로 한 것인데, 황제의 표정이 순간 변했지만, 다시 태연하게 둘러댔다.

"너의 말이 점점 기괴해지는구나."

판시엔은 모른 척하며 계속 말을 했다.

"내가 오늘 여기 온 것은 스구지엔을 보려고 한 것도 있었지만, 너와 사적으로 둘이 말하고 싶었지. 네가 만약 북제를 잘 이끌고 싶다면, 오늘 이후에는 나와 척을 지지 말고 협조해야 해."

황제는 어이가 없다는 듯이 맑은 소리로 크게 웃으며 대꾸했다.

"판시엔, 대단하네. 갑자기 짐을 위협하는 건가? 네 칼로 짐을 죽이려 해 보게. 짐은 쟌씨 집안의 후손으로서 눈썹 하나 까딱하지 않을 거야."

"정말 기백 하나는 감탄할만 합니다, 폐하. 당연히 제가 폐하를 죽이지는 못하겠지요. 하지만 이건 생각해 보셨는지……랑타오, 샹샨후 같은 북제의 대단한 인물들이 자신이 모시는 황제가 갑자기……여자란 것을 알게 되면, 어떤 반응을 보일지……북제의 위대한 쟌씨 집안의 후손이 딸인 너 하나뿐이라면, 쟌씨 집안이 더 이상 존재할 필요는 있는 건가?"

황제는 죽일 듯이 판시엔을 노려보았다.

그리고 침묵에 빠졌다.

'그래서 스리리가 짐에게 그런 말을……!'

잠시 후, 황제는 조금은 잠긴 듯한 목소리로 냉소를 지으며 대꾸했다.

"한 시대의 시선(詩仙)답게 상상력이 남다르구만."

'이 상황에서 끝까지……냉정함과 패기는 인정해야겠네.'

판시엔은 잠시 동안 침묵하다, 아무 예고도 없이 손가락을 뻗어 위에서 아래로 그었다. 황제의 상투가 끊어지며, 황제의 검은색 머리카락이 폭포처럼 황제의 두 어깨 위로 떨어졌다.

그리고 조용한 방안에 아주 희미한 소리 하나만 울려 퍼졌다.

'스으윽.'

이 세상에는 고막이 떨릴 정도로 다양한 소리가 들려오고, 어떤 때에는 소리에 의해 감전된 듯한 느낌을 받기도 한다. 그리고 이러한 소리들은 그 자체로도 매우 개방적이고 복잡해서, 사람들로 하여금 다양한 연상 작용을 불러 일으키게 하기도 한다.

한적한 논밭에서 들쥐가 줄기를 뜯을 때 나는 소리, 모래 사장에 빗방울이 떨어지는 소리를 짝사랑에 빠진 시골 처녀가 논두렁에 앉아 듣는다면, 그녀는 낭만적인 생각을 할 것인가 아니면 그와 반대되는 생각을 할 것인가?

'스으윽.'

이 소리는 물새 한 마리가 깃털을 빗는 소리일 수도, 아니면 맷돌을 가는 소리일 수도, 옷을 벗는 소리일 수도. 또는 검이 검집에서 나오는 소리일 수도, 아니면 황혼이 지는 동이성 앞바다에 바람이 부딪히는 소리일 수도. 그곳에서 눈을 감고 들었으면 바람이 부드럽다 느껴질지도 모를 일이었다.

조용한 검려 본채 안 침실에서 이 익숙한, 어쩌면 인류에게 가장 익숙한 소리는 그 마력을 유감없이 발휘했다. 분노와 냉랭함으로 서로를 공격하던 두 사람은 이 소리와 함께 각자의 말과 행동을 멈췄다.

북제 황제가 몸에 걸친 홑옷이 찢기며 목에서부터 아랫배까지 스르륵 떨어졌다. 그리고 하얀 속옷이 노출되었다. 마치 잘 포장된 선물 상자를 조심스럽게 열었을 때 보이는 소중한 보물처럼.

봄기운이 만연한 봄. 사람들이 많은 옷을 걸치지 않는 계절. 옅은 황색의 옷이 찢어져 황제의 몸에 우스꽝스럽게 걸쳐 있었지만, 그 안에 감춰져 있던 속옷과 그 위로 살짝 드러난 가슴의 순백색이 모든 시선을 사로잡고 있었다.

판시엔은 침묵에 빠져들었다. 자신이 파렴치한 짓을 했다는 것은 알았지만, 눈앞에 펼쳐진 광경에 저도 모르게 일종의 충동마저 느끼고 있었다. 그런 순백색의 부드러운 피부는 절대 남자라는 동물이 가질 수 없는 것이었기 때문이다.

여자……여자의……그건 남자의 가슴일 수 없었다!

그녀의 가슴은 흰 천으로 단단히 묶여 있었지만, 마치 그녀의 고집을 대변하듯 더없이 단단하게 묶여 있었지만, 그 위로 살짝 돌출된 풍만한 피하 지방은 그녀의 실제 성별을 유감없이 보여주고 있었다.

판시엔은 그녀의 가슴을 응시하며 북제 황실의 능력에 감탄할 수밖에 없었다. 천이 어떤 재료로 만들어졌는지, 마치 한 쌍의 옥토끼를 감추듯, 경천동지할 비밀을 그 속에 감추고 있었던 것이다.

무려 십여 년을.

"음……발육이 된 후에 그것을 감추는 게 상당히 어려웠을 텐데, 그리고……몸에도 안 좋아."

'스으윽.'

그녀의 길고 검은 머리카락이 어깨 아래로 떨어지고, 옷이 찢기는 소리와 함께 일생일대의 가장 큰 비밀이 노출되는 찰나, 북제 황제가 처음 느낀 감정은 허탈감이었다. 하지만 동시에 가슴 깊은 곳에

드리워져 있던 검은 그림자가 흩어지면서, 평생 자신의 마음을 억누르고 있던 짐이 사라져 버리는 느낌도 가졌다.

그녀는 포기했고, 운명을 받아들였고, 어쩌면……기뻤다.

하지만 이내 바보 같은 눈빛이 사라졌고, 강렬한 충격과 함께 위기감을 느끼며 아무 말도 하지 못한 채 판시엔의 눈을 노려봤다. 그녀의 온몸은 위아래 모두 뻣뻣하게 굳어가고 있었고, 침대를 잡고 있는 화가 난 두 손이 떨리며 침대가 삐걱거리는 소리까지 내기 시작했다.

북제 황제는 자신의 가슴을 숨기려 하지도 않았다.

그저 자신의 가슴을 응시하는 판시엔을, 그리고 가슴의 발육이라는 쓸데없는 말을 지껄이는 판시엔을 증오하는 눈빛으로 말없이 노려봤다.

부끄러운 것인지, 분노한 것인지, 어색한 것인지.

그녀의 얼굴에 홍조가 나타나기 시작했고, 두 귀, 두 볼 심지어 목을 타고 내려와 하얀 천 위로 노출된 가슴까지 붉게 물들기 시작했다.

이미 그녀는 멀미를 느끼고 있었다.

이때, 주먹 하나가 판시엔의 눈앞에 나타났다. 손등의 피부는 매우 부드러워 보였고, 심지어 피부 안의 푸른 혈관마저 보였지만, 확실히 힘이 있었고, 엄청나게 빨랐다.

'퍽!'

판시엔이 손으로 얼굴을 감싸며 무의식적으로 아래를 보았다. 빨간 액체가 자신의 코에서 나와 자신의 손가락 틈새로 흘러나오고 있었다. 북제 황제는 천천히 주먹을 거두며 차갑게 말했다.

"짐은 일생 동안 한번도 이런 모욕을 당해본 적이 없다. 하지만 무릇 짐을 모욕하는 자는 응당의 대가를 치러야 할 것이야."

이 말은 매우 위엄 있는 말이었지만, 지금 옷이 벗겨진 황제의 모습과 섞여 조금은 우스꽝스러운 광경을 연출하고 있었다. 판시엔은 소매로 코피를 닦으며 침착하게 대답했다.

"이번 주먹은 따지지 않겠어. 하지만 두 번은 없었으면 좋겠네. 잊지 마. 넌, 여자야."

'넌, 여자야.'

이 짧은 말이 황제의 가슴을 쳤다. 그녀의 마음에 거대한 혼란이 일어났고, 오장육부가 끊기듯 고통이 몰려왔고, 분노와 절망으로 가득 차 그녀의 몸이 떨리기 시작했다. 그리고 그녀의 심정을 대변하기라도 하듯, 그녀는 저도 모르게 입술을 매섭게 깨물었다.

하지만 이내 그녀의 얼굴에 미친 듯한 표정이 나타났다. 판시엔은 이 표정이 낯설지 않았다. 마지막 순간을 앞둔 장 공주의 얼굴에서 보았기 때문이다.

"짐은 위협에 굴복하는 사람이 아니다."

"내가 요구하는 건 그렇게 많지 않아. 그저 내 말을 좀 들으라고……."

"보아하니 넌 이미 뒤를 생각한 것 같은데, 짐이 굳이 네 말을 들어야 하나?"

이 말과 함께, 황제의 눈에서 결연한 눈빛이 뿜어져 나오며, 소매 안에서 작디 작은 비수를 꺼내, 사납게 자신의 가슴을 찔렀다!

'이게 뭐지? 저 비수는 북제 태후가 그녀에게 준 것인가? 이 순간에 쓰라고?!'

순간 판시엔은 놀라기보다 북제 황제에 대한 아련한 동정심이 들기 시작했다.

'평생 동안 성별을 들키지 않으려고 여느 집안 딸처럼 살지도 못하고, 일생을 전전긍긍하며 살다가 결국 비밀이 탄로나면 자결을?

이런 인생에 즐거움이라는 것은 있었을까?'

그는 재빨리 손을 뻗어 그녀의 오른쪽 손목에 손가락을 대며 진맥을 했다.

'툭.'

황제의 손에 있던 비수가 침대 아래로 떨어졌다. 동시에 황제는 눈을 번뜩이더니 왼쪽 소매를 살짝 들어 손가락을 움직였다.

'탁탁탁.'

암궁!

판시엔의 대표적인 잔재주 중 하나. 소매에 감춰 둔 암궁. 독이 발린 암궁 화살이 판시엔의 몸으로 날아갔다!

"아악!"

판시엔은 괴상한 비명 소리를 지르더니, 침대에서 이상한 모양새로 몸을 비틀고 또 꼬았다. 그는 9품 상의 고수였지만, 너무 가까운 거리에서, 전혀 예상치 못한 공격이었다. 화살은 판시엔의 몸에 박히진 않았지만 그의 옷을 찢어버렸다. 다행히 안에 입고 있던 감사원 관복 때문에 몸까지 파고들지는 않았지만, 어느 정도 충격은 받을 수밖에 없었다.

"끙."

판시엔은 무거운 소리와 함께 황제를 침대에 쓰러뜨린 후 발로 그녀를 제압하고 분노하며 주먹으로 그녀의 얼굴을 가격했다!

그의 분노는 다른 데 있지 않았다. 그녀에게 순간적으로 동정심마저 들었었는데, 그녀는 처음부터 자신을 속이며 자신을 다치게 할 생각이었던 것이었기 때문이다. 정확히 말하면, 어떤 대가를 치르고서라도 자신을 죽이려 했기 때문이다.

'역시 여자, 남자를 떠나 황제는……다른 인종이야!'

황제는 입술에 피가 흐르고 있었지만, 여전히 기절하지는 않은 채, 심지어 분노와 함께 거만한 눈빛으로 자신의 몸 위에 있는 판시엔을 보고 말했다.

"차라리, 짐을 죽여라!"

판시엔은 당연히 황제를 죽이지 않을 것이다. 그녀의 가장 큰 비밀을 알아냈으니, 그것을 이용하면 얼마나 큰 보물이 될 텐데 죽일 이유가 있겠는가. 하지만 문제는 어떻게 이 고집스럽고, 총명하고, 20여 년이나 남자로 행실하며, 어쩌면 자신이 진짜 남자라고 믿을지도 모르는 이 자를 굴복시킬 수 있을 것인가.

"내가 왜 너를 죽여! 네가 날 죽이려고 하니까 내가 맞선 것뿐이잖아!"

"짐에게 맞서? 넌 정말 날 범할 것이냐!"

"샹징에서 그날 밤 네가 날 범했잖아! 그렇게 해 놓고 지금 나보고 널 범한다고?"

황제는 '그날 밤'이라는 단어를 듣자 부끄러웠던 것인지 분개했던 것인지, 갑자기 발버둥치며 판시엔을 때리고 물고 꼬집고……어디서부터 나오는 광기인지 모르겠지만, 어디서부터 솟는 힘인지 모르겠지만, 미친 듯이 그를 공격하기 시작했다.

사실 판시엔은 이 모습이 웃겼다.

미친 듯이 공격한다 했지만, 그가 보기에는 어린아이가 싸우는 것과 다름없이 보였기 때문이다. 물고, 꼬집고, 발버둥치고. 그래서 느낌은 마치 시후 호수의 물결에 따라 움직이는 배 위에 있는 것 같았고, 그 물결은 마치 자신의 심장까지 전달되는 것같이 느껴졌다.

판시엔은 그녀를 죽일 수도, 공격할 수도, 기절시킬 수도 없었다. 기절한 사람은 언젠가는 깨는 법. 그는 그녀를 어떻게든 설득하고 굴복시켜야 했다. 그녀의 비밀이 폭로된 지금.

그래서 그는 최대한 방어만 했고, 결국은 자세도 뒤집혀 그녀는 마치 레슬링을 하듯이, 유도를 하듯이, 아니면 개싸움을 하듯이 그의 위에 올라타 마구잡이로 공격하기 시작했다. 물론, 한 대도 제대로 그를 때릴 수는 없었다.

'툭……스르륵.'

두 번째 소리가 났다. 하얀 천이 끊어지며 흘러내렸다.

판시엔의 눈이 번쩍 뜨였다.

그는 그녀의 몸 아래 짓눌려, 눈을 크게 뜨고, 망연한 표정으로, 눈앞에 펼쳐진 광경을 바라보았다.

'이건…….'

황제는 반라의 몸이 판시엔에게 노출된 것도 모르고 있었다. 손은 넓게 벌려진 채 판시엔의 두 손에 제압되어 있었고, 그녀의 몸은 그의 몸에 올라타 거친 숨을 내쉬고 있었다. 더 공격하려 했지만, 이제 더 이상 힘이 남아 있지 않았다. 그녀의 길고 검은 머리는 땀에 흠뻑 젖어 흐트러져 있었고, 그와 대비되어 그녀의 정갈한 두 눈썹은 청초한 느낌마저 풍기었다.

그녀는 갑자기 스스로가 너무 불쌍하다 느껴졌다. 그리고 눈을 깜빡였다. 동시에 머리에서 흘러내린 땀이 그녀의 속눈썹을 타고 흘러 '톡' 판시엔의 턱 아래로 떨어졌다.

그 한 방울의 땀이 판시엔의 마음에 불을 질렀다.

"샹징 사당에서 날 범할 때도 이랬어?"

황제는 그에게 손을 제압당한 채 힘없이 고개를 숙이고 있다, 그의 말에 끝없는 비애와 분노를 느끼고, 갑자기 머리를 들더니 판시엔의 눈을 매섭게 노려보았다. 그녀는 지금 샹징 사당에서의 그날 밤의 모습을 생각하는지, 어떤 고민을 하는지, 아니면 무서운 결심을 하는지.

그녀는 대답 대신, 그녀의 얇은 입술로 판시엔의 입술을 덮어버렸다. 그리고 힘을 주어 그의 입술을 물었고, 순간 선혈이 두 사람의 입술 사이로 흘러내렸다. 황제는 갑자기 자신이 초경을 할 때가 생각났다.

기대, 두려움, 흥분 그리고 절망.

입술이 닿자, 천둥이 치고, 비바람이 몰아치고, 두 사람은 마치 초원의 어린 짐승들이 서로 물어뜯듯이, 부드러움이라고는 찾아볼 수도 없이 자극적으로 달려들었다. 선정적이거나 정렬적이기보다, 하나의 순수한 싸움. 남자와 여자 사이의 전쟁.

침실 밖은 점점 더 어두워지고, 침실 안은 점점 떠 뜨거워지고. 공기 중에는 전투와 친밀함의 모순된 기운이, 그리고 땀냄새와 함께 그와 어울리지 않는 담담한 향기가, 두 사람의 마음을 더없이 음탕하게 만들고 있었다.

누가 누구의 혀를 문 것인지 고통의 신음소리가 터져 나왔고, 누가 누구의 달을 따고 있는 것인지 가벼운 신음소리가 울려 퍼졌고, 누가 누구의 허리를 감싸고 있는지 낮은 목소리의 욕설이 오고갔다.

남녀 간의 전쟁은 이렇다.

상대방이 먼저 빠져들면, 자신도 같이 뛰어 들어가는 것이다.

조용한 방 안에 다른 소리는 들리지 않았다.

심장이 뛰는 소리, 거친 숨소리, 옷들이 스치는 소리, 가끔씩 주먹이 오가는 소리 그리고 고통을 토해내는 소리.

남녀 간의 싸움. 그들은 서로에게 상처를 주고, 사랑하고, 다시 업신여기다 소원해지고, 그러다 또 가까워져 달아올라 서로의 체온을 느끼고, 떨리고, 헤어지고, 아쉬워한다.

얇은 이불 위로 땀이 뚝뚝 떨어지고, 이미 실내는 뜨겁게 달아올라 땀이 보송보송한 안개로 변해 뒤엉킨 한 쌍의 남녀를 가리고 있었다.

"짐이 위에 있을 거야."

"네 이름도 몰라."

황제는 습관처럼 명을 내렸다.

"지금은 짐을 도우도우(豆豆, 두두)라고 불러도 된다."

"잔도우도우?"

시간이 흐르고, 이미 밤은 깊어 갔지만, 침대 위의 두 남녀는 하나는 위에서 하나는 아래에서, 둘 다 침묵하고 있었지만 둘 다 고집스러웠고, 어느 하나 패배를 인정하지 않았고, 어느 하나 고개를 숙이지 않았다. 한 나라의 천자와 한 나라의 신하가 커다란 침대 위에 있었지만, 그 둘 간의 군신관계는 이미 엉망진창이 되어 있었다.

이 장면은 사실 4년 전에 이미 한번 발생했었다. 다만, 그때의 판시엔은 술과 약에 취해 인사불성 상태라 무슨 일이 일어났는지 몰랐을 뿐이다. 하지만 오늘의 느낌은 너무나도 뚜렷했고, 절실했고, 그래서 조금은 황당무계한 느낌마저 받고 있었다. 자신의 아래에 있는 긴 머리를 한 여인은 북제의 황제, 즉 일국의 군주가 마치 작은 토끼처럼 자신의 품에 안겨 있었기 때문이다.

이때, 황제가 정신이 든 듯 눈을 번쩍 떴다. 그리고 복잡한 눈빛을 하고, 하지만 살짝 미소를 지으며 판시엔에게 말했다.

"짐은 이제 너의 여자다."

'네가 나의 여자면 여자지……짐? 짐? 이 순간에서도 짐?!'

황제는 천천히 몸을 일으켜 앉아 자연스럽게 머리를 정리하며 창밖의 밤하늘을 바라보고 천천히, 하지만 한 자 한 자 분명히 말했다.

"짐에게 다른 남자는 없을 것이다. 물론, 짐이 너에게 다른 여자를 품지 말라 요구하지는 못하겠지만, 넌 알 것이다……짐이 이왕 너의 여자가 되었으니, 짐의 국가가 곧 너의 국가다. 그러니 짐의 국가에 더 많이 마음을 써야할 것이다."

판시엔은 어두운 방 안에서 얼음 같은 그녀의 말을 듣고 인상을 찌푸리며 일어났지만, 예상치도 못하게 달빛에 비친 북제 황제의……아니, 쟌도우도우의 눈가에 흘러내리는 눈물을 보고 말았다.

많지도 적지도 않은 눈물.

판시엔은 이 장면을 보며 저도 모르게 고개를 저었지만 어떠한 말도 나오지는 않았다. 대신 그는 옷 안에서 손수건을 찾아 그녀의 눈가를 닦아주었다. 황제는 조금 놀랐지만, 더욱 놀랄 만한 속도로 평정심을 되찾았다. 그리고 판시엔에게 손에 쥔 빗을 건네며 말했다.

"짐의 머리를 빗겨줘."

그녀는 이 말과 함께 몸을 돌렸다. 이 세상에서는 여자들이 시집간 다음날 아침, 관례처럼 복잡한 빗질 의식을 가졌다. 부잣집에서는 자연히 유모나 하녀가 빗질을 해 주었고, 가난한 집에서는 시어머니가 며느리에게 해 주는 것이 일반적이었다. 북제 황제는 시집갈 가망이 없는 여자로 태어났으니 이런 사소한 것조차 누리지 못하는 슬픔을 안고 살았던 것이다.

판시엔은 차분히 머리를 빗어 주다 뜬금없이 물었다.

"왜 나야?"

'왜 했어'가 아니라 '왜 나야'. 북제 황제가 왜 그랬는지는 명확했다. 그는 자손이 필요하다. 그는 북제 황족의 혈통을 이어갈 자식이 필요했다. 그래서 판시엔의 궁금증은 왜 자신을 선택했냐는 것이었다. 어떤 사람들은 이런 상황을 굴욕적이라 생각할 수 있겠지만, 다행히도, 또는 불행히도, 판시엔에게 그런 자각은 없었다. 그래서 그가 궁금한 것은 하나.

'날 좋아하긴 한 걸까?'

"넌 혈통이 좋다."

판시엔은 조금은 실망한 듯, 하지만 내색은 하지 않고 되물었다.

"내 혈통이 뭐가 좋은데? 내 몸에는 경국 황제의 피가 흐르고 있는데, 북제 황제가 될 아이에게 경국 황족의 피가?"

황제는 싱숭생숭한 표정으로 어색하게 대답했다.

"당시 하이탕과 리리 그리고 짐이 상의할 때에는 네가 경국 황제의 사생아인지 몰랐다."

"그럼 뭐가 혈통이 좋은 건데? 그리고 샹징에서 네가 날 처음 범했을 때에는 우리 엄마의 성이 예씨인 것도 밝혀지지 않았을 때인데."

황제는 곤란한 듯 한참을 침묵하다 갑자기 입을 열었다.

"넌 왜 최근 몇 년 동안 〈석두기〉를 쓰지 않았나."

"그렇기는 한데……왜?"

"짐이 이전에 언급했듯이, 짐은……석두기를 좋아한다. 그리고……."

황제는 다시 한번 멈칫하다 겨우 입을 열었다.

"넌 생긴 것도 나쁘지 않고……성격도 깔끔하다. 부패하거나 유약한 선비의 모습도 아니고."

판시엔은 갑자기 웃음이 터졌다. 한참을 웃은 후 미소를 지으며 말했다.

"그러니까 넌 날 좋아하는 거네."

황제는 다시, 아주 어렵게, 고개를 끄덕였다.

"그럼 내가 영광스럽다고 생각해야 하는 건가?"

"좋다. 짐이 이 순간만은 네가 득의양양해하는 걸 허락해 주겠다."

황제 얼굴은 침착해 보였지만, 눈빛만은 다시 한번 그를 물어 버리고 싶다 말하는 듯 보였다. 그리고 재빨리 화제를 돌려 다시 말을 이었다.

"네가 샹징에서 한 말을 짐은 똑똑히 기억한다. 천하의 근심을 먼저 걱정하고, 천하의 즐거움은 뒤에 즐겨라. 너의 이 말은 감히 믿을 수가 없는데, 네가 말하는 천하는 경국의 천하인가 아니면 모든 것을 아우르는 진짜 천하인가?"

"넌 정말 바보야. 넌 기왕 몇 년 전에 나에게 투자하기 시작했으면 계속 했어야지, 이런 식으로 마음을 바꿔 죽이려고 하다니."

황제는 얼굴색이 살짝 바뀌었지만, 판시엔은 그녀의 말을 기다리지 않고 말을 이었다.

"네 말대로 이제 넌 나의 여자니까, 지금부터 이상한 환상이나 망상은 버려. 날 통제하려는 그런 시도는 하지도 말라고. 그냥 네가 원하는 게 있으면, 나와 같이 해."

황제의 눈은 번뜩였는데, 기뻐한다기보다 분노의 기색이 비쳤다. 지금까지 생을 살면서 이런 말투로 버릇없이 자신에게 말하는 사람도 없었거니와, 그런 말을 이렇게 아무렇지 않게 하는 사람도 보지 못했기 때문이다.

"짐은 위협을 당하는 사람이 아니다."

"또 그 말이야? 짐은 됐고, 난 내 여자를 위협하지도 않아."

판시엔은 손을 뻗어 황제 이마의 앞머리를 살짝 옆으로 빗어주며 온화하게 말을 이었다.

"그냥 넌 내 여자니까 내 말을 들어줘."

"넌 짐의 남자인데, 왜 내 말을 안 듣지?"

어리둥절해하는 판시엔이 입을 열기도 전에 그녀는 다시 아랫입술을 살짝 깨물며 그의 귓가에 대고 속삭였다

"아니면, 짐과 다시 한번 싸워서, 지는 사람이 이기는 사람의 말을 듣기로 하는 건 어떤가?"

자극적이었다. 뜨겁고 유혹적이었다.

그리고 염치없었다. 젊은 남녀의 문제에 국가의 대사를 핑계 삼다니. 하지만 판시엔의 마음이 일렁거렸다. 황제의 눈빛을 보자, 판시엔은 손을 꽉 쥐고, 다시 한번 치열한 전투를 치르기 시작했다.

해변에 인접한 검려. 아침 햇살이 검려의 본채를 비추고 있었다. 큰 침대 위에 두 사람은 유유히 깨어났지만, 너무 지친 듯 눈도 뜨지 못했다. 황제는 즐거움이 극에 달해 판시엔의 품에 안겨 잠이 들었고, 그녀는 어제 미친 듯한 전투에 몇 년간의 정신적 육체적 결핍을 채웠지만, 그 대가로 그녀 몸 안에 있는 모든 힘을 착취당한 듯 보였다.

판시엔이 어렵게 눈을 뜨자 처음 떠올린 이는 옌빙윈.

'순핀알 사건을 보고도 놀랐는데, 빙윈이 이 장면을 보면 정말 감사원 옥상에서 뛰어내릴지도 모르겠구만.'

그때, 그의 눈이 번뜩였고, 황급히 옷을 챙겨 입고 문으로 갔다.

황제도 놀라 정신이 들었지만, 무슨 일인지 몰라 어리둥절해했다.

작은 발자국 소리가 다가왔다, 다시 점점 멀어져갔다. 판시엔은 경계심을 늦추지 않고 살짝 문을 열었는데, 밖에는 뜨거운 물과 세면 도구 그리고 여러가지 먹을 것들이 놓여 있었다.

황제는 그 모습을 멍하니 바라보다 이내 안색이 굳어졌다.

'아……짐이 어제 무슨 일을 한 거지…….'

사실 그녀는 지금 무슨 일을 한 것인지가 걱정되지는 않았다. 문제는 이곳이 북제 황궁도, 경국 태평별원도 아닌, 생소한 곳이라는 것.

생소한, 검려.

그는 분명 들었을 것이다. 자신의 비밀이 판시엔에게 알려지는 것은 어쩔 수 없다 생각했다. 어쨌든 그녀가 선택한 것이니.

다만, 또 한 명이 생겼다는 건.

판시엔은 그녀가 무슨 생각을 하는지 살필 생각도 없는 듯, 뜨거운 물을 침대 옆으로 가져와 그녀를 씻겨 주고 여유롭게 음식을 먹으며 차를 마시기 시작했다. 황제는 그런 그의 모습을 보고, 다시 한 번 판시엔의 눈을 노려본 후, 작지만 분노가 담긴 목소리로 말했다.

"스구지엔이 알면 어떻게 하려고 해? 짐……짐……짐이 몇 번이나 말했어……너……너……좀 살살하라고!"

"푸!"

그는 마시던 차를 한번 시원하게 뿜어내고, 다시 음흉한 눈빛으로 그녀를 보더니, 침대 곁으로 다가와 그녀의 아랫턱을 부드럽게 만지며 온화하게 말했다.

"그 늙은이는 곧 죽을 건데, 설령 알았다 한들, 우리가 죽어도 인정 안 하면 그만이지, 뭘 그리 걱정하실까?"

"만약 짐의 비밀이 폭로되면, 얼마나 큰 재앙이 벌어질지 네가 제일 잘 알지 않는가."

"몇 번을 말해야 해. 날 좀 믿어줘. 이후의 일은, 모두 내가 처리할게."

이 순간, 검려 밖은 이미 큰 재앙과 다름없었다. 검려의 제자들과 북제의 고수들은 밤을 꼬박 새웠고, 그들이 밤새 피워 놓은 횃불도 점점 꺼져가고 있었다. 특히 북제의 고수들에게 육체적인 피로는 문제도 아니었다. 그들은 심지어 황제의 생사도 모르고 있었기 때문이다. 그리고 검려 입장에서도, 만약 북제 황제에게 문제가 생긴다면 언제 북제의 대군이 동이성에 쳐들어올지 모를 상황이었다.

윈즈란은 랑타오의 눈치를 살피며 조심스럽게 말했다.

"스승님께서 저희들을 내쫓으며 이미 태도를 밝히셨으니, 북제 황제의 안위에 문제가 생기지 않을 겁니다. 설사 판시엔과 같이 있다 해도, 그가 북제 황제에게 어떤 불경한 일을 하는 것을 스승님께서 허락하실 리 없습니다."

랑타오는 윈즈란의 말에 다소 안심하는 눈치였다.

하지만 그는 이미 황제가 판시엔에 의해 '또 다른' 여자로 변했다는 것을 알 수가 없었다. 그리고 윈즈란의 말대로 스구지엔은 판시엔이 황제를 죽이는 것을 두고 보지 않았을 것이다. 하지만 자신들이 원해서 전투를 하고, 군신 관계를 엉망으로 만드는 일에는 대종사도 별수가 없었다. 방법이 없다 뿐 아니라, 판시엔이 검려의 다른 방에서 처음으로 스구지엔을 봤을 때 그는 확신했다.

대종사는 놀랐고, 당황했고……즐거워했다.

대종사의 기괴한 웃음은 스치듯 사라졌지만, 이후에도 종종 그의 눈빛에 스쳐갔다. 사실 판시엔이 그의 눈을 계속 바라보았던 건, 눈 외에는 볼 만한 곳이 없었기 때문이다. 몸집이 왜소한 이 노인은 바퀴의자에 앉아 있었는데, 얼굴의 왼쪽 절반은 뼈가 다 부서져 푹 꺼져 있었고, 왼쪽 팔도 옷에 가려진 듯했지만 실제로는 없었기에 소매가 바람에 의해 제멋대로 날리고 있었다. 다만, 그럼에도 불구하고 그의 두 눈 만은 불굴의 의지와 검의(劍意)로 가득 차 있었다.

그렇게 둘은 한참 동안 서로의 눈만 바라봤는데, 한참 후 스구지엔이 바퀴의자를 아침 햇살이 드는 창가로 옮기며 쉰 목소리로 먼저 입을 열었다.

"대단해, 대단해."

"별말씀을."

판시엔은 그를 한번도 본 적은 없지만, 왠지 모를 친숙함을 느꼈다. 그건 어쩌면 이 노인이 자신을 몇 번이나 죽이려 했었고, 이후에는 돌연 태도를 바꿔 왕13랑을 보내 자신의 태도를 표명하기도 하는 등 다양한 간접적인 만남을 했기 때문일지 몰랐다.

"내가 당시 널 죽이지 않은 것은, 너를 무시해서가 아니었다. 널 죽이지 않은 이유는 지극히 간단한데, 단지 너는 잘 모르는 것 같구나."

스구지엔이 입을 열자, 알 수 없이 공중을 채우고 있던 압박감이 조금은 약했졌다. 판시엔은 그제서야 조금 편안하게 말했다.

"가르쳐 주세요."

"네 어미의 성이 예씨 아니냐?"

판시엔은 어깨를 으쓱했는데, 정말 잘 이해가 안되었기 때문이다. 하지만 더 이상 그 문제를 언급하지는 않았다. 오늘 검려에 온 것은 스구지엔과 환담을 나누기 위해서가 아니라, 동이성의 미래와 천하의 미래를 논하기 위함이었다.

"제가 왕13랑 손에 보낸 계획서는 읽으셨는지요."

"안 봤다."

스구지엔은 아무렇지 않게 대답하며 반문했다.

"아직 경국의 정식 사절단이 도착하지도 않았는데, 뭐가 그리 급한 것이냐."

판시엔은 급했다.

"작년 서신에도 적었지만, 제가 북제를 통제할 수 있어요. 저를 믿으신다면, 제가 동이성의 독립성을 최대한 유지시켜드릴 수 있습니다."

스구지엔은 그를 차분히 바라보았다. 눈빛은 그윽해 보였지만, 어찌보면 섬뜩한 광기가 서려있는 듯 보이기도 했다.

"넌 아직 전체 국면을 통제하는 능력이 부족해……너의 그 아버지는 일반적인 사람이 아니지. 만약에 네가 그를 만족시키지 못한다면, 어떻게 천하를 통제할 수 있을까?"

이 말에 모든 것이 담겨 있었다. 경국 황제는 동이성을 삼켜 버리려 하고 있었고, 스구지엔은 자신이 죽고 난 후에도 동이성이 명맥을 유지하길 바랐다. 이건 모순이었고, 완전히 다른 방향의 길이었다. 그래서 경국 황제와 스구지엔을 동시에 만족시키는 일은, 판시엔에게 너무나 어려운 임무였다.

"바퀴의자 좀 밀어줄 수 있겠나? 오랜만에 햇살을 좀 쐬고 싶구나."

판시엔은 자연스럽게 바퀴의자를 밀며 말했다.

"바퀴의자를 미는 일은, 저에게 아주 익숙한 일이죠."

"오, 맞아. 그 늙은 검은 개의 다리도 일찍 잘렸었지. 다시 생각해보면 내가 목표를 잘못 정했어. 계속 너희 황제만 노렸는데, 처음부터 쳔핑핑을 죽였으면, 쉽게 해결되었을 수도 있는 건데……"

"물론 당신이 쳔 원장을 죽이려 했다면, 죽일 수 있었겠죠. 하지만 문제는, 당신이 그를 죽이면, 예류윈이 당신과 동이성을 없애 버리러 왔을 겁니다……물론 당신의 가족들은 모두 죽었지만, 당신은 제자도 있고, 동이성 성주(城主) 집안도 있고, 수많은 백성들도 있고……"

"응, 일리가 있네. 인정하지. 넌 나와 대화를 나눌 자격은 있지. 그리고 내가 동이성의 장래에 신경을 쓰는 것도 맞고……그건 습관 같은 것일지도 모르겠지만."

스구지엔은 고개를 돌리며 쉰 목소리로 말을 이었다.

"그러니 네가 날 만족시켜준다면, 나도 널 만족시켜주지."

"명의상 귀속. 군대의 주둔. 기간은 50년."

"군대의 주둔? 하하."

스구지엔은 한참을 웃었는데, 그 웃음소리는 너무나 기괴하여 판시엔은 찌를 듯한 고통을 느꼈다. 아무리 진기를 운용하여 몸을 보호하려 해 봤지만, 어떻게 해도 막을 수가 없었다. 판시엔은 얼굴이 하얗게 질린 채로 고통스럽게 말했다.

"당신은 지금 날 죽일 수도 없는데, 이렇게 절 괴롭히는 게 무슨 의미가 있나요?"

스구지엔은 어깨를 으쓱하며 대답했다.

"그냥 몇 번 웃은 것뿐인데, 내가 뭘 괴롭혔다 그러나. 엄살인가?"

'무슨 소리야, 어제도, 그제도…….'

스구지엔은 판시엔의 생각이라도 읽은 듯 말했다.

"심지어 내 눈앞에서 아무도 널 건드릴 수 없다."

"아무도 절 죽이진 못하겠지만, 그러려고는 하던데요? 윈즈란이 왕13랑을 감금하고, 어제는 당신의 제자들이 절 추격해 죽이려 하고……."

스구지엔은 민망한 듯 대답했다.

"그건, 내가 이 모양이라 혼자 나갈 수가 없어 그런 것이지. 하지만 네가 내 옆에 있는 한 누구도 건드릴 수 없지."

"그건 그렇겠죠. 검려 안에서는……그건 그렇고 얼마나 더 사실 수 있는 건데요?"

스구지엔은 다소 직설적인 그의 말에 순간 분노했지만, 다시 마음을 쓸어내리며 담담히 대답했다.

"백 일 정도 남은 듯 보이네."

그는 창밖의 검 구덩이를 보며 냉담하게 말을 이었다.

"한때 난 검으로 동이성과 주변의 수많은 제후국들을 지배했지. 하지만 마지막 순간에 이르러서야 알았다. 내가 통제할 수 있는 거라고는 이 초가집과 검 구덩이뿐이라는 것을……."

"소인, 경국과 동이성의 백성들을 대신하여 감사 인사를 드리겠습니다."

"뭐가 고맙다는 건가. 그리고 경국 사절단 대표로 네가 오지 않았으면, 난 아무것도 받아들이지 않았을 거야. 설령 동이성이 무너지는 한이 있었어도."

'말은 좋네. 어차피 천하의 세력 지도는 그려진 마당에, 설령 내가 안 왔어도, 당신이 경국의 조건을 거절하면? 결국은 동이성이 박살나는 거지.'

스구지엔은 옆에서 웃고 있는 젊은이를 보며 복잡한 생각이 들었다.

'나보다 실력은 떨어지겠지만, 참으로 운이 좋은 놈이야. 실제로 하룻밤만에 북제와의 관계 문제를 저렇게 해결해 버리다니.'

"날 믿어. 정말 네가 아니었으면, 설령 너의 그 황제 늙은이가 와서 무릎을 꿇고 사정을 했어도, 난 너희들 경국의 조건을 받아들이지 않았을 거야."

판시엔은 진심으로 이해가 되지 않았다.

스구지엔은 다시 한번 괴상한 웃음을 지으며 말했다.

"예칭메이의 호적은 항상 동이성에 있었지. 다시 말하자면, 넌 최소한 반은 동이성 사람이라는 거야. 하지만 내가 보기에 넌 이 부분을 인식하지 못하는 것 같더군."

'이런 조잡한 이유를?'

"됐어요. 무슨 말씀을 하시고 싶은지 알겠지만, 어머니는 어머니고, 전 저예요."

"그렇게 칼로 자를 수 있는 건가? 사람은 근본을 잊으면 안 되는 거다. 넌 그녀의 아들이니, 넌 동이성 사람인 것이야."

"절 동이성의 성주(城主)라도 시키시려구요? 제가 반은 동이성의 신분이라구요? 여기 숨어 있으면서 고작 생각한 게 그거예요? 잊지 마세요. 전 경국 사람이에요. 그리고 저와 폐하와의 관계는 이미 확고히 정해졌어요. 고작 동이성 성주를 가지고 저와 폐하 사이를 갈라놓으려는 망상은 버리시죠."

스구지엔은 손을 휘휘 저으며 침착하게 말했다.

"그런 말이 아니다."

"당연하죠. 전 동이성의 성주가 될 수도, 되고 싶지도 않아요."

"당연히 그런 말이 아니야. 내 말은, 네가 경국의 이익을 생각하지 말고 너 스스로의 이익을 생각하라는 것이야. 너에게 도움이 된다면, 설령 네가 동이성의 입장에서 좀 더 생각하더라도, 그게 그렇게 대역죄에 해당하지도 않지 않느냐?"

"전 지금도 동이성의 백성들을 충분히 생각하고 있어요. 제가 아니라면, 누가 경국에 이렇게 많은 이익을 포기하게 하고, 폐하의 분노를 짊어질 위험을 감수하겠어요?"

"그렇게 하면 충분한 건가? 그럼 묻자. 넌 너의 어미가 어떻게 죽었는지, 아직 생각해 보지 않은 것이냐?"

검려의 검의 구덩이에 버려진 무수한 칼들이 순식간에 진동하기 시작하였고, 그 소리는 마치 깊은 슬픔의 노랫가락처럼 들렸다. 그리고 몇 개의 검이 동시에 부러져 버렸다. 판시엔은 다시 한번 스구지엔이 뿜어내는 진기에 얼굴이 하얗게 질리며 물었다.

"그럼 뭐, 그걸 설명이라도 해주시려구요?"

"아니다. 나도 그저 추측할 뿐이다. 너의 어미 같은 그런 사람이 어떻게 그런 식으로 죽을 수 있었는지에 대해서……황후 같은 멍청이나 태후, 또는 너의 장모에게 죽임을 당했다면, 예칭메이가 아니니까……."

"그래서요?"

"쿠허도 추측을 하고, 쳔핑핑도 추측을 했지. 그런데 나는 못 했을까?"

"추측이란 것은……쉽게 말하면 안 돼요. 그것으로 사람이 죽을 수도 있으니……."

"그래? 너처럼 죽음을 두려워하는 인간도 참 드물 것이다."

"가족 모두를 가볍게 죽일 수 있는 사람은 더 드물걸요?"

스구지엔의 안색이 다시 한번 변하며, 언제라도 판시엔을 죽일 수 있다 위협하듯이 검의를 내뿜었다. 하지만 판시엔도 이번에는 개의치 않는다는 듯 대담하게 말했다.

"죽이려면 죽이세요. 아직도 뭘 두려워하시는 거예요? 근데 저에 대해서는, 저와 관련된 일에는 그렇게 신경 쓰지 마세요. 진짜 이해가 안돼요. 당신들 같은 거물들, 아니지 괴물 늙은이들이 어떤 사고방식을 가진 건지……왜 이렇게 날 이용해 폐하와 맞서지 못해 안달이 난 거예요? 설마 당신들은 내가 지금 폐하에 항거할 '실력'이 있다고 믿는 거예요? 제일 중요한 건, 지금 당신들은 진짜로 내가 폐하에 항거할 '마음'이 있다고 믿는 거예요?"

판시엔은 스구지엔을 똑바로 보며 말을 이었다.

"어찌 되었든, 폐하는 저의 아버지예요. 그래서 전 당신들의 그 사고 방식을 정말 이해하지 못하겠어요."

"아버지? 정말 급해지면, 아버지든 어머니든, 모두 죽일 수도 있는 거야."

'정말 말이 안 통하네. 하기야, 이해할 필요도 없지.'

사실 판시엔은 이미 예칭메이의 죽음의 원인에 대해 대략적으로 파악하고 있었다. 장 공주도 죽기 전에 말을 했고, 쳔핑핑도 부지불식 간에 여러 행동들을 통해 그에게 증명해 주었기 때문이다. 물론, 쳔핑핑이, 또는 판 상서가 한 번도 명확히 말해 준 적은 없었지만, 판시엔은 그 사건에서 마지막에 누구에게로 화살이 향하고 있는지 의심할 여지가 없었다.

"당신은 곧 죽을 몸인데, 당신이 죽기 전에 경국 내에서 내란이 일어나는 걸 보고 싶다는 헛된 희망은 버리세요. 그냥 저의 성의를 받으시고, 편안하게 그리고 안정적으로 죽음을 맞이하시죠. 동이성의 수많은 백성들은, 제가 당신 대신 잘 보호할게요."

스구지엔은 한참을 말없이 차갑게 전방을 주시하다 차분히 입을 열었다.

"언젠가는 그날이 올 것이야. 너도 이 하늘이 내려준 운명을 받아들일 날이……."

"그럼 제가……콜록콜록……."

판시엔은 크게 웃었는데, 갑자기 기침이 나오며, 얼굴까지 벌겋게 달아올랐다. 낭패도 이런 낭패가 없었다.

"……하늘의 뜻을 거역해 보죠."

스구지엔은 그 모습을 가엽다는 듯이 바라보았다. 판시엔은 그 눈빛에 저도 모르게 화가 나, 이를 악물고 차갑게 받아쳤다.

"쿠허든, 당신이든, 죽기 전에 모든 희망을 저에게 거는데, 황당하지 않나요? 그게 무슨 하늘의 뜻이에요, 그냥 당신들 늙은 괴물들의 이기적인 생각이지."

"이기적? 난 그 대머리 늙은이가 너에게 뭘 했는지도 몰라."

"쿠허요? 그는 둘째 제자를 몰래 징두로 보내 쳔핑핑의 목숨을 연장시켰어요. 보아하니, 그는 쳔핑핑을 경국 내란의 주요 인자(因子)로 만들고 싶었나 봐요."

"하하하하하……죽일 놈의 대머리 새끼……그런 생각을 했구만. 경국 황제와 쳔핑핑에게 싸움을 붙이고, 널 그 사이에 넣어서, 널……미쳐 버리게 한다? 그러고 보니 네 말이 맞네. 나와 그놈의 생각이 비슷하기도 해. 다만……."

스구지엔은 목을 가다듬고 다시 침착하게 말을 이었다.

"쿠허는 너무 멍청해. 그냥 널 압박하면 되지, 굳이 천핑핑을 이용하고 어쩌고……그리고 그 늙은이는 천핑핑의 경국 황제에 대한 충성심을 너무 과소평가했구만."

"절 압박하신다구요? 저도 여기 검의 무덤에 묻어 버리시게요?"

"사실 네가 스스로를 동이성 사람이라 생각하든 안 하든, 내가 볼 때 별 상관없어. 닝 재인을 봐. 그녀는 명백히 동이성 사람이지만, 대황자조차도 스스로의 신세를 죽어도 인정하지 않지."

판시엔은 말없이 어깨를 으쓱 했지만, 사실 그의 말에 일리가 있다 생각했다. 지금 황제에게 자신을 포함하여 세 명의 아들만 남았는데, 자신과 대황자 둘이 동이성과 뭔가 관계가 있으니, 나중에 경국에서 군사를 일으켜 동이성을 치려고 해도, 분명 귀찮은 일이라도 생길 터.

"가장 중요한 문제가 뭔지 아느냐? 인생을 살다 보면, 수많은 함정들을 맞닥뜨리는데, 어떨 때에는, 정말 어쩔 수 없이, 눈을 똑바로 뜨고도 그 함정에 뛰어들어갈 수밖에 없다는 거야."

스구지엔은 검의 구덩이의 깊은 곳을 보며, 전신에서 죽음의 기운을 내뿜으며 암담하게 말을 이었다.

"3년 전에, 난 윈즈란에게 말했었다. 그건 함정이라고……하지만 난 알면서도 그곳으로 뛰어들어갔지."

"그런 이야기는 이제 그만 하시죠. 하늘의 뜻이고, 함정이고……그건 끝도 없어요. 그리고 저에 대해서는 그렇게 걱정하실 필요 없어요. 그러니까 제 말은……이제 좀 즐거운 일을 이야기해 볼까요?"

"즐거운 일? 난 곧 죽을 것이고, 이미 2년 동안이나 이곳에 갇혀 있었는데 무슨 즐거운 일이 있을까."

"바퀴의자에 앉아 햇빛을 쬐는 것이 확실히 가련해 보이기는 하지만, 어쩌겠어요, 익숙해져야죠."

"그것도 맞는 말이긴 하다만, 오늘은 네가 한번 나를 데리고 나가주겠나?"

'젠장 검려 밖에는 수많은 고수들이 날 노리고 있는데……나가도 되나? 그리고 도우도우는?'

"북제 황제가 아직 방에 있어요."

"그녀는 네 여자 아니냐? 같이 나가면 되지."

스구지엔은 이 말과 함께 어린 하인을 불러 몇 마디 지시를 했고 오래 지나지 않아 북제 황제가 방으로 들어왔다. 황제가 입고 있던 옷은 어젯밤에 찢어졌는데, 검려에서 다시 준비해준 옷이 나쁘지는 않았지만 수수한 청색 옷을 입은 그녀에게 황제의 위엄은 사라져 보였다.

"검성(劍聖) 대인을 뵙기가 어렵네."

스구지엔은 예의 없게 고개를 갸웃하며 대답은 하지 않고 하인을 물렸다. 그리고 한참 후에야 나지막한 목소리로 대답했다.

"황제 폐하를 뵙습니다. 다만, 저 같은 괴물 늙은이를 봐서 뭐하시겠습니까. 저야 천년 만에 처음으로 나온 여황제를 뵈었으니 기쁘지만."

북제 황제는 판시엔을 분노에 찬 눈빛으로 째려봤지만, 판시엔은 딴청을 피우며 태연하게 있었다. 스구지엔은 황제를 보고 미소를 띠며 말을 이었다.

"첫째, 전 황제가 여자인 걸 압니다. 둘째, 전 곧 죽을 거예요. 그러니 너무 걱정하실 필요는 없습니다. 저는 제 상자에 있는 보물을 남과 공유하는 변태는 아니니까……그리고 셋째, 제가 곧 죽을 거니, 이제 우리 둘의 대화도 직접적으로 하지요. 전 조금 전에 판시엔에게 모반을 권했는데, 황제는 이 부분에 관심이 있나요?"

"짐은 당연히 관심이 있네. 설령 그 모반을 실패하더라도, 판 대인이 북제에 와서 지내게 해 주겠네."

"저도 그렇게 생각했지요. 모반을 실패해도, 그가 동이성의 성주가 되든, 역사상 처음으로 남자 황후가 되든, 제가 볼 때에는 경국 황제의 종이 되는 것보다는 나을 듯한데……하지만 그가 제안을 받아들이려 하지 않네요."

판시엔이 끼어들었다.

"저 같은 서생이 모반을 하는 것은, 십 년이 걸려도 성공하지 못해요. 설마 당신들은 제가 천하에서 가장 유명한 시선(詩仙)이라는 것을 모르시나요?"

"알았네 알았어. 그러니 내가 그 이야기 더 하지 말고 해변가나 가서 거닐자고 한 거 아닌가. 어디, 황제는 관심이 있으신가?"

"짐이 의견을 말할 수 있나?"

판시엔은 웃으며 대신 대답했다.

"당연히 없지요."

# 제10장

## 스구지엔의 마지막 수업

스구지엔은 동이성에서 신적인 존재이기에, 신과 인간 사이는 주동적이든 피동적이든 거리가 생길 수밖에 없다. 그래서 스구지엔이 밖으로 나가 거리의 풍경을 보는 일은 매우 드물었다. 판시엔은 그의 바퀴의자를 밀고 나가다 황제와 눈을 마주치며 어깨를 으쓱했다. 너무도 쉽게 검려를 나왔기 때문이다.

'그 많던 검려와 북제의 고수들은 어디로 간 거지?'

그리고 아무도 미행을 하는 이가 없었다. 물론 스구지엔을 미행한다는 것은, 곧 죽음에 이르는 지름길이지만. 세 사람은 제법 시간이 지난 후 동이성 외곽에 위치한 큰 나무 아래에 다다르게 되었는데, 나무는 매우 크고 줄기가 넓게 뻗어 있어, 그 기세가 하늘을 가릴 듯 보였다. 스구지엔은 고개를 숙이고 황토 진흙과 뿌리 틈새를 바라보다 문득 말했다.

"수십 년 전에 여기서 너의 어미와 우쥬를 봤지. 다만 너무 오래되어서 그때 내가 개미들이 집을 옮기는 것을 본 건지, 이름 모를 벌레 한 무리를 봤는지 기억이 나진 않네."

"그때 그녀는 몇 살이었나요?"

"대여섯 살? 일고여덟? 어쨌든 어린 여자아이였지."

"당신은요?"

"십대? 너도 알다시피 난 머리가 좋지 않아. 그런 복잡한 문제는 기억 못하겠네."

'나이가 복잡한 문제는 아닌데…….'

"사실 천재와 백치는 종이 한 장 차이이지요. 당연히 모든 사람들이 알고 있듯, 당신은 어렸을 때 백치였지만."

북제 황제는 이 바보 같은 대화를 들으며 조금은 황당했다. 우선 두 사람은 황제의 신분인 자신을 신경도 쓰지 않는 것처럼 보였고, 두 번째로 큰 나무 아래에서 두 사람은 진심으로 개미를 찾으려는 듯 보였기 때문이다.

"예씨 아가씨는 이미 이 세상에 없네. 여기서 몇 년 동안 개미를 찾으며 기다린다 해도, 그녀가 다시 살아 돌아올 가능성은 없어."

황제의 말에 두 사람은 동시에 고개를 들어 그녀를 바라봤고, 판시엔은 어깨를 으쓱하며 말했다.

"전 단지 개미가 사람보다 재밌을 수 있다 생각했을 뿐이에요."

스구지엔은 이 말에 감탄을 하며 말했다.

"오! 당시에 네 어미가 나와 함께 개미를 찾을 때, 네 어미도 그렇게 말했지."

판시엔은 스구지엔의 말을 들으며 살짝 웃었고, 마치 당시의 화면이 눈앞에 펼쳐지는 느낌을 받았다.

콧물이 흐르는 백치가 푸른 나무 아래에 쭈그리고 앉아 개미가 집을 옮기는 것을 보고 있다. 너무 오래 보다가 허리띠를 풀어 개미집에 오줌을 쌌을지도 모른다. 사방에 지나가는 행인과 상인들은 모두 이 바보의 신원을 알고 있는데, 모두 애석하게 생각했지만 아무도 그에게 말을 건네려 하지는 않는다.

그때, 한 장님 젊은이가 어린 여자 아이의 손을 잡고 크고 푸른 나무 아래에 왔다. 그리고 옆에서 무슨 일이 일어나고 있는지 신경도 쓰지 않고 개미집만 바라보고 있는 '정직하고 순수한' 젊은이를 발견했다. 백치.

백옥 같은 피부를 가진 소녀가 신기한 듯 백치 옆에서 쭈그리고 앉아 물었다.

"넌 뭘 보고 있는 거야?"

"개미."

"오!"

소녀는 백치와 함께 개미를 보기 시작했고, 둘은 하염없이, 기약 없이 개미만 본다. 참지 못한 맹인 젊은이가 자신의 주인에게 일깨워 준다. 이 백치는 성주(城主) 집안의 도련님으로, 태생이 백치이니 바보 같은 짓을 그와 함께 하지 말라고. 여자 아이는 이 말을 듣고 자리에서 일어나 웃으며 말한다.

"난 그냥 개미가 사람보다 재밌다고 생각할 뿐이야."

이 말에서 명확히 알 수 있는 것이 있다. 그녀는 자신의 신체 나이보다 훨씬 성숙하다는 것. 하지만 지나가는 사람들은 이 부분을 알아차리지 못한다. 그들은 단지 어떤 집안의 아가씨인데 이렇게 선녀처럼 예쁘게 생겼는지, 그런데 왜 하필 성주 집안의 백치와 같이 노는지 궁금할 뿐이다.

그리고 여자 아이는 다시 냉랭하고 얼음 같은 자신의 하인을 불러 같이 하자 제안한다. 물론 그 하인은 쭈그려 앉고 싶지 않다. 사실 그는 쭈그려 앉으나 서 있으나 아무런 차이가 없다. 하지만 자신이 쭈그려 앉는 것을 이 여자 아이가 좋아한다면?

맹인 젊은이는 쭈그려 앉았다.

"당시 우리들도 마침 지금처럼 세 명이었지. 그리고 하루 종일 개미만 봤어. 그리고 난 그들을 우리집에 초대했네."

"당신 집이요?"

"나의 아버지는 당시 동이성의 성주였지. 네가 알고 있었나?"

"음, 들어 봤어요. 오래전 일이지만, 당신의 아버지는……당신의 검에 죽었잖아요."

스구지엔은 그 사실에 전혀 개의치 않는 듯 자연스럽게 말했다.

"성주 집안은 크고, 호화로웠지. 하지만 내가 머무는 곳은 개집 같았어. 왜냐하면 난 백치였고, 아버지가 그 사실을 증오했지. 그리고 내 어머니는 하녀였고……넌 내가 하는 말이 어떤 의미인지 알지?"

"그런 류의 소설을 너무 많이 봤어요."

"너의 어미와 우쥬는, 내 평생에서 처음 알게 된 친구였어……그래서 내가 지내는 곳이 엉망이었지만, 심지어 차도 한잔 제대로 대접하지 못했지만, 그들은 날 전혀 무시하지 않았어. 그리고 날 따라왔지. 어쩌면 난 그때 백치라서 그런 것에 의미를 두지 않았는지도 모르고."

스구지엔의 목소리는 점점 엄숙해졌다.

"하지만 성주 집안의 많은 사람들은 당황했지. 이 둘이 저택에 들어오는 것을 싫어 했어. 특히 나 같은 백치와 함께. 그래서 며칠이 지난 후 예씨와 우쥬는 저택을 떠났네. 나야 상관은 없었는데, 왜냐하면 어차피 난 낮에는 그들과 함께 개미를 봤고, 또 저녁에는 그들이 머무는 집으로 가서 놀았으니."

"진짜 이 사실은 처음 알았네요. 당신이 어머니 그리고 우쥬 삼촌과 그런 시절을 보냈다는 것은."

"뭐라고? 우쥬가 이야기해주지 않았어?"

"전혀. 삼촌은 당시를 기억 못 하는 듯 보여요."

"우쥬 이놈이, 기억력이 왜 그렇게 나빠졌지? 그럼 당시의 나 같은 백치와 다름 없겠구만."

"근데 그럼……제 어머니와 우쥬 삼촌이……어디서 왔는지 아세요?"

"당시에 난 백치였는데, 어떻게 그것을 알았겠나. 하지만 이후에 천천히 알게 되었지. 근데 넌 아직도 우쥬가 어디서 왔는지 모르는 것이냐?"

판시엔은 고개를 숙이고 한참을 침묵했다.

'삼촌은 괴물이고, 늙지도 않고, 내공도 없고……너무 좋고, 너무 강하고……그러니 삼촌은…….'

판시엔은 쓴웃음을 지으며 말했다.

"설령 우쥬 삼촌이 신묘에서 왔다 해도, 그럼 어머니는요?"

"뭔 개소리냐. 우쥬가 신묘의 사자(使者)인데, 네 어미가 그의 주인이니, 당연히 네 어미는 신묘의 선녀이지."

'참나, 이걸 설명할 수도 없고. 선녀가 아니라고요! 그녀는 저와 같이 다른 세상에서 온 영혼을 가진 사람일 뿐인데, 그게 신묘랑 무슨 관련이 있다고.'

판시엔과 스구지엔이 대화를 나눌 때, 큰 나무 아래서 쉬고 있는 행인이나 상인들이 많았지만 기본적으로 이들에게 아무런 관심을 두지는 않았다. 행색이 좀 이상할 수 있었지만, 동이성은 원래 각양각지에서 온 이상한 사람들이 많은 곳이었기 때문이다. 다만, 옆에서 있던 북제 황제는 둘의 대화를 들으며 점점 얼굴이 창백해지고 손이 떨려 오기 시작했다.

'지금 이들이 말하는 신묘가, 쿠허 국사(國師)가 봤다는 그곳? 북위 황제가 불로장생의 약을 찾기 위해 수천 명을 보내 찾았다는 그곳? 그곳이 판시엔과 이런 관계가?!'

"뒤에 벌어진 일은 삼촌에게 듣긴 했어요. 어머니가 동이성에서 몇 년 지내며 장사를 하고 예씨 집안을 세우고 경국에 내고를 만들고……."

"물론 그렇지만, 그 일이 그렇게 간단할 수는 없지. 아무리 예칭메이가 신선이라 해도, 다른 사람의 도움 없이 혼자 그런 일을 해낼 수는 없어."

"당신?"

"그래 나였지. 난 당시 백치였지만, 어쨌든 성주 집안의 아들이었고, 내가 성주 집안을 통제했기에 예씨 집안이 동이성에서 그렇게 뻗어 나갈 수 있었던 것이지."

"그런 거였군요. 큰 나무 아래서 우연히 만나……아니지. 아마 우연이 아니었을 거예요. 그녀는 아마 동이성에 들어오기 전에 모든 것을 조사했을 것이고, 그래서 아마 당신에게 의도적으로 접근했을 거예요."

"아니야. 우연이었어."

스구지엔은 냉랭하게 말을 이었다.

"최소한 난 그렇게 믿고 있다. 만약 그녀가 그런 식의 사람을 찾았다면, 나보다 더 좋은 사람들이 많았어. 그녀의 머릿속에 있던 생각들은 엄청난 부를 만들어 낼 수 있었고, 심지어 옆에 맹인 젊은이가 있었는데, 그녀를 도울 사람도 많았고, 사실상 그녀와 척을 질 수 있는 사람은 없었다고 봐야지."

판시엔은 그 문제를 더 거론하고 싶지 않다는 듯 화제를 돌렸다.

"그럼 장사를 하기 전 몇 년은 뭐 했는데요?"

"난 개미를 계속 봤고, 이후에 검을 수련했는데, 그리고 얼마 지나지 않아 페이지에 이 독물 늙은이가 동이성에 왔지."

"아, 그것도 스승님께 들었어요. 스승님께서 동이성의 백치를 대종사가 되게 만들었다고 자랑스럽게 말씀하시던데요?"

"내가 엉뚱한 행동을 많이 하긴 했지만, 그렇다고 진정한 바보는 아니었다. 그리고 내가 대종사가 된 것과 페이지에가 무슨 상관이 있지?"

"그럼 당연히 제 어머니와 상관 있겠네요."

"네 어미가 〈천일도〉를 쿠허에게 줬고, 나에게 검법을 주긴 했지……하지만 사실 그 검법은 내가 대종사가 되는 데에는 아무 소용이 없었다. 그것은 내가 직접 깨달은 것이야."

"제가 생각한 것보다……나르시시즘이 심하시네요."

스구지엔은 '영문'을 몰랐지만, 다시 진지하게 말했다.

"천재는 한 종류가 아니다. 네 어미도 말했지만 나의 천부적인 재능은 집중력과 냉정함에 있다. 개미집 옮기는 걸 십 년 동안 보는 사람도 드물지만, 나뭇가지 하나로 수만 개의 개미를 죽이는 사람은 더욱 드물지. 물론 나의 운도 좋았어. 어쨌든 네 어미와 우쥬를 봤으니. 하지만 네 어미도 운이 좋았던 거야. 나를 찾았으니."

"모든 게 인연이네요."

"배우고 싶나?"

"아마 이미 아실 거라 생각하는데, 전 이미 할 줄 알아요."

"내 말은, '진정한' 사고검법."

"사실 별 차이가 없지 않나요? 관건은 사람인데, 당신이 신묘에서 아무리 좋은 걸 제 앞에 가져다주어도, 제가 터득하지 못하면 말짱 황 아닌가요?"

판시엔은 쿠허처럼 인육을 먹고 싶지도, 스구지엔처럼 백치가 되고 싶지도 않았다.

"예칭메이는 동이성에서 계속 성장하여 이 나무처럼 크게 되었고, 나도 계속 수련을 하여 지금의 위치에 이르렀지. 터득하지 못하면 계속 노력을 하면 되는 것이야. 큰 나무처럼 되기가 그렇게 쉬울까."

"그렇게까지 제가 배우길 원하시니, 그럼 한번 배워 보죠."

북제 황제가 더 이상 참을 수 없다는 듯 불쑥 끼어들었다.

"어떻게 이렇게 후안무치할까……."

판시엔은 그녀를 보며 다소 조롱하듯 대답했다.

"폐하도 아시겠지만, 전 천일도도 할 수 있고, 패도 진기도 사용할 수 있지요. 만약에 제가 여기서 진정한 사고검법도 할 수 있게 된다? 제가 괴물이 될 수 있지 않을까요? 또는, 아마 장래의 모든 것을 말살시켜 버리는 어떤 존재가 될 수도……제일 중요한 것은, 전 이 세상에 이유 없는 호의도, 이유 없는 증오도 없다고 생각하는 사람입니다."

그리고 그는 다시 고개를 돌려 스구지엔에게 말했다.

"아직도 저를 이용해 경국 황제에 대항할 생각을 포기하지 않으신 거예요?"

"너희 젊은이들, 하이탕, 열셋째 그리고 너 중에, 사실 난 너를 제일 낮게 평가했었지. 하지만 최근 2년 간의 행적을 보니, 네가 많이 변했더구나. 많이 발전했고, 나의 예상을 뛰어넘었지."

"생사의 갈림길에 많이 섰으니, 느끼는 것도 많았겠죠. 하지만……13랑은 이미 당신께 배울만큼 배웠는데도 아직 그 진의를 깨치지 못했는데, 저라고 별 수 있겠어요?"

갑자기 북제 황제가 끼어들었다.

"자네가 안 배울 거면, 나에게 양보하지 그러나."

판시엔은 그녀를 보고 어이가 없다는 듯이 말했다.

"와 진짜 폐하는……생각이 비범하네요."

그는 다시 고개를 돌리며 말했다.

"헛소리는 그만하고, 이왕 배우기로 한 것 빨리 하죠. 일단 가서 목욕재계라도 할까요?"

"검(劍)은 사람을 죽이려고 배우는 것인데, 씻어서 뭐 하나. 어차피 피로 물들 것인데."

"그래도 절 가르치신다 하셨으니 스승의 흉내라도 내주세요. 말이 그게……."

"검법은 네가 무엇을 배우든 비슷한 것이다. 검(劍)은 그저 죽은 사물일 뿐이지. 관건은 그것을 쥐고 있는 손이야. 네가 어느 방향을 찌르든, 아님 몇 만 번을 찌르든……결국 공간이 이렇게 많다는 게 문제야."

스구지엔은 살짝 미소를 지으며 말했다.

"그런데 어떻게 한 번 검의 휘두름으로 사람을 죽일 수 있을까? 그것이 모든 검법의 화두지. 그래서 검법의 종류는 중요한 부분이 아니다. 만약 네가 어떤 경지에 오르게 된다면, 넌 깨닫게 될 것이야. 네가 고려할 것은 죽이는 방법이 아니라……네가 그 사람을 죽여야겠다는 '마음'이라는 것을."

그는 진지하고 엄숙하게 말을 이었다.

"그것은 '신념'이자 '의지'다. 네가 실(實)과 세(勢)에 있어서 절정에 이르면, 그 경지를 뛰어넘게 만드는 것은, 오직 신념과 의지인 것이지."

'파닥파닥파닥파닥…….'

스구지엔이 고개를 들어 푸르고 큰 나무를 바라보자, 그의 초췌한 두 눈에서 엄청난 검의(劍意)가 분출되었고, 나무에 앉아 있던 무수한 새들과 나무 안의 벌레들이 살기를 느끼고 순식간에 날아가며 하늘을 검게 뒤덮었다.

"사람은 신이 아니다. 그래서 육신의 제한을 받지. 그렇기에 진기를 아무리 수련해도 어느 단계에 이르면 육신이 허용하는 범위를 넘게 되고, 결국 멈출 수밖에……만약 그럼에도 계속 수련을 한다면, 언젠가는 경맥이 모두 끊겨 폐인이 되어 버리지. 그러니 9품의 경지를 다시 한번 뛰어넘는다는 것은 매우 어려운 일이야. 실(實)이라는 것이 항아리에 담긴 물이라면, 세(勢)라고 하는 것은 그것을 뿌리는 방식 같은 것이지. 논에다 물을 뿌린다 해도, 항아리의 제한을 넘지 못하고, 뿌리는 방식을 바꾸지 못하면, 조금씩 조금씩 뿌릴 수밖에 없는 거야."

"결국 진기의 문제로 돌아오네요."

"실(實)에 해당하는 진기가 가장 중요한 것이긴 하지. 하지만 네가 어떤 특별한 방식을 이용하지 않으면, 그것을 방출함에 있어 평범해질 수밖에 없어."

"지금 하는 말은 너무 모호하네요. 마음, 신념, 의지……당신이 얼마나 많은 제자를 키워냈든, 가르치는 수준은 사실 우쥬 삼촌과 비슷한 것 같아요."

"하지만 어쩔 수 없네. 그 경지라는 것은, 본래 인류가 가질 수 있는 범위의 것이 아니니……."

"그럼 어쩌라는 거예요?"

"그러니 본래 이 인간 세상에 속하지 않는 어떤 방법을 찾아야지.

그게 바로 내가 말한, 신념과 의지이다. 초월적인 실력은, 반드시 초월적인 방법을 필요로 하지. 넌 이전까지 배운 모든 것, 잔재주, 대벽관, 사고검법, 패도공결, 천일도 등등……이 모든 것의 흔적을 잊어버려야 한다."

"정말 하나마나 한 이야기네요."

"그렇지. 모든 것에는 흔적이 남고, 대종사도 실과 세가 있지. 하지만 넌 '너'를 잊어야 한다! 너의 손과 발, 너의 피부와 뼈에서 느껴지는 고통, 이 모든 것, 네가 너의 신체로써 통제하려 했던 모든 방식을 버려야 해. 그래야만 네 몸 안에 있는 진기가 자연스럽고 편안하게 흐를 수 있는 거야. 그것을 가능하게 하는 건, 너의 신념과 의지일 뿐이다."

스구지엔은 고개를 숙이며 판시엔의 마음에 종을 울리듯 무겁게 말했다.

"옷을 벗어야 한다."

판시엔에게 너무나 익숙한 말.

오경(五經) 〈숙어록〉에 나온 구절.

쿠허 대사가 깨달음을 얻으며 한 말.

판시엔이 패도공결 1권을 완성시킬 때 우쥬 삼촌이 한 말.

하지만 스구지엔은 이 말을 뱉은 후 침묵에 빠졌다.

판시엔은 어렴풋이 무언가 느껴지기도 했지만, 사실 제대로 이해가 되지 않았다.

'마음? 그럼 실재하는 이 세상은 뭐야? 사람은 이 세상에 사는 거잖아. 사람은 언어가 있고 생각을 하고, 꽃이 피면 기쁘고 꽃이 지면 슬프고, 달이 차면 기울고……그런데 신념과 의지로 이 세상을 초월하라고?'

하지만 판시엔은 그 경지가 있다는 것도 알고 있었다. 적어도 눈앞에 있는 곧 죽을 괴물 늙은이가 증거였다. 그리고 그는 그 경지는 생각을 많이 한다고 해서 도달하는 것도 아님을 알고 있었다.

"진정한 사고검법은 검이 필요 없는 거예요? 그럼……절 어떻게 가르치신다는 거예요?"

"나와 함께 동이성 산책이나 하자구나. 너에게 가르쳐 줄 방법은 없지만, 너에게 보여줄 수는 있다. 물론, 네가 얼마나 깨닫느냐는 것은 온전히 너에게 달렸지만."

판시엔은 진지하게 예를 한번 올리며 말했다.

"부탁드립니다."

스구지엔은 판시엔에게 눈짓으로 부탁했고, 판시엔은 천천히 바퀴의자를 밀며 나무 그늘을 떠나 번화한 동이성 내로 향했다. 북제 황제가 그 뒤를 따랐는데, 사실 그녀가 두 사람의 대화에 끼지 않은 이유는 집중해서 둘의 대화를 외우고 있었기 때문이다. 그녀가 이해도 하지 못하고, 그녀가 도달할 수도 없는 경지에 대한 이야기였지만, 누군가에게는 도움이 될 수 있었기 때문이다.

예를 들어, 하이탕 둬둬.

삼인행, 필유아사(三人行, 必有我師).

세 사람이 길을 가면, 반드시 나의 스승이 있다.

판시엔, 북제 황제 그리고 스구지엔은 동이성의 가장 번화한 골목에 들어섰다. 적지 않은 사람들의 시선이 바퀴의자에 앉은 늙은이에게 향했지만, 어느 누구도 짐작만 할 뿐 감히 말을 붙이진 못했다.

물론 판시엔은 그 어떤 것도 전혀 개의치 않았다. 왜냐하면 오늘 하루만은 진정으로 스구지엔을 자신의 스승으로 모시겠다 생각했기 때문이었다. 다만 셋 중 북제 황제의 처지는 좀 애매하고 가련해보였다. 그녀는 동료로 보였지만, 어찌보면 스구지엔의 손님이기도 했지만, 사실상 판시엔의 인질이었기 때문이다.

어느 정도 걸었을까. 스구지엔은 둘을 데리고 낡고 오래된 건축물로 들어갔다. 그곳은 수십 년 전 예씨 집안 소유의 건물이었지만, 지금은 용도가 변경되고 이미 다른 사람들이 사용하고 있었다. 판시엔은 스구지엔이 자신에게 무엇을 알려주고 싶은 것인지 짐작한 듯 나지막이 물었다.

"예씨 집안은 동이성에서 잘 자리잡았고, 당신도 동이성의 수호자 같은 존재가 되었는데, 예칭……아니 제 어머니는 왜 동이성을 떠났죠?"

"그때 내가 막 성주(城主) 집안을 장악하고 검려를 열었을 때였지. 그러니 네 모친이 떠난 것은 나 또는 동이성의 강대함과는 아무런 관련이 없다. 단지 그녀의 그릇이 너무 컸기에, 그녀가 이루고자 하는 뜻은 더 큰 세력이 필요했던 것뿐이야. 동이성이 그녀의 그릇을 담기에 너무 작다고 생각하였겠지."

'엄마는 정말 이상주의자?'

"근데 왜 그녀는 북제로 오지 않았지? 당시에 가장 강한 세력은 북위였는데."

갑작스러운 북제 황제의 말에 판시엔과 스구지엔은 그녀를 동시에 쳐다봤다. 그녀는 어이가 없다는 듯이 살짝 화난 목소리로 말했다.

"짐은 하루 종일 말도 못하나."

판시엔은 웃으며 설명하듯 말했다.

"당시 북위가 대륙을 지배하고 있었지만, 동시에 봉건 사회의 폐단이 가장 심한 나라였겠죠. 다시 말해 혁명을 하기가 가장 힘든 곳이었다는 거예요. 어떻게 해도 실제로 바꾸기 힘들었다 판단했을 겁니다."

황제는 미간을 찌푸렸다.

'이게 무슨 말이지? 어떻게 짐이 단어 한 개도 제대로 알아듣기 힘든 것인가. 나를 놀리는 것인가?'

스구지엔은 둘의 대화는 개의치 않고 하고 싶은 말을 꺼냈다.

"난 어렸을 때 고생을 너무 많이 했지. 죽을 고비를 몇 번 넘겼는지 모르고, 날 지켜주던 유모와 하인들이 날 보호한다는 이유로 얼마나 죽어 나갔는지 몰라. 그래서 내가 힘을 얻었을 때, 처음으로 검법을 완성했을 때, 난 복수를 위해 다 죽이려 했었지. 다만……네 어머니가 날 막았네."

스구지엔은 담담한 목소리로 말을 이었다.

"그런데 어느날 네 모친이 경국으로 떠났지. 그래서 난 자연스럽게 복수를 시작했어. 하룻밤 사이, 난 백여 명의 집안 사람을 도살했지. 하룻밤 사이, 나의 정신에 엄청난 혼란이 왔지만, 그것이 새로운 경지의 시작이기도 했어."

그의 목소리가 조금은 어둡게 변했다.

"그 일 이후, 너의 모친은 나와 모든 연락을 끊었네……나에겐 완전히 새로운 길이 시작된 거지……."

"갑자기 당신이 제 어머니를 사랑했다 뭐 이런 식으로 가면 안 돼요."

"아무리 그녀가 아름다웠다지만, 당시 나에겐 나무 아래서 만난 어린 여자 아이였어. 그리고 난 남녀 간의 사랑 따위는 관심이 없었어. 난 평생……검(劍) 하나만 사랑했을 뿐이야."

그때, 판시엔은 이상한 생각이 들었다.

'그런데 낮에 왜 이렇게 번화가가 조용한 거지?'

그리고 그가 고개를 들자 믿지 못할 장면이 눈앞에 펼쳐지고 있었다. 사실 이 장면에 가장 당황한 것은 북제 황제였다.

'스구지엔에 대한 동이성 백성들의 존경심이 이 정도……?'

마치 거리와 하늘이 텅 빈 것 같았다. 모든 행인과 상인들이 길 옆과 집 처마 밑에 모여 무릎을 꿇고 꿈쩍도 하지 않고 있었던 것이다. 스구지엔은 그들에게 아무런 인사도 하지 않은 채 판시엔이 밀어주는 바퀴의자에 앉아 길 끝까지 조용히 갔다.

그가 곧 죽는다는 사실을 아는 동이성 백성들의 눈빛에 스치는 슬픔의 기운이 길가에 만연했지만, 그는 아무것도 개의치 않는다는 듯 무심히 지나갔다.

마치 판시엔에게 무엇인가 보여주려는 듯.

"감정은 보물 같은 것이지만, 때론 아주 저렴한 것이지. 네가 만약에 어떤 사물에 정이 있다면, 더욱더 그런 감정에 이끌려 통제력을 잃어서는 안 돼……그게 네 어미의 가장 큰 약점이었다."

판시엔은 이 말에 대꾸하지 않고 계속 바퀴의자를 밀었는데, 어느새 아름다운 건축물에 도착했다. 동이성 성주 저택.

"여긴 왜 왔죠?"

"그냥 집에 오고 싶어서? 그 김에 너에게 마지막 수업도 할까 해서……살인."

살인을 저지르기 위해.

동이성의 미래에 간섭하려는 그들을 단죄하기 위해.

동이성의 미래는 동이성의 수호신 스구지엔의 영역. 신의 영역에 도전하는 자는, 죽음으로 대가를 치러야 한다. 스구지엔이 정해 놓은, 더 이상 강조할 필요도 없는 자연스러운 원칙.

스구지엔이 성주 저택에 들어가자, 눈빛에서 감정이 사라지더니, 심지어 차가운 느낌마저 지워졌다. 몇 명이 성주 저택의 돌계단 앞에서 공손하게, 하지만 두려운 얼굴을 하고 무릎을 꿇고 있었다.

그리고 목이 잘려 나갔다. 가을의 무르익은 열매처럼.

그러나 스구지엔의 손에 칼이 쥐어져 있지 않았다.

북제 황제는 얼굴이 하얗게 질렸고, 판시엔은 무의식적으로 손에 힘이 들어가며 밀던 바퀴의자를 멈췄다. 그는 이 장면이 무섭지 않았지만, 굳이 이럴 필요가 없다고 생각했기 때문이다. 성주 집안이 동이성의 경국 귀속을 반대한다 해도, 사실상 아무런 장애가 되지 않았다.

하지만 스구지엔의 어떤 힘에 이끌려 그는 바퀴의자를 계속 밀게 되었고, 셋은 이미 성주 저택의 깊은 곳으로 향하고 있었다.

어떤 이는 용기를 내어 검을 뽑아 들었지만 순식간에 두 동강이 났고, 어떤 사람은 비명을 지르고, 어떤 사람은 허리가 잘리고, 어떤 사람은 살신(殺神)을 보고 두 다리를 벌벌 떨고만 있었다. 그리고 그들 모두 오래전 전설을 떠올리고 있었다.

'한 명이 검을 들고 성주 저택에 들어왔다 나갔다. 하룻밤이 지난 후 그 저택에 살아남은 자는 아무도 없었다.'

지금 스구지엔의 손에는 검이 없었지만, 성주 저택은 그때와 같이 비애에 가득 찬 피비린내가 짙게 배어들고 있었다. 판시엔의 얼굴도 창백해지고, 체내의 패도 진기는 저도 모르게 극에 달하고 있었지만, 공기 중에 가득한 천지의 살기에 짓눌려 순식간에 사라져버린 듯 느껴졌다.

선혈이 날리고,

선혈이 여전히 날리고,

처음부터 끝까지 선혈이 날리고.

판시엔과 황제의 몸은 심신이 자신들의 통제에서 벗어난 듯, 생명을 빼앗아가는 이 바퀴의자를 수동적으로 따라다니고 있었다. 황제는 진기가 없어 반응 없이 지쳐갈 뿐이었고, 판시엔의 몸은 저도 모르게 저항하려 했지만 갑자기 모든 게 역겨워지며 몸만 떨릴 뿐이었다.

판시엔의 입에서 피가 배어 나왔고, 그의 눈에는 어쩔 수 없는 슬픔이 스쳐갔다. 그래서 다시는 이곳에서 벌어지는 일을 보지 않겠다는 듯, 차라리 고개를 숙이고 눈을 감아버렸다. 하지만 보지 않는다고 해서 모르는 것은 아니었다.

이것이 스구지엔이 그에게 해 주는 마지막 수업.

어떤 냄새를 맡으며 판시엔은 인상을 찌푸렸다. 그것은 피비린내가 아니었다.

무정(無情) 그리고 무관심.

그리고 그 순간 전혀 다른 기운을 느낄 수 있었다.

살인에 대한 의지.

성주 저택의 마지막 건물 앞 돌계단에는 사람들이 한 줄로 늘어서 있었고, 그 열의 뒤에 동이성 성주(城主)가 화려한 복장과 그와 대비되는 창백한 얼굴을 하고 검성(劍聖) 대인을 기다리고 있었다. 성주 저택에서 가장 강력한 힘이 결집되어 있는 곳이지만, 그들도 이미 자신들이 막을 수 없다는 것을 알고 있는 듯했다.

'콜록콜록…….'

스구지엔이 기침을 하기 시작했고, 판시엔의 손은 그 진동에 떨렸다.

그때, 마지막 기회라고 생각하는 듯, 고수 일곱이 하늘에 어두운 그림자를 만들어 내며 바퀴의자로 달려들었다. 그리고 주저하지 않고 손을 뻗어 검을 일제히 내질렀다.

스구지엔은 여전히 기침을 하며 몸을 웅크리고 있었다. 한 손으로 입을 가리고 있었고, 다른 한 손에도 검은 없었다.

그래서 그는 빈 손을 살짝 흔들었다.

바닥에서 떨어진 검 하나가, 매우 빠르게 그의 손으로 들어왔다.

그리고 공중에서 대충 '한 번' 휘둘렀다.

'한 번' 휘둘렀는데, 고수 일곱이 죽었다.

이미 세속을 벗어난 검의 움직임이었다.

그리고 스구지엔은 손을 한번 '휘' 저었다.

검은 그의 손을 벗어나, 성주의 가슴에 묻혔다.

성주는 한마디 변명도 하지 않았다. 한숨도 쉬지 않았다. 그저 묵묵히 자신의 마지막을 기다리고 있었다. 왜냐하면, 먼 친척인 스구지엔이 직접 검려에서 나와 이곳에 왔다면, 집안사람 모두를 죽였던 무정한 괴물이 직접 왔다면, 그가 왔다면 이미 모든 것은 정해진 것. 아마 그의 마음 속에 원망, 또는 이해할 수 없음이 남아 있었을지는 모른다.

다만, 이 세상에 그런 것들이 한둘이겠는가.

성주의 시체가 천천히 바닥에 고꾸라졌다.

마치 마지막 예를 올리듯.

그때, 판시엔은 고개를 살짝 들고 그 모습을 지켜보다 갑자기 너무 놀란 표정을 지었다. 성주의 시체 앞으로 검은 옷을 입은 이가 홀연히 나타났기 때문이다.

그의 손에는, 검 하나가 쥐어져 있었다.

그는, 그림자였다. 당연히 그림자였다.

판시엔이 검려에 갔을 때 그는 사라져 버렸다. 하지만 판시엔은 찾지 않았다. 왜냐하면 그가 검려에서 무슨 짓을 할지 알았기 때문이다.

그런 그림자가, 홀연히, 성주 저택에 나타났다.

그리고 스구지엔을 마주하고 있었다.

자신의 무정한 형, 스구지엔.

판시엔은 지금 그가 그림자라는 것을 확신할 수 있었다. 지금 동이성 내에서, 아무리 스구지엔이 경국 황제에게 당해 많이 약해졌다 하더라도, 대종사에게 들키지 않고 이곳에 나타날 수 있는 사람은 몇 되지 않기 때문이다.

스구지엔은 계속해서 기침을 하며 피를 토하고 있었고, 살짝 창백한 얼굴로 몸을 미세하게 떨고 있었다. 성주 저택에 들어오면서부터 판시엔의 패도 진기를 억압했고, 일곱 명의 고수를 한번에 처리하느라 확실히 지친 기색이 역력했다.

스구지엔이 가장 약할 수 있는 이 순간을 그림자가 선택한 것이다.

그의 손에 들린 건 오래된 고검(古劍).

판시엔의 눈에 익은 검. 현공 사당에서 보았던 검.

바닥에 떨어진 푸른 나뭇잎들이 봄바람에 휘날리며 그의 손에 있는 고검을 감싸고 있는 듯 보였다.

그리고, 움직였다.

살(殺).

그림자는, 고검을, 스구지엔의 가슴을 향해, 내질렀다!

간단하고, 직접적으로.

팔꿈치를 굽히고, 팔꿈치를 펴며, 내질렀다.

간단해서 정확했고, 직접적이어서 강했다.

시간을 기다릴 필요도, 진기를 모을 필요도 없었다.

20년 동안 기다렸고, 20년 동안 모았다.

빨랐다.

그래서 주위는 아무것도 변한 것처럼 보이지 않았다.

시간의 한계를 뚫은 듯한 일격.

그의 모든 것을 담은 일격.

퇴로를 생각하지 않은 일격.

그래서 앞으로만 움직였고, 용기과 집념을 응집해 앞으로 나아갔고, 스구지엔의 가슴을 향해 전진했다. 지금 이 순간 그림자는 더 이상 '자객'이 아니었고 '검사(劍士)'였다.

찰나의 순간.

고검과 스구지엔 가슴과의 거리는, 1척(尺, 약 33cm).

그 장면을 바라보는 판시엔은 반응하지 못했다. 그는 현공 사당 암살 시도 사건에서 찰나의 순간에 3황자를 구했지만, 지금 그림자의 일격은 그때와는 근본적으로 달랐다.

필(必), 살(殺).

그가 저 일격을 받는다면 피할 수 없을 듯 보였다.

하지만 스구지엔은 가능하다.

그는 죽음을 앞두고 있었지만, 그는 오늘 심신을 크게 소모했지만, 대종사는 상식적으로 판단할 수 있는 '사람'이 아니다. 다만, 그는 몸을 쉽게 움직일 수 없었고, 그림자의 일격은 '일반적'이지 않았다. 그래서 그는 검을 놓고, 대신 두 손가락을 들었다.

그리고 두 손가락으로 검을 잡았다!

스구지엔의 가슴과 고검의 거리는, 4촌(寸, 1촌은 1척의 10분의 1).

스구지엔의 얼굴은 창백해졌고, 표정은 숙연해졌지만, 눈빛만은 더 밝아졌다.

"으아아아아아악!"

그림자는 마치 스구지엔의 그림자처럼 바퀴의자에 딱 붙어, 미친 듯한 괴성을 지르며, 기쁜 듯 혹은 화난 듯, 이십 년간의 도피 생활을 다시 처음부터 밟는 듯, 죽은 가족들의 모든 슬픔과 부모를 동시에 잃은 고통을 담은 듯, 다시 한번 검을 찔러 넣었다!

'츠측.'

검은 스구지엔 손의 관절들과 마찰하며 기괴한 소리를 낸 후 다시 한번 스구지엔의 가슴으로 향했다.

고검과 가슴의 거리는, 2촌(寸).

찰나의 정지.

판시엔은 북제 황제의 허리를 잡고 비스듬히 날아올라 멀리 있는 푸른 나무 아래로 대피했다. 그 뒤에 있다가는, 자신은 내상만 입고 살아남더라도, 황제는 그 기세에 죽을 수도 있었기 때문이다. 그는 푸른 나무 아래 지면에 발이 닿는 순간 고개를 돌려 그들을 바라봤는데, 저도 모르게 심장이 '철렁' 내려 앉았다.

스구지엔은 자신의 가슴 앞에 검을 마주하고 있었지만, 그 눈만은 밝게 빛나며 무정하게 자신의 동생을 바라보고 있었다.

신념, 의지, 한 번의 눈빛 그리고 한 번의 순간.

성주 저택 정원 내에 공기의 흐름이 변하더니, 이유도 알 수 없고 어디서 오는 지도 모를 무수한 바람의 기운이 검처럼 변해, 사방에서 눈으로 볼 수 없는 궤적을 그리며 저택의 중심으로 날아갔다.

그림자의 몸을 향해.

'ㅊㅊㅊㅊㅊㅊㅊㅊㅊㅊ…….'

검기가 그림자의 몸을 휘감고, 서서히 그가 입고 있던 옷이 찢어지더니, 마치 신생아가 입을 벌리듯, 구멍이 나기 시작했다. 하나, 둘, 셋……열……백…….

순식간에 무수한 구멍에서 피가 흘러나오기 시작했다.

그림자의 얼굴은 창백해졌고, 입에서는 끊임없이 피가 흐르고 있었지만, 그는 조금도 두려워하는 기색 없이, 오히려 조소하며, 웃음기 띤 얼굴로 포효하듯 소리를 질렀다.

"아아악!"

엄청난 진기의 파동이 두 사람 사이에서 폭발했다.

검(劍)은 손가락에 막혀 더 앞으로 가지 못했지만, 엄청난 기세에 바퀴의자가 뒤로 밀리기 시작했다!

속도는 갈수록 빨라졌고, 스구지엔의 얼굴은 갈수록 창백해졌고, 하지만 눈빛은 갈수록 빛났고, 그림자의 얼굴도 갈수록 창백해졌고, 입에서 흐르는 피도 갈수록 빨리 나왔고…….

지면에 하나의 혈선(血腺)이 만들어졌다!

판시엔은 이 장면을 보며 저도 모르게 손이 떨리기 시작했다. 그는 스구지엔을 좋아하지 않았고, 그래서 그림자를 돕고 싶었다. 그리고 손을 쓰려고 하면 지금 써야 했고, 그렇다면 아무리 대단한 스구지엔이라도, 지금 그의 몸 상태를 고려했을 때, 무너질 가능성이 있었다.

하지만, 그는 손을 움직이지 않았다.

그냥 떨리는 손으로 이 장면을 침착하게 바라보았다. 이건 경국과 동이성의 협의, 스구지엔과 어머니와의 관계, 우쥬 삼촌, 페이지에와 하등의 관련이 없었다.

그는 그림자와의 약속을 지키는 것뿐.

그림자를 존중해 주는 것뿐.

그래서 방관할 뿐.

'펑!'

바퀴의자가 반대편 돌계단 아래에 부딪혔고, 바퀴의자는 무수한 나무 파편들로 산산조각이 났고, 그림자의 전신은 선혈로 물들었지만, 이 미친 듯한 진기의 폭발로, 마침내 검을 스구지엔의 가슴에 밀어 넣었다!

1촌. 이 1촌의 거리를 위해 그림자는 엄청난 대가를 치른 것이다.

스구지엔의 입술이 떨리며 갑자기 쉰 목소리의 기괴한 웃음이 터지더니, 돌계단에 앉은 채로 두 손가락에 힘을 주었다.

'툭!'

검이 부러졌다!

그림자는 웃지 않았다. 검 날은 스구지엔의 가슴에 박혀 있었고, 부러진 검은 자신의 손에 있었다. 그래서 그는 부러진 검으로 다시 스구지엔의 가슴을 찔렀다!

검은 부러졌지만, 그가 20년 동안 준비해 온 일격의 검은 절대 부러질 수 없었다.

그는 일생을, 이 검, 이 일격을 준비한 것이다.

날카로울 리 없는 부러진 검이 스구지엔의 가슴에 박혔다. 당연히 그 검은 스구지엔에게 치명상을 입히지 못했지만, 그의 늙고 찢어진 살점들을 파고들며 고통을 선사해 주고 있었다.

매우 아픈, 너무나도 아픈 고통. 찢어지는 아픔.

그 고통을 그림자도 느끼는 것 같았다.

아니, 그도 아팠고, 그렇게 둘은 찢어졌다.

찢어짐은, 이십여 년 전으로 거슬러 올라간다.

백치 형은 동생을 향해, 동이성 외곽의 풀과 나무로 엮은 집을 보고 웃으며 이곳이 훗날 천하 모든 검의 성지(聖地)가 될 것이라 득의양양하게 말한다.

아직 어린 아이인 동생은 그 허름한 집을 그저 멍하니 바라보고 있다. 그 집에는 가끔씩 맹인과 어린 여자 아이가 드나들었고, 그러던 어느날 동생도 검이라는 물건에 관심이 가기 시작했다. 그 모습을 보고 형은 동생에게 진지하게 물었다.

"배우고 싶어? 그럼 내가 가르쳐줄게."

검을 배웠다. 고통스럽고 무미건조한 과정이었지만. 그렇게 검려 안에서 두 형제는 바보가 되었다. 사람들은 그 모습을 보고 성주 집안이 신묘에 밉보일 어떤 잘못을 저질렀기에 저런 바보들을 얻게 되었냐며 안타까워했다. 그리고 아무도 두 명의 백치를 신경 쓰지 않았다.

하지만 동생인 그림자는 알고 있었다.

그는 바보가 아니라 어린 아이일 뿐.

그러던 어느 밤. 모든 사람이 죽었다. 아이는 사람들이 죽는 것을 싫어한다. 특히 사랑하는 사람들이 죽는 것을 증오한다. 그런데 그의 형제, 삼촌, 이모, 부모 심지어……기르던 고양이와 강아지까지 죽었다.

아무도 살아남지 못했다.

장막 뒤에서 숨죽이며 이 장면을 보던 동생은 큰형의 손에 쥐어진 검에서 흐르는 피를 똑똑히 보았다. 그리고 무정한 그의 눈빛을 보자마자 그는 두려웠다. 그래서 뒤도 돌아보지 않고 도망쳤다.

그날이 스구지엔이 대종사가 된 날이고, 성주 집안의 가장 어린 남자 아이가 도망치기 시작한 밤이다. 그 밤 이후로, 그림자는 '그림자'가 되었고, 영원히 칠흑 같은 어둠에 살았다. 왜냐하면 그의 가슴에 남은 것은 분노, 원망 그리고 두려움. 그는 밤에 잠을 이룰 수가 없었다. 잠에 빠질 때마다, 그 무정한 눈빛을 보았다.

그래서 그림자의 얼굴은 더욱 창백해져 갔고, 만약에 지금 이 사람을 죽이지 못하면, 그는 영원히 칠흑 같은 어둠 속에 묻혀 살아야 한다는 것을 알았다. 눈앞에 사람이 검성이 되고 동이성의 주인이 되었다는 소식을 들을 때마다 그는 피를 뒤집어 쓴, 떨면서 아무 말도 못하는 어린 아이로 돌아가는 듯했다.

그래서 지금 멈출 수 없었다.

왜냐하면 그 사람이 아직 죽지 않았기 때문이다.

두 형제의 몸은 모두 선혈이 낭자했다. 하지만 그것이 자신의 피인지 상대방의 피인지 구별할 수 없었다.

스구지엔은 몸에 박힌 부러뜨린 검의 날을 뽑아 전광석화처럼 그림자의 목으로 내질렀다.

그림자도 피하지 않고 왼손가락 하나를 검처럼 만들어 검의 날이 뽑힌 스구지엔의 상처로 다시 찔렀다.

목숨으로 목숨을 바꾼다!

'펑!'

무거운 소리와 함께 두 몸이 분리되었고, 그림자는 마치 거대한 돌처럼, 만들어진 혈선을 따라 다시 날아가 맞은편에 있는 돌계단에 부딪혀 피를 토했다.

"푸!"

스구지엔 역시 돌계단에 앉아 맞은편 돌계단에 있는 그림자를 바라본다. 그의 입에서도 천천히 피가 흘러내리고 있었다.

그리고 공포스러운 침묵.

북제 황제는 이 장면을 보며 그림자의 실력에 놀라고 있었지만, 판시엔은 명확히 알고 있었다.

그림자가 졌다.

다만, 하나의 의문만 남았다.

'왜 그림자를 안 죽였지? 설마 형제간의 정? 부모를 죽인 스구지엔이?'

"만약에 제대로 치면, 네가 검려의 첫째 제자지."

그림자는 대답하지 않았다.

스구지엔은 연신 기침을 하며 말을 이었다.

"이런 검을 내지를 수 있다니, 긍지를 가질만 해."

다시 침묵.

마침내 그림자가 입을 열었다.

"왜……."

왜?

왜 가족을 모두 죽였나?

왜 지금 날 안 죽였나?

스구지엔은 말했다.

"날 막는 자는 죽는다……넌 우리를 하루 종일 따라왔고, 계속 해서 기회를 봤지. 네가 이런 일격을 가할 수 있다면, 이미 알고 있을 거라 생각했는데……아직도 그런 유치한 질문을 하다니……."

스구지엔은 잠시 멈칫하다 단호히 말했다.

"동생, 실망스럽네."

판시엔은 침묵했지만 속으로 많이 놀랐다.

'뭐야? 스구지엔은 이미 알고 있었다고?!'

그림자도 침묵했다. 판시엔은 그림자를 보고 다시 고개를 돌려 스구지엔을 보았다. 그의 가슴에는 공포스러운 상처가 나 있었는데, 그것은 그림자에게 당한 것이 아니었다. 누구에게 당했는지는 명확했지만, 판시엔은 상처를 보며 또 한번 놀랐다.

'상처 주변에 저 푸른빛은 뭐지? 저건 독인데……저 독이 내장의 부패를 지금까지 막고 있었던 것이구나. 그런데 사람은 죽이지 않으면서 상처의 부패를 막는 현묘한 독술……그럴 수 있는 사람은……?!'

스구지엔은 판시엔의 시선을 느끼며 냉랭하게 남은 옷가지로 자신의 상처를 감싼 후, 판시엔과 그림자를 번갈아 보고 마지막 말을 했다.

“검(劍)은 사나운 무기다. 성인(聖人)이 아닌 자는 쓸 수 없다.”

판시엔은 침묵했지만, 그 말의 의미는 알 수 있었다.

‘검(劍)은 사나운 무기이다. 성인이 아닌 자는 쓸 수 없다. 그리고 성인은 원래……무정(無情)하다.’

‘툭, 툭, 툭, 툭…….’

성주 저택 밖에서 투석기로 돌을 쏘는 듯한 소리가 들렸다. 하지만 스구지엔도, 그림자도, 그림자를 향해 걸어가고 있는 판시엔도 놀라지 않았다. 왜냐하면 그것은 돌이 아니라, 성주 저택의 일을 알게 된 검려의 고수들이었기 때문이다.

랑타오와 윈즈란을 필두로 하여, 십여 명의 고수들이 참혹한 피의 바다에 날아 들어왔다. 그들은 눈앞의 광경을 보고 말은 하지 않았지만, 무슨 일이 벌어졌는지 단번에 알 수 있었고, 곧바로 자신들의 주인에게로 다가갔다.

랑타오는 황제가 무사한 것을 보고 안심하였지만, 곧바로 다른 고수들과 함께 황제를 둘러싸 호위하며 판시엔을 경계심 가득한 눈초리로 바라보았다. 윈즈란은 중상을 입고 돌계단에 있는 스승을 보고 재빨리 다가가 말없이 그 앞에 무릎을 꿇었다. 그리고 그의 뒤를 이어 다른 제자들도 모두 스승 앞에 무릎을 꿇었다.

한바탕 소동이 지나가니, 검려의 둘째 제자가 왕13랑을 부축하며 천천히 문을 통해 걸어 들어왔다. 그리고 왕13랑도 어렵게 스승 앞에 가서 무릎을 꿇었다. 그는 들어오면서 판시엔에게 눈길 한번 주지 않았는데, 그만큼 그의 심정은 매우 복잡했기 때문이다.

‘스승님과 판시엔이 평화로운 대화를 하는지 알았는데……스승님이 이런 중상을 입다니!’

이 순간 모든 검려 제자들은 알고 있었다. 스승에게 이런 중상을 입힐 수 있는 사람은 성주 집안 사람이 아니다. 그것은 판시엔의 사람이다.

그리고 윈즈란은 더 정확히 알고 있었다. 그 사람은 맞은편 돌계단에 쓰러져 있는 검은 옷을 입은 사람이라는 것을. 그는 그림자를 알고 있었다. 그의 실력도 알고 있었다. 강남 항저우에서 몇 개월 동안 추격전을 벌인 적이 있었고, 그 과정에서 윈즈란 자신도 중상을 입었기 때문이다.

윈즈란은 일어나 허리춤의 검을 뽑은 후, 천천히 한 발 한 발 맞은편 돌계단으로 걸어갔다. 그 걸음걸이는 빠르지도 느리지도 않았고 심지어 그 보폭도 2척(尺) 정도로 일정했다.

그의 검(劍) 길이는 3척.

그와 그림자 간의 거리는 30척.

"소문으로만 알던 감사원 6처 처장, 그림자 대인. 오늘에서야 자네의 진정한 모습을 보는군."

이 말과 함께 그는 이미 다섯 걸음을 다가갔다.

그때 판시엔은 그림자 옆에서 그의 상처를 치료해 주고 있었다. 외상은 크지 않았지만, 문제는 내상이었기에 재빨리 그에게 환약을 먹이고 손바닥을 그의 가슴에 대고 부드러운 〈천일도〉의 기운을 그에게 불어넣어 주었다.

그리고 다가오는 발걸음 소리를 듣고 자리에서 일어나 천천히 말했다.

"나도 죽이려고?"

"너의 생사는 스승님의 결정이지만, 이 사람은, 반드시 죽어야 한다."

판시엔은 조금도 생각하지 않고 장화에 있던 비수를 꺼냈다.

그리고 그림자 앞에 섰다.

그렇게 둘은 마주했고, 판시엔은 마치 옌샤오이를 앞에 두고 있는 느낌을 받았다.

하지만 사실 둘이 마주한 것은 아니었다. 윈즈란 뒤로 검려 제자 여섯이 일어났기 때문이다. 그들의 검기와 살의까지 더해져, 판시엔이 느끼는 압박감은 더욱 커졌다.

검려의 제자는 열셋인데, 일어난 이는 여섯. 일어서지 않은 자는 어제 판시엔, 그림자와 일합을 겨뤘던 자들이었다. 그들은 검은색 옷을 입은 자가 '정통의' 사고검법을 쓰는지 알았기에 순간 너무 복잡한 생각이 들었던 것이다. 물론 더 심란한 왕13랑도 일어서지 않았다.

북제의 랑타오의 손목에 달려 있는 곡도의 쇠줄이 팽팽해졌다. 지금이 판시엔과 경국의 세력에 타격을 주기가 가장 좋은 시기라 판단했기 때문이다. 혹시라도 판시엔을 죽일 수 있다면, 또는 최소한 감사원 6처 처장을 죽일 수 있다면, 북제에게 엄청난 이점을 가져다 줄 터였다. 하지만 어디선가 나타난 부드러운 손이 그를 막아섰다.

'폐하께서 왜……?'

"짐을 믿어보게. 그들은 싸울 수 없네. 그런데 왜 우리들이 악역을 맡아야 하나."

이때 판시엔은 윈즈란 어깨 너머로 스구지엔을 보며 외쳤다.

"당신 집안 일에, 정말 외부인이 끼어들게 할 거예요?"

윈즈란은 이 말을 전혀 다른 의미로 받아들였다.

"검려 제자만으로 충분하니, 북제인들의 도움은 필요 없다."

랑타오도 맞장구쳤다.

"판 대인이 살아 남으면, 그때 내가 도전하겠네."

판시엔은 둘의 만담을 무시하고 스구지엔만 죽어라 바라봤다.

'내가 끼어들지 않았는데, 너희 제자들은 끼어들게 한다고?'

스구지엔은 판시엔의 모습에 웃음이 터지며, 한편으로는 판시엔의 제대로 된 실력을 보지 못해 아쉬워하며, 자기 주위에 아직 일어서지 않은 제자들을 한번 본 후, 쉰 목소리로 말했다.

"늙은이가 아직 죽지도 않았는데, 뭐가 그리 급한 것이냐?"

이 말과 함께 그는 왼손을 들고 왕13랑을 바라보았다. 스승의 이 동작은 그에게 매우 익숙했는데, 그 뜻을 바로 알아 채고, 대동산에서처럼 자연스럽게 스승 앞에 등을 보이며 꿇어 앉았다. 스구지엔은 가장 어린 제자의 넓은 등에 업히며 편안한 목소리로 나지막이 명했다.

"돌아가자."

그리고 왕13랑은 스승을 업고, 하지만 그 자신도 사형 몇의 부축을 받으며 검려로 향했다.

스구지엔이 떠났다.

"윈 대인, 넌 이미 검성 대인의 뜻을 몇 번이나 어긴 것 같던데, 이번에 또 어기려고?"

윈즈란은 한참 동안 침묵하다, 돌계단 아래의 그림자를 보며 말했다.

"사실 나도 스승님을 업고 싶지만, 단지 난 등에 업어야 할 게 너무 많아서."

"모든 것을 네가 등에 업을 필요는 없지. 만약에 너무 많이 업어 네가 움직이지 못하면 어쩌려고 그래."

윈즈란는 다시 침묵과 사색에 빠졌다.

'판시엔이 어떻게 했길래 스승님을 설득한 것이지? 스승님은, 대종사는, 어느 누구에게도 설득당하지 않는 분인데……스승님은 오직 자신의 의지만 있을 뿐.'

그렇게 윈즈란과 남아 있던 검려의 제자들은 말없이 떠났다. 그 모습을 지켜보던 랑타오가 나무 아래에서 걸어 나오며 입을 열었다.

"판 대인은 역시 대단해. 말 한마디로 검려 사람들을 물러가게 하다니. 내가 동이성 사람은 아니지만, 이런 기회도 얻기 쉽지 않은데 지금 나와 실력을 한번 겨뤄보는 건 어떤가?"

"어떻게 이렇게 후안무치할까……."

"자네가 할 말은 아닌데?"

"그건 오늘 너희 폐하께서 하신 말씀이야."

이때, 북제 황제는 나무 아래에서 가볍게 웃으며 끼어들었다.

"랑타오 대인, 우리 북제는 시(詩)와 서(書)로 세운 나라인데, 이렇게까지 무(武)를 겨룰 필요가 있겠나. 가세."

이 말이 나오자 판시엔은 갑자기 미간을 찌푸리며 말했다.

"폐하, 여기로 좀 오시겠습니까?"

"판 경(卿) 무슨 일인가? 일단 몸을 추스리고 다시 이야기하지."

"보고드릴 일이 있습니다."

"음……그럼 자네들은 먼저 가게. 짐은 판 경이랑 대화를 좀 나누고 가겠네."

황제의 이 말이 떨어지자 일제히 수근거리기 시작했다. 물론 가장 이해가 안된 이는 랑타오. 며칠 전까지만 해도 윈즈란과 손을 잡고 판시엔을 죽이라 명했던 황제였기 때문이다. 그리고 황제 옆에 있던 허다오런도 크게 놀라 의심 가득한 눈으로 랑타오만 바라보며 그의 반응을 기다리고 있었다.

황제의 명은 황제의 명. 랑타오는 어쩔 수 없다는 듯이 북제의 고수들과 함께 말없이 현장을 떠났다. 성주 저택이 다시 조용해지자 판시엔은 천천히 황제 곁으로 가 나지막이 입을 열었다.

"오늘 들은 이야기들은 발설하지 마세요. 그렇게 하지 않으시면……저도 제가 알고 있는 것을 다 까발릴 거니까."

'이렇게 조잡하게 짐에게 협박을……?!'

황제는 기분이 좋지 않았지만 무력(無力)하게 고개를 끄덕였다.

"알겠네."

한편 성주 저택 밖으로 나간 랑타오는 어쩔 수 없이 황제의 명을 받아들고 물러났지만, 여전히 마음이 편하지 않았다.

'도대체 판시엔 저놈이 어떤 수작을 부린 거지?'

랑타오의 눈이 번뜩였다.

"무평을 돌아오라 명을 내려라."

허다오런은 얼굴색이 살짝 변하더니 나지막이 물었다.

"대인은 판시엔이 폐하께 독을 썼다 생각하시나요?"

"배제할 수 없네. 폐하께서 갑자기 저렇게 태도를 바꾸신 건 분명……어쨌든 저놈을 얕보아서는 안 돼."

랑타오는 오해하고 있었지만, 어찌 보면 판시엔이 독을 썼다고도 할 수 있었다. 물론 그 독은 사람을 죽게 하지는 않겠지만, 사람의 마음에 독이 든 꽃을 피울 수 있을지도.

검려에서 걸어 나오는 윈즈란의 발걸음이 유난히 무거워 보였다.

'스승님은 판시엔을 죽이라 명을 내리시지도 않았고……왜 셋째와 넷째를 별도로 남으라 명하셨을까……내가 시켜 13랑을 감금하고 판시엔을 매복 공격한 사제들인데.'

윈즈란은 가볍게 한숨을 내쉬었다.

'그 일을 물으시는 거라면, 차라리 나에게 직접 죄를 물으시고, 자결할 수 있는 기회를 주시는게…….'

윈즈란은 다소 암담한 얼굴로 산 위에 있는 집을 바라보았다. 이 시각쯤이면 북제 황제는 랑타오의 호위를 받으며 저곳으로 돌아왔을 것이다. 하지만 그들은 어떠한 손님도 받지 않겠다고 이미 말을 전달해 온 상태였다.

'북제인들은 어떻게 할 생각일까? 나와의 협의를 지속할 것인가, 파기할 것인가…….'

윈즈란과 달리 북제인들은 그렇게 절망적이지 않았다. 좀 더 정확히 말하자면, 북제 황제는 절망하지 않았다. 그는 창가에 앉아 그곳에 피어 있는 꽃봉오리를 보며, 이틀 간의 '조우'를 떠올리다 저도 모르게 마음이 흔들렸다. 그녀는 어렸을 때, 태후의 품 안에서 용의에 앉은 후부터 절망이나 공포라는 것을 모르고 살았다.

하지만 감정이야 어떻든, 이번에 그녀는 판시엔에게 졌고, 심지어 철저히 패배했다. 물론 그것은 스구지엔이 경국에 좋은 감정이 있어서가 아니고 판시엔이라는 존재 때문이었다. 그리고 그는 판시엔을 이용하여 경국에 대항하려 하고 있으니, 북제로 보았을 때, 그렇게 나쁘지 않을 수도 있었다.

그녀는 그날 밤이 떠올랐다. 굴욕적이었고, 자극적이었고, 흥분되었고, 신기했다. 그날은 정신이 없었지만, 지금 생각해보니 북제에 있어서는 상당히 좋게 작용할 수도 있다는 생각이 들었다. 황제는 천천히 고개를 돌리며 스리리를 바라보고 입을 열었다.

"사랑하는 리리, 짐의 머리를 빗어 줘."

판시엔은 이 시각 검려의 가장 깊은 방안에 서서 침착하게 침대위에 누워있는 스구지엔을 보고 있었다. 이미 그림자는 모처로 가 요양을 하고 있었고, 판시엔도 수십 년간 어둠에서도 살아남은 그를 그렇게 걱정하고 있지는 않았다.

왕13랑은 그를 보고 헛기침을 한번 하고, 뜨거운 물을 그의 옆에 가져다 놓았지만, 아무런 말도 하지는 않았다. 판시엔도 말없이 뜨거운 물에 적신 수건을 집어 들어 손과 얼굴을 닦고서 스구지엔 옆으로 갔다. 어쨌든 스구지엔은 왕13랑을 총애하는 듯 보였고, 그건 자신에게 나쁠 것 없다 생각했기 때문이다.

"그림자는 검려를 이어받을 수 없어요."

판시엔의 말에 놀란 것은 왕13랑이었지만, 그는 스승의 이어진 말에 더 놀랐다.

"왜 안 되는 것이지?"

"그는 제 사람이니까요."

"넌 반이 동이성 사람이지만, 그는 온전히 동이성 사람인데……그리고 그는 나의 친형제이고, 검려의 진정한 첫번째 제자이고……그럼 검려를 내가 너에게 주어야 하느냐?"

"저요? 전 이미 스승님이 있습니다. 그리고 저는 종파, 문파 따위를 여는 취미는 없어요."

"하하. 그런데 네가 어떻게 나의 생각을 알았지?"

"윈즈란도 괜찮은 선택이지만, 안타깝게도 당신의 뜻을 거역했잖아요. 13랑도 나쁘지 않은 선택이고, 그는 당신이 가장 총애하는 제자이지만, 당신은 그에 대한 기대가 너무 커서, 그가 이곳 검려에 마음과 몸을 묶어 놓길 바라지 않을 것 같고……그러니 뭐 그림자죠."

판시엔은 잠시 침묵하다 다시 말을 이었다.

"그림자를 죽이지 않으셨잖아요. 성인(聖人)은 무정(無情)하다. 당신이 한 말 아닌가요? 그러니 그를 남겼다는 것은 정이 아니라, 무슨 생각이 있는 거겠지요."

"현공 사당 일은 천핑핑이 한 거야, 알고 있느냐? 내가 그를 처음부터 잘못 봤어. 원래 그 검은 개는 너희 황제에 대한 충성심이 없었어. 모두 연극이었어."

"원장 대인의 경국에 대한 충심은 아무도 의심하지 않아요. 만약에 그림자를 이용해서 폐하와 원장 대인간의 전쟁을 부추길 생각이

시라면, 일찌감치 포기하시라 권해드리고 싶네요."

"그림자가 내 동생이라는 사실을 얼마나 더 숨길 수 있을 것 같으냐? 1년, 2년? 오늘 있었던 일은 이미 징두에 알려졌을 것이야. 너희의 경국 황제가 추측하지 못할까?"

"뭘 추측하든 전 모르겠고, 최대한 미룰거예요. 어쨌든 전 당신이 이 일을 수면 위로 올리길 바라진 않네요. 동이성에서 그림자의 신분을 알아챈 사람은 총 여섯인데, 셋째 넷째 제자는 당신의 명에 따를 거고, 13랑은 제가 믿고 있고, 그럼 저, 북제 황제, 당신인데, 당신이 말 안 하고, 제가 말 안 하면, 문제될 게 뭐가 있죠?"

"문제는 네가 아직 날 설득하지 못했다는 거지. 만약 그 사실이 알려지면, 그리고 쳔핑핑이 그를 거두어 6처 처장을 시켰고, 그를 시켜 현공 사당에서 황제를 암살하려 했으니, 너희 황제 늙은이가 쳔핑핑을 죽일 것 같은데? 쳔핑핑이 죽으면, 넌 어떻게 하려고?"

"지금 저와의 협의를 깨시겠다? 만약 원장 대인이 죽으면, 경국에 혼란이 올 텐데, 그럼 제가 동이성을 신경이라도 쓸까요?"

"난 너희 황제 늙은이를 믿지 않을 뿐이야. 널 더 믿지. 하지만 언젠가 네가 경국의 황제가 되지 않는다면, 너와 나의 약속이 무슨 의미가 있을까?"

"제가 경국의 주인이 될 능력은 없고, 폐하께서 천하 통일의 마음을 버리게 할 수도 없지만, 만약에 당신이 절 화나게 하면, 최소한 제가 먼저 나서서 경국 군대를 이끌고 동이성을 없애 버릴 수는 있지요."

판시엔은 자리에서 일어나며 단호하게 말했다.

"경국의 내란을 부추길 시도도 하지 마시고, 제가 제일 존경하고 사랑하는 어르신을 위험에 빠지게도 하지 마세요. 그렇게 하신다면? 저와는 어떤 협의도 없어요."

"이런 식으로 북제 황제도 압박했나?"

"저도 최근에 알게 되었죠. 이런 조잡하고 과격한 방식이 문제를 해결할 수 있더라구요. 이건……당신에게 배운 거예요. 그러니 절 통제하려 하지 마세요."

이틀 후, 북제와 경국의 정식 사절단이 드디어 동이성에 도착했다. 하지만 환영식이 다소 이상했는데, 성주 집안의 관리들이 모두 죽어 윈즈란이 급하게 각지에서 사람들을 동원한 탓이였다. 웨이화는 뭔가 수상쩍은 모습들을 보며 마음속이 불안해졌다.

'분위기가 이상한데…….'

사실 가장 놀란 것은 경국의 사절단이었는데, 우선 북제 사절단의 대표가 북제의 황제였기 때문이다. 하지만 그보다 더 놀란 것은 이미 동이성의 경국 귀속이 정해져 있었던 것이다.

봄빛이 좋고 화창한 날, 남경 사절단이 머물고 있는 별원에서 경국의 대신들은 입을 떡 하니 벌린 채로 판시엔을 바라보고 있었다. 그의 설명을 듣고 관원들은 매우 흥분했는데, 환호성이 지붕을 뚫고 나갈 것만 같았다.

모든 관원들은 신선을 보는 듯 판시엔을 바라보았다. 그리고 황제의 선견지명에 모두 탄복하고 있었다. 또한 이제부터 판시엔의 앞길을 막을 자는 아무도 없어 보였다. 하지만 그는 그다지 기쁜 기색 없이 저택을 나와 마차에 올라탔다. 아직 명목상 귀속일 뿐이었고, 그 과정에서 너무 많은 사람이 죽었고, 윈즈란 등 아직 불안 요소들이 있었기 때문이다.

"해변으로 가자."

마차는 번화한 동이성 거리를 지나 한적한 동이성 항구 옆 해변가에 이르렀다. 마차에서 내린 왕치니엔 조직원은 해변에 서 있는 이들의 신분을 알아차리고 눈빛이 살짝 변하며 나지막이 말했다.
"북제인."
"맞아. 북제 사람들을 만나러 온 거야."
판시엔이 말을 건넨 이는 서량로 칭저우 성에서 발탁한 이였다. 오늘의 만남은 비공식적인 만남이었기에 그는 6처의 밀정들이 아닌 자신의 심복들만 데리고 온 것이다.
판시엔은 부드러운 모래사장을 밟으며 천천히 해변가로 향했다. 그곳에는 몇 명이 바다를 바라보고 있었는데, 오늘 동해 바다는 어느 때보다 온화했고 조용해 보였다. 그리고 해변은 모래사장, 곳곳의 바위들, 그리고 그 뒤의 푸른 나무들과 어우러져 장관을 펼쳐내고 있었다.
판시엔은 두 손을 앞으로 모으고 공손히 예를 올리며 말했다.
"랑타오 대인을 뵙습니다."
랑타오는 복잡한 눈빛으로 판시엔을 바라보고 목례만 하였고, 판시엔은 랑타오 옆에 있는 젊은 '남자' 옆에 서서 뒷짐을 지고 '그'와 함께 바다를 바라보았다. 그리고 스리리는 아름다운 옅은 황색 옷을 입고, 마치 선녀처럼 두 사람 옆에 서서 미소 짓고 있었다.
"짐이 만약 남자였다면, 반드시 천하를 통일했을 것이고, 이 바다 또한 정복했을 것이야."
갑자기 큰 파도 하나가 멀리서부터 밀려와 암초 바위에 부딪히며 거대한 소리를 내었다. 마치 황제의 이 말에 동의라도 하듯, 황제의 불만스러운 말을 집어 삼키려는 듯.
"제가 여자였다면, 반드시 지금보다 더 즐겁게 살았을 거예요."
"여자? 이 세상에서 여자들은 남자의 부속품처럼 여겨지고 있지. 자네가 정말 여자였다면, 밤새 이불 아래에서 눈물을 그치지 못했을 거야."

"폐하께서는 자신의 여자 신분을 증오하시나 보죠?"

"맞네. 짐이 여자가 아니었다면, 어떻게 자네에게 위협이나 당하고 있겠는가."

둘은 동시에 침묵에 빠지며, 나란히 서서, 뒷짐을 지고, 바다를 바라보았다.

그들 뒤에 스리리는 양산을 쓰고 쪼그리고 앉아 모래사장의 조개를 줍고 있었는데, 두 사람의 대화를 신경 쓰고 있는지는 모를 일이었다.

"정식 사절단이 동이성에 당도했으니, 짐은 돌아가겠네. 짐이 이번에 친히 남하했으나 어떠한 이득도 얻지 못한 거 같아, 많이 실망스럽네."

"실망할 게 뭐 있나요. 최소한 폐하께서 절 죽이지 않았고, 천하도 혼란에 빠지지 않았으면 된 거죠. 그리고 폐하는 북제의 군주이지만, 천하의 모든 것을 바꾸지는 못합니다."

"예를 들어 짐이 여자라는 것?"

'진짜 이 정도면 콤플렉스 아니야?'

"사람은 누구나 혼자서 전체의 세상을 바꾸지 못합니다. 그건 성별과는 무관한 사실입니다."

"하지만 짐이 보기에 30여 년 이래 가장 천하를 놀라게 한 패배자 두 명이 모두 여자인데, 그것은 어떻게 설명할 수 있겠나?"

'그걸 제가 어찌 설명하오리요……한 분은 제 어머니이고, 한 분은 제 장모인데…….'

"제 모친의 실패는 과도한 인자함에, 장 공주의 실패는 그의 과도한 정분에 있어 보입니다."

"사실 그 이유는 더 간단한데, 자네가 감히 입 밖으로 내지 못하는 거겠지."

판시엔은 답도 없는 문제를 더 논하기 싫다는 듯 화제를 바꿨다.

"폐하께서 오늘 돌아가시면, 조정과 민생을 잘 살피시고, 그 외의 일에는 너무 쉽게 나서지 말아 주십시오."

"네가 경국의 황제가 되기 전에는, 짐이 자네에게 많은 것을 의지할 수 없다는 걸 잊지 말게. 이건 믿음의 문제가 아니네. 실력의 문제지."

"그게 가능하다 생각하십니까?"

"자네가 계속 장모우한 대가처럼 성인(聖人)인 체하지만 않는다면."

"저는 성인이 되고 싶지 않습니다. 단, 전 이전보다 '용감'해졌고, 제가 살아가는 동안 제 생각대로 살고 싶고, 제가 원하지 않는 일들이 일어나지 않게 세상을 조금 바꾸고 싶을 뿐입니다."

"그 대가가 목숨이라도?"

"아닙니다. 스스로 살아남는 게 가장 중요합니다. 제 주위 사람들이 살아남는 게 두 번째, 무고한 백성들이 죽지 않는 게 세 번째. 정말 그런 날이 온다면, 제가 생각하기에 지금 천하에서 절 죽일 수 있는 단 한 분인 '그분'도, 절 죽이지 않을 겁니다."

"그건 왜지? 그가 자네의 아버지라서? 아니면, 그가 자네의 배후에 신묘가 있다는 걸 알기에? 그리고 짐이 한번 물어보지. 자네 부인인 쳔 군주의 목숨보다 자네의 목숨이 더 중요하다는 건가?"

그는 눈앞에 여러 장면들이 스쳐 지나가며 잠시 침묵했지만, 곧바로 진지하게 대답했다.

"그녀의 목숨이 더 중요합니다."

"판 상서는?"

"그가 더 중요합니다."

"자녀들은?"

"그건 모르겠습니다."

"여동생은?"

"동생이 더 중요합니다."

"천핑핑은?"

한참의 침묵이 흘렀다. 이윽고 판시엔은 가볍게 고개를 끄덕였다. 황제는 그 모습에 웃음이 터졌고, 그를 바라보며 말했다.

"정말 이상한 사람이야. 자녀들은 모르겠다더니, 이 절름발이 늙은이의 목숨이 자네보다 중요하다?"

"자녀들은 아직 어립니다. 감정이란 것은, 핏줄과 달라, 깊어질 시간이 필요합니다."

"자네 말에 따르면, 설령 짐이 자네의 아이를 낳더라도, 자네를 완전히 통제할 수는 없다는 이야기구만."

"사실 폐하와 저는 매우 비슷한 사람입니다. 냉혈, 무정. 단지 폐하는 여자, 전 남자일 뿐."

"무정? 짐은 자네가 천하의 백성을 아끼는 성인(聖人)인지 알았는데."

"스구지엔이 말하지 않았나요? 성인은 무정하다고."

"그렇게 말하지 않았는데."

"이제 그만 하시죠."

황제는 갑자기, 뜬금없이 말했다.

"자네는 짐의 첫 번째 남자이자, 마지막 남자이네. 짐이 그런 감정을 별로 좋아하지는 않지만, 그래도 자네의 아이를 낳는 것을 피하진 않을 거네."

"저도 개의치 않습니다. 제 인생의 세 가지 목표가 있는데, 그중 하나가 많은 아이를 낳는 것입니다. 하지만, 마지막 남자 같은 쓸데없는 소리는 집어치우시지요. 맛있는 음식을 한번 맛본 후, 두 번은 먹지 않겠다는 것과 같습니다."

경박했다.

황제는 분노에 찬 눈빛으로 차갑게 말했다.

"자네는 짐이 그런 색마(色魔)인 것처럼 보이나?"

"누가 알겠습니까? 남녀 간의 '즐거움'을 안 좋아하는 사람도 있나요? 아이를 낳는 문제는, 그해 여름 북제 사당에서 폐하께서 저를 염치없이 범하셨을 때에도 이루지 못한 일이니, 이번에도 모르는 문제이지요."

"짐은 남자를 좋아하지 않네."

이때 줄곧 침묵하던 스리리가 두 사람 곁으로 다가왔다. 황제는 스리리의 허리에 손을 얹으며 판시엔을 바라보고 말했다.

"짐은 여자를 좋아하네. 이 여자가 짐의 여인이네."

"정말 놀라 자빠질 일이네요. 됐어요. 당신 둘은 모두 저의 여자이니까."

경박, 또 경박했다.

"이렇게 방자한……짐은……."

"짐은 무슨 짐? 지금 네가 내 앞에서 남자를 좋아하지 않는다 하면, 그걸 나보고 믿으라고? 20년 동안 연기하느라 고생했으니, 내 앞에서는 연기 안 해도 돼."

"짐은 남자를 정말 안 좋아하네. 짐이 자네를 맘에 둔 것은, 자네가 여자처럼 예쁘게, 어쩌면 여자보다 더 예쁘게 생겼기 때문이야."

판시엔은 졌다. 완벽하게.

하지만 판시엔은 판시엔. 그는 북제 황제의 손을 꼭 잡고, 다시 스리리의 손을 끌어다 두 사람의 손을 같이 꼭 잡으며 말했다.

"둘 중 누가 임신에 성공하더라도, 제가 그 아이의 아버지라는 사실은 꼭 알려주세요."

북제 황제는 낯빛이 변하며 스리리를 힐끔 봤다. 스리리는 무고하다는 표정을 지으며 놀란 척했지만, 마음 속으로 기분이 크게 나쁘지만은 않았다. 그래서 그저 천천히 고개를 뒤로 돌리며 시선을 피했다.

스리리의 한 편에는 북제 황제, 다른 한 편에는 판시엔. 뒤에서 본 이 세 사람의 그림자는 긴장감보다 온화한 느낌을 주고 있었다.

북제의 사절단은 여전히 동이성에 있었지만 할 일이 없었다. 동이성이 남경 사절단하고만 협상을 했기 때문이다. 협상 조건은 생각보다 까다롭지 않았기에, 경국에 가서 인질로 살아야 하는 왕공 귀족들을 제외하고는 모두 다행이라 생각하는 듯 보였다.

판시엔도 할 일이 없었다. 동이성이 국가는 아니지만, 동이성이 경국에 귀속되는 역사적인 일이 그렇게 단순하겠는가. 그래서 1년이 걸릴 지도 모르는 구체적 절차에 대한 협의가 들어갔는데, 판시엔은 이 과정에서 할 일이 없었다. 그래서 해변에서 명상을 하거나, 가끔씩 왕13랑과 차를 마시며 한담을 나누는 게 그의 일과의 전부였다. 그리고 그것을 즐겼다.

한 달 후, 판시엔은 다시 검려를 찾았다.

“정말 대단하네요. 어떻게 이렇게 버틸 수 있는 건가요? 그리고 이렇게까지 고생할 필요가 있나요?”

스구지엔은 침대에 누워 있었고 아직 호흡이 끊기지는 않았지만, 무심한 눈빛으로 천장만 바라보는 모습이 마치 부서진 상자, 혹은 마치 꺼져가는 불꽃처럼 보일 뿐이었다. 그리고 그림자와의 일전 후 더욱 몸이 수척해져, 언뜻 보아도 20근(斤, 1근은 0.5kg)은 빠진 것 같았고, 말 그대로 피골이 상접해 있었다.

“생사의 문제는 본래 이치에 맞지 않는 것이야. 난 아직 죽고 싶지 않으니, 이렇게 살아 있는 것일 뿐."

"지금 저에게 이치에 맞지 않는 건, 당신이 대동산에서 백여 명의 호위들을 죽이면서, 적지 않은 나의 심복들도 같이 죽였는데, 이 순간에도 내가 왜 당신에게 복수하고 싶은 생각이 들지 않느냐는 거예요."

"그건 당연하지 않나? 그 호위들은 황제 늙은이가 너에게 빌려준 검이었을 뿐이니까."

"정말 궁금한 게 하나 있는데, 이 몇 년간 어떻게 살아 있을 수 있었던 거예요? 쿠허도 못한 일을……."

스구지엔은 대답을 하지 않았다. 판시엔은 한참 동안 고민하다 드디어 결심이 선 듯 다시 물었다.

"페이지에 스승님은 동이성에 얼마나 머무신 거예요?"

스구지엔은 억지로 미소를 지으며 대답했다.

"생각보다 더 똑똑하구나."

"독을 써서 상처의 부패는 막으면서, 목숨은 빼앗지 않는다. 이런 절묘한 독술을 가진 사람이 더 있나요? 그리고 스승님은 항상 해외로 나갈 때 취엔저우가 아닌 동이성을 거쳐 나간다 했어요. 생각해보면, 어렸을 때 이미 당신을 치료한 적이 있으니, 이번에 한번 더 치료한 게 그렇게 새롭진 않네요."

"1년 반 머물렀다. 그리고 바다로 나갔지."

판시엔은 이 말에 놀람보다 슬픔이 몰려왔다.

'아직 여기 숨어 계시진 않았구나……결국 스승님에게 작별 인사도 못 하고…….'

"페이지에는 예류윈과 같이 바다로 나갔다."

'해외? 바다? 새로운 대륙?'

"진짜 모두들 쿨하시네."

"예류윈도 대동산에서 나의 일격을 맞았으니, 예전과 같은 실력을 되찾기는 힘들지. 그렇다고 천하에서 그에게 덤빌 수 있는 이는 없으니, 예류윈이 페이지에를 호위하고, 페이지에는 예류윈의 상처를 치료해 주고……두 늙은이는 여생을 호탕하게 잘 살 거야."

판시엔은 슬픈 마음으로 자리에서 일어나며 말했다.

"경국과 동이성의 담판은 빨리 끝날 일이 아닌데, 그 사이에 제후국들의 반항이 꽤 있을 것 같아요. 그들이 반항하면, 전 힘으로 누를 수밖에 없어요."

"그건 너 알아서 해라. 근데 그런 말을 하는 거 보니, 콜록, 콜록……떠나려고?"

"징두에 잠시 갔다 다시 올게요."

그는 이 말과 함께 '쿨'하게 떠나려다 문간 앞에 서서 다시 고개를 돌리며 물었다.

"쳔핑핑이 페이지에 스승님을 통해 당신에게 전달하려던 말은 뭔가요?"

스구지엔은 자는 듯, 아무런 대답을 하지 않았다.

"쿠허가 쳔핑핑의 목숨을 연명하려 하고, 쳔핑핑은 당신의 목숨을 연명하려 하고……진짜 당신네 늙은이들은 왜 이렇게 사서 고생을 하나요? 원장님도 참……이런 짓을 하시는 거 보면, 그의 심미주의(審美主義) 가치관과 너무 안 맞아."

"나도 놀랐다. 그 검은 개가 나의 목숨을 연명해 주다니……그는 내가 현공 사당 사건과 그림자의 신분을 폭로하는 게 두렵지 않은 건가?"

판시엔은 마음이 암담해졌다. 쳔핑핑이 무슨 생각을 가지고 있는지 알았기 때문이다.

"3년 전 징두에서 모반이 일어났을 때, 쳔 원장이 독에 중독되었죠. 그건 동이성 사람이 한 일이라 하더군요."

이 말과 함께 그는 방을 나왔다. 그리고 옆에 있는 '검의 무덤' 구덩이 앞에 서서 눈을 감고 깊은 숨을 들이마신 후, 천천히 패도 진기를 운영하기 시작했다. 충만한 진기가 발산되며 바람 한점 없는 곳에서 그의 옷이 펄럭이기 시작했다.

엄청난 기운이 그의 팔을 타고 손바닥으로 보내져 그곳에서 천천히 방출되는 듯 보였다.

이는 사실 매우 기이한 진기 운행법으로, 그가 절벽을 오를 때, 황궁 성벽을 오를 때 사용했던 것인데, 그의 진기의 양과 무공의 수준이 진보하면서 이제 제법 방출되는 양이 커지기 시작했다.

판시엔이 양 팔을 벌렸다.

'웅웅웅웅우웅.'

구덩이 안에 버려진 검들이 마치 진짜 숨결이 느껴지는 듯 계속해서 떨렸다.

'휙!'

검 하나가, 너무나 평범한 검 하나가, 비명을 지르듯, 구덩이의 황토에서 필사적으로 벗어나려는 듯 튀어 올라 판시엔의 손에 들어갔다. 물론, 검은 하나였고, 그보다 훨씬 많은 양의 종이 조각, 쓰레기, 흙 먼지들도 같이 올라왔다.

판시엔은 쓰레기를 뒤집어쓴 처참한 모습으로, 손에 든 평범한 검을 보며 쓴웃음을 지었다.

"모든 게, 인연이지."

방 안에서 죽음을 기다리는 대종사가 웃으며 물었다.

"잘 안되나 보지?"

"아직 한참 멀었나 보네요."

# 제11장

## 설득

어둠 속에서, 세 대의 마차가 서쪽 방향으로 빠르게 나아가고 있었다.

"징두에 새로운 소식이 있어?"

"모든 게 평소와 같습니다."

무평알은 판시엔을 보며 공손히 대답했다.

"평알, 네가 무티에의 먼 친척 조카라 했지?"

"네, 당숙이십니다."

"만약 누가 무티에를 죽이려 하면, 넌 어떻게 할 거야?"

무평알은 너무 놀라 멍청한 표정으로 판시엔을 바라보며 감히 아무 말도 하지 못했다.

"예를 든 것뿐인데 뭘 그리 놀라? 그러니까 만약에, 무티에와 내가 원한이 있어. 그래서 그가 자신의 목숨을 대가로 치르더라도, 너에게 나에 대한 원한을 심으려고 해……그럼 넌 날 죽일 건가?"

무펑알은 고개만 연신 저었다.

'이것 봐. 다 그런 건 아니잖아. 정말 고집쟁이 늙은이 같으니라고.'

마차는 며칠 동안 내달려 최대한 빨리 징두에 도착했고, 이어 곧바로 황궁으로 향했다. 판시엔은 심호흡을 한번 하고 마차에서 뛰어내려, 자기에게 다가오는 관원들을 바라보며 생각했다.

'이번에 황제에게 그 관직을 꼭 내려 달라 해야겠어!'

판시엔이 징두에 도착했을 때는 이미 해질녘이었고, 징두 깊은 곳에 있는 황궁에 들어가자마자 날이 어두워졌다. 그가 어서방에 들어가자 황제는 자리에 없었고, 대신 두 태감이 다가와 그에게 공손히 예를 올렸다. 그중 한 명인 다이 태감의 손에는 간단한 도시락이 들려 있었는데, 이미 그는 황궁에서 야오 태감에 이어 부수령 태감이 되어 있었다. 판시엔은 고맙다는 인사와 함께 옆에 있는, 아직 여드름 자국이 선명한 어린 태감을 보고 말했다.

"네가 아직 살아 있다니, 의외네."

"종이, 공작 대인의 성은을 받아, 얼마전 냉궁에서 나올 수 있었습니다."

"앞으로는 폐하께 성심성의를 다하거라."

판시엔은 냉랭한 이 말과 함께 입을 다물었다. 다이 공공은 그다지 분위기가 좋지 않음을 눈치 채고 황급히 작은 홍 태감을 데리고 어서방에서 물러났다.

'판 대인이 홍쥬를 싫어한다더니, 역시 사실이야.'

하지만 다이 공공은 판시엔과 홍쥬가 눈을 살짝 마주치는 것을 보지 못했다.

그때, 황제가 평온한 얼굴이었지만 세월이 묻어나는 백발을 하고 성큼성큼 어서방으로 들어왔다. 야오 태감은 아주 영민하게 문을 닫으며 밖으로 나갔고, 어서방 내에는 황제와 판시엔 두 사람만 남았다.

황제는 푹신한 자리에 앉아 여유롭게 판시엔을 바라보며 크게 웃었다. 하지만 판시엔은 어리둥절해서 다소 어색하게 자리에 앉아 있었다. 웃음을 그친 황제는 고개를 저으며 말했다.

"아주 잘했어."

'잘했다면서 고개는 왜 젓는 거야?'

판시엔은 감사원에서 준비한 비밀 보고서를 상자에서 꺼내 탁자 앞에 놓았다. 황제는 진지하게 보고서를 읽었는데, 보고서에는 동이성과의 첫 담판 내용과 감사원이 분석한 역량 그리고 동이성을 포함한 새로운 경국 영토의 지도 및 재정 상황이 적혀 있었다. 황제는 만족한 얼굴로 장막을 걷었는데, 장막 뒤에는 이미 동이성을 포함한 새로운 경국 지도가 그려져 있었다.

"병사 하나 없이 이 땅을 얻었으니, 판시엔, 짐이 어떤 상을 내리는 것이 좋겠느냐?"

"담판이 아직 진행 중이고, 검려 내부에 아직 분쟁이 있으며, 동이성 세력 내 제후국들의 저항이 있을 것으로 예상됩니다. 그리고 실제 군대가 주둔하게 되면 저항이 세지지 않을까 싶습니다."

"스구지엔은 어떠한가?"

"전신이 마비되었습니다. 길어야 석 달입니다."

"그 지경인데 살아 있다니……류윈 어르신에게 한 대 맞고, 짐에게도 한 대 맞았는데, 육체적인 강인함은 그가 천하 제일인 듯 보이는 구나."

'우쥬 삼촌을 제외한 거겠죠.'

"하지만 스구지엔이 죽지 않은 덕에 검려의 고수들을 쉽게 제압할 수 있었습니다."

황제는 웃었지만 아무 말도 하지는 않았다.

'스구지엔의 편을 드는 것이냐. 어차피 죽을 대종사에게 좋은 말을 할 필요가 있겠느냐.'

잠시 어색한 침묵이 지나간 후, 황제가 먼저 입을 열었다.

"왕13랑이 검려를 물려 받는 것이냐?"

"스구지엔 치하 검려의 마지막 개방 의식이 한 달 뒤로 미뤄졌는데, 아직 그에 대해서는 말이 없었습니다. 소신도 아직 알아보지 못했습니다."

"알아볼 필요 없다. 동이성이 귀속되었으니, 검려의 주인은 짐이 임명하면 된다."

"이번에 다시 돌아가면 그 점을 명확히 이야기하겠습니다. 그럼 성주(城主)는 어떻게 할까요?"

"성주 집안 사람들은 모두 스구지엔이 죽이지 않았느냐?"

황제는 판시엔의 눈을 바라보며 짐작할 수 없는 어투로 진지하게 말했다.

"동이성 문제가 이렇게 쉽게 풀릴지 짐도 생각하지 못했다. 스구지엔이 널 정말 좋게 본 것 같구나. 너의 요구를 이렇게 말 한마디로 들어주다니."

"소신의 공이 아닙니다. 이렇게 강성한 경국의 국력이 아니었다면, 누가 가도 이루지 못했을 일입니다. 물론 폐하께서도 아시지만, 모친이 동이성 출신이다 보니, 스구지엔이 저에 대해 조금의 정을 가지고 있는 듯 보이긴 합니다."

"그런 거였군. 스구지엔은 너에게 무슨 요구를 하였느냐."

"그는 경국의 통치 하의 동이성도, 지금의 동이성과 다름없길 바랐습니다."

"짐이, 허락한다. 사실 짐이 원하는 것도 그것이다. 만약 동이성이 강남로처럼 된다면, 짐이 더 바랄 게 있겠느냐?"

'뭐야, 이렇게 간단한 것이었나? 나나 스구지엔이 고민하던 문제가, 황제에겐 처음부터 사소한 고민도 아니었구나……대단하네…….'

"경하드립니다, 폐하."

황제는 결국 웃음이 나왔는데, 갑자기 지도 상의 다른 곳을 가리키며 결연한 눈빛을 하였다.

"이제 천하에 이곳만 남았구나."

판시엔은 순간 심장이 '철렁' 했다.

하지만 황제는 여전히 웃으며 물었다.

"안쯔, 짐이 너에게 어떤 상을 내려야 할까?"

두 번째 같은 질문이었다. 그리고 황제에게서 보기 드문 질문이었다. 하지만 진짜 문제는, 그가 이미 1등 공작이었고, 그가 내고와 감사원을 모두 장악했다는 것. 사실 그의 손 안에 든 권력이 천하의 삼분의 일에 해당할 정도였다.

'황제 늙은이는 나에게 도대체 뭘 해줄 수 있다고 계속 묻는 거야? 나를 왕에 봉하려고?'

한참 후, 판시엔은 쓴웃음을 지으며, 지도를 바라보며, 머리를 한 번 긁적이다, 자조하듯 대답했다.

"정 그러시면……소신에게 동이성을 주시는 건 어떠십니까?"

판시엔도 이 말을 하면서 웃었고, 황제도 따라 웃었지만, 황제의 웃음은 판시엔만큼 유쾌하진 않았다.

"보아 하니, 스구지엔이 대동산에서 말한 것이 장난이 아니었나 보구나."

"어차피 동이성 성주(城主)는 권력도 없지 않습니까."

"다른 것으로 하자."

황제는 기본적으로 그의 말에 어떠한 의미도 두지 않았기에, 차를 한 모금 하고 직설적으로 말했다. 판시엔은 황제 앞에 서서, 한참 눈치를 살피다 대답했다.

"하지만 동이성에 누군가는 보내 성주를 시켜야 하는데, 그럼…… 화친왕은 어떠신지요."

"그 일은……다음에 다시 논하자."

'아 진짜 의심은…….'

"소신, 문하중서성에는 들어가고 싶지 않습니다. 늙은이들과 한 곳에서 하루 종일 한담이나 나누고 싶지는 않습니다."

"허종웨이는 지금 문하중서성에 있는데, 그도 젊은이 아니더냐?"

황제는 아무 의미 없이 농담처럼 던진 말이었는데, 판시엔은 그의 얼굴이 떠올라 냉소를 띠며 말했다.

"폐하, 만약 소신에게 상을 내리셔야 한다면, 두 가지의 성지를 내려주십시오."

'이놈이 지금 자신의 공으로 무슨 짓을 하려고…….'

"하나는 뤄뤄에게, 하나는 로우쟈에게. 폐하! 폐하께서 두 사람이 부군을 직접 선택할 수 있도록 윤허해 주십시오."

"로우쟈는 허락하마! 하지만, 뤄뤄는 안 된다!"

판시엔의 얼굴은 불편한 듯 보였지만, 마음만은 편안했다. 사실 허락 여부가 핵심이 아니었다. 그동안 이 문제를 거론도 못했는데, 이제 거론을 했으니, 다음부터는 편해질 것이었다.

그리고 뤄뤄의 혼사는 황제의 고집이었는데, 황제는 뤄뤄를 허종웨이에게 시집보내고 싶다기보다, 판시엔을 완전히 통제하고 싶었던 것이다.

황제는 판시엔의 '성의'가 아닌, 판시엔의 '충심'을 원했다.

"그 일은 다시 말할 필요 없다. 그리고 너의 공(功)으로 그들 혼사에 대해 성지를 내리는 것은 이치에 맞지 않다. 하지만 짐이 기억하기로……네가 아직 감사원의 제사 아니더냐?"

'드디어 오늘의 핵심이 나왔군.'

판시엔은 예상하고 있었지만, 얼굴에는 곤란하여 어쩔줄 몰라 하는 표정을 지었다.

"쳔핑핑 이 늙은 개는 어차피 지금 실무를 처리하지 않고 있으니, 네가 원장직을 맡아, 그 늙은 놈을 편안히 쉬게 해 주어라."

판시엔은 너무나도 무례하게 바로 감사의 인사를 드리지 않고 입술 끝을 살짝 올렸다. 그러다 대충 예를 올리며 '성은에 감사드린다'는 말을 하고 재빨리 어서방을 빠져나왔다.

황제는 어서방에서 혼자 만족한 표정을 짓고 있었고, 자신의 아들이 참 '연극'을 잘한다고 생각하고 있었다.

판시엔은 곧바로 집으로 돌아왔고, 완알은 그의 표정을 보고 의아한 듯 물었다.

"뭐가 그렇게 기뻐?"

"오늘 좋은 관직을 얻었으니, 내일 성 밖으로 가서 어떤 인간을 완전히 쫓아내 버리려고!"

징두의 밤은 조용했고, 대부분의 백성들은 평안한 잠에 들어 있었다. 하지만 가련한 황제는 그 시각에도 어서방에서 7로에서 보내온 상주문을 읽고 있었다. 그보다 더 가련한 야오 태감이 또 다른 태감 하나와 함께 어서방으로 들어왔다.

"뭔가 알아낸 것이 있느냐."

야오 태감은 말없이 밀지를 하나 내밀었다.

많은 내용이 담겨 있지 않았기에, 황제는 밀지를 '힐끔' 보았고, 얼굴빛이 살짝 변했지만, 이내 다시 평정심을 되찾았다.

하지만 야오 태감은 알고 있었다.

'폐하께서는 대동산이 무너져도 도망치지 않고, 두 명의 대종사를 상대하면서도 미소를 잃지 않으셨는데……엄청난 충격을 받으셨어……큰일이네.'

보고서는 현공 사당 암살 사건 그리고 산골짜기 습격 사건의 수성용 강노에 관련한 간단한 내용이었는데, 두 사건 모두 확실한 증거가 없었기에 언뜻 보기에는 특이한 내용이 없어 보였다. 두 사건 모두 바퀴의자에 앉은 늙은 개의 검은 그림자가 아른거리고 있었을 뿐.

황제는 사실 여부를 떠나 한 가지 큰 의문이 있었다.

'그 늙은 개가 왜 이런 짓을…….'

그리고 하나의 확신이 있었다.

'안쯔는 아직 모르는 것 같은데……안쯔가 알았다면 엄청난 분노를 느꼈겠지. 그리고 이렇게 순순히 쳔핑핑을 보내주며, 영광스러운 은퇴를 하도록 내버려 두지 않았을 터.'

"북제 그 사람은 동이성으로 갔느냐?"

"네."

"담박 공작이 북제 황제를 납치해 검려에 들어갔고, 며칠 후 해변에서 그와 함께 사적인 대화를 나눴는데, 구체적인 내용에 대해서는 조사할 수 없었습니다."

'이놈이 이런 것을 짐에게 말하지 않은 이유가 뭐지…….'

"그리고?"

"칭저우에 나타난 칼은 내고 병 공장의 상품이긴 하지만, 아직 군부에 납품되지 않았기에 경국 군대에서 유출되었을 가능성은 없습니다. 그런 칼이 세 자루 나왔는데, 저희가 구한 것은 한 자루뿐이었고, 그것은 폐하의 분부에 따라 판 대인에게 은밀한 경로를 통해 전달했습니다. 그리고 나머지 두 자루는, 아마 초원에 있다는 명장이 빼간 듯 보이는데, 아마 담박 공작을 위해 한 일로 보입니다……샤치페이와 판씨 둘째 공자 간의 내고 상품 밀수는 계속 주시하고 있으나, 모두가 민생 용품이었습니다. 그래서 그 칼의 출처가 밀수품도 아니라 판단됩니다."

야오 태감은 명의상 황궁의 수령 태감이었지만, 사실상 황제의 직속 명령에 따른 황실 비밀 조사 조직의 우두머리였다. 그래서 그가 처음 이 모호하고, 놀랄만한 소식을 접했을 때 얼굴이 하얗게 질릴 수밖에 없었다.

'폐하께서 이 보고서를 정말 믿으시면……판 대인도 무사하지 못할 것이고, 심지어……천 원장도…….'

하지만 그의 예상과 달리 황제는 냉소를 띠며 말했다.

"세 자루의 칼이, 대(大) 경국의 군신 관계, 또는 짐과 안쯔의 부자지간의 의(義)를 갈라 놓을 수 있겠느냐?"

'부자지간? 아무리 이것이 공공연한 비밀이라고 해도, 종 앞에서 공공연하게 사생아 판 대인을 아들이라고 부르시다니……!'

"북제의 그 어린 놈은 재밌구나. 안쯔의 자비심을 이용해, 이런 일들을 꾸미다니."

보고를 한 태감은 침을 '꼴딱' 삼키며 조심스럽게 아뢰었다.

"폐하, 조사를 계속해야 합니까?"

"산골짜기 습격 사건은 계속 조사하라. 현공 사당 사건은……그것도 조사하라."

황제는 피곤한 듯 두 눈을 감으며 나지막이 말을 이었다.

"안쯔 관련해서는……더 조사 말라. 이후에 어떤 조사도 그에게 향하면, 그만 하거라."

"네, 폐하."

황제는 판시엔의 충정을 믿었다. 그리고 천하의 모든 사람의 판단과 동일하게, 이익, 도덕, 심성 어느 각도에서 보더라도, 판시엔이 그를 배반할 이유는 없다고 생각했다. 그래서 황제는 확신했다. 설령 어느 날, 이 아들이 오랜 전 발생한 사건의 전말을 알게 되더라도, 화를 내거나 비통해 할 수는 있어도, 자신과 자신의 이 나라를 배반할 수는 없을 거라고.

다음 날. 징두에는 비가 내리고, 또 내렸다. 판시엔은 검은색 감사원 관복을 입고 빗속을 걷고 있었고, 그 뒤에는 왕치니엔 조직 3할의 관원들이 뒤따르고, 주변에는 상당수의 6처 밀정들이 호위하고 있었다. 그리고 침묵하며 골목으로 들어갔고, 다시 한번 방향을 틀어, 마침내 그렇게 넓지 않은 저택 앞에 섰다.

'이곳에 올 때마다 비가 오는 것 같네.'

그는 하인이 주인에게 보고하는 것도 기다리지 않은 채 저택 안으로 들어갔고, 들어가자마자 이 집에 어울리지 않아 보이는 커다란 돌산(假山, 가산, 돌을 쌓아 산처럼 만든 산)을 보며 인상을 찌푸렸다.

'이건 정말 너무 조잡해. 미적 감각이라고는 없는 부자(父子) 같으니라고……너무 크고, 너무 돌출되어 있고……정말 봐주기 힘드네.'

판시엔은 오랜만에 순차 휴가를 쓰고 부인과 함께 바둑을 두고 있는 젊은이를 향해 말했다.

"오늘은 기분이 좋아 보이네."

션씨 아가씨는 부군의 직속 상관을 보자 예를 올리고 방을 나갔다. 판시엔은 그 모습을 보고 옌빙윈에게 무심하게 말했다.

“생각은 해 봤어? 원하다면, 부인을 북제에서 도망친 범죄인의 신분에서 벗어나게 해 줄게.”

옌빙윈은 일어나 창밖을 보았다. 무언가 한참 생각하는 듯 하다가 결국 차가운 목소리로 대꾸했다.

“대인과 북제의 은밀한 결탁을, 영원히 천하에 속일 수 있다 생각하지 마세요. 이전 일은 차치하더라도, 지금의 형세를 생각하세요. 이제 곧 전쟁이 시작될 텐데, 대인의 이런 행동은……가능한 빨리 벗어나지 않으면, 아무리 대인의 신분이 특수하다지만, 국가를 배반했다는 의심을 피하기 힘들 거예요.”

“배반은 개뿔. 내가 뭐 돈이라도 유용했나? 대부분의 돈을 경국의 제방을 쌓는 일과 항저우회의 자금에 썼는데, 네가 그렇게 보는 것도 너무 과한 거야.”

“어차피 그 돈을 개인적으로 유용할 것도 아닌데, 중간에 뭐 그렇게 돌려 돌려 출처가 밝혀지기 어렵게 만들었나요? 제일 중요한 것은 중간에 탈세도 몇 번 해서, 조정이 실제로 얻는 이익의 합은 더 적어졌어요.”

“그렇게 하지 않으면, 관리들이 그 돈을 착복하는 것을 막을 수 없었어. 그리고 난 그 과정을 모두 내가 통제하길 원했고.”

“황실에서 이 일을 알아요. 폐하께서 참고 계시는 것뿐. 그러니 너무 과하게 나서지 마세요.”

“설령 내가 좀 유용한다 해도, 장 공주도 했는데, 난 못하는 건가? 아, 잠깐 잠깐. 너와 말만 하면 삼천포로 빠져. 지금 그게 문제가 아니라, 그래서 할 거야, 말 거야? 네가 원하면, 내가 바로 샹징에다 서신을 보내고.”

“그녀의 집안사람은 하나도 남김 없이 모두 죽었어요. 그리고 그녀가 다시 북제로 갈 일도 없고. 그러니 굳이 할 필요가 있을까요?”

"그래도 고향인데, 언젠가는 돌아갈 수도 있지."

판시엔은 그의 어깨를 가볍게 두드리며 말을 이었다.

"그 이야기는 그만하고, 어디 조용한 데 좀 가자. 중요하게 너와 상의할 일이 있어."

"그냥 여기서 해요. 이 저택에서 말이 나갈 일은 없어요."

"좋아. 여기서 하지. 내가 곧 감사원 원장직을 맡을 거야."

이 사실은 누구에게도 놀랍지 않았다. 옌빙윈은 더더욱 놀라지 않았다.

"축하드려요."

"내 뜻은, 네가 그 절차를 최대한 빨리 진행해 달라는 거야. 난 최대한 빨리 '진정한' 원장이 되고 싶어."

옌빙윈은 그의 눈을 응시했는데, 마치 그의 말에서 행간의 의미를 읽으려는 듯 보였다.

"네 부친을 포함해서, 7처의 대머리 처장, 심지어 절름발이 늙은이 옆에 늙은 하인……사실 감사원에 대한 실질적 통제라는 게, 우리들의 상상보다 어려운 거거든. 만약에 내가 진정한 원장이 되려면, 그 나이든 동지들을 '철저히' 쉬게 해드려야 할 것 같아. 반드시, 감사원 업무에서 철저히 배제되게."

"그러니까 대인의 뜻은, 천 원장을 철저하게 감사원에서 배제하자. 심지어 그가 감사원에 손을 쓰고 싶어도 쓸 수 없게?"

"바로 그거야."

침착한 옌빙윈마저 너무 놀라며 어리둥절한 표정으로 그를 쳐다봤다.

'왜 갑자기 이런 생각을?'

"대인은 지금 저보고 저의 아버지에게 맞서라는 건가요?"

"신진대사라 생각해. 그리고 뭘 맞서나? 그냥 갈라지는 거지."

"진짜 이유를 알아야겠어요."

"이야기를 하나 해주지. 산골짜기 습격에 관한 거야."

이야기를 다 듣고 난 후 옌빙윈은 판시엔을 바라보며 말했다.

"진짜 이해가 안되네요. 천 원장이 대인을 그렇게 아끼시는데, 왜 그런 짓을……."

"나도 믿을 수는 없어. 하지만 중요한 건, 폐하께서 뭔가를 눈치 채신 것 같아. 만약에 폐하께서 그 의심을 사실로 받아들이시면, 만약에 절름발이 늙은이가 정말 날 죽이고 싶어하는 거라면, 앞으로 어떻게 일이 진행될 것 같아?"

판시엔은 다시 마차에 올라 성 밖으로 나갔는데, 마차 안에서 터져 나오는 웃음을 참을 수가 없었다.

'황제 늙은이도 속이고, 얼음 같은 옌빙윈도……나의 연기 실력이 느는 것 같은데? 어쨌든 파국을 막으려면 감사원을 전면 휴장에 들어가게 할 수밖에 없어.'

산골짜기 습격 사건은 어떻게 보아도 감사원의 협조 없이는 발생할 수 없는 일이었다. 친씨 집안이 그 많은 사병을 동원하고, 딩저우 군의 수성용 강노가 동원되고, 심지어 판시엔 일행의 노선과 일정이 노출되고. 이 모든 것은 친씨 집안에 숨어 있던 옌뤄하이, 그리고 그 위에 있는 천핑핑의 명령 없이는 이뤄지기 불가능한 것이었다.

그렇기에 표면적으로 보기에, 이 사건 하나만으로 천핑핑이 판시엔을 죽이려고 하는 의도는, 비록 명확한 증거가 없더라도, 분명해 보였다. 판시엔이 옌빙윈을 설득한 것의 또 다른 지점은, 그럼에도 불구하고 자기가 천 원장에게 복수할 생각이 없기에, 자기가 감사원 원장에 빠르게 올라 그의 편안한 은퇴의 길을 열어주자는 것이었다.

이렇게 많은 길을 돌아 가는 것은, 결국 그림자 신분에 관한 일,

예칭메이의 죽음에 관한 일을 어떻게서든 다른 사람들에게 알리지 않기 위함이었다. 그 사람이 옌빙윈이라 하더라도, 심지어 그가 사랑하는 사람 완알이라 하더라도.

"대인이 저를 죽이고 싶어했다는 사실을 아는 사람이, 천하에 몇 명이나 있을까요?"

판시엔은 웃는 얼굴을 하며 조용한 진원의 본채 건물 안에서 물었다.

"날 징두에서 쫓아내기 위해서, 옌빙윈에게 그의 아버지를 조사시키려는 것이냐?"

"그런 짓은 당연히 못하죠. 전 대인이 빨리 고향으로 돌아가 첫사랑을 찾았으면 하는 바람뿐이에요. 그리고 내일이 되면 제가 감사원 원장이 되는 공식적인 성지가 내려올 거니, 이제 대인은 고독한 늙은이가 될 뿐인데, 어떻게 저와 맞서시려구요."

판시엔은 잠시 침묵한 후, 매우 진지한 목소리로 말을 이었다.

"대인은 그 일에서 손 떼시기로 저와 약속 했었잖아요. 그런데 이런 식으로 뒤통수를 치시면, 제가 억지로라도 대인을 징두에서 내쫓을 수밖에 없어요."

"이 자식이! 늙은이가 안 한다 했으면, 안 하는 거지, 아직도 안심을 못 하는 거냐?"

"안심이요? 그럼 여쭤볼게요. 삼년 전에……왜 스스로 독에 중독되었나요?"

깊은 슬픔의 기운이 진원에 깃들기 시작했다. 특히 판시엔의 얼굴에 드리워진 슬픔의 기운에는 살짝 조롱의 기색도 배어 있었다. 천핑핑은 자신의 앞에 있는 젊은이를 한참 바라보다 저도 모르게 웃음이 터졌다.

"그 독에 관한 것 말고 또 뭐가 있느냐?"

"엄청 많아요."

판시엔은 탄식을 한번 하고 다시 말했다.

"대인이 페이지에 선생을 동이성으로 보내서 스구지엔의 목숨을 최대한 연장시켰고……."

이 말을 입 밖에 내자, 판시엔은 더 이상 질문의 어투가 아니라 있는 사실을 서술하듯 담담히 말을 이어 나갔다.

"쿠허는 대인의 생명을 최대한 연장시키길 원했죠. 대인이 오래 살면, 폐하와 부딪힐 가능성이 더 높아지니까. 그리고 대인은 스구지엔의 생명을 최대한 연장시켜 일부러 그가 그림자의 신분을 공개적으로 노출시키길 노렸죠. 그래서 폐하께서 대인에게 먼저 손을 쓰게 하기 위해 압박했죠."

"압박?"

쳔핑핑은 그 단어가 재밌다는 듯, 다시 한번 큰 웃음이 터졌다.

"3년 전 징두 모반 사건 당시, 왜 대인이 스스로 독에 중독되었는지, 이제 보니 알겠네요. 대인이 표면적으로는 폐하의 뜻대로 움직이는 듯 보였지만 독을 핑계로 징두로 가지 않고, 장 공주와 태후가 징두에서 대인과 감사원 걱정 없이 자유롭게 행동하게 놔둔 것이죠."

판시엔은 조소를 띠며 계속 말했다.

"당시에는 제 코가 석자라 그 부분을 주의 깊게 안 봤었는데, 이제 보니 알겠네요. 장 공주의 모사 위엔홍다오, 친씨 늙은이가 신뢰했던 옌뤄하이, 이 모두가 대인의 심복이었죠. 대인은 초야에 묻혀 아무것도 안 하는 것처럼 보였지만, 사실상 모반 사건의 판세에 대해 가장 민감하게 반응하고 있었던 것이에요. 사실 대인이 정말로 폐하를 위해 징두를 통제하려 했으면, 징두가 그렇게까지 엉망이 되거나 많은 사람들이 죽지는 않았을 거예요."

"그럼 한번 말해 봐라. 내가 왜 징두를 통제하지 않았을까?"

"대인은 징두가 더 혼란에 빠지길 원했으니까요. 그래서 황실의 사람들이 그 과정에서……깔끔하게 죽길 바란 거죠. 폐하께서 불을 놓았는데, 대인은 그것을 끄기보다, 오히려 그 불을 더욱 키워서…… 모든 사람을 죽여 버리려 한 거죠. 결국 마지막에는 저와 대황자만 남긴 후, 마지막 결전을 하시려 한 거 아닌가요?"

"중요한 게 빠졌어. 난 왜 폐하를 배반하려 했을까? 그리고 내가 딱 너와 대황자만 남길 정도로 모든 상황을 치밀하게 통제할 수 있는 능력이 있을까?"

"능력은 확실히 있죠. 전 그 부분을 의심하지 않아요. 만약에 폐하께서 당시 대동산에서 정말 돌아가셨다면……위엔홍다오와 옌뤄하이가 당시 그처럼 큰 역할을 안 했을 수도 있겠죠. 아마 대인은 그냥 위엔홍다오를 버렸을 수도."

판시엔은 멈칫하다 천핑핑의 눈을 똑바로 보고 분명히 말했다.

"대인이 폐하를 배반한 원인은, 대인이나 저나 명확히 알고 있구요."

천핑핑은 다시 한번 큰 웃음이 터졌다. 그는 습관처럼 바퀴의자의 팔걸이를 두드렸는데, 마치 오랜 세월 속에서 바람을 견딘, 속이 텅 빈 곧은 대나무 줄기를 두드리는 듯, 그 소리는 더없이 처량하게 들렸다.

"내가 그렇게 하면 안 되나?"

판시엔은 침묵했다. 어떻게 대답해야 할지 몰랐기 때문이다.

천핑핑은 매우 피곤한 목소리로 말했다.

"넌 그때를 몰라……넌 이해 못해."

판시엔은 또 침묵했다. 자신이 쉽게 속단할 수 없는, 사람의 '인생' 그리고 사람들의 '관계'에 대한 문제였기 때문이다.

잠시 후, 판시엔은 화제를 돌려 말했다.

“당시 대인이 일부러 독에 중독된 다른 이유도 알아챘어요. 대인은 원래 폐하께서 대동산에서 돌아가실 거라 생각했고, 만약 그런 상황이 벌어진다면, 설령 대인이 폐하의 천하를 훼손했지만, 일국의 충신으로서 폐하에 대한 충정의 의미로, 폐하와 함께 황천길을 같이 걸으려 한 것이겠죠.”

“그래. 난 폐하께서 아이부터 제왕에 이르기까지 모든 과정을 함께했지. 난 폐하를 너무 잘 알아. 사실 그분은 고독을 매우 두려워 하신단다. 그래서 내가 함께해 드리려고 했지.”

“함께한다? 폐하께서 죽인 사람이 얼마나 많은데……황천길을 함께할 사람이 적지 않을 거예요. 그런데 대인이 굳이 그렇게 할 필요가 있나요?”

판시엔은 최대한 감정을 억누르며 말했다.

“그리고 그분이 돌아가시지도 않았잖아요…….”

“그러니까……원래 한 사람을 죽이기가 이렇게 어려운 거였어…….”

천핑핑은 판시엔의 앞에서 처음으로, 진심으로 어렵다는 뜻을 내비치는 탄식을 자아내었다.

“난 폐하를 과소평가하지 않았어. 그래서 계획을 짤 때, 실행에 옮길 때, 조심 또 조심했다. 만약 실패하면, 아니 설령 실패하더라도, 너에게 어떠한 피해도 주기 싫었단다. 내가 다 떠안으면 되는 거니까…….”

판시엔은 이 말을 들으며 존경심을 넘어 초월적인 느낌마저 들었다. 이 세상에서 황제를 속이고, 그 몰래 무엇을 계획할 수 있는 사람은 천핑핑뿐. 다만 황제가 너무 강한 것이 문제였는데, 그는 이 부분까지 고려해 어떠한 실수도 하지 않으려고 치밀하게 준비한 것이었다. 얼마나 오래 되었는지 모르겠지만, 이미 자신의 마지막까지 준비한 것이다.

쳔핑핑은 자신의 죽음에 대해 개의치 않았다. 하지만 그는 자신이 죽은 후, 판시엔의 안위에 대해서는 걱정을 하고 있었다. 그래서 현공 사당 사건, 산골짜기 습격 사건, 그 외에 황실에서 벌어진 많은 사건들을 통해 차근차근 훗일을 도모한 것이다.

그의 계획이 실패하고, 그가 예상치 못한 일이 벌어지더라도, 그와 판시엔과의 관계가 단절되어 있기만 한다면, 황제가 쳔핑핑이 판시엔을 죽이려 시도했다는 것만 믿으면, 판시엔은 쳔핑핑이 계획한 모든 것에서 자유로워지는 것이었다.

그것이 쳔핑핑 계획의 가장 핵심적인, 가장 슬픈, 가장 위대한 지점이었다.

쳔핑핑과 판시엔의 '갈라짐'.

피와 생명으로 나눈 '결별'.

쳔핑핑은 더없이 침착한 표정으로 돌아와 편안하게 말했다.

"넌 3년 전에 이미 모든 것을 알아차린 듯한데, 오늘 왜 또 여기 와서 이런 짓을 하는 것이냐?"

"폐하께서 의심하기 시작했어요. 특히 대인이 동이성과 같이 한 것에 대해. 오늘 온 건, 대인에게 그것을 알려드리려고 한 거예요."

"동이성과는, 네가 나보고 손을 떼라고 한 것에 내가 응한 후로는 아무것도 한 게 없는데?"

"이왕 손 떼시기로 했으니, 좀 철저하게, 완전히 빠지세요. 폐하께서도 저에게 원장직을 맡으라 했으니, 이제는 '진짜' 은퇴하셔도 되잖아요."

"은퇴? 그게 지금의 나의 생활과 무슨 차이가 있느냐?"

판시엔은 기괴한 웃음을 지으며 대꾸했다.

"제 앞에서 아직도 그런 말을 하시는 거예요? 만약 진짜 대인이 손을 떼겠다고 마음먹지 않으면, 제가 감사원 원장을 10년간 맡는다고 해도, 감사원은 여전히 대인 것이잖아요."

"오, 아니야. 감사원은……폐하의 것이지."

"오, 아니죠. 감사원은 2할 정도 폐하, 3할 정도 저, 나머지 반은 대인의 것. 그리고 대인의 것은 영원히 대인의 것."

'감사원의 구호가 모든 것은 경국을 위해? 아니지 모든 것은 쳔핑핑을 위해겠지.'

"음……그래서 네가 하고 싶은 것이 도대체 무엇이냐?"

"제가 여기 오기 전에 옌빙윈에게 감사원을 장악할 준비를 하라 시켰지만, 전 알고 있지요. 대인이 정말 손을 떼겠다 마음먹지 않으시면, 옌빙윈이나 저나 방법이 없다는 걸."

"너 진짜 옌빙윈에게 그의 아버지에 대항하라 할 것이야?"

쳔핑핑은 '하하' 웃으며 말을 이었다.

"그건 그렇다 하더라도, 그가 앞으로 상대해야 할 늙은이들이 생각보다 훨씬 많을 텐데?"

판시엔은 앞으로 가, 천천히 쳔핑핑의 주름지고 초췌한 두 손을 꼭 잡으며, 간절하게 말했다.

"손 떼세요."

"손 떼라면서, 내 손을 잡는 건 뭐냐?"

쳔핑핑은 미소를 지으며 말을 이었다.

"네가 나와 감사원의 관계를 끊으려 시도를 해 보는 건 좋다만, 늙은이들이 너희들 생각보다 실력이 좋아. 능력이 엄청나지……."

'이런 늙은 영감탱이가…….'

판시엔은 결국 폭발하여 큰 소리로 욕하듯 말했다.

"대인과 저는 그동안 괜찮았잖아요. 실제로 부자(父子)관계와 다름없고. 근데 이제 와서 아들 같은 저와 한 판 붙겠다는 거예요?!"

"이 녀석아. 중요한 건, 내가 왜 손을 떼야 하는지, 넌 아직 날 설득하지 못했어."

판시엔은 잠시 침묵하다 다시 진지하게 말했다.

"폐하께서 이미 산골짜기 습격 사건을 조사하시기 시작했어요. 현공 사당 사건도 그렇고……아무리 확증은 없다지만, 이 모두 대인에게 화살이 향할 거예요. 폐하께서 모반 사건 이후 많이 부드러워지셨다지만, 대인이 제일 잘 알잖아요. 예전처럼 돌아가시면 어떻게 될지."

"그건 이전에 이미 다 말한 것들 아니냐. 아무리 그래도 폐하께서 나에 대한 정이 있으셔서, 손을 쓰지 않을 거라고……그냥 내가 자연스럽게 늙어 죽길 기다리실 거라고."

"그러니까요. 문제는 대인이 계속 안 죽잖아요. 죽으라는 게 아니라, 오래 사시는 건 저도 좋은데, 이왕 이렇게 되었으니, 징두를 떠나서 첫사랑이나 다시 찾아보시라니까요."

"내가 안 떠나면, 넌 어떻게 할 건데?"

"그럼 제가 손을 써야죠. 감사원을 뒤집어서라도, 대인의 힘을 없애버려야죠."

"어떤 명분으로?"

"산골짜기 습격의 배후에 대인이 있다, 난 황자의 몸이고, 감사원 원장이니, 천 원장의 세력을 제거하겠다. 뭐 이런 거죠. 사실상 성공은 못하더라도, 제가 이런 식으로 나가면, 최소한 폐하께서는 성지를 내리셔서 대인을 징두 밖으로 나가게 하지 않을까요? 그런 일을 당한 저에게 보상을 하기 위해서, 또는 폐하께서 대인과의 정을 생각해, 대인이 편안한 노년을 보내게 하기 위해서."

"그런 식으로 옌빙윈을 설득한 것이냐?"

판시엔은 고개를 끄덕였다.

"있지도 않은 너와 나의 원한을 이용해서, 미래의 위험을 제거하겠다? 오! 많이 발전했구나."

"한 달 동안이나 고민한 거예요. 그러다 황실에서 산골짜기 습격 사건을 조사하는 걸 알게 된 후로는 결심을 했구요."

쳔핑핑은 미소를 지었지만 표정은 많이 지쳐 보였다. 그는 판시엔이 무엇을 걱정하는지 누구보다 잘 알고 있었고, 그의 지금 고통이 얼마나 큰 것인지 알고 있었기 때문이다. 좀 전에 판시엔이 쳔핑핑의 말에 감동을 했듯이, 지금 이 외로운 늙은이는 문득 자신의 몸 안에서 따뜻한 피가 돌고 있는 것을 느끼게 되었다.

"좋다. 내가 징두를 떠나마."

쳔핑핑은 판시엔의 손등을 가볍게 토닥였다.

판시엔은 너무 기뻐 하하 허허 호호 웃으며 말했다.

"이번 계획은 아무 문제없을 거예요. 걱정 마세요. 현공 사당, 산골짜기 두 번이나 전 죽을 뻔 했으니, 황실에서 아무리 조사해도, 저와 대인의 이런 관계는 생각도 못할 것이고, 기껏해야 대인을 징두에서 쫓아내는 것밖에 못할 거예요. 대인이 먼저 떠나시면, 그것마저 다 끝나는 거고."

판시엔은 그제서야 지난 일을 편안한 마음으로 물었다.

"태평별원 일은 친예가 한 거죠?"

"친예는 폐하의 충실한 개였지."

"그럼 친씨가 마지막에 모반에 참여한 건, 저의 존재 때문에?"

"당연하지. 넌 예칭메이의 아들 아니냐. 네가 아니면 그 일이 밝혀질 리 없는데, 폐하께서 널 계속 중용하니 불안했던 것이지."

"그런 거였군요."

"그런데 그건 누가 알려준 것이냐? 판지엔?"

"아버지는 아무런 말씀이 없으셨어요. 그건……장 공주가……."

"참, 그 미친년은 대단해. 그녀는 당시 사건의 전말에 대해 알 수가 없는데, 그럼에도 그것을 추측해 내다니……정말 대단해, 대단해."

"그럼 징두 모반 사건 때, 대인은 장 공주와 따로 연락을 했던 건가요?"

그 당시 장 공주가 감사원에 대해 특별히 걱정을 안 했다는 것은, 실제로 대단히 이상한 일이었다. 친씨 집안은 쳔핑핑을 걱정해 제일 먼저 진원을 불바다로 만들어 버리지 않았던가.

"아니. 많은 일들은 직접 연락할 필요도 없지. 그저 서로의 마음만 짐작하는 것으로 충분해. 서로의 목표가 무엇인지만 암암리에 공유되면 되지. 세상에서 가장 현묘한 계획들은, 그저 영혼의 부딪힘으로, 아무런 전조도 없이, 서로의 마음이 하나가 되는 것들이란다…… 오히려 그게 문서화되면, 좋은 결과를 이루지 못하는 경우가 많지."

쳔핑핑은 미소를 지으며 말했다.

"이 부분은 이미 죽은 너의 장모에게 배워야 할 점이야."

판시엔은 쓴웃음을 지으며 고개를 끄덕였다.

"자, 넌 이미 많은 것을 알았는데, 이후에는 어떻게 할 참이냐?"

"모르겠어요."

쳔핑핑은 다소 실망한 표정으로 탄식을 했다.

"그 사건에 증거가 있나요? 설령 아주 사소한 것이라도?"

"증거는 중요하지 않지, '신념'과 '의지'가 중요하지. 나도 몇 년 전 나의 신념과 의지를 스스로 확인한 후, 결심을 한 것이니."

'스구지엔이 한 말과 같잖아?'

"당시 대군이 서만 정벌에 나섰고, 폐하께서는 네 아비와 함께 딩저우 근처에 있었지. 그런데 갑자기 북제가 대군을 이끌고 남하를 했어. 그래서 난 자연히 감사원을 이끌고 옌징으로……당시 예중도 후방에서 서만 정벌군을 지원하고 있었는데…….”

천핑핑은 차가운 말투로 말을 이었다.

“제일 중요한 건, 너의 어미가 당시 너를 출산한 지 얼마 되지 않아, 심신이 가장 약했던 순간이라는 거야.”

“우쥬 삼촌은요? 사실 전 그 부분이 제일 이해가 안되었어요. 왜 그는 사건 당시 어머니 곁을 떠났죠?”

“신묘 사자(使者)가 왔어. 갑자기 신묘 사자가 대륙에 나타난 거야……사실 내가 보지는 못했지만, 난 그녀와 우쥬가 신묘와 어떤 관련이 있다는 것은 추측할 수 있었지. 그리고 우쥬는 신묘와 관련한 어떠한 것에도 민감하게 반응하며 기피하더군.”

“내가 알기로 신묘에서 사자를 보낸 건 두 번이야. 그 당시 처음 왔고, 우쥬가 죽였지. 사실 그때 네 어미를 위협할 수 있는 사람은, 신묘 사자밖에 없기는 했지.”

“그래서 우쥬 삼촌이 떠났군요.”

“하지만 그녀는 죽었지.”

천핑핑은 기괴한 웃음을 지으며, 매우 침울한 목소리로 말을 이었다.

“죽었지……‘자기 사람’의 손에.”

판시엔은 웃었는데, 최대한 감정을 다스려, 심혈을 기울여, 웃었다. 그리고 자리에서 일어나 천핑핑의 어깨를 툭툭 치며 말했다.

“그건 저도 일찍이 추측하고 있었어요. 단지 대인의 입에서 직접 들으니, 이제야 현실감이 생기네요……좋아요. 이제 그 일들을 대인은 더 생각하지 마세요.”

“상자는 네가 가지고 있지? 우쥬는 또 어디를 간 것이냐?”

“상자는 저에게 없고, 우쥬 삼촌은 떠났어요.”

천핑핑은 가볍게 ‘응’ 대답했지만, 이번만은 실망의 눈빛을 애써 숨기지 않았다.

"근데 대인은, 제가 아무리 말했지만, 어떻게……상자가 제 손에 있다는 걸 확신했나요?"

"네 아비가 확인해 줬다. 그러니 넌 아직도 네 아비를 제대로 모르고 있는 거야."

'아버지도 참…….'

"대인이 저보고 죽은 장 공주를 보고 배우라 했으니, 대인도 살아 있는 제 아버지를 보고 배우세요. 놓을 건 놓고, 물러날 땐 물러나고."

판시엔은 두 손을 쳔핑핑의 양 어깨에 올려 안마하듯 힘을 주어 누르며 말했다.

"이후 일은, 저에게 맡기세요."

쳔핑핑은 웃었고, 아무 말도 하지 않았다.

'나의 이십 년 동안 노력이 헛되지는 않았구나. 최소한 이놈이 건강하게, 이렇게 똑똑하게 컸으니. 근데 좀 많이 아쉽네. 이놈이 너무 빨리 컸어……불과 하룻밤 같은데…….'

징두 외곽의 하늘은 어둡고 음침했지만, 판시엔은 울지 않았다. 절대 울지 않으려 노력하며, 마차의 창가에 기대어 창밖으로 이어지는 산길과 푸른 숲을 바라보기만 했다. 그리고 이제는 더 이상 피하지 않고 '용기'있게 그 '진실'을 마주하고 앞으로의 길을 선택해야 한다 생각했다.

'어디로 가야 하지…….'

"대인 곧 징두성에 도착합니다. 어디로 갈까요?"

"왼쪽으로 가자."

태평별원.

예씨 집안 여주인의 저택, 그 후 황실의 별원, 장 공주가 모반 당시 이틀간 머물렀던 곳, 그리고 그들 모두 죽음을 맞이했던 곳. 그리고 우쥬 삼촌과 함께 와서 밀실에서 총알을 훔쳤던 곳.

판시엔은 마차에서 내려 태평별원을 바라보며 그곳에서 살았던 이들을 떠올리고 있었다.

징두 반란이 평정된 후, 황제는 이곳을 그에게 주겠다고 두 번 정도 이야기했으나, 판시엔은 이 일에 자신이 바로 응하는 것은 적절하지 않다 생각하여 조용히 그 다음을 기다리고 있었다.

'무덤이 이 안에 없던데…… 어머니는 진짜 귀신이나 선녀였나?'

"여기서 좀 생각할 게 있는데, 다른 사람에게 방해받고 싶지 않네."

"네, 대인."

무평알은 대답과 함께 왕치니엔 조직원들과 6처 밀정들을 모두 데리고 그의 눈에 보이지 않는 곳으로 가 다음 명을 기다렸다. 판시엔은 부하들이 모두 물러나자, 길 건너의 저택을 보며, 그냥 조용히, 아무 생각 없이 풀숲 바위에 앉아 있었다.

얼마나 지났을까. 강변의 이끼가 경관을 좀 해치고 있다는 생각이 들었고, 자기가 너무 뾰족한 돌에 앉아서 엉덩이가 아프다는 생각이 들었다.

'젠장.'

그는 일어나 엉덩이에 묻은 흙을 털어내고 강 쪽으로 두 걸음 다가가 몸을 구부려 시원한 강물로 얼굴을 씻었다. 마치 복잡한 생각으로 달아오른 얼굴을 조금이라도 식히려는 듯.

그때, 갑자기 눈앞에서 하얀 수건이 나타났다.

"더운 걸 제일 싫어 하잖아."

판시엔이 깜짝 놀라 옆을 바라보니, 판뤄뤄가 자신의 귓불과 턱의

땀을 닦으며 그에게 수건을 건네 주고 있었다.

"네가 여길 어떻게……?"

"오라버니가 어젯밤에 돌아왔다 들었는데, 뭐가 그리 급해 오늘 또 징두 밖으로 행차하셨어? 징두에 어떤 사람이 급히 오라버니를 찾고 있고, 새언니는 입궁했고, 텅즈징이 오라버니를 찾을 방법이 없어 발만 동동 구르다 의관을 찾아 왔더라고. 내가 몇 사람에게 물어보니 오라버니가 성 밖으로 나갔다고 해서, 진원으로 가는 길이었는데, 가다가 무평알이 있는 것을 보고 여기에 오라버니가 있는지 알게 된 거지."

"얼마나 급한 일이길래……누군데?"

뤄뤄는 의외로 별거 아니라는 듯 자리에 털썩 앉으며 말했다.

"별거 아니야. 그냥 오라버니를 오래 못 봤더니, 내가 보고 싶어서."

'뭐야? 뤄뤄가 땀을 흘리며 올 정도면, 급한 일이었을 텐데.'

"알았어. 네가 급한 일이 아니라면 그런 거지. 그럼 네가 여기서 나랑 같이 앉아 기분 전환이나 하게 도와줘."

그렇게 두 사람은 강을 물끄러미 한참을 바라봤다. 태양은 이미 높은 대나무 숲을 지나 서쪽으로 천천히 넘어가고 있었고, 옅은 빛이 나무에 반사되며 무수한 빛과 그림자가 되어 오누이의 얼굴을 비추고 있었다.

판시엔이 저도 모르게 탄식을 한번 했다.

판뤄뤄는 순간 마음이 움직였는데, 또 다시 한참을 고민하다 천천히 입을 열었다.

"어떤 일은, 입 밖으로 내기만 해도 좋아진데."

"나의 어머니는, 예칭메이야."

판뤄뤄는 어리둥절한 표정으로 오빠를 한번 바라보았다.

'그건 천하가 아는 사실인데?'

"난 평생 그녀를 본 적이 없고, 그녀의 목소리를 들은 적도 없지. 하지만 난 그녀가 남긴 흔적들을 너무 많이 볼 수 있어. 이번에 동이성에 갔을 때에도 봤어. 그래서 내 마음속 그녀의 모습이 점점 더 분명해지는 것 같고, 나도 점점 더 그녀를 나의 어머니라 여기는데 익숙해져 가는 것 같아."

판시엔은 이 말을 하면서 마음이 많이 편안해지는 것을 느꼈다.

"만약 당시 어떤 사람이 그녀를 해하려 했다면, 그리고 내가 그게 누구인지 알았다면, 난 지금 어떻게 해야 할까?"

"그때 그 사람들은 모두 죽지 않았어? 태후도……이미 죽었고."

"어떤 이들은 아직 죽지 않았더라고."

뤄뤄는 놀랐지만 대꾸는 하지 않고 묵묵히 말을 들었다.

"난 사실, 폐하가 나의 생부(生父)인지 일찌감치 알았었어. 근데 근본적으로 내 아버지라고 받아들이기가 쉽지 않아. 사실 그것뿐만 아니라, 예칭메이가 나의 생모(生母)라는 사실도 받아들이기가 쉽지 않네. 그건 당시 벌어진 일과 무관하고, 사실 왜 그런지 이유도 모르겠어."

'그건 내가 다른 세상의 영혼을 가지고 있어서 그런 건가?'

"사실 내 관점에서, 인간 관계는 시간이 흐름에 따라 만들어 지는 것이지, 혈연과는 크게 상관없는 것 같아. 넌 어렸을 때부터 나와 같이 컸고, 나에게 넌 처음부터 동생이었어. 그러니 혈연과 상관없이 넌, 내 동생이야. 시간은 참 많은 것을 바꾸는데, 폐하와의 관계도, 특히 최근 몇 년간 많이 바뀌었지. 그분이 날 대하는 것도 달라졌고."

그는 갑자기 귀여운 웃음을 지으며 물었다.

"만약에 폐하께서 당시 내 어머니를 죽였다면, 난 앞으로 어떻게 해야 하지?"

판뤄뤄는 너무도 놀라 저도 모르게 두 주먹을 꽉 쥐었다.
그리고 한참 후 그녀는 떨리는 목소리로 나지막이 대답했다.
"모르겠어."
이건 가장 쓸데없는 대답이지만, 동시에 가장 자연스러운 대답.
판시엔은 가볍게 동생의 머리를 쓰다듬으며 온화하게 말했다.
"그렇게 놀랄 필요 없어. 너에게 답을 원한 건 아니야. 그냥 너에게 '말한' 거야."
또 한참 후, 뤄뤄는 모기 같은 목소리로 물었다.
"근데……진짜야?"
판시엔은 대답을 하지 않고 한참 동안 건너편의 저택만 바라보았다.
'어머니는 정말 외로웠겠지. 그리고 그녀는……어쩌면 나 때문에 죽은 거잖아……그것도 그녀가 믿던 모든 사람들이 자신 옆에 없을 때……씨내리? 그런 게 어디 있어. 여자가 무슨 그런 것을 해. 심지어 예칭메이인데? 남자와 감정이 없는데, 남자를 끌어들여 자신의 침대에 눕힌다고? 그리고 어머니가 그런 일을 할 필요가 있었을까?'
여기까지 생각이 미치자 판시엔은 저도 모르게 냉소를 지었다.
'남자라는 동물은 진짜……냉혈한이야.'
하나의 연약한, 떨리는 목소리가, 판시엔을 당시의 참혹한 장면에서 꺼내 주었다. 판뤄뤄는 공포에 떠는 것처럼 몸을 부들부들 떨면서, 한 손으로 오빠의 옷을 꽉 쥐며 말했다.
"……나……이전에……오라버니가 있었어."
판시엔의 가슴이 저며왔다.
그는 이 사실을 알고 있었다. 판씨 집안에 그와 비슷한 나이의 큰아들이 있었지만, 어렸을 때 몸이 약해 죽었다고 알려지고 있을 뿐. 판지엔은 한번도 언급하지 않았지만, 판시엔은 어렴풋이 알고 있었다. 쳔핑핑이 여러 번 암시를 준, 판지엔이 치른 대가는 이렇게 컸다는 걸.

'아……정말 나 때문에 얼마나 죽어야 했던 것일까?'

그는 심지어 머리가 아파오고 있었다. 모든 것을 알 수는 없었지만, 갑자기 자신이 이 세상에 와서 처음 봤던 장면이 떠올랐던 것이다. 우쥬가 자신을 대나무 광주리에 담아 등에 메고 있었고, 눈을 뜨자마자 자신의 손에서 흐르는 붉은 피를 보았고…….

'그 피에, 우쥬 삼촌이 죽인 사람들의 피 외에도, 나 대신 죽은 그 아이의 피도……!'

판시엔은 점차 몸이 떨리기 시작했고, 뤄뤄는 오빠가 조금 이상하다는 것을 느끼며, 슬픔에 가득 찬 목소리로 말했다.

"난 큰 오라버니가 어떻게 죽었는지 몰라. 단지 언젠가 늙은 어멈들이 울면서 하는 이야기 몇 마디 들었을 뿐……난 항상 어떻게 된 영문인지 궁금했어."

판시엔은 여'동생'의 손을 가볍게 잡고, 아무 말도 하지 않았다. 그는 이미 알고 있었다. 그녀의 친어머니도, 뤄뤄를 낳고 얼마 안 되어, 아들을 잃은 슬픔을 이기지 못하고 죽었다는 것을.

"그때, 어멈들이 이야기하길, 나의 친어머니와 예씨 이모가 아는 사이였다고……."

소설보다 더 기묘한 이야기들.

정확히 말하자면, 원래 삶이라는 것이, 소설보다 더 기묘하다.

판시엔은 몸을 일으켜 냉랭한 눈빛으로 태평별원을 바라보다 문득 입을 열었다.

"오늘 이야기한 것, 다른 사람에게 말하면 안 돼."

그리고 판시엔은 결연하게 말을 이었다.

"이 일은, 아버지를 직접 만나 뵙고 결정해야겠어."

“딴저우로 가게?”

“아버지는 딴저우에 안 계셔.”

“응? 그럼 어디?”

“이제 가자.”

판시엔은 동생의 질문에 대답은 하지 않고 여동생의 손을 잡고 ‘함께’ 그곳을 떠났다.

판시엔은 징두로 돌아가는 마차에 타고서야 다시 생각이 난 듯, 재빨리 물었다.

“아까 징두에 무슨 일 있다고 하지 않았어?”

“아 그게……순씨 집안 아가씨가, 집에 아무도 없어서.”

“순씨? 순씨……? 순징슈 딸? 그녀는 조용하기로 유명한데, 왜 갑자기 이런 소동을 피운 거지? 잠깐, 그녀의 부친(父親) 때문에 온 건가?”

“그녀는 아침부터 새언니에게 문안 인사드린다고 찾아왔는데, 언니는 입궁한 상태였고 그리고……텅즈징 말로는 사실 새언니가 아니라 오라버니를 찾아온 눈치였다고. 그리고 그녀의 신분이 좀 민감하니까…….”

“민감은 무슨. 순핀알은 로우쟈와 나이가 비슷할 텐데, 너희들을 찾아 한담을 나누겠다는 게 무엇이 그렇게 신분을 따지고 민감하다고…….”

“그 말이 아니라, 모레 순징슈 대인이 연회를 여는데, 오라버니를 초대하고 싶은가 봐. 그럼 사실 대인이 직접 오면 될 건데, 왜 딸을 보낸 건지는 모르겠어.”

“그것도 뭐 대수라고. 그래 봤자 3품 대신인데, 아무리 큰일을 벌여도, 날 곤란하게 할 게 뭐가 있겠어?”

"뭔가 오라버니에게 부탁하고 싶어하는 눈치였는데……."

'뭐지? 내가 동이성에 있는 동안 무슨 일이?'

판시엔은 징두에 도착하여 서재에서 무티에에게 관련 상황을 보고받고서야 어떻게 된 영문인지 알 수 있었다. 순징슈는 징두 모반 사건에서 마지막에 판시엔 편에 섰고, 그의 딸을 통해 판시엔에게 여러 도움을 주었기에 지금까지 징두 관아 부윤의 자리를 잘 지키고 있었다.

하지만 어쨌든 출발은 폐하의 유지를 거역하고 태후의 편에 섰었기 때문에 항상 불안했다. 이번에 당시 모반 사건의 재조사를 명분으로 관직 사회에 다시 한번 풍파가 불었고, 그래서 연회를 통해 소식도 파악할 겸 관계를 쌓으려는 것이었다. 하지만 이런 상황에서 누가 그 연회에 참석하려 하겠는가.

그 모든 시작은 문하중서성이었다.

"후 대학사가 이 일을 진행하는 건가?"

"아닙니다. 허종웨이가 술 자리에서 한마디를 한 뒤, 징두 관아가 압박을 받기 시작했다고 들었습니다."

"술자리에서 한마디 했다고 당당한 징두 관아 부윤 대인이 이런 풍파를 당한다고? 허 대인의 위세가 대단하구만."

'폐하께서 그때 내 면을 봐서라도 순징슈를 건드리지 않겠다고 하셨는데…….'

"일단 무슨 말인지 알았어."

"대인, 순씨 저택에 가시더라도, 말 몇 마디만 하시고, 특별한 일은 하실 필요 없어 보입니다."

"알았다니까. 오늘따라 말이 많은데?"

무티에는 판시엔의 이 말에 깜짝 놀라 물러났고, 이어서 또 한 명의 사람이 서재로 들어왔다.

양완리. 그는 현재 공부(工部)에서 원외랑을 맡고 있었고, 앞길이 창창한 관원으로서, 이 속도로 승진하면 10년 이내에 상서가 되는 것은 너무나 당연해 보였다. 하지만 오늘은 웬일인지 억울한 눈빛으로 얼굴이 잿빛이 되어 있었다.

두 사람은 낮은 목소리로 짧은 대화를 나눴는데, 판시엔은 미간 주름이 깊어지며 점점 더 흥분했고, 결국 몇 마디 위로의 말만 전한 채 제자를 떠나게 했다.

'허종웨이 이 새끼가, 갈수록 기고만장해지는구만……이렇게 청렴하고 실력 있는 양완리까지?'

허종웨이가 제기한 문제는 몇 년 전 제방 공사에 들인 은전에 관련한 것이었는데, 당시 판시엔은 비공식적인 통로를 통해 은전을 보냈고, 그것을 양완리에게 감독하게 했다. 그리고 당시에 호부에서도 판지엔이 암암리에 도움을 줬었고, 심지어 황제도 대략적인 상황을 알고 있었다.

하지만 허종웨이는 다시 이 문제를 거론했고, 판지엔도 호부 상서에서 퇴직한 상태라 호부까지도 그의 편에 서 있었던 것이다. 더욱 문제는, 황제가 이 광경을 눈뜨고 지켜보고 있었다는 것이다.

'황제 늙은이가 왜 이러실까……허종웨이 새끼는 혼자서 이 짓을 할 배짱이 없는 놈인데…….'

판시엔은 사실 그 답을 알고 있었다.

'감사원 원장직을 내렸으니, 세력 균형을 맞추시려는 거겠지. 후 대학사를 중심에 두고, 나와 허종웨이를 경쟁시키고, 감사원과 도찰원을 상호 감시하게 하고……거기에 허종웨이는 폐하의 충실한 개처럼 붙어서 날뛰는 것이고. 세력 균형은 무슨 빌어먹을 놈의 세력 균형!'

하지만 판시엔은, 기분이 좋지 않았다. 세력 균형이고 뭐고, 이런 식으로 자신의 주위를 건드리는 것은 참기 힘들었기 때문이다. 더구나 그것을 집행하는 이가 허종웨이. 그가 기고만장해서 거만하게 구는 것은 참아줄 수가 없는 장면이었다.

판시엔은 결심을 하고 뤄뤄를 불러 대차게 말했다.

"내가 연회에 직접 갈 테니, 순핀알에게 걱정 말라 전해."

'폐하의 뜻이 뭐든, 이 기회에 허종웨이에게 내가 누군지 다시 한번 보여 줘야겠구만. 폐하께서 어찌 나오시나 한번 보지.'

판시엔은 사실 큰 걱정은 하고 있지 않았다. 이왕 일이 이렇게 되었으니 오히려 잘 되었다는 생각이 들기도 하였다. 그래서 다소 편안해진 마음으로 서재에서 모두를 물린 후, 그가 동이성에 있는 동안 스챤리와 수운마오에게서 온 편지를 읽기 시작했다.

수운마오가 관할하는 내고의 3대 공장은 갈수록 안정되고 있었고, 감사원과 내고 전운사 관아의 긴밀한 협력으로 제2의 전성기를 맞이하고 있는 듯 보였다. 물론 내고에서 현재 가장 중요한 인물은 수운마오였고, 그 주된 이유는 그가 판시엔의 의지를 대표하고 있었기 때문이다.

스챤리는 천하 각지를 유람한 지 이미 5년이 되었는데, 당시 서생이었던 그는 이미 자신의 새로운 운명을 잘 받아들이고 있는 듯 보였다. 사실 그가 원하기만 하면, 현재 판시엔의 권력으로서는 관직 하나 주는 것은 아무것도 아니었다. 하지만 그는 제자 넷 중에 가장 스승의 마음을 잘 이해하고 있었고, 스승에게 이 정보 체계가 얼마나 중요한지 알고 있었기에, 관직에 대한 마음을 일찌감치 접은 상태였다.

4월 말 어느 봄날, 바람이 한번 크게 불더니 봄꽃이 갑작스러운 비로 인해 다 떨어져 버렸다. 징두 남쪽 큰 길가에 자리잡은 징두 관아 부윤 순징슈 대인의 저택은, 징두 관아 바로 옆에 위치해 있어서 마치 그 권력과 부귀를 서로 보완해 주고 있는 듯 보였다.

오늘은 순징슈의 모친 팔순 잔치 연회. 확실히 중요한 날이었다. 문 앞에는 오가는 사람이 적지 않았지만, 하인들은 곳곳에서 온 선물함을 저택 안으로 나르고 있었지만, 오는 이들 모두는 선물을 전달할 뿐 몇 마디 말을 전하고서는 곧장 돌아가버렸다.

징두 관아의 중요성과 부윤 대인의 명성을 생각할 때 이 광경은 매우 이례적이었다. 하지만 현재 순징슈에 관해 관직 사회에 떠도는 소문을 생각하면 특이할 것도 없었다.

각 집안과 관아에서 선물을 전달한 이들이 곧바로 각자의 저택으로 돌아가지는 않았다. 그들은 매우 현명하게 부윤 대인 저택 길가 끝에 있는 찻집에 모여 앉아, 거리를 보며 삼삼오오 차를 마시고 있었다. 눈치를 보고 있는 것이다.

'누가 이 상황에서 연회에 참석하지는 않겠지? 그나저나 순 대인은 이 판국에 무슨 배짱으로 저리 연회를 연다는 것인가……허 대학사가 이미 입장을 밝혔는데, 입궁해서 사직을 청하지는 못할망정…….'

'황실의 태도를 보고 싶은 것인가? 허 대학사는 폐하의 뜻을 대변하는 사람 아닌가? 아님 다른 관아의 태도를 보고 싶은 것인가? 아니면 도대체 무엇을 보고 싶은 것인가?'

그때, 누군가 외쳤다.

"저 가마는 어느 집안 것이지?"

이부 시랑 집안 집사가 웃으며 말했다.

"저 집안은 정사에 참여하지 않는가 보구만."

그때, 또 어느 집안 집사가 고개를 강하게 저으며 외쳤다.

"아니네. 뭔가 잘못되었네. 저건 류씨 국공 집안 것이야!"

이 말과 함께 국공 거리에 있는 저택에서 온 집사들이 재빨리 난간으로 가 가마를 한참 쳐다보았고, 그들의 얼굴은 점점 잿빛이 되어 갔지만 아무 말 없이 눈치만 보다 슬그머니 건물 밖으로 내려갔다. 하지만 다른 이들은 쉽게 움직이지 못하고 속으로만 생각했다.

'국공 집안이 정사에 참여하지는 않지……하지만 국공 어르신이 고작 정3품 대신의 면을 봐서 연회에 참석한다?'

이때, 또 한 명의 집사가 소리를 질렀다.

"징왕!"

이 말과 함께 찻집의 조용한 분위기가 일순간에 뒤집어졌다. 모두들 말은 하지 않았지만, 머릿속으로 재빠르게 계산하며 지금 자신들이 본 충격적인 장면이 무슨 의미인지 확인하기 시작했다. 그리고 총명한 몇몇의 집사들은 이 상황을 재빠르게 파악하고 안색이 굳어지며 찻집을 황급히 나갔다.

'류씨 국공……징왕……!'

또 다시 눈에 띄지 않는 검은색 마차가 거리에 나타났다. 비가 내린 밤의 검은색 마차는 눈에 잘 띄지도 않았지만 이상하게 모든 이들의 눈에 거슬렸다. 그리고 이내 찻집에 남아 있던 모든 이들의 얼굴을 하얗게 질리게 하였다.

군주 마마 린완알이 공작 대인 판시엔의 손을 잡고 천천히 순징슈 저택의 돌계단을 오르고 있었다. 그 장면은 마치 찻집 위에다 크게 소리치고 있는 듯 보였다.

"류씨 국공 어르신이 왔고, 징왕이 왔고, 쳔 군주가 왔고, 판 공작이 왔는데……너희들은 어느 집안 사람들이지?!"

'후다다다다닥!'

순식간에 징두 남쪽 순씨 저택 앞 거리는 큰 혼란에 빠졌고, 찻집에서는 다급하게 남의 겉옷을 입고, 싸우고, 서신을 작성하다 밀치고, 다시 선물을 준비하고……이들의 목표는 단 하나.

'빨리 주인에게 알리고 순씨 저택으로 튀어 들어가라.'

연회는 생각보다 즐겁지도, 오래 진행되지도 않았다. 징왕은 리홍청과 뭐뭐 이야기를 하면서 술만 퍼마셨고, 다른 귀족들과 관아의 대신들은 어쩔 수 없이 참석했지만 조용히 눈치만 보고 있었다. 특히 호부 상서의 경우 판지엔이 은퇴한 후 자신의 영역을 구축하기 위해, 판시엔과 척을 지고 유독 허 대학사와 친분을 쌓고 있었기에, 그 자리가 가시 방석에 앉은 듯 느껴졌다.

물론 순징슈는 판시엔에게 무한한 감사를 느낌과 동시에, 앞으로 자신의 운명은 판 대인과 함께 하게 될 것이라 생각했다.

술에 취한 징왕이 돌아가고, 그와 술잔을 부딪히던 국공 어른이 따라 나서자, 판시엔도 곧바로 이어서 순씨 저택을 나왔다. 사실 그는 이런 행동이 적절하지 못하다는 것을 알고 있었고, 저녁에 입궁을 해야 했기에, 그 전에 황제의 분노를 조금이라도 줄이게 하기 위한 조치를 할 필요가 있다 생각했다. 판시엔은 완알을 다른 마차에 태워 집으로 먼저 돌려보내고, 무평알에게 명했다.

"태학으로 가자."

검은 마차가 동환루 거리에 들어서 담박서점과 의관을 차례로 지나자, 그 길의 끝자락에 태학의 고풍스러운 대문이 보였다. 태학은 징두에서 보기 드문 건축물이었는데, 건물이 높지 않고 심지어 담이라 불릴 것도 없었기 때문이다. 태학의 정문은 닫힌 적이 없었고, 안에 있는 푸른 나무와 함께 책 읽는 소리가 어우러져 유가풍의 조용한 분위기가 흐르는 곳이었다.

이곳이 경국의 가장 높은 교육 기관이었고, 학생들을 가르치는 선생들은 당대 최고의 명성을 자랑하는 인물들이었다. 황실에서 글씨를 가르치는 대가, 허 대학사의 스승도 모두 이곳 교수 출신이었고, 경국 최고의 학자이자 조정을 이끌고 있는 후 대학사도 일찍이 이곳에서 강의를 한 적이 있었다.

태학은 교육 기관이고, 이곳의 학생들이 조정 문관 사회의 미래를 담당하고 있었기에, 대신들도 함부로 간섭하지 못하였다. 하지만 판시엔은 이곳을 두려워한 적이 없었는데, 춘시 폐단 사건 등을 통해 태학 학생들과 관계가 매우 좋았을 뿐만 아니라, 장모우한 대가의 실질적인 계승자였기에 그 명성 또한 매우 높았기 때문이다.

마차가 태학에 이르자 일찍이 학관이 정문까지 마중을 나와 있었는데, 갑작스러운 비가 내리고 있긴 했지만 큰 비가 아니었기에, 나무로 된 태학의 문에 빗방울이 떨어지는 모습이 더없이 고즈넉하게 느껴지기도 하였다.

"판 대인!"

"스승님!"

"선생님!"

마침 수업을 마치고 나온 태학의 학생들이 각기 존경을 표현하는 호칭으로 판시엔에게 인사를 하였고, 판시엔은 함박웃음을 짓고 낯익은 학생 몇과 한담을 나누었지만, 곧 미안하다는 말과 함께 태학에서 가장 안쪽에 있는 조용한 저택으로 발걸음을 재촉했다.

'그런데 오늘 판 대인께서 왜 오신 거지? 지금 동이성 일로 바쁘시다 들었는데……설마 강의를 맡으시는 건가?'

"안녕하세요."

판시엔은 내실에 들어가자마자 허리를 깊게 숙이며 공손히 예를 올렸다. 후 대학사는 코에 걸쳐 있는 안경을 살짝 내리며 인사하는 이를 보다, 그의 신분을 알아차리고 웃으며 응대했다.

"오늘 오랜만에 정무에서 벗어나 조용한 곳을 찾아왔는데, 자네가 나에게 그만한 사치도 허용해 주지 않는구만."

"일이 없었으면, 감히 와서 방해를 못했겠죠."

사실 둘의 관계는 매우 좋았는데, 하나는 후 대학사의 문학 개혁 운동에 판시엔이 지지를 보냈기 때문이고, 또 다른 하나는 징두 모반 사건에서 후 대학사가 판시엔을 믿고 엄청난 도움을 주었기 때문이다. 물론 판시엔은 그때 후 대학사의 목숨을 구했다.

"말해 보게. 자네가 직접 온 것을 보니, 좋은 일은 아니겠구만."

판시엔은 겸연쩍게 웃으며 책상 위에 있는 안경을 보고 물었다.

"수정 안경은 쓸만 하세요?"

수정 안경은 판시엔이 특별히 고안해서, 동이성이 서양으로부터 수입한 수정을 사용해 제작하여 그에게만 준 선물이었다.

"정말 좋다네. 아주 잘 쓰고 있어. 이 안경을 준 성의를 생각해서라도, 내가 자네를 도와줘야지. 물론 담박 공작이 나에게 성지를 어기는 일이나 법률에 저촉된 일을 도와 달라 하지는 않겠지?"

'말씀 한번 잘 하시네요. 제가 그런 일 아니면 왜 대학사에게 부탁을 할까요……제가 처리하고 말지.'

판시엔은 다시 한번 겸연쩍은 웃음을 지었고, 한참을 멈칫거리다 조심스럽게 입을 열었다.

"징두 부윤 순징슈가, 나름 괜찮은 관리인데……."

후 대학사는 저도 모르게 손가락에 힘이 들어가며, 하마터면 만지고 있는 수염을 뽑을 뻔했다. 그는 조정을 이끄는 우두머리로서 순징슈 관련된 정세를 누구보다 잘 알고 있었기 때문이다. 성지는 없었지만 황제가 허종웨이를 통해 순징슈를 물러나게 하려 하고 있었고, '황제의 뜻'이기에 후 대학사는 침묵을 지킬 수밖에 없었던 것이다.

"그, 그건……폐하의 뜻이네."

"허종웨이가 소동 한번 피운 것이, 폐하와 무슨 관계가 있나요?"

'하여튼 태연하기는 천하에서 제일인 놈이야…….'

판시엔은 후 대학사의 난감한 표정을 보며 이어서 말했다

"다른 게 아니라, 하나만 알려주시면 돼요. 순징슈의 최근 3년간 평점이 어땠나요?"

"그건……."

후 대학사는 잠시 멈칫하다 다시 말했다.

"2년은 중상(中上) , 1년은 중(中). 그리 좋지도 나쁘지도 않은 정도네."

"제발 돌려 말하지 마세요. 대인은 아시잖아요. 징두 부윤이라는 위치가 어디 사람이 할 만한 것인가요? 이곳에 기분을 맞추면, 저곳이 문제가 되고……중(中)도 얻기 힘든 거잖아요. 메이즈리가 맡을 당시에도 대부분 중(中) 아니었나요?"

후 대학사는 잠시 침묵했지만, 결국 자신의 양심에 어긋난 일을 못 하는 그의 고개가 끄덕여졌다. 판시엔은 그 모습을 보며 재빨리 말을 이었다.

"만약에 진짜 그를 쫓아내면, 누가 그 자리를 대신할 수 있나요? 제가 오늘 온 것은 사적인 정을 생각하거나, 정파 싸움을 하러 온 게 아니에요."

"사실 나도 그가 그만두는 것을 원하지 않네. 그런데 왜 황실에서 그런 말들이 나오는지 나도 잘 이해가 안되네."

후 대학사는 판시엔의 눈을 바라보고 목소리를 다소 낮춰 다시 물었다.

"자네가 '그분'과 또 싸운 거 아닌가?"

"싸우긴 뭘 싸워요. 이건 폐하께서 허종웨이의 위세를 세워주기 위해, 제 사람인 순징슈를 물러나게 하는 거잖아요."

"사적인 정이 아니라더니, 자네 사람이라고 말은 하는구만."

후 대학사는 쓴웃음을 짓고 고개를 가로저으며 말을 이었다.

"그래서 내가 어떻게 해줬으면 좋겠나? 만약 내가 나서면, 폐하께서는 당연히 자네가 부탁한지 알 것이고……그리고 허 대인은 괜찮은 인재야. 자네가 그렇게까지 각을 세워야겠나?"

"해야 해요. 그에게 어떠한 가능성, 희망, 요행을 줄 수 없고, 단 한번이라도 그 같은 사람이 성공하는 사례를 만들고 싶지 않아요."

"왜지?"

판시엔은 이 질문에 대한 답은 하지 않고 천천히 일어나며 말했다.

"제가 오늘 입궁해서 '그분'과 싸울 거고, 공식적으로 성지만은 내리지 말아달라 부탁할 거예요. 그렇게 되면 그 일의 처리는 문하중서성에서 하게 될 터인데, 그때 저와 뜻을 같이 해 주세요."

후 대학사는 바로 대답하지 않았는데, 마치 이유가 더 필요하다는 눈치였다.

"순징슈는 괜찮은 관원이잖아요. 이런 식으로 무의미한 권력 싸움의 희생물이 되어서는 안 되잖아요. 사실 이유는 이렇게 간단한 거잖아요. 만약에 그가 이렇게 무너지면, 대인은 여기 있는 학생들에게 뭐라고 하실 건가요?"

후 대학사는 탄식을 한번 한 후 마침내 입을 열었다.

"알았네, 알았어. 폐하께서 성지만 내리시지 않는다면, 내가 순 대인을 보호해 주겠네."

이 말을 듣자 마침내 판시엔의 얼굴에 웃음꽃이 활짝 폈고, 다른 말 없이 공손하게 예를 올리며 물러가겠다 고했다. 후 대학사도 결국 웃으며 책상 위의 안경을 집어 들고 말했다.

"아무리 자네가 이 안경을 나에게 선물했다지만, 이번에 내가 좀 더 크게 갚아준 것 같은데?"

판시엔은 매우 흡족한 표정으로 말했다.

"제가 몇 개 더 만들어서 두 아드님에게 드릴게요."

"그 뜻이 아니네. 동이성 일을 다 마치면, 여기 와서 학생들에게 강의를 한번 해달라는 거야."

"그건 대인이 말씀 안 하셔도, 이미 준비하고 있었어요."

판시엔의 이 말은 거짓이 아니었다. 태학에서 공부하고 있는 이들이야말로, 곧 경국의 대들보이자 미래임을 그가 잘 알고 있었기 때문이다.

"3년 전, 징두 전체가 절 죽이려 할 때, 순씨 집안 사람이 아니었으면 소신이 여기 없었을 겁니다."

어서방의 분위기는 다소 긴장되어 있었다. 판시엔은 고개를 살짝 숙이고 낮은 침대에 앉아 있는 황제를 보며 천천히 하지만 분명하게 말을 이었다.

"그렇게 보면, 순씨 집안은 제 생명의 은인이고, 모반을 평정하는데 공로를 세운 대신 집안입니다."

"모반을 평정? 짐의 기억이 틀리지 않았다면, 그건 순씨 집안 아가씨의 공로인데, 그녀의 부친과는 무슨 관계인 것이냐?"

"그 아가씨는 그녀의 '아버지'가 낳았습니다."

'아버지'라는 말에 황제는 손에 든 상주문을 놓고 고개를 들어 그의 아들을 바라보았다.

"오늘 입궁한 이유가, 고작 이것이냐?"

"네, 폐하."

황제는 다시 침묵했고, 한참 후 다시 입을 열었다.

"왜?"

"소신은, 은혜를 입으면 갚아야 하고, 원한이 있으면 돌려주어야 한다 생각합니다."

"은혜를 갚는 거라면……짐이 순핀알을 너에게 주는 것은 어떠하냐? 그럼 그녀 부친의 명성이 그보다 더 빛날 수 없을 텐데, 굳이 징두 부윤 자리에 있을 필요가 있겠느냐?"

판시엔은 당황하지 않은 듯 얼굴은 더없이 침착해 보였지만, 속으로는 상당히 긴장하며, 이를 악물고 그 틈새에서 새어 나오는 목소리로 말했다.

"왜냐하면, 폐하께서 3년 전에 소신에게 약속하셨기 때문입니다."

"세상에 영원한 것이 어디 있겠느냐? 너의 말에 따르면, 짐이 너에게 한번 윤허해 준 일은, 설령 그가 횡령을 하고 법을 농락해도, 짐이 그를 어떻게 할 수 없다는 것이냐?"

"순징슈는 괜찮은 대신입니다."

판시엔은 한 발자국도 양보하지 않고 말을 이었다.

"만약 그가 그런 짓을 하면, 소신이 제일 먼저 나서서 그를 능지처참 시킬 것입니다."

'이놈이 왜 이렇게 이 일에 목숨을 거는 것이지……짐이 너무 성급하게 일을 처리해서 이놈의 마음을 상하게 한 것인가…….'

"어쨌든 매년 평점에 따라 집행해야 할 것이다. 네가 순징슈에게 얻은 은혜가 있다니, 짐이 더 이상 너에게 불의(不義)를 행하라 말하지는 않겠다. 하지만 만약 그가 그 위치에서 적절하지 않은 행동을 할 때에는, 짐이 그를 교체할 것이다."

황제는 이 말과 함께 알려주듯, 어찌 보면 경고하듯 말을 이었다.

"넌 감사원 원장으로서, 조정의 정사에 관여할 수 없다. 문하중서 대학사들의 일에 너무 많이 간섭 말라."

판시엔은 다른 말 없이 예를 올린 후 어서방을 나왔다.

"안쯔 저놈은 다 좋은데 고집이 너무 세단 말이야."

황제는 혼잣말을 하고는 야오 태감을 불러 오늘 징두에서 발생한 일에 대해 물었다.

"짐이 너무 급하게 진행한 듯 보이네. 허종웨이에게 손을 떼라 일러라. 너희들도 안쯔 사람들을 당분간 건드리지 말거라."

야오 태감은 더없이 공손하게 '네' 라고 대답한 후, 목소리를 최대한 낮추어 이어 말했다.

"그 사건에 대한 조사가 끝났습니다."

"말하라."

"수성용 강노 관련해서, 내고 병(丙) 공장 창고 출하 명령, 추밀원의 허가, 강남로 민북 지방으로부터의 이동 명령은 모두 정상적인 것으로 확인되었습니다. 하지만 강남로 민북을 벗어나자마자, 그 이후의 모든 종적이 사라져 버렸습니다."

내고에도 관여할 수 있고, 추밀원에도 손을 쓸 수 있고, 심지어 그 이후에 어떠한 단서도 남기지 않을 수 있는 사람은 경국을 통틀어 두 사람이었다. 황제 자신 또는 '그 인간'.

황제의 표정이 매우 복잡해졌다. 그는 원한을 기억하는 사람이고, 의심이 많은 사람이고, 매우 민감한 사람이었다. 하지만 현재 천하의 대세는 정해졌고, 비록 조정에서 작은 문제들은 종종 있었지만, 근본적으로 황제와 리씨 집안의 통치 근간을 해칠 수 있는 일은 없었다.

하지만 산골짜기 습격 사건은 그의 마음을 공격했다.

그것은 자신의 아들을 죽일 뻔한 사건이었고, 더 중요한 것은 '그 인간'이 이미 자신의 통제를 벗어났다는 것을 확인해 주고 있었기 때문이었다. 물론 지금의 판시엔도 황제의 통제를 벗어나려 하고 있었지만, 그는 황제의 아들 아닌가. 그것도 경국 유사 이래 가장 큰 공을 세운 아들.

그러면 '그 인간'은?

'그 인간'은 판시엔보다 더 큰 공을 세웠다!

황제는 갑자기 급격히 피곤해짐을 느꼈다. 확실히 '그'는 자신의 아들인 판시엔보다 더 많은 공을 세웠다. 그리고 그가 왜 그런 짓을 한 것인지 도무지 이유를 알 수 없었다. 황제는 이 문제를 다시는 고민하고 싶지 않다는 듯, 한참을 침묵하다 입을 열었다.

"그 사건 조사는 여기까지 하거라. 어차피 곧 죽을 사람이다. 태감 둘에 대한 조사는 나왔느냐?"

야오 태감은 태양혈에 찌르는 듯한 통증을 느끼며 고개를 저었다. 황제가 말한 '태감 둘'의 의미를 알고 있었기 때문이다. 경국 역사상 가장 어려운 미제 사건 중 하나. 3황자 리청핑 암살 시도 사건. 이 사건은 판시엔도 조사한 적이 있었으나, 태자, 2황자 심지어 장 공주도 죽기 직전까지 부인했었다. 그래서 황궁에는 변수가 너무 많으니, 그저 알 수 없는 모순이 갑자기 폭발해 버려 '우연히' 3황자가 위험에 빠진 것으로 결론을 낼 수밖에 없었다.

하지만 천하에서 가장 의심이 많은 황제는, 천하에서 가장 큰 권력을 가진 경국 황제는, 아무리 사소한 일일지라도 미심쩍은 일은 철저히 조사해야만 비로소 위대한 대업을 이룰 수 있다고 생각하는 사람이었다.

그래서 그는, 경국 황제는 판시엔처럼 넘어갈 수 없었다.

홰나무가 많은 징두 어느 골목의 저택. 위치도 좋지 않고 부지도 크지 않고 처마도 그렇게 화려하지 않아, 주변의 민가와 크게 다른 점이 없어 보였다. 이 집은 몇 년 전까지 전임 도찰원 어사의 저택이었는데, 나이든 어사가 귀향한 후에는 그의 동료 몇몇이 대신 관리하고 있었다.

3년 전, 이 볼품없는 저택이 팔렸다. 그 이후로 이 이름 없는 골목이 붐비기 시작했고, 매년 설이 되면 문 앞에 사람들이 구름처럼 몰려들었다. 하지만 이상했다. 이 저택 주인의 관직은 점점 높아졌지만, 인사하러 오는 관원의 수는 갈수록 적어지고 있었다.

도찰원 좌도어사, 문하중서성 대학사, 허종웨이.

그가 이 저택의 주인이었다.

그는 폐하의 저택 하사 뜻을 거절하고, 집안의 심복 몇, 어멈 몇 그리고 친척 형제 몇만 데리고 이 허름한 저택에 살고 있었다.

그가 이곳에서 생활하는 이유는 이곳에 애정이 있었기 때문이다. 정확히 말해, 이 저택이 그의 인생에 있어 많은 것을 대표하기 때문이었다. 이곳에 우씨 부인을 숨겨 린뤄푸와 맞섰고, 그 일로 그는 폐하에게 발탁되어 처음으로 도찰원 어사로 부임했다.

관직도 없던 그가 당시 재상을 맞섰던 패기. 그리고 그는 공정함과 청렴함을 내보이기 위해, 고생을 마다 않고 고집스럽게 이 저택에 살았다.

하지만 그 후 몇 년 동안 허종웨이는 항상 마음속에 그늘이 드리워져 있었다. 그 그늘은 그의 머리 위에도 떠돌아다녔으며, 그의 인생의 빛을 항상 가리고 있었다.

판시엔.

허종웨이가 도찰원 어사였을 때, 그는 감사원 제사.

허종웨이가 대학사로 부임했을 때, 그는 양손에 감사원과 내고를 가졌고, 서만족과 동이성을 거머쥐었다.

허종웨이는 인재(人才), 상대는 시선(詩仙).

허종웨이는 태학 학사, 상대는 담박 공작.

허종웨이는 가난한 집안의 아들, 판시엔은 황실의 자손.

판시엔은 언제 어디서나 그의 목을 졸랐고, 이제는 숨도 제대로 못 쉴 지경이었다. 그는 초라한 정원에 자라지도 않은 풀들을 보며 한숨을 내쉬었다.

'아무리 노력해도 그놈을 능가할 수는 없는 것인가.'

그는 자신의 능력과 의지에 대해 강한 확신을 가지고 있었지만 현실적인 벽을 절실히 느끼고 있었다. 그는 방금 전 태감이 전하고 간 황제의 전언을 들으며 마음이 더욱 어두워졌다.

'운명은 진정으로 정해져 있는 것인가.'

하지만 그는 포기할 수 없었다. 그것은 명성과 권력의 문제를 이미 넘어가 있었다. 생존의 문제. 그는 황제가 죽은 후 목숨을 부지하기 위해서라도, 황제가 죽기 전에 판시엔을 먼저 죽여야 했다. 그는 황제가 성지를 내려 뤄뤄와 혼인을 시키며 그와 판시엔의 관계를 풀어보려 했지만 그 마저 판시엔이 거절했을 때, 이제는 더 이상 다른 길이 없다는 것을 알게 되었다.

황제는 화가 났지만, 그는 두려움을 느꼈다.

황제는 판시엔의 아버지였지만 판시엔에 대한 이해는 허종웨이만큼 깊지 않았다. 무릇, 어떤 사람에 대해 가장 잘 이해하는 사람은 친지나 친구가 아닌, 그 사람의 적이다.

허종웨이는 황제처럼 판시엔을 충성하는 신하, 고독한 신하 또는 경국의 이익을 우선시하는 신하라고 보지 않았다. 그가 보기에 판시엔은 자신의 이익과 주위 사람들을 가장 우선시하는 인간 그 이상 그 이하도 아니었다.

그리고 허종웨이의 판시엔에 대한 판단은, 정확했다.

허종웨이의 눈에 원망의 기색은 없었지만, 눈빛은 차갑고 냉정했다. 그는 조잡하고 어지러운 정원을 돌아 서재로 향했는데, 그의 서재는 단출했지만, 양쪽 책장의 책은 어느 집 서재보다 많이 꽂혀 있었다. 그는 책장으로 가서 잠시 생각에 잠겼다가, 작은 책 하나를 꺼낸 후 책상에 앉아 진지하게 읽기 시작했다.

대동산 사건에서 순국한 사람들의 명단. 허종웨이는 이 조용한 서재에서 이 책을 몇 번이나 읽었는지 모른다. 3장과 42장의 구겨짐이 가장 심한 것으로 보아, 두 장(章)을 가장 많이 읽었다는 것만 알 수 있었다.

하나는 황실 비밀 호위 가오다, 하나는 감사원 관원 왕치니엔.

'죽었을 리 없어.'

역시 허종웨이의 판시엔에 대한 판단은, 정확했다.

'이 둘이 죽었는데, 판시엔이 이렇게 가만히 있을 리가 없어…….'

그는 이 둘을 찾기 위해 판시엔의 일거수일투족을 몰래 지켜본 적도 있었고, 감사원 관원과 건물을 감시한 적도 있었다. 그리고 그들의 무덤에 가는 판시엔을 미행한 적도 있었다.

하지만 판시엔은 침착하게 종이 은표만 태울 뿐.

'침착해도 너무 침착했어…….'

더 수상한 것은 왕치니엔의 부인과 딸은 집을 고향으로 옮겼지만, 허종웨이가 사람을 보내 조사한 결과 아무도 그 집과 그들의 행방을 모르고 있다는 것이었다. 왕치니엔이 죽었는데, 그 가족들을 유랑시킬 판시엔이 아니었다.

'근데 왜 두 사람의 시체가 대동산에 있었다고 되어 있지? 감사원은 왜 이 사실을 은폐하고 있지? 설마 그 상황에서 둘이 도망을 쳤나? 폐하께서 죽을지도 모르는 그 상황에서 도망을? 왕치니엔은 그렇다 하더라도, 가오다는 폐하를 마지막까지 지켜야 하는 호위 아닌가?'

허종웨이의 눈빛이 번뜩였다.

'이 둘을 찾을 수 있으면, 판시엔을 막다른 길에 몰 수 있을 텐데……둘이 그 자리에서 죽지 않고 도망갔다? 판시엔의 심복, 심복 중에서도 심복 둘이 폐하를 지키지 않고 도망갔다? 이 둘을 찾을 수

만 있다면……!'

이때 조용한 서재로 두 사람이 들어와 공손히 예를 올렸다. 삼십 대 중반 정도로 보이는 한 사람은 이목구비가 허종웨이와 비슷해 보였으며, 다른 한 사람은 반백의 머리를 하고 선비처럼 옷을 입어 모사처럼 보였다.

"왕치니엔, 가오다. 1년이나 넘게 조사했는데, 어떠한 단서도 찾을 수 없다니."

허종웨이는 그들을 보며 다소 직설적으로 말했다. 사실 허종웨이와 닮은 이는 그의 먼 친척 형이었는데, 관직은 높지 않았지만 조정에서 허종웨이 세력의 우두머리격이었다. 그가 쉰 목소리로 말을 했다.

"어렴풋이 몇 개의 단서를 찾기는 했는데, 그럴 때마다 감사원의 일처리가 너무 치밀해서 더 파고들어갈 수가 없었습니다."

허종웨이는 미간을 찌푸리며 고개를 끄덕였다.

'천 원장이 한 것인지, 판시엔이 한 것인지…….'

모사처럼 보이는 이가 입을 열었다.

"대인, 그 부분은 근본적으로 이상한 점을 발견하기 힘들 것 같습니다. 예부와 감사원 그리고 황실에서 비교 대조한 순국자 명단이 동일했고, 대동산 사건 당시 숲에서 불이 났었기 때문에 시체들이 많이 훼손되기도……어쨌든 지금 와서 그들을 찾아내지 않는 한, 어찌할 도리가 없습니다."

허종웨이는 냉소를 지으며 다소 확신에 찬 목소리로 말했다.

"징두 모반 사건 때 수천 명이 죽었으니, 시체 몇 개를 위장하는 건 일도 아니었을 터."

"하지만 이미 3년이나 지난 일이라, 설령 그들의 무덤을 파헤친다 해도……."

허종웨이는 고개를 돌려 사촌 형에게 말했다.

"먼저 가 보세요. 그리고 조정의 체면에 관련된 문제는, 최대한 조심해서 처리해 주시구요."

그가 나가자 허종웨이는 더욱 목소리를 낮추어 앞에 있는 모사에게 말했다.

"만약 살아있는 왕치니엔과 가오다를 잡는다면, 조정은 어떤 반응을 보이겠나?"

"판 대인이 이 둘을 최대한 보호할 텐데, 최근 많이 부드러워지신 폐하를 고려했을 때, 설령 잡아오더라도, 폐하께서 판 대인의 면을 생각해 적당히 무마시키실 수도."

"자네 말은……설령 그들이 군주를 기만하는 죄를 지었더라도, 폐하께서 그들을 순순히 놓아주신다고?"

"관건은 판 대인이 그 둘을 보호하기 위해 어떤 대가를 치를 것이냐는 겁니다. 천하가 다 알지만, 판 대인은 자신의 심복과 수하들을 위해 모든 대가를 치르려고 할 텐데, 그렇게 되어 버리면 폐하께서도 다른 방법이 없으실 것 같습니다. 그렇다고 폐하께서……아들인 판 대인을 죽이실까요?"

"아들? 태자와 2황자는 폐하의 아들이 아니었나?"

"그렇긴 하지만, 그 둘을 폐하께서 직접 죽이시진 않으셨으니……판 대인은 기껏해야 동이성으로 보내지 않으실까 생각됩니다. 물론, 그 과정에서 폐하의 마음에 어떤 독 같은 것은 심을 수 있겠지요."

"판우지우, 자네는 2황자의 심복 여덟 중 하나였으니, 2황자의 복수를 위해 나에게 협조를 하는 거겠지. 시작은 다르지만 우리 둘의 목표는 같아. 그러니 잘 기억할 필요가 있어. 판시엔이 죽지 않으면, 우리가 죽는 거야. 그러니 2황자의 복수를 위해서는, 폐하의 마음에

독 같은 것을 심는 정도로 끝나면 안 되는 거야."

판우지우! 2황자의 심복 중 유일하게 삼아 남은 그가 허종웨이의 모사가 되어 있었던 것이다. 허종웨이는 그를 보며 말을 이었다.

"폐하께서 반드시 왕치니엔과 가오다를 죽이도록 만들어야 해. 그렇게 된다면, 판시엔이 어떻게 미쳐 날뛸지 너무 궁금하군."

"그래도 폐하께 보고하실 때 조심하는 것이 좋습니다. 아직 확실한 증거가 없는 추측일 뿐이니. 이 사실을 폐하께 보고하면, 폐하께서 당연히 판시엔을 의심하시겠지만, 동시에 대인도 의심하실 겁니다. 혹시 대인이 일부러 폐하와 판시엔의 부자(父子)관계를 해치려고 하는 것은 아닌가 하고 말입니다. 대인의 지금 위치가 생전에 2황자 전하의 위치와 비슷한데, 그러니 더욱 조심하시는 게 좋습니다."

# 제12장

## 배웅

4월, 징두의 어느 청명한 날.

판시엔은 편안한 옷차림을 하고 성문 밖으로 말을 타고 나와 자신을 기다리고 있는 검은색 마차에 올랐다. 하지만 그 마차에는 이미 다른 사람이 한 명 앉아 있었다.

"동이성 제후국 쪽에서 한번은 소동이 날 텐데, 제가 가서 안 도와드려도 돼요?"

"그래서 이번에 흑기병을 데리고 갈 거야. 넌 여기에 남아 천 원장이 고향으로 내려가는 길을 나 대신 지켜봐 줘. 그리고 허종웨이 그놈도 좀 지켜보고."

"대인이 이번에 허종웨이 위세를 확 눌러버렸는데, 당분간 무슨 일이 있을까요?"

"그를 얕보면 안 돼. 어쨌든 폐하께서 총애를 거두시지 않는 한, 그가 무너지진 않을 테니. 하지만 좀 전에 보고 받은 내용은 좀 의외이긴 하네."

"판우지우가 허씨 저택에 있는 것은 확실해요. 제가 두 번이나 다시 확인했어요. 만약에 대인이 정말 허종웨이를 없애 버리고 싶으시면, 폐하께 한마디만 하면 될 것 같아요."

"판우지우의 선택이 참 의외네. 당시 징두에서 도망갔다 들었는데, 그것만 봐도 죽기 싫어하는 인간 아니었나? 그런데 어디서 용기를 얻었길래 2황자가 죽고 다시 징두로 돌아와 나에게 복수를 하려는 거지? 어쨌든 이번 행동은, 내가 높이 사주지. 하지만 지금은 그가 어떻게 나오든 아무것도 하지 마. 쳔 원장이 고향으로 무사히 내려가기 전까지는 아무것도 하지 말라는 거야. 난 그 일에 어떠한 변수가 생기는 것도 원하지 않으니까."

"그건 문제가 없을 겁니다. 전 그보다 최근 들어 허종웨이가 뭔가 급해 보이는데……도대체 무슨 일을 꾸미는지 알 수가 없어서……."

"너무 급히 서두르진 말고……모반을 일으킨 황자의 심복이, 조정의 대신과 결탁했다. 참나. 판우지우 이 인간 관련한 것은 허종웨이를 무너지게 하기에 좋은 명분이지만, 일단은 손 안에 가지고만 있다가, 나중에 허종웨이가 정말 큰일을 벌이려 할 때 패를 꺼내자고."

"허 대인이 이번에 엄청난 실수를 저질렀네요."

"왠지 알아? 그는 폐하를 이해하고 있다, 감사원의 능력을 알고 있다 생각해. 하지만 실상은? 그는 아무것도 이해하지 못하는 병신일 뿐이야."

징두에서 십 리를 벗어난 곳에서 옌빙윈은 내렸고, 판시엔은 그의 뒷모습을 보며 만족스런 미소를 지었다.

'허종웨이는 이제 무너질 일만 남았고, 쳔 원장이 고향으로 무사히 돌아가기만 하면, 징두는 신경 쓸 게 없겠어.'

'다그닥다그닥.'

그때, 무펑알이 말을 타고 달려와 마차 옆에 서더니, 다소 이해가 안된다는 듯한 표정을 하고 방금 받은 서신 하나를 판시엔에게 건네었다.

'이렇게까지 이곳에서 보낸 서신을 유달리 조심히 다루시는 건 왜일까? 징두에서 편안히 받아 보셔도 되는 서신을 굳이 성 밖에서 전달해 달라니. 그리고 어장? 생선의 창자? 이곳은 도대체 어느 지방이지?'

"어장(魚腸, 직역하면 생선의 창자. 비유적으로 아주 작은 비수를 뜻함. 춘추 전국 시절 오나라 왕 료를 암살할 때 사용하던 비수로, 비수에 지느러미 같은 무늬가 있고, 물고기의 배 속에 비수를 숨겨 들어가 암살을 했다고 함)에서 답신을 보내왔습니다."

판시엔은 무펑알의 얼굴을 보며 웃었지만 아무런 해명도 없이 서신을 받아 들고 자세히 읽었다. 편지의 내용은 평범했지만, 사실은 암호 같은 것으로 서신을 쓴 사람과 판시엔만 진정한 의미를 알 수 있었다. 판시엔은 서신을 다 읽고 진기를 이용해 종이를 하얀 눈처럼 갈기갈기 찢어버린 후 은은한 미소를 지으며 웃고 있었다.

"대인, 이제 동이성으로 출발할까요?"

"아니. 너희들은 동이성으로 먼저 가. 동이성 성문 밖에서 다시 만나자고."

"쳔 원장 대인이 대인 호위를 잘 하고, 단독 행동을 하게 하지 말라 명했습니다."

"쳔 '원장'? 지금 감사원 원장은 나 아닌가?"

판시엔은 이 말과 함께 마차에서 내렸고, 곧바로 길 옆의 숲속으로 사라져버렸다.

징두의 남쪽은 웨이저우였고, 그곳은 강남으로 가기 위해서는 꼭 거쳐야 하는 지방이었다. 그래서 이곳은 징두의 존귀함과 강남의 부유함이 섞여 있었고, 성의 규모는 크지 않았지만 매우 번화한 곳이었다.

번화한 곳에는 모두 기생집과 도박장이 있고, 이곳에서 가장 큰 기방은 당연히 포월루였고, 포월루에서 얼마 떨어지지 않은 곳에 웨이저우에서 가장 규모가 큰, 가장 현금이 많이 도는 도박장이 있었다.

천금각(千金閣).

상인으로 분장한 판시엔은 도박장의 현판을 보고 웃으며 그곳으로 발을 디뎠다.

'이름이 너무 직접적인 거 아니야?'

천금각 안에는 이른 시간이었지만 이미 사람들로 북적거리고 있었고, 술과 향 냄새가 섞인 고약한 냄새가 곳곳에 배어있어 판시엔은 저도 모르게 코를 막았다. 그리고 익숙한 발걸음으로 2층으로 향했다. 2층은 소위 말해 '큰손'들이 도박하는 곳이었는데, 판시엔이 올라가자 덩치가 좋은 장정 하나가 그를 막아 세웠다.

"선생, 1층에서 고귀한 취미를 즐기시는 게 어떠실까요?"

판시엔은 어떤 놈이 천하의 자기를 막아서나 생각하며 순간 화가 났지만, 이내 자신의 옷차림이 떠올라 그저 웃으며 온화하게 말했다.

"친구를 찾는데."

"선생 친구의 성을 알 수 있을까요? 급한 일이시라면, 제가 대신 전해드리겠습니다."

“내 친구의 성은 ‘관’이야.”

장정은 의아한 얼굴로 입구에 있는 방으로 판시엔을 안내했고, 이내 방문을 나가 소식을 전하러 갔다. 그리고 얼마 지나지 않아 문 밖에서 다급한 발소리가 들려왔다.

“이분이 그분입니다.”

장정이 ‘모셔온’ 여자는 재빨리 문을 닫으며 말했다.

“나가. 그리고 어떻게 해야하는지 알지?”

그는 천금각의 주인이 왜 이렇게까지 이 사람을 대우하는지, 왜 2층의 모든 큰손들을 내보내라 하는지 몰랐지만, 재빨리 ‘네’ 라고 대답하며 나갔다. 그가 나가자 주인은 공손히 엎드리며 예를 올렸다. 그녀는 팔이 하나 없어 절을 하는 모양이 조금은 우스꽝스러웠지만, 최대한 존경심을 담아 절을 했다.

“관우메이, 제사 대인을 뵙습니다.”

“됐어, 그 팔로 무슨 절을……빨리 일어나. 그리고 지금부터는 원장 대인으로 불러줘.”

“대인께서 벌써 원장……!”

“축하는 다음에 하고, 일단 샤치페이 포함해서 링난 숑씨, 순씨 등 강남에서 이름 좀 나 있다는 상인들에게 돈 좀 더 내라고 전달해. 급하다고. 그리고 난 웨이저우에서 하룻밤 묵을 거지만, 그들이 내는 돈들은 네가 나 대신 잘 받아서 전달해 줘.”

“네.”

“고마워. 그럼 나가봐. 난 차 한잔 마시고 알아서 나갈게.”

관우메이가 나가자, 어디서 나타났는지 조용하던 방의 한구석에서 검은 옷을 입은 이가 나타났다. 현재 그림자는 요양을 하고 있었기에 그일 리는 없었고, 그자는 검 대신 등에 매우 큰 칼을 메고 있었다.

판시엔은 조금도 당황하지 않고 천천히 찻잔을 놓으며 말했다.

"갑자기 왜 이렇게 많은 돈이 필요하다는 거지?"

"건설이 후기에 접어들어, 돈이 많이 필요해졌다……이게 상서 대인의 말씀이었습니다."

판시엔은 바로 말을 하지 못했는데, 비록 몇 번 만나지는 않았지만 앞에 있는 사람을 볼 때마다 어떤 사람이 생각나 가슴 한구석이 아려 왔기 때문이다.

가오다. 대동산에서 죽은 가오다.

"이 세상에서 살아남은 황실 비밀 호위가 몇 명이나 되지?"

"대동산에 가지 않고 상서 대인 곁을 지켰던 스물한 명입니다. 도련님, 후에 만약 황실과 대적할 일이 생기시면, 저를 꼭 잊지 말아주십시오."

"궁금한 게 있는데, 넌 가족들을 위해 복수를 하고 싶은 거야, 아니면 대동산에서 죽은 동료들의 복수를 하고 싶은 거야?"

"차이가 있습니까?"

"하기야 차이가 없네. 하지만 네가 내 앞에서 그렇게 직접적으로 말하는 건……내가 널 죽일 거라 생각하지는 않아? 황제 폐하와 나의 관계를 모르는 건 아니지?"

"제가 확실히 아는 건, 상서 대인과 도련님의 관계입니다."

"모순이야, 모순. 너희들 호위는 대단한 능력자들이지만, 또 위험한 인물들이란 말이야. 내가 너희를 완전히 통제할 수도 없고……명심해. 너희들은 부친 옆에 붙어있어야 해. 조정의 정사에 관여해서 나와 엮이지 말라는 말이야, 알겠어?"

검은 옷을 입은 호위의 눈빛에 실망의 기색이 스쳐갔다. 그리고 침묵했다. 판시엔도 그 주제에 대해 더 말은 하지 않고 화제를 돌렸다.

"그럼 돌아가서 이 말을 전해. 돈 문제는 내가 최대한 빨리 해결하겠다고. 하지만 내 주위에 분명 황실의 밀정들이 있을 텐데 그들의 눈을 피해 어장에 양분을 공급하기가 쉽지는 않아. 너도 최대한 조심하고."

"네, 알겠습니다. 마지막으로 한 가지만 여쭤봐도 될까요?"

"뭐?"

"왜 '그곳' 이름을 어장이라 부르나요."

"어장은 작은 비수를 뜻해. 자세한 건 알 거 없고, 징거가 어장이고, 그림자도 어장이고, 너도 어장, 그곳도 어장인 거지. 물론 너와 그곳의 어장은 아직까지 꺼내지 않은 것일 뿐."

웨이저우에서 하룻밤 묵은 판시엔은 사라져 버렸다. 심지어 그의 가장 가까운 심복인 왕치니엔 조직원들도 그의 행적을 알지도, 흔적을 찾지도 못했다.

며칠이나 지났을까, 내륙에 봄기운이 만연해졌을 때, 세상 고생은 다 한 듯 보이는 사람의 그림자 하나가, 북제와 동이성 경계 지역 큰 산으로 둘러싸인 평지에 나타났다. 그곳은 너무 외진 곳이어서 교통도 낙후되어 있었고, 심지어 몇 년 전까지 방치된 폐허 같은 땅이었기에, 이미 지도상에서도, 사람들의 마음속에서도 사라진 곳이었다.

그곳에 조그마한 마을이 있었지만, 지금은 이미 깊은 밤이라 몇 안 되는 농부들도 이미 집으로 돌아가 가끔씩 개 짖는 소리와 닭이 우는 소리만 들릴 뿐이었다. 그 그림자는 마을을 지나 큰 산에 둘러져 있는 구불구불한 길을 타고 산 위로 올라갔는데, 멀리서 보면 그 길이 마치 생선의 창자처럼 보이기도 했다.

산 중턱쯤 올랐을까. 그는 앞에 있는 황폐한 농촌을 물끄러미 바라보다 미련 없이 고개를 돌려 산 뒤쪽의 계곡으로 시선을 옮겼다.

산 하나의 경계일 뿐인데, 그 뒤쪽 계곡에는 황폐한 농촌과는 대비되게, 무슨 용도인지 알 수 없는 신식 건축물 여러 개가 세워져 있었다. 그곳에도 사람이 많아 보이지는 않았지만, 몇 개의 건물에는 등불도 켜져 있었다.

산을 오르던 사람은 그 건축물들을 보며 눈가가 촉촉히 젖었는데, 이곳에 얼마나 많은 경국의 돈들이 쏟아 부어졌으며, 얼마나 많은 사람들이 열심히 노력해서 만든 결과물인지를 알고 있었기 때문이다.

경력 10년의 어느 따뜻한 봄날.

판시엔은 처음으로 십가촌(十家村)에 왔다. 십가 마을이지만, 실제로 이곳에 있는 농가는 열 집이 채 안되었다. 그리고 이곳의 농부들도 진짜 농부는 아니었다. 그들은 산 뒤쪽의 비밀을 지켜내는, 어장(魚腸)이라 불리우는 곳을 지키는 비밀 호위들이었다.

판시엔이 비밀 호위들의 눈을 피할 수 있었던 이유는?

그가 이곳의 방어 설계를 너무 잘 알고 있었기 때문이다. 그는 산 사이의 작은 길을 따라 그곳으로 향했는데, 그곳에 다가갈수록 나타나는 건축물의 모양을 보고 감탄하고 있었다.

'설령 어떤 이가 우연히 이곳에 들어와도, 어느 부유한 상인 집안이나 권세가의 비밀 장원 정도라고 생각할 것 같은데? 어쩜 이렇게 위장을 잘 했지?'

순간, 판시엔의 발걸음이 멈추었다.

그의 그림자가 달빛에 드러나자, 어디서 나타났는지 십여 개의 화살이 동시에 그를 겨냥했기 때문이다. 그는 고개를 숙이고 옷 뒤에 달려있는 모자를 덮어쓰며 얼굴을 숨겼다. 그리고 요패를 꺼내 자신을 향해 있는 화살 방향으로 높이 들어 올렸다. 그러자 가난한 농민처럼 보이는 사람 하나가 그에게 다가왔고, 한참 동안 자세히 요패를 살피더니, 뒤를 돌아 손을 '휘휘' 저어 화살들을 물렸다.

농민은 말없이 길을 안내했고, 한참 걸은 뒤 옆에 아무도 없다는 것을 확인하자, 무릎을 꿇으며 감격한 말투로 입을 열었다.

"제사 대인을 뵙습니다."

농민은 왕치니엔이 처음에 직접 선발한 조직원 중 하나였고, 왕치니엔뿐 아니라 판시엔도 가장 신뢰하는 사람 중 하나였다.

"고생이 많아. 내가 여기 왔다는 사실을 다른 이들에게는 일단 말하지 말고, 우선 날 지배인 늙은이에게 안내해 줘."

"네. 마침 어르신도 오셨는데."

"뭐라고? 언제 오셨는데?"

"8일 전에."

"그럼 뭐하고 있어, 날 빨리 거기로 데려다 줘!"

두 사람은 재빨리 장원 안쪽에 있는 작은 저택으로 향했고, 저택 안의 방 하나에는 그렇게 밝지 않은 등이 켜져 있었다. 판시엔은 저택의 계단에서 심복을 돌려보낸 후, 천천히 저택으로 걸어 들어가 책장 뒤편 책상에 엄숙한 얼굴로 앉아 있는 중년의 남성을 보고, 두 무릎을 꿇고 큰 절을 올리며 존경의 의미를 담아 말했다.

"아들, 아버지를 뵙습니다."

판지엔! 어르신은, 판지엔이었다.

판지엔은 큰절을 하는 아들을 보며 조금은 놀랐지만, 이내 온화한 미소와 함께 그를 부축해 일으켜 세웠다.

'이놈이 왜 갑자기 무릎을 꿇고 큰절을? 드디어 철이 든 건가?'

"아버지, 무슨 일로 여기를 직접 오셨어요?"

"원래 딴저우에 있으며 이곳을 지시 감독했는데, 이미 십가촌의 준비 단계는 끝났단다. 만약에 네가 정말로 이곳을 제2의 내고로 만들려 한다면, 내가 이곳에 직접 와서 보지 않고서는 어떻게 안심을 하겠느냐."

제2의 내고? 제2의 내고!

내고란 무엇인가? 천하 제일의 경국 군대를 있게 한 기초이며, 경국 황제가 민생을 보살피는데 도움을 주는 마르지 않는 샘물. 전혀 과장하지 않고, 경국의 강대함의 원천이 무엇이냐 물으면, 하나는 지금 경국 황제이고 다른 하나는 내고였다.

판시엔은 경국 영토 밖에, 제2의 내고를 만들고 있는 것이다!

이 일의 시작은 판시엔이 징두 모반 당시 경여당에 불을 지르며 지배인들을 빼내기 시작할 때부터, 아니 그 이전에 경국 내고에 경여당 지배인들을 심으며 내고 기술을 빼낼 때부터였다. 하지만 어쩌면 어머니가 남겨준 내고를 다시 찾아와야겠다고 생각한 그때부터 일수도.

판시엔은 도대체 무슨 생각인 것인가.

"아버지가 딴저우를 오래 떠나 있으면, 사람들의 주목을 끌까 걱정돼요."

"너의 감사원이 손을 썼고, 내 사람들도 한번 더 손을 써 놨다. 난 공식적으로는 동이성에 놀러간 것으로 되어 있으니 문제없을 것이다. 원래 애비가 호부에 들어가기 전에는 징두의 유명한 방탕아였으니, 동이성에 가서 미인들 좀 구경한다고 폐하께서 화내시기야 하겠느냐."

"그래도 조심하시는 게……."

"걱정 마라. 가끔씩 와서 공사 진척 정도만 확인하는 거야."

그런데 전임 호부 상서 판지엔이 어떻게 내고를 지을 수 있는 것인가? 사실 이 부분에 대해서는 호부 상서가 징두를 떠나기 전날 밤, 판시엔과 밤새도록 논의하였었다.

"내고를 하나 더 만드는 것은 네 생각보다 어려운 일이야. 그리고 경국의 근간을 흔들고, 천하의 세력 판도를 바꿀 수도 있는 흉악한 일이기도 하고. 아비도 필경 경국인이니, 너의 이런 일을 찬성할 수는 없구나. 다만, 네가 날 설득할 수 있다면, 내가 그것을 도와줄 수는 있지."

사실 판시엔이 제2의 내고를 만들려고 한 목적이 황제와 척을 진다거나 경국에 해를 입히기 위함은 아니었다. 하지만 그는 최소한 무의식적으로, 자신이 경국의 근본부터 장악하기를 원하고는 있었다.

그가 판지엔을 설득한 명분은 단 두 개였다.

"이 기술과 공장들은 어머니가 세상에 남겨준 것이에요. 만약에 어머니가 살아있었다면, 이런 것들이 황제 폐하의 야심을 채우는 데 쓰이는 것을 원하지 않으셨을 거예요."

"하지만 네 어미도 천하통일을 원했단다."

"전 천하통일 같은 것은 모르지만, 그래도 여자들의 마음은 이해하는 편이에요. 어머니가 살아있었다면, 그녀가 만든 모든 부(富)를, 자기를 죽인 남자의 손에 남겨 주고 싶어하지 않았을 거라 확신해요."

그날 밤 판 상서는 아주 오랫동안 침묵하다, 천천히 고개를 끄덕였다.

이 끄덕임 후 벌써 2년이 지났다. 그리고 대륙에서 가장 많은 돈을 움직이던 두 부자(父子)가 경천동지할 일을 은밀하게 진행하고 있었다. 사실 이 일은 다소 황당하고 어처구니없는 일이었기에, 두 사람이 이런 짓을 하리라고 누구도 감히 생각하지 못하였다.

그렇게 2년여 동안 이 작은 마을은 어린 양처럼, 산에 있는 푸른 새싹처럼 천천히 성장하고 있었다. 하지만 다 성장한 후, 양치기가 그 양들을 세상에 놓아줄지 모를 일이었다.

"경여당의 지배인들은 당시 내고 건설에 참여한 적이 있었으니, 이번에는 별 문제없이 진행되고 있단다."

"그래도 제 생각보다 진척 속도가 빠르네요."

"처음 내고를 지을 때……네 어미는 사실 조급한 성격에 세세한 것들을 처리하기는 싫어했고, 우 대인은 1년에 한번이나 입을 열까 말까 한 인간이었으니, 내가 관련된 일을 다 처리했었지."

'아 이게 아버지의 진정한 실력이었구나……폐하께서도 쉽게 건드리지 못했던 진정한 이유였구만.'

"그리고 십가촌의 위치가 매우 좋지."

판지엔이 이 말과 함께 시선을 지도로 옮기자 판시엔의 시선도 그곳으로 향했다. 확실히 이곳에서 동해바다 쪽으로 길을 내기만 하면, 대량의 화물이 이동하는데 매우 좋은 위치였다. 판지엔은 미소를 지으며 설명하듯 말을 이었다.

"폐하께서 이곳을 공격한다 해도, 사실 북제와 동이성 양쪽으로 지원병을 요청할 수 있는 위치라, 쉽지 않으실 거야. 십가촌은 원래 예씨 가문 마을 즉 예가촌이었단다. 당시 네 어미 수하들의 절반 정도는 이곳 출신이었지. 하지만 이 비밀을 숨기기 위해 공식적으로는 십가촌이라고 부른 것뿐이야. 그리고 네 어미는 내고를 원래 이곳에 지으려고 계획했었지. 그러다 다른 이유 때문에 경국의 내륙에, 취엔저우 근처 민북 지방에 짓기로 변경한 것이고. 내가 너의 계획을 들었을 때 위치를 이곳으로 정한 것은, 사실 내 생각이 아니라 네 어미의 안목을 믿었기 때문이란다. 이곳은 당시 네 어미, 우 대인 그리고 나 이렇게 세 사람만 알고 있었지. 지형상 방어가 쉽고, 제일 중요한 것은 천하의 3대 세력이라 할 수 있는 경국, 북제, 동이성 모두 견제할 수 있는 절묘한 위치였기 때문이야."

"저희가 아무리 조심한다 해도……폐하의 눈을 완전히 속일 수는 없겠죠?"

"그것보다, 네 어미도 없는 상황에서 십가촌을 제2의 내고로 만드는 일은, 우리가 아무리 많은 자원을 가지고 있다 해도 쉬운 일은 아니란다. 너도 이점은 잘 알고 있을 텐데, 그럼에도 네가 이 일을 진행한 것은, 결국 이것을 가지고 폐하를 위협하거나 협상할 패를 가지 위함이 아니었느냐?"

"아무리 아직은 간판뿐인 곳이지만, 그래도 최대한 진짜처럼 만들어야 해요. 그리고 몇 년 후에 어떻게 될지는 아직 아무도 모르는 것 아닌가요? 폐하도 신은 아니니까, 그분도 언젠가는 돌아가실 것이고."

판지엔은 다소 걱정스러운 표정으로 말했다.

"너의 그 생각이 내가 좀 의아한 것인데……넌 폐하께서 정말로 쳔핑핑에게 손을 쓸 거라고 생각하는 것이냐?"

"사실 저도 잘 모르겠어요."

"그럼, 만약 폐하께서 진짜 쳔핑핑에게 손을 쓰신다면?"

판시엔은 아버지의 이 질문에는 대답을 하지 않았다. 하지만 마음속에는 확고한 하나의 생각이 있었다.

'내고는 나처럼 원래 이 세상에 나타나면 안 되는 것이었다. 그럼에도 만들어진 이유가 있다면, 그것은 천하의 백성들을 이롭게 하는데 쓰여져야지, 백성들을 죽이는 천만 군대의 자양분으로 쓰이면 안 되는 것이다.'

사실 이 생각은, 판시엔의 생각은 아니었고, 어머니 예칭메이가 이렇게 생각했을 거라 그가 추측한 것이다. 하지만 추측을 넘어, 확신하고 있었다. 그는 어머니를 생각하자, 그녀가 남긴 유산이, 그녀를 죽인 사람이 천하를 통일하는데 쓰이고 있다는 것을 알면, 그녀가 매우 고통스러워할 것이라 확신했다. 그리고 그 고통이 판시엔에게도 전해지는 것 같았고, 판시엔은 그녀가 너무 가련하게 느껴지기 시작했다.

'만약에 생각대로 안된다면? 그때 없애 버리면 되지.'

판지엔은 아들이 대답을 하지 않자 화제를 바꿔 물었다.

"쳔핑핑에 대해선 더 묻지 않으마. 허나, 이미 넌 오래전 발생한 사건의 전말을 알고 있는 듯한데……넌 어떻게 할 생각이냐?"

"아버지는 언제 그 사건의 전말을 아셨어요?"

"나도 징두 모반 사건이 일어난 후에야 알게 되었다. 이전에도 추측은 했지만, 사실 그렇다고 믿고 싶지 않았지……어쨌든 폐하는 폐하고, 난 폐하의 신하였으니."

"사실 전 그런 생각을 한 지 오래되었어요. 이상하게 전 처음부터 폐하에게 좋은 감정이 들지 않았거든요. 그런데 문제는……."

판시엔은 한숨을 한번 쉬고 다시 말했다.

"폐하께서 저에게 갈수록 잘해 주시고 있다는 거예요. 그분이 그 일을 저질렀다는 것은 더욱 분명해지고 있죠. 이유는 간단해요. 천하에서 예칭메이를 없앨 수 있는 사람은, 지금의 경국 황제 한 명뿐이잖아요."

판시엔은 또 한번 한숨을 쉬었다.

"하지만 저도 더 깊이 들어가고 싶지는 않은데……그래서 아들이 길을 잃었답니다. 아버지가 제일 잘 아시지만, 전 누가 절 통제하는 것도 싫어하고, 의지력도 강한데……이번 일에서는 길을 잃어버렸어요."

"너의 마음에 물어볼 수밖에……네가 폐하를 어떻게 생각하는지 스스로에게 물어 봐야지."

"그건 폐하께서 저에게 어떻게 하시는지에 달려 있지요."

판시엔은 한치의 망설임도 없이 대답했다. 무수한 밤에, 무수히 자신에게 물어봤던 질문이기 때문이다.

"그럼 폐하께서 널 어떻게 대해주길 원하는데? 네가 나의 입장에 대해 생각할 필요는 전혀 없겠지만, 난 그와 어렸을 때부터 같이 자라서 그런지, 비록 내가 그에게 많이 실망도 하고 그를 원망도 했지만, 솔직히 말해 그에게 복수하고 싶은 마음까지는 들지 않는단다."

판시엔은 이 말에 어쩔 수 없다는 듯한 미소를 지었고, 이내 깊은 사색에 빠져들었다.

'황제 늙은이가 나에게 가지는 감정? 입장? 음……삼 할은 자책감, 삼 할은 신뢰? 중시? 나머지 사 할은 이용하려 하는 마음……하지만 그도 징두 모반 사건에서 많은 사람이 죽은 후 성격도 많이 바뀌고, 특히 나에게 갈수록 의존하고 잘해주고 있지. 당시 태자보다, 2황자 보다, 어쩌면 당시의 '그녀'보다 더…….'

판지엔은 고민하는 아들의 모습을 보고는 긴 수염을 쓸어내리며 탄식을 한 후 말을 이었다.

"강산은 쉽게 변해도, 본성은 쉽게 변하지 않는다 했다. 폐하께서 많이 부드러워졌다고는 하지만, 그는 여전히 한 시대의 명군으로 기록되길 원하고 있지. 그리고 넌 폐하께서 널 어떻게 대하느냐를 본다지만, 그건 네가 폐하께 어떻게 하느냐에 달려 있지 않겠느냐? 폐하께서는 지금 최소한 너의 충심을 믿으니 너에게 잘해 주시는 거지. 하지만 만약에 너의 충심을 의심하기 시작하신다면? 너에 대한 태도는 근본적으로 변할 것이다."

판시엔은 아버지의 말이 맞다는 것을 알았지만, 저도 모르게 쓴웃음이 나왔다.

"그건 참 누구에게도 난제겠지요?"

"사실 천핑핑과 그 일을 확인한 후, 우리 둘 다 너에 대해 고민했었지. 하지만 당시 우리들은 그렇게 난제라고 생각하지 않았단다."

'이건 무슨 말이지?'

"안쯔야, 넌 네 생모를 보지도 못했고, 어렸을 때부터 폐하의 보호

아래 자랐지. 그리고 폐하께서는 너에게 매우 잘해 주시고……그러니 넌 예씨에게 그렇게 깊은 감정이 없고, 폐하에게 더 정이 있다고 말할 수도 있단다. 그러니 우리들은 네가 생모를 위해 폐하에게 복수를 할 이유가 없을 거라 생각했지."

판지엔은 고개를 저으며 말을 이었다.

"그런데 네가 그것을 고민하다니……어떨 때에는 정말 너의 생각을 모르겠다."

판지엔은 판시엔과 예칭메이 사이 '친밀감'의 원인을 근본적으로 이해할 수 없었다. 판시엔은 예칭메이가 이 세상에 남긴 모든 것에서 그녀의 숨결을 느낄 수 있었고, 그와 상통하는 영혼을 감지할 수 있었다. 판시엔에게 예칭메이는 어머니라기보다, 자신의 길을 먼저 걸어간 사람 또는 먼저 왔다가 먼저 간 또 다른 '자기'였다.

"물론 어머니의 복수를 하기 위해 폐하에 맞선다? 아버지도 아시지만, 이런 논리로 제가 결정을 하지는 않을 거예요. 하지만……."

판시엔은 잠시 침묵하다 이내 분명한 목소리로 말했다.

"불공평해요."

판시엔은 아버지를 보다가 저도 모르게 가슴이 아리기 시작했다. 그리고 말로 표현하기 힘든 복잡한 감정을 느끼며 말을 이었다.

"이렇게 끝나면, 그녀에게 너무 불공평해요."

판 상서는 한참 동안 침묵한 후 이윽고 입을 열었다.

"확실히 불공평하지."

"전 일단 쳔핑핑의 마지막을 잘 지킬 거예요. 당시의 전우들이 죽을 사람은 죽었고, 배반할 사람은 배반했고, 힘겹게 살아가는 사람은 여전히 힘들게 살아가고……하지만 쳔 원장은 아버지와 달리, 계속 이 부분을 달게 받아들이지 못하는 것 같아요. 그래서 2년여 동안 계속 징두를 떠나지 못하고 고민하고 있었죠."

“이제 네가 감사원 원장직을 물려받았으니, 내가 보기에는 폐하께서 우리 늙은이들에게 편안히 살 길을 열어주시는 것 같은데? 다른 특별한 변수가 없다면, 쳔핑핑이 징두를 떠나 고향으로 가는 것도 문제가 없을 게다. 너무 그리 걱정할 필요 없어.”

판시엔도 그렇게 생각하긴 했지만, 마음속의 알 수 없는 걱정과 두려움들이 사라지지 않았다. 판지엔은 아들의 불편한 표정을 보고 물었다.

“징두에 무슨 일이라도 생겼느냐?”

“별 일은 없어요. 이전과 똑같죠 뭐. 폐하께서는 도찰원과 감사원, 허종웨이와 저 이렇게 세력 균형을 맞추려고 하고. 순징슈 관련해서 좀 소란이 있긴 했지만, 사실 큰일은 아니고.”

“사실 좀 이상하긴 해. 허종웨이에게 도찰원과 문하중서성, 너에게 감사원……폐하께서 그렇게 생각하신 지는 오래되었지만, 아직 동이성 귀속 문제도 마무리되지 않았고, 북벌과 관련한 준비는 아직 시작도 안 했는데……너무 빠르단 말이야. 폐하께서 너무 급하게 사후(死後)의 일을 준비하시는 느낌이야. 허종웨이를 이렇게까지 급하게 중용하여 너를 통제한다……너무 급해, 급해.”

“설마 폐하의 몸에 문제가……?”

“감사원 원장까지 맡은 네가 그런 소식을 듣지 못했다면, 쳔핑핑이 알겠니, 내가 알겠니.”

“하기야 설령 폐하의 몸에 문제가 생겼다 하더라도, 그것을 밖으로 공개하실 수는 없겠죠.”

“만약 문제가 있다면 어쨌든 태의원에 가실 텐데, 그럼 너에게 어떻게든 소식이 전달되었을 것이고…….”

“어떤 소식이나 정보도 없어요. 사실 2년 동안 그 부분을 상당히 주의 깊게 봤는데, 어떤 풍문 같은 것도 없었어요.”

"그럼……태의도 못 고치는 병에 걸리셨다는 건가……."
'패도 진기를 왕도(王道)의 경지까지 수련했는데, 몸에 문제가 생길 수 있다?'
"됐다, 그만하자. 대종사의 경지에 오르면, 어떤 독도 경맥이나 몸을 손상시킬 수 없다던데, 그런 사람에게 무슨 문제가 있겠느냐? 너와 나의 말도 안 되는, 답도 없는 추측일 뿐이니 더 생각하지 말거라."
"그러게요. 그래도 전 폐하께서 다다르신 경지에는 관심이 많은데, 저에게 주신 방법은 별로 소용이 없더라구요. 이 문제는 그만 이야기하시죠."
"그래, 그럼 넌 이후에 어디로 갈 것이냐?"
"동이성이요."
"그럼 가서 스구지엔에게 물어보지 그러냐. 이제 그 사람도 곧 죽을 텐데."
'이미 수업을 받았어요……그게 안 되는게 문제지.'
"그러게요. 저도 스구지엔이 비교적 좋은 답안을 저에게 줄 수 있길 바라요."

동이성.
성 밖의 산 언덕 아래 검려는 여느 때처럼 조용했다. 검의 빛도, 검같이 찌르는 바람도, 검이 바람을 가르는 소리도 없이 그저 조용했다. 대동산 사건이 일어난 후, 검려의 모든 제자들은 본채 밖에서 훈련을 하였다. 조금이라도 검성(劍聖) 대인의 요양을 방해하지 않기 위함이었다. 그래서 검려는, 그저 조용했다.
여름이 다가오자 뜨거운 태양이 동해를 비추었고, 그곳에서 올라온 수증기가 동이성 전체에 퍼지며 동이성을 순식간에 덮고 습한 곳으로 만들어 버렸다. 간간이 불어오는 바닷바람만이 잠시의 휴식을 줄 뿐이었다.

석양이 드리워지자 붉은빛이 무수한 검들이 쌓여 있는 구덩이를 비추었고, 석양은 마치 빨간 피처럼 검을 물들이고 있었다. 어디선가 파리 몇 마리가 날아와 호기심 어린 눈으로 검 구덩이 주위를 맴돌기 시작했고, 그들은 마치 검에 반사된 붉은 석양을 보며 왜 이 핏물에는 비린내가 나지 않는지 궁금해하는 듯 보였다.

검의 구덩이 옆, 본채 가장 깊은 곳에 위치한 방안은 바깥의 습하고 무더운 날씨가 무색하게 얼음같이 차가웠다. 오랫동안 햇빛이 들어오지 않아서인지, 침대에 누워있는 대종사의 마음에서 나온 한기가 퍼져서인지 모를 일이지만.

방 안에 파리, 거미, 거미줄은 없었다. 하얀색 벽의 구석에 새끼손가락만큼 긴 다리를 가진 모기 한 마리만 이불 속의 사람을 빤히 쳐다보고 있었다. 모기의 다리가 파르르 떨리는 모습이 마치 자신이 살아 있음을 이불 속 사람에게 알리고 있는 듯 보였다.

그 모기는 누워있는 사람을 물지는 않았다. 왜냐하면 이 방 안에는 피를 빨아먹을 대상이 없었기 때문이다. 침대에서 움직이지 않는 사람은 있었고, 그가 피를 공급해 줄 수는 있었지만, 그의 주변으로 가면 너무 추웠다. 이 무더운 여름, 모기조차 그 추위를 견딜 수 없어 보였다.

두꺼운 솜이불 아래, 차가운 몸이 떨리는 소리가 그치지 않았다. 매 순간의 떨림이 복부의 상처를 마치 칼처럼 찢는 것 같았다. 경국황제의 주먹, 예류원의 공격 그리고 한달 전 그림자에게 당한 두 개의 상처. 그 사람은 살아있었지만, 이미 생기는 찾아볼 수 없었다. 상식적으로 보자면, 그는 이미 죽었어야 했다.

그는 두 눈을 뜨고 새하얀 벽을 멍하게 바라보았다. 그리고 자신과 같이 떨고 있는 모기가, 벽에서 떨어지기만을 기다리고 있었다. 그의 눈은 평온해 보였다. 검의 기운이나 불요불굴의 전의, 개미집을 옮기는 것을 바라볼 때의 즐거움 따위는 없었다. 평온, 그리고 메마른 황갈색의 긴 다리를 떨고 있는 모기의 그림자만 있을 뿐.

죽음을 앞두고 있었지만, 아직 죽고 싶지 않았다. 왜냐하면 그는 한 사람을 기다리고 있었기 때문이다. 방문이 살짝 열리자 바깥으로부터 빛이 들어왔고, 그 빛은 젊은 청년의 모습을 긴 그림자로 만들어 바닥에 드리웠다.

스구지엔은 그를 보지도, 말을 하지도 않았다. 하지만 그 젊은이가 돌아온 것을 보고 자신이 듣고 싶은 이야기를 꺼낼 것이라 예상하고 있었다.

판시엔은 솜이불 밖으로 드러난 스구지엔의 머리를 바라보았다. 두꺼운 솜이불이 세 겹이나 그의 몸을 덮고 있었지만, 그의 몸은 작아 보였고 상대적으로 그의 머리는 커 보였다.

"연못의 모양을 훼손하지 않고, 천지의 샘물을 자신의 몸에 주입하고……."

판시엔은 스구지엔에게 전달할 황제의 말, 동이성의 미래에 대해 말하지 않고, 대신 어린 시절 머릿속에 외운 〈무명공결〉 하권의 내용을 한 자 한 자 똑똑히 외우기 시작했다. 그리고 다 외우고 나서 조용히 입술을 다물고 스구지엔 옆으로 다가갔다.

"하권은 어떻게 수련하나요?"

"불가능하다."

"폐하께서는 성공하셔서, 패도 진기를 왕도(王道)로 만드셨는데요."

"패도의 끝이 왕도인가? 패도의 끝은 여전히 패도이다. 정정당당한 왕도가 될 수 없어."

스구지엔의 차가운 눈빛이 이내 조롱으로 변했다.

"모든 육체의 경맥은 한계가 있지. 너의 경맥에도 한계가 있고……허나, 신념과 의지에는 한계가 없지. 패도라……."

스구지엔은 다시 한번 몸이 떨리며 기침을 했고, 마치 어느 고통스러운 장면을 떠올리고 있는 듯 보였다.

"만약 육체의 한계를 뛰어 넘을 수 있다면……."

'그 늙은이의 손가락 하나!'

"그 손가락 하나는 끝없이 펼쳐진 호숫물 같았지. 어떤 인간도 그렇게 빠른 속도로 진기를 뿜어 낼 수 없는데……왜냐하면 아무리 경맥을 극한까지 수련한다 해도, 결국은 어느 한계 지점에 다다르기 때문인데……."

스구지엔은 복잡한 눈빛을 하고 갑자기 웃기 시작했다. 기괴한 웃음소리는 판시엔의 귀를 찢을 듯 느껴졌는데, 비웃음의 상대가 경국 황제인지, 판시엔인지 아니면 곧 죽음을 맞이할 자신인지는 스스로도 몰랐다.

그는 웃음을 그치고 조용히 판시엔의 눈을 응시하다 또박또박 말했다.

"경국 황제의 체내에는, 경맥이 없다."

'경맥이 없다? 경맥이 없는 사람이 어떻게 살아있지?!'

"네가 진기를 계속 수련하면 경맥이 터지겠지. 그럼 평생 불구로 살 수도, 어쩌면 죽을지도 모르지. 하지만 경맥을 터트리지 않으면, 아무리 수련한다 해도 패도 진기의 궁극에 이를 수 없어."

스구지엔은 냉정하고 차갑게 말을 이었다.

"경맥이 부서지고도 살아남을 수 있다? 그건 운명 같은 거겠지. 경국 황제는 참 운이 좋은 놈이야."

"저도 운이 좋은 편이지만, 운이 모든 것을 해결해 주지는 않아요.

저도 진기가 폭발해서 경맥이 터질 뻔했는데, 참을 수 없는 고통을 느꼈고 잘못하면 불구가 될 수도 있었죠."

"경국 황제는 그것을 참고 견딘 것이야."

"천명(天命)이라……."

"신념과 의지는 끈기 같은 것이 아니다. 삶과 죽음 사이의 고통, 어둠 속에 갇힌 자신과 벌이는 투쟁의 몸부림과 두려움을 이겨내는 것이지."

스구지엔이 다시 한번 기괴하게 웃었다.

"내가 웃는 이유는 하나야. 황제 그 늙은이는 정말 고통스러웠을 거야……그 순간을 생각하니 조금은 위안이 되지만, 그것을 이겨낸 그의 신념과 의지에 감탄하게 되는구나."

스구지엔은 판시엔을 바라보며 말을 이었다.

"난 못해, 너도 못하고. 세상에 그런 신념과 의지를 가지고, 자기 자신을 그렇게 모질게 대할 수 있는 사람은 천하에 그 늙은이밖에 없을 것이다. 그러니 단념해."

판시엔은 아무 말도 하지 못하고 고개를 숙인 채 그의 말을 듣고만 있었는데, 순간 그의 분노한 목소리가 자신의 귓속을 찌르듯 들려왔다.

"니미랄! 그건 원래 사람이 이룰 수 있는 경지가 아니었는데!"

사람이 이룰 수 없는 경지라는 것이, 그것을 이룬 자가 사람이 아니라는 것을 의미하지는 않는다. 하지만 경국 황제가 범속(凡俗)을 초월하는 강인한 의지와 신념을 가졌다는 것은 분명해 보였다.

"지금 천하에서 재능으로 치면 하이탕, 신념과 의지로 치면 왕13랑, 부지런함으로 치면 저를 어디에 내놓아도 뒤쳐지지 않을 정도인데, 왜 저희 셋은 아무도 마지막 한 걸음을 못 나가고 있는 거죠?"

"그건 너희들이 알아내야 할 문제다. 난 다만……우리 늙은이들이 다 죽으면, 황제 그놈만 남게 될 텐데, 그럼 분명히 그놈은 외로워 죽을 거라 생각하고 있었지……빌어먹을, 대동산에서부터 그놈은 이미 외로웠을 거야…….”

“예류윈이 진짜 대륙을 떠났나요?”

스구지엔은 매우 힘들게 천천히 고개를 끄덕였다.

“그것도 괜찮네요.”

스구지엔은 두 눈을 감으며 천천히 입을 열었다.

“그나저나 넌 ‘결정’을 하였느냐?”

“아직 비가 오진 않지만, 우산을 미리 준비하는 것도 괜찮을 것 같네요.”

“우쥬는?”

판시엔은 질문에 대답하지 않고 반문했다.

“신묘에 대해서 아시는 게 있어요?”

“신묘? 그건 죽은 사물일 뿐이다. 걱정할 필요 없어……설령 황제 늙은이의 진기 수련 방법이 신묘에서 나왔다 한들, 그게 또 뭐가 어때서? 어차피 신묘는 직접 나서 그를 돕지 않을 것이다. 신묘는……하나의 사당일 뿐이야.”

“신묘에 가 보셨어요?”

“내가 쿠허나 샤오은 같은 변태도 아니고, 그런 개똥보다 못한 곳에 가서 뭐하겠나……심지어 나는 신묘가 어디 있는지도 몰라. 하지만 만약 신묘에서 정말로 세상사에 관여하려 했다면, 이미 네 어미의 흔적을 모두 없애 버렸겠지. 그랬다면 내고도 없었을 것이고, 너도 이미 죽었을 것이고.”

판시엔은 그의 판단에 동의하는 듯 고개를 끄덕이며 경청했다.

“물론, 우리들은 신묘에서 가끔 사자(使者)들을 세상에 보낸다는 것을 알고 있지. 하지만 우쥬 이놈도 원래 신묘 사자 중 하나였다. 허나 그는 네 어미를 보호했지. 이것으로 보면 신묘 사자를 그렇게 두려워할 필요는 없어."

판시엔은 스구지엔의 말을 듣자 몇 년 전에 우쥬 삼촌이 한 말이 문득 생각이 났다.

'집에는 이미 몇 사람 남지 않았다.'

그리고 순간적으로 많은 의혹들이 생기기 시작했다.

'그럼 이미 신묘가 쇠퇴했다? 그래서 더 이상 세상에 관여할 능력이 안된다? 근데 왜 우쥬 삼촌은 그곳으로 돌아갔지?'

"원래 대동산 일이 내 생각대로 끝났다면, 난 천하를 돌아다니며 신묘를 찾으려 했다."

"미지의 사물에 대해서 사람은 호기심이 생기죠."

"그게 아니라……나의 검으로 신묘를 부술 수 있는지 보려고 한 거야."

'신묘를 부순다? 역시 대종사는 남다르구만!'

"넌 신묘를 가볼 것이냐?"

"전 신묘를 알지도 못하고, 그것에 대해 악감정도 없어요."

"신묘가 세상사에 간섭하지 않는다 하지만, 사실상 이 모든 것을 보고 있는 느낌이지."

"그런 느낌은 확실히 별로죠."

"그 느낌은 수많은 개미들이 이사하고 싸우는 모습을 보고 있는 나 같은 것인데……하지만, 난 개미가 되고 싶진 않아. 난 다른 사람이 날 감시하는 게 싫어."

"저도 그런 건 싫어요. 어쨌든 제가 신묘에 갈 날이 있으면, 당신의 유골이 든 항아리를 들고 가 줄게요. 그리고 제가 당신의 유골을 신묘의 돌계단에 뿌려줄게요. 그럼 뭐 죽어서라도 신묘에는 가 보는 거죠."

"날 화장하는 날이 오면, 불을 너무 크게 해서 내 뼈를 모두 하얀 가루로 만들지는 말거라. 원래 내 뼈가 크지도 않지만, 큰 뼈 몇 개 정도는 남겨줘."

"알겠어요. 그건 제가 꼭 주의하고 챙길게요."

이 말을 끝으로 둘은 잠시 침묵에 빠졌다. 웃으며 농담처럼 말을 주고받고 있었지만, 그 주제가 죽음이었기 때문이다. 석양은 이미 많이 떨어져 있었고, 동해의 바닷바람은 천리를 지나 검 구덩이에 쌓인 수많은 검들을 휘감고 지나가고 있었다.

스구지엔은 아주 어렵게 고개를 돌려, 판시엔의 어깨 너머로 벽에 붙어 있는 모기를 바라보았다. 모기도 자신처럼 생명의 마지막 순간이 온 듯, 먹지도, 마시지도, 날지도 못하고 긴 다리를 떨며 오랜 침묵에 빠져 있었다.

한참 후, 스구지엔이 다시 입을 열었다.

"베개 속에 작은 책자가 하나 있다. 쿠허가 죽기 전에 나에게 보내 너에게 주라고 한 것인데, 비록 난 봐도 이해할 수 없었지만, 넌 이해할 수 있기를 바란다."

'진짜 늙은이들이 죽기 전에 나를 위해 공을 많이 들이셨구만.'

판시엔은 조심스럽게 손을 뻗어 스구지엔의 목을 받치고 다른 손을 베개에 넣어 책자를 꺼냈는데, 책자는 스구지엔의 말과 달랐다. 작은 책자 '하나'가 아니라 '둘'이었다. 그중 하나를 펼치자마자 판시엔은 웃음이 터졌는데, 그것은 책을 거꾸로 봐도 이해할 수 있을 정도로 익숙한 내용이었기 때문이다.

〈천일도 무상심법〉.

"당신네 늙은이들은 정말 절 너무 쉽게 보시는 거 아닌가요? 또는 간이 너무 커서, 정말 쓸데없는 희망을 저에게 거시는 건가? 그리고 무슨 뜻인지는 알겠지만, 이미 전 이것을 다 익혀서, 필요도 없는 책인데…….”

판시엔의 머릿속에 순간 다른 생각이 스쳐갔다.

“생각해보니 전 필요 없지만, 검려의 제자들에게는 유용하겠네요.”

판시엔은 이 말과 함께 손에 든 책자를 내려놓고 다른 책자를 집어 들었다. 그 책은 대략 20쪽 정도 된 아주 얇은 책이었는데, 책을 펼치자마자 무슨 이상한 문자의 조합 같은 단어들이 눈에 들어왔고, 뚫어지게 쳐다보며 뜻을 생각해 보았지만 아무것도 이해할 수 없었다.

“프레이웨이나, 프레이그…….”

“티아모…….”

“더비시…….”

검려 위의 하늘은 온통 어두워졌고, 먼 바다 위의 짙은 푸른색의 빛도 땅에 떨어지니 이미 회색빛으로 변해 있었다. 스구지엔이 판시엔의 의아한 표정을 보고 넌지시 말했다.

“3년 전 대동산 정상에서 쿠허가 이상한 손짓을 한번 했지.”

“어떤 손짓이요?”

“아마도 대륙의 것은 아니고……서양에서 온 법술(法術)?”

판시엔은 ‘서양’이라는 말을 듣자 이전 생에서의 영혼이 발동이라도 한 듯 알 수 없는 표정을 지으며 고개를 내저었다.

“알겠네요.”

“뭔가?”

“서양의 문자예요. 그 문자의 독음을 한자(漢字)로 바꾼 것이죠. 제가 대략 일곱 살 때 이런 것을 사용한 적이 있는데, 쿠허가 이런 짓을 할 수 있는 대단한 인물이었다니……대단한데요?”

판시엔은 정확한 뜻을 알 수 없었지만, 이전 생에서 본 한자로 표현된 어떤 서양 소설을 본 듯한 익숙한 느낌을 받았다.

'콜라를 크어러, 켄터키를 큰더지……이런 것을 여기서 볼 줄이야.'

"서양의 문자란 말이냐? 정말 서양의 법술이라고? 근데 그게 무슨 대단한 거라고."

"그건 모르죠. 쿠허가 저에게 남겼으니, 분명 어떤 의미가 있을 거예요."

"그런 쓸데없는 것에 정신력을 소모하지 마라."

"최소한 'think out of box'가 될 수도 있죠."

스구지엔은 인상을 찌푸리며 말했다.

"뭐라는 것이냐. 넌 이런 엉망의 글자를 이해할 수 있다는 거냐?"

"대충 추측은 할 수 있어요. 일전에 한번 배운 적이 있거든요. 다만 대부분 잊어버려서……."

'아 대학교 2학년 때 수업을 들은 적이 있었는데, 그때 제2외국어를 좀 더 해 둘 걸……이건 이탈리아어 같은데……아니면 스페인어? 그런데 이런 것을 경국에서 볼 줄이야.'

판시엔은 앉아서 곰곰히 생각하다, 스구지엔과 할 대화도, 그에게 더 받을 것도, 그에게 설명할 방법도 없었기에 천천히 자리에서 일어나 떠날 준비를 하였다. 그리고 마지막으로 진지한 목소리로 물었다.

"그런데……왜 '저'를 선택하신 거죠?"

"소위 어떠한 벽(癖, 나쁜 습관 또는 중독)도 없는 사람은 사귀지 말라 그랬지. 그런 사람은 성인(聖人)이거나, 성인인 척하는 사람이지. 난 네가 그런 인간이라 생각했다. 넌 세상에 어떤 '뜻'이 없어 보였지……헌데, 대동산 사건 이후에 네가 뭔가 바뀐 듯 보였지. 마음 속 깊은 곳에 숨겨놓았던 어떤 것을 꺼낸 듯한? 그래서 그 이후로 내 생각도 바뀌었다. 너도 '그녀'의 길을 따라갈 것이라고."

스구지엔은 냉정하게 그를 보며 말을 이었다.

"도박을 한 거지. 도박에서 지면? 그럼 지는 거지. 어차피 곧 죽을 몸, 내가 신경 쓸 게 뭐가 있겠나."

판시엔은 이 말에 대꾸하지 않고 그저 조용한 방안을 나왔는데, 검의 구덩이 옆에 이르자 마치 어린아이처럼 소매로 눈물을 닦고 있는 왕13랑을 보게 되었다.

구덩이 안의 무수한, 얼음같이 차가운 검들과 함께.

왕13랑은 그를 힐끔 보고 방안으로 들어갔는데, 잠시 후 그를 따라서 다른 검려의 제자들도 방안으로 들어갔다. 윈즈란도 포함되어 있었는데, 아무도 감히 소리를 내지도 못했고, 심지어 구덩이 옆의 판시엔에게는 눈길조차 주지 않았다.

그들이 다 들어간 후 판시엔은 검려 밖으로 나와, 밖에서 기다리고 있던 감사원 관원들과 함께 산 위의 집으로 올라갔다. 이전에 북제 황제가 머물던 그곳. 그는 의자에 앉아 턱을 괴고 생각에 잠겼다. 검려 사방에서는 벌레와 개구리가 울어댔고, 밝은 달빛이 간간이 불어오는 바닷바람에 흔들리고 있었다.

'난 무엇을 기다리는 거지? 대종사가 죽을 때 하늘에서 별이 떨어지는 것을 기다리는 건가?'

판시엔는 본채 깊은 곳을 은은히 밝히고 있는 희미한 등불 하나를 바라봤다.

'죽음에 직면한 스구지엔은 제자들에게 무엇을 말하고 있을까? 저 자리에 윈즈란도 있는데……마지막에 스승의 뜻을 거역한 그는 무슨 생각이 들까?'

판시엔은 이런저런 생각에 시간이 얼마나 흘렀는지도 알지 못했다. 그때, 판시엔의 눈이 번뜩였다. 그리고 고개를 돌려 산 중턱을 바라보았다. 꽃이 피어 있는 그곳에서 바람에 날리는 꽃잎 사이로 달빛에 비친 하나의 그림자가 자신이 있는 방향으로 천천히 걸어왔다.

"상처는? 강남에 있으면서 요양이나 더 하지, 왜 왔어?"

"내가 여기 온지 아무도 모른다."

판시엔은 그가 왜 왔을까 잠시 생각하다 탄식을 했다.

"아직도 한(恨)이 남았어?"

"한은 있지. 하지만 그의 가슴에 검을 꽂았을 때, 많이 분출했다."

그림자는 본채의 흐릿한 불빛으로 시선을 옮기며 말을 이었다.

"하지만 아직 이해가 안되는 것이 있다. 당시 부모님이 그에 대해 가혹하게 한 것은 있지만, 그래도 가족인데 왜 그가 그들 모두를 죽였냐는 것."

"넌 안 죽었잖아."

그림자는 이 말에 쉽게 대답하지는 못했다. 스구지엔이 자신에게 치명적인 공격을 하지 않았다는 것을 자신이 제일 잘 알고 있었기 때문이다. 그래서 둘은 다시 침묵하며 언제 꺼질 지 모르는 희미한 불빛을 바라보았다.

검려 본채 안에서 스구지엔이 윈즈란의 부축을 받아 일어나, 왕13랑이 가져온 뜨거운 물수건으로 얼굴을 닦은 후 머리를 빗어 넘겼다. 나머지 제자들은 모두 말없이 침대 밑에 무릎을 꿇고 있었는데, 스구지엔이 그들을 바라보는 눈빛에는 곧 죽을 사람이라 믿기지 않을 정도의 위세가 담겨 있었다.

스구지엔은 차가운 눈빛으로 셋째, 넷째 제자를 바라보며 입을 열었다.

"내가 한 말을 기억하느냐?"

검려의 모든 제자들이 일제히 대답했다.

“스승님의 명을 따르겠습니다.”

대답은 이렇게 하였지만 그들은 사실 왜 스승이 이렇게까지 판시엔을 중시하는지 이해할 수 없었다. 도박이라지만, 판돈이 너무 컸기 때문이다. 하지만 어느 누구도 스승 앞에서 반론을 제기하지는 못했다. 수석 제자 윈즈란이라 하더라도.

스구지엔 말의 속도는 점점 느려졌고, 얼굴은 점점 평온해 보였고, 시간이 갈수록 마치 부상을 입지 않은 듯 느껴지기 시작했다. 옆에서 부축하고 있던 윈즈란은 그 모습을 보며 심장이 덜컥 내려앉았고, 왕13랑은 이미 너무 많이 울어 이제는 오히려 평온해 보였다.

회광반조(回光返照). 꺼지기 직전 마지막 불꽃.

“시간이 어떻게 되었느냐?”

윈즈란이 더없이 공손한 말투로 대답했다.

“곧 날이 밝아 올 것입니다.”

“어떤 일을 하든, 일단 결정을 하면 최선을 다해야 한다. 검려의 미래도 마찬가지다. 내가 그를 선택했으니, 너희들이 최대한 그를 도와야 한다. 내가 큰 도박을 했으니, 모든 자원을 다 쏟아 부어야 해.”

스구지엔은 침대에 걸터앉아 앞에 있는 제자들의 눈을 한번씩 훑고, 마지막으로 윈즈란의 눈을 바라보았다.

윈즈란은 잠시 침묵한 후, 고개를 끄덕였다.

스구지엔 얼굴에서 보기 힘든 미소가 나타났다.

“날 부축해서 산으로 가자. 곧 날이 밝는다니……보고싶구나.”

‘꿀렁.’

순간, 스구지엔의 복부에서 무거운 소리가 났는데, 마치 황토 아래의 깊고 어두운 샘물, 황천의 물소리같이 느껴졌다. 대종사의 얼굴에 기괴한 하얀빛이 감돌았다.

윈즈란은 다시 한번 심장이 철렁하며 스승을 부축했고, 다른 한

쪽은 왕13랑이 거들어 조심스럽게 스승을 침대에서 일으켰다. 다른 제자들도 재빨리 앞으로 가 스승의 두 발을 잡고 짚신을 신겼는데, 이미 발까지 심하게 부어올라, 짚신에 들어간 발 표면에 볏짚 자국이 뚜렷이 나타났다. 둘째 제자는 스승이 발에 통증을 못 느끼는 것을 알아차리자 저도 모르게 눈물이 뚝뚝 떨어졌다.

본채의 희미한 등불이 꺼졌다.

삼베옷을 입은 앙상한 스구지엔이 윈즈란과 왕13랑의 부축을 받아 느릿느릿 산으로 올라오다 중턱에서 산 위에 있는 집을 바라보았다. 그가 동이성의 미래를 책임질 판시엔을 보는 것인지, 어린 추억을 같이한 그림자를 보는 것인지 알 수 없었다.

판시엔과 그림자는 다소 숙연하게 스구지엔 일행이 산 정상으로 오르는 모습을 말없이 바라보기만 했다. 스구지엔은 옷을 입고 있었지만, 마치 옷 안에는 아무것도 없는 듯 새벽바람에 옷이 아무렇게나 흔들렸고, 신을 신고 있었지만, 짚신을 신은 발은 땅에 붙어있지 않았다.

동해 바다에서 태양이 고요한 해안선 위로 고개를 내밀었다.

대륙의 첫 햇빛이 동이성의 민가를 가로질러, 사람들의 숨결을 지나, 푸른 나무 숲의 빈틈을 뚫고, 본채를 거쳐, 동이성 검려 제자들을 비춘 후, 나약한 대종사의 얼굴 위를 스치고 지나갔다.

검의 기세는 없었지만, 그의 존재감만은 여전했다.

나무 밑의 개미, 검은 천을 두른 친구, 동생, 죽은 사람, 검, 구덩이, 구덩이 안의 쓰레기, 제자, 제자, 또 제자, 검, 대검, 천검……검으로 천하를 누비고, 검으로 성을 지키고……성은 아직 망하지 않았고, 검은 아직 부러지지 않았지만……사람은 곧 죽는다.

동이성을 바라본다. 수십 년간 지켜온 동이성. 성 안에서 나는 밥 짓는 연기, 아침부터 바삐 움직이는 상인들, 즐겁게 웃고 있는 행인들.

본채, 옅은 황색의 검려 본채, 풀과 나뭇가지로 엮은 허름한 본채를 바라본다. 얼마나 오래 살았는지, 얼마나 많은 사람을 죽였는지, 얼마나 많은 사람을 가르쳤는지.

마지막으로 동이성 밖의 크고 푸르른 나무를 바라본다. 그녀와 친구를 만났던 곳. 동해의 바닷바람과 수없는 비를 견뎌내고 건강하게 자라, 아직도 그 품에서 지나가는 행인, 나그네, 상인들을 쉬게 해 준다.

정말 큰 나무.

판시엔은 산 정상의 스구지엔을 보며 자기도 알 수 없는 어떤 감정이 솟구쳤다. 그는 스구지엔에게 특별한 감정은 없었는데, 산 정상의 여윈 그를 보며 자신의 눈이 침침해진 것은 아닌지 의심이 들었다.

'그는 대종사로서 세상을 지키던 보호자는 아니었을까? 백성들을 아끼는 혁명가는 아니었을까?'

순간, 판시엔의 몸에서 심혈이 차오르기 시작하며 패도 진기가 설산혈을 중심으로 모여, 그의 두 손을 통해 나왔다가 다시 몸으로 들어가기 시작했다. 하나의 거대한 순환이 시작된 것처럼 느껴지기도 했는데, 진기는 손바닥에서 약 반 촌(寸, 약 3.3cm)정도 나왔다 다시 들어가는 정도였지만, 그 과정은 매우 민감하고 특이한 진기의 외부 발산이었다.

그는 자신이 무엇을 느끼고 있는지, 무엇을 깨달았는지 몰랐지만, 몸을 살짝 돌려 붉은 해 밑에 자리한 망망대해에서 호흡하고 있는 파도의 물결을 바라보았다.

산 정상 스구지엔의 시선도 그 파도로 향했다.

먼 곳에서 바람이 불어왔고, 그 바람은 옅은 습기를 머금은 채 스구지엔의 몸을 휘감고 지나갔다. 그의 머리 위로 두터운 구름이 다가왔고, 빗방울이 떨어지기 시작했다.

마치 그를 배웅하듯, 마치 그에게 마지막 세례를 내리듯.

판시엔은 재빨리 산을 벗어났고, 검려를 벗어났고, 동이성을 거쳐, 민가와 상점을 거쳐, 항구와 정박된 배를 지나, 자신이 낼 수 있는 가장 빠른 속도로 동해의 모래사장으로 향했다. 이때 내리기 시작한 비는 특히 모래사장에 집중적으로 떨어지고 있었는데, 모래 위에 수많은 구멍을 만들어 내고 있었다.

하지만 그 비와 바람의 기세는 부드러웠고, 마치 흐르는 구름을 보는 것 같았다. 아침 해는 비구름 위로 올라갔고, 하늘은 점차 어두워졌으며, 바다에서는 물보라가 부서지며 물안개가 형성되어, 부드러운 비와 함께 안개가 자욱하게 감돌기 시작했다.

한 척의 배.

안개의 뒤편에 가려져 있던 거대한 배 한 척이 천천히 모습을 드러냈다. 배는 아주 커 보였는데, 먼 바다의 거대한 파도도 막아낼 수 있을 것 같았다. 그래서 그 배는 암초가 많은 해안 안쪽까지는 접근할 수 없었다. 하지만 그 먼 거리에서 전해지는 압박감으로 판시엔은 저도 모르게 긴장하고 있었다.

비바람이 잦아들고, 파도도 가라앉았다. 잦아든 물결은 대륙의 숨결처럼 느껴졌다.

하얀 안개 속에서, 작은 배 한 척이 어렴풋이 보였다. 판시엔은 깊은 숨을 들이마신 후, 습기를 머금은 부드러운 백사장을 걸어가 그 배를 맞을 준비를 했다.

작은 배 선수에 한 사람이 서 있었다. 긴 머리를 천으로 묶고 뒷짐을 지고 있었다. 생김새는 이상했지만 눈은 너무 맑아 깊이를 헤아릴 수 없었다. 선미에는 다른 한 사람이 앉아 있었다. 그는 삿갓을 쓰고 있었는데, 그 삿갓이 괴팍한 얼굴과 머리카락을 다 감추지는 못하고 있었다. 그의 얼굴에는 수상한, 하지만 조금은 기괴한 미소가 번지고 있었다.

예류원이 왔다. 스구지엔이 죽기 직전, 그를 배웅하러 온 것이다.

하지만 판시엔의 시선은 선미에 앉아 있는 사람에게 향했고, 저도 모르게 온화한 웃음이 나왔다. 그가 심신이 지친 지금, 자신이 가장 좋아하는 사람 하나가, 그의 눈앞에 나타났기 때문이다.

페이지에가 예류원과 함께 왔다.

예류원은 선수에 서서 검려 뒷산 정상을 말없이 바라보았고, 스구지엔도 예류원을 바라보는지는 알 수 없었지만, 판시엔은 감히 그 시간을 방해할 엄두가 나지 않았다. 그리고 별 관심이 없었다. 그때, 판시엔이 관심있는 다른 사람이 배에서 뛰어내려 해안으로 올라왔다. 판시엔은 재빨리 그곳으로 다가가 스승을 부축했다.

판시엔은 징두의 상황, 천핑핑, 십가촌 등에 대해서 말하지 않았다. 페이지에는 이미, 떠났기 때문이다. 자신의 평생 소원대로, 자유롭게 천하를 돌아다니기 위해, 떠났었기 때문이다.

"2년 동안 우리는 남쪽 바다에 있는 섬들을 돌아다녔어. 그리고 올해는 멀리 서양을 가볼 생각이란다."

"서양은 엄청 멀어요. 그곳에 다녀오는데 얼마나 걸릴까요?"

페이지에는 웃으며 대답했다.

"나와 예류원의 나이를 생각하면……돌아오지 못하지 않을까?"

판시엔은 슬퍼하지 않았다. 그는 원래 더 이상 스승을 못 볼 것이라 생각했었기 때문이다. 하지만 어쩔 수 없이 조금은 암담한 목소리로, 최대한 웃음을 보이며 말했다.

"이렇게 큰 배를 타고 가면, 어쨌든 서양을 갈 수는 있겠네요."

"서양에서 온 하인들도 많이 구했단다. 하녀들도 좀 있는데, 확실히 대륙의 여자들과 생김새가 달라. 한번 보렴. 네놈이 좋아할 것 같은데?"

"전 이미 마쉬쉬랑 오래 있었는데요 뭘. 그나저나 오늘은 어떻게 오신 거예요?"

페이지에는 선수에서 내리지 않고 산 정상을 바라보는 예류윈을 힐끔 보며 말했다.

"저 자가 뭔가를 느꼈는지……스구지엔을 배웅하러 왔지."

"네……근데 스구지엔은 원래 예류윈과 황제의 공격 때문에 죽는 거 아닌가……."

페이지에는 고개를 저었고, 판시엔도 더 이상 말을 이어가지는 않았다.

한참 후, 예류윈이 고개를 돌려 판시엔을 바라보며 손짓을 했다. 판시엔은 살짝 놀랐지만, 태연한 척하며 그에게 걸어가 배에서 다섯 걸음 정도 떨어져 공손하게 예를 올렸다.

"난 이제 가네. 하지만 다시 돌아오지는 않을 거야. 마지막으로 나에게 물을 건 없나?"

판시엔은 그가 왜 이런 말을 하는지 알았지만, 뜻밖에도 무도(武道)에 관련한 내용을 묻지는 않았다.

"오늘 왜 오셨어요?"

"배웅하러 왔지."

"그런데 왜 다시 가시는데요?"

"그렇게 하고 싶으니까."

"대동산에서……왜 그렇게 하셨어요?"

"왜냐하면……나도 경국 사람이니까."

'경국인, 경국 사람, 나도 경국 사람인데……이 세상 사람들은 정

말 그것이 모든 것의 동기, 명분이 된다는 건가? 심지어 대종사도?'

"다른 특별한 질문은 없구요. 그냥 호기심에서 묻는 건데, 나중에 다시 돌아오실 거예요?"

"미래의 일을 누가 알 수 있을까……."

판시엔은 더 이상 질문을 하지 않았다. 그 모습을 보고 예류윈이 온화한 미소를 지으며 말했다.

"북위가 붕괴되고, 천하가 혼란에 빠지고, 곳곳에서 전쟁이 일어나며, 백성들의 고생이 말도 못했지. 내가 너의 아버지를 도와 마지막 장애물을 없앴으니, 이후의 일들은 모두 너희 젊은이들이 알아서 만들면 된다."

이 말을 끝으로 예류윈도 입을 열지 않았고, 다시 산 정상을 물끄러미 바라보았다. 곧 죽을 사람, 또는 그의 친구. 판시엔은 그 모습을 보고 다시 스승에게 다가와 어렸을 때 추억이며 징두에서의 기억이며 생각나는 대로 두서없이 말을 했다. 그는 곧 스승과 이별해야 하고, 지금이 이번 인생에서 그와 마지막 대화를 나눌 시간이라는 것을 알고 있었기에.

판시엔은 문득 생각이 난 듯, 쿠허가 자신에게 남긴 책자를 스승에게 건네며 말했다.

"쿠허가 저에게 남긴 거예요. 서양 법술인 것 같은데, 서양에 가시면 한번 물어봐 주세요. 제 생각에는 이탈리아, 특히 로마 쪽일 것이에요."

"알았다. 근데 쿠허가 너에게 남긴 것인데 왜 나에게 주느냐?"

"전 이미 다 외웠죠. 제 기억력 아시잖아요."

페이지에는 딴저우에서 그를 가르치던 기억이 떠오르며 환하게 웃음을 지었다.

그때, 스승과 제자 둘 다 어떤 기운을 느끼며 작은 배 선수에 서 있는 예류원을 쳐다보았다. 그의 얼굴은 점점 더 온화해졌고, 마치 해탈한 듯한, 모든 것을 꿰뚫어 본 듯한 분위기가, 역설적으로 더없이 소탈해 보였다.

'철썩.'

작은 파도 하나가 작은 배에 부딪혔다.

예류원은 그 흔들림을 이용해 몸을 굽혀 산을 향해 절을 올렸다.

판시엔은 마음이 철렁했다.

페이지에는 담담하게 입을 열었다.

"가야겠다."

검려 본채 안, 하얀 벽에 붙어 있던 긴 다리를 가진 모기가, 두꺼운 이불 밑 텅 빈 공간을 절절히 바라보다 더 이상 버티지 못하겠다는 듯 벽에서 떨어졌다. 문틈 사이로 바람 한점이 불어오자, 모기는 어디로 갔는지 흔적도 없이 사라져 버렸다.

그 순간 검려 뒷산 정상, 연약하게 뼈만 남았던 그림자는, 제자들의 품에 안겨 숨이 끊어졌다.

바닷가의 작은 배는 천천히 움직여 물안개를 몰아내며 큰 배를 향해 나아갔고, 판시엔은 모래 사장에 서서 큰절을 올렸다. 그리고 생각했다.

'많은 사람이 떠나고, 더 많은 사람은 떠나지 못하고……난 언제쯤 자유롭게 떠날 수 있을까…….'

떠난 사람은 이미 그림자도 보이지 않았지만, 남은 사람은 모래사장에서 한참을 앉아 있었다. 가부좌를 튼 자세로, 마치 귀여운 어린 아이처럼 앉아 있었다.

체내의 진기가, 예류원이 오면서 자극되기 시작한 진기가, 편안하고 안정적인 방식으로 빠르게 운행되고 있었다. 판시엔은 그 움직임에서 이전과 다른 미세한 변화를 느끼고 있었고, 가볍게 자신의 마음이 진기에 반영되고 있음을 깨닫고 있었다.

그는 두 눈을 감았다. 그리고 두 손을 뻗어 내리는 보슬비를 향해 손바닥을 펼쳤다.

한참이 지났지만, 그의 두 손은 여전히 말라 있었다. 마치 빗물이 영원히 그의 손바닥에 닿지 못하는 것처럼, 아주 얇은 피부막도 적시지 못하는 것처럼.

그의 손바닥은 얇은 진기 층으로 둘러싸여 있었기 때문이다. 진기가 피부의 모든 모공으로부터 나와 부드럽게 흐르며 자신의 손을 감싸고 있었다. 물론 이것은 판시엔이 어렸을 때부터 사용해 오던 기괴한 진기 운용 방식이었다. 이를 이용해 절벽도 오르고 황궁 성벽도 오르고. 다만, 미세한 차이가 있었다.

이전에는 그저 나왔다 다시 들어가는 느낌이었다면, 지금은 자연스럽게 흐르면서 막을 형성하고 있었다. 마치 외부에 또 다른 경맥의 길이 뚫려 있는 것처럼. 마치 자신의 경맥이 밖으로 연장된 것처럼. 아주 미세한 정도일지라도.

'신체의 한계를 조금 넘은 것인가? 그럼 진기를 계속 수련해 이런 식으로 순환시키면, 체내의 진기도 경맥을 터트리지 않고 갈수록 많아질 수 있는 건가? 그런데 왜 갑자기 이런 일이? 그리고 지금 넘치는 진기는 어디서 온 거지?'

판시엔의 눈동자가 살짝 움츠러들었다.

'비바람? 바다에서 온 예류윈? 뜻밖에 스승님과 만나서? 스구지엔의 죽음?'

판시엔은 하룻밤 사이의 일들을 정리해 보다 결국 쿠허에게 받은 책자의 문구를 떠올리게 되었다. 그것은 주문 같아 보였지만, 판시엔의 눈에는 이전 세계에서 본 한편의 '서양 시(詩)' 같은 느낌이었다. 이탈리어어에 방언도 많고, 배웠던 지식도 오래되어 잊어버렸지만, 어렴풋이 단테의 신곡에서 본 듯한 문구였던 것 같다는 생각이 들었다.

'난 널 사랑해, 아름다운 봄바람이여……난 성심성의를 다해 넘쳐흐르는 봄 기운을 느껴……난 당신과 친해지고, 당신과 함께 하고 싶어…….'

판시엔은 어렴풋이 기억나는 문구를 읊으며 보슬비를 맞으며 모래사장을 두 바퀴를 돌았다. 빗방울을 보기도 하고, 손을 저어도 보며 무엇인가를 찾으려 애썼다.

하지만, 아무것도 없었다.

그리고 판시엔은 문득 다른 생각이 들어 자조적인 웃음을 지었다.

'쿠허가 여기서 무엇을 얻었든, 대동산 정상에서 한 손짓이 무엇이었든, 결국……황제에게 졌잖아?'

검려 깊은 곳에서 흰 연기가 피어올랐다. 그 연기는 밥 짓는 연기도, 늦은 가을 낙엽을 태우는 연기도 아니었다. 하지만 그 연기는 이미 정해져 버린 '사실'을 대변해주고 있었다.

판시엔은 검려 본채로 걸어 들어갔고, 검려 밖의 모든 제자들은 그를 노려보았다. 그들 눈에서 타오르는 원한의 눈빛이 불길처럼 그를 녹여버릴 것만 같았다.

하지만 판시엔은 꿋꿋이 걸어 들어갔다.

그리고 검의 구덩이 옆에 쌓여 있는 웅장하게 보이는 땔감, 그리고 그 안에서 타오르고 있는 불꽃을 보며 그 안에 어떤 분말을 던져 넣었다. 불꽃의 기운이 순간 바뀌었고, 대종사의 유골은 이미 보이지 않았다.

'아직은 시체를 화장하는 것이 일반적이진 않나 보군. 그리고 이렇게 스구지엔의 유해를 바로 태워 버리면…….'

판시엔의 이 행동과 함께 열한 자루의 검이 그의 몸 위 아래를 겨누었다. 검의 기세는 독사처럼 느껴졌고, 언제든지 그를 삼킬 것만 같았다. 장작 앞에서 무릎을 꿇고 있던 윈즈란과 왕13랑 외 모든 검려 제자들의 눈빛에 분노가 솟구치고 있었다.

판시엔은 차가운 검의(劍意)를 느끼며, 그들을 자극하지 않게 하기 위해 최대한 천천히 몸을 돌려 무릎을 꿇고 있는 윈즈란에게 말했다.

"연기에 독이 있어. 난 이 연기로 검려 사람 반을 죽이고 싶지 않은데."

판시엔의 말은 사실이었다. 스구지엔의 유골에는 페이지에 선생이 쓴, 천하에서 가장 강력한 독 중 하나가 있었다. 물론 판시엔의 말처럼 공포스러울 정도는 아니었지만, 분명 조심할 필요는 있었다. 판시엔의 말뜻을 이해한 윈즈란은, 비록 말은 안 했지만 천천히 오른손을 들었다. 그리고 그 동작에 검려의 나머지 제자들은 검을 검집에 넣고 침착함을 되찾은 후 장작 앞에 모여들어 모두 무릎을 꿇었다.

'스구지엔이 죽으니 역시 윈즈란의 위신이 가장 높구만.'

밤의 어둠이 깔리고, 윈즈란이 크지 않은 유골 항아리를 품에 안고 본채로 들어갔다. 그리고 그것을 판시엔에게 건넸다.

"스승님의 뜻을 이해하진 못하겠지만, 명이 있었으니 자네에게 주겠네."

판시엔은 최대한 정중하게 아직 온기가 남아 있는 항아리를 두 손으로 받아 들었다. 그 모습을 보던 윈즈란이 그의 앞에 무릎을 꿇으며 진중하게 말했다.

"검려의 열두 자루의 검을, 스승님의 명에 따라, 대인에게 드립니다."

판시엔은 눈빛이 다채롭게 번뜩이기 시작했다.

'정말? 스구지엔이 나에게? 그리고 윈즈란이 내 앞에서 무릎을……?'

하지만 이내 뭔가 조금 이상한 점을 느끼고 실눈을 뜨며 침착하게 물었다.

"열두 자루의 검이라……윈즈란 대가의 검의 뜻이 그곳에 없는데, 내가 어찌 나머지 열두 자루의 검을 통제하지?"

판시엔은 윈즈란을 부축해 일으키며 진지하게 말을 이었다.

"나도 윈 대가가 검성 대인의 유언이 있다 해도 날 믿을 거라 생각 안 해. 그리고 사실 난 너의 믿음을 기대하지도 않아. 하지만 만약 교역의 관점에서 보면, 나는 검려의 역량이 필요하고, 검려는 나의 보호가 필요한데, 만약 네가 그 안에 포함되지 않는다면, 내가 어떻게 나머지 열두 명을 통제하지?"

윈즈란은 냉랭한 얼굴로 말했다.

"스승님께서 대인이 안심할 만한 방법을 고안해 놓으셨네."

이 말과 함께 그는 어떠한 여지도 주지 않으려는 듯 몸을 돌려 나가버렸다.

'뭐지? 스구지엔이 나에게 걸었다지만, 나를 주시하고 감시할 방법을 찾긴 했을 텐데……스구지엔이 무슨 방법을 고안한 거지?'

윈즈란이 나가자 검려 둘째 제자가 들어왔다. 그는 차분하게 그 중년의 남성을 바라봤는데, 그는 다른 제자들과 달리 검의가 있어 보이지는 않았다. 심지어 그는 면 두루마기를 걸치고 있어서 대단한 검객 같지도 않았고, 오히려 부유한 집의 집사처럼 보였다. 그는 침착한 얼굴로 손을 한번 저었고, 그의 명에 따라 손제자 몇이 상자를 하나 가지고 들어왔다.

"이게 검성 대인의 유산인가?"

"검려의 산업이 이 상자에 모두 담길 순 없겠지만, 지금 대인이 은전이 필요하다고 들었으니, 일단 지금 보유하고 있는 은전을 주는 것입니다. 그리고 검려에서 운영하는 몇 가지 산업이 있는데, 제가 생각할 때 대인이 관심을 가지실 것 같아서, 대인에게 최대한 도움을 주라는 스승님의 유언에 따라, 제 스스로 생각해서 준비해 놓았습니다."

'은전? 산업?'

"산업이라 하면……?"

"태평전장."

판시엔이 자리에서 '벌떡' 일어났다. 그리고 한동안 말을 하지 못했다. 그리고 한참 후에 자조적인 미소를 짓고, 일종의 탄복한다는 어투로 말했다.

"생각도 못했네, 정말 생각 못했어……아니 아무도 생각 못했을 것 같은데? 천하에서 가장 큰 전장의 주인이……검려의 제자였다고?!"

판시엔은 물론 북제 황제와 손을 잡고, 아버지의 도움 아래, 초상전장을 만들고 지금도 꾸려 나가고 있었지만, 천하에서 가장 큰 태평전장 앞에서는 새 발의 피였다. 그런데 만약 태평전장이 판시엔의 손에 들어온다면?

'내고의 산업, 포월루, 초상전장……거기다가 동이성의 판매 경로……심지어 태평전장까지?!'

판시엔은 마른 침을 삼키고, 깊고 깊게 숨을 한번 들이마신 후, 검려 둘째 제자에게 존경의 의미를 담아 예를 올리고 온화하게 말했다. 그 존경의 의미는 당연히 검려 제자의 신분이 아니라 태평전장의 주인 신분에 대한 것이었다.

"아직까지 선생의 이름을 모르네."

"리보우화(李伯華, 이백화)입니다. 태평전장을 16년째 관리 중입니다. 태평전장의 은표는 천하에 흩어져 있지만, 그 근간의 은전은 모두 동이성에 있습니다. 만약 판 대인의 능력과 합쳐지면, 천하에 큰 혼란을 일으키는 건 일도 아닐 것입니다."

"우와……이건 정말 큰 선물인데……."

"이미 대인의 산업이 된 것입니다. 스승님께서 명확하게 유언을 남기셨고, 제가 생각하기에는 두 분이 이미 잘 협의하셨을 터, 저는 집행을 할 뿐입니다. 전 대인이 은전을 가지고 무엇을 하실지 모르겠지만, 어쨌든 저에게는 은전이 많습니다. 단, 제가 감히 한 가지 조건을 말씀드려도 되겠습니까?"

"이미 선생은 그럴 만한 자격과 실력을 가진 것 같은데?"

"태평전장은 동이성의 산업이고, 검려의 산업이고, 제가 16년간 모든 것을 쏟아 부은 산업입니다. 그리고 갈수록 커지고 있고, 전장의 은전은 동이성 상인들의 근간이며, 심지어 많은 북제와 남경 백성들의 근간이기도 합니다. 그렇기 때문에, 대인이 이를 이용하시더라도, 상인들의 모든 돈까지 써 버리시지는 말아주십시오."

"그건 당연한 거지."

"제 뜻은, 태평전장은, '동이성'의 전장이고, '동이성' 백성의 은전의 근간이며, '동이성'의 근간이라는 것입니다. 이번 경국에 귀속되는 것도 명의상 귀속이라 들었습니다. 그렇기에 저희들은 옌징 사람, 강남 사람, 웨이저우 사람이 되고 싶지 않습니다. 저희들은 '동이성' 사람이 되고 싶습니다."

"복잡하네. 그냥 직접적으로 말해."

"군대가 주둔하는 것은 안 됩니다."

판시엔은 입술 끝을 살짝 올리며 말했다.

"자넨 총명하니 잘 알겠지만, 이건 검성 대인이 이미 인정한 사실이야. 지금 와서 내가 어떻게 양보를 하겠나. 그리고 내 입장도 좀 이해해 줘. 난 경국의 수천만 백성을 설득하기 위해, 이미 최선을 다 했어."

리보우화는 미소를 지었다. 그는 태평전장의 주인답게 협상을 위해 먼저 무리한 부탁을 한 것일 뿐이었다. 그래서 웃으며 진짜 조건을 말했다.

"꼭 군대가 주둔해야 한다면, 흑기병이 주둔했으면 합니다."

"흑기병은 다 해야 1천 명이야. 그리고 그건 폐하께서 승낙하시지 않을 텐데."

"그럼 이전에 대황자가 이끌던 서만 정벌군 수하들로 해주십시오. 제일 좋은 것은 대황자가 직접 오시는 것이고. 이 이상은 저도 양보하기 힘들고, 사실 현실을 보더라도 그렇게 해야 합니다. 벌써 제후국들이 반발하기 시작했고, 그에 따라 민심도 동요하고 있습니다. 이 상황에서 무리하게 경국 군대가 들어오면 정말 문제가 커질 수 있습니다."

"흑기병이나 대황자 수하 서만 정벌군이 오면……그 문제가 해결된다는 건가?"

"흑기병의 주인은 대인이고, 서만 정벌군의 주인은 대황자입니다……동이성 백성들 모두, 대인이 예씨 아가씨의 후손이라는 것 그리고 대황자가 닝 재인의 아들이라는 것은 알고 있습니다."

'그렇다 해도, 그게 무슨 관련이 있지?'

"사람들의 마음을 보셔야 합니다. 동이성 역사상 가장 유명한 두 여인, 한 분은 천하의 부를 장악했고, 또 한 분은 경국의 황비가 되었습니다. 동이성 사람들은 이를 굴욕적이라 생각하지 않고, 무한한 영광이라 생각하고 있습니다. 동이성 백성들의 마음 속에서, 두 여인의 지위는 확고합니다."

'이해는 잘 안되지만…….'

"알았네. 그 논리로 한번 설득해 볼게."

"감사합니다."

리보우안이 이 말과 함께 떠날 준비를 하자 판시엔이 재빨리 다시 입을 열었다.

"잠깐만."

리보우안이 고개를 돌려 바라보자 판시엔이 의심스러운 얼굴로 물었다.

"자네들이 이렇게 많은 것을 나에게 준다면, 분명 날 감시할 방법도 생각해 냈을 텐데? 그게 윈즈란 하나는 아닐 것이고……윈즈란 자신이야 검려 밖에서도 나를 주시하며 감시할 테지만……자네들은 나를 어떻게 하려고 하나? 자네들도 알겠지만 날 쉽게 통제하거나 감시할 수 있다는 생각은 안 하는 게 좋아."

"저희는 그럴 생각도, 그럴 능력도 되지 않습니다."

"그래? 그런데 어떻게 감히 나에게 도박할 생각을 하는 거지?"

"저희 동이성은 다른 특별한 능력이 없습니다. 단지 돈 그리고……검뿐."

리보우안이 이 말과 함께 방을 나가자, '한 자루 검'이 방안으로 들어왔다.

"오늘부터 매일같이 대인을 따라다닐 거예요. 만약 대인이 배신하면, 제가 대인을 죽일 겁니다."

"네가 날 죽일 수 있기나 해?"

왕13랑은 고집스럽게 판시엔을 쳐다보며 대답했다.

"만약 제가 대인을 잘못 봤다면……죽일 수 없다면……그래도 죽일 겁니다."

"그게 아니라, 난 스구지엔이 비록 나에게 열두 자루의 검을 줬다지만, 나에 대한 그들의 충심은 다른 이야기잖아. 내가 항상 등에 칼이 찔릴까 걱정하며 밤을 지새울 수는 없잖아?"

"만약 누군가 대인을 해하려 하면, 당연히 제가 막아드리지요. 단, 대인이 먼저 배신하지 않는다는 전제하에서."

"왕13랑, 내 뒤에 그림자가 있는데 네가 뭘 어쩌겠다는 거야? 그리고 알잖아? 난 협박당하는 사람도 아니고, 그 느낌을 가장 싫어해. 윈즈란이나 리보우화가 날 믿지 않으면, 난 더 이상 할 이야기가 없어. 그냥 몇 달 후에 경국 대군을 끌고 와서 다시 이야기하자고."

"대인의 그 이야기도 협박 아닌가요?"

"오는 말이 고와야 가는 말도 곱지. 그리고 난 너를 이용하여 나를 통제한다는 그 생각 자체가 싫어."

"이건 저희들의 생각이 아니에요. 솔직히 말해서……저희들은 스승님의 명에 대해 이해하지 못 하겠어요. 특히 사형들은 대인과 교류도 많지 않았고, 대인이 어떤 사람인지도 모르니, 대인이 동이성의 미래를 생각해준다는 말을 어떻게 믿을 수 있겠어요……."

"믿고 안 믿고는 그 사람들 사정이고, 난 그들이 받아들이기만 하면 돼."

판시엔은 자리에서 일어나 그의 어깨를 가볍게 툭 치며 말을 이었다.

"그리고 넌 내 친구잖아. 난 내 친구가, 내 옆에서, 나의 일거수일투족을 감시하길 바라지 않아."

판시엔은 왕13랑의 눈을 보며 진지하게 말했다.

"친구는 서로 돕고, 서로 지지하고, 어떤 이유도 묻지 않는 거야. 넌 스구지엔의 태도를 나에게 전달했고, 난 나의 태도를 스구지엔에게 전달했고. 그러니까 너, 나, 스구지엔 사이에 신뢰 관계가 형성되었지. 하지만 넌 오늘 이후로……너의 태도를 밝혀야 해. 사람은 모두 자기를 위해 사는 거야. 지금 이 세상에 국가니 대의니 하며 떠드는 사람은 많은데, 내가 볼 때 너의 성격은 그런 것들과 거리가 멀어."

"대인은 그런 것들에 가깝구요?"

"난 정말 어쩔 수 없어서 그런 거야. 하지만 최대한 저항을 하지. 왜냐하면 나도 악인이 되기는 싫지만, 무고한 사람들을 다 죽여버리는 것은 더 싫으니까."

"천하에서 대인을 압박할 수 있는 사람들도 있나요?"

판시엔은 잠시 침묵하다 갑자기 입을 열었다.

"사실 나도 잘 모르겠어. 하지만 근본적으로……난 내가 하고 싶은 대로 하는 사람이야."

판시엔은 검려 문 앞에 조용히 서 있었고, 그 뒤에는 왕13랑이, 그리고 멀지 않은 곳에 열두 명의 검려 제자들이 있었다. 그리고 그의 옆에는 경국 사절단이 있었고, 감사원 관원들은 보이지 않는 곳에서 주변을 살피고 있었다.

경력 10년에 열린 검려 개방 의식. 하지만 이전과 달리 오늘은 천하에 놀랄 만한 소식을 전하는 행사이기도 했기에, 천하 각지에서 적지 않은 사람들이 참석했다. 사람도 너무 많았고, 검려 안팎으로 매우 복잡했지만, 판시엔의 안전을 걱정하는 사람은 아무도 없었다. 천하에서 경국 황제 외에 누가 판시엔을 해할 수 있겠는가. 심지어 그의 옆에 9품 고수가 십여 명이 서 있는데.

판시엔은 침착한 얼굴로 각지에서 온 거상들, 북제와 경국의 사절단들을 맞이했는데, 북제 사절단의 얼굴 표정만은 그렇게 좋지 않았다. 물론 판시엔은 그 점에 대해서 전혀 개의치 않았다.

검려 밖에서 폭죽이 터지고, 하얀 연기가 피어오르며 종이 조각들이 사방으로 날렸다. 이것을 신호로 하여 모든 상점과 민가에서 동시에 폭죽이 쏘아 올려졌고, 남녀노소 모두가 거리로 나와 기쁨 반 걱정 반의 표정으로 검려 방향으로 시선을 돌렸다.

스구지엔의 죽음.

동이성의 경국으로의 명의상 귀속.

윈즈란이 먼저 검은 관 앞에 무릎을 꿇으며 명을 내리자, 검려의 모든 제자들이 차례로 무릎을 꿇었고, 마지막으로 판시엔도 예를 올렸다. 그리고 윈즈란이 스구지엔의 공식적인 유언을 전했다.

"……윈즈란을 동이성의 성주(城主) ……."

'윈즈란이 동이성 성주? 그럼 검려는 왕13랑에게 맡기는 건가?'

판시엔이 이렇게 생각하고 있을 때 윈즈란의 마지막 말이 들렸고, 판시엔은 그 유언을 듣자마자 눈이 번쩍 뜨이며 어리둥절한 표정으로 자리에서 일어났고, 천 명에 가까운 사람들의 시선이 그에게 향했다.

"판시엔 모친의 호적이 동이성에 있고, 스스로도 검법에 능하며, 실력이 출중한 인재이기에, 앞으로 판시엔이 검려의 개방 의식을 진행한다."

'내가? 환청인가? 내가?!'

검려의 개방 의식은 정기적이진 않았지만 대략 20년 동안 열렸는데, 검려를 대외적으로 소개하고 때로는 새로운 제자를 들이기도 하는 행사였다. 지금까지 그 행사를 진행하던 사람은 다름 아닌 스구지엔이었다. 다시 말해, 그 의식을 진행하는 자가 '검려의 주인'이었던 것이다.

'이것이 윈즈란이 말한, 열두 제자를 내가 통제할 수 있게 하는 방법? 검려를 통째로 나에게 준다? 그런데 황제 아버지가 이를 어떻게 생각할까……아, 스구지엔 이 영감탱이 정말 끝까지…….'

세상을 비추는 태양은 하나.

'황제가 아무리 마음이 바다 같다고 해도, 내가 이렇게까지 빛을 내는 것을 보고만 있을까? 아이고 머리야.'

윈즈란은 그의 당황한 눈빛을 보지 못한 듯, 자연스럽게 그의 앞으로 와 공손하게 예를 올리며 말했다.

"부탁하네."

'부탁? 뭘 부탁해? 잘 부탁한다고? 나중에 부탁한다고?'

판시엔은 실소가 터졌지만, 천천히 주위를 훑어본 후 생각을 한 뒤 입을 열었다.

"이거 진짜 생각을 못했네. 스구지엔이 죽어서도 날 놓아주질 않는구만."

"스승님께서 판 대인을 최대한 도우라고 했네. 시간이 많이 흘렀으니, 어서 가서 스승님의 검을 이어받고 개방 의식을 진행하게."

"그럼 이 의식을 진행하면, 검려 열두 제자 외에 손제자까지 모두 나의 명령에 따르는 건가?"

"맞네."

"그럼 너는?"

"난 동이성 성주가 되었으니, 이미 검려 사람이 아닌 것이네. 그러니 대인의 명을 따를 의무는 없지."

"이런 거였나? 스구지엔이 날 견제하는 방식이?"

판시엔은 쓴웃음을 지으며 다시 말을 이었다.

"하지만 잊지 마. 스구지엔이 너를 동이성 성주에 임명했다지만, 지금 동이성이 경국에 귀속되었으니, 결국 경국 황제의 성지가 내려지지 않으면 그 자리에 있을 수 없는 거야."

"그건 판 대인이 해 주리라 믿네."

'그래도 어쨌든 스구지엔이 그림자에게 검려 주인 자리를 넘기지 않아서 다행이야. 상황이 이렇게 되었으니 뭐 어쩔 수 없지.'

판시엔은 잠시 침묵하다, 멀지 않은 곳에 있는 경국의 예부 시랑에게 고개를 한번 끄덕인 후 윈즈란의 손을 가볍게 잡았다. 윈즈란이 미간을 찌푸리자 판시엔이 웃으며 말했다.

"좀 웃어. 기왕 하는 연극, 밝고 즐겁게 연기하자고. 검려와 동이성 성주. 이제 우리는 이후에 협력하는 관계 아닌가? 마치 경국과 동이성 관계 같구만."

판시엔은 이 말과 함께 미소 띤 얼굴로 윈즈란의 손을 잡고 높게 올렸다.

스구지엔이 누워있는 검은색 관 앞에, 그리고 무수한 관중의 눈앞에서, 제2대 검려의 주인과 몇 대인지도 모르는 동이성의 성주가, 그렇게 손을 맞잡았다.

'이제 검려와 동이성 성주 문제는 끝났고……제후국들과 동이성 백성들의 민심만 잡으면 되겠어.'

# 제13장

## 필연적 우연

검려의 주인과 동이성의 성주가 새로 정해졌지만, 동이성이 경국에 귀속되는 일은 사실 매우 복잡하고 민감한 문제였다. 어떻게 동이성의 백성들이 하루아침에 경국의 백성이 될 수 있겠는가. 특히 동이성이 사실상 지배하고 있는 작은 제후국들에서는, 옌징에 주둔한 경국 군대의 실력을 알고 있는 송나라를 제외하고는, 일찌감치 불복하는 분위기가 흐르고 있었다.

물론 그들이 선택할 수 있는 수단이 많지 않아 불복이라 해야 지역적인 항쟁, 의적 정도였지만, 불과 보름 사이에 그 항쟁이 네 곳에서나 일어났다. 그래서 감사원 8처는 동이성 성주 집안과 호흡을 맞추어 맹렬한 선전 공세를 펼쳤고, 4처도 암암리에 밀정을 파견하고 사람들을 매수해 반항을 잠재우려 노력했다. 선전 내용은 평화, 공영, 미래 같은 재미없는 것이었지만, 확실히 그 효과는 나타나기 시작했다.

판시엔도 쉬지 않고 일했다. 정복을 하려면, 먼저 존경을 받아야 한다. 판시엔은 밤을 새서 준비한 문장과 명분을 무기삼아, 매일 같이 동이성의 거물급 인사들과 실권을 쥐고 있는 지방 유지들을 만나고 설득하고 안심시켰다. 이런 다방면의 노력으로 불복의 분위기는 조금씩 사라져가고 있었다. 물론 완전히 경국에 '실질적'으로 귀속되기까지는 몇 년, 몇 십 년이 걸릴 지 모를 일이지만.

그러던 어느 날, 판시엔과 검려 제자들 그리고 윈즈란을 필두로 한 동이성 관원들이 성 밖에서 누군가를 기다리고 있었다. 판시엔은 고개를 숙인 채 이리저리 서성이고 있었고, 그 외에 수백 명의 동이성 사람들 얼굴빛은 그렇게 밝아 보이지 않았다. 판시엔도 지금은 특별히 그들을 자극할 생각이 없었다.

'웅웅웅웅웅웅…….'

땅이 미세하게 울리기 시작했고, 판시엔 옆 윈즈란의 몸도 떨리기 시작했으며, 이어서 성 밖에 있는 모든 사람들의 몸이 떨리기 시작했다. 그리고 성주 집안 사람과 동이성 관원들, 특히 검려 제자들의 얼굴이 더욱더 창백해지기 시작했다.

'다그닥다그닥다그닥…….'

모두의 시선에 기병이 하나, 둘, 셋……백……천 개가 나타났고, 숙연하고 웅장한 기세로 동이성으로 달려오는 기병은 보는 사람 모두를 압도했다.

천하 제일 경국 군대.

경국 황제 동이성 정복의 상징.

만 명의 군인들은 5로 변경 군대에서 한 달에 걸쳐 차출되었고, 그들은 짧은 시간 안에 노련한 장군에 의해 단련되었다.

전임 서만 정벌군 원수(元帥) 대황자.

판시엔은 대황자를 중심으로 빽빽하게 서 있는 기병들을 훑어보면서 냉소를 지었다. 황제는 판시엔의 간곡한 설득에 대황자를 동이성에 파견하긴 했지만, 동이성 주둔군에 실제 전임 서만 정벌군에서 대황자와 같이 싸웠던 명장들은 몇 없었기 때문이다.

'의심 많으신 황제 늙은이가 대황자를 동이성에 오래 있게 하질 않으시겠지……생색만 내고 곧 징두로 부르실 거야.'

우레와 같이 울리던 말발굽 소리가 멈추자, 1만 명에 달하는 기병의 회색 갑옷이 동이성의 태양 아래에서 눈부시게 빛났다. 그리고 1만 쌍의 냉혹한 시선이 그들을 마중 나온 사람들에게로 쏟아졌다. 경국 군대의 엄격한 규율, 숙연한 기세, 최신식의 무기에서 자신감을 넘어 거만함까지 느껴졌다.

'다그닥다그닥다그닥.'

작지만 위엄있는 말발굽 소리가 일순간 성문 앞 고요를 깨트렸다.

천자(天子)의 의장(儀仗).

경국 천자의 의장 깃발이 경국 군대와 함께 동이성 밖에 도착했다. 천자의 의장기 옆에 선 원수(元帥) 대황자는 은색 갑옷을 입고, 큰 검을 허리에 차고, 긴 창을 한 손에 쥐고 있었다.

그리고 침착하게 성문 밖의 모든 이들을 훑어보았다.

무거운 침묵.

윈즈란이 눈을 감고 한참을 침묵하다, 천천히 눈꺼풀을 올리고, 천자의 의장기 앞으로 걸어가 무릎을 꿇었다. 성주(城主)가 무릎을 꿇으니, 동이성의 모든 관원과 제후국의 왕공 귀족들이 잇달아 무릎을 꿇었다.

하지만 검려의 제자들은 꿇지 않았다. 그들은 강호인 아니던가. 심지어 그들은 1만 명의 경국 기병을 앞에 두고도 일말의 두려운 기색조차 없었다. 천하의 9품 고수 중 절반이 이곳에 모여 있으니, 그들은 근본적으로 무엇도 두려워하지 않는 듯 보였다.

무한한 분노와 전의(戰意)만 있을 뿐.

대황자는 말 위에서 고집스러운 그들을 바라보았다. 그리고 입을 열려고 하는 순간, 아주 익숙한, 하지만 조금은 피곤해 보이는 목소리가 귀에 들렸다.

"검려 제자들은 명을 들어라. 성으로 돌아가 성주 집안을 도와 치안을 유지하라."

이 말에 검려 제자들은 아무도 감히 말을 하지 못했다. 문파 주인의 명이기도 했지만, 그보다 판 대인이 그들에게 최선의 출구를 열어주었다는 것을 알고 있었기 때문이다.

"아……."

판시엔의 명에도 불구하고 한참을 고집스럽게 서 있던 검려 제자 무리에서 무겁고 긴 탄식 소리가 들렸다. 둘째 제자 리보우화가 소리 없이 눈물 두 방울을 흘리고, 사제들을 데리고 성 안으로 발걸음을 돌렸다.

왕13랑은 사형을 따라가지도, 무릎을 꿇지도 않았다. 그는 그저 냉담한 얼굴로 판시엔 옆에 서서 경국 기병들을 바라보고 있었다. 마치 눈앞에 아무도 없는 것처럼. 대황자는 판시엔의 눈을 한번 보고, 어쩔 수 없다는 듯이 손짓을 하니, 다이 태감이 그의 옆으로 와 의장기 옆에 서서 무릎을 꿇은 동이성 관원들에게 경국 황제의 성지를 읽어 주었다.

"짐이 스구지엔 선생이 세상을 떠났다는 소식을 듣고……그의 높은 뜻……그의 백성을 위하는 마음……진심으로 존경의 뜻……."

판시엔은 성지에서 황제의 진심을 느낄 수 있었다. 물론 스구지엔을 죽인 황제의 이 말을 동이성 사람들이 어떻게 듣느냐는 별개의 문제였지만. 그리고 성지가 너무 길었다.

'황제 아버지가 늙었어……확실히 성격도 온화해진 것 같고.'

길고 긴 성지의 끝에, 윈즈란을 동이성 성주로 임명한다는 내용이 있었고, 이후에 징두로 불러 정식 책봉을 하겠다는 말도 있었다. 윈즈란은 천천히 몸을 일으켰고, 두 손으로 성지를 받았고, 다시 한번 예를 올렸다.

그 후로 복잡하지만 중요한, 정복과 피정복에 관련된 의식이 진행되었다.

대황자는 말에서 내려 판시엔 곁으로 걸어왔다.

"좀 전의 그런 행동은 옳지 않네."

판시엔은 순간 무슨 말인지 몰랐지만, 이내 자신이 검려 제자들을 돌려보낸 행위에 대해 말한 것이라는 것을 눈치챈 후 대답했다.

"제가 이미 많이 지쳤어요. 그 분위기에서 어떻게 해야 할지 모르겠더라구요."

"검려 제자들도 분명한 태도를 밝혀야 해."

대황자는 엄숙한 표정이 조금 밝아지며 말을 이었다.

"하지만 내 생각에는, 자네가 전반적으로 일을 아주 잘 처리했어."

판시엔은 미소를 살짝 지은 후 말했다.

"검려 제자들의 태도는, 이후에 폐하께 직접 보여드릴게요."

그는 옆으로 고개를 돌리며 이어 말했다.

"13랑, 네가 검려를 대표해서 이 의식에 참가해 줘."

왕13랑은 말을 하지는 않았지만, 아주 침착한 눈으로, 아주 간단하고 명확하게 판시엔에게 무언(無言)의 질문을 던졌다.

'제가 왜?'

"왜냐하면, 넌 단순한 사람이니까. 내가 너에게 그걸 배웠지. 내가 단순하면, 이 세상도 날 단순하게 대한다."

판시엔은 대황자를 한번 힐끔 바라보고는 왕13랑의 어깨를 가볍게 치며 말을 이었다.

"너도 이 일이 복잡해지지 않길 원하잖아. 좀 해 주라."

왕13랑은 머리가 아팠지만, 또 어쩔 수 없다고도 생각했다. 그래서 단순한 왕13랑은, 단순하게 생각하고, 단순하게 판시엔의 부탁을 들어주었다.

동이성에 1만 명의 경국 군대 주둔지가 꾸려졌지만, 최종적으로 5천 6백명 정도만 동이성에 남겨졌고, 나머지는 주변 제후국들로 보내졌다. 그리고 이날 저녁에 성대한 연회가 열렸는데, 연회에 참석한 대황자는 술도 마시기 전에 판시엔을 데리고 조용한 서재로 들어갔다. 그리고 품에서 비밀 성지 하나를 꺼내 판시엔에게 건넸다. 판시엔이 습관처럼 무릎을 꿇자 대황자가 웃으며 말했다.

"우리 둘밖에 없는데 무릎은 무슨."

판시엔은 멍한 표정으로 대황자를 보았는데, 이내 웃으며 일어나 봉인을 뜯고 자세히 읽은 후 탄식하며 말했다.

"제가 먼저 징두로 돌아가고, 전하가 저 대신 여기서 3개월 있으라?"

판시엔은 조소를 띠며 이어 말했다.

"그럼 3개월 후에는 제가 다시 여기로, 전하는 다시 징두로? 우리는 언제까지 이 짓을 해야 하는 걸까요?"

그는 대황자의 대답을 기다리지 않고 진지하게 말했다.

"동이성을 진정으로 귀속시키려면 어떤 사람이든 진득하게 붙어 있어야 하는데, 폐하께서는 도대체 무슨 생각이신지……."

"나도 모르겠네. 그리고 자네가 검려의 주인이 된 것에 대해 폐하께서 아무 말도 하지는 않으셨지만, 분명 기뻐하는 눈치는 아니었어."

"그 외에 무슨 방법이 있겠어요. 만약 제가 그것을 거절하면, 검려를 장악하는 일은 처음부터 다시 해야 하는데."

"부황도 그 뜻은 알고 있네. 허나 자네가 돌아가서 다시 한번 소상히 설명해 드리게……그리고 난 이번에 자네 대신 잠시 이곳에 머무는 것일 거야. 폐하께서 내가 여기 오래 머무르는 걸 허락해 주실 리가 있겠나."

"어차피 폐하께서 절 재촉하시지는 않으니, 제가 여기 좀 더 머물면서 전하를 도와 드릴게요. 상황이 좀 안정된 후 징두로 돌아가죠, 뭐."

"감사원은 자네가 직접 관리해야 하니, 폐하께서 자네를 오랫동안 징두 밖에 머물게 하진 않으실 거야. 그러니 징두로 가면 자네가 기회를 봐서, 이후에 동이성을 누가 맡을 것인지 물어봐 주게."

"저는 폐하께서 너무 강경한 사람을 보내실까 걱정이네요. 동이성의 민심을 건드리지나 않을까……전하는 반은 동이성 사람이라 괜찮겠지만……."

판시엔은 잠시 말을 끊고 진지한 목소리로 다시 입을 열었다.

"물론 이 말을 다른 사람 앞에서는 안 해요."

대황자는 판시엔의 사려 깊은 말에 내심 감동하며 고개를 끄덕였다.

"쳔핑핑은 징두를 떠날 준비를 하고 있나요?"

"이미 떠날 준비에 착수했네. 며칠 전 입궁해서 사직을 고했고."

대황자는 쳔핑핑이 황제에게 가진 대역무도한 마음을 알지 못했고, 단지 쳔 원장이 나이가 많아 요양을 하러 징두를 떠난다 생각하고 있었다. 하지만 판시엔도 더 이상 설명하지 않았고, 화제를 바꿔 마지막 질문을 던졌다.

"이번에 온 군대에 당시 서만 정벌군 사람이 별로 없어 보이던데, 전하가 완전히 통제하실 수 있으실까요?"

"병졸들은 당시 나와 같이 했던 이들이 대부분인데, 중간층 장군들은 거의 모르는 사람이라 나도 걱정이네."

판시엔은 징두로 돌아가는 마차 안에서 지난 동이성에서의 일들을 생각하며 제법 만족한 표정을 짓고 있었다. 제후국 중에 결국 량(粱) 나라가 크게 소란을 피우자 대황자가 군대를 끌고 가 4백여 명을 죽이며 진압했지만, 경국 군대의 위세를 본 다른 제후국들은 이후에 제법 조용해지며 전체적인 분위기가 안정되고 있었기 때문이다.

'그래 동이성도 어느 정도 안정되었고, 십가촌이야 아버지가 봐주실 거고, 쳔핑핑도 곧 징두를 떠날 것이고, 가장 중요한 폐하의 나에 대한 믿음도 아직 굳건한 것 같고……대세는 정해졌어. 이런 분위기라면 분명 황제와 나 사이에 새로운 길을 찾을 수 있을 거야.'

마차는 동이성을 떠나 관도를 따라 천천히 징두로 향하고 있었는데, 판시엔은 전혀 조급해하지 않았고 대신 주위의 짙고 옅은 황금색 단풍 나뭇잎들이 만들어 내는 한 폭의 유화 같은 가을 풍경을 즐기고 있었다.

물론 그렇다고 가는 길 내내 평화롭지만은 않았다. 경국의 권력 있는 신하, 검려의 주인, 동이성 침략자의 대표 인물, 경국 황제의 사생아인 판시엔. 동이성 주변 제후국들의 의적들이 그를 가만히 놔둘 수 있겠는가.

그들은 투항하길 거부하고 산으로 들어갔고, 그들 대부분들은 소위 강호의 사람들이었기에 어떻게든 그를 공격하려 했다. 그 수가 많지는 않았지만, 어쨌든 무공을 소유한 자들이었기에 암살이나 기습 공격 심지어는 자살 공격도 서슴지 않았다.

옌징에 도착하기까지 이십여 일 동안 검은색 감사원 마차는 총 일곱 차례 공격을 당했고, 옌징까지는 판시엔에게 흑기병도 없고 대황자가 붙여준 기병 1천밖에 없었기에, 이들 공격을 막아내기 위해 적지 않은 대가를 치렀다. 그리고 급할 것은 없었지만, 징두로 가는 일정도 조금 더 늦어지게 되었다.

'이놈의 공격 때문인가 징두에서 올 소식을 못 받은지 3일이나 되었네. 쳔핑핑은 출발했겠지?'

판시엔의 마차가 산 넘고 물 건너 징두로 오고 있을 때, 경국의 영토 내에 또 다른 길고 긴 검은색 마차 행렬이 고독하게 밤길을 달리고 있었다. 행렬 중 가장 크고 넓은 마차 안에는 늙은이 하나가 타고 있었는데, 무릎에 양모로 된 담요를 덮고 혼탁한 눈으로 끝이 보일 것 같지 않은 밤길을 무심히 바라보고만 있었다.

감사원 전임 원장, 암중에서 검은 세력을 수십 년간 좌지우지한 사람, 경국 황제에 충성을 다 바친 신하, 경국 문관 대신들이 가장 싫어했던 인물, 북제와 동이성 사람들이 가장 두려워했던 경국 사람, 천하 세력 전체에 영향을 끼친 거물 쳔평핑이, 드디어 퇴직을 하고 여생을 보내기 위해 고향으로 돌아가는 여정에 올랐다.

그리고 일등 공로가 인정되어 그에게 무수한 상이 내려졌다.

명예롭게 은퇴하여 고향으로 돌아가는 길. 이 장면은 분명 황제가 늙은 검은 개에게 주는 무한한 영광을 표현해 주고 있었다.

쳔핑핑의 고향은 경국의 동쪽에 있었다. 지도에서 보면 동이성의 아래쪽. 하지만 딴저우와 쟈우저우와는 상당히 떨어져 있고, 강남로와 조금 더 가까이 있는 그리 발달하지 않은 가난한 지역. 징두에서 그곳으로 가는 길은 아주 멀었고, 하루 종일 움직여 다다른 곳은 고작 다저우(達州, 달주). 작은 마을이었지만, 쳔핑핑의 고향으로 가려면 반드시 거쳐야 하는 지역.

쳔핑핑은 일부러 자신의 여정을 비밀에 부쳤는데, 그것은 자신이 지나가는 지역마다 관원들이 놀라면서 나와 황송해하며 고개를 숙이는 것을 방지하기 위함이었다. 그런데 이상하게 오늘 다저우는 성 전체에 등불이 켜져 있었고, 다저우 관아 관원들이 형부(刑部)의 문책과 명을 받으며 급하게 무엇인가를 조사하는 듯 했고, 민간인으로 보이는 어떤 사람이 피를 흘리며 포위되어 있었다. 쳔핑핑은 마차의 장막을 걷고 그 모습을 실눈을 뜨고 바라보며 생각했다.

'다저우에 그리 중요한 인물이 없는 것으로 기억하는데……형부까지 나서다니……누구지?'

쳔핑핑은 자신의 행렬과 함께하는 낯선 얼굴의 관원을 불러 몇 마디 물었다. 그 관원의 얼굴은 확실히 쳔핑핑, 그리고 마차 행렬의 모든 사람들에게 낯설었다. 하지만 그 관원은 눈에서 어딘지 익숙한 듯한, 살짝 교활한 눈빛을 내뿜으며 능글능글한 목소리로 말했다.

"제사 대인도 징두를 오시는 길일 텐데, 저희가 조금 더 일찍 도착했네요."

쳔핑핑은 피곤한 목소리로 '응' 이라 대답하였는데, 눈빛에서 매우 복잡한 정서가 스쳐갔다. 그는 자신이 징두를 나서기 전 황궁에서 황제와 마지막으로 나누었던 대화가 생각났고, 그는 이미 폐하의 '진의(眞意)'를 눈치채고 있었기 때문이다.

이 세상에서 그보다 황제를 잘 이해하는 사람은 없다.

그래서 그의 마음이 복잡해졌다.

그리고 마차 옆에서 그를 지키던 낯선 관원은 불이 훤히 밝혀져 있는 다저우를 보고, 피를 흘리며 관원들에게 포위되어 있는 한 사람을 보며, 놀람과 동시에 또 다른 의미에서 마음이 복잡해졌다.

여러 해 후, 감사원이 경력 10년 초가을 사건들을 다시 정리하기 시작했을 때, 여전히 설명되지 못하는 일들이 많았다.

'판시엔이 동이성에서 징두로 향했을 때, 동이성 의적들의 기습을 받은 것은 우연인가, 누군가 의도한 것인가?'

'쳔 원장이 고향으로 돌아가는 길에서 꼭 거쳐야 하는 다저우에, 하필 그가 그곳을 거치는 시간에 다저우에 불이 밝혀져 있었고, 성 내에 살기가 충만해져 있었던 것은 우연인가, 누군가 의도한 것인가……아니면 하늘의 뜻?'

하지만 최소한 다저우에서 공무를 보던 형부 관원들은 성 밖에서 검은색 마차를 마주하게 될지 몰랐으며, 그 안에 쳔 원장이 타고 있을 거라고는 상상도 못하고 있었다.

그들은 그저 높은 곳에서 내려온 명령을 받아 들어, 1년이 넘는 시간을 조사하여, 겨우 대역죄인 하나를 찾아낸 것뿐이었다. 하지만 그들은 그 대역죄인이 정확히 누구인지는 모르고 있었고, 그가 무슨 죄를 저질렀는지도 몰랐다.

하지만 정말 하늘의 뜻은 있는 것인가.

어찌 보면 전혀 관련 없는 몇 가지 사건들이 절묘하게, 또는 의도적으로 겹쳐 쳔핑핑이 하늘과 천자(天子)의 뜻을 깨닫게 되고, 이곳에서 고향으로 내려가는 길을 멈추고 다시 징두로 돌아가게 만들었다.

다저우에서 발생한 일을 설명하기 위해서는 한 달 넘게 시간을 거슬러 올라가야 하고, 사실 그 일은 다저우에서 발생한 것만으로는 설명될 수 없었다.

판시엔은 그때 동이성 해변가에서 스구지엔이 말한 '신념'과 '의지', 쿠허가 남긴 소책자의 내용 등을 생각하고 있었다. 그러다 파도가 일었다 사그라드는 것을 보고, 인생도 풍파가 일더라도 다시 어제 오늘과 같이 평온해질 것이라는 생각이 들었다. 모든 문제를 해결할 수 있을 거라고. 그렇게 득의양양해 있었다.

하지만 세상사는 이미 미묘한 변화가 일어나고 있었다.

7월 초 어느 날, 대륙 전체는 1년 중 가장 뜨거운 태양으로 뒤덮였고 징두도 예외가 아니었다. 3황자 리청핑은 땀을 뚝뚝 흘리면서도 손에 든 책을 놓지 않고 있었다. 그의 얼굴에는 기방을 운영하며 수많은 사람의 피를 흘리게 했던 그때의 모습이 전혀 남아 있지 않았고, 나이에 걸맞지 않은 의연함마저 풍기고 있었다.

그를 불과 몇 년만에 이렇게 바꾼 사람은 둘. 하나는 그의 황제 아버지, 하나는 그의 형이자 스승 판시엔. 황제 앞에서 3황자는 절대 실수를 하려 하지 않았다. 그는 형들의 죽음을 보며 부황이 얼마나 무서운 사람인지 알게 되었기 때문이다.

무서웠기에 공손했고, 실수를 하지 않았다. 리청핑은 모반 사건 이후 판시엔을 만난 적도 거의 없고, 간혹 어머니에게 소식만 물을 뿐이었다. 하지만 판시엔은 이미 그를 많이 바꾸어 놓았다. 그중에서도 가장 큰 영향은, 그가 앞으로 무엇을 할 것인지, 무엇이 될 것인지 알려줌으로써 그의 진실한 감정을 이끌어낸 것이었다.

경국 황제가 될 사람. 천하의 백성들이 우러러볼 사람.

작은 이익에 연연하지 않아야 할 사람.

수방궁의 궁녀 싱알은, 땀을 뻘뻘 흘리며 책을 읽는 3황자가 안타까운 듯 그의 옆으로 와 조용히 말을 건넸다.

"전하, 좀 쉬실까요? 오늘 날씨가 너무 덥고, 폐하께서도 오늘 수방궁에 들리실 계획이 없으니……."

리청핑은 진지하게 고개를 저으며 대답했다.

“이건 스승님이 주신 책 명단인데, 올해 안에 다 봐야 해. 그리고 다 베껴 써서 스승님께 전달도 해야 하고.”

“공작 대인은 동이성에서 바쁘신데, 이런 것까지 기억하고 계실까요?”

“그러고 보니 너무 오랫동안 출궁을 하지 않았네……스승님께서 동이성 일은 잘 처리하고 계신지…….”

“공작 대인이 어떤 인물이신데, 잘 하실 겁니다. 그리고 듣기로도 동이성 일은 대부분 잘 해결되어, 곧 대황자 전하께서 군을 이끌고 동이성으로 가실 거라 합니다.”

“나도 같이 가고 싶네. 지금까지 살면서 가장 즐거웠던 일은 모두 궁 밖에서 생겼는데, 하나는 판스져와 포월루를 만든 것, 다른 하나는 스승님과 강남을 갔던 것이지. 허나, 이제는 언제 다시 황궁 밖으로 나갈 수 있을지 모르겠구나.”

리청핑의 눈빛에 한없는 그리움의 기색이 스쳐 지나갔다.

그때, 태감 하나가 수방궁으로 들어와 그에게 공손히 예를 올렸다.

“야오 공공, 무슨 일인가?”

“황실에서 오래된 사건 몇 개를 조사 중인데, 사건 중 하나가 전하와 연관이 되어 있어, 부득이하게 전하의 독서를 방해하게 되었습니다.”

‘오래된 사건? 나와 관련된? 심지어 나에게 물어야 할 만큼 중요한 사건? 포월루? 그건 스승님께서 이미 당시에 다 처리했고, 설령 다시 조사한다 해도 그 일로 나까지 조사할 리는 없는데……모반 사건 이후로는 내가 출궁을 한 적도 거의 없고……잠깐, 설마 그 사건?’

리청핑은 인생에서 가장 공포스러웠던 한 순간을 떠올리며 얼굴이 살짝 창백해졌다.

'그 사건은 확실히 수상하긴 했지. 하지만……감사원에서 조사를 했을 때, 아무런 증거도 없고 심지어 작은 단서도 없다고 결론이……심지어 그 뒤로 스승님께서 그 사건을 별도로 조사하지 말라고 조용히 말했었는데……갑자기 왜 황실에서 이 사건을 다시?'

"그 사건 당시 난 너무 놀라, 사실 어떤 것도 기억하지 못하네."

"당시에 죽은 태감들의 얼굴을 생각나는 대로 그려 주시면 어떨까요?"

모반 사건 당시 사건에 연루되어 너무 많은 태감들이 죽었었기 때문에, 3황자를 암살하려 했던 태감 둘이 누구였는지도 제대로 파악이 안되어 있었던 것이다. 3황자는 수상쩍은 냄새를 맡고 미간을 찌푸리며 말했다.

"난 책을 읽어야 한다네. 그리고 내가 이렇게 건강하게 살아있는데, 그런 작은 일에 너무 괘념치 말게."

"전하께서 그렇게 말씀하시면 제가 어찌할 바를 모르겠습니다. 전하는 황실의 후예인데, 누가 감히 전하에게 그런 몹쓸 짓을……폐하께서 대노하시며 저에게 성지를 내려 철저히 조사하라고……."

'부황께서는 도대체 무슨 생각이시지? 정말 대노하셨으면, 왜 지난 3년 간은 가만히 계시다가 지금에 와서야…….'

7월 초 그날, 3황자는 자신을 죽이려 했던 태감 둘의 모습을 기억해내려 노력하기 시작했다.

그날, 징두 부윤 순징슈의 딸 순핑알은 하늘의 별을 보며 공작 대인이 자신과의 약속을 지켰다는 사실에 흐뭇한 미소를 짓고 있었다.

그날, 쳔핑핑은 고향으로 돌아갈 준비를 하고 있었고, 진원의 미녀들은 그의 명령에 따르지 않고 고향으로 같이 돌아가 그의 임종을 지키고 싶다며 울부짖고 있었다.

그날, 완알은 두 자녀들에게 음식을 먹인 후, 판씨 집안 장원의 회계 보고를 듣고 있었고, 항저우회 회계 선생들은 다른 방에서 대기하며 올해 민생을 구제하기 위해 쓴 돈의 액수를 보고할 준비를 했다.

그날, 북제 황궁에서는 북제 황제가 정전(正殿)의 용의에 앉아, 궁전 내 연못 안 하얀 모래 위에 누워 있는 물고기들을 망연자실한 눈빛으로 바라보고 있었다. 그녀의 손에는 상주문 몇 개가 들려 있었는데, 거기에는 스구지엔이 죽을 때의 상황과 동이성과 남경 간 협의를 정리한 내용이 담겨 있었다.

'이렇게 동이성 일이 평탄하게 흘러가고, 경국 황제와 판시엔 사이의 모순이 결국 폭발하지 않는다면, 북제는 앞으로 어떻게 해야 하는 것인가.'

7월 초의 그날, 여전히 7월 초의 그날, 천하의 중요한 인물들은 모두 범상치 않은 일들을 겪었지만, 역사의 한 변곡점에서, 역사를 진정으로 바꾼 사건은 징두도 샹징도 아닌 경국의 외진, 주목받지 않는 어느 지방에서 일어났다.

그것은 그저 의례적인, 그리고 따분한 치안 순찰이었다. 지역 관아 관원 몇이 따분하게 뙤약볕 아래에서 땀을 흘리며 느릿느릿 걸어가다, 골목 안 이름 없는 식당 처마 그림자 밑으로 가 휴식을 취했다.

이때, 얼굴에 건강한 홍조를 띤 젊은이가 만족감에 가득 찬 얼굴을 하고, 긴 젓가락으로 능숙하게 솥에서 국수 면발을 집어 올려 그릇에 나눠 담았다. 그런데 그가 긴 젓가락을 다루는 모습이 마치 긴 칼을 든 것처럼 느껴지는 이유는 무엇일까?

가오다. 그는 장도(長刀)를 평생 연마했지만, 이미 그가 긴 칼 대신 긴 젓가락을 든 지도 어느새 3년째. 심지어 그는 변장도 했고, 이름도 바꿨다. 그는 대동산에서 탈출한 후 곳곳을 떠돌아다니며 호적제도, 통관 서류 등으로 엄청 애를 먹었지만, 평온한 삶을 살겠다는 의지 하나로 이 모든 고통을 견뎠다.

결국 아무도 주목하지 않는 조그마한 성 다저우에 오게 되어 비로소 정착하게 되었고, 눈에 띄지 않는 작은 골목에 노점을 내고, 매일 햇빛을 쬐고, 국수를 먹으며 지냈다. 그리고 부인과 아들이, 그의 매일 같이 반복되는 평온한 일상을 함께 했다.

'이것이 진정한 행복 아닐까?'

그는 항상 같은 생각을 하며 일을 마치고 집으로 들어가서 아내와 아들을 안았다. 그리고 칼을 더 이상 다루지 않는 것에 어떠한 미련도 없는 자신을 보며 웃었다.

물론 그는 여전히 모든 것을 조심했다. 자신이 저지른 일이 알려지면, 자신의 존재가 드러나면 멸문지화를 당할 것이기 때문이다. 그리고 무엇보다 판 대인에게 엄청난 누를 끼치게 될 것이었다.

그래서 그는 여기에 숨어서 판시엔을 지켜봤고, 사람들이 판시엔의 공적을 이야기하는 것을 들으며 즐거워했다. 3년 동안 제사 대인은 아주 잘 지내고 있어 보였고, 그동안 경국을 위해 무수한 공을 세웠고, 최근에는 동이성을 경국에 귀속시키는데 결정적인 역할을 했다고 들었다.

기뻤고, 술도 여러 번 마셨고, 판 대인이 정말 대단하다 생각했지만, 죄명을 벗기 위해 판 대인을 찾으려는 생각은 한번도 한 적이 없었다.

'지금, 판 대인도, 나도, 잘 지내고 있다. 그래서 아무것도 바꿀 필요가 없다.'

그의 이 생각은, 관원 몇이 노점에 앉기 전까지, 그리고 그들이 음흉한 눈빛으로 그의 부인을 바라보기 전까지는 확고해 보였다.

황제가 아무리 높은 곳에서 모든 것을 내려다보고 있고, 감사원이 아무리 강력한 권한으로 관원들을 감찰하고 있다 해도, 경국 유사 이래 모든 관원이 청렴하고 순수했던 적은 단 한 순간도 없었다.

다저우는 외진 지방이었고, 눈에 띄지 않는 곳이었다. 이곳 관원들이 무슨 이리나 호랑이 같다고는 할 수 없었지만, 그렇다고 백성을 사랑하는 좋은 사람들은 더더욱 아니었다. 특히 이렇게 태양이 작렬하는 날에는, 햇빛이 관원들에게서 고약한 냄새가 나는 땀을 배출해 내기도 했지만, 그들의 머릿속에서 이성(理性)의 끈도 놓게 만들어 버렸다.

거기에 세 근(斤)의 고기, 두 병의 독주가 배에 들어갔으니, 이미 본능의 노예가 된 듯 국수를 파는 노점의 아름다운 여주인을 보고 침을 질질 흘리고 있었다.

이 거리에서 부녀자를 희롱하는 것은 당연히 정상적인 관원들이 할 짓이 아니었다. 하지만 만약에 이전처럼 그냥 여자를 보고 침만 흘리는 것이었다면 넘어가 줄 수도 있는 일이었다. 그런데 오늘은 무슨 용기가 생겼는지, 그들 중 얼큰하게 취한 관원 몇이 여주인에게 자신들의 자리로 와 같이 마셔 달라는 요청을 하였다.

이것은 술 기운이 너무 빨리 올랐기 때문일까, 여자가 너무 예쁘게 생겼기 때문일까?

가오다는 다저우에서 부인을 얻었다. 하지만 그는 자신의 과거에 대해서 아무것도 말해주지 않았고, 부인도 아무것도 묻지도 않았다. 그녀는 벙어리였고, 과부였고, 아들이 있었기 때문이다. 물론 가오다는 이런 것에 전혀 개의치 않고, 자신의 후반생(後半生)을 이렇게 아름다운 여자와 함께 할 수 있다는 사실에 마냥 행복해하고 있었다.

여자는 너무 아름다웠다. 다저우에서 유명할 정도로 아름다웠고, 가오다의 눈에는 북제로 압송된 스리리 아가씨와 견주어도 손색이 없을 정도였다. 그리고 너무 온화했고, 너무 정숙했고……그는 그냥, 그녀가 너무 좋았다. 심지어 가오다는 어떤 단어를 써야 이 여자를 잘 표현할 수 있을지도 몰랐다.

그는 본래 자신의 신분을 숨기기 위해 이렇게 아름다운 여인을 부인으로 삼았으면 안된다 생각했다. 하지만 그는 그녀를 좋아했고, 사랑했고, 한 살밖에 안된 아들을 혼자 키우는, 벙어리인 그녀의 처지를 가련하다 생각했다.

벙어리 여인은 아름다웠지만, 어쨌든 벙어리, 어쨌든 과부였다. 그래서 자신의 인생에서 많은 것을 바라지 않았다. 그녀는 다저우에 이렇다할 친척도 없었고, 그녀에게 관심을 보인 남자들은 모두 그녀의 몸을 탐하거나 바람이나 피려는 사람들뿐이었다. 그녀의 유일한 바람은, 그저 소박하지만 따뜻한 가정을 갖는 것이었다.

그녀는 다른 지방에서 온 이 청년이 성실하다 생각했다. 그리고 그의 몸은 엄청난 근육질이었기에, 그녀와 그녀 아들의 안전을 책임질 수 있겠다고 생각했다.

그리고 그는 '진심으로' 그녀를 사랑하는 것 같았다.

그렇게 두 사람은 자연스럽게 길을 같이 걷게 되었고, 몇몇 이웃들을 불러 식사를 대접하며 미래를 약속했다.

그리고 함께, 작은 국수 가게를 열었다.

그 가게에서 긴 젓가락으로 국수 면발을 집고 있는 가오다의 손목이 무거워졌다. 하지만 솥에서 나오는 증기 때문에 그가 어떤 눈빛을 하고 있는지는 잘 보이지 않았다.

그의 부인은 수치심과 분노로 인해 얼굴이 빨갛게 달아올랐다. 가게에서 욕설은 점점 더 크게 울리고 있었고, 그녀는 점점 더 굴욕적이라 느끼고 있었다. 그녀는 솥 옆에 있는 남편을 힐끔 바라보았지만, 그는 이 모든 것을 마치 못 본 척, 못 들은 척하고 있었다. 그녀는 말은 못했지만, 실망이 가득한 표정으로 남편의 비겁함을 원망하고 있었다.

그녀는 벙어리였고, 가오다는 말이 없었다. 두 사람의 침묵이 관원들의 기세를 부채질했다. 싸움이 원래 그런 것 아니겠는가. 저항이 없으면, 압박이 더 세지는 법.

관원 하나가 그녀의 작은 손을 잡았다. 그녀가 살짝 피하자, 관원은 욕설을 내뱉었다. 가오다는 젓가락을 꽉 쥐고 있었지만, 자신은 참아야 한다고 속으로 되뇌이고 있었다. 여기서 일이 터지면 모두가 지명 수배가 될지도 모를 일이었다. 그리고 그래도 조정의 관원들인데 말만 그렇게 하지, 이러다 말 것이라 생각했다. 내일 그들이 술이 깨면, 마치 어떤 일도 일어나지 않은 것처럼 행동할 것이라 생각했다. 그렇게 되면, 자신도 다시 행복한 일상으로 돌아가면 된다 생각했다. 아니 바랐다. 아니 믿었다.

하지만 관원들은 가지 않았다. 오늘 형부에서 고관들이 내려와 다저우에서 어떤 사건을 조사한다 했고, 비밀 조사였기에 본래 다저우 관아 관원들을 모두 내쫓아 '치안 순찰'을 시켰다. 그래서 그들은 갈 곳이 없었고, 시간을 때워야 했다.

땡볕이 내리쬐는 오후, 국수 노점 처마 밑에서, 아름다운 여인을 희롱하는 일. 얼마나 재밌는 일인가? 그리고 관원들은 송씨 성을 가졌다는 그녀의 남편이, 비록 근육질의 건장한 몸을 가졌지만, 주먹도 한번 못 날리는 '병신'이라는 것을 알고 있었다.

병신 앞에서, 병신의 아름다운 여인을 희롱하는 일, 이것은 더 재밌는 일 아닌가?

노점의 다른 손님들은 심상치 않은 분위기를 느끼고 이미 다 떠났다. 그들은 모두 떠나기 전 안타까운 눈빛으로 병신 남자 주인을 바라봤는데, 백성들이 관원들과 싸우는 일은 멍청하다는 것을 모두 알고 있었고, 힘없는 백성들이 당할 수밖에 없는 뼈아픈 현실을 잘 알고 있었기 때문이다.

가오다는 싸우지 않았고, 단지 젓가락만 손에 쥔 채, 낮은 목소리로 부인을 불러 자신의 뒤로 오게 했다. 그리고 천천히 탁자로 걸어가, 곧 울 것 같은 표정을 하고 읊조리듯 하지만 서툴게 관원들에게 아부를 하며 용서해 달라고 빌었다.

그의 아부는 서툴렀다. 그는 판시엔에게 딱 한 번 아부한 적이 있었는데, 당시 판시엔은 들어주지 못할 지경이라 생각하여, 그의 입을 막고 진지하게 왕치니엔에게 가서 배우라고 명했다.

그날 이후, 가오다는 아무에게도 아부한 적이 없었다.

오늘 가오다의 아부는, 이미 그의 인생에서 엄청난 양보였다. 황실 비밀 호위는 단순한 호위가 아니었다. 누군가를 지키는 게 아니라, 누군가를 죽이기 위해 길러진 살수(殺手)들이었다. 정정당당하던 황실 비밀 호위의 수장 가오다가, 자신의 모든 자존심과 기개 그리고 거만함을 버린 것이었다.

관원들은 거대한 산같이 앞으로 다가온 그를 보고, 순간적으로 기세에 눌려, 저도 모르게 욕설을 멈추었다. 하지만 곧 자신들의 모습에 스스로 부끄러워졌는지, '병신'의 기세에 눌린 자신들에게 화가 난 것인지, 그들은 더욱 미친 듯이 욕설을 퍼부었고, 심지어 자신들이 차고 있던 칼집으로 탁자를 세게 내리쳤다.

'쿵!'

가오다의 시선이 그들의 칼집 위로 떨어졌다.

그는 갑자기 오래전 장검을 들고 있던 자신이 생각났지만, 지금 그의 손에는 칼이 아닌 한 쌍의 길고 검은 젓가락이 쥐어져 있었다.

그는 아무 대꾸도 않고, 반항도 하지 않고, 그저 상대방이 욕을 하도록 내버려 두었다. 자기 탓에 아름다운 부인과 사랑하는 아들이 수

배를 받아 천하를 돌아다니게 할 수는 없었기 때문이다.

가오다는 참고 있었고, 참는 것은 너무 고통스러웠다.

가오다는 약한 척 위장했고, 그 위장은 너무 어색했다.

"어버버버."

가오다는 기괴한 소리를 들었고, 고개를 돌려 소리가 나는 곳을 돌아보았다. 이미 만취한 관원 하나가 부인 옆으로 다가가, 그의 손을 부인의 치마 밑으로 넣으려 하고 있었다.

가오다의 젓가락을 쥐고 있는 손에 저도 모르게 힘이 들어갔다.

그의 얼굴에는 아무런 변화가 없었지만, 그의 눈빛은 여전히 침착했지만, 그는 더 이상 참지도 더 이상 위장하지도 않았다. 다시 생각할 필요도 없이, 3년 동안 숨겨왔던 본능이 이성을 앞섰고, 너무나도 자연스럽게 손을 휘둘렀다.

샤오은을 향해 장검을 휘두르는 듯, 무수한 자객에게 장검을 휘두르는 듯. 그렇다. 황실의 비밀 호위는 장검을 이용해, 일평생 가장 간단하고 직접적인 방식으로, 눈앞의 모든 문제를 베어 버렸다.

어쩌면 가오다가 3년 전 잘못된 길을 선택했는지도 모른다. 그는 본래 긴 칼을 휘두르는 사람이지, 긴 젓가락으로 국수 면발을 담는 사람이 아니었다.

가오다가 휘두른 것은 긴 칼이 아니라, 한 쌍의 긴 젓가락이었다.

그때, 욕하고 웃고 떠들던 관원들은 자신의 동료가 벙어리의 치마 속으로 손을 넣는 장면을 보고 있었다. 잠시 후 여자의 엉덩이가 생각만큼 탱탱했는지 물어볼 생각을 하고 있었다. 그리고 그들도 앞에 있는 송씨 성을 가진 병신을 땅에 때려 눕힌 후, 재빨리 여자에게 가서 직접 확인해 볼 계산을 하고 있었다.

'탁!'

젓가락이 부러졌다.

그리고 침묵이 흘렀다.

벙어리 여자는 어리둥절한 표정으로 눈앞에 벌어진 일을 멍하니 바라보고 있다 갑자기 엄청난 공포심이 몰려왔다.

"음음음음, 어버버버."

그리고 그녀의 눈을 믿을 수 없는지, 입으로 연신 무언가를 외치고 있었지만, 그것은 언어가 되어 밖으로 나오지 못했다.

웃고 떠들던 관원들은 웃음을 멈추고, 그들의 모든 동작을 멈추고, 순간적으로 자신들도 벙어리가 된 듯, 그 장면을 멍하니 바라보기만 했다.

긴 젓가락이 부러졌고, 부러진 젓가락 반쪽은, 예리한 칼처럼, 관원의 목을 '베었다'!

목이 잘린 관원의 가슴에는 선혈이 낭자했으며, 젓가락에 잘린 목에서는 분수처럼 피가 솟아오르고 있었다. 죽은 관원은 죽기 직전까지도 이해할 수가 없었다.

'내가 여자의 엉덩이를 만졌을 뿐인데, 저 병신의 손에는 젓가락밖에 없었는데, 왜 내 목이 잘린 거지?'

가오다는 여전히 부러진 젓가락을 손에 쥐고 있었지만, 그는 이미 젓가락을 든 국수 가게 주인이 아닌 칼을 든 도객(刀客)으로 변해 있었다. 그리고 어떤 익숙한 느낌이 자신의 몸 안으로 다시 들어온 것을 느끼고 있었다.

그는 천천히 앞으로 가, 부인을 가볍게 안고 그녀의 귓가에 몇 마디 건넸다. 그리고 곧 미간 주름이 깊어졌다.

'아……이게 아니었는데…….'

사실 가오다는 정말 분노를 참지 못해서 그 사람을 죽일 생각을 한 것이 아니었다. 그는 정말, 진짜로 가볍게 젓가락을 휘둘렀을 뿐이다. 하지만 두 가지 사실을 순간적으로 망각했다.

자신이 8품 고수라는 것.

그리고 관원들이 군산회 고수, 북제 금의위, 검려의 제자가 아니라는 것. 그들은 단지 파렴치하고 무례한, 어찌 보면 보잘것없는 관원들일 뿐이라는 것.

이 오해가, 이 결정적인 오해가, 순간적인 고평가가, 한 사람을 이렇게 간단하게 죽음으로 몰고 간 것이다. 아직 살아 있는 관원들은 온몸을 부들부들 떨기 시작했고, 선혈이 낭자한 광경을 보고 정신이 나간 듯 바라보고 있다가, 한참 후 간이 작은 관원 하나가 날카로운 비명을 지르는 것을 보고 상황을 파악하기 시작했다.

'저 병신 같던 남자 주인은 도대체 누구지? 어떤 사람이 젓가락으로 사람을 저렇게 간단하게……!'

한 명의 관원은 황급히 관아에 소식을 전하러 뛰어갔고, 남아 있던 몇몇의 관원들은 칼을 뽑아 들고 가오다를 향해 돌진했다. 가오다는 침착하게 칼이 날아오는 방향으로 손을 뻗어, 칼을 하나 빼앗고, 아무렇지 않은 듯 사방으로 휘둘렀다.

'퍽, 퍽, 퍽, 퍽…….'

피 비린내를 품은 바람이 불고, 피를 머금은 안개가 피어올랐다.

모든 관원들이 죽었다. 모두 깔끔하게 죽었다.

온몸에 피를 둘러쓴 가오다가, 한 손으로 칼을, 한 손으로 부인의 손을 잡고 너무 놀라 말도 제대로 하지 못하고 웅성거리며 구경하는 사람들 사이로 걸어갔다. 그들은 바다가 갈라지듯, 가오다와 부인에게 길을 비켜주었다.

지금 가오다의 머릿속에는 하나의 생각만 있었다.

'지금 바로 다저우를 떠나야 한다.'

가오다는 부인과 함께 서둘러 집에 왔고, 이웃 아주머니에게서 아들을 데려온 후, 가오다는 혼자 재빨리 성 밖으로 나갈 채비를 하였다. 부인은 아무 말도 못했지만, 고집스러운 표정으로 가오다를 바라보며 그를 따라가겠다는 의사를 표현했다.

가오다는 한 손에는 아이를 안고, 한 손에는 칼을 들고 앞에 있는 자신의 부인을 죄책감 가득한 눈빛으로 바라보았다. 자신 때문에 자신의 가족 모두 천하를 떠돌아다니는 신세가 될 것이었다.

"부인, 당신에게 내가 너무 많은 빚을 졌어."

하지만 언제부터 눈에 띄지도 않는 지방 관아의 관원들이 이렇게 빨리 움직였는지 몰라도, 마치 가오다가 부인에게 빚을 갚을 기회도 주지 않으려는 듯, 가오다가 그 말을 하는 순간 이미 다저우 성의 성문은 굳게 닫히고 있었다.

가오다는 운이 없었다. 정확히 말해, 이 순간 운이 형편없었다.

가오다는 관원 하나가 도망친 것을 알았지만, 그렇게 신경 쓰지는 않았다. 관원들이 그렇게 빨리 움직일 수는 없다 판단했고, 최소한 자신의 속도보다 빠를 수 없다 생각했다. 어쨌든 성문 밖으로만 나가면, 설령 천하를 떠돌아 다니더라도, 수배가 되더라도, 살아남을 수 있다 생각했다.

하지만 그가 성문으로 향하는 마지막 대로를 걸어가고 있을 때, 성문은 이미 닫혀 있었고, 성문 근처에서 시끄럽고 긴장된 목소리의 외침이 어지럽게 울려 퍼지고 있었다. 그리고 그곳으로 점점 더 많은 관원들이 모이고 있었다. 그는 고개를 돌려 옆에 있는 부인에게 말했다.

"두려워하지 마. 내가 있잖아."

그는 이 말과 함께 아이를 안고, 부인의 손을 꼭 잡고 뒤에 민가들이 몰려 있는 골목 안으로 들어갔고, 이내 다저우성 내에서 종적을 감추었다.

운이 형편없었다라고까지 말할 수 있는 것은 형부 소속의 전문 사건 수사관들이 집결지로 다저우를 선택했기 때문이다. 그들은 문하중서성의 허종웨이 대학사가 선출한 인원들인데, 그들이 조사하는 것이 바로 대동산 사건 당시 도망쳤다고 의심되는 황실 비밀 호위 가오다였다.

이것은 우연인가, 누구의 '의도'인가, 하늘의 뜻인가.

그들이 가오다를 1년 넘게 조사했지만, 단서도 없었고 어떠한 돌파구도 열지 못했다. 하지만 허종웨이는 '살아남기 위해' 판시엔을 죽여야 했고, 현실적으로 그 방법은 왕치니엔과 가오다부터 시작할 수밖에 없었고, 그래서 어떻게든 찾아야 했다. 그래서 무식하게, 우악스럽게 경국 전체의 주(州)와 현(縣)을 그 조사 범위로 했고, 그렇게 끈질긴 추적 끝에 가장 가능성이 높은 7개의 주로 범위를 좁힌 상태였다.

다저우가 그중 하나.

7개 주라 하지만 생사도 정확히 모르는 고수를 찾는 일은 모래사장에서 바늘을 찾는 것과 같았기에, 반년이 넘은 조사에서도 명확한 증거나 단서가 나오지는 않았다. 다저우에 모인 것도 그곳에 가오다가 있다고 확신했기 때문이 아니라, 7개 주 중에 가장 징두와 가까운 지역에서, 그동안 각 지역 수사관들의 수사 자료들을 취합, 공유하기 위함이었다.

그때, 국수 가게 살인 사건이 일어났다.

도망친 다저우 관원이 처음 보고한 사람도 다저우 주지사가 아니라 형부 수사관들이었다. 그리고 예민한 직감과 강력한 집행력을 가진 그들의, 허 대학사의 압박에 짓눌려 있던 그들의 머리가 재빠르게 돌아가기 시작했다.

그들은 한 시진도 안되어 성문 폐쇄부터 지시했다.

그렇게, 가련했지만 행복했던 한 식구가 다저우에 갇혔다.

형부 수사관들이 국수 가게 살인 사건을 조사했고, 더 조사할수록 더 수상했다.

'부러진 젓가락, 휘둘러진 칼 자국, 시체의 상처……이 경지에 이른 고수가 외진 지방에서 국수 가게를?'

다저우 성은 모든 등불이 켜지고 곳곳의 횃불까지 더해져, 성이 생긴 이래 가장 밝은 빛을 내고 있었다. 그 불빛은, 시체를 마지막으로 살펴보는 황실 소속 고수들의 입을 긴장된 표정으로 바라보는 형부 수사관들의 얼굴을 환하게 비추고 있었다.

'가오다가 맞다면, 그를 생포한다면……나의 미래는……!'

황실 고수가 젓가락과 시체의 상처 부위들을 자세히 관찰하며 한참 침묵했고, 입을 열지는 않았지만 묵묵히 고개를 끄덕였다. 형부 수사관들의 입에서 기쁨의 탄식이 일제히 터져나왔지만, 정작 황실에서 파견된 고수들은 얼굴이 어두워졌다.

'황실 비밀 호위의 솜씨인데……그들은 대동산에서 모두 죽지 않았던가? 정말 그들 중 하나가 살아 도망친 것이라면 대역죄인데…….'

한편, 자신의 명령도 없이 성문이 닫혔다는 소식을 들은 다저우 주지사는 순간 분노했지만, 형부 전문 사건 수사관, 심지어 황실의 고수들까지 은밀히 관여되어 있었다는 사실을 알고부터는 쥐 죽은 듯 침묵하다, 곧바로 태도를 표명하고 그들과 철저히 협력하여 성 안을 뒤지기 시작했다. 그리고 주지사는 그렇게 걱정하지 않았다.

'그 고수는 몰라도, 부인과 아이는 먹고 마시고 자야 하지. 언제까지 숨어 있을 수 있나 보자.'

사실 가오다의 판단도 주지사와 일치했다. 옷과 음식물을 훔치기도 했고 흔적을 철저히 지우며 이동하기는 했지만, 이러한 생활은 이틀을 넘기기 힘들 것이라 생각했다.

그래서 포위망을 뚫기로 했다.

그렇게 하려면 빠르게 할수록 유리하다.

핏빛과 비슷해 보이는, 유난히 붉은 황혼 아래에서, 천으로 아들을 자신의 가슴에 단단히 묶고 부인의 손을 잡은 가오다가, 성문을 향해 천천히 발걸음을 옮겼다.

성문 앞에는 관병들이 긴장된 표정으로 드물게 성문을 드나드는 사람들을 주시하고 있었다. 그 옆에서 형부 수사관 몇이 초상화 한 장을 손에 들고 섬세하게 사람들의 얼굴과 비교 대조하고 있다.

성문이 가까워지자, 가오다는 자신의 손이 축축해지는 것을 느꼈다. 그는 긴장하지 않았지만, 고개를 돌려보니 부인이 몸을 부들부들 떨며 온몸에 식은땀을 흘리고 있었다. 가오다는 크게 한숨을 쉬고 걸음을 멈추었다. 그는 애초부터 성문을 몰래 나갈 생각이 없었다. 그는 조용히 서서 성문 밖에 야채를 나르는 당나귀 수레를 뚫어지게 바라보았다.

형부 수사관까지, 다저우 관병까지, 황실 고수까지, 성 밖 경계선까지 단 7장(丈, 1장은 약 3.3m).

성벽 위에서 아래를 바라보던 관병 하나가 소리쳤다.

"저 세 사람이 수상하다!"

형부 수사관들이 손에 든 초상화와 세 사람의 얼굴을 비교하다 동공이 수축되며 천천히 손에 있던 종이를 떨어뜨렸고, 그들의 손은 점점 자신들의 허리춤에 있는 칼집으로 이동하고 있었다. 그리고 그들은 발걸음을 천천히 옮겨 포위망을 만들었다. 포위망을 완전히 좁히지 않았을 때, 고수 한 명이 느닷없이 다가오는 위험을 감지하고 허리에 찬 칼을 재빨리 빼 들며 외쳤다.

"손을 묶어……."

'체포하라'라는 다음 말이 핏물에 씻겨버렸다. 가오다는 전광석화같이 두 걸음 앞으로 가, 마치 용처럼 손을 뻗어 진기를 손날에 모아 그 고수의 손목을 잘라버렸다. 고수는 충격에 뒤로 몇 걸음 밀려났으나, 잘려버린 칼을 쥔 그의 손은 여전히 공중에 떠 있었고, 가오다는 그 손에서 칼을 빼앗아, 앞에 있는 이전 칼 주인의 몸을 잘랐다.

그리고 다시 부인 옆으로 돌아가 주위를 포위하고 있는 관병과 고수들을 냉랭하게 바라보았다. 그는 조금도 위축되지 않았고, 조금도 의심하지 않았다.

한 손엔 칼, 가슴엔 용기 그리고 강한 그 자신만 있을 뿐.

'번쩍번쩍번쩍…….'

몇 번의 섬광이 번쩍였고, 한 번의 섬광에 한 명씩 죽었고, 한 명씩 죽을 때마다 가오다는 피와 바람으로 길을 열었다. 그리고 순식간에 세 사람의 그림자는 성문 밖으로 나갔다.

7장 거리가 먼 것도 아니었는데, 가오다의 몸에도 군데군데 상처가 나 있었다. 그의 손은 여전히 부인의 손을 부드럽게 감싸고 있었고, 그것을 위해 치러야 할 대가는 그가 다 치른 것이다.

'아직 갚을 빚이 많다.'

형부의 고수들도 실력이 대단했다.

단지 지금 가오다의 용맹함이 공포스러울 정도였다.

"으아아악!"

가오다는 괴성을 지르며 혈룡처럼 자신을 막고 있는 세 사람을 동시에 공격했고, 그들은 협공으로 가오다의 칼을 부수어 버렸지만, 가오다는 부서진 칼을 가지고 마지막까지 피로 길을 열어 성 밖의 수레로 돌진했다.

'끙!'

수레를 눈앞에 둔 그때, 손바닥 하나가 황혼의 빛으로 도장을 찍듯 가오다의 얼굴 앞으로 다가왔고, 가오다는 무거운 신음 소리를 토해내고 주먹을 내지르며 손바닥을 맞섰다.

'펑!'

성문 밖에 엄청난 먼지 바람이 일었다. 잠시 후, 그 바람이 잦아질 때쯤, 황실의 고수 하나가 가오다를 보며 말했다.

"가오다, 네놈이 아직 살아있었구나."

가오다는 황급히 부인을 끌어 자신의 몸 뒤로 숨기며 차갑게 말했다.

"갑자기 당신이 왜? 설마 야오 공공도 왔나?"

"야오 공공은 안 왔네. 난 지금 허 대학사 밑에서 일하고 있지."

그때 성문 옆에서 태감 둘이 더 걸어나왔다. 가오다는 그들을 힐끔 보고, 다시 앞에 있는 우두머리 태감에게 말했다.

"넌 나의 상대가 안 돼."

그 태감은 방금 전 가오다와의 일합에 내상을 입었는지 기침을 두 번 한 후 말했다.

"정말 살아 있는 것도 놀랍지만, 그동안 실력이 줄지 않았다는 것이 더 놀랍군. 허나, 오늘 이렇게 운 좋게 널 만나게 되었으니, 널 보내줄 생각은 없어."

"나의 발목을 잡으려면, 너희들이 치러야 할 대가가 너무 클 텐데."

"우리들이 치러야 할 대가를 무서워한 적이 있던가?"

그 태감은 그의 뒤에 있는 아름다운 여자를 힐끔 보고 기괴한 웃음을 지으며 말을 이었다.

"하지만 보아하니, 네놈이 치러야 할 대가는, 네가 감당하지 못할 것 같네. 투항해. 너는 이미 살길이 남아 있지 않은데, 구태여 옆에 있는 사람에게 누를 끼칠 필요가 있을까?"

"어차피 너희들에게 잡히면 모두 죽는 것 아닌가?"

"성인들은 그렇겠지. 하지만 네 그 아이의 생사는 다를 수 있지 않을까?"

"그렇다면 내가 투항할 이유가 없네."

"아니지. 죽더라도 굳이 지금 죽을 필요는 없고, 그 아이에 관해서는……혹시 아나? 그 '젊은 대인'이 이 사실을 알게 되면 네놈을 대신해서 보호해 주실지."

황실 고수 태감은 꾸짖듯 말을 이었다.

"네놈은 본래 황실의 비밀 호위였는데, 대동산에서 주군을 돌보지 않고 도망쳤으니 반역자 아니냐! 지금도 무릎을 꿇지 않는다는 것은, 반역을 계속 하겠다는 것이냐!"

가오다의 얼굴이 점점 창백해졌다. 대동산에서 스구지엔의 일격에 동료들이 길고 긴 돌계단에서 나가 떨어지고 날아다니던 모습, 돌계단에 피가 강을 이루며 흐르던 모습들이 다시 한번 그의 눈앞을 스쳐 지나갔다. 하지만 그는 바로 평정을 되찾으며 냉담한 표정으로 상대방을 노려봤다.

"주군을 돌보지 않았다? 내가 폐하를 버린 것인가, 폐하께서 날 버리신 것인가?"

가오다는 눈에 점점 분노가 차오르고 있었다.

"대동산에서 백여 명의 동료들이 아무 이유 없이 소모되었지. 폐하를 지키기 위해서? 그래 난 폐하를 지키기 위해서는 죽을 수도 있었지! 그런데 그게 뭔가? 난 그들처럼 이유도 모르고 죽고 싶지는 않았어. 그게 무슨 잘못인가?!"

"주군이 신하가 죽길 원하면, 신하는 죽는 것이야! 네놈은 호위의 신분으로 어떻게 그렇게 대역무도한 말을 할 수 있는 것이냐!"

"대역무도한 일은 이미 많이 했는데, 한번 더 말하는 게 어떻다고 그러나?"

가오다는 무거운 분위기에서 이 말을 뱉으며 저도 모르게 몸이 좀 가벼워지는 것을 느꼈다. 그의 생각은 이 사회에서 대역무도한 것이었지만, 이미 그는 판시엔의 영향으로 이 사회 사람이 아닌 것 같았다. 왕치니엔처럼, 뤄뤄처럼.

가오다는 자신의 옷을 찢어 부인을 업고 단단히 묶었다. 그의 위세에 눌려 이를 지켜보던 누구도 그를 먼저 공격하지는 못했지만, 그 태감이 갑자기 냉소를 지으며 뱉은 말이 그의 폐부를 파고들었다.

"네놈의 오늘 행동이, 판 대인에게 누를 끼칠 것이라는 생각은 안 해봤나?"

가오다는 최대한 감정을 억누르며 태연하게 말했다.

"판시엔이 뭐라고. 누를 끼치면 끼치는 거지, 이 하늘 아래 좋은 사람이 어디 있던가?"

'여기서 끊어야 해. 판 대인과 나 사이의 끈을 끊어야 해. 여기서 모두 죽더라도, 살아서 잡혀가면 안 돼. 판 대인……죄송합니다. 부인, 아들아……미안하다.'

가오다의 눈에 절망감이 잠시 스치고, 이내 그 절망감은 온데간데없이 사라져 아무런 감정이 없는 눈빛으로, 한 손에 칼을 움켜쥐고, 몸의 앞 뒤로 아들과 부인을 멘 채, 괴성을 지르며 정면을 향해 튀어나갔다!

"으아아아아아악!"

사람은 죽어도, 칼은 부러져도, 가오다가 아무리 강해도 대종사가 아닌 이상, 한 사람이 어떻게 강력한 국가의 힘에 대항할 수 있겠는가. 이미 그가 조정의 강력한 포위망을 뚫고 추격을 피해 밤 늦게까지 견딘 것만 해도 섬뜩한 일이었지만 결과는 정해져 있는 듯 보였다.

다저우성 3리 밖. 피칠갑이 된 지친 몸을 이끌고 가오다는 또 다시 포위되어 있었다. 형부의 고수들과 황실 고수들 그리고 다저우 관병들은 가오다와 일정한 거리를 유지하고 있었다.

사방이 횃불로 가득 차서, 하늘의 별보다 더 밝게 빛나고 있었다.

우두머리 태감은 가오다의 힘이 빠지길 기다리며 살짝 인상을 쓰고 외쳤다.

"최대한 아이와 여자는 죽이지 마라."

옆에 있던 형부 수사관 하나가 깜짝 놀라며 물었다.

"태감, 그건 왜?"

"여자나 아이가 죽어 가오다가 정말 미쳐 날뛰면, 저놈을 어떻게 생포하겠나? 저들이 살아있어야 저놈이 자살하고 싶어도 생각을 다시 하겠지."

가오다가 많은 사람을 죽이고, 황실의 고수 태감 셋에게도 중상을 입혔지만, 그의 몸 안의 진기도 점점 고갈되어 가고 있었다. 그 모습을 지켜보던 모든 이들은 속으로 안심했고, 형부의 고수들은 칼날에 마취약을 바르며 마지막 순간을 준비하고 있었다.

이때, 바로 이때, 관도 저편에서 검은색 마차의 행렬이 다가왔다.

가오다의 눈빛이 번뜩였다.

가오다는 오른쪽에 있는 형부 고수 하나의 오른팔을 잘랐고, 순간 저도 모르게 왼쪽 무릎에 살짝 힘이 빠지는 것을 느끼며 이번이 마지막 기회라는 것을 직감했다. 그리고 검은 마차의 행렬을 향해 죽을 힘을 다해 돌진했다.

그때, 마차 안의 노인과, 그와 이야기를 나누던 낯선 얼굴의 관원 둘의 마음이, 각기 다른 이유로 복잡해졌다. 특히 마차 밖의 관원은 피칠갑을 한 사람이 달려오는 모습을 보고, 그리고 그가 가까이 오자 한 사람이 아니라 세 사람이라는 것을 본 후, 엄청난 경공술로 재빨리 그곳으로 날아가, 세 사람이 바닥에 쓰러지기 직전 그들을 부축하고, 눈살을 살짝 찌푸리며 쉰 목소리로 감격한 듯 말했다.

"가오다! 이 자식, 언제 장가갔어?"

가오다는 손에 든 칼을 바닥에 내리찍으며, 이 사람을 잡아 인질로 삼으려고 하려는 찰나, 자신의 이름과 황당한 질문을 들으며 고개를 들었다.

낯선 사람.

'누구지?'

그 순간 그 사람이 입고 있는 익숙한 검은색 관복을 보고, 가오다는 온 몸에 힘이 빠지며, 그 관원의 품 속으로 안겨버렸다!

검은색 마차 행렬은 횃불을 든 다저우 관병들에게 포위되었지만, 그 행렬이 너무 길어 앞의 반 정도만 포위되어 있었다. 그렇다고 이미 쓰러져 버린, 조정의 반역자인 가오다와 그의 가족들이 눈앞에서 사라질 것이라 걱정하지는 않았다.

하지만 아무도 감히 앞으로 뛰어들어 가오다를 체포하지는 못했다. 그를 품에 안고 있는 사람의 검은색 관복이 어딘지 모르게 익숙해 보였기 때문이다. 그리고 이렇게 긴 30여 대의 마차를 이끌고 갈 수 있는 사람은 천하에 몇 없었다.

황실 고수를 이끌던 태감이 천천히 대열 앞으로 걸어 나와 눈앞에 펼쳐지는 장면을 말없이 바라보았다. 반역자는 땅에 쓰러져 관원처럼 보이는 몇몇에 의해 치료받고 있었고, 벙어리 부인은 아기를 안고 두려운 눈빛으로 우두머리 태감을 바라보았다.

태감은 이들이 누구인지 알았다. 그리고 몸 속에서는 이미 피가 끓고 있었다. 그렇다고 두려워하지는 않았다. 지금 그가 잡으려는 사람은 조정의 반역자였기 때문이다. 분노했다기보다, 살짝 걱정하고 있었다. 마차에 감사원 어떤 직급의 사람이 타고 있는지 확신이 서지 않았기 때문이다.

'설마 판 대인?'

그는 숨을 한번 깊게 들이마시고 횃불의 빛을 따라 느릿느릿 걸어가 검은색 마차를 향해 말했다.

"황실의 명을 받들어 반역자를 체포하겠습니다"

그는 일부러 상대방의 신분을 먼저 묻지 않고, 자신의 신분과 체포의 명분을 먼저 말했다. 형부 고수들은 이 장면을 보며 뭔가 심상치 않은 일이 벌어졌다 직감하고 흩어지며 주위를 경계하기 시작했다. 다저우의 관병들은 더욱 이해를 못한 듯 어리벙벙한 표정으로 그 장면을 지켜보았다.

'반역자를 잡는데, 황실에서 저렇게 높은 분이 왔는데, 검은색 마차가 뭐길래 이렇게 조심조심하는 거지?'

"반역자?"

가오다를 품에 안고 상처를 살피던 낯선 얼굴의 관원 하나가 태감의 말을 듣고 저도 모르게 미간을 찌푸렸다. 그리고 복잡한 눈빛을 한 후 혼절한 가오다를 바라보며 나지막이 혼잣말을 뱉었다.

"너도 도망갔었구나……."

마차에서 아무런 답을 듣지 못한 태감은 그것도 예상했다는 듯이 다소 거만하게 다시 말을 이었다.

"마차에 계신 분이 감사원 어떤 대인이신지요? 그리고 어떤 일을 처리하시러 여기까지?"

가오다 옆에서 쪼그리고 앉아 그를 살펴보고 있던 낯선 얼굴의 관원이 천천히 몸을 일으키며 태감에게 다가가 한참 침묵하다 갑자기 입을 열었다.

"본관은 감사원 2처의 부(副)처장인데, 성지를 좀 보았으면 하네."

태감의 얼굴이 순간 화끈거렸다. 본래 그는 이 정도의 행렬을 이끄는 사람이라면, 매우 중요한 인물을 보호하거나, 아주 비밀스러운 임무를 진행한다고 생각했기에, 상대방이 어쩔 수 없이 공식적으로 신분을 밝힐 수 없다고 생각했던 것이다.

'이 자가 갑자기 신분을 밝히고, 성지를 달라? 정말 판 원장이 안에 있는 건가?!'

"판 공작 대인이 행렬에 있으면, 이 종이 인사를 드리고 싶습니다."

"원장 대인은 동이성에 있네. 그리고 다들 조정을 대신해 일하는 사람들인데, 본관이 성지를 보자는 데 문제가 있나?"

그는 판시엔이 마차에 없다는 답을 듣자 마음이 편해졌다.

'판 대인이 없으면 됐어. 감사원은 폐하의 특무 기구인데, 황실의 일을 어떻게 막겠어? 그리고 반역자를 잡는데 감사원이 방해하면, 감사원도 반역에 참여하는 것이지.'

"여봐라, 조정의 반역자를 체포하라!"

형부의 관원들은 태감의 말처럼 그렇게 위엄 있게 걸어가지는 못했다. 모든 관원들과 대신들은 감사원에 대해 선천적인 공포와 위화감을 느끼고 있었기 때문이다. 관원들은 느리지만 안정적으로 마차 옆으로 걸어갔고, 감사원 관원들은 별다른 움직임을 보이지 않았다. 형부 관원들이 밧줄을 꺼내 가오다의 손을 묶으려는 순간 태감 옆에 있던 감사원 관원이 다시 입을 열었다.

"그래도 뭔가 잘못되었는데……조정의 반역자라 했지 않나? 자네는 황실의 태감일 뿐, 대리사의 정경도 아니지 않나."

이 말과 함께 손을 '휘휘' 저었다.

'휘릭!'

가오다 주변의 관원들은 움직임이 없었지만, 마차 주변의 어둠에서 한 줄기 바람처럼 검객 몇이 태감을 스치고 지나가 전광석화처럼 가오다를 체포하려던 형부 관원들의 목에 검을 겨누었다.

'형부의 고수들이 사방 경계를 하고 있었는데, 이들이 어디서 나타난 거지? 역시……6처 살수들……설령 여기서 이놈을 체포하지 못해도, 최소한 판 원장과 결부시켜 소문이라도 내게 해야겠군.'

"보아하니 대인은 이 반역자의 신분을 아는 것 같군요. 그가 당시 판 원장의 심복이었다는 것을……."

"피곤하게 하네. 난 자네가 뭐라 하든 신경 쓰지 않네. 자네가 성지를 받아 일을 처리한다 했잖나? 그래서 내가 성지를 보자 한 건데, 설령 성지가 없더라도 최소한 형부의 체포 명령 문서는 보여 줘야지."

'이 자는 뭔데 이런 자신감을 보이는 거지? 2처 부(副)처장의 신분으로?'

이번 행동은 허종웨이의 비밀 명령으로 진행된 것이었고, 그는 원래 가오다와 왕치니엔을 생포하면 명확한 증거를 가지고 판시엔을 한번에 무너뜨리려 했었다. 생포가 어려운 것이지, 문서상의 하자는 나중에 보완하면 될 일. 그렇기에 태감도, 형부 수사관들도 문서를 들고 있지 않았지만, 이대로 반역자가 자신의 눈앞에서 달아나는 것을 지켜볼 수는 없었다.

"저희들의 신분은 여기 계신 형부의 대인 몇 분이 친히 증명해 주시고 있고, 형부 대인들은 모두 요패를 몸에 지니고 계십니다. 그럼에도 불구하고 저희가 이 자를 체포하는 것을 감사원이 막고 싶으시다면, 차라리 저희를 다 죽이시지요."

주위가 조용해지며, 숙연하고 냉랭한 분위기가 사람들 사이에 퍼지기 시작했다. 하지만 말은 뱉은 당사자는 여전히 침착했다. 감사원이 이 모두를 죽일 실력은 되겠지만, 반란을 꾀하는 게 아니라면 그렇게 할 수 없다고 확신하고 있었기 때문이다.

그래서 그는 천천히 가오다 쪽으로 걸어갔다.

2처 부처장은 그 모습을 바라보며 고민했지만 다른 말을 하지는 못했다. 마차에서는 아무도 내리지 않았고, 그래서 어둠 속에 숨어 있는 6처 자객을 포함한 모든 감사원 밀정들은 그의 명만 기다리고 있었다.

그는 여전히 말없이 황실 태감의 뒷모습만 바라보았다.

"빨리 가."

"너무 급해."

"꺄르르르……."

숙연하고 고요한 적막을 여자들의 웃고 떠드는 소리가 깨트렸다. 그 소리는 아름다운 소설처럼 조용한 밤하늘을 갑자기 아름다운 낙원으로 만들어 버렸다.

사람들은 모두 귀를 쫑긋 세우며 긴장했다.

'이 많은 여자……아니, 아름다운 여자들을 동시에 본 적이 있던가!'

그녀들은 후방의 마차에서 황급히 내려 무슨 일인지 알아보기 위해 웃으며 전방으로 달려왔다. 사실 그녀들은 너무 오래 마차에 앉아 있어서 화장실이 급했는데, 지금이라도 당장 옆에 있는 숲속으로 달려가 쪼그려 앉고 싶었는데, 마차가 정차한다는 말도 없이 너무 오래 '막혀'있으니 참지 못하고 뛰쳐나온 것이다.

대부분의 사람들이 자신들의 눈을 의심하며 꿈을 꾸고 있는 것이 아닌지 생각하고 있을 때, 지금까지 평정심을 유지하던 태감의 눈이 번쩍 뜨이며 아름다운 정원 하나가 머릿속을 스쳐갔다.

진원.

이어서 그는 어떤 이가 마차에서 검은색 바퀴의자를 안고 내리는 모습을 바라보게 되었다. 그는 저도 모르게 두 발이 후들거리기 시작했고, 그 떨림은 온몸으로 퍼지고 있었다. 바퀴의자에 앉은 늙은 이가 그를 보며 쉰 목소리로 말했다.

“왜 이렇게 오래 서 있는 것인가? 그 망할 놈의 원장직을 맡지 않으니, 이제 내 말이 그 어린놈의 말보다 안 먹히는 건가?”

태감은 급하게 무릎을 꿇고 최대한 고개를 숙여 최대한 공손하게 예를 올렸다.

“늙은 종, 원장 대인을 뵙습니다.”

이 말에 다저우 주지사를 포함한 모든 사람이, 한 명도 예외 없이, 바닥에 무릎을 꿇고 엎드려 예를 올렸다. 이 모습을 보고 천핑핑은 침착한 얼굴로 알 수 없는 눈빛을 하고 혼잣말로 중얼거렸다.

“예씨 아가씨 말이 맞았네. 우연은 우연을 낳는다더니…….”

# 제14장

## '마음'에 대한 질문

사흘 전 징두 황궁. 늦여름 혹은 초가을의 담담한 햇살 아래 황궁은 청명함과 편안함이 깔려 있었다. 그리고 계절의 변화에 따라 서늘한 황궁 안에서 공기의 냄새도 조금씩 변화되고 있었다.

그 변화가 없는 유일한 곳이 어서방. 겨울철에는 화덕, 여름에는 얼음판. 사계절이 봄과 같고 변화가 없는 곳. 그래서 더욱더 두려움을 자아내는 곳. 어서방의 주인, 경국의 위대한 황제 폐하도 이와 같이 수십 년 동안 한결같았다. 어떤 변화도 없는, 두려움을 자아내는 인물.

"형부 관원들이 다저우에 도착했을 테니, 아마 곧 그 일을 처리할 것입니다."

황제 옆에 있던 야오 태감이 말을 덧붙였다.

"허 대학사가 힘을 많이 썼습니다."

이 말은 허종웨이를 칭찬한 것처럼 보였지만, 그 말은 의례적인 칭찬 같았지만, 사실은 허종웨이의 폐부를 찌르는 말이었다. 그가 가오다를 왜 찾았는지, 그를 찾기 위해 얼마나 힘을 썼는지 황제에게 다시 한번 상기시키는 말이었기 때문이다. 하지만 황제는 특별한 표정 변화 없이 옅은 미소를 지으며 가볍게 말했다.

"허종웨이도 죽기는 싫겠지. 어쨌든 가오다라 불리우는 자가 지금까지 이렇게 오래 살아 있었으니, 짐이 이미 안쯔의 면을 충분히 생각해 준 것이다. 물론, 안쯔는 그가 아직 살아 있는지 모르는 것 같지만."

야오 태감의 목소리가 미세하게 떨렸다.

"쳔 원장이 사흘 후 다저우를 지나는데, 이제는 폐하께서 결정을 하셔야 합니다."

황제는 피곤하고 망연한 눈빛으로 천천히 입을 열었다.

"짐에게 좀 더 생각할 시간을 주게."

어서방의 엄숙함, 후궁의 아늑함과 비교되는, 주황색 황벽 밑 살기로 응집된 듯한 어느 건물 안. 방 밖에는 살벌한 눈빛을 한 장수 몇 명이 지키고 있었기에, 그 방 안에서는 어떤 대화가 오고 가는지 알 수 없었다.

"대황자 전하가 언제 돌아오실 수 있을지 모르겠습니다."

금군 통령을 다시 맡아 황성의 안전을 책임지는 공디엔 장군이 선 자세로 옆 사람에게 말했다. 공디엔에게 이런 대우를 받을 수 있는 자는 천하에 별로 없었지만, 그 사람은 확실히 그럴 자격이 있었다.

현 추밀원 정사, 징두 모반 사건에서 혁혁한 공로를 세운 장군, 지금 황제를 대신하여 천하의 병마에게 명을 내리는 예중이 차를 마시며 묵묵히 공디엔의 말을 들었다.

"스승님?"

예중은 그제서야 정신이 든 듯 대답했다.

"판 원장이 며칠 후면 징두로 올 것이네. 대황자 전하는 판 원장이 다시 동이성으로 돌아가야 징두로 올 터, 그래도 봄은 되어야 하지 않겠나."

예중은 여전히 복잡한 눈빛을 하고 있는 공디엔을 보며 물었다.

"자네는 뭘 알고 싶은 것인가? 대황자 전하야 징두에 온다 해도, 바로 옌징으로 가서 북벌을 준비하실 텐데……궁금한 게 뭔가?"

공디엔은 침묵했지만, 그는 확실히 지금 징두와 황궁 그리고 스승의 분위기가 이상하다는 것을 알고 있었다. 겉으론 평화로워 보이지만, 속에서는 엄청난 살기가 뿜어져 나오고 있다는 것.

"스승님, 뭘 기다리시는 겁니까?"

"폐하의 성지."

예중의 두 눈에 초조와 불안감이 스쳐갔다. 공디엔은 그것을 보았고, 자신의 불안한 예감이 맞다고 확신했다. 이렇게 평화로운 날, 금군의 방위 등급이 최고로 상향 되었고, 징두 수비 통령 스페이가 친히 이끄는 징두 수비 군 1만5천이 징두 남쪽 방향에 모여 마치 큰 전쟁이라도 치르는 듯 훈련을 하기 시작했다.

추밀원도 움직였고, 황실도 움직였고, 징두의 모든 관아들이 무엇을 대비하고 있었다.

이 모든 세력을 단 하루만에 움직일 수 있는 사람은 천하에 단 한 명. 경국 황제.

경국 황제가 이렇게까지 신중하게 대비하게 할 수 있는 사람도 단 한 명. 그 사람만이 이 정정당당한 추밀원 정사 예중 장군을 불안하고 초조하게 할 수 있다. 그래서 공디엔은 어렵지 않게 확신했다.

폐하께서 쳔 원장에게 손을 쓰려고 한다!

"도대체 왜……?"

공디엔은 정말 이해가 되지 않았고, 심지어 황제가 정말 나이가 들어 우매해진 것은 아닌지 걱정이 되기까지 했다. 하지만 예중은 여전히 침묵했다. 그는 공디엔의 마음을 이해할 수 있었지만, 그는 이 순간 감사원 전체를 상대하는 일에 마음속으로 공포감까지 들고 있었기에 제자의 말에 대답할 여유가 없었다.

한참 후, 예중은 심호흡을 크게 한번 하고, 결연한 눈빛으로 말했다.

"자네가 할 일은, 황궁의 안전을 책임지는 일이고, 내가 해야 할 일은, 우리 대(大)경국의 군대를 안정적으로 이끄는 일이야. 지금 이 일에 관해서는, 다른 사람이 처리할 것이네."

"스승님께서는 명이 내려오면 손을 쓰시겠죠. 그렇지 않다면 폐하께서 스승님을 오늘 이렇게 부르지도 않으셨을 테니……."

공디엔은 불편한 기색을 숨기지 못하며 저도 모르게 이어 말했다.

"폐하께서……이건 아닙니다."

"감사원이 모반을 하려는 것처럼 보이지는 않네……폐하께서도 감사원을 통제하기 위한 방법이 있으실 걸세."

공디엔은 고개를 가로 저었다.

'그분이 그렇게 쉽게 통제당할까요? 쳔 원장이 원장직을 내려 놓았다고 감사원이 그렇게 쉽게 통제될까요? 그리고 쳔 원장이 정말 그렇게 되면…….'

"만약 쳔 원장이 징두로 잡혀 돌아오면, 판 대인이 가만히 있을까요? 폐하께서……이건 정말 아닙니다!"

의심할 여지없는 충심을 보여온 공디엔이, 징두 모반 사건에서 황제의 마지막 패 중 하나였던 그가, 오늘 벌써 두 번째 '아니다' 라는 표현을 쓰고 있었다. 하지만 오늘 이 상황을 아는 모두가 그와 같은 반응을 보이는 것이 정상적일 것이다.

쳔핑핑을 겨냥한다는 것은, 판 대인을 겨냥하는 것이고, 그건 곧 감사원 전체에 맞서는 것이기 때문이다.

"판시엔? 그는 지금 동이성에 있는데, 이미 나무가 배로 변한 뒤에 그가 뭘 바꿀 수 있겠나? 쳔핑핑이 아무리 그를 아껴왔다지만, 사실 결국 폐하의 뜻 아니었나. 판시엔도 사람인데, 한 명의 늙은 상사를 위해 아버지에게 복수를 한다?"

공디엔은 오랜 고민 끝에 천천히 고개를 끄덕였는데, 이 두 명의 경국 군대 핵심 인물은, 결국 폐하의 이번 행동이 판시엔이 감사원을 완전히 승계하게 하기 위한 황제의 뜻이라 오해하기 시작했다. 그들은 판시엔의 쳔핑핑에 대한 감정, 그리고 아주 오래 전에 발생했던 그 사건에 대해서는 완전히 간과하고 있었다.

"스페이는 이미 징두 수비군을 끌고 남하(南下)하기 시작했어. 난 이번 일을 막을 수 없지만, 그래도 최대한 이후의 파동이 작았으면 하는 바람이야."

"그럴 리 없습니다."

예중은 공디엔의 대답에 개의치 않고 단호하게 말했다.

"난 폐하께서 무슨 생각을 하시는지 모르네. 내가 아는 것은, 폐하께서 쳔 원장을 체포하려 하시면, 쳔 원장이 반드시 어떤 일을 벌일 거라는 것이야."

공디엔은 단호하게 고개를 저었다.

"저는 그렇게 생각하지 않습니다."

징두의 동남쪽을 향해 달려가는 스페이 장군은 공디엔처럼 마음이 무거웠고, 공디엔처럼 왜 황제가 쳔 원장에게 손을 쓰려고 하는지 알 수 없었다. 하지만 더 이해할 수 없는 것이 하나 있었다.

'왜 나지?'

그는 이미 4천 명의 징두 수비 군대를 이끌고, 다저우에서 그렇게 멀지 않은 산에 도착하여 긴장하며 그 순간을 기다리고 있었다. 다행히 아직까지 준비 명령만 떨어졌을 뿐, 공식적인 성지가 내려지지 않았기 때문이다. 그리고 그는 황제가 마지막에 마음을 돌리고, 자신도 목숨을 지켰으면 좋겠다 기대하고 있었다.

그는 쳔 원장을 체포하러 성을 나서는 그 순간, 이미 자신의 생명과 바꿔야 할지도 모른다는 생각이 들었다. 그는 말을 천천히 세우고 고개를 돌려 징두성 방향을 바라보며 진심으로 기도했다.

'제발 성지가 영원히 내려지지 않았으면…….'

야오 공공이 어서방에서 떨리는 목소리로 했던 말은, 그가 황실의 종으로서 본분을 다하기 위함이었다. 그도 경국의 모든 대신, 장군, 문무 백관들, 황실의 태감들과 마찬가지로 황제와 쳔 원장이 척을 지는 것을 원하지 않았다.

하지만 그는 다른 이들과 다른 점이 하나 있었다. 큰 홍 태감이 죽은 후 그가 황실의 수령태감이 되면서 자신의 의도와는 무관하게 그 '이유'를 어렴풋이 알고 있었기 때문이다.

황제는 아직도 생각 중이었다. 그의 눈빛에는 망연자실함이 있었는데, 그것은 오랫동안 느껴보지 못한 감정이었다. 황제에게 어렸을 때부터 사귀어 온 진정한 친구는 쳔핑핑밖에 없을지도 모른다. 충성심으로 보면 어느 누구와도 비교할 수 없는 그, 자기의 생명을 몇 번이나 구한 그, 경국을 위해 길을 개척하고 무수한 공을 세웠던 쳔핑핑.

그래서 역설적으로, 쳔핑핑만 황제를 이런 감정에 빠지게 할 수 있었다.

황제 앞에는 얇은 보고서가 몇 개 있었다.

하나는, 3황자 암살 시도 사건.

하나는, 현공 사당 사건. 당시 황제 암살을 시도한 그림자와 스구지엔과의 관계.

하나는, 산골짜기 습격 사건. 감사원의 이상 행동, 내고 병 공장에서 생산된 수성용 강노의 이동 흐름.

네 번째 보고서는 조금 두꺼워 보였는데, 그 기록과 사건 자체가 다소 모호했기 때문이다. 황실에서 3년에 걸쳐서 조사했지만, 쳔핑핑이 특별히 감추려고 했기에 황제도 수상쩍음만 느낄 뿐 확증이 없는 사건. 회춘약방의 화재, 감사원 3처 대인물의 도피. 하지만 이 일은 황실을, 직접적으로 태자를, 그리고 장 공주와의 천둥번개가 치던 그 날을, 가리키고 있었다.

그리고 다섯 번째, 여섯 번째…….

"셋째, 둘째, 쳥치엔, 윈루이……."

황제는 약간 창백한 얼굴로 보고서를 하나씩 옆으로 치우며, 그때마다 한 명의 이름을 불렀다. 그리고 하나의 보고서를, 다소 힘을 써서 집어, 옆으로 옮기며 탄식했다.

"이건, 안쯔."

황제가 천천히 고개를 들자, 그의 눈빛에서 보이던 망연자실함은 이미 사라져 있었고, 옅은 슬픔과 조롱의 의미를 담은 미소를 지으며 말을 이었다.

"짐에게 가장 충성하던 신하가, 짐의 모든 아들을 죽이려 시도했었구나. 최소한 짐에게 그들을 죽이라고 압박했어……."

황제의 미간 주름이 점점 더 깊어지고 있었다.

"제일 의외인 건, 그 늙은 개가 안쯔마저 놓아주지 않다니……만약 안쯔의 명이 길지 않았다면, 그도 이미 개새끼의 손에 죽었겠구나."

황제는 천천히 고개를 저으며 깊게 숨을 한번 내뱉고, 차가운 눈빛으로 심원한 목소리로 명했다.

"그 늙은 개를 데리고 오라. 짐이 어떻게 된 일인지 그에게 직접 물어야겠다."

야오 공공은 감히 말도 못하고 깊고 깊게 몸을 숙인 후 어서방 밖으로 발걸음을 향했다. 그는 이미 두 다리에 힘이 풀려 쓰러질 것 같았는데, 황제의 감정을 가장 잘 이해하는 그는 황제의 심원한 마지막 목소리에서 엄청난 살기를 느꼈기 때문이다. 그가 어서방 문지방을 넘을 때 황제가 또다시 입을 열었다.

"옌빙윈에게 전해라. 짐이 그를 지켜보고 있다고. 그리고 스페이에게, 짐은 살아있는 늙은 개를 보고 싶다 전하라. 만약 그 늙은 개가 죽으면, 그도 살아서 짐을 볼 생각 하지 말라 일러라."

'펑!'

황제의 안색이 순간 변하며 손바닥으로 탁자를 내리쳤고, 탁자는 산산조각이 나서 나무 파편들이 어서방에 어지럽게 날려 퍼지고 있었다.

"그 늙은 개새끼가 살아 돌아오면, 짐이 꼭 물을 것이야. 도대체 어떻게 된 일이냐고!"

점심 무렵, 허종웨이는 한 손으로 내리쬐는 햇빛을 가리고 얼굴에 주르주륵 흐르는 땀방울도 잊은 채 황성 문을 나섰다. 하지만 그는 황성 옆의 문하중서성 전각으로 들어가지 않고 가마를 타고 도찰원 관아로 향했다. 그리고 그곳에서 한참 동안 홀로 멍하니 앉아 있다 겨우 정신이 들었다.

'폐하께서 내가 비밀리에 조사하는 모든 것을 알고 계셨구나…….'

허종웨이는 다시 공포심이 밀려오며 온몸을 떨었다.

'폐하께서는 모든 것을 알고 계시는 건가? 그럼 나의 의도도 알고 계셨을 텐데…….'

그의 눈빛에 의아한 기색이 스쳐갔다.

'왜 날 꾸짖지 않으셨지? 왜 그런 거지? 다저우에서 정말 가오다를 찾은 건가? 왕치니엔의 흔적을 발견한 건가?'

허종웨이가 아무리 문하중서성의 대학사였고, 다저우가 징두와 그리 멀지 않다지만, 그는 아직 다저우에서 발생한 일의 보고를 받지 못했다. 그리고 그 일이 쳔 원장이 고향으로 돌아가는 길을 '하늘의 뜻'에 따라 막았는지, 또 그 일이 쳔핑핑이 황제에게 맞설 기회를 주었는지는 상상도 못하고 있었다.

당연히, 그 기회는 황제가 쳔핑핑에게 손을 쓸 기회이기도 했다.

허종웨이는 이런 내막들을 전혀 몰랐지만, 오늘 벌어진 모든 일에 대한 정보는 각기 다른 통로를 통해 정방형의 회색 건물에 전달되고 있었다. 그리고 태양이 서쪽으로 기울어졌을 때, 2처를 중심으로 하여 그 정보들은 다양한 관원들의 분석을 거쳐 2처 처장의 탁자 위에 놓여 있었다. 그리고 흑기병인 5처의 처장 외에 감사원 8처의 처장들은 모두 이 회색빛 건물에 모여 있었다.

2처의 처장은 중년의 남성으로 8처 처장 중 가장 오래 감사원에 남아 있는 사람이었다. 판시엔이 감사원 제사가 되면서 쳔핑핑은 그에게 순조롭게 권력을 넘겨주기 위해 대부분 부처 처장들의 퇴진을 권유했고, 판시엔의 예씨 집안 후손 신분을 아는 그들은 흔쾌히 승낙했다.

1처는 무티에가 넘겨 받았고, 3처는 판시엔의 사형이었기에 상관 없었고, 4처는 옌빙윈, 5처 흑기병은 징거, 7처와 8처의 처장은 판시엔이 직접 왕치니엔 조직원 중에서 발탁한 사람들이었다.

하지만 2처는 정보를 다루는 곳으로, 권력은 작았지만 어찌 보면 가장 핵심적이고 근간이 되는 부처이기에, 천핑핑이 안정적인 업무 인수 인계를 위해 그를 남겨두었고, 그도 아주 열심히 업무를 수행해 내고 있었다. 하지만 그는 오늘 손에 든 보고서를 읽으며 깊은 주름이 생겼다.

그는 보고서를 들고 방문을 열고 나가 천천히 계단을 올라 감사원 밀실의 문을 조용히 열었다. 그곳에는 흰 옷을 입은 젊은 관원이, 회색빛 분위기의 감사원 건물과는 어울리지 않게 큰 책상에 앉아 무엇인가를 지켜보고 있었다. 2처 처장은 앞으로 걸어가 예를 올린 후 책상 위에 보고서를 올려 놓았다.

"무슨 보고서이길래 류 대인이 직접 올라오셨나요? 일단 앉으시죠."

"금군과 징두 수비군이 움직였는데, 본래는 추밀원과 황실의 보고 사항이니, 우리에게 보고하지 않은 것이 큰 문제는 아니지만…… 너무 이례적인 일이고, 너무 큰일이라……이런 일에는 분명 목적이 있을 텐데, 아무리 조사해도 지금까지도 뭐가 발생한 것인지 알 수 없어서……."

보고를 들은 옌빙윈이 보고서의 마지막 장을 넘기며 말했다.

"동이성이 최근 불안정해요. 그곳에는 9품 고수도 많고 강호 사람들도 많아서, 현공 사당 사건처럼 또 갑자기 살수가 나타날 수도 있으니 황실에서 걱정을 하는 듯 보이네요. 금군이 움직인 것은 별일 아닌 것 같네요. 하지만 징두 수비군 쪽은……이따 제가 추밀원에 공문을 보내 물어보죠."

"추밀원은 답을 안 하면 그만입니다. 그리고 지금 문제는 스페이가 직접 군을 끌고 갔다는 것인데, 그건 분명 황실에서 어떤 성지를 내린 것인데……."

순간 2처 처장의 머릿속에 쳔 원장이 징두를 떠난 지 얼마 되지 않았다는 생각이 들며 살짝 안색이 변했다. 옌빙윈은 알 수 없는 눈빛으로, 마치 그와 눈을 마주치지 않으려는 듯 어색하게 물었다.

"무슨 생각을 하세요?"

"아닙니다."

2처 처장은 고개를 저으며 미소 띤 얼굴로 말했다.

"나이가 정말 많이 들었나 봅니다. 이상한 생각을 많이 하게 되네요."

그렇다. 그건 이상한 생각이었다. 공디엔과 예중을 이해하지 못하게 하고, 스페이 장군을 불안과 공포에 빠지게 한, 아무도 감히 생각하지 못하는 이상한 생각.

"추밀원에도 물을 수 없는 사건을 이전에는 어떻게 처리했죠?"

"감사원은 군대의 일에 관여할 수 없습니다. 일반적으로는 정보를 황실에 전달하고, 폐하께서 훑어보시게 해드렸습니다."

"좋아요. 그럼 정보를 비밀 통로를 통해 황실에 전달하지요."

"네."

'오늘 옌빙윈이 좀 이상한데……고개도 들지 않고 눈도 마주치지 않고……아직 정식 제사가 된 것도 아닌데 좀 무례한 것 같기도 하고…….'

2처 처장은 조금 이상한 느낌을 받았지만 이내 다시 고개를 저으며 밀실 밖으로 나왔다.

'아니야, 내가 확실히 늙었어. 난 옌빙윈을 어려서부터 봤는데, 그가 어떤 인물인데…….'

이렇게 감사원이 이 사건에 처음으로 손을 쓸 기회를 잃어버렸다. 물론, 이렇게 아무런 반응을 보이지 않는 것이, 경국을 위해서, 황실을 위해서 그리고 이 회색 건축물을 위해서……가장 좋은 반응이었다.

옌빙윈은 천천히 고개를 들었는데, 만약 이때 누가 옆에 있었다면, 그의 눈에 점점 짙어지는 발악과 고통의 감정을 어렵지 않게 읽어낼 수 있었을 것이다. 피가 통하지 않을 정도로 입술을 다문 그가 자리에서 일어나 창가로 가 검은색 장막을 걷고 먼 곳을 바라보았다.

초가을의 석양에 밝게 빛나고 있는 황궁의 한 자락을.

그는 처음 이곳에 들어왔을 때를 생각했다. 바퀴의자에 앉아 있던 사람 그리고 그 뒤에 있던 그림자 대인. 이미 그 바퀴의자는 여기에 없다. 그는 천천히 검은 장막을 내리며, 길고 긴 탄식을 했지만, 이미 그의 눈에 서려 있던 고통의 감정은 거의 사라져 있었다.

'나는 이 방의 두 번째 주인이다. 나는 첫 번째 주인의 성정(性情)과 의지(意志)를 계승해야 한다. 이미 마음의 결정을 내렸으면, 더 이상 망설이지 말자.'

옌빙윈은 침착한 손으로 감사원 명령 문서를 작성하여, 자신의 직속 부하와 왕치니엔 조직원들을 불러들여 명을 내렸다. 서로 연관성이 없어 보이는 명령, 예를 들어 동이성으로의 증원, 서량로 관원의 교대 등이었지만, 앞으로 10여일 동안 감사원 역량을 분산시키는 효과를 거둘 수 있었다.

모두 네 가지 명령으로 징두 내 감사원 본부 역량 절반을 빼내 경국 지방 곳곳으로 이동시켰다. 문제는 1처였는데, 1처는 판시엔이 직접 관리하고 있었고, 1처 처장은 무티에였지만 사실상 판시엔의 명령이 없이는 움직이지 않는 조직이었기 때문이다.

그는 자신이 할 수 있는 모든 것을 다 한 후 나지막이 혼잣말을 내뱉었다.

"모든 것은 경국을 위해, 아니면 모든 것은 감사원을 위해……?"

야오 태감이 어서방을 나와 예중과 공디엔에게 성지를 내리러 갔고, 그 둘이 무릎을 꿇고 최대한 불안한 기색과 놀람을 감추며 성지를 받았을 때, 야오 태감은 성지를 건네며 무심하게 말했다.

"스페이 장군이 성지를 기다리고 있습니다."

예중은 일어나서 성지를 받았지만, 마치 큰 산을 받은 듯 손이 너무 무겁게 느껴졌다. 다행히 그 성지를 집행할 사람은 자신이 아니라 스페이였지만, 그는 스페이 장군을 생각하며 슬픔과 함께 한기를 느꼈다. 스페이 장군은 옌징 군 측의 중신이었기에 징두에 오래 머물지 않았고, 황제와 쳔핑핑과의 관계도 상대적으로 덜 영향을 받을 수 있었기에 황제가 그를 파견한 것이다.

야오 태감은 성지를 전달하고 나서 다시 느릿느릿 깊은 황궁으로 향했다. 그도 마음속에는 복잡한 감정이 있었지만, 그렇다고 예중처럼 크게 걱정하고 있지는 않았다. 황제의 마음을 가장 잘 알고 있는 그였기 때문이다.

'폐하의 마음속에서 쳔 원장의 지위는 모든 이들과 다르지…….'

야오 태감은 어서방에서 황제가 진노할 때를 생각하며 저도 모르게 웃음이 터졌다.

'폐하께서 쳔 원장에게 진정으로 손을 쓰시려 했다면, 쳔 원장이 입궁해서 마지막 사직 인사를 할 때 손을 쓰셨겠지…….'

물론 다저우에는 대동산에서 도망간 반역죄인 가오다가 있었고, 허 대학사가 보낸 형부의 관원들과 고수들이 있었고, 황실도 그들을 지원하기 위해 고수 태감 몇을 보내기도 했다.

하지만, 쳔 원장이 정말로 그곳을 빠져나가고 싶다면, 황제가 직접 군을 이끌고 막아서지 않는 한, 그 늙은 괴물을 막을 수 있는 사람은 아무도 없을 것이다.

야오 태감은 태극전 복도의 기둥에 몸을 기대며 모처럼의 여유를 즐겼다. 옆을 지나가는 궁녀들과 태감들은 그에게 공손하게 인사를 했다. 야오 태감은 천천히 눈을 감고 초가을 오후 햇살을 만끽하며 깊은 숨을 내뱉고 나지막이 혼잣말을 했다.

"쳔 원장 대인, 어차피 떠나기로 결정한 것, 징두로 다시 오지 마세요. 폐하께서도 대인이 징두로 돌아오는 걸 원하지 않으십니다."

그렇다. 황제는 오랜 시간 그를 조사했지만, 그의 냉혈하고 무정한 본성과 달리 그를 마지막으로 입궁 시켜 기회를 주었다. 해명할 기회 그리고 징두를 떠날 기회. 쳔핑핑은 해명하지 않았지만, 그래도 황제는 그가 징두를 떠날 기회는 주었다.

하지만 황제는 마지막으로 확인하고 싶었다. 쳔핑핑이 정말로 '징두'를 떠나 모든 것을 내려놓을 수 있는지를. 그래서 조정에서 반역죄로 수배당한 가오다를 그가 봤을 때, 판시엔의 심복 가오다를 그가 봤을 때, 이 모든 것을 못 본 체하며 떠날 수 있는지를.

쳔핑핑이 내려놓으려 한다면, 이 모든 사건들은 묻힐 것이다.

쳔핑핑이 내려놓지 않으려 한다면, 그가 다시 징두로 올 것이다.

이것은 황제의 쳔핑핑에 대한 총애 때문이 아니었다. 황제는 쳔핑핑의 그 '마음'에 대한 심문, 질문 아니 아주 가벼운 물음이 두려웠기 때문이다.

경국 황제는 쳔핑핑과 몇 십 년을 동고동락했다. 사실 황제는 누가 배반해도 괜찮았다. 왜냐하면 황제라는 위치가 의심을 가지게 만들기 때문에, 근본적으로 그는 아무도 믿지 않았다. 하지만 쳔핑핑이 그를 배신하는 것은 받아들일 수 없었다. 그래서 그는 심지어 자신이 직접 조사한 그 사건의 진상에 대해서 믿을 수도, 믿으려 하지도 않았다.

세상의 모든 사람들은 고독을 느낀다. 천하의 권력을 가진 황제도 처음엔 몰랐었다. 하지만 이번 일을 고민하면서 깨닫게 되었다. 천핑핑, 이 고독하기 그지없는 절름발이 늙은이가, 자신의 마음속 깊은 곳에, 자신이 아직도 살아있음을 느끼게 하는 유일한 인간이라는 것을.

그래서 황제는 분노했고, 초조했지만, 마지막 순간에 그는 천핑핑의 '마음'에 대해 묻는 것 자체가 두려워졌고, 자신이 없었다.

이 모든 것을, 태극전 복도 기둥에 기대서 햇볕을 쬐고 있는 늙은 태감이 정확히 꿰뚫어 보고 있었던 것이다. 큰 홍 태감도, 야오 태감도 햇볕을 쬐는 것을 좋아했다. 마치 자신이 알고 있는 비밀이 너무 많아, 황제의 희노애락을 너무 많이 알게 되어, 그 비밀들이 체내에서 곰팡이를 피우지 않게 하기 위한 듯.

"오늘 해가 정말 좋네."

야오 태감 옆으로 다이 태감이 천천히 다가오며 말을 걸었다. 야오 태감은 말없이 옆으로 조금 옮겨 기둥의 절반을 그에게 내주었다. 다이 태감이 다시 입을 열었다.

"그때 우리가 처음 궁에 들어왔을 때 겁도 없이 여기서 햇볕을 쬐다가 큰 홍 태감에게 곤장을 오십 대인가 맞았었지?"

"당시의 친구들은 결국 죽고, 쫓겨나고, 지금은 몇 명이나 남았을까."

"우리는 살아 남았잖나. 그럼 된 거지."

야오 태감은 먼발치에 서 있는 젊은 태감 하나를 보면서 화제를 바꿔 말했다.

"홍쥬가 최근에 자네와 같이 다니던데, 저놈은 어떤가?"

"저놈은 3년 전 사건으로 충격을 받아 그 뒤로는 점점 과묵해졌네. 당시 저 어린 놈이 동궁 수령 태감이었는데 지금은…….”
“홍쥬는 어서방에서 시중도 들었었지. 역시 과묵한 것도……좋은 거야. 자네도 그땐 말이 너무 많았어.”
다이 공공이 자조의 웃음을 지었지만 더 말을 하진 않았다.

이틀 후, 다저우 외곽 산간에서 급히 행군하느라 하루도 제대로 쉬지 못한 징두 수비 군대가 드디어 추밀원으로부터 급보를 받았다. 스페이 장군은 봉인을 뜯어 내용을 한번 읽으며 잠시 동공이 수축했지만, 재빨리 평정심을 찾으며 옆에 있는 친위병에게 서신을 건넸다.
“이 서신을 잘 보관하고 있어. 그리고 넌 내일 따라오지 마. 만약에 내가 죽으면, 이 서신을……판 대인에게 전달해.”
‘옌징 군대는 판 대인, 심지어 감사원과도 아무런 엮임이 없었는데 이 서신이 왜 이렇게 중요한 거지?’
스페이는 더 이상 설명하지 않고, 산골짜기 아래의 부하들을 보며 냉소를 띠었다.
‘징두 수비군에도 감사원의 밀정이 몇 명이나 있을지……감사원이 군대에 관여할 수 없다지만, 경국의 가장 뛰어났던 장군 친예 심복에도 감사원의 밀정이 있었는데, 난들 어떻게…….’
스페이는 크게 한번 숨을 들이마신 후 명했다.
“속도를 줄이고, 천천히 다저우로 진군한다.”
‘내가 이번에 실패하면, 그리고 내가 죽으면, 폐하께서 판 대인의 마음을 살펴 쳔 원장을 해한 죄를 나에게 뒤집어 씌우시겠지. 그렇게 멸문지화를 당할 수는 없어.’

칠흑 같은 밤이었지만, 다저우 성의 사방이 횃불로 둘러싸여 있어 그곳 만큼은 백주 대낮과 다름없어 보였다. 쳔핑핑은 관도(官道) 옆에 무릎을 꿇고 있는 사람들을 보며 조금의 표정 변화도 없었다. 하지만 오늘 그의 가늘고 깊은 주름은 국화꽃처럼 피어 있지 않았고, 오히려 차갑고 냉정한 모습으로 곧게 뻗어 있었는데, 마치 천년 동안 비와 바람에 휩쓸려 형성된 황토 평원 위의 갈라짐을 연상케 하였다.

천핑핑은 초췌하게 말라 비틀어진 두 손으로 무릎을 덮고 있는 양모 담요를 천천히 쓰다듬었다. 그리고 얼마 지나지 않아 황실 태감의 입을 통해 오늘 다저우에서 발생한 사건의 전말에 대해 듣게 되었고, 감사원 관원들이 보호하고 있는, 상처를 치료해 주고 있는 반역자가 누군지 알게 되었다.

가오다. 천핑핑은 이 이름이 익숙하지는 않았지만, 그렇다고 처음 듣는 이름도 아니었다. 그는 가오다가 당시 판시엔의 심복이자, 호위의 우두머리라는 것 정도는 알고 있었다. 그는 천천히 고개를 들어 피칠갑을 한 가오다를 바라보았다.

'우연이 우연을 낳는다? 이 세상에 우연이라는 것은 없어…….'

"3년 동안 도망 다닌 반역자를 잡다니, 허 대인의 능력이 대단하네."

이 말과 함께 자신과 오랜 시간 같이한 늙은 하인에게 눈짓으로 명했다.

'탁, 탁, 탁, 탁…….'

의자의 바퀴가 천천히 관도를 짓누르며 앞으로 나아갔다.

감사원의 치료가 확실히 효과가 있어 보였다. 물론 보통 사람이라면 아무리 약이 좋아도 이 정도 상처를 견뎌내지는 못했을 것이다. 하지만 가오다는 8품 고수였고, 지금 그의 '의지'는 어느 때보다 강했다.

그가 정신을 차렸을 때, 사방의 횃불 때문에 눈이 따끔거렸고, 바짝 마른 입술이 쩍 갈라졌다. 그리고 자신에게 천천히 다가오고 있는 바퀴의자가 희미하게 보였다. 그는 천 원장을 만난 적이 몇 번 없었다. 하지만 그가 어떤 사람인지는 잘 알고 있었다. 가오다는 천 원장의 근심 어린, 매우 복잡한 눈빛을 보고 마음이 매우 무거워졌다.

가오다는 천핑핑이 판 대인을 생각하여 자신의 목숨을 지켜낸다면, 허종웨이가 이 일을 계기로 판 대인에게 덮어 씌울 것임을 알고 있었다. 심지어 어쩌면 천핑핑에게까지 누를 끼치게 될 것임을.

'나 하나로 끝내자. 여기서 끝내야 해…….'

그가 이를 악물고 손에 힘을 주었다. 그리고 세차게 자신의 태양혈을 내리쳤다.

'퍽!'

누군가 그의 팔목을 내리치며 말했다.

"3년 동안 얼마나 어렵게 살아 남았는데, 심지어 부인과 아들도 있는데 뭐 그렇게 급히 죽으려 하나?"

익숙한 목소리였다. 가오다는 심장이 철렁하며 어렵게 고개를 들어 그를 바라봤다.

'누구지? 분명 모르는 사람인데……왜 목소리가 익숙하지?'

가오다의 시선이 그 관원의 눈으로 향했고, 그 눈빛에서 낯익은 장난끼를 발견했다.

"당신도……살아 있었군요!"

그 관원은 다시는 가오다가 자살하지 못하도록 천으로 그의 손을 묶으며 말했다.

"사는 거 싫어하는 사람도 있나? 원장 대인이 여기 계시니, 안타깝게도 이제 넌 죽는 것도 네 마음대로 못해."

드디어 바퀴소리가 멈추고, 천핑핑은 가오다를 물끄러미 바라봤다.

"넌 가오다가 아니네."

'무슨 말이지?'

"넌 그냥 보잘것없는 사람이야. 너의 생사는 이 순간 전혀 중요하지 않아. 그러니 사는 게 좋지 않겠나."

이 말에 우두머리 태감 허치간(何七干, 하칠간)을 포함한 주위의 모든 사람들이 수상한 냄새를 맡기 시작했고, 그가 두 발 물러서자 다저우 주지사가 긴장한 듯 쳔핑핑 앞으로 와 공손하게 예를 올리며 말했다.

"원장 대인, 우선 성으로 들어가 잠시 쉬시는 게 어떠실까요?"

쳔핑핑은 주지사를 거들떠보지도 않았다. 그는 가오다만 물끄러미 바라보며 자신의 일을 마음속으로 생각하고 있었을 뿐이다.

'우연의 일치는 없지. 허종웨이가 왕치니엔과 가오다를 조사한다는 것을, 설령 감사원에게 속일 수 있었더라도, 폐하에게 숨길 수는 없어. 그런데 하필 내가 귀향하는 길에서 이 일이 폭발했다?'

그것은 하나의 '질문' 이었다.

황제는 먼 거리를 두고 쳔핑핑에게 '질문'을 던지고 있었다.

'넌 짐의 검은 개인가, 아니면 자신의 의지를 가지고 있는 권신(權臣)인가?'

쳔핑핑은 기괴한 웃음을 터트렸고, 웃음은 횃불의 빛을 받으며 밤바람을 스쳤다. 그리고 그 웃음소리는 마치 현공 사당 아래 피어 있는 금선 국화처럼 느껴졌다. 찬바람도 무서워하지 않고, 세속적이지 않은, 오로지 순수한 분노만 표출하고 있는 웃음.

그는 부드럽게 바퀴의자의 팔걸이를 매만지며 미소를 짓고 말했다.

"가오다를 잘 치료해 주거라."

이 장면을 지켜보던 허치간을 포함한 고수 태감, 형부 고수들과 수사관들, 그리고 수백 명의 다저우 관병들의 얼굴이 일제히 일그러졌지만, 어느 누구도 감히 쳔핑핑의 이 말에 어떤 반대 표시도 못 하였다.

반대를 할 수도 없었고, 반대가 의미도 없었기 때문이다.

"까르르르르……."

그때, 볼 일을 보러 숲속으로 들어갔던 진원의 미인들이 마차로 돌아왔고, 빈곤한 곳에서 태어나 예쁜 얼굴과 노래를 잘 하는 것밖에 없던 여인들의 맑은 웃음소리가 다시 울려 퍼졌다. 쳔핑핑이 거두고 보호해 온실 속의 화초로 길러냈던 여인들. 쳔핑핑의 큰 산이 무너지면, 이 아름다운 꽃들은 꽃잎이 떨어질지, 가지가 꺾일지, 뿌리가 뽑힐지 모를 일이었다. 쳔핑핑은 고개를 떨구고 멀지 않은 곳에서 들리는 낯익은 웃음소리를 들으며, 저도 모르게 싱긋 미소를 지었다.

그리고 눈을 감았다.

그의 앞에는 무수한 선택지가 있었다.

가오다를 구한다. 그리고 고향으로 돌아간다. 물론 몇몇 번거로운 일이 생기겠지만, 모두가 알고 있듯이 그가 고향으로 내려가는 것을 막을 사람은 없다.

가오다를 무시한다. 미인들을 데리고 고향으로 가 아름다운 노후를 보낸다.

또는…….

황제는 쳔핑핑에게 마지막 선택을 할 수 있는 기회를 주고 있었다. 그리고 쳔핑핑이 무엇을 선택하든 그가 '스스로' 원해서 징두로 돌아와 황제에게 맞서려 하지만 않는다면, 어느 누구도 그를 억지로 징두로 끌고 올 수 없다는 것도 알고 있었다.

그리고 황제는 그 장면을 보고 싶지도 않았다.

쳔핑핑은 여전히 움직이지 않았다.

무엇을 기다리는 것인가.

'다그닥다그닥다그닥…….'

말발굽 소리가 들렸지만, 위협적이라기 보다 매우 조심하는 느낌이었다. 감사원 관원들도 그들을 막지 않았다. 그저 경계심 가득한 눈빛으로 그들이 횃불 아래로 다가오는 것을 바라보고만 있었다.

성지가, 도착했다.

마치 장기판에서 상(象)으로 마(馬)를 옆에 두고 장군을 치며 물어보듯.

"장군! 장(將)을 움직일 것인가, 아니면 마(馬)를 죽일 것인가?"

십여 명으로 이루어진 군의 소대는 경국 군대의 갑옷을 입고 있었지만 위세가 있지는 않았고, 단지 그들의 눈빛에서 복잡한 정서만 뿜어져 나오고 있었다. 그리고 소대장의 손에는 황금색 성지가 들려 있었다.

소대장은 천핑핑에게 정중하게 예를 올린 후 떨리는 목소리로 황제의 성지를 읽었다.

성지는 천핑핑과는 무관했고, 단지 조정의 반역자 가오다에 관련한 내용이었다.

'형부(刑部)는 군주를 기만한 대역죄인을 최대한 빨리 징두로 압송하라. 막는 자가 있다면 모반죄로 처리하겠다.'

성지를 읽는 소리가 멈추자 적막이 흘렀고, 풀잎에서 물방울이 떨어지는 소리까지 들리는 듯했다. 모두의 시선이 바퀴의자에 앉아 있는 노인에게 향했다. 그리고 모두 의아하게 생각했다.

'갑자기 성지가? 다저우에? 반역자 하나 잡는 이 일에?'

소대장은 성지를 품속에 다시 넣으며, 바퀴의자로 한 발 더 다가가 무릎을 꿇은 후 낮은 목소리로 말했다.

"말장(장군이 자신을 낮추어 부르는 칭호)은 징두 수비군의 부

(副)장군 관숑(官雄, 관웅)이라 합니다. 스페이 장군의 명을 받아, 반역자를 체포하러 왔으니, 원장 대인께서 허락해 주십시오."

쳔핑핑의 얼굴이 살짝 창백해졌다. 이 상황이 어떤 것인지 알고 있었기 때문이다. 황제가 자신의 마지막 퇴로를 막지 않았지만, 어쩌면 황제는 쳔핑핑 자신이 스스로 그 퇴로를 막을 것을 예상하고 있는 듯 느껴졌다.

소위 가오다로부터 발생한 일이지만, 가오다와 상관없는 일이고, 자신과 황제가 주고받는 질문이었던 것이다.

이곳과 그리 멀리 떨어지지 않은 조용한 산속에서, 수천 명의 징두 수비군 기병들이 최후의 공격을 기다리고 있었다. 철갑을 두른 수천의 군사가 30여 대의 검은색 마차를 제압하는 것은 어려운 임무가 아니었지만, 가장 앞에 서 있는 스페이 장군이든, 뒤에 대기하고 있는 장군과 병사들이든, 이번 전투가 그들의 인생에서 가장 힘든 전투가 될 것임을 직감하고 있었다.

심지어 스페이는 징두 반란 때 옌샤오이가 이끌던 정북군에 친위병 몇만 데리고 들어가 수만의 병사들을 진압시키고 굴복시킨 적도 있었다. 그게 오늘날의 징두 수비 통령 스페이가 있게 해준 중요한 공로였지만, 그런 그도 바퀴의자에 앉아 잘 움직이지도 못하는 상대방을 상대함에 있어 긴장하고 있었다. 그는 쳔 원장이 성지를 받으면 물러날 것이라 기대했었는데, 그 이유는 모르겠지만 쳔핑핑은 물러나지 않고 있었다. 단 한 발자국도.

그제서야 그는 기괴하고도 이상한 생각이 들기 시작했다.

'폐하께서는 쳔핑핑이 물러나지 않으리라는 것을 미리 알고, 퇴로를 열어 주는 척 성지를 내린 것은 아닐까?'

횃불에 비친 쳔핑핑의 고개가 천천히 흔들렸다.

스페이가 깊게 숨을 들이마시자 산골짜기의 차가운 밤바람이 폐부를 찔렀다.

"준비."

수천의 기병들이 감사원 전임 원장 쳔핑핑으로 달려갈 준비를 하였다.

"폐하께서 나를 징두로 다시 불러 나에게 '어떤 일'을 묻고 싶어 하신다. 이것은 내가 이미 알고 있었던 것이지. 하지만 지금까지 잘 참아 오셨는데, 왜 갑자기 이러시는 것인지, 그리고 물으실 거면 그냥 물으시면 되지, 갑자기 이 많은 일들을 벌이시는 이유를 모르겠네."

쳔핑핑은 탄식하며 말을 이었다.

"폐하께서 아직까지도 날 잘 모르시는구만……."

'털썩.'

2처 부처장 관원이 갑자기 쳔핑핑 앞에 무릎을 꿇으며 이를 악물고 외쳤다.

"대인, 성지를 받아주십시오!"

"됐네. 난 평생 동안 성지를 받고 살았고, 이제 나도 다 죽어 가는데, 더는 받을 힘도 없어."

쳔핑핑은 웃으며 말을 이었다.

"폐하께서 나에게 '그 일'을 묻고 싶어 하시니, 나도……그에게 '그 일'을 묻지 않을 이유가 있겠나?"

그리고 그는 차가운 얼굴을 하고, 더 차가운 얼음 같은 눈빛을 하고, 횃불 아래 자신을 포위하고 있는 수백 명의 사람들에게 말했다.

"한번 사는 인생. 평생 마음속 깊은 곳에 남겨져 있던 의심은, 결국 입 밖으로 내야하는 것이야."

'다그닥다그닥다그닥……!'

다시 한번 말발굽 소리가 들렸다. 하지만 이번에는 조심스럽지 않았다. 철갑에 반사된 달빛이 순식간에 횃불을 제압했고, 관도 후방에서 엄청난 연기와 먼지가 날렸으며, 순식간에 마차 주변을 무서운 살기로 뒤덮어 버렸다.

"꺄악!"

모든 사람들은 이 광경을 보고 얼굴이 창백해졌고, 아름다운 미인들은 참지 못하고 날카로운 비명을 지르기 시작했다.

하지만 쳔핑핑은 표정의 변화가 없었다. 입꼬리만 미세하게 올라가 있는 모습에서 한 가닥 비웃음만 보일 뿐이었다. 그는 말을 하지 않았기에, 감사원 밀정들도 움직이지 않았고, 어떤 이는 손에 든 쇠막대기만 굳게 움켜쥐고, 어떤 이는 손에 든 철궁의 발사 단추에 손가락을 올리며 수천의 기병을 바라보고만 있었다.

수천의 기병은 일반적인 전투처럼 바로 달려들어 공격하지 않았다. 그들은 오히려 천천히 속도를 줄여 세 개의 대열로 나누어, 삼십여 대의 마차를 둘러쌀 뿐이었다.

엄숙, 그리고 살기.

쳔핑핑은 살짝 고개를 돌려 그들을 보면서 미소 지으며 말했다.

"3천6백 명이라……날 잡으러 이렇게 많이 오다니. 스 장군, 날 너무 과대평가한 것 아닌가?"

스페이는 쳔핑핑이 무서웠고, 판시엔도 두려웠다. 물론 황제가 더 무서웠기 때문에 이곳에 왔지만, 바로 공격 명령을 내리지는 않고 잠긴 목소리로 침통하게 말을 했다.

"쳔 원장 대인, 대인이……성지를 거역하고 반역자를 보호하시면, 말장은 부득이……."

"하하. 역시 폐하께서……결국 군주가 군대를 보내 귀향하는 늙은이를 죽이는 문제가 아니라, 신하가 성지를 거역하는 문제가 되었구만……."

그는 다시 한번 탄식했다.

"우리들의 폐하께서는, 이러한 순간까지도, 여전히 자신의 위신과 광명정대한 모습을 잃지 않으시려……그렇다면, 나같이 음지에서 움직이는 놈이 계속 어두운 역할을 해 드려야지."

서른 대의 마차였지만, 짐과 여자들의 마차를 제외하면, 쳔핑핑을 호위하는 감사원 관원이라 해야 백여 명에 불과하였다. 하지만 이들 백여 명은 삼천의 징두 수비 기병을 보고도 조금도 물러설 기색이 없었고 표정은 여전히 냉랭했다. 스페이는 이 모습을 바라보며 속으로 탄식을 내뱉었다.

'이들의 마음속에 폐하는 없고 쳔 원장만 있는 것인가?'

'스스슥스스슥…….'

관도 양측의 숲 속에서 셀 수 없는 그림자들이 움직였다. 스페이는 몇 인지 짐작도 안 되는 6처 자객들의 그림자를 보며 등골이 오싹해졌다.

쳔핑핑은 두 눈을 감았고, 그는 마치 밤바람 아래서 잠든 것 같았다.

스페이는 선택의 여지가 없었다. 성지가 앞에 있었기 때문이다. 그는 천천히 오른손을 치켜들었고, 3천여 명의 기병들이 천천히 진형을 바꾸기 시작했고, 다시 한번 여자들의 비명소리가 울려 퍼졌다.

"대기!"

검은색 마차 안에서 누군가 명을 내렸다.

"대기!"

"대기!"

'탁탁탁타탁탁…….'

'스스스스스슥…….'

이어진 스무 차례의 '대기' 명령에 따라 마차 위, 마차 옆에서 무수한 철궁이 그 모습을 드러냈고, 동시에 칠흑 같은 수풀에서 몇인지도 모를 감사원 자객들이 자취를 감추기 시작했다.

가슴 떨리게 하는 수많은 소리와 마찰음들이 파도처럼 늘어진 마차 행렬에서 질서정연하고도 빠르게 퍼져 나갔다. 강노의 화살촉은 푸른빛을 띠고 있었고, 그 곳에는 3처에서 개발한 가장 강력한 독이 묻혀져 있을 것이다. 그리고 이미 쳔 원장 옆에는 삼베옷을 입은 검객 몇이 수천의 기병은 아랑곳하지 않는 듯 냉랭하게 서 있었다.

이 순간, 유일하게 표정 변화가 없는 사람은 쳔핑핑이었다. 그의 뒤에는 늙은 하인이, 그의 옆에는 몇몇의 검객이, 마차에는 철궁을 들거나 쇠막대기를 쥐고 있는 감사원 관원들이 있었다. 그들은 모두 '대기' 명령 다음의 명을 기다리고 있었다.

스페이는 오른손은 위로 올리고 왼손은 허리춤의 검 자루를 잡은 채, 자신의 앞에 펼쳐진 이 장면을 바라보며 쉽게 공격 명령을 내리지 못하고 있었다. 그는 눈만 껌뻑껌뻑 하고 있었는데, 순간적으로 자신의 오른손을 내린 후 기병들이 검은색 마차로 달려드는 모습이 눈앞을 스쳐갔다.

그의 오른손은 여전히 위로 올려져 있었다.

그는 정말 다음 장면을 보기 싫었다. 자신이 명을 내리면 더 이상 상황이 통제되지 않을 것이기 때문이다. 그리고 명과 동시에 자신의 등 뒤에서 어떤 이가 칼을 찌를지도 몰랐다.

이때, 쳔핑핑이 스페이를 향해 손짓했다.

그 모습은 쫓기고 있는 사람의 행동으로 보이기보다, 마치 연장자가 어떤 일을 아랫사람에게 부탁하려는 행동으로 보였다. 스페이는 고민하다 갑자기 큰 소리로 외쳤다.

"중지!"

다급한 숨소리와, 긴장한 눈빛.

스페이는 힘겹게 숨을 몇 차례 쉬고, 가슴은 여전히 헐떡대고 있었지만 식은땀을 흘리고 있지는 않았다. 이왕 모험을 하기로 선택한 것, 후회는 하지 말자 스스로에게 되뇌이고 있었다. 그는 수많은 경계심 가득한 눈빛과 조준되어 있는 철궁의 살기를 뚫고, 천천히 쳔핑핑을 향해 말을 몰았다.

그는 쳔핑핑 몇 발자국 앞에서 말을 멈추고 말에서 내려, 존경의 의미를 담아 걸어갔다. 그의 몸에 둘러져 있는 철갑과 투구의 무게 때문에, 그가 걸을 때마다 매우 무거운 소리가 울려 퍼졌다. 쳔핑핑은 이 용감한 장군을 보며 흐뭇하게 입을 열었다.

"자네 같은 출중한 젊은이가 있으니, 경국의 장래는 문제가 없겠어. 그래서 난 자네를 죽이고 싶지 않네."

스페이는 쳔핑핑 앞에서 반 무릎을 꿇고 투구를 벗어 가슴에 내려놓으며 말했다.

"말장, 원장 대인께서 성지를 받으시기를 요청드립니다."

"무슨 성지를 받으라는 건가? 가오다는 내가 데리고 갈 거네. 성지와 관련해서는……자네도 알지 않는가? 폐하께서 지금까지 나에게 공식적으로 성지를 내리신 적은 없어. 그런데 자네가 나보고 성지를 받으라 한 것을 폐하께서 아시면, 폐하께서 그리 좋아하실 것 같지 않은데?"

스페이는 자리에서 일어나며 말했다.

"징두 수비군도 위대한 경국의 수비군이고, 감사원도 위대한 경국의 감사원이니, 전 쌍방 모두 어떠한 손실을 입는 것도 원하지 않습니다."

"3천6백4십 명의 징두 수비군의 정예병이 이 먼 길을 달려온 게, 자네는 정말 이 성지를 받고 안 받고의 문제라 생각하는 건가?"

'3640? 기병 숫자를 어떻게 정확히……좀 전 명령을 내렸으면, 정말 내가 먼저 죽었을 수도 있었겠구나…….'

스페이가 가장 두려워한 것은, 징두 수비군 내 '쳔핑핑의 사람'이었다.

"폐하의 성지가 있으니, 반역자 가오다는 반드시 징두로 압송해야 합니다."

스페이는 모든 불안을 삼키듯 긴 숨을 들이마시고 이어 말했다.

"설령 대인께서 성지를 거역하시겠다 하더라도, 저는 반드시 그를 징두로 데려가야 합니다."

"내가 자네를 따라 징두로 가겠네."

스페이는 너무 놀라 무슨 말을 해야 할지 몰랐다. 하지만 더 대경실색한 사람은 쳔핑핑 주변에 있는 관원들과 삼베옷을 입은 6처 최고 실력의 자객들이었다. 그 순간 갑자기 자칭 2처 부(副)처장이라 말한 감사원 관원이 단호한 목소리로 외쳤다.

"원장 대인, 돌아가시면 안 됩니다!"

쳔핑핑은 조용히 두 눈을 뜨고, 그 관원은 개의치 않고, 뒤에 있는 늙은 하인만이 자신의 마음을 이해할 수 있을 것이라 생각하며 스페이를 보고 말을 이었다.

"좀 전에 왜 명을 내리지 않았나? 그건 자네도 알기 때문이겠지. 3천여 명의 기병으로 이 곳을 모두 통제하지 못한다는 것을. 또, 여기를 모두 통제할 수 있는 사람은 나 하나밖에 없다는 것을. 그러니 내가 자네를 따라간다 했으니, 자네는 날 데리고 갈 수밖에."

그는 차가운 눈빛으로 스페이를 보며 단호하게 말을 이었다.

"모든 국면을 내가 통제하고 있으니, 어떻게 할 것인가는 내가 결정하네."

"원장 대인께서 말장과 함께 징두로 돌아가시길 원하시면 분부를 내려주십시오."

본래부터 스페이의 임무는 성지와 상관없었다. 쳔핑핑을 산 채로 징두로 돌아오게 하는 것이었다. 다만, 그는 처음부터 이 임무는 불가능하다 생각했을 뿐인데, 갑자기 현실이 되니 조금 당황했던 것이다.

"난 이미 폐하의 뜻을 알고 있었네. 그러니 자네도 더 이상 나에게 숨길 필요 없어. 다만, 내가 자네에게 부탁하고 싶은 것은, 나와 함께 온 여인들과 짐을 실은 마차는 못 본 것으로 해주라는 것뿐이네."

"폐하의 뜻을 아셨습니까……?"

"폐하가 어떤 분이신지는 내가 누구보다 잘 아네. 내가 가진 모든 것을 깨끗하게 짓밟지 않으시면, 그분이 어떻게 맘을 놓으시겠나……나의 생명은 곧 끝나지만, 이 짐들이 훼손되어서는 안되고, 더구나 저 여인들은 꽃과 같은 존재들인데……."

그는 탄식을 하고 이어 말했다.

"내가 그녀들을 안전하게 징두에서 벗어나게 할 의도가 아니었으면, 처음부터 왜 징두를 떠났겠나. 왜 폐하께서 이런 재미없는 일을 벌이도록 보고만 있었겠냐는 말이네."

스페이는 망연한 표정으로 쳔핑핑을 바라보았다. 그는 폐하의 비밀 성지의 내용을 정확히 기억하고 있었기 때문이다.

'쳔핑핑 외에는 단 한 명도 남기지 말라!'

하지만 동시에 의문이 들었다.

'내가 정말 3천여 명의 기병에게 모두 죽이라 명을 내리면, 천 원장이 그것을 어떻게 막는다는 것인가?'

쳔핑핑은 조롱의 의미를 담은 눈빛을 내뿜었다.

"보아하니 폐하께서 자네에게 한 명도 남기지 말고 죽이라는 명을 내린 것 같구만. 난 경국의 백성들을, 징두 수비군의 병사들을 아낀다네. 그래서 내가 지금 자네에게 '기회'를 주는 거야. 아니라면 내가 자네들을 하나도 남기지 않고 죽였겠지."

스페이는 이 말을 여전히 믿을 수 없다는 듯 쳔핑핑을 바라보았다. 그리고 이 공포스러운 인물과 황제 사이에서 선택해야 한다는 것도 알고 있었다. 황제의 명에 따르면, 가오다는 반드시 체포해야 하고, 쳔 원장은 살아서 징두로 데리고 가야하고, 여기 있는 사람은 모두 죽여야 한다.

'하지만 여기 있는 감사원 관원들을 하나도 남기지 않고 죽일 수 있을까? 그리고 쳔 원장의 저 자신감은 뭐지?'

마치 스페이의 어려운 선택에 도움이라도 주듯, 사방의 산에서 검은 선들이 나타나기 시작했다. 이 검은 선들은 은색의 달빛을 받아 주위의 모든 산 중턱에서 나타났는데, 마치 어떤 이가 검은 목탄으로 모든 산마다 선을 '슥' 그어 놓은 것 같았다.

이 검은 선은 모두 사람으로 연결된 것이었는데, 더 정확히 말하면 검은색의 기병들로 이어져 있었다. 무수한 검은 점 같은 기병들이, 주변의 모든 산을 둘러싸서 검은색 선을 만들어 낸 것이다.

흑기병.

흑기병을 보며 감사원 관원들은 역시 감사원은 절대 패배할 수 없다는 사실을 깨우치며 은은한 미소를 지었지만, 감사원을 덮치러 온 징두 수비군 기병들은 공포와 절망에 빠졌다. 자신들이 감사원을 포위한 것이 아니라, 흑기병이 자신들을 포위하고 있음을 깨달았기 때문이다.

쥐 죽은 듯한 적막.

스페이는 고개를 돌려 주변의 흑기병들을 둘러보았다. 그는 순간 의혹과 분노의 감정이 들었는데, 그것은 그가 흑기병의 실력을 잘 알고 있었기 때문이 아니라, 황실에서 엄격하게 1천 명으로 제한했던 흑기병의 수가 적어도 4천 명은 넘어 보였기 때문이었다!

“대인은 폐하께서 저를 시켜 다저우에서 매복 공격을 하실지 알고 계셨던 겁니까?”

“아니네. 그런 사소한 것은 생각할 필요도 없네. 난 단지 폐하께서……날 순순히 떠나게 하지 않으리라는 것만 알고 있었네. 이제 자네가 나의 조건을 고민할 시간이네.”

스페이는 분노에 몸까지 떨며 외쳤다.

“흑기병은 1천이 넘지 못하지 않습니까?! 이건 모반입니다!”

“그럼 또 어떤가?”

스페이는 이 말에 크게 상심하며 다소 쉰 목소리로 말했다.

“폐하께서 직접 나서지 않으시는 한, 이 세상에서 대인을 막을 수 있는 사람이 없는데, 왜 대인께서는 떠나시지 않고 여기에서 제가 나타나길 기다리셨습니까?”

“왜냐하면 난 처음부터 떠날 생각이 없었기 때문이야.”

쳔핑핑은 침착하게 그를 바라보며 천천히 말을 이었다.

“나는 그저, 이 사람들을 배웅하는 길이었네.”

# 제15장

## 어둠에 가려진 비밀

스페이가 다시 본대(本隊)로 돌아왔을 때, 이미 징두 수비군의 장군과 병사들은 전의를 잃은 듯 보였다. 스페이는 잠시 눈을 감고 휴식을 취하며 생각에 빠졌는데, 이 상황에서 쳔핑핑의 조건을 받아들이지 않을 방법은 없다 생각했지만, 한 가지 풀리지 않는 의문이 있었다.

'왜 쳔핑핑은 징두로 돌아가려 하는 것인가.'

그 시각, 앞쪽의 검은색 마차 절반은 텅 비어 있었다. 감사원 관원들이 모두 밖으로 나와 무릎을 꿇고 머리를 조아리며 쳔핑핑에게 징두로 돌아가지 말아달라 애원하고 있었기 때문이다. 사태가 여기까지 이르니 황제가 무슨 생각을 하는지 그들도 짐작할 수 있었고, 만약에 이대로 천 원장이 징두로 돌아간다면 살아남지 못할 것 같았기 때문이다.

그들의 생명이 위협받았을 때마다, 천핑핑은 항상 그들의 뒤에서 대들보가 되어 주었다. 그들은 감사원 사람이었고, 감사원은 천핑핑의 감사원이었다. 제 아무리 판시엔의 찬란한 빛이 감사원을 비추더라도, 천핑핑의 음흉하고 어두운 낙인을 지워낼 수는 없었다. 세상에 매력이라는 것이 있다면, 천핑핑은 가장 매력 있는 사람이었을 것이고, 천핑핑은 한 명의 이상주의자였으며, 심복들과 감사원 관원들은 죽을 때까지 천핑핑에 대한 존경을 내려놓을 수가 없었다.

천핑핑은 팔걸이를 가볍게 두드리며 자신의 앞에 있는 심복들을 흐뭇하게 바라보았다. 그의 얼굴에는 일말의 이별에 대한 슬픔도 없었고, 단지 일생일대의 사업에 대한 만족감만 있었다.

하지만 그가 징두로 돌아가는 것은, 이 사업과 무관했으며, 경국의 미래와 무관했고, 감사원과 무관했다.

단지 그의 인생과 관련되어 있을 뿐.

"징두로 돌아가서 폐하와 지난 일에 대해 대화 좀 한다는데, 울긴 왜 우나?"

관원들은 어느 누구도 이해하지 못했다. 왜 이런 일이 벌어지고 있는지, 왜 황제가 천 원장과 척을 지려 하는지, 왜 천 원장이 징두로 돌아가 죽으려 하는지!

천핑핑은 다소 피곤한 듯 부하들을 모두 물리고 2처의 부(副)처장만 남겼다. 그리고 그를 바라보며 침착하게 말했다.

"내가 날짜 계산을 이미 해 봤어. 안쯔가 징두에 도착하려면 아직 시간이 많이 남았으니, 이론적으로 말하면 어느 누구도 그에게 이 소식을 미리 알릴 수 없겠지?"

"대인의 결정을 저희가 어떻게 바꾸겠습니까. 하지만 판 대인은 바꾸실 수 있을지도……."

"아니야. 이번 일은 그 아이도 바꾸지 못해."

쳔핑핑은 차가운 눈으로 그를 바라보며 경고했다.

"자네가 세상에서 가장 빠른 사람이라 착각하지 말게. 그리고 이건 명령이야. 그에게 알릴 생각도 하지 마. 자네는 흑기병이 이 마차들을 호위해 강북로로 들어가는 것을 확인한 후, 최대한 빨리 동이성으로 가서 이전에 내가 말한 그 사람을 찾아. 그리고 그를 따라 십가촌으로 가."

그 관원은 쳔 원장이 자신의 생각을 이미 읽고 있음을 깨닫고 다소 경직된 얼굴에 슬픔의 감정이 드러났다.

"그렇게 시시때때로 웃고 울고 하면 안 돼. 그러다간 자네 얼굴의 분장도 그리 오래 가지 못하게 될 테니."

쳔핑핑은 다시 한번 냉정하게 말했다.

"왕치니엔, 당시에 자네가 대동산에서 도망칠 때, 자네는 판시엔에게 도움을 준다 생각했지. 하지만 그 행동이 판시엔과 나에게 얼마나 많은 번거로움을 끼쳤나?"

왕치니엔!

판시엔은 그의 흔적을 찾으려 무수히 노력했고, 수많은 추측을 했지만, 그 조차도 쳔핑핑이 왕치니엔을 눈앞의 감사원 안에 뒀으리라고는 생각도 못했었다.

"하지만 전 아직도 이해하지 못하겠습니다. 대인께서 꼭 징두로 돌아가셔야 합니까? 마지막에 대인이 죽든 살든, 판 대인이 대인께서 예상하지 못한 상황에 빠질 수도 있다는 생각은 하지 않으시는 건가요?"

쳔핑핑은 이 질문에 대답하지 않았다. 단지 그의 눈앞에 있는 검은색 마차를 보며, 검은색이 이렇게 자신의 눈을 편안하게 하는지, 이렇게 자신을 기쁘게 하는지 몰랐다 생각하고 있었다.

징두 수비군이 길을 열고, 스물아홉 대의 검은색 마차가 분노와 상심 가득한 감사원 관원들의 눈빛에 둘러싸여, 진원 미녀들의 울음소리와 함께 관도를 따라 경국의 동쪽을 향해 나아갔다.

남은 것은 한 대. 그렇게 검은색 마차 하나가 고독하게 남아 있었다. 그는 귀밑머리를 정리하며 뒤에 있는 늙은 하인에게 웃으며 말했다.

"자네 몸은 나보다 건강한데, 나와 같이 돌아가 죽을 필요가 있을까?"

하인은 웃었지만, 말은 하지 않았다.

산 위의 검은 선은 잘려, 절반은 이미 스물아홉 대의 검은색 마차를 호위하러 떠났고, 남은 흑기병들은 여전히 그곳에서 징두 수비군 기병의 움직임을 주시하고 있었다. 스페이가 침착한 얼굴로 쳔핑핑에게 다가와 잠시 침묵하다 입을 열었다.

"말장, 징두 수비군을 대표하여 원장 대인께서 저희를 살려주신 은혜에 감사드립니다."

쳔핑핑은 웃었지만, 말은 하지 않았다.

"그런데 저는 아직 왜 이렇게 하시는지 이해가 되지 않습니다."

"내가 만약에 떠났으면, 자네는 어떻게 할 생각이었나?"

"저는 폐하의 신하이니, 설령 제가 적수가 안 되었더라도, 마지막 한 사람까지 죽이려 노력했을 겁니다."

"그래. 이건 타협 같은 거네. 난 남고, 자네 쪽도 덜 죽고, 내 감사원 자식들도 덜 죽고……난 지금까지 나의 목숨이 그렇게 가치 있다 생각한 적이 없네. 난 그저 곧 죽을 늙은이일 뿐. 내 생명이 무슨 가치가 있겠나?"

쳔핑핑은 온화한 목소리로 말을 이었다.

"징두 수비군도 경국에 충성하고, 감사원도 경국에 충성하고, 나도 경국에 충성하지. 내 평생 적지 않은 사람을 죽였지만, 모두 적들이었어. 난 내 사람들을 죽이는, 그런 변태 같은 습관은 없어."

스페이는 이해할 수 없었다.

'경국을 위해? 그럼 성지를 거역하는 것은 뭐지? 또, 4천 명의 흑기병들을 암암리에 길러낸 것은?'

쳔핑핑은 더 설명하지 않았지만, 그의 말은 진심이었다. 다만 경국은 경국이고, 폐하는 폐하였다. 그는 징두로 가서 그 남자에게 '그 일'을 묻고 싶었지만, 자신과 그 남자의 분열로 인해 전체 경국이 혼란에 빠지거나, 황실과 감사원이 전쟁을 하거나 또는 무수한 경국 백성들이 살 곳을 찾아 헤매게 하고 싶지는 않았다.

"가세."

"네……원장 대인"

스페이는 고독하게 남은 검은색 마차를 손짓하여 부르고, 쳔핑핑에게 지극히 공손하게 예를 올린 후, 조심스럽게 검은색 바퀴의자를 안아 마차에 올렸다.

순간, 이 찰나, 산 위의 검은 선들이 흐트러지기 시작했다. 바퀴의자에 눈을 감고 편안하게 앉아 있던 쳔핑핑이 무엇이라도 느낀 듯, 눈을 번쩍 뜨며 그 곳을 맹렬한 눈빛으로 바라보았다!

일순간, 흑기병은 슬픔에 잠긴 채 차분해졌다.

칠흑 같은 밤의 산 중턱. 은색의 달빛이 구름에 가렸다 나타났다를 반복했다. 징거는 산기슭에서 관도 위에 있는 고독한 검은색 마차를 바라보다, 은색 가면 사이로 분노를 표출하며 손에 든 검은색

긴 창을 전투마 옆으로 꽂고 말고삐를 당겼다.

'퍽.'

누군가 말고삐를 잡은 그의 손을 막았다.

경력 7년 징두 모반 사건에서 친씨 집안은 멸문지화를 당했다. 그리고 황성 앞 수많은 사람들의 눈앞에서 친형의 목을 베어버린 징거는 전기적인 인물이 되었고, 또 판시엔의 심복이자 감사원 5처 흑기병의 통령이 되었다.

좀 전 쳔핑핑이 마차에 오르려는 찰나, 징거의 마음속에서 절망과 분노의 감정이 솟구쳤고, 심복 흑기병들을 이끌고 내려가 그를 구하려 하였다. 왜냐하면 그는 이렇게 쳔핑핑이 죽음을 각오하고 징두로 돌아가는 것을 눈뜨고 지켜볼 수 없었기 때문이다.

그해, 징거는 군대 내에서 수많은 괴롭힘을 당하던 병사였다. 그래서 훈련 중 참지 못해 저도 모르게 손을 한번 놀렸는데, 그게 친씨 집안 장남을 죽여버릴 줄은 몰랐다. 그때 이후로 그는 군대 감옥에 갇혔고, 그가 고향에 남겨 놓은 부인은 친씨 집안의 손에 암살당했다. 하지만 놀라운 일이 벌어졌다. 원래 죽을 목숨이던 그를 쳔핑핑이 몰래 빼내었고 그를 흑기병에 배치했다. 진짜 얼굴을 가리기 위해 은색 가면을 썼고, 복수를 위해, 또 보은을 위해 열심히 노력해서 흑기병의 부통령 자리까지 올랐다.

판시엔이 그에게 복수의 기회를 줬다. 그는 아직도 이에 대해 감사하고 있었다. 하지만 판시엔이 그에게 고마운 사람이었다면, 쳔핑핑은 그가 제2의 인생을 살게 해준 마음속의 아버지 같은 사람이었다.

그래서 참을 수 없었고, 뛰쳐나가기 위해 말고삐를 잡았다.

하지만 그때 누군가 자신을 막아섰다. 징거는 분노에 찬 눈빛으로 고개를 돌렸다. 대머리 남자. 하지만 징거는 그를 공격하지 않았다.

그 사람의 감사원 내 위치를 알고, 전임 7처 처장이었지만 지금은 더 중요한 역할을 하고 있는 것을 알고 있었기 때문이다.

"원장 대인이 자네의 임무에 대해 말씀하셨네. 4천의 흑기병을 호위하여 마차들을 목적지까지 안전하게 데려다 주고, 그 이후에는 흑기병 모두를……판 대인에게 넘기라고."

"대인도 아시잖습니까. 원장 대인이 징두로 가면, 다시 돌아오실 수 없습니다."

"원장 대인의 뜻이네. 내가 하는 모든 일은, 그분의 뜻에 따라 집행하는 것뿐이네."

징거는 몸이 떨리기 시작했지만, 쳔핑핑의 눈빛을 생각하며 주먹을 쥐고 광기 어린 자신의 감정을 추스리기 시작했다. 한참 후 그는 징두로 향하는 마차를 보며 은색 가면을 벗고 자신의 상처를 드러낸 채로 한참 동안 말을 하지 못하였다.

이것이 마지막 인사였다.

언제나 차갑고 냉정한 그의 눈에서 눈물 한방울이 떨어졌다.

잠시 후, 징거는 다시 가면을 쓰고 쉰 목소리로 명령했다.

"집합. 동(東)으로 간다."

징거는 쳔핑핑의 명을 행하여야 한다. 쳔핑핑에게 문제가 생긴다면, 4천이 넘는 흑기병은 눈엣가시가 될 것이 분명했다. 그래서 빨리 경국 국경을 벗어나 판시엔의 손에 넘겨주어야 했다.

이것이 쳔핑핑이 판시엔에게 주는 마지막 선물이었다.

징거는 자신의 사명이 무겁다는 것을 알았기에, 흑기병을 이끌고 산을 내려가는 그의 뒷모습도 무거워 보였다.

마차 안, 왕치니엔의 변장한 얼굴은 무겁다 못해 경직되어 있었고, 그는 시시각각 늙어가고 있는 듯 보였다. 그는 자신의 옆에 피칠갑을 한 가오다를 한참 바라보다 문득 입을 열었다.

"원장 대인이 징두로 가시는 건……죽으러 가시는 거네……."

가오다는 반은 혼절한 상태였고, 벙어리 부인은 말을 할 수 없는데, 부인은 왕치니엔의 말을 들으며 그 말을 도대체 누구에게 하는지 몰라 어리둥절해하였다. 그때, 천천히 앞으로 나아가는 마차 밖에서 갑자기 탄식 소리가 들렸고, 특별하게 생기지 않은 관원 하나가 마차 안으로 들어와 왕치니엔 맞은 편에 앉아 입을 열었다.

"모두가 아네. 하지만 아무도 막지 못할 뿐이야. 자네가 제일 잘 알겠지만, 원장 대인이 이렇게 하는 것은 감사원을 위해서이고, 경국이 혼란에 빠지지 않게 하기 위함이고, 판 대인이 이 일에 연루되지 않게 하기 위함이야."

"종쮀이, 자넨 날 계속 따라왔었지. 내가 판 대인에게 알리러 갈까봐 그런 거겠지?"

왕치니엔의 말투에는 조금의 웃음기도 들어있지 않았다.

"만약에 원장 대인이 죽으면, 판 대인이 가만 있으실 것 같은가? 어차피 그런 거라면, 사전에 미리 조치를 취하는 게 낫지 않겠나? 지금 천하에 징두에서 벌어질 일을 막을 수 있는 사람은……판 대인뿐이네."

건너편에 앉아 있던, 왕치니엔과 함께 감사원의 두 '날개'로 불리는 종쮀이가 침착하게 대답했다.

"원장 대인이 나에게 엄명을 내리셨어. 자네가 판 대인에게 이 사실을 알리러 가는 것을 막으라고."

"판 대인이 동이성을 떠나자마자 제후국 의적들의 공격을 받기 시작했다 하던데……그들이 어떻게 판 대인의 일정과 이동 경로를 알 수 있었지?"

종쮀이가 대답하지 않자, 왕치니엔은 그의 눈을 보며 자답했다.

"원장 대인이 일부러 소문을 퍼트렸겠지. 판 대인이 징두에 오기 전에 일을 마무리 짓기 위해, 그의 이동을 조금이라도 늦추고 싶으셨겠지……."

종쿼이는 침묵으로 대답을 대신했다.

"다저우에서 징두로 가는 데에도 시간이 필요하니, 내가 지금 출발해서 옌징 방향으로 가서 알리면, 판 대인이 시간을 맞추실 수도 있어."

"난 원장 대인을 따라다녔고, 자넨 판 대인을 따라다녔지……원장 대인 말씀이 맞구만. 판 대인을 너무 오래 따라다니다 보면 사람이 충동적으로 변한다고."

종쿼이는 매우 진지하게 이어 말했다.

"난 원장 대인의 명을 따라야 하네. 자네는 판 대인에게 알리러 가지 못하네."

"자네가 날 막을 수 있나?"

"우리들이 아직 승부를 가리지 못했지?"

종쿼이는 이 말과 함께 자신감 있는 웃음을 지었지만, 그 웃음은 갑자기 기괴하게 바뀌었다.

'퍽!'

칼 자루 하나가 그의 허리 부근 급소를 가격하자 그는 반 마비 상태가 되었고, 그 틈을 이용해 왕치니엔이 손날로 그의 뒷목을 내리쳤다.

"음……."

무거운 신음 소리와 함께 그가 마차 바닥에 쓰러졌다.

칼집을 잡고 있던 가오다가 왕치니엔의 두 눈을 쳐다보며 아주 힘들게 한 글자를 내뱉었다.

"가."

왕치니엔은 그의 눈을 보고 천천히 고개를 끄덕이며 말했다.

"판 대인이 살아남는 게 가장 중요하다 했지. 판 대인은 원장 대인이 살아 계시는 게 가장 중요하다 생각할 것 같네."

'푸!'

가오다는 피를 토하며 쉰 목소리로 말했다.

"헛소리……시간 없……."

왕치니엔은 멋쩍은 웃음을 짓고, 바람처럼 날아가 곧 자취를 감췄다.

며칠 후, 징두 수비군들은 마침내 징두 밖 본영에 도착했다. 검은색 마차 하나 때문에 전체 대오의 속도가 늦춰질 수밖에 없었는데, 스페이 장군은 이상하게 늦으면 늦을수록 좋다고 생각하는 듯 보였다. 그는 징두로 돌아오는 길 내내 쳔핑핑의 마차 안에서 시중을 들며 경국의 과거와 미래에 대해 이야기를 나눴는데, 정말 그 모습이 원로 대신과 떠오르는 경국 군대 샛별이 동행하는 아름다운 모습 같아 보였다.

하지만 모두 알고 있었다. 현실은 그러하지 않다는 것을.

이미 가을로 접어든 징두, 스페이는 징두로 들어가는 시간을 일부러 동트기 전 가장 어두운 때로 정했다. 그래서 징두의 백성들은 아무도 이 움직임을 볼 수가 없었다. 3천6백여 명의 기병들이 검은색 마차 하나를 호위하며 징두성 경양문(景陽門) 밖에 섰다. 스페이는 이미 비밀 경로를 통해 서신을 보냈었기에 13성문사도 이 많은 군사들을 보고 놀라지는 않았다.

성문 앞은 조용했고, 검게 물든 하늘에 가끔씩 가벼운 말발굽 소리만 들렸다. 동쪽에서 한줄기 창백함이 징두 성벽의 가장 높이 있는 청색 벽돌을 비추자 엄숙함이 내려 깔렸다. 그리고 가장 빨리 일어난 새가 성벽 위를 스치고 날아가며 즐겁고 경쾌한 소리로 그 엄숙함을 건드렸다.

'끼익.'

성문이 아직 열릴 시간이 아니었지만, 무거운 성문이 조금 열리며 마차 한 대만 들어갈 수 있는 좁은 동굴을 만들었다. 하지만 너무 좁고 검어, 그 안에 어떤 위험이 있는지 볼 수는 없었다.

13성문사의 관병들은 성벽 위에서 호기심 어린 눈빛으로 성문 밖을 바라보고 있었다. 그들은 무슨 일이 발생했는지 모른 채, 아래에서 조용히 이뤄지는 인수인계 절차를 보고 있었다. 그리고 늙은 하인이 직접 말을 모는 검은색 마차가 천천히 징두성 안으로 들어갔다. 특이했던 것은 어느 누구도 마차 안을 수색하지도, 심지어 마차의 장막을 열어 신분을 확인하지도 않았다는 것.

스페이는 경양문이 다시 굳게 닫히는 모습을 보며 안도의 한숨을 내쉬었지만 눈빛에서는 복잡한 정서가 뿜어져 나왔다. 그는 오랜 침묵 후 손을 저어 명을 내렸고, 3천여 명의 군사들은 각자 복잡한 감정을 품으며 천천히 성문을 벗어나 징두 수비군의 본영으로 돌아가기 시작했다.

마차는 천천히 경양문을 통해 징두로 들어갔고, 무거운 성문이 천천히 닫히자 몇 명의 사람이 천천히 마차로 다가갔다. 검은색 마차를 마중 나온 이들은 모두 경국에서 최고의 위치에 있는 사람들이었다.

야오 공공, 예중, 허종웨이.

이 셋이 검은색 마차 근처로 다가갔지만, 아무도 먼저 입을 열지는 않았다. 한참이 지난 후 결국 처음 입을 연 이는 추밀원 정사 예중.

"원장 대인 고생하셨습니다."

야오 태감이 이어 말했다.

"원장 대인, 이 종이 궁까지 모시겠습니다."

허종웨이는 아무 말도 하지 않았다. 그리고 한참 후, 마차 안에서 늙은이가 천천히, 온화하게 말을 했다.

"외로운 늙은이 하나가 징두에 온다고 세 명의 마중을 받다니, 그 뜻이 너무 과한 것 아닌가?"

마차는 천천히 움직이기 시작했다. 그리고 황실 고수 태감 몇과 군대 고수 몇의 호위를 받아 큰 길을 따라 황궁으로 향했다. 하지만 감사원도, 조정의 대신들도, 민감한 후각을 가진 징두의 백성들도 이 사실을 모르는 듯했다.

칠흑 같은 여명 아래, 대로 양측의 나무들이, 가을 바람에 천천히 흔들렸다. 엄숙한 경계 아래, 황궁으로 향하는 대로 양측에, 사람이 아무도 없었다.

광활함, 적막함 아래, 검은색 마차 하나가, 고독하게 앞으로 나아갔다.

마차가 황궁 앞에 이르렀을 때, 태양이 마침내 대지의 속박을 뚫고 붉은빛을 발하며 주황색 황성벽을 비추었고, 동시에 어둠속에 갇혀 있던 검은색 마차를 화염처럼 감싸 안았다.

두께가 다른 보고서 몇 개가 어서방의 탁자 위에 조용하게 놓여 있었다. 짧은 시간 동안 침착한 눈빛에 의해 몇 번이나 훑어진지 모르는 그 보고서가, 그 이후로는 마치 잊힌 듯, 그곳에 이상할 정도로 조용하게 놓여져 있었다. 먼지가 쌓이긴 부족한 시간이었고, 가끔씩 불어오는 상쾌한 가을 바람이 몇 장을 이리 저리 넘기고 있을 뿐이었다.

깊이를 알 수 없는, 작열하는 듯한 눈빛이 천천히 보고서에서 벗어나 궁전 밖의 희미한 한 줄기 빛으로 향했다. 동쪽에서 온 그 빛이 이미 성벽을 붉게 물들이고 있을 시각, 그 빛이 아직 성벽과 궁벽의 어둠 속에 깊이 갇힌 황궁 안은 비추지 못하고 있었다.

경국 황제는 찻잔을 천천히 들어 차를 마셨다. 차는 차가웠다. 그의 곁에서 습관처럼 시중을 들던 작은태감들도 오늘만은 평상시처럼 들어와 찻물을 바꿀 엄두를 내지 못했다. 그래서 차갑게 식어버린 차를 마셨다. 하지만 그의 뱃속으로 들어가자마자, 그를 태우는 듯한 뜨거운 물줄기로 변해 버렸다.

걷잡을 수 없는 분노는, 믿었던 사람에게 속은 상처인 것인가, 아니면 늙은 개에게 몇 십 년 동안이나 속은 굴욕감인 것인가!

분노할수록, 침착해졌다. 황제는 며칠 전처럼 분노하지는 않았다. 얼굴과 눈빛은 호수의 얼음물처럼 차가웠고, 그 차가움은 어서방 곳곳에 퍼졌고, 심지어 밖에서 대기하고 있는 모든 사람들의 마음속 깊은 곳에 공포를 심어주고 있었다.

'탁, 탁, 탁, 탁…….'

익숙한 소리. 바퀴의자가 황궁의 청색 돌바닥을 지나가는 소리. 특수 제작된 둥근 바퀴와 돌바닥 사이의 틈새로 마찰이 끊이지 않았다. 일정한 지름의 바퀴, 일정한 간격의 청색 돌바닥.

그 소리의 주기는 일정했다.

일정한 주기의 소리가, 수십 년 동안 몇 번이나 울렸는지 모른다. 경국에 큰일이 벌어졌을 때, 아니면 황제가 그냥 말동무가 필요할 때, 이 소리는 언제나 궁 밖에서 궁 안으로 들어와 어서방까지 울려 퍼졌다.

최근 몇 년은 이 소리가 드물었다. 3년 전, 리윈루이와 늙은 괴물들을 처리해야 할 때 두어 번 울린 후로는 들리지 않았다. 황제는 오랜만에 듣는 익숙한 소리에 옛일을 떠올리며 고개를 들었다.

'저 늙은 개가 진원에서 복을 누리는 동안, 짐은 이 싸늘한 궁에 버려져 고통을 받고 있었지…….'

굳게 닫힌 어서방 나무문 위로 차분하지만 차가운 시선이 떨어지자, 익숙한 소리도 어서방 밖에서 멈추었다.

황제의 눈빛이 복잡해졌다.

야오 태감의 떨리는 목소리가 밖에서 전해졌다.

'끼익.'

나무문이 열렸고, 태감 몇이 바퀴의자를 조심스럽게 들어올려 어서방에 들여 놓았고, 야오 태감을 포함한 태감들은 황급히 그곳을 떠났다. 그들은 최대한 어서방에서 멀리 떠나려 했고, 어서방을 둘러싸고 있는 정원의 문, 태극전과 바로 이어지는 그곳까지 도망갔다.

야오 태감은 이마에 식은땀을 닦으며 문밖에 있는 예중과 허종웨이를 힐끔 보았다. 예중은 심각한 얼굴을 하고 마음속으로 탄식을 내뱉었다. 그들 모두 어서방에서 멀리 떨어진 것은, 황제가 뿜어 내는 차가운 공기가, 마치 그 사람과 나누는 대화의 한 글자도 밖으로 알리고 싶지 않은 황제의 마음을 대변하고 있다 생각했기 때문이다.

천 원장은 매우 평온했고, 부드럽고 온화하게 돌아왔다.

그들 셋은 모두 사건이 이렇게 쉽게 해결되는 데 익숙하지 않았지만, 아무리 천핑핑이 공포스러운 인물이었지만, 야오 태감을 포함한 그 셋은 어서방 내에서 특별히 놀랄 만한 일이 벌어지지는 않을 것이라 믿고 있었다.

황제는 대종사였다.

그 의미는? 천하의 누구도 황제를 단독으로 해칠 수 없다.

어서방 문이 굳게 닫혔다. 바깥의 공기, 소리, 빛, 숨결, 가을의 정취는 모두 차단되었고, 낮은 침대 위에 꼿꼿이 앉아 있는 황제와 바퀴의자에 편하게 앉아 있는 천핑핑, 그 둘만 남았다.

군주와 신하 두 사람이 작은 전각에 숨어들자, 바깥의 모든 비바람이 멈춘 듯 보였다. 왜냐하면 수십 년간 경국의 비바람은, 원래 이 두 인물이 만들어 낸 것이었기 때문이다.

황제는 바퀴의자에 앉아 있는 늙은이를 바라보았다. 얼마나 바라보았는지 모르지만, 늙은이의 주름이 그의 눈에 현공 사당의 국화처럼 피어있다고 보일 때쯤 심원한 목소리로 물었다.

"허종웨이가 암중에서 가오다를 조사해 판시엔과 맞서고 싶어했지. 짐은 일찍부터 알았고, 황실에서도 고수 세 명을 파견했는데, 그 중에는 허치간도 있었네. 자네가 다저우를 지나갈 때 그를 보았는가?"

황제가 쳔핑핑을 마주하고 꺼낸 첫 마디는 아주 볼품없는 인물이었다.

하지만 쳔핑핑은 전혀 의외가 아니라는 듯, 그가 황제를 매우 잘 이해하고 있다는 듯, 옅게 미소를 지으며 다소 쉰 목소리로 대답했다.

"제가 청왕 집안에 보내졌을 때, 허치간의 나이가 너무 어렸습니다. 다저우에서 그를 만났을 때, 그는 저를 기억하지 못하는 것 같았습니다."

"그랬겠지. 쳔우챵(陳五常, 진오상)이라는 이름이 황궁에서 사라진 지 오래니."

황제는 이 말과 함께 용포를 펄럭였고, 차 한잔이 탁자를 떠나 천천히 쳔핑핑 앞으로 날아갔다. 쳔핑핑은 날아오는 찻잔을 받아 들고, 공손히 예를 올린 후, 한 모금 마시고 탄식하며 말했다.

"차는 뜨겁게 마시는 게 좋습니다."

"사람이 가면 차는 식는 법, 아니라면 허치간이 자네를 못 알아볼 리가 있겠는가."

"홍스샹 외에, 제가 황실에 있었다는 사실을 아는 사람은 몇 없습니다."

"후에 자네가 가짜 수염을 붙이고 한 것을 보면, 그 사실을 숨기고 싶었겠지……허나, 자네는 원래 태감이었어."

"저도 몇 년이 흐른 후에 비로소 제가 원래 태감이었다는 것을 알게 되었습니다. 제가 그것을 숨길 이유가 뭐 있었겠습니까."

"허나, 자네는 결국 천하를 속였지."

황제는 찻잔을 탁자에 놓으며 쳔핑핑의 눈을 보고 말했다.

"당시 황실에서 쳥왕 집안에 자네를 보낸 것은 부황의 움직임을 감시하기 위해서였네. 하지만 자네가 갑자기 짐에게 신분을 노출하고 짐을 도와 일을 벌일 줄은 황실도 까마득히 모르고 있었겠지……심지어 황실의 그 늙은 홍 태감도 자네에게 설득당해 부황 편에 섰으니, 그것 또한 자네의 공로지. 그러니 자네의 태감 신분은 자네에게, 짐에게, 경국에게 엄청난 공로를 세운 것이야. 자네가 그것을 잊을 이유가 있을까."

"선황께서 황위에 오르신 것은, 이 종과 그렇게 관계가 없습니다."

쳔핑핑은 자신을 당시처럼 '종'이라 칭했지만, 자괴감 같은 것은 없어 보였다. 그는 천천히 고개를 들어 황제의 차가운 두 눈을 보고 한 자 한 자 똑똑히 말했다.

"그것은 어떤 사람이 두 분의 친왕을 죽였기 때문입니다. 폐하께서 현재 만리강산을 가지고, 불세지공(不世之功)을 세우신 것 또한……."

"허나, 당시 자네는 왜 황실을 배반하고 친왕 집안에 투항해서 짐에게……충성하였느냐?"

쳔핑핑은 웃는 듯 마는 듯 그를 바라보았다. 그리고 마치 큰 웃음 거리를 보는 듯한 눈빛으로 한참을 바라본 후 천천히 대답했다.

"폐하께서는 당시 어린 사내 아이였지만, 마음이 넓고 깊어 사람들을 대함에 있어 성의를 다했고, 아랫사람에게도 따뜻하게 대해 주셨습니다. 이 종이 성격은 괴팍하게 태어났으나, 저에게 잘해 주시는 분에게 저도 잘하고 싶었습니다."

황제는 한참을 침묵했다. 그는 마치 쳔핑핑의 이 말의 의미를 되새기는 듯 보였고, 날카로운 눈빛은 초가을의 높은 하늘처럼 변했으며, 마침내 점점 위엄 있는 표정을 하고 입꼬리를 올리며 조롱의 기색을 담아 말했다.

"짐이 자네를 나쁘지 않게 대한 것은 인정하는구나."

"당시 청왕 어르신은 별다른 위치도, 조정에서의 세력도 없었습니다. 저 또한 궁에서 별로 눈에 띄지 않는 작은태감이었으니, 청왕 집안으로 파견된 것입니다. 하지만 작은 것은 작은 것 대로 좋고, 간단한 것은 간단한 대로 오묘한 것이지요. 당시 세 분의 도련님에 작고 작은 저까지 더해진 후 매일같이 소란을 피우고, 또 판시엔 어미가 시시때때로 옆에서 소리치는 모습이 너무 좋았습니다."

"당시 징왕은 너무 어려 누가 상대라도 했더냐. 설령 그가 판지엔과 손을 잡고 짐에게 덤벼도 자네가 나서서 막아줬었지. 우리 둘이 손을 잡으면 아무도 우리의 적수가 되지 못했는데……심지어 지금까지도……."

황제의 이 말에 둘은 동시에 침묵에 빠졌다. 한참 후, 쳔핑핑은 가볍게 바퀴의자의 팔걸이를 부드럽게 매만지며 탄식을 한번 한 후 입을 열었다.

"판지엔은 폐하의 형제 같은 사람이고, 종은 필경 종일 뿐인데, 당시 제가 생각이 짧아서 폐하를 보호하려고만 했습니다."

황제의 얼굴에는 점차 온화한 기색이 피어올랐고, 눈빛은 먼 곳을 향했는데 마치 당시의 손을 잡았던 그 장면이 눈앞에 그려지는 것 같았다.

"그 뒤로도 자네가 짐을 몇 번이나 보호했는지 모르지. 만약 자네가 없었으면 짐이 몇 번 죽었을지도 모르네."

이 말과 함께 곁눈길로 책상 위 보고서를 바라보았고, 제일 위에 있던 것을 집어 천천히 펼치며 적혀 있는 글자를 하나 하나 읽어갔다.

여동생에 관한 것, 아들에 관한 것, 그리고 수많은 사건들.

"경국이 처음으로 국경을 넓히려 했을 때, 북위의 철기병들이 조용하자 우리는 너무 쉽게 생각했었지. 작은 제후국 진나라를 놓친 것인데, 지금의 옌징이지. 우리들은 산에서 쟌칭펑이 길러낸 명장 후위에(胡悅, 호열)에게 포위되었고, 그 사람의 궁술은……이렇게 많은 시간이 지났는데, 그의 궁술보다 뛰어났던 사람은 옌샤오이 하나밖에 없었어."

그는 고개를 돌려 쳔핑핑을 바라보며 이어 말했다.

"당시 후위에의 그 화살을 자네가 몸으로 막아주지 않았다면, 짐은 아마 살아남지 못했을 거네."

"그것은 종으로서 마땅히 해야 할 일입니다."

황제는 조소를 띠며 다음 보고서를 봤는데 3년 전 징두 모반 사건 당시 쳔핑핑과 감사원의 행적을 담은 보고서였다. 그곳에 확증은 없었지만, 황제는 충분히 그 함의를 알 수 있었다. 하지만 황제는 그것에 대해서는 언급하지 않고 다른 보고서를 집은 후 말했다.

"현공 사당 사건에서, 자네는 왜 그림자를 시켜 짐을 공격하게 했나?"

어서방 내에 갑자기 심문하는 듯한 목소리가 울려 퍼지며 비바람이라도 곧 들이닥칠 것처럼 느껴졌지만 쳔핑핑은 침착하게 공손히 대답하였다.

"종은, 폐하의 마지막 패를 보고싶었습니다."

"짐의 마지막 패를 보고싶었다……보아하니 짐을 죽이는 건, 자네의 오래된 생각이었나?"

천핑핑은 온화한 표정으로 웃고 있었지만, 침묵으로 대역죄를 인정했다.

"그림자는 스구지엔의 동생이 맞느냐?"

"당시 한마디로 그림자의 내력을 말하시는 것을 보고, 폐하의 안목에 종이 참으로 탄복했었습니다."

황제는 두 눈을 감고 보고서를 한쪽에 내려놓으며 말했다.

"첫 번째 북벌 당시, 짐의 신공이 폭발하며 주화입마에 빠졌을 때, 잔칭펑의 대군에 포위되어 먹고 마실 것도 없을 때, 자네가 흑기병을 이끌고 죽음을 각오하고 와주지 않았다면, 짐은 죽어도 여러 번 죽었을 테지."

"폐하, 이제 그런 계산은 그만하시지요. 하나의 공로(功勞)로 하나의 대죄(大罪)를 바꾼다는 것은, 역사에도 없는 일이고 모두 종에게 너무 큰 편의를 봐주시는 것입니다."

천핑핑은 침착한 얼굴로 담담하게 말을 이었다.

"그리고 종은 그런 공(功)으로 죄를 씻을 수 있을 것이라 기대한 적도 없습니다. 그런데 이렇게 시간 낭비하실 필요가 있을까요?"

"자네는 짐이 시간을 낭비하는 것 같은가?"

황제는 다시 타는 듯한 눈빛을 하고, 천핑핑을 마치 죽은 사람처럼 바라보며 차가운 목소리로 말을 이었다.

"천하 백성들의 마음에 자네는 짐 곁의 늙고 검은 개야. 그 개를 너무 오래 길렀으니, 당연히 감정이라는 것도 있겠지."

"폐하께서 종에게 내려 주신 총애, 지금까지 종에게 주신 특수한 권력은 이미 한 명의 신하가 누릴 수 있는 것을 넘었습니다."

천핑핑은 바퀴의자에 살짝 기대었고, 냉정한 눈빛으로 황제를 바라보며, 한 자 한 자 똑똑히 말했다.

"지금 폐하께서 종을 다시 부르신 것은, 폐하께서 기르신 개를 죽여야 하는 적절한 명분을 찾아, 폐하의 마음을 편안하게 하고 싶으신 것뿐입니다."

"네가 죽으면 안 되는 것인가?"

황제는 이 말과 함께 크게 웃었고, 그 분노에 찬 웃음은 어서방을 뚫고 조용한 황성 전체로 퍼져 나갔다. 그는 보고서를 모두 움켜쥐고 맹렬하게 쳔핑핑에게 던졌고, 두께가 다른 보고서들이 쳔핑핑의 몸과 바퀴의자에 부딪히며 각기 다른 소리를 냈다.

황제는 깊이를 알 수 없는 눈으로 쳔핑핑을 노려보며 한 자 한 자 똑똑히 말했다.

"네가 짐을 죽이려 했는데, 네가 짐의 아들을 죽이려 했는데, 심지어 짐을 압박해 짐이 아들을 죽이게 했는데……이런 후안무치한 내시 새끼를 죽이면 안 되는 건가?!"

쳔핑핑은 몸 근처에 널브러진 보고서들을 천천히 정리하며, 눈앞에 펼쳐진 가장 강력한 권력을 가진 자의 추태를 보고 흡족한 미소를 지었다.

그가 이번에 징두로 오면서 바랐던 것이 이런 것 아니었을까?

"폐하께서 자식들을 죽일 마음이 없으셨다면, 종이 어떻게 그런 짓을 했겠습니까?"

쳔핑핑은 황제를 깊은 눈으로 바라보며 말을 이었다.

"결론적으로, 종은 폐하를 죽이고 싶었을 뿐이고, 황실의 리씨 황족 몇은 그저 폐하와 함께 순장하려 했을 뿐입니다."

황제는 냉정해졌고, 냉랭해졌고, 그 차가움 속에서 극도의 분노가 표출되고 있었다. 천하의 주인이, 극강의 대종사가 쳔핑핑 앞에서 아주 평범한 범인(凡人)의 모습으로 돌아가고 있었다.

"짐이 가장 분노하는 점은, 네가 짐을 죽이려 한 것도, 짐의 아들을 죽이려 한 것도 아니다. 짐이 가장 분노한 것은! 네가 징두를 떠났는데, 왜 다시 돌아왔냐는 것이야."

황제는 다시 한번 숨을 고르고, 깊은 분노의 눈빛에서도 평정심을 찾으려 노력하며 위엄 있는 목소리로 말을 이었다.

"짐이 널 죽이려 했다면, 짐이 직접 손을 썼을 터, 짐이 그런 쓸모없는 군사들을 쓰지 않았을 것이다. 그런데 넌……왜 돌아왔느냐. 넌 왜 돌아와서 짐이 직접 널 죽이도록 압박하느냐는 말이다!"

이는 너무나 이상한, 한편으로는 참으로 오묘한 말이었다.

이 순간 이 말을 밖에서 들은 사람은 없었지만, 설령 이 말을 들었더라도 이해할 수 있는 사람은 없었다. 천하에서 이 말을 이해할 수 있는 사람은 천핑핑뿐. 그는 황제로 하여금, 경국 유사 이래 가장 총애를 받던 한 대신을 직접 죽이도록 압박하고 있었다.

"당시에 폐하께서 그녀에게 저처럼 살길을 내어 주셨나요? 제가 징두로 돌아온 것은, 이 한마디를 묻기 위함이었습니다……."

침묵, 또 침묵.

갑자기 천핑핑은 도끼 같은 눈빛으로, 황제를 똑바로 쳐다보며, 천천히, 한 자 한 자, 또박또박 물었다.

"그녀를 왜 죽였어!"

어둑어둑한 하늘, 동쪽의 아침 해가 막 지평선을 넘어온 지 얼마 되지도 않고, 온화한 빛이 경국의 땅을 얼마 비추지도 않았을 때, 언제 어디서 나타났는지 알 수 없는 먹구름이 붉은빛을 집어 삼키며 하늘이 어두워지기 시작했다.

천 원장은 어서방에 들어간 지 오래되었지만 좀처럼 나타나지 않았고, 사람들은 멀리 떨어져 있어 황제의 분노 섞인 외침은 들을 수 없었다. 예중과 야오 태감같이 실력 있는 사람들은 그 대화를 어렴풋하게나마 들을 능력이 있었지만, 아무도 감히 집중해서 그 말을 들으려 하지 않았다. 그런 대화는 적게 들을수록 좋은 법.

쳔핑핑은 이유를 알고 싶었고, 해명을 듣고 싶었다.

그래서 징두로 돌아왔다. 그리고 이미 자신과 한 몸이 된 검은색 바퀴의자에 앉아, 자신이 수십 년간 모셔온 주인, 황제 폐하의 입에서 그때, 도대체 어떻게 된 것인지 듣고 싶었다.

죽음을 앞두고서, 그가 평생 집착해 온, 그의 인생에서 가장 분노했던 일, 그가 가장 이해할 수 없던 난제를 풀고 싶었다.

경국 황제는 대답하지 않았다.

황제는 쳔핑핑의 그 질문 이후로 아무런 말도 없이, 냉랭하게 혹은 조소의 눈빛으로 그를 오랫동안 바라보기만 하였다. 그리고 그 눈빛에는 정말 이해할 수 없다는 의미가 짙게 배어나오고 있었다.

황제가 웃기 시작했다.

그리고 고개를 갸웃했다.

"갑자기……느닷없이……그것 때문에? 그것 때문에!"

황제는 당시 쳔핑핑이 그 여자를 좋아했던 것을 알고 있었다. 하지만 그가 다시 생각해도 이해할 수 없었다. 오래 전에 죽은 여자 하나 때문에, 이렇게 강력한 복수의 욕구가 생겨 자신을 배반한다는 것을. 그는 낮은 침대에 앉아 한참을 침묵하다 두 손을 무릎 위에 올렸다.

쳔핑핑은 두 손을 바퀴의자의 팔걸이 위에 올리고 황제를 차갑게 쏘아보며 답을 기다리고 있었다.

"그녀를 위해서……짐을……배신했다고?"

이 말에는 깊은 낙담, 비애 그리고 마음속 깊은 곳의 분노가 담겨 있었다.

쳔핑핑은 탄식했다.

"전 왜 그랬는지만 알고 싶습니다. 한평생 그런 여자를 다시는 보지 못했지요. 아니, 그녀와 비슷한 사람도 보지 못했습니다. 그녀는 한 명의 선녀처럼 속세에 내려와, 자신의 모든 힘을 다해 바꿔야 할 것을 바꿨고, 구해야 할 모든 사람을 구했습니다. 그녀가 폐하를 구했고, 저를 구했고, 경국을 구했고, 천하를 아름답게 했습니다……그런 그녀를, 폐하는 없애 버렸지요."

이 말에는 놀람도, 분노도 없었고, 오래된 슬픔과 상처만 담겨 있었다.

황제는 손으로 무릎을 천천히 쓰다듬으며 한참 동안 말을 못했다. 그의 앞에서 이 문제를 거론한 사람도, 이 문제를 아는 사람도 없었고, 이미 그 문제의 '그녀'는 오래전 땅속에 묻힌 영혼이 되어 있었다.

"내가 그녀를 죽이지 않았네."

황제는 마음속 깊이 아픔이 느껴졌지만, 그 아픔이 그에게 뭐라도 해명해 보라 재촉하는 듯했지만, 이 늙은 검은 개 앞에서 어떤 것도 해명할 필요가 없다 생각했다. 쳔핑핑에게 해명할 필요가, 혹은 작은 전각에 한 폭의 그림으로 남은 여인에게 해명할 필요가, 어쩌면……자신에게 해명할 필요도 없다고 생각했다.

"내가 그녀를 죽이지 않았어."

황제는 조금 더 목소리를 높여, 조금 더 결연하게, 조금 더 냉정하게 같은 말을 반복했다.

"폐하께서 그녀를 죽이지 않았다?"

쳔핑핑은 매우 피곤한 표정으로 고개를 들어 냉소를 지으며 이어 물었다.

"그럼 그녀가 어떻게 죽었을까요?"

이 말과 함께 천핑핑은 두 눈으로 황제를 찍어 누를 듯이 바라보며 말했다.

"서만 정벌에서 돌아오지 않았었다, 왕공 귀족이 모반을 일으켰다, 우연의 일치로 나, 판지엔, 우쥬, 예중 모두 징두에 없었다, 마침 그녀가 출산한 직후라 가장 몸이 약할 때이다, 하늘의 뜻이다……이런 개소리는 집어 치워!"

"폐하께서는 효(孝)를 근간으로 천하를 다스리시는 분인데, 설마 폐하의 친모에게 모든 것을 뒤집어 씌우려 하시는 겁니까?"

천핑핑의 눈빛에서 한없이 차가운 기운이 성긴 눈썹을 뚫고 나올 듯 보였다.

"서만 정벌은 당신의 뜻이었어! 판지엔은 당시 태상사 창고 관리사와 호부 원외랑을 맡아 후방 물자를 책임지고 있었는데, 당신은 왜 그를 전방 군영으로 불렀지? 당시 후방을 판지엔에게 맡기는 건 일관된 당신의 전략 아니었나? 뭘 무서워한 거지? 판지엔의 손에 길러진 황실 비밀 호위가 당신과 친예가 준비한 일생일대의 계획을 망칠까 두려워한 건가?"

천핑핑은 냉소를 짓고 말을 이었다.

"그렇지. 또 친예 이 늙은이로 가는 구만. 그 군대 원로가 폐하께서 징두에 남겨 놓은 살수(殺手)였지……당시 징두 수비 통령 예중도 딩저우로 불렀으니, 징두는 친씨 집안의 수중에 놓였었지. 설령 황후가 모반을 하고 싶어해도, 태평별원을 공격하고 싶어도, 만약 친예가 허락하지 않았으면 가능했을까?"

천핑핑은 탄식했다.

"3년 전 징두 모반 사건 때, 친예가 그 사건에 참여했을 때, 폐하께서는 아주 기쁘셨을 겁니다. 드디어 기회가 왔고, 핑곗거리가 생겼고, 드디어 폐하께서 태평별원 사건을 위해 준비했던 모든 연기자들을 없앴을 수 있는 명분이 생겼으니……죽여서 입을 막는다?"

"폐하께서는 당연히 사람을 죽여서 입을 막는 것에 눈썹 하나 까딱하지 않으시지요. 친씨 집안이 폐하께 뭐 대수겠습니까. 그런데 판시엔이 결국 커버렸네요. 당신과 그녀의 아들이, 당신의 자식 중에 가장 뛰어난 인물로 성장해 버렸어요. 그 아이를 볼수록, 그 아이를 중시하게 되셨지요. 그리고 당신이 판시엔의 생모를 죽였다는 사실을 그 아이에게 알리고 싶지 않으셨지요. 그러니 친예……그 늙은이를 안 죽일 수 있었겠습니까?"

쳔핑핑의 쉰 목소리가 어서방에 울려 퍼지는 동안 황제는 한마디도 하지 않았다. 그저 침착하게 듣고만 있었는데, 그의 표정은 조금 슬퍼지는 듯 보이기도, 혹은 점점 해탈한 것처럼 보이기도 했다.

"이제 저에 대해 말해 볼까요?"

쳔핑핑은 조금 급해 보였다. 그는 얼굴이 붉어지도록 크게 기침을 하기 시작했는데, 겨우 진정시킨 후 탄식을 한번 하고 말했다.

"태평별원에 손을 써야 하니, 저를 징두에 남기지 못하셨겠죠. 우연처럼 북쪽에서 전력을 다해 남하(南下)하고 있다는 소식이 전해졌고, 폐하께서 없는 상황에서 제가 군사 참모로서 직접 군을 끌고가서 상황을 살폈지요. 지금 다시 생각해 봐도, 이 모든 군대를 동원해 연극을 할 수 있는 사람은 역시 폐하밖에 없네요. 그럼 하나만 여쭤 보겠습니다. 당시 막 재건한 북제가 폐하의 뜻에 협조했다? 그럼 폐하께서 죽일 놈의 쿠허 대머리와도 암중으로 결탁했다는 겁니까?"

"짐은 쿠허를 찾지 않았네. 짐은 어떤 이도 찾아 나설 필요가 없었고, 그래서 아무도 찾지 않았어."

쳔핑핑은 서글픈 눈빛으로 황제를 보며 말했다.

"우쥬는요? 그는 절대 그녀를 벗어날 사람이 아닌데, 그마저 징두를 벗어나게 하다니……."

황제는 여전히 침묵했다.

"폐하, 저는 항상 그게 궁금했습니다. 그 일에 폐하를 의심했고, 심지어 판지엔도 의심했습니다. 하지만 아주 오랜 시간이 지난 후 우쥬가 알려주더군요. 그가 판씨 저택 밖에서 어떤 사람을 만났고, 우쥬가 그 사람을 죽이긴 했지만 자신도 중상을 입었다고……천하에서 대종사 외에 우쥬에게 중상을 입힐 수 있는 사람은 없죠. 그래서 그때 판단했습니다. 신묘에서 세상에 또 사자(使者)를 보냈구나……그리고 확신했습니다. 20여 년 전에도 그들이 왔었다고. 저나 폐하나 모두 알고 있죠. 우쥬가 경계하는 사람은, 우쥬가 그녀 곁을 떠나게 할 수 있는 사람은, 신묘에서 보낸 사자(使者)밖에 없다는 것을……."

"폐하, 저는 폐하께서 우쥬를 없애고 싶어하는지 알고 있었습니다. 하지만 우쥬는 하나의 벽 같은 사람이죠. 신묘만이 만지고 움직이고 자극할 수 있는 벽. 하지만 판시엔이 징두로 온 후, 그 아이가 저에게까지 숨기니, 폐하께서도 당연히 모르실 수밖에. 그래서 또 신묘 사자를 보내 우쥬를 죽이려……."

"폐하는 왜 우쥬를 없애고 싶어했을까요?"

천핑핑은 조소를 띠며 자문자답했다.

"우쥬가 당시의 일을 알게 되어, 쇠막대기 하나로 황궁을 쳐들어와 폐하를 죽일까봐? 폐하께서 아직도 두려워하는 사람이 있긴 있나요?"

황제는 갑자기 웃음이 터졌고, 고개를 가로저으며 말했다.

"아니다. 우쥬 같은 인간은 애당초 이 세상에 존재해서는 안 되는 사람이야. 그러니 온 곳으로 돌아가는 것이 당연지사. 너도 알지만, 짐은 예류윈을 딴저우로 보내 우쥬를 보고 오라 시킨 적이 있다. 그때 우쥬가 기억을 잃어버렸다는 것을 알았으니, 그는 짐에게 어떠한 위협도 된 적이 없다."

"그게 폐하의 일관된 견해인데, 예를 들어 대종사 같은 괴물은 원래 이 세상에 존재해서는 안 되는 인물이었다. 그래서 궁금하네요. 왜 당신은 살아 있는 거지?"

이 말은 매우 악랄했지만, 황제는 여전히 폭발하지 않았다.

"당시에 당신은 우리 모두를 징두에서 떠나게 했고, 바보 같은 황후를 자극해 미치도록 했고, 친예에게 그 모든 것을 통제하게 해서 태평별원 사건을 일으켰지. 간단해 보이지만, 한 군데라도 틈이 생기면 성공할 수 없는 계획……그건 천하에서 폐하께서만 하실 수 있는 것이지요."

천핑핑은 가볍게 빛이 날 정도로 매끈한 바퀴의자의 팔걸이를 쓰다듬으며 이어 말했다.

"신묘에서 왜 그 일에 관여했는가……지금까지도 정확한 이유는 모르겠지만, 아마도 신묘와 폐하의 목적이 같았기 때문일 겁니다. 이 세상에 우뚝 솟아 있던 그녀를 소리소문 없이 없애 버리는 것."

황제는 오랫동안 침묵하다, 반박은 하지 않고 온화한 미소와 함께 말했다.

"너 이 늙은 개야, 그렇게 평생 동안 짐을 해하려 했다니……그 일들을 알아내는 것이 그렇게 힘들지도 않았을 텐데, 다만……네가 그 일을 이렇게까지 못 잊고 기억하고 있을 줄, 짐은 정말 몰랐다. 허나……."

황제는 힘을 주어 이어 말했다.

"짐은……그녀를 죽이지 않았다."

"맞습니다, 당신은 그녀를 죽이지 않았어요."

천핑핑은 비꼬는 웃음과 함께 말을 이었다.

"우리의 위대하신 황제 폐하께서는 당연히 직접 손을 쓰실 분이 아니지요. 경국을 재건하다시피 한 그녀를, 당신을 용의에 앉게 한

은인을, 당신이 마음속으로 가장 사랑하고 흠모했던 여인을, 당신 아들의 친모를, 당연히 황제 폐하께서 '친히' 죽이실 수 있었겠습니까."

"피가 얼마나 씻기 힘든데, 당신의 손에 피를 묻힐 수는 없지."

쳔핑핑은 가슴 속 깊은 곳에서 나오는 날카로운 목소리로 이어 말했다.

"당신의 두 손은 여전히 깨끗하고, 당신은 여전히 무한한 광명을 누리지. 손에 피를 묻힌 사람은 용의(龍椅) 아래에 있는 바보 같거나 잔혹한 사람들일 뿐……우리가 복수를 한다고 징두 피의 달, 수많은 왕공 귀족들을 죽이고 피바다를 만들었을 때 당신은 통쾌하게 웃었겠지. 수많은 빛과 영예가 당신을 비추었고, 모든 어둠과 파렴치함은 당신의 신하와 친지들에게 돌아갔으니……이보다 더 아름다운 일이 있을까?"

쳔핑핑은 마른 기침을 한 후 다시 말했다.

"당신은 당연히 그녀를 죽이지 않았어. 정확히 말하면, 당신은 지금까지 손가락 하나 까딱 해 본 적도 없어……특히 친씨 집안이 멸문지화를 당한 후, 이 세상에서 그 당시의 어둠을 아는 사람도 없고, 확실한 증거도 없고……위대하신 폐하께서 태평별원 사건을 철저히 통제하고 계시니……허나!"

쳔핑핑은 옅은 조소를 띠며 고개를 저었다.

"당신은 당신 자신을 설득시킬 수 없고, 당신의 종인 나를 설득시킬 수 없고, 그 '사실'을 바꿀 수 없어……22년 전, 당신이 직접 그녀, 위대한……아니, 당신 대신 아들을 낳은, 가장 허약했던 시기의 외로운 여인을 죽인 거야!"

"세상에서 가장 졸렬하고 비겁하고 파렴치한 일……이보다 더 할 수 없어……."

이 말을 마지막으로, 그는 온몸이 피곤에 절은 듯, 검은색 바퀴의자에 기대어 천천히 두 눈을 감았다. 황제도 천천히 두 눈을 감고, 침착하지만 조금은 창백해진 얼굴로 가볍게 말했다.

"그래, 짐이 그녀를 죽였네."

그리고 바로 두 눈을 번쩍 뜨며, 침착함과 엄숙한 눈빛으로 이어 말했다.

"그럼 또 어떤가?"

〈하2권(완결)에 계속〉

**경여년: 오래된 신세계 하-1**

**지은이** 묘니(猫腻)
**역자** 이기용

**발행인** 주일우
**발행처** 이연[㈜사이웍스]
**발행일** 2021년 10월13일 (2쇄)
**출판등록** 제2020-000154호 (2020년 7월 27일)
**주소** 서울시 마포구 월드컵북로1길 52 운복빌딩 3층
**전화** 02-3141-6127 / 팩스 02-6455-4207
**전자우편** saii@saiiworks.com

**ISBN** 979-11-971791-1-2
979-11-971791-0-5(세트)
**값** 16,500원


* 이연은 ㈜사이웍스의 문학 브랜드입니다.